U0701790

YOUDU
CULTURE

有度文化

烽火太原

FENGHUO TAIYUAN

陈驰 著

山西出版传媒集团 北岳文艺出版社

·太原·

图书在版编目（CIP）数据

烽火太原 / 陈驰著 . — 太原：北岳文艺出版社，
2023.3（2024.1 重印）

ISBN 978-7-5378-6694-1

Ⅰ . ①烽… Ⅱ . ①陈… Ⅲ . ①长篇小说—中国—当代
Ⅳ . ① I247.5

中国国家版本馆 CIP 数据核字（2023）第 049800 号

烽火太原

陈驰 / 著

//

出品人
郭文礼

选题策划
刘文飞
郭松

责任编辑
刘文飞
左树涛

助理编辑
殷欣如

书籍设计
张永文

印装监制
郭勇

出版发行：山西出版传媒集团·北岳文艺出版社

地址：山西省太原市并州南路 57 号　邮编：030012

电话：0351–5628696（发行部）　0351–5628688（总编室）

传真：0351–5628680

经销商：新华书店

印刷装订：山西基因包装印刷科技股份有限公司

开本：787mm×1092mm　1/16

字数：512 千字

印张：30.5

版次：2023 年 3 月第 1 版

印次：2024 年 1 月山西第 2 次印刷

书号：ISBN　978-7-5378-6694-1

定价：108.00 元

目录
CONTENTS

第一章

一

1947 年的太原，就像一道水门。

一旦淹进去，任何人都会在转眼间被漂洗得单调而苍白。

这就是李度对自己十年颠沛流离生涯的总结。再细想，他还发现，从走进太原古旧斑驳的拱极门那天起，他原本红润的脸庞就开始发青、发白、发暗，并笼罩上一股情感枯竭，甚至垂死的不祥之气。

他总失眠，常常望着天花板发呆，时不时地还有幻觉相伴。

幻象的缘起总离不开酒和水。

酒是张扬的，只要这种辛辣而又透明的液体在暗影中溢出，就会在他眼前引发这样一系列场景：首义门外，凛冽的夜晚，充满硝烟、尸臭和血腥。一个黑物慢慢蠕动，小心翼翼地掀开压在身上的尸体，失魂落魄地爬起来，跌跌撞撞地逃回城里。接着，一辆道奇吉普穿街过巷，车上便是专来寻找他的汪成旭和殷立德，二人不由分说地将他架到了海子边畔的灯红酒绿里——原日军宪兵俱乐部，光复后即"誉满"龙城的翠屏楼。三男一女，算是为他压惊洗尘；劫后余生，权当一次小聚。女人叫樱桃红，是翠屏楼的头牌，丰腴优雅，端坐在椅子上，手里捧着一杯淡淡的红酒。她旁边是一桌丰盛的佳肴。

"小桃子，去，先陪李公子洗个澡，再换身行头。"汪成旭放下李度，朝女人努努嘴。

女人放下酒杯，站起来朝李度伸出了双手，马上又缩了回去，捂住鼻子道："三少爷，他……他怎么臭烘烘的？"

汪成旭嘻嘻一笑道："没错，李公子刚盗墓回来，还能没有点异味？正常！"

殷立德将瘫坐在椅子上的李度扶正了，郑重道："他是英雄，不许说臭。"

樱桃红知趣地点点头，没再说话，走到李度身边。李度摆手制止道："不劳大姐费心……"说着挣扎着站起来，颤巍巍地斟满三杯酒，"感谢二位兄弟不顾凶险，满世界寻我，而且还寻着了，来，先走一个。"

说完，大杯豪饮，接着便是剧烈的呕吐。

李度的脸色愈加灰白起来。

殷立德有些心疼，一边拍着李度的背部，一边望了一眼汪成旭，摇摇头道："今儿这酒喝不成了，不如让他先歇着？"

"也好。"汪成旭走过来双手捏了捏李度的脸，用力地晃了晃，嬉笑道："我说小度子，终究不过是有惊无险，好歹是晋绥军军政校学员，是军人，别像条死狗，振作起来！今晚小桃子就是你的'战时露水老婆'，是专门来陪你的，你可别不识好歹，她能让你高兴。"

李度使劲掰开汪成旭的手，啐了一口，道："去！你才高兴，你全家都高兴的！"

汪成旭忍不住哈哈大笑起来，正想再次伸手捏他，却被殷立德一把抓住推了出去。

二人离开之后，李度才身子一软，重新蜷缩在椅子上。他大口喘息着，额上渗出一层汗水。这期间樱桃红没有再说话，一边自斟自饮，一边默默地又无比好奇地望着李度，一直等到他渐渐平复下来，才端酒坐到他的对面，问："还能喝点吗？"

李度摇摇头。

"你多少得喝点，吃点……我不知道你遭遇了什么，可能看得出，你不是个尿人。"

"错，我就是个尿人。"

樱桃红微微一笑，站起来给他斟满一杯酒，然后坐下来自顾自地说道："我是绥远人，我们老家有一句谚语'咬人的狗不叫'。你看着面善绵软，可骨子里是个狠人。你有心，心里能藏事，不像汪三少爷那样，坏都坏在明面上。"

"错，汪三少爷也会背地里使坏。"

女人没理他，继续说下去："你一直过得不好，你想要的和你所得到的完全不成正比，原本应该不管三七二十一，谁敢咬爷，爷就反嘴咬回去。其实，那样也没什么不好，没准儿还真能闯出一条新路。可你没有，你忍了，你把所有的苦和念想都藏在心里，你在等待机会，等到了就会一口咬下去，稳、准、狠，一切就都成了。小小年纪，能忍人所不忍，也算不易……想知道这是为什么吗？"

"为什么？"李度冷哼了一声，他盯着女人，目光中明显多出一丝异样。

"因为你心里有女人！点儿背、过得不好而心里又装着女人的男人往往就会变得阴狠，甚至永远不会认尿。所以，小看谁也不能小看你，得罪谁也不能得罪了你。谁让你一天不舒坦，你就会让他一辈子不舒坦，还是不死不休那种。应的还就是那句老话'咬人的狗不叫'，本姑娘说得可对？"

"沾点边儿。"李度避开女人的目光，淡淡地回了句，"但，也不尽然。"

女人妩媚地一笑，似乎并不在意，继续说道："其实，人活着，最说不清的就是一个'争'字，就是老话说的'树活一张皮，人争一口气'。甭管是平民百姓，还是达官显贵，都是一样的。百姓争食，富商争利，官爷争权，皇帝老儿争疆土、争美人，站得越高，争的东西就越多。人们都羡慕神仙，却不知道他们眼中的所谓神仙，更野蛮、更贪婪、更残暴，想索取的更多，也就活得更痛苦。但这就是人世间的根本，没人能躲开。有人说，不争才是王道。可是你不争，别人就会夺走你的一切，你能眼睁睁地看着失去一切，包括你的生命和爱人，而无动于衷吗？反正我不能，虽然我只是一个风尘中人，但我也要争，还要拼命地去争。我的野心不大，只想别穷死，自由自在地活下去。"

"结果呢？按说你的野心并不大，你也拼命地去争了，可在这样一个充满污浊的人世间，你的愿望实现了吗？没钱没势，还想自由自在地活下去——在眼下不过是一种奢望，而且还是一种几乎不可能实现的奢望。"

"那……你的意思是不用争？"

"我的意思是作为底层的人，争与不争都没用。最终不是饿死、穷死，就是被人欺负死。"李度虽然语气平静，但平静的语气里，却隐含着无尽的无奈和愤慨。

"可啥也不做，就是等死，不就一点儿指望都没有了吗？"

"对穷人而言，要想活命，唯有造反，岂不闻'吃他娘，喝他娘，闯王来了不纳粮'？造反杀戮，有时候也是一种救赎，当世界已经混乱，人们分不清是非善恶并开始颠倒黑白的时候，以暴制暴，就有可能是对世界最好的救赎！当然，这不过是几句酒后醉话而已，当不得真。倘若你再追问我造谁的反？我就只能举手投降了，因为我也不知道。"

女人瞪大了眼睛，连连点头道："甭管真话还是醉话，李公子能有这样的见识，小女子佩服。难怪人们常说'高台藏鼠辈，乡野卧麒麟'呢！"

"有些事情，看得清楚并没有意义，能影响世界未来的，才是真英雄。"李度直起身来，猛地端起酒杯一饮而尽，再斟满，"大姐聪慧，好口才。难得的是，都惨成这样儿了，还有股子不服输的心气儿，你才是我辈男儿该佩服的人。来，走一个！"

如此，边喝边闲扯着，一坛老白汾酒渐渐见了底，李度脸上的灰白完全褪去，换上了一抹红彩。女人似醉非醉，酒的力量似乎已使她的肢体语言完全变成了一种勾人的娇憨，或含混暧昧的暗示，软软的、嗲嗲的，娇喘微微。端坐一角的他一眼就看穿了女人的清醒。女人很优雅地将脸贴在酒桌上，无力地举着酒杯，眼睛却斜斜地勾着男人，精致的脸和婀娜的身体散发着诱惑的气息。男人则直勾勾地盯着女人，棱角分明的脸庞，竟呈现出前所未有的柔和。他配合着女人的娇憨，不动声色地将女人引入自然的打情骂俏。只有冷眼的内心，才能借热烈的酒液看出女人的狡黠。

女人给他倒了一杯温水，他没有迟疑，接过来一饮而尽。

与酒相反，水是内敛的，水引出的幻象，竟是一幅恬静而又充满诡谲的乡村画面——

春天化雪或是夏天的雨季，溪流便会择地而出，沿着兰村村边绘出无数网格，然后融入南边的滹沱河里，整个村子好像都具有了水的亮度。这时候，一个男孩，一个醉得仿佛刚刚学会走路的男孩，蹒跚地从一座古雅而又破败的院门走出来，他走在阳光里，身上的绸衫像一团碎布，脸上还有几道明显的掌印和瘀青。

尽管正午的太阳非常热辣，他却毫无感觉，也没有什么方向，任由地势的倾斜引导着他，朝着村外、朝着下面走去。他当然不可能走得太远，因为不论他朝哪个方向走都会有小溪拦住他的去路。这种溪流很细，很浅，最多一尺来宽，通常不会对大人构成障碍，但对一个六岁且还微醺的孩子就不一样了。

男孩停在了小溪旁，想了一下，蹲下来，很认真地看着欢快的流水。这时村子里一个人也没有，好像整个世界只有天、地和这个六岁男孩。男孩看了一会儿流水，试着伸出一只小手去拦截，水很急，结果水流一下顺着他的手涌到他身上。

水好像有一股神秘的力量，使他一屁股坐在黄土地上。他愣愣地坐着，坐了一会儿，显然感到了某种恐惧，但这点恐惧对一个人来说，不管他多小，根本算不了什么。他果然再次坐起来尝试，他已经变得谨慎，没有再跌倒。

他没有玩具，什么都没有，褴褛的衣服可以证明他已不可能再拥有什么玩具了。可是他依然要坚持玩水，要使用工具，这是人类的天性，结果他发现了鞋。是的，他的鞋——刚才的水流打湿了他的鞋，他感到不舒服，坐下脱鞋。

他把一只鞋拿在手里，端详了一会儿，然后毫不犹豫地把鞋浸在水里。鞋里瞬间就灌满了水，他提起来，倒下去。他快乐极了，自己笑，好像他有多伟大的发现。他的确玩得非常开心，玩得浑身上下都是水。后来他可能玩得有点累了，结果一失手，鞋就掉在了水里。那只鞋漂走了，漂得非常好看。男孩没有去追，他非常好奇，直到他的鞋子漂得看不见了。

男孩看了看沙地上的另一只鞋，拿起来，毫不犹豫地轻轻地把它放在水流上，鞋子漂起来，顺流而下，男孩看着，一动不动，脸上的笑容消失了。他凝视着远处，眼神深刻，那一瞬间，他的整个样子就像一尊小铜像，一尊迷惘的小铜像。

他看看地上，两只鞋都没有了，这回他是真的一无所有了，而且也没了玩的兴致，于是打算赤着脚走回家去。这时候，另一个男孩走了过来，一样的精瘦高挑，只是比他要大上几岁，身上的绸衫光鲜整洁，脸上也没有掌印和瘀青。大男孩走到他身边，一眼就看见了他的赤脚，顿时皱了皱眉头问他鞋哪儿去了。小男孩指了指远处，喃喃道："去找爷爷了……只要跟着水流走就能找到爷爷和奶奶，我爹说的。"大男孩摇了摇头说："你爹早死了，被阎会长给毙了！就算还活着，那也是胡说八道！这下你要挨耳光了。"

"挨谁的耳光？"

"还能有谁，我爹呗，他一耳光能把你扇到滹沱河里去，你扛不住的。"

"那……那我，找我娘去。"

"找个屁！你娘也早没影儿了，我刚从你家出来……还是跟我进城吧。"

"进城？"

"笨吧，连进城都不懂。走，带你去开开眼，见识一下城里人吃啥饭，屙啥屎，再顺便给你弄双鞋！"

于是，小男孩任由大男孩牵着手顺溪而下，跟跄中带着无限的惶惑。

于是，在水流交叉的郊外原野上留下两串无序的足迹，穿鞋的和赤脚的……

李度的悲剧就在于他总是分不清幻觉和真实，就像分不清历史与现实一样，总是习惯性地把二者搅和在一起。比如在刚才的这个幻象中，那个赤了脚的小男孩是不是自己，他就有点吃不准；但那个大男孩就是汪三少爷汪成旭，他又确定无疑。

自从 1937 年 10 月这个令人心悸的早晨之后，他就与汪三少爷及其一家人结下了不解之缘，而在此之前，他完全生活在另一个世界里。那是乡间一幢带花园的西式小楼，小楼只有两层，但高而尖的哥特式穹顶却有着无限想象的空间，给人以庄严、超越的感觉。楼前的花园边缘，有一条清澈的小河，环绕着，终年汩汩不息地流淌而去。那是娘最钟爱的一条水流，当爹不打仗在花园里练拳的时候，娘便抱了他在水边玩耍，还总喜欢用水泼湿他红红的脸蛋儿，自言自语道："凤眼儿不怕，凤眼儿是男子汉，凤眼儿长大了就顺着这水流向南、再向南，去太原，去上大学堂……"他便也咿咿呀呀地应和着年轻的母亲，尽管他压根儿不知道大学堂为何方神圣，更不知道太原在什么地方，但他却感到了娘对水的迷恋，感受到了水与自己所生长的这个家族的神秘渊源。

但这些，都在那个早晨突然中断、失去了。

那个早晨，没有阳光，没有鸟鸣，只有一对灰色的影子——爷爷和奶奶，他们像风一样，从小楼里出来，相互搀扶着走出院门，走向湍急的滹沱河，走进水里就再也没有回来。于是，李度和母亲开始哭号，那当然是一种撕心裂肺、歇斯底里的哭号，哭号声向远方传去，尖厉的声音在当初寂静无比的黎明里突然响起，并且经久不息。顿时，即便是回想中的童年，也在瞬间变得战栗不已。

那时，他还没出过远门，没上学堂，没读过书，没有知识，不知道怎样才能把昏厥的母亲唤醒过来，便只能抱了母亲继续哭号。陪着他一起哭泣的还有一个小姑娘，母亲说是她从战场上捡回来的孤儿。待他俩边哭边把娘拖到水边时，已经累得连号哭的力气都没有了，于是他俩便糊着满脸的鼻涕眼泪在水边睡着了。没人知道他们究竟睡了多久，反正当他醒来的时候，两个男人牵着两匹大马走进院门来到了水边，站在他的面前。准确地说，是一个精壮粗蛮的大人和一个衣着光鲜的少爷。那大人先是斜眼瞥了瞥他，然后便用一种十分粗鲁而又不屑的口气说了一句话：

"嗯，这小杂种，大概就是咱们要找的人了。"

少爷立刻蹲下，将他扶起来，扯起衣襟，像擦一颗沾了泥巴的土豆那样擦去他脸上的污秽，还有意无意地顺便伸手在他的裤裆里摸了一把，扬起脸很得意地对大人说：

"是个男的。没错，我爹让咱找的就是他！"

毫无疑问，这两个人就是汪三少爷和灰皮连长。那时，一身老农扮相的灰皮连长没顾上理睬汪三少爷，他正眯着两眼仔细打量着已然颓败的花园和空空荡荡的小楼，竭力想象着原主人生前的骄奢淫逸和醉生梦死，顿时气愤起来："奶奶个熊，一个死鬼丘八居然住上了这么好的狗窝，真是老天无眼！"

汪三少爷忙伸出手指放在嘴边做了个嘘声的手势："嘘——老灰皮，说话文明点儿，李军长也算是个英雄，不可随意亵渎！"

"屁，甭管打仗还是弄女人，他李服膺跟咱汪司令比，差的不是一星半点儿！"

老灰皮唾了一口，觉得还不解气，回手用粪叉子从背篓里又出一团新鲜的牛粪，抡臂一甩，便立刻在小楼白色的屋顶上留下了一摊赫黄色的印迹。他忍不住嘎嘎大笑起来，笑完了，才想起他此行的任务，回过身来仔细看了看水边半死不活的孩子与大人，问道："小杂种，这儿怎么还有两个死人？"

"你才是杂种，你全家都是杂种！"男孩擦把脸恶狠狠地回了句嘴，然后转向汪三少爷，"那是我娘和我妹，你能帮我把她们弄醒吗？"

汪三少爷看向了老灰皮："你是警卫连长，这儿，应该有办法。"

"屁！老子杀人有办法，救人？没把握，试试吧。"

说着他伸手将女孩一把拎起来，看也不看便张开手爪朝她屁股上猛抽一掌。女孩醒了，立刻哇的一声大哭起来。老灰皮顺手将她扔给男孩，一瞪眼："还号？再号就真的都死了！"男孩大怒："坏人，你敢打我妹，我跟你拼了！"说着放下女孩便一头撞向老灰皮，这一下来得突然而又迅猛，竟把铁塔似的老灰皮撞了个趔趄。老灰皮嘿了一声，正要对男孩施以重手，却被一旁的少爷拉住了："得了，咱有任务，你还是赶紧把大人救醒吧。"

老灰皮这才悻悻地蹲下去，用拇指掐住了女人的人中。

嘤的一声，女人醒了，先是一阵迷茫，接着便爬起来紧紧搂住两个孩子，低了眉眼冷声道："你们来晚了，这院子从里到外已经被人抢了三回，什么东西都没有了……"

"说屎甚哩，"老灰皮火了，拍拍胸脯瞪眼道，"看清楚喽，老子是堂堂的晋绥军军官，不是土匪强盗！"

少爷忙咳嗽一声，上前制止了老灰皮："这位姨，敢问您可是李服膺军长的太太？"

女人点点头："他死了，只留下我们孤儿寡母……你们是晋绥军的？"

少爷没接她的话，嘻嘻一笑道："那您一定知道13集团军总司令汪敬谷了，我就是汪敬谷的三小子汪成旭，这位是司令部警卫团的灰皮连长。奉我爹的命令，特意化了装来接李军长的家眷。"

"接我们？去哪儿？"

"当然是进城，去太原呀。日本人已经打到了平型关，这儿马上就要变成战场了。"

女人顿时长舒了口气，挺直了腰板，微微一笑道："原来如此，你就是大名鼎鼎的汪三少爷，真是耳闻不如一见。你爹与我那死鬼男人不仅是同窗，还是烧过香、磕过头的拜把子兄弟。多谢汪总司令还惦记着我们。"说完，将两个孩子往前一推，"那就烦劳汪三少爷把他们兄妹俩都带走吧。这丫头叫陶蓝，是61军独立旅400团陶团长的孩子，陶团长战死在了天镇，陶太太失踪了，我就收养了她，小小年纪就没了父母，还望汪三少爷善待。"

汪三少爷微微一怔，问："您……不跟我们一起走？"

"61军打散了，我留在这儿好歹还能让弟兄们有个寻找处，也算是个接应。"

老灰皮眉头皱了起来，小声道："三少爷，司令的命令是只接李军长的家眷，这丫头……"

汪三少爷打断了他，嬉笑道："一只羊是赶，一群羊也是放，多带一个无所谓；而且，我看她跟我那成芳妹子年龄相仿，带回去也是个伴儿……就跟我爹说，这主意是我拿的，与你无干。哎，对了，姨，您儿子叫什么？"

"官名李度，小名叫凤眼儿。"

"啥？啥眼儿？"灰皮连长的脸上露出十二分的惊讶和十二分的蔑视——普天之下，哪有给自家娃儿起名叫啥"眼儿"的？也不怕脱了口叫成"屁眼儿"？还军长哩，连个名儿都不会起，阎会长毙他毙得不冤。不想汪三少爷却瞪了他一眼，小胸脯一挺，大声道："打今儿个起，他俩就归本少爷罩着了，谁也不能无理……嗯，你，那啥眼儿……嘿，这名字确实不好听，得改改。你大名叫李度，往后就叫小度子吧，你会骑马吗？"

于是，在一九三七年十月的那个早晨，凤眼儿就成了小度子。

不管怎么说，李度都应该感谢汪总司令一家人，尤其是三少爷汪成旭，没有他们，便没有李度兄妹之后的所有成长，也就没有了李度的今天。从离开崞县的兰村老家到太原，先入百川小学堂，之后随着太原沦陷，一路南撤，临汾、吉县，吉县的克难坡、宜川的秋林镇，再一同升入晋绥军第13集团军军政校，在近十年的时间里，李度没少受过汪三少爷的恩惠。即使在眼下，这样一个因过度惊吓而显得无比烦躁郁闷的夜里，一想到汪三少爷，他心里仍感到一阵温暖。当然，他也有对汪三少爷不满意的地方，比如他的油滑、他的纨绔、他的自以为是……再有，就是此刻陪在他身边的、被人戏谑为战时露水"老婆"的女人，亦纯属由汪三少爷一手策划、自作聪明、自作主张硬塞给他的。这就是个局，虽无恶意，却使他原本冷静笃定的心一下变得复杂、灰暗起来。

其实，在颠沛流离的过往日子里，类似的恶作剧汪三少爷跟他玩过无数次，他厌恶却又避无可避。

他不明白这是一种命运的不幸还是新生前的死亡。他只觉得自己生活在一个秩序、势力和道德、人脉相混杂的夹缝中，里面充满了较量、讹诈、虚伪、狡黠以及韬光养晦与生死博弈，这个夹缝改变着他原有的形象和原有的思想。当他醒悟过来时，发现自己早已面目全非了。

浑浊的光线，会使整个世界都失去原有的真实。

而失真了的万物，就会显得特别模糊和沮丧，就像被污染的水面上变形的倒影。

这是李度入夜之后的感觉。这种感觉使他周围平添了许多雾气。

于是，他在心里长叹一声，放下酒杯抬起头来，望一眼女人道："酒也喝了，菜也吃了，话也说得够了，大姐您这就打道回府吧。"

"走？"女人惊讶地眼眉一挑，"汪三少爷可有交代——活儿没干完，我不能走。"

"扯淡！"李度摇摇头，站起来跟跄着朝卧室走去，"樱桃红，今儿个起你记住，汪三少爷是汪三少爷，我是我。汪三少爷让你怎么做我不管，我想怎么做汪三少爷也管不着。你别跟我叽叽歪歪的，惹恼了，我也照样能让你没好果子吃！滚！"

女人站起身来，并不介意他的粗莽，妩媚地一笑，轻轻说道："也罢，有缘则达，有灵则至。本姑娘就在门外杵着，公子啥时想了就唤一声。"

李度没再回头，没洗漱也没更衣，就那么一身臭烘烘地倒在床上，沉沉睡去。

梦境是混乱的，还有点惊悸，有点温馨。梦中的李度不由自主地又重新跌回童年，跌回到令他遐想、振奋而又无比憎恶的羊八井。

羊八井是临汾的一处古要塞，坐落于城西郊外，有一条沙河，还有数不清的小溪和黄堰，一路东延汇入汾河。一九三八年的山西百川小学堂迁至临汾后就暂时设在了羊八井。

李度七岁时的最后记忆，是他在奔跑。

记忆重现了百川小学堂的前身——山西陆军小学堂昔日作为"英雄学校"的辉煌与荣耀。从辛亥革命推翻帝制之前开始，在长达数十年的山西发展史上，这所学校曾先后培育出了一位大都督、五个副都督、二十个将军和二百多名立有卓著功勋的晋绥军官佐。而成就学校的所有努力就是读书之外的严酷军训，其中负重长跑是最基础也是最常规的。打起背包从羊八井一直跑到汾河西岸，略做休整再走回来，往返全程足有十多公里。虽然背包只是一条象征性的叠成方块的军毯，可对一群不到十岁的孩子们来说，无疑还是有些残酷。

起初，李度是被收容的，凡是无法坚持跑到终点的学生都会被一辆马车驮回去，然后由教官监督集中在校训碑前罚站反省。但没过多久，李度便摆脱收容，强势闯入了长跑的中间方阵，就像他入学插班，仅仅两个月的时间，便以优异的成绩连跳两级，从一年级跳入三年级，与早两年入学的汪成旭编为同班。如是，也就顺理成章地结识了汪成旭的另外两个铁杆：殷立德与阿格布尔。他们自然都是有些家庭背景的，殷立德是太原城南清源县一霸、殷家堡堡主的大公子，阿格布尔则是代州雁门关前、大名鼎鼎的侉佽人村寨——铁寒寨的未来少寨主。

学堂设有一个女生班，女生班不分年级，但也需参加军训，只是指标减半，但能超标完成考核的皆有重奖。陶蓝跟汪成旭的妹妹汪成芳一个班，汪成芳也有两个铁姐们儿，一个是殷立德的妹妹殷立琼，一个是阿格布尔的妹妹阿格布花。还有一个小女生叫梅冬潮，是阿格布花的小闺蜜，她爹在太原宁化府街上开着一家不大不小的酱醋坊。四女都长得清丽俊俏，注定成为百川小学堂里一道靓丽的风景线。

那天的负重长跑，他们八人自然组成了一个方队，以汪三少爷为首，经过李度的充分筹划和计算，由男孩们分担女孩们的背包、重物，一路抱团拉扯着，居然破天荒地最先抵达河岸，拔得头筹，眼瞅着这回的考核重奖非他们莫属了。

先是歪七扭八地躺在河岸的草地上喘息，然后一同扭了脸探头向河面张望。这时，殷立琼爬过来缠上了汪成旭：

"旭哥哥，那桥怎么忽悠忽悠的，是用什么做的？"

"用船。"汪成旭扭过头来撇撇嘴，"叫浮桥，浮在水面上，所以才忽悠忽悠的。"

"那，船是什么做的？"

"洋灰做的。"

"那它怎么不沉下去？"

"笨吧，小琼子，"汪成旭不屑地扭回了头，"没看见上面有麻绳吊着？"

啥？麻绳吊着？一旁的殷立德微微一愣，颇为狐疑地转向李度，小声问道："汪三少爷胡说呢吧？"

当然是胡说，而且还是一本正经地胡说八道！但李度忍着没把这话说出口，只是微微一笑，默默地把头扭向另一边。一辆道奇吉普从远处驶来，停在不远处的树林里，老灰皮从车门探出身子，拼命朝这边招手。

李度不由得摇摇头，道："瞧，汪三少爷，你又可以作弊了。"

汪成旭顿时跳起来，大喜道："嘿，老灰皮真是个好样的。来得早不如来得巧，快快，大伙儿一起上车，我看这回的重奖谁还能跟咱爷们儿抢！"

大家哄的一声都跟着汪成旭跑了过去。

李度没有动，陶蓝见了，便又折身返了回来，低声道："哥，我陪你。"

"别，你们女生已经超额完成了考核，坐车回去也不算作弊。"

"那你呢？"

李度苦笑了一下道："汪三少爷作弊没事，他是衙内，有靠山。可我不行，这点自知之明还是有的……我不想惹麻烦。你去吧，听话。"

那边的汪成旭早怒了，指着李度大喊道："小度子，你他妈的找死吗？总跟爷们儿尿不到一个壶里……小尔子别理他，去，把小蓝子给我驮过来！"

精壮高大的阿格布尔闷声走来，看了一眼李度，然后一把抓住陶蓝的手臂，不由分说把她扛在肩上便返身朝树林走去。本以为这事就这么结了，可没想到，当李度咬紧牙关、筋疲力尽地回到学堂，校门口的一个马脸教官拦住了他。

"你叫李度？有人举报你考核作弊，真是胆大包天啊！去，滚到校训碑前，罚站一夜，深刻反省！"

李度："……？！"目瞪口呆，气破胸膛。

教官的话就是命令，不能辩驳，也不敢辩驳。

那一夜，冷风夹杂着饥渴，周身战栗，还要一遍遍地默诵石碑上由省主席赵戴文亲撰的校训：忠于会长，当立鸿鹄之志；效力三晋，应有不屈之心……

生活给他的印象一直就是这么残酷。离开老家之后，从太原到临汾，再到吉县，原本由加倍的苦读、苦练而渐渐滋长起来的热望，随着时间的流逝又渐渐消失了，消失在茫茫无际的山沟野洼中，取而代之的是无助的恐怖和凄凉。他总是被难以言传的压抑和苦闷包围着，希望有那么一个时候能尽情发泄一下，或是面对苍天声嘶力竭地吼叫，或是面对大海一阵拳打脚踢，或是将山峦叠嶂一掌劈成两半，或是干脆两把将日月星辰抓下来揉成粉末。当心中的狂想掠过脑际换来一阵失望之后，他觉得人是如此渺小，如此无能，一切伟大和豪放之辞都成了鬼话。莫非这就是命？如此下去，别说成为英雄，就是当狗熊也会有数不清的无奈和苦弱相伴，铁定的。

倘若他那个当军长的爹还活着，就是另外一种情形了，这也是铁定的。

可他的父亲不仅死了，还顶着"擅自弃守阵地"的恶名，这挂落太沉重了，沉重得几乎注定他一生再难出头。尽管他不甘，不服，心里总有一股劲憋着，但也明白，在相当长的一段时间里，他必须苟着、忍着，活着像只过街老鼠，才有可能建功立业，重振家门。

煎熬着，好歹坚持到一九四四年，百川小学堂毕业。沾汪三少爷的光，他们四个顺利升入晋绥军第13集团军军政干部速成学校，西渡黄河奔赴宜川秋林镇；四女则随女生班一起转入太原沦陷后又重新组建的进山中学，新校长就是大名鼎鼎的省政府主席赵戴文的独生儿子赵宗复，校址在隰县。他们在吉县克难坡分手，约好了：都要好好活着，打败日本鬼子，在太原重逢！那天傍晚，蛋黄似的夕阳刚刚坠下，依依惜别之后，众人散去，只有陶蓝来到他的身边，小姑娘已明显长大了许多，默默塞给他一方手帕，定定地望了他，颇不放心地幽幽说道："哥，你好好的，一定要好好的！"

手帕上绣着两个字：好运。

他不由得苦笑了，收起手帕，想说的话很多很多，最后却只干巴巴地挤出一句："你也好好的……"便硬着心肠转身离去了。说实话，他不相信运气，尤其不看好自己。

果然，一年后日本鬼子战败投降，至次年年底，省境受降接收完毕，军政校跟随省府机关大规模地一同胜利回迁太原，偏偏李度被留下了。校方的理由冠冕堂皇：各科成绩优异者组成教导小队，由一名李姓教官指挥，协助善后。如此，他比汪成旭他们三人晚回了整整半年，而且就在返回太原的前夜，在首义门外，可以说是在晋绥军重兵防守的眼皮子底下，竟意外遭遇一支不明武装的猛烈袭击，二十多人的教导小队连同教官一起，全军覆没，只有李度死里逃生……

二

李度醒来的时候，已经日上三竿了。殷立德坐在床边，正一脸怜悯地望着他。

他赶忙坐了起来，使劲晃了晃发沉的脑袋，连声道："糟糕，怎么一下就睡过头了……你早来了？也没叫醒我。"

殷立德摇摇头道："看你睡得很沉，有些不忍。反正有时间，多睡一会儿也没事。你还是先去洗洗吧，实在是太臭了，这屋子简直就像个猪圈。"

李度充满歉意地笑了笑，赶紧跳下床推开窗户换气，然后连蹦带跳地跑进洗手间。

稀里哗啦的，不一会儿，他便裹着浴巾跑了出来，手里还捧着草草洗净的军服道："快，叫樱桃红来，让她想办法赶紧把这衣服烘干，我得赶回军校复命……"

殷立德抓过他的军服，一甩手便扔进了垃圾桶，然后把他摁在床上。"那身狗皮晦气，不能再穿了。你踏实歇着，汪三少爷昨夜就赶回军校替你复命去了。一个教导小队只有你一个人活着回来，这事说大不大、说小不小，按程序，你至少要先进特警处的返干团接受审查，不脱一层皮你出不来。我俩商量了一下，还是让汪三少爷去应付要好一点儿。"

李度眉头一皱，疑惑道："可他……啥也不知道呀，如何复命？"

"就是因为他啥也不知道才好糊弄，他是'靠山王'，一通胡搅蛮缠，没有他摆不平的事，你就甭操心了。"

李度这才放下心来，点点头道："有靠山就是不一样，牛，我服。"

他接过殷立德递上的一身簇新的月白色内衣裤，穿好，然后望了一眼一直盯着他的殷立德，凄然一笑，说："我知道，你想问我，我是怎么死里逃生的，你可怜我。"

殷立德忙摇摇头道："不是那个意思，我就是好奇，咱们几个里，偏偏就你，怎么总是那么点儿背呢，什么坏事都能让你遇到……唉，你要觉得不好说就不说。"

"没什么不好说的，就是太狼狈了，说出来丢人。"李度拿了块毛巾站起来，边擦着湿漉漉的头发边走到窗前，这才发现，除了浑身酸痛之外，后脑勺上还有一个硕大的鼓包，一碰便隐隐作痛，仿佛在提醒他昨日那个无比凶险的黄昏。

实际上，如果没有那个黄昏，他这半年可以说是无比幸运无比幸福的。而所谓的幸运与幸福皆缘于一个叫李剑的教官，一个专门负责训练学员擒拿格斗的教习。

起初，他以为自己被留下来又是汪三少爷的一个恶作剧，因为这家伙总喜欢捉弄他，看到他犯糗的样子比自己捡个金元宝还高兴。后来才知道这事跟汪成旭没有一点儿关系，他是被李剑教官指名道姓向校方要下来的。此前，他与这位教官不熟，可以说没有一点儿瓜葛。就在留守后的第二天，他蹲在档案室，正清理打包需要带回太原的机要档案，李教官走了进来。他人长得颀长精壮，五官方正冷峻，黝黑的脸上有一道明显的刀痕，不笑的时候会给人一种狰狞的感觉。李剑走到李度身边，一脚踩在他正在打包的木箱上，居高临下地盯着李度，然后摇摇头道：

"扯淡，你不该干这些烂事！"

李度有些发蒙，摊摊手说："这……不都是您给我们指派的任务吗？"

李教官没理他，收起脚踱了几步，转过身来冷声道："想学点真本事吗？就是能自保能杀人的那种。"

李度霍地站了起来，双眼放光："当然，做梦都想！"

"为什么？"

"活下去，守护自己，守护自己所爱的人，不受欺负。"

"那就要承受常人难以承受的苦和累。你，行吗？"

"只要死不了，什么苦我都能承受。"

"真话？"

"绝无半句假话。"

"不后悔？"

李度毫不犹豫，无比肯定地点点头。

"那好，你跟我来……"

他跟着李教官来到校园后院一隅。那是一处相对封闭的小型训练场，是教官专属的练功场所，平时是禁止闲杂人等进入的，包括学员。由于迁址，已经变得空无一人，但各色石锁、沙袋、杠铃、壶铃等训练器械仍遗留在场边。

"从今天起，这儿就归你了。"李教官一指场边的排房，"看见了吗？最右边的那间屋是你的住处，里面过日子的东西一应俱全，你就在这儿自我训练，不许出去，也不会有任何人来打搅你。至于每天的吃喝，我会吩咐伙房派专人给你送来。"

起步是体能训练，这是基本功，必须打扎实了。接着，李教官告诉了他每一件器械的用法以及每天的训练强度，那些数字极为骇人。

最后李教官指着三种型号不同的沙袋说："除了完成刚才我说过的那些器械训练之外，还要完成负重训练。那沙袋，重量分别是五斤、十斤和二十斤，根据你的力量增长循序渐进，一旦绑到身上，不经我的允许不准摘下来，即使是吃饭、睡觉也不许摘。这场地一圈是二百米，每天早、中、晚，各负重跑二十圈，雷打不动！记住了吗？"

李度点点头道："记住了。"

"那就开始吧，我会不定时地来检查、指点你。"

看着李教官离去的背影，李度仍旧有点蒙：这就是要教我的真本事？

虽有些疑惑，可在执行的过程中，他对每一科目、每一步骤的训练都力求做到一丝不苟。每天除了吃饭睡觉，其余时间他几乎都是在严酷的训练中度过的。就这样，经过最初的苦熬，他明显感觉到了自己身体的变化，全身变得硬实，心脏跳得怦怦有力，腰肌、腹肌呈现出条块状分布，四肢的力量也今非昔比。两个月后，当他将绑在身上的沙袋递增到二十斤的时候，李剑教官来了。他用手捏了捏李度的臂膀，满意地点了点头道："还行，你没有偷懒。今天教你两项专用技能和两个基础的身法与步法，我做个示范，你看好了——第一项叫蝎子爬，要把身子倒立起来，双手当脚向前跳跃，循序渐进，每日一百米；第二项叫龙须冲，身体面地扑倒，脚尖绷直，双手分别用拇指、食指和中指撑地，向上冲顶，每组五十个，每天十组。身上的沙袋不许摘下来。"

头两项动作简单，李度学着练了几次便很快掌握了基本要领，至于质量，还有待日后无尽的训练才有可能做到完美。之后的身法"青龙摆"和步法"麒麟闪"就复杂多了，身体与四肢的扭摆闪动，角度往往匪夷所思，还需要气息的配合。李度足足用了一整天才勉强掌握。李教官禁不住皱紧了眉头，叹口气道："小子，你的毅力不错，但悟性差点，可以倚仗的唯有勤能补拙，苦练吧，没有捷径可走。"

李度有些惭愧，但并不气馁："教官，给我点时间，我不会让您失望的。"

"越往后难度越大，悟性不够就愈发艰难。而咱们的时间不多了，能不能学完，全看你的运气。"李教官说完，难得地笑了笑，无声地拍了拍他的肩膀，转身离去。

这回李度忍不住了，放大嗓门追问了一句："您教我的是啥功夫？"

李教官没有回头，只留给他一句："不须多问，日后自知！"

三个月头上，李教官再次走进院门，手里捏着根细长的鞭杆，把李度叫到跟前说："前面都是铺垫，是基本功，今天开始教你正经本事——共十八手，又叫十八打，是这门功夫的精髓。我时间不多，你务必用心！"

十八手分别为：一、青龙探爪；二、龙女照镜；三、怪蟒翻身；四、腋下偷桃；五、踹膝锁喉；六、二龙戏珠；七、玉龙盘腿；八、劫肘扣带；九、黑龙摆爪；十、乌龙摆尾；十一、金银双钩；十二、瞒天过海；十三、金鸡独立；十四、龙盘玉柱；十五、毒龙出洞；十六、野马奋蹄；十七、单掌摧碑；十八、骑龙入水……

单单这些招数的名称，就让李度感到头皮阵阵发麻。

李教官扔下鞭杆，开始教授，一边做着示范，一边念念有词："……青龙探爪，又叫空手夺刃，左腿迈出做麒麟闪步的同时，右挑膝，左立掌向前振击；右手成爪于膝外侧向下砍击，目视右膝。随即在右脚向后落地成左弓步的同时，右爪前击，左拳收于腰间，目视前方。注意，全套动作要迅疾连贯，右爪砍击、前击要有力……"

李度瞪大眼睛，一边跟着动作一边努力记忆，也顾不上气息、力度的配合，竭尽全力先做到照猫画虎，把动作做完。偏偏，李剑的示范只做一遍，之后就捡起鞭杆站在一旁，目光严厉地盯着他，只要出错便是狠狠一鞭杆，每每抽得李度浑身一哆嗦。仅仅半个时辰下来，李度的双腿、双臂、右手上已然是鞭痕累累了。但他咬紧牙关忍耐着，一声不吭，心里却发着狠，不断按照脑海中的回忆，一遍遍重复练习，一遍遍不断矫正自己。

幸好，他的前胸、后背都绑了沙袋，替他挡了不少鞭痛，晚间还能躺下睡觉，否则就只能以麻绳绕梁挂着假寐了。一天下来，他身心俱疲，睡得像条死狗，完全不知夜里有人用樟脑油在他的青肿处擦抹按摩。他是第一次接受如此高强度的训练，也是第一次知道习练武功还需要经受如此严酷的考验。之前，他也见过汪成旭他们三个练功，他们都是自小便有家庭武师传授，挥拳踢腿，有模有样，羡慕得他眼圈发红。汪成旭练的是七星螳螂拳，殷立德是太行形意拳，而阿格布尔则是侉侬人的胡璇铁臂拳。先前他只觉得他们闪转腾挪得十分好看，却猜不出他们曾经也吃过像他这样的苦。尤其是汪成旭，一个被宠坏的纨绔子弟居然也能受苦？真的难以想象。

整整十天，李度吃尽苦头，总算跌跌撞撞、连滚带爬地攻下了十八手。

李剑教官也破天荒地陪了他整整十天。

最后一天夜里，伙房送来了一份极为丰盛的晚餐，三荤一素一汤：平遥酱牛肉、祁县卤猪肘、代州熬鲇鱼、太谷菜盒子、洪洞莲子羹，还有十个运城大馍，外加一坛老白汾酒。菜量不大，却都是三晋美食。大餐啊，真是久违了！对李度而言，所有关于美食的记忆都停留在六岁之前，之后这十年的学员生涯能勉强吃饱就已属万幸；至于美味，连眼见都成了一种奢望，更遑论品尝。他忍不住瞪大了眼睛，垂涎欲滴。

他心急火燎地给教官斟满，给自己也倒了一杯，然后两眼便死死盯住菜肴，片刻不离。

李剑点点头，先呷了一口酒，然后朝他努努嘴道："别装了，吃吧。"

顿时，什么斯文、礼貌、客气、谦让，统统都被抛到了九霄云外，剩下的只有两个字：饕餮！一口馍，一嘴肉；一杯酒，满口鱼；婴儿拳头般大小的菜盒子一口塞进两个……鼓胀的腮帮在飞快地蠕动，唇齿之间大开大合，仿佛没有了咀嚼，只剩下吞咽。风卷残云，一扫而空！转瞬之间便完成了"三光"：盘光、盆光、碗光。只剩下一个馍，还是特意留给教官的。

他感到一阵羞赧，低垂了眉眼，不敢直视教官，抹了一把汗，喃喃道："不好意思……我……我吃得太快了。"

李教官呷了口酒，哼了一声道："饭量不错，速度一绝，就是吃相太难看，缺了家教！"

"您批评得对，确实不太文雅……饿怕了，成旭他们总是笑我饿死鬼托生。"李度讪讪地咧咧嘴，边说边将剩下的那个馍轻轻地推了过去。

教官顿时满脸黑线："算尿咧，装什么孝顺？还是留给你当夜宵吧。"然后呷着酒若有所思："不应该呀，晋绥军官佐多少都会练两下子，汪敬谷是七星螳螂拳高手，你爹练的是形意拳，难道一点儿都没教过你？"

李度摇摇头道："他死的时候，我才六岁……您，莫非认识我爹？"

李教官没理他，仍自顾自地说："据我所知，汪成旭、殷立德、阿格布尔他们三个，都是四岁就开堂拜师了……或许，你爹压根儿就不想让你习武从戎。"

"我爹糊涂，生逢乱世，习文就是自杀！难怪他当了逃兵，早早就让阎会长给毙了……"

"扯淡！你爹不是逃兵！"

"啥？不是逃兵？"李度大吃一惊，霍地跳了起来。

刚要追问，教官摆手制止了他："无须多问，日后自知。"

李度只好重新坐下，强忍住汹涌的好奇，把到嘴边的问话咽了回去。

李教官放下酒杯，端坐着，望着李度说道："别扯那些没用的。吃喝完了，咱们说点正经事。我传你的不是传统的武学功夫，而是一门纯粹的散打搏击术，叫暴龙十八手，又叫暴龙十八打。它融合了泰拳、柔道、空手道、擒拿、分筋错骨手等当世技击术中的精华，并将其升华融合而成的力量型格斗术。所有招数都出于实战，针对致命穴位下手，绝无半点花里胡哨的东西，是专为搏命而创造的。最重要的基本功，除身法、步法外，就是强大的臂力、腕力和指力，也就是你这几个月来主要训练的力量科目。非如此无以习练十八手并施展其强大威力。此术一经练成，遇指断指，遇骨骨折，一招必杀！正因为过于暴力血腥，这门斗术被日内瓦公约明令禁止了，不允许在军队中推广普及。所以，普天之下，会这门斗术的寥寥无几。你，是我在晋绥军中唯一的传人。

"有三点，你必须牢记并坚守：一、任何情况下都不许为非作歹；二、任何情况下都不许表演炫耀，不许与人切磋，不许好勇斗狠；三、知道的不说，不知道的不问，不到万不得已不许泄露，不许施展。"

"你能做到吗？"

"我……我能悄悄地问一句吗？"

"问。"

"三千多学员为什么只传我？为什么偏偏是我？"

"毕竟是将门之后，我不忍看你变成可怜虫。"

"那，我记住了！我保证做到！"

"当然，也不用紧张。你现在只是学了点皮毛，刚刚搭起点架子，离学成还差着十万八千里，就现在这样出去，纯属自杀。暴龙十八手，只有杀招，没有套路，既成系统又自成单元，每手与每手之间可以任意衔接组合，不同的组合具有不同的功用与威力，至于如何组合衔接、变化融通，全凭修炼者自己领悟。即使同门相遇，也会呈现出完全不同的形态。可以说，这是一门可以成长的搏击术。简捷并不简单，易学实用又博大精深。"

"可……我能学成吗？心里真的没谱。"

"选择了就不要犹豫，不要回头，即便我不在，我离开了，你也要义无反顾地坚持下去。不论多难，只要勤学苦练，日日精进，没有大成也必有小成。"

"教官，您要离开这里吗？"李度一惊，心又怦怦地跳了起来。

李剑没理他，继续说："记住，再强的技击，在枪面前都是扯淡，所以不能忽视枪法的训练。你的射击考核成绩优异，但还不够，还要苦练，要让自己达到狙击手的水平。另外，出于暴龙十八手的各种禁忌，你最好也学点其他拳术用来遮掩。太行形意就不错，你不妨找机会跟殷立德偷学几招，有个花架子就行。太行形意是形意拳的一个分支，就像七星螳螂是螳螂拳的一个分支一样。人生实苦，唯有自度。今后的路你要自己走了，但愿你能好自为之！"

貌似离别赠言。

"这么说，您是真的要离开了，您要去哪儿？"

李剑嘘口气，脸上的刀痕微微抖了几抖，点点头道："我接到了命令，要调我去83军孙福林部任参谋长，开赴沁源，明天动身。"

"去解沁源之围吗？"李度吓了一跳，忍不住一把拉住李剑的手连连摇头，"不，不不，您千万不能去！这三个月来我虽然足不出院，可绥靖公署的《阵中日报》照旧送来，晚上睡前我也能瞄上几眼。这事我知道，早在光复那年，史泽波军长奉阎会长之命率部抢占上党，先胜后败被困在长治，彭玉斌部前去解围，被共军围点打援全军覆没。或许是上党会战损失太过惨重，阎会长心中不服，时隔一年之后，半个月前又指使暂编39师偷袭沁源，同样先胜后败，再次陷入重围，现在又让83军去解围……记吃不记打，这简直就是上党会战的翻版，典型的围点打援，谁去谁死！教官，别跟我说您看不出来，这就是个局，您不能去。我不让您去，说什么都不能去白白送死！"

李剑微微一笑，甩开他的手，然后又捏了捏他的肩膀道："也没那么夸张。形势严峻，我当然知道。可命令就是命令，必须服从！我走之后，由张晶教官接任，他是我的结拜兄弟，你有什么需要都可以找他。"

李度鼻子一酸，眼里倏地冒出两朵泪花："您这么关照我……是因为我爹吗？"

"无须多问，日后自知。"

……

直送到大院门口，李度才停下脚步，望着教官远去的背影，他蓦然感到一阵心疼。夜色愈发浓郁，仿佛一团化不开的墨汁，夜风习习吹过，一种恐惧袭上心头。

果然，十天之后，也是一个暗夜，张晶教官走进他住的小屋，脸上布满了悲容道：

"沁源战败了，暂39师和83军都完了！"

李度浑身一战，心里一阵刺痛，不禁失声问道："那……李教官呢？他怎么样了？"

张晶教官摇摇头道："下落不明，怕是凶多吉少。连83军军长孙福林都被俘了……唉，当初从天镇前线败下来，我就建议李剑，收拢打散的兄弟们，趁早脱离晋绥军。都是扛枪打鬼子，哪儿不能吃这碗饭。可他不听，非要回归建制，投奔了汪敬谷。我和他在这破军校里苟延残喘了十年，指望能避开祸端。没承想，终究还是逃不过暗算。"

天镇前线？那不正是老爹当年殒命的战场吗？李度竭力控制住自己的情绪，努力让自己平静下来。他搬来一把椅子，请张晶教官坐下，然后嗓音发干、带点嘶哑地问道："您和李教官都曾经是61军的人，都认识我爹，对吗？"

"当然，李服膺军长是我们的老长官。"张晶先是点头，接着便惊诧地睁大了眼睛，"这些，莫非李剑没告诉你？"

李度没有回答，继续追问道："那么，我爹不是逃兵？"

"当然，你爹是替人背锅，死得冤屈，死得不值。"

"替谁背锅？为什么被枪毙？请您务必告诉我，这究竟是怎么回事。"

"不，不，"张晶教官竟然有些慌乱起来，连连摆手，"既然李剑没告诉你，我也不便多说什么。你还小，还太嫩，有些事情知道反而不如不知道。"

李度忍不住顿足道："可我是李服膺的儿子，我有权知道真相！"

"知道了，就有可能大祸临头！此事休要再提，我不会再说一个字。"张晶教官站起来就要往外走，却被李度死死拦住了。

"好吧……您不敢说，我能理解。那就换个话题，我有个推测，您要不要听听？"

"推测？什么推测？"

李度用身子挡住了房门，略加思索，说："既然真相变成了秘密，就说明有人不想让真相大白于天下，继而就会对每一个知情人施展阴谋，或暗中剔除，或设局封口，李剑教官就是明证。那纸调令极不简单，能越过汪敬谷，从13集团军直接调入归属第8集团军的83军，这个人的权势非同小可。权力大过集团军总司令的人，不用我说，谁都能猜到。剩下的问题是，李剑教官已经入局，那么下一个入局者会是谁呢？"

"你的意思是……我？"

"只是推测，至少您的处境不妙，还是加倍小心为好。"

张晶教官沉吟片刻，然后推开李度，走到门口又转过身来，重新打量了一下李度，正了脸色，郑重地说道："知道吗？你刚才说话的口气完全不像一个十六岁的半大小子，倒像个六十岁的老怪物。自作聪明、装腔作势，我不喜欢，很不喜欢。但我是个温和的人，不会对你强行干预。换了李剑，铁定会揍你一顿……是福不是祸，是祸躲不过。干好你的事，别成天咸吃萝卜淡操心！记住，李剑能把这门斗术传给你，风险巨大，是冒天下之大不韪，别辜负了他的一片良苦用心才是正经。"

李度一呆，陷入沉思之中，难以自拔。

接下来的日子，他又在日复一日的刻苦训练中度过。

其间，张晶教官也来过几次，只是喝酒，聊聊淡话，没一句正经。比如，张晶教官曾这样教导他，说君子之为人处世，犹如流水一样，善于便利万物，又说水性至柔，不与人纷争不休。因为他们明白，能低者，方能高；能曲者，方能伸；能柔者，方能刚；能退者，方能进。"具体到你，一看就不是君子，你是亦正亦邪，或者说，你是个精致的利己主义者。正利于你，你就选择正；邪利于你，你就会选择邪，这其实不太好，因为容易走偏，而且还不自知。就如现在，我始终看不明白你的人生信仰，或者说，你到现在都还没有找到你的人生信仰。这个问题不解决，即便你掌握了一门博大精深的技击，也不过是一柄杀人利器而已。"

李度听懂了，张晶教官是希望他内外兼修。

转眼又是三个月过去，李度终于接到了张晶教官的正式指令——收拾行装，与教导小队汇合，武装押送部分机要档案乘车返回太原。军政校的新校址就设在太原首义门外的大营盘。

先到临汾，全城戒备森严，气氛有些紧张。情报显示，共产党的解放大军已经在运城周边出现，临汾已不再安全，城外时有解放军部队出现。晋绥军34军中将军长、临汾守备司令梁培璜不敢怠慢，宴请一顿之后，即派出一个骑兵连专程护送，走走停停，一直护送到祁县东观才掉头返回。卡车继续前行，到达清源、徐沟，就算进入了自家地盘，大家都放下心来，收了枪，窝在车篷子里又唱又跳、嘻嘻哈哈地打闹起来。途经小店时，残阳西下，张晶教官似乎有些归心似箭，命令司机不做停留，加速直奔太原。只要在天色大黑之前抵达军校，这半年多的蹉跎就算功德圆满了。

李度没有加入众人的哄闹，靠着车帮，两眼微闭，在一个角落独自盘腿打坐，一支晋造汤姆森横放在双膝之上，有如老僧入定。张晶教官弯腰走了过来，推推他，悄悄塞给他一个煮鸡蛋道："快到家了，垫巴一口……我说小子，你总是这么单蹦吗？年纪轻轻的，不合群可不好。"

李度睁开眼睛，剥了蛋皮，一口填进嘴里，鼓着腮帮子嘟囔道："哼，给您一个建议，还是让他们悠着点好，别忘了我的推测……"

话音未落，便传来一声剧烈的爆响，车身猛地一震，戛然而止，就像是对李度的回应。紧接着便是暴雨般的枪弹，穿过车篷打进车里，顿时血雾弥漫，倒下一片……

遭伏击了！李度脑海中只来得及闪过这一念头。

张晶教官还算反应敏捷，立刻拔枪大喊："快！下车，就地反击！"

李度第一个跳出车外，一个横滚将身体掩在路边的乱草丛中，手里的汤姆森立刻疯狂地吼叫起来。紧跟着跳下车来的是张晶教官，他边射击边仓皇下着命令："大家别慌，三个一组，背靠背，交替掩护，朝北边的乱坟岗撤退！"

李度四处还击着，却发现对方火力实在太猛，根本无法压制，心中一急，麒麟闪的步法不由自主地施展出来，转瞬便闪入坟地。他躲在一块石碑下连续射击，掩护撤过来的众人。可队友不断在眼前倒下，二十多人的教导小队只有五六个人退了下来。

这时，张晶教官浑身是血，一个趔趄倒在他的身边，凄然一笑道："是冲我来的……你这乌鸦嘴！告你一条线索，你有个堂叔叫李佩膺，现在 11 军 73 师 36 团当团长，你爹的事，他都知道……行了，你用麒麟闪快走，什么都别管……"

屁话！就算背个人，我的麒麟闪也照样玩得转！李度一咬牙，弯腰就把教官背到了背上，这半年来的训练头一次派上了用场。他一边射击一边鬼魅似的闪着圈在坟地里穿行，密集的子弹倾泻过来，在他脚边噗噗爆响……暮色中，他终于看清了，不远处黑压压的居然是清一色的蒙面人，他们包围了教导小队，却并不靠上前来，只用火力疯狂围剿——明显是不留活口，还有所忌惮！

之后的记忆模糊而混乱，他只恍惚地记得，狂奔中几声猛烈的爆炸之后，他脚下的土地突然就沉陷下去。浓重的黑暗立即将他吞没，一股热流从他的头顶流下，沿着脸颊浸入嘴里，腥咸十足。他知道，那是张晶教官的血……

这一切，李度能告诉殷立德的也就是最后这一段，其他的就只能挑着说了。

"能想象吗？还真让汪三少爷说准了，最后救我一命的居然是一座坟！那坟塌了，我被埋进了坟里。"李度连苦笑带自嘲地说着，暗暗地擦了把泪水，扭过脸来喃喃道，"只是教导小队队员死得冤屈，还可惜了两位教官，一个殁了，一个生死不明。"

倏地，他竟莫名其妙地想起李剑教官的那句话——再强的技击，在枪面前都是扯淡！

殷立德松了口气，略带狐疑地自语道："这事有点蹊跷，自家门口，怎么可能会出现一支解放军部队？而且，还都蒙面，伏击完后还能转瞬消失……也太神了吧？"

"不是解放军，清一色的晋造汤姆森、晋造大眼盒子炮。仿货，枪声很容易区别。"

"自己人？是内讧？我日！"殷立德大吃一惊，"如此残忍，这得多大的仇！"

"神仙打架，小鬼遭殃。咱们身处泥潭却不知道水有多深。"想起两位教官的遭遇，李度忍不住喟然长叹，然后摇摇头，"这事你知我知，对外，只能咬死是解放军所为。"

"明白！"殷立德上前使劲搂了搂他的肩膀，安慰道，"大难不死，必有后福。别多想了，穿好衣服收拾一下，咱们该去汪公馆赴宴了。"

"不会是鸿门宴吧？你知道，那位总喜欢拿我当涮羊肉。"李度拿起殷立德给他准备好的外衣，抖搂开看了看，不想却是一袭青缎长衫，不禁眉头微蹙，"老兄，我就是一土鳖、丘八，这衣服我可穿不了，还是让樱桃红赶紧给我烘干那身狗皮吧。"

李度一边说着一边就要去垃圾桶里拣军服，殷立德赶忙拦住了他说："别价呀，今天可是小公主汪成芳做东，专门为你接风洗尘的。约好了，那几位女孩子也来，你总不能带一身晦气赴约吧？好歹试试，穿上看看再说。"

李度闻言，心中一热，不再执拗，他顺从地往身上套衣服，忍不住随口问了一句："她们也来？哦，几年不见，她们……都还好吧？"

"除了我妹立琼，她们都工作了。成芳入了军籍，分在兵团司令部当秘书；阿格布花去了税政局，冬潮去了水务局。陶蓝去了绥靖公署新闻处，她好像很忙，总在下面的县里跑采访、搞调查。这半年多我们聚过两次，她都不在太原，也不知这次成芳能不能找到她。"

说着话，李度已经把那袭青缎长衫穿在身上，扣好了最后一个纽襻儿。

殷立德顿觉眼前一亮，转着圈看了看李度，情不自禁地啧啧称奇："怪了，这长衫我穿了就像个瘪三，换在你身上，贴身挺括，简直就是玉树临风啊！"

"我还是觉得别扭。"李度在屋里走了两步，也只能凑合着穿下去，"对了，你刚才说陶蓝总在下面的县里忙乎，有危险吗？"

殷立德笑了，说："应该没有，你不用担心。知道绥署新闻处的处长是谁吗？是赵宗复。回迁太原不久，他就离开进山中学，被调进绥署，升了官。陶蓝是他点名要去的，也算是师生情分，不会亏待她的。"

正说着，樱桃红推门进来，神情有些慌张道："不好了，不好了，两位公子，刚才汪三少爷来了，又走了！"

两人没说话，十分怪异地看着樱桃红——汪三少爷来了又走了，那就怎么啦？

"他从我们这儿带着三个女人走了！"

两人仍未说话——大名鼎鼎的汪衙内从翠屏楼领走三个女人，难道很奇怪吗？

"哎呀，你俩咋就听不明白呢……"樱桃红急得直跺脚，"他带走的不是前堂待客的姑娘，是后堂的一个厨娘和两个干粗活的老妈子……都是丑货，丑到家那种。"

这下懂了！两人相视一笑，从彼此的眼神中，读出同一句话：

"没憋好屁！"

三

汪三少爷又要恶作剧了，这是确定的；不确定的是，这回他又要捉弄谁。

两人琢磨了一会儿，觉得终究还是得先去汪公馆，谜底只有在最后一刻，才有可能露出端倪，被揭示出来。

告别了樱桃红，两人匆匆离开翠屏楼，招手叫了两辆黄包车，穿过临泉府、柳巷北口、府前街再往东行，便到了西华门，威名赫赫的汪公馆就坐落在西华门街6号。

车子拐进街口，眼看就快到的时候，李度却叫停了车，招手唤过殷立德，略带沉吟地说道："我有种不好的预感，今天这事，或许就是一趟浑水，我不像你们那么亲厚，还是别搅和进去的好。我回军校，就不进去了，你帮我跟成芳小公主道个歉……"

殷立德一听就急了，白皙的脸庞顿时涨得通红，急吼道："小心眼儿，什么亲厚不亲厚的，咱们可从来没把你当外人。成芳今天做这个东，还特意把聚会的地点定在了汪公馆，知道为什么吗？"

"为什么？"李度还真没想过这个问题。按说几个小辈聚会，甭管是正太饭店，还是清和元饭庄，哪怕是路边店、陋巷里边的苍蝇店，一坛好酒，几盘硬菜，要多自在有多自在，而选在豪华森严的汪公馆，要多别扭有多别扭。这也是李度打退堂鼓的原因之一，他有点怕见陌生人，更不愿见汪家的大人物。

殷立德赶紧跳下车来，会钞打发走了黄包车夫，拉了李度，走到街边的一片树荫之下。树下恰好摆放着两只废弃的石鼓，许是经常有人在此小憩，鼓面被打磨得油光水滑。反正时间充裕，不妨好好唠唠嗑。于是，两人就在石鼓上坐了下来。

"这半年你不在，你不知道，我们早就得到了消息，战势趋紧，阎会长要求咱这届学员提前毕业，尽快充实到各野战部队去，就只等你们回来了。我和阿格布尔还好说，大不了各回各家，他和布花回他的铁寒寨，我带着我妹子回殷家堡。可你呢？若一不小心被分到一线的野战部队，没准儿立马就挂了……你挂了，你娘怎么办？陶蓝怎么办？还就是汪三少爷仗义，他不干。为这事，他撒泼打滚，没少跟他老爹闹腾。他不让你去一线部队，也不让我俩各回各家，一口咬死了要咱们几个还聚在一块儿，就大包大揽，要一起运作我们分配去向的事。很可能，今天就要见分晓。你说，这节骨眼儿上你走了，算怎么一回事儿嘛！"殷立德很少一下说这么多的话，是真的有点发急了。

李度从他的话语中感受到浓浓的情谊，不禁心中一暖，用力地捏了捏他的手，连连点头道："你别着急，我听你的话，不走了，你慢慢说。"

"这只是其一。其二，如果汪三少爷完成了运作，安排妥了，第一步就是加入组织，这是必须的，不加入组织就别想在晋绥军里混，而把加入组织的地点设在汪公馆，仪式就会在汪公馆举行，那么引进人就一定是汪敬谷。他是组织的大掌门，由他引进，我们的起点层级就很高，今后才会有前途。唉，别的暂且不说，至少，这些都是汪家两兄妹的良苦用心和好意，任谁都不应该无视吧。"

李度一时无语，不由得感到一阵愧疚：自己确实不该忽略别人的感受，做人一旦太自私了就会对不起朋友。同时，内心深处也有一股强烈的不爽在涌动：就算汪三少爷你做得仗义，可你问过我吗？凭什么不听听我的想法就大包大揽、替我拿主意？我当然不想死，可也不怕死。就算分配到一线部队，也未必不能从零做起。没准儿走了狗屎运，分配到11军36团也说不定。专横跋扈，自以为是——这种衙内做派实在令人不爽。只是这话万万不能说出来，他还不想失去殷立德这个朋友。

至于殷立德所说的组织，他曾听张晶教官零星地说过一些，多少也算有些了解。这个组织的全称叫"三三铁血团"，三是指"一引进三，三引进九，依次向下层层筑塔"的发展模式，另一个"三"是指山西的山与阎锡山的山，晋语方言中"三""山"是不分的，所以准确地说应该是"三山铁血团"。

抗战初期，太原沦陷，溃败的晋绥军一部分跟随傅作义撤往绥远守土抗战，大部分则跟随阎锡山撤退到了吉县克难坡，曾一度西渡黄河，撤到了陕西宜川秋林镇。以薄一波为领导的牺盟会，率领着刚成立起来的新军——抗日决死队，紧随由共产党领导的八路军部队英勇地深入敌后，陆续在晋东南、晋西北、太行、太岳等地区建立抗日根据地。对于这样一支新军武装，阎锡山深感控制不易，难以为己所用，在对其进行遏制、削弱、绞杀的同时，也开始强化培训自己所部的军官，于是便诞生了秘密组织"三山铁血团"，对外称"铁军组织"。该组织最早的成立地点就在秋林镇的阎宅，由阎锡山亲自指导、发起，制定了组织的守约、纪律、宣誓仪式、发展模式和会长经典。骨干成员是以汪敬谷为首的十三名晋绥军将校级军官。说白了，也就是采纳多数帮会的外部构架，再辅之以军统严密的内部控制体系，成为阎锡山掌控所属势力的一张王牌。阎锡山对这个组织极为重视，所有第一层的成员都要由他亲自面试审定。到抗战中期，仅第一层的骨干就已从十三人发展到二十八人，又叫二十八宿，也就是二十八个塔形系统，组织成员已经覆盖到了晋绥军几乎所有主力兵团的营连一级官佐。回迁太原之后，阎锡山又进一步扩展和强化了这一组织，将他的姨表侄儿兼贴身机要秘书、同志会的总干事梁敦厚（字化之）引进组织，并任命梁为秘书长，专门负责军队之外，即政府文职官员中的"铁军基干"，与任铁军组织干事长的汪敬谷一同成为他麾下的两大掌门，左膀右臂，且一文一武，既相互制约又相得益彰。当然，张晶教官跟李度透露更多的，是这个组织的冷酷黑幕，凡是被组织认定有异心，或出错、犯了纪律的，都会被执行家法——逼迫自戕，或者由人代劳，用草纸沾了水一层一层地覆在脸上，窒息而亡。受如此惩戒者，上至军、师一级的高级军官。

不管怎样，对眼下的李度而言，不加入这个"铁军组织"，别说今后的前途，就连他原本打算过街老鼠似的生长实属妄想，他似乎没有任何选择的余地。心定了，脑子也就活泛起来，很快结束起初的话题，转而朝殷立德打听起汪公馆来——军政商三界通吃、非同一般的豪门大宅！不是什么阿猫阿狗能轻易踏入的。说起来，他也算进过一次汪公馆。那是十年前，他六岁的时候，与汪三少爷同骑一匹军马，而可怜的陶蓝妹子被灰皮连长一把丢进装着牛粪的背篓里。那时，大家只顾一路颠簸疾驰地赶路，可他一直在担心妹子会不会半道上被牛粪给熏死，根本没留意汪家大宅门的豪华与气派。吃了一顿晚饭，又睡了一觉，第二天便跟随汪三少爷一起赶赴百川小学堂，过起了类似军营般的集体住校生活。唯有一点儿印象极为深刻：宅院很大，人很多，汪总司令的老婆一大群。

与李度不同，缘于家族渊源，殷立德对汪公馆的了解就要全面详尽得多。

汪公馆的主人汪敬谷是五台阎村人，与阎锡山的老家河边村相距不到二里路，年龄虽然比阎锡山小一轮，却因沾着一层姨表亲关系，辈分上尊阎锡山一声三哥。他从五台县东冶镇小学堂毕业的时候，恰逢阎锡山从绥远胜利返并，重新接任山西督军、山西省长，军政大权在手，一时风头无二。正愁无事可做的汪敬谷从河边村亲戚家探得消息，便立刻从老家阎村带了几十个家丁、十多匹骡马和几只买来的长枪短炮，跑到太原投入三哥麾下。

他先当了一段侍从，之后进入晋绥军当排长、连长，跟随三哥在晋南打了几场小仗，很快晋升为营长。之后，三哥嫌他作战鲁莽，只会蛮干，半路出家不懂军事，就提议让他报考军校。不承想他连连落榜，最后还是靠了三哥战无不胜的金钱外交才被保送到保定军官学校，专攻炮科，与李服膺、傅作义、赵承绶、孙楚等人成为同窗。汪敬谷毕业后重返晋军，担任19军43师123团团长，在境内讨逆平叛战役中大放异彩：曾独率一个团的兵力，先后荡平了晋中、代州一带盘桓多年的民间武装和大大小小的割据山头，并且征服了大名鼎鼎的私人武装集团殷家堡与铁寒寨，将其收归麾下，扩编为两个骑兵独立大队，为三哥立下大功。后经中原大战、绥西屯垦，不断被提拔为师长、军长直至集团军总司令。他一路打拼、升迁，却始终对那两支分属殷家堡和铁寒寨的骑兵独立大队关爱有加，除了饷银装备优先之外，还尽量照顾到各自的家族色彩，不轻易让这两支部队充当炮灰——有战事拉出来，战事结束便放归还乡，让其有休整喘息的机会。理由是：

两家都是肥得流油的坐地虎，他们的兵，没道理让三哥掏钱白养活。这种做法赢得了两位家主的感激涕零，三哥也极为赞赏，夸他脑子灵，进步大，学会了盘算，还会打感情牌，自然不会再做亏本买卖。受到三哥的鼓励，就像打了一管鸡血，汪敬谷索性"爱心"大发，一鼓作气，分别与两家建立了姻亲关系——强纳铁寒寨寨主的妹子为自己的三夫人，又将他的女儿与殷家堡的未来少主指腹为婚。至此，互通有无，互为肱骨，汪公馆、铁寒寨、殷家堡三位一体，构成了令外界羡慕眼红的铁三角。

至于内里，究竟谁哭谁笑，甘苦自知。

李度恍然大悟，原来三家还有这层关系，难怪亲厚。又忽地想起，三少爷汪成旭要比小公主汪成芳大一些，若指腹为婚也该以他为先，怎么会轮上汪成芳呢？

殷立德看出了他的疑惑，苦笑着点点头，继续说道："没错，这位汪总司令有个最大的嗜好，就是不停地娶老婆。他还有句口头禅——除了生养他和他生养的，世间女子皆可为妻。故而坊间给他送了个绰号，叫'花花太岁'。除了大夫人，汪总司令后面又陆续迎娶了六位姨太太，有子嗣的分别是大夫人、二夫人、三夫人和四夫人。大夫人生了两个儿子，就是成旭现在的大哥汪成孝、二哥汪成义；二夫人的闺女叫汪成玉，常年在北平读书，很少回来；汪成芳的生母是四夫人；而成旭的生母是三夫人，也就是大名鼎鼎的铁寒寨公主阿格妙影，是阿格布尔和阿格布花的亲姑姑。这两房姨太太之间，迎娶相隔不到半年，几乎同时怀孕，所以……"

"所以，你中奖了，还未出生就成了汪公馆的乘龙快婿。"李度忍不住一笑，接过了话头，"要说，实在是好运气，让人不得不佩服……可是，直觉上，你好像更喜欢阿格布花一些，这事似乎有点麻烦？"

殷立德叹口气，摇头道："也不麻烦，为了家族，我只能杜绝念想，永远把布花当亲妹子待了，没得选。这大概就叫'纵然是齐眉举案，到底意难平'吧！对了，还有一点儿我要提醒你，汪总司令从来都是喜新不厌旧，七个老婆，不论是否生养，以进门先后为序，都叫夫人或太太，你可千万别叫走了嘴。"

说到这儿，殷立德站了起来，有些意兴阑珊："不说了，没意思，走吧，时间也差不多了，去看看汪三少又要出什么幺蛾子。"

路上，李度忍不住又问了一句："七位夫人，哪位更受宠一些？"

"三夫人！"殷立德的口气十分肯定，"已经故去了，成旭两岁的时候，在绥远。死因不明，至今仍是个谜。也是汪公馆的一大忌讳，除非汪总司令自己，外人万万不可提及。"

李度暗叹：好乱，豪门里的隐秘实在是太多了。

汪敬谷的这些作为，也曾引起过三哥的反感，三哥训斥他为"灰鬼"，并警告他适可而止，再管不住自己，就割了雀雀去喂狗！汪敬谷自然先是诺诺连声，末了总不免跟三哥嬉皮笑脸地要赖，居然凑到三哥耳旁悄声说，他娶的老婆越多就越对三哥的宏图大业有帮助……每每都能逗得三哥大笑不止，抬腿踹他一脚，再笑骂一句："灰鬼，满嘴喷粪，一派胡言！"

其实，汪敬谷娶妻真的不是乱来，相反，每一桩婚事他都经过了深思熟虑，都对他扩张和巩固自己的权势有帮助。七位夫人几乎都出自山西省各地的名门望族。大夫人徐馨茹的娘家是五台县东冶镇的首富，读过私塾，识字，与阎锡山的大夫人徐竹青的娘家沾亲；二夫人王淑慧是五台山台怀镇镇长之女，国民师范毕业，当过河边村小学的教师，同三哥的五堂妹阎慧卿亦师亦友，过往甚密；三夫人阿格妙影是铁寒寨的公主，曾就读于西宁圣玛丽教会大学，出嫁前在太原进山中学任教务长；四夫人林红玲出身于大同梨园世家，曾是北路梆子的名旦，艺名"小电灯"，小小年纪便在晋、绥、察一带闯出了名气；五夫人乔丽是祁县乔家的三小姐；六夫人渠茜则是祁县渠家的五小姐。只有七夫人的家世稍差一点儿，是太原钟楼街裕恒泰当铺老板的独生女儿。七位夫人当然并不都是心甘情愿的，除了大夫人之外，其余的多少都有点权势、利益的影子在作祟。尤其是三夫人阿格妙影，差点就翻脸、枪炮伺候，近乎霸王硬上弓了。他用心最多，遭受的白眼最多，却又偏偏最放不下，再加上三夫人过早离世，使得他悲情不已。爱屋及乌，他就对她生的儿子汪成旭有些宠溺，有些骄纵了。往往由此引得大夫人十分不满。只是，汪总司令驭妇有道，用蛮横加铁腕拿死了每一位夫人；同时，他还会玩点浪漫，将每一位夫人的闺房都以花名冠之，比如大夫人的屋子叫"牡丹亭"，二夫人的叫"琼芳亭"，三夫人的叫"马兰亭"，四夫人的为"菱花亭"……

这些细节，李度暂且还不清楚，只顾跟着殷立德不紧不慢地走。

很快，就来到了汪公馆门前。

李度上次来的时候还是十年前，年纪小，又是傍晚，记忆十分模糊。这次阳光灿烂，视野开阔，汪公馆的整体轮廓非常清晰。首先是宅院的宏大，亭台楼阁，影影绰绰，由数百间房舍组成，居然堂而皇之地占据了大半条街道，足比他崞县兰村老家的宅院大十倍还不止。中西合璧的门庭建构，古朴中隐含着一丝异国风情，显得既高耸雄伟又不张扬，典雅清奇，内敛之中自有一股无形的威严。仅这份设计的创意、品位，就引得李度暗自赞叹不已。相比自家老爹那座纯粹模仿的舶来品，明摆着高出许多。

殷立德大概觉察出他内心的波动，轻声道："这宅院最早的主人是李冠洋，原省政府督查委员，阎会长的至交，曾在德国和英国留过学。后来全家移民国外，才把宅子转让给了汪敬谷，虽进行了扩建，但基本风格没变。"

李度不禁又一次恍然大悟，难怪，这才符合事情的逻辑。

公馆正门呈八字形内嵌，两边的墙上各有四个大字，一边是"效忠会长"，一边是"兵农合一"。白底红字，热辣醒目，明显是刚刚新漆上去的。门前不设台阶，一条洋灰铺就的扇形慢坡直通门楼，与里面的通道相连接。弧形的门楼之上是哥特式的尖顶，门楼下则是两扇拱形黑漆铁艺大门。看着不大，足可出入车马轿辇，还不会受制。铁艺门旁设了一座木制岗亭，并排站着两个家丁守卫。

殷立德是汪家的常客，与家丁们熟稔，刚走到跟前便有家丁招呼："殷公子稍等，在下这就进去通禀……"

这时，一个身穿灰色长衫的中年人走了出来道："殷公子是未来的姑爷，不是外人，不需通禀。"然后面对殷立德微微欠了下身子，"殷公子来了，快快请进，小姐已经等候多时了。"

殷立德悄声告诉李度，此人叫阎本分，是汪公馆的总管，也是汪敬谷的心腹，背景复杂，不可得罪。然后，他拱了拱手道："有劳阎总管，这位是崸县李家的李公子，也是三少爷的铁杆。"

阎总管同样对着李度欠了欠身子道："知道，知道，三少爷和小姐已经吩咐过了，宴席就设在花园的群芳阁，先行品茶，两位公子请。"

通道笔直悠长，通道的右手边坐北朝南，有三座中式门庭，分别是正院及东西两个跨院，照壁、砖雕、石刻一应俱全，通道的尽头直通花园拱门。一边朝里走着，殷立德一边向阎总管小声询问汪三少爷的去向，阎总管说三少爷一大早就出去了，到现在还未归来。殷立德与李度相视一眼，便嘱咐道："您老操点心，三少爷一回来就立马打发人到花园来告我们一声。"

这时，一个军官从西跨院走了出来，后背一支汤姆森，斜挎一支盒子炮，中等身材，一脸络腮胡子，粗咧咧地跟殷立德打了声招呼。李度一眼就认出，此人正是当年把他接到汪公馆的灰皮连长。但他没有吱声，不动声色地看了灰皮连长一眼。灰皮连长也立刻认出他来，顿时眯起了眼睛咧嘴一笑："哈，几年不见，小杂种变化不小，长大了，也长壮实了。"李度本不想理他，可又非常不喜他那颇带蔑视的嘲讽，于是停住脚步，用鼻子冷哼了一声，回击道："不错，是小爷我，这么多年过去了，你老灰皮居然一点儿长进没有，还是个小小的连长。"

"那老子也是跟随汪总司令的连长，你这小杂种，还高攀不上。"

"狗也喜欢这么说，可惜，不管怎么说狗还是条狗！"

老灰皮顿时恼羞成怒，忍不住大吼一声："嘿！小杂种，你皮痒痒了？"

李度撇撇嘴，又顶撞一句："你吼什么吼，嗓门大如果有用，驴早就统治世界了！"

"嘴尖皮厚，伶牙俐齿！好，那让老皮给你松松骨。"老灰皮说着一撩腿，便朝李度踢了过来。李度侧身一闪，躲了过去。却不想，老灰皮使出的竟是螳螂拳十四路弹腿中的连环鸳鸯脚，一脚踢出上身腾空猛旋，紧接着又是两脚踹出，飒飒生风，避无可避……李度无奈，只得急运气息将麒麟闪施展出来。只见他的身体倏然做出一个极其诡异的动作，就像扭曲的麻花，上身朝左一拧，下身紧跟着却朝右边扭闪过去。老灰皮的双足，紧擦着李度的身体横踹出去，连环两踢的劲道全部落空。按照暴龙十八手的路子，李度此时应该是一个青龙摆，接着施展第五手"踹膝锁喉"，一招毙命！但是……他不能，至少眼下不宜显形，时机、场合都不合适，他还没有发疯，还不能那么做。

于是，李度闪过之后，立刻收住劲力站在原地，没再施展动作。

老灰皮先是一愣，似乎难以置信，这小子是怎么躲过他的连环鸳鸯脚的？他眨了眨眼，大喝一声，一个虎跳，双臂伸展，双掌变爪，脚下跨出龙形扭步，大力使出螳螂拳中的杀着——梅花翻天爪，朝李度劈去。吓得一旁的殷立德惊呼一声，慌忙蹿上前，一招双龙顶天架住了老灰皮，连声道："灰皮连长……误会，这都是误会！"

阎总管也赶忙挡在了李度前面，出声劝道："老皮，休要无礼！都是三少爷的朋友，何苦要动手呢？"

"谁也甭管，这小杂种长行市了，一个死囚犯人之后也敢参翘，就是欠揍！"老灰皮依旧张牙舞爪，不依不饶。

李度脸色发白，冷冷的，没有吭声。他在竭尽全力克制从心底涌上来的恨意和强烈的杀人欲望。真的，就是那种嗜血的冲动。随着暴龙十八手的日益精进，他发现心中的恨意和杀意也在与日俱增，常常会涌出浓烈的渴望，渴望能找到一个发泄的由头，让他尽情地搏杀一场，无惧招招见血，杀光每一个仇人或小人，无所顾忌，从而卸除心中的怨愤，荡涤天下不平，什么七星螳螂拳、太行形意拳、胡璇铁臂拳，在老子的暴龙十八手面前，统统都是渣……可，他的仇人是谁？心中的绵绵恨意、杀意和怨愤又是什么？蓦然，他对现在的自己感到一阵陌生，一阵骇然。

趁着阎总管纠缠老灰皮的短暂空隙，殷立德赶忙将李度连拉带拽地推进拱门，走进了花园，才算结束了这场冲突。

汪家花园的布局，明显借鉴了苏州园林，整体面积并不算大，却是山水相间，景中有景，曲径通幽又别有洞天。两人一路无语，直到距离群芳阁不远，才停下脚步。殷立德望了李度一眼，突然轻声问道："你，刚才使的什么招数？"

李度已经有了思想准备，只是摇头苦笑道："哪有什么招数，急中生智，保命而已……说真的，立德兄，以后有空，我得认真学学你的太行形意拳。你也看到了，没点功夫什么阿猫阿狗都敢欺负我。"

殷立德没接他的话茬，嗫着牙花子，似乎仍在思索："……应该还有后招，你没使。很诡异，也很可怕……"一旁李度听着，脊背阵阵发冷，不由暗忖道——如此看来，今后在公开场合，连最基本的身法和步法也不能用了！

正感尴尬，忽听一声清脆的笑声传了过来。只见殷立琼像只蝴蝶似的飞出亭阁，迎着他俩跑来，跟在她身后的是精壮高大的阿格布尔和一众少女。

殷立琼拍手指着李度大喊道："哈，你们看，几年不见，小度子长成大老爷们儿啦！真是奇怪，小度子，你怎么一下就变成老爷们儿了，胡子拉碴，一脸苦大仇深似的？"

李度不禁莞尔，对殷立德悄声道："你这妹子一惊一乍的，越来越像汪三少爷了。"

殷立德点头："没错，这就叫近朱者赤，近墨者黑。"

阿格布尔跨上前来，没说话，只用力将李度一把抱起，就地转了一圈，放下，然后退到一旁无声地憨笑。李度热切的目光迅速扫向众女，汪成芳、殷立琼、阿格布花、梅冬潮，几乎个个都已今非昔比，或风吹杨柳，或亭亭玉立，甚至热辣丰盈，都将美人胚子的传说演绎得淋漓尽致……唯独缺少了陶蓝，心里便涌上一股失望和怅然。

这时，汪成芳走近前来歉然一笑："李度，实在有些对不起。这次，为找陶蓝，我真的快把太原全城都翻遍了。后来还是冒用司令部的作战电话才打听到，她现在在汾阳。她让我转告你，一定要好好的！我俩现在已经建立了电话联系，今后我可以给你们当信使。"

李度先挨个问候了众人，最后才小声向汪成芳道谢。

之后，大家有说有笑地沿着假山拾级而上，走进亭阁。迎面的两根楠木立柱上挂有一副楹联，上联：群芳争艳方显花海本色；下联：茶酒不语阅尽人间韵味。没有横批。字迹圆润道劲，刚中带柔又中规中矩，一看就知道是阎会长的墨宝，足以显示会长对汪敬谷的器重与亲厚。一个小丫鬟上来，飞快地换了新茶，众人围桌坐了开始闲聊。先是李度问殷立琼，进山中学毕业众女都参加了工作，为什么只有她赖在汪家？不待殷立琼回答，汪成芳就抢先接了过来，说殷立琼住在汪家只是在等待你们军政校毕业，死等我三哥定了分配去向她才就业，非要跟我三哥一起扎堆起哄才开心。阿格布花哼了一声，说殷立琼纯属自作多情，全不顾汪三少爷本人开心不开心，愿意不愿意，弄不好，就是一出"落花有意、流水无情"的悲喜剧。这时候才轮到殷立琼说话，她一拍桌子，又抓起一只茶碗摔在地上，然后哈哈一笑说，管他开心不开心，愿意不愿意，反正他是旭哥哥，甭管什么时候，本姑娘就是四个字伺候：死缠烂打！众人不禁开怀大笑。

小丫鬟赶紧俯下身子，收拾了摔碎的茶盏，又麻利地擦干净地上的茶水和茶渍。殷立德见妹子摔碎的茶碗恰好是阿格布花的，便悄没声地去重泡了一碗新茶放在了阿格布花面前。众人有说有笑，唯独梅冬潮没有加入，独坐一隅，一手捂着腹部，黛眉微蹙，眼神里含着一丝忧想，李度忍不住，小声地问身边的汪成芳："冬潮妹子好像不太高兴，可是身体有恙？"汪成芳摇摇头，微微一笑，小声告诉他："她总这样，娇滴滴的，是我们姐妹里面有名的'林妹妹'。她家在宁化府街上开的酱醋坊被日本人毁了，没了生计，现在一大家子的吃喝拉撒全靠她。水务局薪水低，又没什么油水可捞，她心里犯愁。"

"这样啊，那你就不能帮帮她，给她换个薪水高、有油水的地方吗？"

"尔哥正给她想办法，有尔哥罩着，还轮不到我瞎操心。"说到这儿，汪成芳转移了话题，正色道，"今天可是个特殊的日子，吃喝聚会事小，加入组织事大。我老爹可是连梁化之都请来了，铁军组织的两大掌门给咱们当引进人，不说咱们脸大，万万不可出差错。待会儿如若举行宣誓仪式，你可别犯拧，听话照做就行。能做到吗？"

李度连忙点头道："知道妹子你和成旭兄为我出了大力，我岂能不识好歹。"

这时，一直关注梅冬潮的阿格布尔来到李度的身后，伸手把他拉到一旁，颇带歉意地小声说："昨天冬潮家出了点事，我去帮忙脱不开身，没有跟他俩一起去寻你……你没事吧？"

李度碰了碰他的手笑道："有惊无险，好好睡了一觉，就啥事都没了。"

阿格布尔摇摇头道："刚才立德都跟我说了。你得学武，不然就得挂。"

"没错，正想请教尔哥。"想起教官的建议，李度内心其实有些提不起兴趣。阿格布尔修炼的胡璇铁臂拳，属侉依人独创，虽也有独到之处，但施展开来，大开大合，力沉威猛，讲求气势灌顶，重在以势压人，很难与注重技击的暴龙十八手贴合，借用的可能性不大。可偏偏又不能拂了阿格布尔的一片好意，只好做出一副连自己都十分讨厌的嘴脸，假装兴趣盎然地说道："我记得，你的武功里面就有一种步法，好像很炫。"

"叫胡璇五步，很好学的，来，我这就教你！"

李度一怔，苦笑着点头回应，拉开架势，做出学习的样子。

幸好，这时冬潮突然发出一声呻吟，引得阿格布尔慌忙丢下李度踅了过去。

"冬潮，你怎么了？"

冬潮软软地唤了一声，娇喘道："尔哥，我胃疼，想吐……"

阿格布尔忙弯腰端过一杯热茶，递到冬潮手里道："先喝口热水缓缓，我这就给你买药去！"然后，回过身来望一眼李度，郑重道："稍等，回来就教你！"

李度连忙摆摆手道："不急，不急，先忙你的……"

话音未落，听得阿格布尔粗声一喝："胡璇五步！"

众人只看见他纵身一跃，精壮的身体便立刻平飞出亭阁，在空中一个飞旋，两脚又接连在假山石上点了几点，再接一个飞旋，才飘然落地。身高一米八九、体重足有八十公斤的大块头，翩然而去，居然轻盈得粉尘不动！

众人喝彩。

李度却看得痴了，脑中一丝灵光猛地掠过，真是踏破铁鞋无觅处，得来全不费功夫！就它了！这胡璇五步完全可以给他的麒麟闪步法打掩护。就眼下而言，别的都不打紧，唯有麒麟闪万不可废，否则就连逃命的手段都没了。

正闹着，只见阎总管匆匆走进群芳阁，一进来便朝殷立德招手道："殷公子，有件事很蹊跷，刚才门外来了顶大花轿，还有一队吹打，说是三少爷给老爷挑选的八夫人，今日要婚娶收房……可老爷没有留话，三少爷又不在府里，我们也不便阻拦，只好让灰皮连长先行进去禀报，让花轿在正院二门口等候。"

殷立德不由得与李度相视一眼，然后转向汪成芳："这事你知道吗？"

汪成芳吃了一惊："早晨我爹在正院练拳，好像是说过想续娶第八房，也没说准……可关三哥屁事，也用不着他狗拿耗子多管闲事呀？"

原来，汪敬谷一向有早晨练拳的习惯，一般都由大夫人和四夫人陪着伺候。汪成芳因为今天有事，怕老爹忘了，便想过来提醒一下，正好看见老爹练拳。汪敬谷身形高大，正值壮年，穿着一身白色杭绸裤褂，在草坪上将一套七星螳螂拳练得迅疾刚猛，虎虎生风，几乎每一次劈掌或踢腿，都伴随着一声猛喝。

草坪一边，几个丫鬟簇拥着大夫人徐馨茹和四夫人林红玲陪同伺候。又一声猛喝之后，汪敬谷徐徐呼气，终于收式停拳，大夫人赶忙从丫鬟手中接过一条毛巾走上前去，为汪敬谷擦汗："老爷这拳练得愈发刚猛了，比后生们丝毫不差！"

汪敬谷哈哈一笑，略带喘息道："你可别夸我，才练了一趟就出了这一身的水……明摆着，爷的身子都被你们这帮娘们儿掏空了，哈哈哈！"

这时，汪成旭和阎总管出现在回廊里，一溜儿丫鬟端着托盘走过回廊，朝花园中的群芳阁走去。汪成旭边走边吩咐："中午，把这园子看住了，别让乱人进来，我们兄弟聚会，想清静点。"阎总管点头回应："少爷放心，我派人看住园门，闲杂人等一概不得靠近……"

一抬头，汪成旭看见了父亲，欲躲不及，只好站住了脚望向草坪。远远地，汪敬谷看了儿子一眼，又移开目光，没有理睬。

四夫人跟上来，端起杯子让汪敬谷漱口，再用托钵接过他吐出的水，撇撇嘴，故作不悦道："啧啧，可着五台县、绥西府、太原城，谁不知道老爷神勇，有咱七姐妹伺候还不够，还要张罗着娶第八房夫人，也不知到底是谁掏空了谁！"

汪敬谷闻言，嬉笑着伸手拧了四夫人一把道："老四，就凭你这张尖牙利嘴，爷这老八还就娶定了！不光要娶，还要更宠着点、疼着点，专门让她撕烂你的嘴！"

汪成芳知道自家娘亲嘴不饶人，刚想阻拦她说话，已经来不及了。四夫人连珠炮般的话语已然喷泻而出："哼，你是总司令，是老爷，想娶谁就尽管娶，想宠谁就尽管宠，只是别忘了会长三哥的告诫，小头舒服大头遭殃，像三姐似的，被你宠得、疼得上了西天，那就乐极生悲了……"

果然，汪敬谷的脸色顿时阴沉下来，一跺脚，咬牙切齿地骂道："住口！你个小骚娘们儿，再敢提老三一句，爷立马抽你十马鞭子！滚！"

四夫人红玲还想申辩，大夫人馨茹脸一沉，低喝道："还不快走！"

林红玲闭了嘴，转身赌气走了。

汪成旭听见了他们的对话，嘴角露出一丝冷笑，刚想转身离开这是非之地，却被汪敬谷没好气的一声喝住了："臭小子，见了老子也不跪安，又想去哪儿鬼混？"

汪成旭扭回脸，嘻嘻一笑，讥讽道："老爹大力丸吃多了，雄壮得很，就算我不请安，自是彩旗飘飘不倒。听说翠屏楼的老鸨子新近招来不少江南嫩雏，我去转转，没准儿真能挑上一个好的，给您老领回来做我们的八娘，也算尽一份孝心不是？"说完一声哂笑，不管不顾，扬长而去。

汪敬谷大怒，喝骂着要追打汪成旭，被大夫人一把拉住，笑劝道："老爷，您这又何苦？旭儿一向这样，懒散惯了，眼下军校即将毕业，放松放松，您又何必跟他较真儿。"

汪敬谷余怒未息："妈的，臭小子，他这叫'目无尊长'。爷可警告你，你是老大，这偌大的汪公馆可得靠你来撑着，你要是把爷这三男二女都惯成了废物，爷扒你的皮！"

大夫人笑道："除了玉儿在北平读书，孝儿、义儿、芳儿不都好好地在你手下当差嘛，咋就废物了？老爷若是真不放心，就索性把旭儿和他那一帮死党也一并收入军中，一来可以磨磨他的野性，二来嘛也算多了几个自家的帮手，不听人说'打虎亲兄弟，上阵父子兵'嘛！"

汪成芳趁势上前，一把搂住了汪敬谷的胳膊，撒娇道："就是，大娘说得对，三哥爱胡闹，您也不能一竿子打下一大片吧，我和大哥、二哥可都是您的乖孩子，您指东我们不往西，没有不听话的。"

汪敬谷瞪着眼睛想了想，转怒为喜，揪了揪成芳的小辫子，说："这话爷爱听，还是我二闺女可心，知道心疼他老子。来人，更衣，准备迎客！"

……

听完汪成芳的讲述，阎总管顿足道："坏了，原来衩节儿在这儿呢！今儿要出事，快，小姐赶紧去议事厅，好歹先稳住老爷，我这就去把那些人都赶出去……"

"等等，"李度走上前来思忖道，"怕是已经来不及了，咱们得做些应急准备。

立德兄，你陪成芳妹子一起去，见机行事。记住，八个字：大事化小，小事化了。阎总管，你先吩咐家丁立刻封门，许出不许进；之后马上请夫人们都到议事厅去，今天府上有贵客，汪总司令即便再生气也不好当众驳了诸位夫人的面子；冬潮你留守此地，见到阿格布尔，就让他去门楼口盯着，只要汪三少爷一回来就把他堵住，拖到这儿来，无论如何不能让他去正院。大家这就去忙吧，速度越快越好，立琼妹子，你跟我走！"

呼啦一下，众人顿时四散开去。

四

为了不耽搁时间，汪成芳拉着殷立德一路小跑，从花园深处一个不起眼的圆形耳门直接穿过西跨院，进入正院来到议事厅。看到汪敬谷与梁化之坐在正堂的两把太师椅上品茶闲聊，下手左右两排椅子上分别坐着晋绥军第13集团军参谋长吴绍之和绥靖公署特殊警宪指挥处副处长徐端，还有两个一身戎装的后生，他们是汪敬谷的大儿子和二儿子，晋绥军第13集团军亲训师少将师长汪成孝、亲训师43团上校团长汪成义。

灰皮连长站在大厅中间，跟汪、殷他们二人前后脚，正在向汪敬谷禀报："一顶大花轿，还有一队吹打……"

刚进门的汪成芳闻言，顾不上气喘吁吁，赶忙摆手打断了灰皮连长："皮叔，别胡说，不是那样的……压根儿没有什么狗屁大花轿！"

老灰皮一愣，不解地看着汪成芳道："小姐？"

殷立德急忙接上，故意轻描淡写地说道："灰皮连长，没什么，是个误会。门外那伙人是来给总司令贺喜的老百姓，阎总管已经按惯例回礼，都打发走了。"

两方没有对上茬儿，一下便让汪敬谷起了疑惑："什么乱七八糟的？你们两个闭嘴，老灰皮你说，几个意思？"

灰皮连长顿时有些犹豫，支支吾吾道："来了几个女人，一顶大花轿，还带着一队吹打，说是三少爷给他老爹选送的八夫人，要见总司令……"

徐端噗地笑了："都挺忙的，原来汪总司令请我们处座来，不是办公事，而是参加纳妾婚礼的。恭喜，恭喜！"

梁化之不动声色，呷口茶说了句："来都来了，那就随份喜吧。记住，随后补上。"

徐端立刻起立，躬身道："是！卑职铭记在心！"

顿时，汪成芳尴尬得要死，语气结巴起来："梁叔叔，不，不是这样的……是我三哥胡闹，闹着玩呢……"

灰皮连长有些害怕了，望着阴晴不定的汪敬谷一个立正，行了个军礼："报告，总司令要是不想见，我这就赶他们滚！"

"别价呀，好事！干吗不见？请！"汪敬谷嘿嘿一笑，转向梁化之朗声道，"事先我也不知道，瞧这事闹的，不好意思，让化之兄见笑了。甭看我这三小子平时就是个玩闹，可是个大孝子，我才刚有续娶第八房太太的想法，他就立马给我挑选了送来。比下面的那两个夂货强多了。嗨，你们两个笨蛋听见没，你俩往后要跟你们三弟多学学，既要有忠孝节义，还要有眼力见儿。哈哈！"

梁化之哼了一声，不置可否地仰起了脸。

徐端会意，立刻接声道："汪总司令，运城吃紧，刚才我们处座说的那个作战方案，会长很重视，这是正事、大事，千万不能为了一些屎尿蛋蛋的事给耽搁了。"

"那是自然，会长的事比天大！"参谋长吴绍之欠了欠身子回答道，"梁处座放心，明天一早我亲自给您送过去。"

梁化之这才松弛了面容，说："如此，那就顺便把屎尿蛋蛋的事也办了吧。怎么着？汪司令，兄弟也帮你掌掌眼？"

汪敬谷大笑道："这就对了，还是化之兄上道，徐端，你个共产党的叛徒，屁都不懂。在爷眼里，屎尿蛋蛋的事也是正事和大事！老灰皮，你他娘请的人呢？"

灰皮连长指指门外："属下……不知该不该给司令带进来……"

汪敬谷瞥了吴绍之一眼，吴绍之忙上前命令道："还不赶紧带进来，让大伙儿掌一眼！"

灰皮连长脚跟一磕立正道："是！"然后转身跑出去，不一会儿便将三个女人推了进来：两绿一红，新鲜热辣。

汪敬谷斜着眼睛上下打量着，没有说话，可一张国字脸顿时沉了下来，变得有些恶狠狠的。

吴绍之问道："是你们，要见司令？"

绿衣女一扬手帕，嗲声嗲气道："不是司令，是帅爷！咱姐妹是给帅爷随喜来啦。汪三少爷你们可听说过？就是汪公馆的汪家三少爷呀，他让我俩把小红妹妹送过来的，说是宅门里有位叫'帅爷'的长官看中了小红妹妹，今天就要入洞房……"

汪成芳急了，娇喝一声："臭婊子，别胡说，滚！"冲上前就要动手，却被蹿上来的二哥汪成义伸手拦住了。

他指了指红衣女，一脸坏笑地问："是她吗？要跟总司令入洞房？"说着走过去抬手揭下了红盖头，顿时一个肥硕无比、粗鄙无比、丑陋无比的女人赫然出现在众人眼前。她咧嘴一笑，粗声大气道："狗日的，谁叫'帅爷'？俺可是黄花大闺女，要八抬大轿、明媒正娶才行……"

徐端第一个笑喷了，笑得说不出话来，连连咳嗽。就连一直正襟危坐的梁化之都有些忍俊不禁，嘴角向上连挑了几挑。

吴绍之偷瞟一眼，见汪敬谷神色不善，忙上前郑重道："你见过帅爷吗？"

红衣女说："见没见过又咋样？汪三少爷可有交代，说'帅爷'就好这一口儿——老牛吃嫩草，还喜欢肥的，指明了要娶俺做小……"

一直未插嘴的汪成孝实在憋不住了，笑着打趣道："堂堂帅爷可不能娶个卖货！那个汪三少爷给了你们多少赎身钱？"

绿衣女捂着嘴，咪咪地笑了起来："哟，这位爷别把话说得那么难听嘛，俺们小红妹子可是翠屏楼的头牌厨娘，从不卖身，自然也不用讨要赎身钱。"

汪成义笑道："那就得有陪嫁，若陪嫁丰厚，没准儿帅爷还就真格笑纳了你。"

汪成芳大怒，喊了一声："大哥二哥闭嘴，你们也跟着胡闹，不害臊吗！"

另一个绿衣女朝汪成义挤挤眼道："嘻嘻，这位军爷说得不错，如若帅爷果真宝刀不老，不妨把咱姐妹一并纳了去，倒也不失为一段佳话……"

话音未落，谁也没想到，恼怒之极的汪敬谷离开椅子，腾腾几步跨到跟前，竟突然从灰皮连长的腰间拔出枪来，不由分说，对着三女连开三枪，枪枪命中，三女顿时倒地身亡，鲜血流了满地。众人目瞪口呆，在厅里忙着伺候的丫鬟、用人都吓得像木雕一般呆立不动，四周变得一片死寂。阎总管领着六位夫人抢进门来，也一时怔住。

汪敬谷朝枪口吹了口气，耍了个枪花，然后把枪丢还给了一脸呆傻的灰皮连长，又扭头扫了夫人们一眼，神情刹那间恢复了平静，踱到跟前瞥了一瞥，冷不丁问道："刚才，这几个婊子说要跟爷干什么来着？"

汪成孝、汪成义面面相觑，不敢接话。吴绍之低垂了眼皮，不知说什么好。还是徐端强忍住笑，回了一句："好像是……要跟总司令入洞房……"

汪敬谷提腿便朝灰皮连长端了一脚，一瞪眼道："洞房花烛，好事啊！那还不赶紧叫人去办？装什么死狗！"

灰皮连长恍然大悟，赶忙朝屋外使劲招了招手。几个卫兵跑进来，迅速将尸体拖了出去。众人这才缓过劲来。

夫人们一下拥上前把汪敬谷围住了，大夫人幽幽道："有贵客在，多大点事呀，老爷还动怒了枪。"众夫人叽叽喳喳也都纷纷责怪汪敬谷涵养不够，失了礼数。汪成芳赶忙使劲挽住了四夫人，生怕她忍不住又说出不合时宜的话来。汪敬谷没搭理夫人们，一扬脖子："阎总管，去，派人给翠屏楼送五千大洋，就说他们送来的女人爷照单全收了。"然后扒拉开夫人，大步走到徐端跟前，冷冷一笑："徐副处长，这里头就数你不嫌事大，蹦跶得最欢，是爷给你脸啦？也不尿泡尿照照，你他妈的是个什么东西？你特警处背地里干的那些龌龊事以为老子不知道？还想借我的43团使使，现在爷就给你一个答复——门儿都没有！你若不服，咱到院里练练，不打出你屎来算你肛门硬朗！"

徐端一愣，顿时面色如土，浑身打了个哆嗦。

这时梁化之站起来，显得有些兴味索然："行了，咱也该办正事了。"

闻言，殷立德赶紧拉了汪成芳悄然退了出去。

正院里的三声枪响，同样也把群芳阁里的众人吓了一跳。三少爷汪成旭正被阿格布尔拉着，往正院跑，唬得阿格布尔慌忙把他抱住，索性让他双脚离地一通挣扎乱蹦跶。汪成旭嘴里还不住地嚷嚷："姥姥！小尔子，你放开我，我倒要看看那老不要脸的有多威风……"殷立琼心疼汪成旭，挥着粉拳捶打着阿格布尔说："轻点，你弄疼旭哥哥了。"梅冬潮惊得花容失色，一边拉殷立琼，一边茫然得直抹眼泪。

汪成旭是被李度和殷立琼找到的。一出汪公馆的门楼，殷立琼就问李度他们要去哪儿，李度说汪衙内肯定没走远，就藏在附近等着看热闹，然后让殷立琼猜。殷立琼恍然，立刻领着李度直奔街边东头一家叫烧锅坊的小酒馆。果然抓个正着，汪成旭正跷着二郎腿在酒馆里，一边品着小酒，哼着小曲，一边伸长脖子往外瞅。李度和殷立琼不由分说地从两边揪住他，弄回群芳阁交给了阿格布尔专门看着，这才有了刚才这一幕。

见汪成旭还在闹腾，李度忍不住跺跺脚，气急败坏地吼了一声："汪三少爷，你还没闹够吗？今儿是什么日子，你不知道还是忘了？要把大家伙儿连累死，你才过瘾，是不是？"

汪成旭策划这场闹剧，原本也只是觉得好玩，想借机羞臊一下老爹，同时也向众位夫人们表明一下自己的态度：坚决不让老爹续纳八姨太。而正院传出的三声枪响，明显偏离了他预设的剧本，让他有些恼羞成怒，便想赌气破罐子破摔，索性跟他老爹翻脸摊牌……可如此一来，必然就会搅乱今天谋划的大事，心中也涌上一种隐隐的不安。见李度急眼了，他不再挣扎，讪讪道："好，好……我不进去了。你们大伙儿都别慌，那老不要脸的就算气着了也没什么大不了的！小尔子，你松手，咱们好好说会儿话。"

正说着，殷立德和汪成芳跑了进来，一见面便禁不住地连声埋怨："三哥，你总是爱胡闹，这次闹得实在太出格了！为了你好玩，三条人命没了，那三个女人何辜？你又良心何忍……"

汪成旭也吃了一惊道："那……三个女人死了？嘿，这老不要脸的！"

殷立德急忙摆手止住了他，摇头道："现在说什么都晚了，大家都平静一下，准备一下，把刚才的事忘了。咱这就进去吧，宣誓仪式一向肃穆，梁化之更是个惹不起的大佬，连汪总司令都得忌惮，咱们无论如何不能再出么蛾子。"

众人走出群芳阁，李度盯了汪成旭一眼，小声提醒道："从现在开始，你把嘴闭紧了，不许再说一个字！"

汪成旭虽然有些悻悻然，却也没有再闹腾。

到底是豪门大宅，秩序井然，效率极高。一眨眼的工夫就将一切都清理完毕，把大厅重新布置得森然肃穆——正面墙上，一副阎锡山的巨幅戎装画像覆盖了原先的四条屏字画，画像两边各有一块红绸款款垂下，上面印有阎锡山的亲笔手书，左边的七个大字是"三三铁血团守约"，下面的内容是：铁血主公道，大家如一人，生死共患难，同子女财产，为按劳分配、物产证券奋斗到底！再下面是会长语录经典："我的父母，就是你的父母；你的父母就是我的父母。我们是同产，不是共产。这个守约，是我们组织共同遵守的公约，就算共产党也是做不到的。"右边红绸上同样是七个大字"三三铁血团纪律"，共有七条：一、脱离组织、背叛组织者处死；二、破坏组织者处死；三、不服从会长指示及组织决议者处死；四、泄露组织秘密者处死；五、污蔑会长者处死；六、污蔑同志和组织者处死；七、犯烟赌赃欺之一者处死。纪律下面同样有一段会长语录经典："这是终身组织，只许进不许出。如果脱离组织，除本人处死外，上一级受连带处分。永远牢记，我们是世界第一组织！"

画像、红绸下面，笔挺地站着一排荷枪宪兵，以示拱卫。条案上燃着两支粗大的红烛，还摆放着两只黄色的盒子。

其他人等都已回避，或被驱离，现场只有汪敬谷和梁化之二人端坐于太师椅上。

众人走进大厅，自然地列成了一排。

梁化之点点头道："敬谷兄，开始吧！"

汪敬谷随之低喝一声："画像在，如同会长亲临，要保持心中敬畏。不许喧哗，不许交头接耳。小崽子们，跪下！"

待众人跪下后，梁化之和汪敬谷也离开椅子，面对画像，在众人前面双膝跪地。众人先是三叩头，感恩会长，然后举起右拳，跟随汪、梁的领誓，开始依照红绸的内容一句接着一句宣誓。李度是第一次参加这样的仪式，也是第一次如此逼真地看到阎锡山的画像，内心不由得掀起一阵波澜。他很难理解，眼前这位看上去也算有些慈眉善目的老人，居然是个杀人不眨眼的老炮，自家老爹曾为他拼杀卖命大半生，最终还是死于他的枪下，据说还是替人背锅冤死的。莫非他就没有妻儿老小、兄弟姐妹等亲人吗？

誓毕，大家起立，汪、梁二人从条案上各自拿起一只盒子走到众人面前。汪敬谷先打开手里的盒子，从里面取出八块金黄色的圆形铭牌，依次颁发给每一个人。李度接过，偷眼一看，发现铭牌上刻满了一行行小字，正是两块红绸上的内容。接着，汪敬谷退下，梁化之从另一个盒子里取出的居然是一根根银针，发给众人后，肃然道："由我监督，你们一个一个依次进行，扎一下自己的左手大拇指，要一针见血！"

先是阿格布尔、阿格布花，之后是汪成旭、汪成芳、殷立德、殷立琼兄妹，直到李度都是一针见血，进行得很顺利。不想轮到梅冬潮时出了意外，她怕疼，捏着银针颤颤巍巍朝另一只手上刺去，却手指一软刺得浅了，结果没有扎出血来……

梁化之脸皮顿时一沉，冷冷道："你勇敢度不够，不能加入组织，交出铭牌，出去！"

梅冬潮一下就哭了起来，道："不不，长官，您让我再扎一次，我不怕疼了……"

"滚出去！"梁化之厉声大喝，随之右手便向腰间的枪套摸去。

紧挨着她的李度大骇，慌忙一把将她拉出队列，低声催促："别说话，快走！"

梅冬潮吓得赶紧转身，压抑着抽泣，退出大厅。阿格布尔眉间一道青气闪过就想发作，却被妹子阿格布花紧紧挽住，朝他拼命摇头。

梁化之冷冷地盯视了李度一眼，转身离开，将手里的盒子放回到条案上再转回身来，声音平板地说道："从现在开始，你们就是铁军组织的成员了。铭牌如同你们的生命，要保存好，铭牌上的誓言，要看在眼里，记在心中，不许说出来。如果听到有人说出，你们有权把他打死。反之，你们自己说出，组织就会处置你。记住，即使是你们的父母、妻儿、丈夫，最亲近的人也不能泄露、告知！明白吗？"

众人齐声回应："晚辈明白！"

汪敬谷喊一声："感恩会长栽培，向会长三叩首、三鞠躬，敬礼！"

众人照做，礼毕之后又按照汪敬谷的口令，向后转，依次走出大厅。

至此，加入组织的仪式就算结束了。

汪成芳已然在集团军司令部就职，阿格布花没入军籍，归为政府文职人员中的铁军基干，梅冬潮由于没能加入组织，错失了一次调换单位的机会。而殷立琼的委任状则是在他们返回群芳阁后，在觥筹交错的席间，由参谋长吴绍之到场宣读的，她被委任为13集团军司令部秘书处中尉秘书，与汪成芳成了同事，只是军衔低了一级。

三天后，大营盘军政校毕业典礼上，在公布完最后一批学员去向、分发完军装、武器并授予军衔之后，教务长登台，亲自宣读如下任命：

学员汪成旭分配至13集团军司令部军情处，任中校副处长；学员殷立德分配至13集团军司令部副官处，任少校副官兼殷家堡骑兵独立团副团长；学员阿格布尔分至13集团军司令部装备处，任少校副官兼铁寒寨骑兵独立团副团长；学员李度，分配至13集团军司令部警卫团，任少尉警卫参谋。

教务长宣读过后走下台来，把李度单独叫到一边，小声道："有人带来一个口信，让你抽空去一趟柳巷钟楼街的开明照相馆。"

李度问谁的口信，教务长摇头说不知，之后又追加一句："来人说了，无须多问，日后自知。"

李度茫然，只好稀里糊涂地向教务长道谢。

第二章

一

毕业典礼之后，在其他学员羡慕的目光中，四人朝宿舍走去。

准确地说，是他们三个人陪着李度回宿舍。半年前，刚回迁到省城时，殷立德和阿格布尔就被汪成旭强迫着一同住回了汪公馆。本来，连李度也不需要返回宿舍——那场伏击战已经让李度变得身无长物。还是汪成旭好心，在汪公馆相聚后的当天下午，就让阎总管给李度置办好了一套崭新的被褥和日常用品，并派人送到了军校。现在回宿舍，也就是把这套东西再重新打包好，然后离校奔赴新的岗位。

路上，三人有说有笑，李度却有些神情黯然。

殷立德觉察到了他的情绪，便小声安慰道："分配的事，不说汪三少爷，我和阿格布尔也都是沾了家族的光，你别介意。"

李度摇摇头道："怎么会，没有汪三少爷和你俩的关照，我肯定会跟大部分学员一样，被分到一线部队去了。现在已经是最好的结果，我感激还来不及呢。"

李度说的是真心话，因为他真的想通了。天上掉不下馅饼来，普通人家的孩子。想要改变命运，就得靠自己，靠自己加倍的努力与加倍的拼搏。即使这样，很多人也不一定能改变命运，但倘若什么都不做，那就连一点儿可能性都没有了。由于家庭无法提供更好的平台，起点太低，故而在最初时，不论是条件、眼界还是处境，他们往往都比那些有很好家庭背景的人差很多。甚至，他们奋斗一辈子的东西，人家一出生就拥有，他们的终点仅仅是人家的起点。他承认，虽然他原本也应该是个有背景的人，但既然现在是个普通人，就要有普通人的活法和普通人的心态，任何攀比、羡慕、嫉妒都毫无意义。令他苦恼的不是这些问题，而是警卫团，是那个刚刚跟他动过手的警卫团连长老灰皮，真是冤家路窄，偏偏又落到了他的手里。于是他扭头向汪成旭请教，他不明白，那个老灰皮为什么总是针对自己？十年前他就对自己、对陶蓝妹子不善，现在更是变本加厉。

汪成旭一听就笑了，说关你屁事，是你老爹得罪了他。有一年过年，我老爹和你老爹他们那帮厌货拍马屁，给阁会长摆酒拜年，老灰皮贪杯喝高了撒酒疯，跟你老爹叫板，被你老爹一招弓步崩拳打得三天下不了床，记恨上了。得，这事交给我，我收拾他。

原来如此，李度禁不住连连苦笑。打点好东西，李度一股脑儿都背在身上，向三人告别。

殷立德一惊道：“莫非你不跟我们回汪公馆？”

阿格布尔也有些不解地望着李度道：“还没教你胡璇五步呢……”

李度摇摇头又点点头道：“我就是个大头兵，汪公馆实在住不惯，还是住军营自在。再说，也不能耽误了报到，警卫团纪律森严，去晚了我怕挨罚。”

汪成旭顿时拉下脸来，不悦道：“什么狗屁纪律，小爷一句话，你爱什么时候报到就什么时候报到！先跟我们一起回公馆，安顿好了我再送你去警卫团。”

李度没有理睬他，背着行装先跟随哥儿三个一起走到了校门口，看见停着的道奇吉普便摆摆手道：“你们上车吧，我步行去军营，权当是一次负重拉练。”

“警卫团的驻地在天地坛二条，离这儿足有十多里地，你要走过去？”阿格布尔瞪大眼睛，像看怪物似的看着他。

汪成旭怒了，喝道：“小度子，你又要单蹦儿，作死吗？”

李度走到他身边，用肩膀顶了他一下，淡淡地说道：“汪三少爷，你别这样。人都会长大，我总不能一辈子都让你保护吧。子非鱼安知鱼之乐，你非我又怎知我之苦？同在司令部，又不是不见面了，何必弄得不高兴。”

不等汪成旭反应，又朝殷立德和阿格布尔拱了拱手，便头也不回，大步流星地走了。

汪成旭喝骂着抬腿刚要追赶，被殷立德拉住了，他望着李度渐渐远去的背影摇了摇头，叹了一声道："算了，他有他的想法，随他去吧。"

嘿，扫兴！这算什么事嘛，半年没见，长脾气了。三人上车，一路颠簸疾驰，汪成旭仍余怒未消，忍不住连连拍打着方向盘。殷立德说，分别半年，你们有没有发现，李度变化不小。阿格布尔点头认可，说是有变化，身子骨硬朗了，性子也变强了。性子强？心强命不强，管屁用！汪成旭还是忍不住怒骂，你们说这个死小度子是不是不识好歹？以为军营的大门是那么好进的？身上穷得一个大子儿没有，也不做准备，就这么裸着去了，不被警卫团那帮子兵痞野牲口们，虐出屎来算他肛门硬朗！警卫团、亲训师征召的都是忻定五台一带的子弟兵，确实难缠，不好支应。阿格布尔顿时醒悟，忙说要不咱们绕一下道追上去，好歹给他凑些钱。殷立德表示没用，他那倔劲，就算追上去给他，他也不会要。

回到汪公馆，他们直接来到西跨院。一进院门，却猛地看见汪成义正踮着脚尖探头探脑地往东厢房的窗户里偷窥。

汪成旭便没好气地喝道："老二，那是女眷住的客房，你在那儿瞎暨摸什么呢？"

汪成义唬得一跳，忙缩了脖子转过身来，也没好气地一瞪眼道："我来看看妹子。怎么，不行啊？"

"无事献殷勤，非奸即盗！警告你，那都是我妹子，你可别打她们的坏主意。"

"扯淡。"汪成义咧咧嘴，很油滑地笑了，"你妹子还不就是我妹子，你看得，我为什么就看不得……咱兄弟俩一个鸟样，装什么大尾巴狼。"

汪成旭冷哼了一声，点点头道："行，你敢承认没憋好屁，那咱就试试。小尔子，揍他！"

阿格布尔立刻晃着身躯走过去，挽起袖子一笑道："二哥，练练？"

汪成义自小就没有遗传到汪敬谷的身形，个子矮还干瘪，一身上校军服从来都得去华泰厚定做，踮起脚尖时，脑袋也只刚刚够上阿格布尔的肩膀，像个没长开的倭瓜。他自然不敢跟门板似的阿格布尔交手，脚步连连后退，可一张油嘴还死硬："滚一边去，你个蛮夷粗坯。我是你哥，哥有文化，自然不能以大欺小，皮痒痒了跟哥去43团，随便一个马夫就能揍出你屎来！"

殷立德闻言，转过几步截住退路，哂笑道："哥仨里我最弱，要不咱俩试试？"

三人的站位恰好把汪成义堵在了中央，汪成旭说："别说那没用的，你不妨就给我们来个以大欺小，看看谁能把谁打出屎来。"

汪成义顿时蔫了，摆摆手口气软了下来："你们这是要三英战吕布？算了吧，二哥我有涵养，不跟你们这帮小玩闹一般见识。还是那句话，皮痒了就跟哥去43团……"

"不去，就在这儿跟你干！"

正僵持着，汪成芳、殷立琼、阿格布花三个女孩嬉闹着走进院来，见状便围了上来。殷立琼拍着手起哄道："哈，这是要火并？好啊，二哥狠狠收拾他们，我给你鼓劲！"阿格布花也赞成，一指汪成义笑道："二哥，你放开了揍，这三个家伙这阵儿狂得没边儿了，典型的'三天不打上房揭瓦'……"二女一激，汪成义便有些下不来台，只好扎开马步双臂一展，摆出一招螳螂拳里的拨草寻蛇式，喝一声："来吧，三英战吕布，哥也不怕，就让你们尝尝小温侯的厉害！"

汪成芳撇撇嘴，满脸鄙夷："二哥，得了吧，你这使的是七星螳螂拳？马步虚浮，弯腰塌背，钩掌拿捏得像鸡爪……你居然能把螳螂拳练成这样，丢螳螂门的脸不说，就你这副猴样儿，要让老爹看见，定是先活劈了你！还敢在这儿显摆？都滚出去，要掐架到外边掐去！"

汪成义闻言，趁势赶紧收了手，讪讪道："这段时间军务繁忙，没顾上练功，荒疏了……要不，非揍他们个鬼哭狼嚎不可！"

眼见玩不成了，阿格布尔便转向阿格布花，目光里带有一丝询问。阿格布花会意，无奈地摇摇头说，你要找冬潮？我留了没留住，她说她家有事，急慌着赶回去了。阿格布尔就走到汪成旭身边，要车钥匙，说借道奇吉普一用。汪成旭掏出钥匙扔给他，十分不满，说好了中午一起喝酒的，小度子走了，你也要单蹦，重色轻友。殷立琼上前嬉笑着挽住汪成旭的胳膊，说旭哥哥，这你就不懂了，梅冬潮现在是小尔子的心上人，为心上人排忧解难应当应分，这就叫情人眼里出西施。汪成芳白了阿格布尔一眼，警告道，布尔，冬潮那一家子就是个无底洞，当心把你拖累死。

阿格布尔接过车钥匙，闷闷地回了句："她有难处，我只想帮帮她。"

汪成义贼眼一亮，忙走上前说："布尔你要用车？二哥这儿有啊，美国雪佛兰轿车，比老灰皮的那辆破道奇吉普气派多了。走，我陪你去！"

"不用，吉普挺好，您老歇着吧。"阿格布尔一口回绝，转身走了。

汪成义抬腿刚想跟上去，被汪成旭伸脚一勾，绊了个趔趄，差点摔倒，顿时小眼睛一瞪，吼道："老三，作死吗？总跟二哥过不去！"

汪成旭点点头，恍然道："我说你在这儿鬼头鬼脑地瞎踅摸，原来是瞄上了梅冬潮，人家已然名花有主了，你就不拍小尔子活撕了你？"

汪成义咧咧嘴道："扯淡！你二哥缺女人？你去二哥住处看看，没一个连也有一个排，吴侬软语，国色天香，什么女人都有。一个梅冬潮，哼，土得掉渣，好稀罕么……我是专程来看咱成芳妹子的。"说着走到汪成芳跟前，从兜里掏出一只绸布包塞到她手里。

汪成芳打开一看，居然是一对金光灿灿的手镯，顿感诧异，问道："太阳打西边出来了，什么意思？"

汪成义得意地一笑道："没想到吧？你马上就要当新娘了，这是二哥给你随的喜。"

汪成芳不由得看了殷立德一眼，狐疑道："我咋不知道，你别又憋坏呢吧？"

汪成义拍拍胸脯道："天地良心，今天上午咱老爹在议事厅刚刚定下的。咱老爹的如意算盘打得那叫个响，先给你和殷立德把喜事办了，然后就要给他自己张罗娶八娘的事。哈哈！"然后转脸盯了阿格布花一眼，又面带戏谑地说："还有你，布花妹子，也有天大的好事等着哪……只有老三，流年不利，霉运当头！行了，哥还有个酒局，就不跟你们瞎扯淡了。"说完，身子一矮，躲开了正要抓他的汪成旭，泥鳅似的溜了。

谁也吃不准汪成义说的，哪些是真话，哪些是鬼话，但有一个感觉大家一致：不着调的话里含了很多信息，并且似乎还跟每一个人都有关系。众人顿时面面相觑，一时也不知道该说什么好，不由得都把目光转向了三少爷汪成旭。

汪成旭嗍着牙花子想了好一会儿，摇摇头自嘲道："不灵，我小时候猪脑花吃多了，把脑袋吃成了棒槌。要是小度子在就好了，他连蒙带猜的一准儿能理出个七七八八来。"

其实，就算李度在也同样会一头雾水，因为汪敬谷貌似粗鄙，实则心机深沉，很少有人能真正摸准他的脉搏。一早起来，他同往常一样开始练拳，练毕，便让四夫人林红玲通知其余四位夫人，早饭后齐聚议事厅，有要事宣布。汪公馆有条不成文的规矩，早饭只需大夫人徐馨茹陪着伺候，其余夫人皆可在各自屋里用餐。

夫人们到齐后，汪敬谷咳嗽一声，清了清嗓子，然后宣布了第一件大事：由四夫人林红玲牵头、其他夫人配合，做好婚庆准备，十天后是个黄道吉日，正式为二小姐汪成芳和姑爷殷立德完婚。按城南清源县的乡间规矩，须提前三日由四夫人代表老爷，亲自将新人护送至殷家堡举行婚礼。在殷家堡盘桓数日后返回城里，在汪公馆重摆回门大宴。

汪公馆嫁闺女是天大的喜事，四夫人又是二小姐的亲娘，由她领头张罗应当应分，没毛病。老爷的这项议程没有任何异议，获得一致通过。引起矛盾分歧的是老爷宣布的第二件大事：二闺女的婚事举行完后，老爷要迎娶第八房夫人——本来这事早就打过预防针，众位夫人也有了思想准备，并不觉得意外。但让大家意外、震惊、愤懑、不能接受的是未来八夫人的人选，竟然是阿格布花！

这个名字一说出口，就像晴天一声霹雳，众位夫人都蒙了。先是一片死寂，接着便是二夫人淑慧手中佛珠飞快捻动的沙沙声。一时间，屋内的气氛变得凝重起来。中堂之下，汪敬谷抽着水烟与大夫人端坐在太师椅上。其余众位夫人分坐两排，个个面色不快。丫鬟、用人也都小心翼翼地站在她们身后。

汪敬谷咕噜咕噜地抽着水烟，朝下方瞟了一眼，然后砰的一声将水烟袋重重地磕在八仙桌上，脸一沉，瞪眼喝道："嘿，你们这是几个意思？老子要娶第八房太太，洞房花烛，是天大的喜事！可你们呢，他奶奶的一个个脸阴得像吊客，给谁看哪？"

除了二夫人手捻佛珠垂目默诵经文、四夫人面露不忿之外，其他众位夫人皆低垂了眼皮，不敢搭腔。

大夫人徐馨茹微微一笑，打起了圆场："好啦，这件喜事我已经同意了，想必妹妹们也不会有别的想法，都打起精神来，好好为咱们老爷操办。操办得好，老爷自有奖赏。"

汪敬谷面露喜色："嗯，老大这话爷爱听！"

四夫人林红玲焦躁起来，忍不住燃着一根烟，使劲吸了，朝末座的七夫人喷一口："七妹，你娶进门连三个月都不到，老爷就移情别恋了，你是怎么伺候的？"

七夫人小巧玲珑，一脸委屈："我……我……"话没说完，就抽抽搭搭地哭泣起来。

林红玲转向汪敬谷，没好气地说："老爷花心，要娶八太太，本也不是什么新鲜事，咱姐妹们自然不敢阻拦，也阻拦不了。可老爷要迎娶的这位新人是谁？是阿格布花！阿格布花是谁？是三姐阿格妙影的亲侄女！这辈分乱了,将来孝儿、义儿、旭儿、芳儿……还有在北平念书的玉儿，你所有的儿女、亲戚们见了阿格布花又该如何称呼？"

汪敬谷脖颈一梗，喝道："该怎么称呼就怎么称呼，叫'八娘'！什么是辈分？狗屁！你老四要是有侄女，爷也照娶不误，就叫'九娘'，跟你姐妹相称！怎么着吧？"

四夫人气得直翻白眼道："老天保佑，幸亏我没有……还真是个花花太岁，天下少见！蝎子拉屎——毒一份！"

汪敬谷哈哈一笑，站起身来说："这就对了，你老四也不是今天才知道！得嘞，大家都散了吧，爷今儿个晌午就留这屋了，好好疼疼老大……"

二夫人淑慧站了起来，不动声色道："老爷这事，跟铁寒寨商议过吗？"

汪敬谷眉眼一抖，竟说出一句禅偈："至道无难，唯嫌拣择。"

二夫人略一思索，也回了一句："但莫憎爱，洞然明白！"说完，手捻佛珠，起身行礼走了。

大夫人徐馨茹喟然一笑，望着大家道："还是二妹深邃，姐姐佩服。"

众女行礼，纷纷退出。唯有四夫人林红玲赌气地掐灭了香烟，也不行礼，一甩手，腰肢一扭，袅娜而去。

汪敬谷咧嘴一笑，朝大夫人徐馨茹讪讪说道："这骚货，爷惯坏她了……"边说边准备脱衣服，要往卧室走。

大夫人却伸手拦住了她，轻声道："别，大白天的，不过是个歇晌觉，你还是去菱花亭吧。我知道，别看你对四妹骂得凶，其实你心里还是挺疼她的……就像当年你对三妹。"

汪敬谷怔了一下说："你这……说的是真话？"

大夫人点点头，莞尔一笑。

汪敬谷忍不住再问："那，爷可就真去老四那儿啦？"

得到大夫人再次首肯后，汪敬谷又转回身来，望着大夫人正色道："跟你透露点内情，爷这回娶亲，图的不是美色，是政治！"

大夫人点点头道："我知道。下一步，老爷一定会让阎总管把旭儿关进小黑屋，否则旭儿万一捣乱，就会坏了你的政治。"

汪敬谷瞬间乐了，伸手拧了她一把，说："嘿，他娘的，知爷者老大馨茹也！"

说完，汪敬谷大笑着，转身走出房门。

听着汪敬谷的脚步声渐渐远去，大夫人脸上的笑容顿时踪影全无，面色刹那间变得铁青，猛地将一只茶盏摔得粉碎。

贴身丫鬟翠姑忙上前蹲下，收拾摔碎的瓷片，看看四下无人便低声劝道："夫人不必动怒，静观其变，老爷此事难成！"

大夫人一惊："翠姑，你莫非知道些什么？"

翠姑没有说话。

西跨院这边，汪成旭见大家瞎猜一通也猜不出个所以然来，便嘻嘻一笑说，管他什么好事坏事，天下事再大也大不过吃饭！到饭点了，咱们一起去正太饭店，我做东。殷立琼第一个响应，使劲抱了他的胳膊大声叫好。殷立德却心存犹豫，我有些不好的预感，别一会儿总司令召唤，咱都不在，岂不招骂？

果然，就在这时，阎总管急匆匆地来了，身后还跟着几个膀大腰圆的家丁。

他先朝殷立德、汪成芳欠了欠身子道："小姐和殷公子立马赶去菱花亭，四夫人有请。"之后转向阿格布花和殷立琼，同样欠欠身子说："老爷特意吩咐，布花小姐近日最好不要离开汪公馆，税政局那边老爷已经打好了招呼，不必担心。另外还需殷家小姐帮忙，陪伴关照好布花小姐。"

汪成旭眉头一蹙，问："都是我老爹的意思？"

阎总管点头道："老爷一向这样，身在斗室，运筹于千里之外。"

汪成旭一扬脖子说："屁！不过是窝在自家院里抖抖威风罢了，有本事敢跟共产党干几仗？啥都不是！还是那句话，天下事再大大不过吃饭，我们先去正太饭店，吃罢回来再按你吩咐的去做。"说完转身刚要往院门走，却被那几个家丁拦住了。

阎总管上前轻轻用手碰了碰他道："别人都可以走，唯独少爷不行。少爷得跟老奴去另一个地方。"

"去哪儿？"

阎总管有些尴尬："老爷有令，让少爷去小黑屋……面壁思过。"

汪成旭大怒道："阎本分，我看你一点儿也不本分！笑面虎，两面三刀的，要关我小黑屋？凭什么？怎么着也得给我个说法吧！"边说边推开阎本分便要往正院里闯。

阎本分急忙一把拉住他，小声道："老爷正在犟节儿上，你不能进去……少爷，别为难老奴。听老奴一句劝，先去小黑屋，其余的都让老奴去办。老奴这就去禀报大夫人和二夫人。只要两位夫人联手，自有办法让少爷出来！"

汪成旭无奈，只好扫了大家一眼，垂头丧气地跟随阎总管走了。

剩下的家丁立刻散开，把守住了西跨院大门。

殷立琼大惊，望着汪成芳问道："这是要软禁咱们，你老爹在搞什么鬼？"

阿格布花倒显得沉稳："别怕，有我姑姑英灵护佑，没人敢暗算咱们！"

汪成芳也觉得纳闷儿，让殷立琼和阿格布花先回屋，然后一拉殷立德的衣袖道："走，咱俩先去我娘亲那儿，问问到底是怎么回事。"

不想二人在菱花亭却碰了壁，被一个丫鬟拦住了："老爷和四夫人歇晌了，过后再来吧。"两人只好无功而返。

路上，殷立德紧皱眉头，显得忧心忡忡，发生了这么多事，没有一件清晰，现在汪三少爷又被关进了黑屋，后续还会发生什么？殷立德越想越觉得心里发虚，不由得停住了脚步："这样不行，我得去一趟警卫团。"

汪成芳听了没言语，她知道他是要去找李度拿主意想办法，倒也没有什么不对。她就是觉得没必要，都是一家人，老爹能把大家怎么样？就算把阿格布花强留在了汪公馆，又能怎么样？阿格兄妹俩又不是没有在汪公馆长住过。搞得疑神疑鬼、草木皆兵的，有意思吗？其实，只要大家稳稳地撑住了，耐心等一段时间，事情自然会搞清楚。可看到殷立德一副焦虑不安、魂不守舍的样子，她感到心疼，便没有阻拦，反而提醒他，去警卫团最好先找到阿格布尔，两人一起去。殷立德笑道，你是不是怕我一个人去，被警卫团的那帮野牲口给揍了？敢！谁敢动你，我灭他满门……说实话，有时候吧，你这人挺肉的，总喜欢想些没用的，关键时刻爱掉链子。有布尔陪着，也算有个商量的人。

阿格布尔去找梅冬潮了，而梅冬潮家住哪儿殷立德并不知晓。

汪成芳立刻叫女佣拿来纸笔，把地址写了下来：敦化坊三巷蛤蟆尿街128号院。

大东门外？怎么住得那么远？殷立德有些吃惊。汪成芳说，就是因为远，还有点偏，所以房租便宜呀。你以为阿格布尔是我三哥，随手就能弄到钱。他没多少钱，能给梅冬潮一大家子租到个独门独院就不错了。殷立德点点头，又叮嘱汪成芳好好陪着阿格布花，多安慰她，别让她心神不宁受煎熬。汪成芳忍不住拧了他一把，说，你这家伙别也是个花花公子，惦记的人还真不少。殷立德叹了口气，握住了她的手，说，自己就是个窝囊废，能得到汪家二小姐的抬爱是他上辈子修来的福气，不会有别的心思，他只是把阿格布花当妹子。

临走，汪成芳又从兜里掏出一只荷包塞给他："里面有二十块现洋，你去梅冬潮家没钱可走不了……叫辆黄包车，时间抓点紧，早去早回。"

殷立德点点头，转身离去了。

不知怎的，她感到忐忑，总有些不放心。

汪成芳回到自己的住处，见殷立琼和阿格布花正等着她。

闺房是个套间，外屋清新雅致，书橱、花架、沙发茶几，里屋一张大大的红木绣床，轻纱幔帐，显得温馨又罗曼蒂克。

得知汪成芳无功而返后，两人也没再多说什么。

三人坐在沙发上，阿格布花在看书，汪成芳削着一只苹果，殷立琼则坐卧不安地朝窗外看，嘴里不停嘟囔着："哼，估计还是旭哥哥给司令找女人的事，那不过是一个玩笑而已，司令就把他关进了小黑屋，也太不讲情面啦……不行，我得去看看旭哥哥，他一个人关在那儿，肯定很害怕……"

汪成芳忙拉住她，把手中的苹果朝她一递道："啧啧，你能不能消停点？"

殷立琼甩开她，急道："要不，你陪我一起去求求你老爹？"

汪成芳又把苹果递给了阿格布花，摇摇头道："没用！我老爹是个杠头，霸道惯了，一向说一不二，你又不是不知道……再说了，你旭哥哥没事，关一夜，明天自有我大娘、二娘放他出来。从小到大就一直这样，你纯属瞎操心！"

阿格布花咬了一口苹果，突然抬起头来，说："不对，你老爹强留我在这儿，好像不怀好意，是不是想把我给卖了？是青楼？还是妓院？要不就是梨园戏班子？"

汪成芳顿时生气了，脸一沉道："你们俩是要气死我？不可理喻，我老爹有那么坏吗？"

殷立琼转向阿格布花撇撇嘴，故意说道："还真没准儿，我看也好不到哪儿去，连自己的亲生儿子都要关……"

阿格布花点点头道："就是，虎毒还不食子哪！"

汪成芳恼了，一下跳起来，操起茶几上的水果刀，恨恨道："好！本姑娘这就去把我老爹杀了，省得你们这么不待见他……"

阿格布花急忙一把拉住，殷立琼也笑着抱住了汪成芳，连连道："别价呀，问题是我俩待见你，还舍不得你这么快就把小命丢了。"说着一推，三人嬉笑着，在沙发上扭作一团。

二

从大营盘到天地坛，十多里路，李度不到半个小时就赶到了。有这半年来的训练，这点强度实在不算什么。来到警卫团团部报到，也没见到团长、参谋长，只有一个值班参谋无精打采地在打盹儿。看了看李度的证件，让李度填了张表，便写了个条子递给他，说他的见习期为三个月，见习单位是警卫团1营1连，让他拿着字条去连部报到，自然会有人安排他。

营地的院子很大，除了训练操场就是成排的营房，相当于军政校的放大版。李度按照次序标识很顺利地找到了1营1连连部，敲了敲门，屋里传出巨大的喧哗声，却没人理他。他又敲了几下，依旧无人应答，便推门走了进去。

一群人正围着一张桌子赌博。真是冤家路窄——坐庄的正是连长老灰皮。

只见老灰皮光头敞怀，衣袖挽得老高，赌性正浓。他手臂一扬，骰子在一只瓷碗中滴溜溜地旋转，众人"大！大！"或"小！小！"地喊着。骰子最终落定，是小，在一阵混合着狂欢和沮丧的喧嚣中，赌注被瓜分。老灰皮咧嘴一笑，再抓起骰子双手捂了，说："下注，下注，老子今天要上下通吃！不怕输的、想发财的就赶紧下注！"在他的喊声中，众人纷纷将赌注押下，有的是一摞大洋，有的是一块大洋，有的是几张肮脏的钞票。下注完毕，老灰皮朝手中的骰子吹口气念一句："天灵灵地灵灵，财神老爷送宝瓶！小！"然后将骰子往碗中一掷，骰子快速旋转、落定，果然是个小，众人沮丧，老灰皮哈哈大笑道："看你们谁还再敢押大，老子是一连十庄小！"边说边将押大的赌注收拢到自己的胸前，那里已经堆满了赢来的银钱。

李度无奈，硬着头皮走上前去，却不小心踢翻了一个脸盆，响动还挺大，众人纷纷扭脸看他，眼神诡谲而怪异。李度有些尴尬，忙欠欠身子道："对不起，打搅了众位的雅兴，我叫李度，从团部来……"

老灰皮抓起骰子，抬眼瞟了他一眼，然后环顾左右，蔑然道："弟兄们不觉得眼熟？这小白脸就是汪三少爷的那个跟班！嘿，小杂种，山不转水转，咱们又见面了。你他娘的应该住汪公馆，跑这儿来跟爷们凑什么热闹……黑子，带他去

1 排，给他找一窝儿……来来来，奶奶的，不服的再下注！"

一个小兵应声跑了过来，把李度领出连部来到隔壁。屋子挺大，光线昏暗，一铺大通炕，挤满了铺盖，墙壁上挂着枪支、马刀、军用水壶，脚臭汗臭混杂，令人窒息。炕头处，一个佩戴少尉军衔的大汉正四仰八叉地酣睡着，几乎占据了所剩并不太大的空间。

黑子犹豫了一下，小心翼翼地推了推少尉："马排长，醒醒，排长……有新来的，从团部来的李参谋，灰皮连长让给他腾个地儿。"

马排长睁开眼睛，十分凶恶地瞪了一眼，哼一声，勉强翻身，腾出一条窄缝。黑子不敢再叫，为难地看看李度。李度咧咧嘴道："得嘞，权当我是只臭虫，有点空就行。"

"长官……那您先歇着。"黑子走了出去。

李度放下行李，在炕沿上坐下，掏出一支烟点燃，扫视着炕尾墙边一只臊气熏天的尿桶、乌烟瘴气的房间和隔壁传来的喧嚣，脸上露出落寞的神情。这就是军营，也是他今后讨生活的地方，尽管他做好了一切思想准备，但还是被眼前的恶劣环境所震惊。往往，生活就是这样，把自己捧得高高的，很容易，但把自己放到泥土里，和所有人打成一片，却一点儿都不容易。在熙攘的人群中能坚持内心的东西，守护追寻的那盏灯火，最难。

不知什么时候，马排长居然悄没声地坐了起来，从枕头下摸出一本小册子丢给他，粗声道："这是警卫团条令，去，到外边南墙根下拿大顶，边拿大顶边背条令。新来的都要过这一关，也是咱警卫团的杀威棒。"

李度没说话，拿起条令走出屋去。所谓"拿大顶"就是倚墙倒立，再把小册子铺在地上头朝下背诵。对此他倒无惧，不过是顺便练练蝎子爬的基本功而已。可令他没想到的是，这一练，就是整整大半天，眼见得饭点都误了，竟然无人过问他。要不是殷立德和阿格布尔前来找他，如此大顶还不知要拿到什么时候。他猜不出这是老灰皮故意整他，还是警卫团的例行规矩或潜规则。

殷立德赶到敦化坊三巷，曲里拐弯，在一片窄街陋巷里寻找 128 号院。

恰好，阿格布尔和梅冬潮走出院门，后者的脸上有明显的泪痕。阿格布尔看了看街边的吉普车，扭脸让梅冬潮回家去，说不必远送，有空他就会再来看她。

梅冬潮没说话也没动脚，望着破败肮脏的街道沉默着，突然抬头问道："知道这条街的街名叫什么吗？"

阿格布尔有些发蒙："好像叫……蛤蟆尿。"

梅冬潮冷哼一声道："难为你了，还记得这个令人恶心的街名。你真忍心让我们一家一直住在这么个狗不拉屎的贫民窟里吗？住这破地儿，我都不好意思去水务局上班。"

阿格布尔怔住了："这，不不，我正在想办法，重找个地方安置你们家，我保证！"

梅冬潮轻叹一声，拉住了他的手，说："布尔哥，对你来说这并不难，你好歹是侉依人铁寒寨的少寨主，就不能跟你家里要点钱吗？算我求你了……"

阿格布尔轻轻地拥住了梅冬潮，歉疚道："对不起，是我做得不好……我阿爹的确是铁寒寨的千户头人，是铁寒寨骑兵独立团的上校团长，可他的钱不干净。"

梅冬潮顿时恼了，推开他，嚷嚷道："你脑子让驴踢了？钱就是钱，有什么干净不干净的。哼，说到底，你还是压根儿就没把我放在心上！"说完便赌气地转身走了，把阿格布尔一个人晾在陋巷里发呆。

这时，殷立德终于找到了128号院，打发走车夫，来到阿格布尔身边：

"怎么，你俩吵架了？"

"唉，我真没用，笨得要死，总惹冬潮不高兴。"

殷立德想了想，小声道："其实，冬潮说得没错，钱就是钱，没什么干净不干净的。偏偏你要跟你阿爹较劲，金口难开，才弄得这么寒酸。"

阿格布尔摇摇头道："不，我阿爹不废除奴隶制，我就不用他一分钱！"

殷立德有些无奈，掏出那只荷包递给他道："这是成芳的钱，快送进去吧，不多，总能救个急。"

"算我借的。"阿格布尔略一犹豫，还是接了，然后便大步跑进院门。再出来时，梅冬潮也跟着送出门来，没有了梨花带雨，换上的是一脸眉开眼笑，且极为灿烂。她嗲声嗲气地要殷立德代为感谢成芳姐，那春天般明媚的语调让阿格布尔两眼失神，第一次领略到了金钱的魅力。

离开敦化坊，一路疾驰。路上，殷立德向阿格布尔讲述了汪公馆的困局以及汪三少爷被关进小黑屋的事情。到了警卫团，他打听到李度的见习连队，又找了灰皮连长，这才看到正在南墙根儿拿大顶、背条令的李度。阿格布尔骂了句粗话，说，自家人也整蛊？来，来，灰皮连长咱哥俩练练。老灰皮咧嘴嘎嘎笑了，说不是我整的，妈的，这个马排长整误会了。然后朝营房方向喊了一嗓子："马排长，李参谋不是外人，后面的节目都省了吧！"

向老灰皮告了假，三人驾车驶出军营大门，拐到南肖墙街上，迎面见一面馆，随风摆动的布幌子上绣着三个大字"永庆园"。殷立德点点头，说别看这家饭馆门脸不大，可做的过油肉烩面很地道，也很出名，进去随便吃点吧。李度吞了口涎水，说拿大顶过了饭点，早就饿得前胸贴后背了。

三人停好车，走进饭馆，找张临街的桌子坐了，招呼店小二，点了一盆晋北大烩菜、一盘定襄粉蒸肉，主食自然是过油肉烩面。仍是老规矩，殷立德一份，阿格布尔是侉依人，不喜食精肉，叫了一份肥肠面。李度一人吃四份，速度可是一点儿都不慢，偌大一碗面，一口吸溜进半碗，两口就见了底。那两人一碗还没吃完，李度已经是三碗进了肚，最后一碗面索性将剩下的烩菜、蒸肉都一股脑儿倒进碗里，风卷残云，瞬间盘光、盆光、碗光！

阿格布尔撂下筷子骂了句——真他妈的是个吃货！

殷立德也忍不住笑了，说看李度吃饭简直就是一种享受，而且还颇具喜感。

李度自己倒不以为意，擦擦嘴说："哥儿俩大老远来了，不会是单单请我吃面。说吧，发生了什么事？"

殷立德把事情的原委从头到尾说了一遍。

李度略想了想，眉头微蹙，说："这里面别人都不打紧，唯独阿格布花有点危险。"

阿格布尔微微一惊道："危险？什么意思，你说细点。"

李度用手指轻轻弹了弹桌子道："很简单。对于汪总司令来说，这一出一进就是个局——出呢，是立德和成芳的婚事，这是早就定好了的，早办晚办只是个时间问题；这进呢，就是汪总司令将要迎娶的八夫人。两件事，表面看不搭界，实则环环相扣，指向同一个目的，那就是进一步强化汪家与殷家堡和铁寒寨的姻亲关系。虽是亲事、喜事，却也不排除人质的嫌疑，而这个嫌疑一旦成立，设局的意图就显露出来了，就是要强化对殷家堡、铁寒寨两家势力的控制。如此，汪总司令未来八夫人的人选，很可能就是——阿格布花！"

殷立德恍然，先是点头，接着便痛心疾首起来："罔顾伦理，丧尽天良啊……"

阿格布尔霍地站了起来，咬牙切齿道："这个老不要脸的，糟践了我姑姑，还要再糟践我妹子……我他妈的豁出去跟他拼了！"

李度摆摆手，示意阿格布尔坐下："少安毋躁，这事没那么简单，可以说这个局汪敬谷早在多少年前就开始布了。想一想，汪敬谷最听谁的话？最听他三哥阎会长的话。而阎会长一向老谋深算，对实力和势力的贪婪可谓登峰造极，尤其是对人的控制，其主要工具就是铁军组织。你们两家都有一支实力不俗的武装，太原沦陷后并没有跟随省府撤退，而是留在当地先后投降了日本人，但光复后并未按汉奸论处，相反都能够以曲线救国者的身份出现，同时编入省防军，说明在降日之前肯定得到了阎会长的暗中首肯，甚至指令。那么，你们两位的老爹也一定加入了组织，而且层级不会比我们低。联姻一旦受阻，就意味着不服从组织决议，这就上升到了政治问题，后果不言而喻。现在汪敬谷迎娶阿格布花，实际上是故技重施，就是当年强纳阿格妙影的翻版。所以，当年老寨主无法抗拒，现在也同样无法抗拒。"

阿格布尔焦躁起来："就是说……只能等死？"

殷立德拉了拉阿格布尔道："你别急，先听李度说。就没有破解之法吗？"

李度嘬着牙花子思考了好一会儿，才咬咬牙说道："没把握，只能是死马当活马医了。这事外人不好介入，还得从汪家内部下手。首先要让成芳通过四夫人去沟通联络其他几位夫人，特别是大夫人和二夫人，先把汪三少爷从小黑屋里弄出来，充分发挥他搅屎棍的作用，把水搅浑了，或许有机可乘。在此之前，大家最好保持冷静，见机行事，万不可硬来。至于阿格布尔，你不妨先跟铁寒寨你阿爹通个信儿，也好事后有个接应。"

说完了事，三人分手。原本是要拉李度一同返回汪公馆的，却被李度一口拒绝了。这时候抱团取暖，除了示弱，毫无用处。

目送两人驾车离开，李度转身返回，刚走到街口，猛然想起毕业典礼上教务长带给他的那个口信，想想反正已经告假，不妨去一下开明照相馆，看看究竟是个什么情况。沿街西行，再右拐便是柳巷与钟楼街口，他要找的开明照相馆就坐落在街角，门脸簇新，看上去十分敞亮。许是午后，照相馆里没什么顾客，一个身穿长衫的中年男人在擦拭柜台，李度上前打问。由于那个口信十分含混，既没有表明传信人姓甚名谁，也没有确定的寻找对象，他也只能含混地对中年男人说："敢问这位大叔，我叫李度，接到一个口信，让我来贵店……也不知是贵店的哪位要找我？"

中年男人仔细打量了他一下，问道："你是13集团军军政校的学员李度？"

李度点点头道："刚刚毕业，已经离校了。"

中年男人放下手里的抹布道："请跟我来。"

前店后厂或前店后宅，几乎是老太原街面上所有商铺统一的经营模式。这种模式的最大好处就是省去了物流环节，降低了经营成本和生活成本，非常适合小本经营。李度跟在中年男人的身后，绕过柜台，穿过摄影室、成像室的过道，然后进入后院，在院东头的一间厢房门口停住。中年男人轻轻地敲了敲门，低声道："江华，军政校的李度来了。"

里面立刻传出一个女子清脆的嗓音："让他进来吧。"

中年男人朝李度点点头，做了个请的手势，然后便转身离去了。

李度推门走进房间，迎着他的是一个亭亭玉立的年轻女子，身穿天蓝色的旗袍，漆黑的短发，清丽姣美的容貌，加上掩饰不住的气质，就是四个字：精神、干练。刹那间，李度睁大了眼睛，仿佛不相信自己，不相信眼前的景象，甚至不相信自己的感知，唯有一股热流涌上心头，激荡得他的嗓音都有些战栗：

"姐！是你吗？真的是你吗？"

"凤眼儿，是姐，多年不见，你终于长成大人了！"

六岁之前，李度对这位姐姐的印象十分模糊，只知道他有个叫李洁莹的姐姐在北平燕京大学读书，是老爹生前的骄傲。六岁那年，老爹遇难，姐姐从北平归来，为父亲收尸，并连夜将父亲安葬，还捧住他的脸，叮嘱他要听娘的话，快点长大，长大了要保护好娘，保护好陶蓝妹妹。随后就消失不见、音信全无了。虽然多年过去，再没有见过姐姐，但姐姐的容貌、温暖的双手以及她的精神、干练，都深深镌刻在了他的心里——久违了，姐！

不过，姐姐现在有了一个新的名字：江华。他不知道姐姐为什么要改名，或许今后还会再改成另一个名字，他不便多问也不想多问，不论改成什么名字，姐姐永远是他的姐姐。

江华拉住李度的手，一起坐在一条靠墙的长椅上，告诉他，她前一段时间回了趟老家，看了娘，正是从娘那里知道了他的去向，才托人给他捎去口信。

李度眼睛一热，涌出一抹泪花："娘？自从六岁离开，整整十年了，再没见过娘……她，还好吗？"

"娘的日子还好，多亏了61军原来的一些老兵暗中接济。现在，娘索性把咱家的小白楼改成了一处老兵休养所，还雇了医护，但凡受伤、伤残了的官兵，她都接待看护。虽然很忙，很累，可娘过得踏实。就是老想你，想陶蓝妹妹。"

李度听得泪水直流，哽咽道："姐，我对不起娘，也对不起你，我没有保护好娘，我离开老家后就一直像老鼠一样生长……没有一点儿机会。"

江华的柳眉微微一挑："像老鼠一样生长？这是你的感受？"

李度苦笑着，大致说了一下自己这十年来的经历。从被汪成旭带走离开老家到太原，进入百川小学堂到军政校，再到现在的警卫团。晋绥军里派系林立，山头重叠，深水之中暗礁密布，没有背景，没有人脉，没有钱，在晋绥军里就很难混。甚至，直到现在他连父亲真正的死因都无法获得，没人敢告诉他，说一旦知道了就会大祸临头。他为自己的无能，成长得太慢，而感到羞赧……

江华闻言，松开他的手，慢慢地站起来转过身去："凤眼儿，你已经长大了，记住，你是个男人，是男人就不要自苦，更不要自怜。任何成长都伴随着伤与痛、生与死，在血与火中锤炼锻造，在无尽的痛苦中挣扎顿悟，这就是一个强者的崛起之路，也是必经之路。至于父亲的死因，知道了固然有风险，但你是李服膺的儿子，有权知道真相。来，我现在就跟你谈谈我们的父亲。"

江华拉了张椅子坐到李度的对面。

在江华娓娓的时断时续的叙述中，一幅幅尘封已久却完整、连续的画面呈现在李度眼前。

十年前，也就是1937年的7月7日，日寇全面侵华战争拉开序幕，他们在华北兵分三路，展开攻势：一路沿津浦铁路南下，指向山东的德州；一路沿平汉线进犯，指向河南的新乡；一路沿平绥铁路攻进，意图夺取大同后再分兵攻取山西的太原和绥远的包头。由此而实现冈村宁次的所谓"两翼钳制，中央突破"的战略，完成夺取华北的计划。

其中，进犯平绥线的日寇，就是板垣征四郎所率领的第5师团，以及独立混成第11旅团于1937年8月26日攻陷南口后，继续西进。他们与多伦、张北一线南下的日军察哈尔兵团会师张家口，之后合兵一处，朝着山西东北部的要塞天镇县扑来。

天镇是山西东北部的重要门户，保卫山西，势在必守。时任第二战区司令长官的阎锡山，眼看战火烧到了家门口，才开始着急，匆匆电令隶属于傅作义第7集团军的61军军长李服膺火速集结，布防御敌。

李服膺是山西崞县（今山西原平）兰村人，1890年出生在一个贫苦农民家庭中，少时读过几年私塾，之后离家独自闯荡太原，考进工艺传习所学习织布，自谋生路。1909 年李服膺弃工从戎，考入山西陆军小学堂，被编入学生军，参加了推翻封建帝制的辛亥革命。1914 年考入北京清河陆军中学深造，不久转入保定军官学校，与傅作义、楚溪春、赵承绶、鲁英麟、李生达、张荫梧、汪敬谷、柴子尚、杨耀芳、武尽英、杨效欧、陈长捷等十二位同期学友义结金兰，毕业后均投入晋绥军阎锡山麾下，号称"十三太保"，李服膺为老大。后来这十三太保也都陆续成为晋绥军中的重要将领。

接到电令后，李服膺立即集结本部人马，于 8 月下旬进入天镇盘山阵地。晋绥军第 61 军是由抗战前李服膺率领的 68 师改编而成，下辖 1 个师、1 个独立旅，是典型的"小师加大旅"，兵力要欠缺很多。抗战爆发后，阎锡山曾奉蒋介石之命，派傅作义统辖的 35 军、61 军增援防守南口的汤恩伯部。途经万全附近时，与日军突然遭遇，两个团被打残，未及补充便急赴天镇布防，实际兵力只有一个师多一点儿，与来犯的日军兵力相差甚远。李服膺根据手中仅有的兵力，依山造势，做出如下防守配置：独立旅的 400 团镇守制高点及朱家屯一带；101 师的 402、425、426 三个团依次在盘山以北的罗家山、李家山、铁路两侧至北山瓦窑口一线摆开兵力；399 团负责天镇城防；独立旅 401 团驻守城外；414 团镇守距离天镇约 60 华里的阳高县城。如此，就构成以盘山阵地为主阵地、由四个团组成的第一道防线和以天镇、阳高为纵深防线的"T"字形防御体系。

工事简陋，装备低劣，兵力不足，为天镇保卫战留下了致命隐患。

塞北秋季的晚间已近凛冽，身着单衣的 61 军将士，在秋风瑟瑟中迎来了日军疯狂的进攻。起初，日军的主攻方向并不在盘山阵地，而是在李家山、罗家山阵地。日军先派步兵冲到阵地前沿猛烈射击，试探火力，诱惑 425 团防守火力全部暴露后，即用飞机低空轮番轰炸，继而再用火炮猛烈轰山。几乎片刻不停，持续四天四夜。最多时，一天竟有 32 架次敌机在阵地上空横扫滥炸。枪林弹雨之中，425 团的 1300 余名官兵有 700 多人伤亡，全团 9 个连长，阵亡 3 个，受伤 5 个。日军见李家山、罗家山一线久攻不下，才将矛头指向盘山。9 月 6 日，日军发起猛烈攻势。第一天，日军以绝对优势兵力猛攻 400 团 3 连防地。第二天，展开全面进攻，天上是轮番轰炸的飞机，地上是呼啸疯狂的排炮，外加坦克掩护，日军步兵的攻击力显得异常凶悍。但 400 团官兵凭着血肉之躯，硬是顶住了敌人一次又一次的进攻。

李服膺最初接到的阎锡山电令，是"坚守三天，拒敌西进"。血战中转眼三天已过，李服膺又接到阎锡山电令"续守三天，掩护大同会战"。一闪，三天又过去了。此时，61军前沿阵地设置的地雷、鹿砦等障碍已被日军全部炸毁，官兵们只能利用弹坑、沙堆为掩体，用手榴弹、刺刀拼杀。连日来，军长李服膺不断得到的战况是——

"日寇用密集炮火猛烈轰击盘山阵地制高点，独立旅400团团长陶云天阵亡，400团1个营与1个山炮连大部被压死在石洞内……"

"敌军步兵冲上盘山阵地，展开肉搏，400团2营营长高保庸阵亡，1营营长席林地受重伤，全团伤亡500余人……"

"101师师长王德禄受伤，各团伤亡官兵1000余人……"

盘山地处天镇县城东南，高峻险要，既可俯瞰平绥铁路，又是县城的天然屏障。盘山得失，关乎全局。守军将士依靠简单的野战工事与强敌鏖战，到9月8日深夜，日军调集三个联队，在飞机、坦克的掩护下，兵分两路，围剿阵地。尽管守军曾多次向军长告急，可是李服膺手中已无兵可派，只能令该团与阵地共存亡。9日下午，守军弹尽粮绝，官兵所剩无几，盘山阵地宣告失守。入夜，一线溃兵分两路绕县城南北两侧西撤，日军先锋一个大队紧追不舍，误以为天镇已被攻陷是座空城，便大摇大摆地冲向城里，待敌人迫近，守卫县城的399团突然枪炮齐发，不到一个小时，闪电般地将来犯之敌全部歼灭。

这是天镇、阳高保卫战中，唯一的一场胜仗。

翌日，恼羞成怒的日军开始了疯狂的报复，在对县城发动猛攻的同时，大量使用了瓦斯弹和毒气弹。两天后，339团几乎拼光了，天镇县城失守。日军继续西进，阳高守军为414团，该团曾在救援张北途中与日军发生过遭遇战，伤亡惨重，一直没能得到补充，却仍以残兵迎战。日军故技重施，飞机大炮外加大量的瓦斯弹与毒气弹，414团官兵们竭尽所能，在激烈的巷战中与敌同归于尽，阻敌三天之后，宣告城破。

这时，李服膺接到了由集团军司令傅作义转来的阎锡山"相机撤退"的最新电令。

从盘山一线阻击战开始，到天镇、阳高两城坚守，晋绥军第61军官兵在军长李服膺的指挥下，艰难阻敌，死守山西门户前后超过十天。虽然最终败绩，但扼守要塞，阻敌长驱直入的任务是完成了。不云有功，亦当无过。

李服膺收拢残部后撤，由大同向应县、雁门关一带转进。沿途根本没有发现一兵一卒，大同形同空城，全无一点儿会战迹象。李服膺震惊之余，开始还感到困惑，接着便恍然大悟：所谓的"大同会战"，纯属子虚乌有。

撤至代州繁峙县，部队疲惫不堪，急需休整。于是，李服膺将部队驻扎城外，一边略做休整，一边继续收拢被打散的官兵。阎锡山的一纸电令又传到他的手中，命他急赴第二战区司令部参加军长级的军事会议。二战区司令部设在太和岭小石口村，离61军当下的驻地并不算远，驾车疾驰，一个多小时就可抵达。临行前，部属们都不放心，天镇之战61军虽然拼得惨烈，但毕竟要塞失守，全国上下舆情汹汹，再联想到阎锡山一贯喜欢透着于人的做派，此去恐怕凶多吉少，都力劝李服膺找个借口婉拒。第7集团军总司令傅作义来电警示，让他不要轻易离开部队。但李服膺自觉问心无愧，躲避不是办法，躲了初一躲不了十五，不如直接面对，把情况说清楚，也能还61军官兵一个公道与清白。

在去太和岭的途中，李服膺看到了部分集结的部队，有傅作义的35军，有赵承绶的骑1军，甚至还看见了汪敬谷从绥西赶过来的19军，都是晋绥军的主力，以此判断阎会长可能要在雁门关一带组织一场会战。那么，召开一次军长级别的会议顺理成章，还是说得过去的。

岂知，小石口等待他的是一队全副武装的宪兵，根本没有什么军事会议。李服膺刚一下车就被宪兵扣押，公开的罪名是"擅自撤防败逃"！在太和岭扣押期间，傅作义和汪敬谷都分别拜见过阎锡山，为他说情。傅作义的理由是，天镇失守，责任不该归结于李服膺一人，他本人作为集团军主官也有不可推卸的责任。既然要处理李服膺，也应该连带处理自己。汪敬谷委婉地跟三哥言明，盘山主阵地是由独立旅守卫，盘山屏障既失，天镇、阳高两座孤城，就是神仙也难以坚守。故责任不在军长，而是师长和旅长的责任。101师师长重伤，暂且不论，独立旅旅长刘香馥罪责难逃，可杀之以谢国人。这明显是一个丢卒保车之举。汪敬谷是因为体察到三哥已存杀李顶罪之心，才无奈提出如此下策，好歹能保李服膺一条活命。当时，晋绥军在太原以北，只编成了两个集团军：傅作义的第7集团军与汪敬谷的第13集团军，两个集团军总司令前来求情，阎锡山多少还得留点面子。于是，阎锡山说了个活话，如何处理先不着急，再考虑考虑大家的意见。此话传开，远在繁峙县驻扎的61军残部，顿时炸锅，一夜之间，幸存的团级以上军官逃逸大半。主官傅作义内心忧虑，便私下给南京政府军法总监唐生智去电，请求南京或派人来山西调查，或命李服膺亲赴南京面述，以辨真伪。唐生智接电后，随即电令阎锡山速将李服膺押解南京述职。这使阎锡山如坐针毡：作为当事人，李服膺知道得太多，而有些隐情是万万不能泄露给南京的。

10月1日，阎锡山终于下定决心，在太原组成高等军事法庭，宣布翌日会审李服膺。

审判庭就设在太原绥靖公署的梅山会议厅。10月2日深夜，会议厅内外，宪兵林立，戒备森严。在幽暗的灯光下，阎锡山高坐大堂中央，自任审判长，审判官、军法官、宪兵司令等分坐于他的两侧。参加审判的，还有省政府主席赵戴文、第7集团军总司令傅作义、第13集团军总司令汪敬谷、骑兵第1军军长赵承绶。

李服膺被押上法庭后，阎锡山缓缓站起身来，一脸痛心疾首的神情，第一次以李服膺的字作为称呼："慕颜老弟，今天用这样的方式见面，我实在是痛心不已啊！想想，从你当排长起，一直升到连长、营长、团长、师长，再到军长，我阎百川没有对不起你的地方。可你是如何报答我的？你简直就是恩将仇报、忘恩负义呀。天镇之战有多重要，你不是不知道，可你居然敢掉以轻心——第一，天镇盘山主阵地的工事做得太差劲，漏洞百出，以这样的工事应敌，伤亡岂能不大；第二，叫你死守天镇阳高，你却擅自败退下来……"

天镇之战，他从来没有、也不敢掉以轻心，从战役打响到最后撤退，他始终顶在一线亲自指挥，问心无愧，天地可鉴。天镇的所有工事的确很差，差到无以复加，可责任在谁？早在一年之前，你阎百川借口修筑国防工事，向南京政府申请到一笔巨款，可真正用到工程上的不到十分之一，其余款项都被你挪用到西北实业公司做买卖、挣私钱去了。工程所需材料严重不足，民工薪酬长期拖欠，工程迟迟无法完工，直到日军侵犯之际，才草草收尾，交给61军手中的工事，当然是漏洞百出……这些都是事实，皆有据可查。李服膺原本可以为自己辩解，可出于尊重，他没有打断阎锡山的话，直到阎锡山说到他"擅自败退"时，才忍不住张口申辩：

"61军顽强阻敌超过十天以上，我是奉命撤退，有会长亲发的电报为证。"

"一派胡言！我甚时候给你发过这样的电报？"

李服膺见阎锡山矢口否认，忙从兜里掏出那封命61军从天镇"相机撤退"的电令，要求呈交法庭。此时，他已经感到了真正的危机，再也顾不上礼貌、斯文，一反往日唯命是从的常态，大声为自己申辩。

但阎锡山一拍桌子，根本不给他说话的机会，高声呵斥道："不要再找借口，你个灰欠欠的东西，居然还敢伪造电报……罪加一等！甚也不要再说，交代一下后事，欢欢儿上路哇。我就算再伤心，也不能因私害公！"说完，便立即起身离席，转身从会议厅后门疾步而去。

列席的赵戴文、傅作义、汪敬谷、赵承绶见状，知道事情已无任何挽回的余地，都先后悄然离席，神情黯然地躲出了法庭。

李服膺又惊又怒，瞪着阎锡山的背影大喊："不让人说话，不分青红皂白就杀人，那还公审个屁哩！让61军背锅，让我死得不明不白，我不甘心，天理不容啊！"他一边喝骂一边抓下军帽，使劲摔了出去。

当夜，李服膺被秘密押赴小东门大教场刑场，执行枪决。行刑前，谁也没想到，他居然还高喊了一句口号："不讲理的阎锡山万岁！"

……

"第二天，我花钱买通了军法处的人，悄悄安葬了父亲。拿了父亲的佩枪，离开了太原……"江华语调哽咽，但听得出她在竭力控制自己，"但人心难平，真相岂能掩盖。当时参战的除了晋绥军61军外，还有八路军晋察冀军区的部队，他们都目睹了61军将士血战天镇的场景。阎锡山枉杀父亲之后，将原61军的残兵全部遣散，有的还乡，有的编入其他部队。但却保留了61军番号，由二战区编练局在晋中、吕梁一带大量抓丁重新组建，新任军长是陈长捷。就在临遣散的那一天，独立旅旅长刘香馥不辞而别，副旅长杨维垣不顾阎锡山的忌讳，公然率残余官兵前往父亲的墓地献花祭奠，悲号弥漫旷野！"

听着姐姐的叙述，李度的双眼瞬间变得通红：原来如此！难怪李剑教官、张晶教官都不敢对自己透漏真相。这只是老爹死因的真相，而阎锡山透过于人、杀人灭口的真相又是什么呢？当他提出这个问题时，江华禁不住恨恨连声，说这一切都是为了掩盖阎锡山与日本人秘密勾结、保省卖国的罪行——

1937年8月27日，汤恩伯弃守华北要塞南口后，蒋介石曾急电阎锡山，要派30万大军进驻山西，协助晋绥军保卫疆土。同时部分中央军已经奉命向山西进发。阎锡山见电大为恐慌，立即回电，声称决心以数十万晋绥军全力在大同与敌会战，御敌于国门之外。这就是所谓"大同会战"的提出。而在此之前，阎锡山并没有为会战做任何准备，只是以会战为借口拒绝蒋军入晋。阎锡山历来把山西视为私产，从不以国家、民族为重，只求保省，不惜卖国。早在阎冯倒蒋失败，被迫下野避居大连时，就与日本关东军做过政治交易。"九一八事变"后，阎锡山为保山西，又派人秘密赶赴日本，与他在日本留学时的同窗板垣征四郎举行会晤，板垣征四郎允诺："只要阎锡山不做一切抗日准备，永远与日本亲善友好，日本今后仍然对他尽力支持，给予应有的帮助。"卢沟桥事变后，阎又暗派心腹与日本驻华北特务机关长梅津美智郎做交易，并承诺："只要日军不进攻山西，山西就不出兵华北。"日本军部却根本没有考虑特务机关长的意见，夺取南口、会师张家口后，便直扑山西，把阎锡山弄得措手不及。

当李服膺率军激战天镇的时候，阎锡山仍在派人与日军交涉周旋，期望日军能绕开山西侵扰他省，这也就是他要求 61 军镇守三天、续守三天的由来。令阎锡山大失所望的是，日军根本不给他一点儿面子，攻克天镇、阳高之后，兵分两路，一路转向怀来，朝平型关进击，一路继续西进，迅速侵占大同。所谓的"大同会战"沦为了一个彻头彻尾的笑话。

这些隐秘，李服膺也许知道，也许不知道，但只要他活着，阎锡山就会天天做噩梦。既不让中央军入晋，又没能阻止日军攻克要塞，丧城失地，全国舆论哗然。阎锡山必须对舆论做出回应，挽回威信，李服膺就成了背锅的必然人选。

"当然，"江华继续说道，"父亲的悲剧也有他自身的原因。其实，按照父亲的为人，阎锡山根本不用玩弄权谋，直接要求他为会长分忧、牺牲自己，他也同样会接受，以此报答阎锡山的所谓知遇之恩。所以，凤眼儿，知道了真相，也不要干蠢事，不要存有复仇的想法，不要那么狭隘，要把眼光放得更远一点儿。山西不能再这样下去，山西人也该换个活法，不应该再过这样日子了。也许我们暂时还不能从根本上改变什么，但只要是为国为民，多少尽点绵薄之力，也比尸位素餐强。"

李度内心不禁一动问："姐，你后来，是不是去了延安？"

江华微微一笑道："姐的事你不要多问。每个人都有选择自己道路的权利，你也一样。"

不觉间，太阳已经西坠，屋里的光线变得黯淡起来。

分手时，李度有些恋恋不舍，问以后是不是还可以来这儿找她。江华摇摇头，说不要再来这个地方，也不要主动寻找她，如果需要，她自然会有办法找到他。还告诉他，别怕吃苦受累，甚至受辱，要抓住每一个机会充实自己、壮大自己，努力让自己变成一个丰富的人，一个有思想、有能力的人。苦难不是财富，战胜苦难并从苦难中崛起才是财富。

三

一个有思想的人，不会被这个世界的任何功利轻易左右。因为他坚信，自己在真正的意义上活过：不是跟着人走了多久，而是自己走了多远。这样的人，凝冷于眼，藏拙于神，潜动于魂，似愚非愚，大巧无巧，在思考中抵达内心的宁静和丰富。有一天，当苇草枯去，他的思想和坚守还在尘世的大幕上熠熠闪光。

在走进军营时，李度脑中突然闪过这样的感悟，他觉得姐姐江华就是这样一个有思想的人。他第一次感觉到，自己比从前充实了许多。

操场上的训练刚刚结束，解散了的官兵显得疲惫不堪，三三两两地走向营区。

李度先去连部销假，然后走进自己的营舍，一眼就看见自己的行李被扔到了炕尾，顶头紧挨着的，就是墙根儿那只散发着臊气的大尿桶。他未动声色，心里打定主意，再不像过去那样自怨自艾。他爬上炕将行李打开，铺好了，坐在炕沿上默默地点燃一支烟。

大兵们一个一个地回来了，一进门便都倒在炕上，累得连赌骰子的心思都没有了。最后进来的，是一瘸一拐的黑子和鼻青脸肿的马排长。

黑子的铺盖紧挨着李度，他龇牙咧嘴地坐在炕沿上，一只胳膊斜吊着，稍动身子便疼得倒吸冷气。李度见状，小声问是怎么回事，黑子说是训练中被日本教官揍的。李度又问马排长也被揍了吗。黑子点点头，说弟兄们都被揍了，他和马排长被揍得最狠。还说幸亏最后灰皮连长出手了，才把小鬼子撂倒在地，要不今天就糗大了，灰皮连长到底是经过汪总司令调教的，那七星螳螂拳真不是盖的，使得神出鬼没。

李度看了看黑子的胳膊，说："你这是脱臼了，得接上。"说着跳下炕，一手握紧黑子的手腕，另一只手捏住他的肩窝，暗暗运起第十一手金银双钩的巧劲，猛地一揪再一抖。咔的一声轻响，黑子顿时便觉得胳膊轻松了许多，几乎可以挥动自如了。

黑子舞了舞胳膊，感激道："谢谢长官。"

李度摇摇头道："举手之劳，不必客气。"

正说着，炕头的马排长突然狠狠拍了炕沿一掌，恨恨地骂道："妈的，渡边仁小鬼子，老子迟早有一天宰了你！"

阎会长私下聘用日本人的事几乎就是个公开的秘密，李度自然也知道。

在山西，防共、反共，始终是放在第一位的。从第二战区受降那天起，阎锡山就挖空心思地把投降的日军战俘留下来，为己所用，手段仍是他擅长的金元外交，许以高官厚禄，并承诺到时候保证将他们遣送回国。这样短短几个月就留下上万人，还武装了一批日侨。为遮人耳目，避开舆论指责，他让这些人改用中国名字，并换上晋绥军军服，以晋绥军将领牵头，编成晋绥军暂编第10总队，下辖5个团，并从中挑选了一批强悍官兵，分派到青军团、亲训师等阎系嫡系部队，让他们担任教官，展开训练。阎会长还谆谆教导他的官兵们，一定要尊重和服从日本教官的培训，因为这相当于免费去日本留学，摆明是个只赚不赔的买卖。这个渡边仁，应该就是分派到警卫团的日本教官。

这时，只听见门外一声吼喊："李参谋，你出来一下！"

李度赶忙跑出门去，却见老灰皮叉着腰，站在连部门口。李度浑身一紧，小心翼翼地走过去，问了句："有事？"

老灰皮满脸的络腮胡子一抖，咧咧嘴道："刚才汪家二小姐来电话，让你去一趟汪公馆。"

"现在？"

"立刻！马上！"

李度点点头，打算返回屋里跟马排长打声招呼，却被老灰皮喝住了，说有老子在这儿，你不用顾忌任何人，现在就麻利地走吧。李度说好，那我就去了。刚走了几步，老灰皮又追了上来斜视着他，突然小声问道："小子，那天在汪公馆，咱俩交手，你用的什么招数，躲开了我的连环鸳鸯脚？"李度先是一怔，赶忙连连苦笑道："灰皮连长高看我了，我不是练家子，哪有什么招数。不过是平常看多了汪三少爷他们几个练功，当时灰皮连长威武，小子为了保命，急中生智，照猫画虎，胡乱用了铁寒寨的胡璇五步，连皮毛都算不上，实在是侥幸。"

老灰皮恍然，嘎嘎大笑道："难怪，我说呢……得嘞，小子，当年你老爹一拳打得我三天下不了炕，是我学艺不精，怪不得别人。那天我踹你三脚，虽然被你闪过也算扯平了，咱往后重打锣鼓另开张，如何？"

李度松了口气，脸上绽出一丝笑容道："灰皮连长大度，小子求之不得！"

估计还是汪公馆的面子，初来乍到，能这样化解，少了一个对头，李度还是很满意的。

离开营房，李度甩开大步朝汪公馆赶去。殷立德他们一定又碰到了困难，想救汪三少爷出来，原本就不是件容易的事。这就像是一盘正在打劫的棋局，最后的胜负手比拼的是劫材，劫材多自然不必担忧，若劫材少，就必须想办法找劫材，做到攻敌必救，方可见效。那么，在偌大的汪公馆里，对他们这边有利的劫材又有哪些呢？

李度边走边思考着。

时至五月，白天开始变长，从夕阳西下到夜幕垂落，中间还有一个长长的黄昏。这样一个不同寻常的傍晚，汪公馆也同样暗流涌动。

汪公馆的西北角是一片禁地，高墙铁网，壁垒森严，叫作后小院或小黑屋，是汪公馆专门用来关人的惩戒之地。小院前后两进，前院驻扎的是看守的家丁，后院两溜平房，清一色牢房配置——铁窗、铁门，还隔着一道铁栅栏。平时锁着，阴森清冷，一旦有人犯错，小院便立马活泛起来，也就有了点人气。

汪敬谷要汪成旭闭门思过，把他关在二号黑屋。屋里很简陋，一张床、一张小方桌和几个木墩子。

汪成旭穿着一身便装，蹲坐在一只木墩子上，正满不在乎地吃着饭。大夫人徐馨茹端坐在床上，翠姑拿着一只食盒站在一旁。

大夫人一边看着他吃喝，一边不住声地劝告着："知道吗？你这次的胡闹太出格了，一下就让三个无辜的女人丢了性命……"

汪成旭啪的一声将手中的筷子拍在桌面上，恨声道："那老畜生够狠，的确是个畜生！是个地地道道的畜生！"

大夫人摇摇头道："可罪魁祸首是你……唉，我说旭儿，你也不小了，应该懂点事了，至少应该像你那两个哥哥吧。虽然干不成什么大事，总算安分守己，尽力维护着咱汪家大宅……你别瞧不起他俩，他俩也不容易呀。"

汪成旭放下筷子，突然问道："大娘，我娘亲是不是也被老畜生这么弄死的？"

大夫人一惊，慌忙摆手道："别瞎说，你娘是病死的，老爷对你娘好着呢！"

汪成旭端杯喝了口酒，悻悻道："哼，我就是不信！"

大夫人轻叹一声，说："那，他对你好你总该信吧，你其他的兄弟姐妹有哪一个敢像你这样跟他胡闹？还有，这后小院一共有十间黑屋，只有这一间房是最干净的，还像个人待的地方，其余的可都是真正的牢房。他把你关在这儿，就是不想让你真的受罪。"

"得了吧，我知道您总是在为老畜生说好话开脱。大娘，我只问您一件事，那老畜生一把年纪了，娶了七位太太还不够，还要再娶第八房，而且第八房太太的人选居然还是我娘亲的侄女子、我的表妹——阿格布花！您是大夫人，是他的发妻，还给他生了两个儿子，就这么个不要脸的家伙，您还护着他，由着他胡作非为，您就真的那么心甘情愿吗？"

汪成旭越说越生气，甩手就将酒杯狠狠地掼在了地上。

大夫人的脸色顿时青了，一时说不出话来。什么叫心甘情愿？扯淡！你个小兔崽子知道个屁，所有的妥协都不过是权衡利弊的结果。难道要像你娘亲？阿格妙影倒是不妥协，最终还不照样被霸王硬上弓？还不妥协，那就是死！你大娘当然不是什么贤淑贞女，但也不是傻子，肩上担负的不光有家族利益、家族荣耀、家族命运，还有其他重任，牵一发而动全身，哪一样都离不开那老畜生的赫赫权势。阿格妙影的死，最得便宜的就是你，是她用自己的死换来了你这小兔崽子今天的地位！心甘情愿？哼，委曲求全罢了。只是，有一句话让你这臭小子说对了，老畜生这件事的确做得太过分了，是该给他点教训。就算自己不能出面，也应该把这臭小子放出去，至少先搅和个天昏地暗再做道理。

这时，翠姑把地上摔碎的酒杯碎片仔细地一片一片收起，幽幽地说："三少爷，您可不能这样说大夫人，大夫人顾全大局，内心的苦处无人知晓。"

"那就跟他干呀，再装孙子可就真成孙子了！"汪成旭转向了大夫人。

徐馨茹盯着他，问："你想怎么样？"

"放我出去，让我一个人跟他干，大不了让他毙了我！"汪成旭两眼放光，有些兴奋起来，"我要为我娘亲，为大娘您和其他几位姨娘跟老畜生讨个公道！"

徐馨茹摇摇头，轻叹道："不是大娘不帮你，大娘没这个权力。这院的家丁都是警卫团退役的老兵，只听老爷一个人的……你想出去，只能靠你自己了。翠姑，咱们走。"

汪成旭顿时泄气，一脚把那张小方桌踢得翻飞起来。

汪公馆东跨院客房，殷立德和阿格布尔面对面呆坐着，看上去一筹莫展。

午后，他俩刚一进汪公馆门楼，就被阎总管截住，带进东跨院客房。阎总管说奉老爷指令，阿格公子在此歇息，暂时不可离开，于屋外乱走，如有必要须先行禀报，由老奴请示之后方可行动。门外，已经有家丁专门看守。显然，他们被软禁了。殷立德有些发慌，问道，那我也不能出屋吗？如果四夫人有事唤我，岂不……阎总管点点头，说殷公子无妨，仍旧可以自由出入。两人顿时明白，这是有意要把阿格布尔兄妹俩隔离开来。无奈，所有串联之事只好由殷立德一个人去完成了。于是，殷立德留下阿格布尔，独自去西跨院找到汪成芳，支开阿格布花和殷立琼，悄悄地把李度的想法述说一遍。汪成芳立刻就懂了，老爹如此做法就是只瞒阿格布花一人。那么，她自己和殷立德兄妹还是自由的，而殷立琼现在满脑子都是汪成旭，咋咋呼呼的实在不靠谱，没准儿还会坏事。如是，李度的想法也就只有他们二人来推动了。可究竟该怎么行动，一时也想不出什么好的办法来。正巧，四夫人林红玲推门走了进来，代表汪敬谷向他们俩宣告了婚礼之事和大致的计划。两人一边表态都听长辈们安排，一边心不在焉地应付着。反倒弄得四夫人一头雾水，疑惑道："你们俩怎么回事？这可是你们自己的终身大事，怎么反倒一点儿不上心，想什么呢？"

这时殷立琼和阿格布花从里间出来，殷立琼立刻就环抱住了四夫人，央求四夫人快想办法把汪成旭从小黑屋救出来，这一打岔倒替两人解了围。

汪成芳忙帮着说话："娘，你要再不想法子把我三哥弄出来，立琼能把我逼疯了！这一天闹腾，我和阿格布花压根儿啥都干不成了。"

四夫人摇摇头道："我做不到。这事儿，只有跟你大娘联起手来糊弄老爷子，或许才能见个眉眼。可你大娘会吗？她就是老爷的传声筒，天生的奴才命！"

殷立琼晃着四夫人的臂膀，缠磨道："四娘，您天生聪慧，一定有办法救出三少爷来，我求您了……您瞧，我这不马上就要变成亲家小姑姐了吗？这忙您一定要帮。"

四夫人看了看殷立琼，又看了看阿格布花，沉思着没有说话。片刻之后，她站起身来，对殷立琼说："好吧，你先跟我去找二娘试试……要不，立德也跟着来吧，人多好说话。"临出门又朝汪成芳暗暗递了个眼色。

汪成芳会意，便拉了阿格布花在沙发上坐下，说："这下总算把这麻雀送走了，咱俩也能清静一会儿。"

掌灯时分，大夫人徐馨茹亲自带人端上晚饭，坐下陪着汪成芳和阿格布花一起用餐，丫鬟翠姑在一旁侍立。

阿格布花喝了一口汤，便随口问道："立琼呢？怎么还不回来？"

汪成芳脸色沉郁，偷看了一眼大夫人，仍低头吃着东西，没有搭腔。

大夫人柔声道："殷家兄妹都留在菱花亭，就不过来了……你吃你的，吃完了我带你去试穿新衣服，是老爷特意为你定做的，用的都是金丝银线，还镶了珍珠玛瑙，既富贵又美丽。"

阿格布花狐疑道："新衣服？还定做？是给我一个人吗？"

汪成芳抬起头，显得有些无精打采："也有我的，而且用途一样……"

未及说完便被大夫人打断了："试穿之后，你要做好准备，两天后就由我带队，亲自送你回代州铁寒寨老家。"

阿格布花微微一惊，放下了调羹，问："回老家？我没说过呀，为什么？"

"是你阿爹，铁寒寨老寨主捎话来了，说想闺女了，让你回老家看看。"大夫人微微一笑，"老爷恩准了，为表示隆重，特意让我带队护送。这规格，在汪公馆也属头一份。"

阿格布花没有说话，转脸盯了汪成芳一眼，依旧低头吃饭。

用过晚餐，一切都按照大夫人吩咐，试穿礼服、婚纱、婚鞋。阿格布花的礼服款式居然还是一套极为奢华的傈依人服饰。但是，从始至终阿格布花一言不发，任凭大夫人与众丫鬟摆弄，即使有人问话，她也一概置若罔闻。

众人离去，汪成芳与阿格布花两人相对而坐。汪成芳不敢与阿格布花对视，避开阿格布花的目光，开始削一个苹果。

阿格布花仍未言语，只是目含怒火地盯着汪成芳，突然发问："都到这份儿上了，你还是不说？"

汪成芳将削好的苹果递给阿格布花，却被她一把推开了。阿格布花霍地站起来："你不说？好，那我直接去问你老爹问个究竟。全家都在搞鬼，偏偏就瞒了我一个！"

汪成芳无奈，忙放下苹果拉住了她："别价呀……唉，你别逼我！这件事，我不想对你说谎话，可又不能说实话，真是难死我了！"

阿格布花盯着她，仔细品咂了一下她话中的意味，然后甩开她的手，重新坐了下来，点点头冷笑道："我明白了，一定是那个老不死的要对我不利，否则你不会如此为难……既然这样，我也不多问了，就这么等着，倒要看看我的这位老姑父究竟能玩儿出什么花儿来！"

看着好友生气，汪成芳实在于心不忍，犹豫再三，最后还是轻叹一声，走到阿格布花身边，轻轻将她拥住，说："要不，我还是告诉你吧，也好有个心理准备……"

于是，汪成芳伏在她的耳边，小声地将事情的原委大致说了一遍。

阿格布花的脸色顿时铁青，恨恨道："把你嫁给殷立德，也算是有情人终成眷属。可我呢？这算什么？无耻！休想！他要敢强迫我，我就死给他看！"边说边将茶几上的那柄水果刀抓起来，紧紧握在手里。

汪成芳慌了，忙抓住她的手道："别这样，你听我说，除了大娘，我和我娘，其他几位姨娘，还有我三哥，都不同意我老爹这么干。为这件事，我老爹还把我三哥关进了小黑屋。李度已经想好了一个计划，我们正在努力落实。你现在不能闹，一切都要等待时机。"

阿格布花绝然道："就算回了铁寒寨，我也坚决不同意。谁敢逼我，我就自绝经脉！"

整整一个傍晚，最疲于奔命的是殷立德。

跟随四夫人离开西跨院，回到正院却并没有去琼芳亭找二夫人，而是直接回到了四夫人的菱花亭，先连唬带吓地稳住了殷立琼，让她安静下来不要捣乱。然后又跑回东跨院客房向阿格布尔通报情况，两人商量了一会儿同样不得要领，才又返回了菱花亭。把晌午在面馆与李度商量好想法和盘托出，希望四夫人能够前往琼芳亭与二夫人沟通，却被四夫人一口回绝，没有一点儿商量的余地。

总算天不灭曹——这时候李度终于赶到了。

而且，阎总管也觉得其他地方都太敏感，怕出意外，就把李度直接带到了菱花亭。殷立德顿时松了口气，顾不上寒暄，赶紧把当下的困境述说了一遍。李度点点头，转向四夫人林红玲，口吻十分客气："敢问四太太，您有什么顾虑吗？"

林红玲冷笑一声，说："你们这些小崽子们，真是不知天高地厚，你以为汪敬谷那么好对付？他谋划的事从来都是滴水不漏。至于二太太，更是事不关己高高挂起，她把自家闺女在北平安顿好了，就只顾吃斋念佛、闭门谢客，不可能蹚这趟浑水。去求她帮忙？不亚于与虎谋皮！"

李度摇摇头说："我倒不这么认为，想想啊，天下哪会有一个女人愿意与其他女人分享自己的丈夫？更何况这个女人一旦进门，不仅仅是分享丈夫，还要分享权力，分享财富资源，纯粹是又增加了一个争权夺利的对手。之所以忍气吞声，不过是不愿舍弃既得利益，无奈而已。不反对是不敢反对，只要保证不让她受损，不会牵连她冒一点儿风险，同时又能够除去一个潜在的竞争对手，付出的仅仅是举手之劳，别说二太太，就是大太太，以及诸位太太都加上，又何乐而不为？"

林红玲似乎有些不相信："你是说不受牵连，还不冒一点儿风险？"李度说："当然，我这个计划的前提，就是在保证诸位太太在没有一点儿风险的情形下，助我们一臂之力。比如请求二太太帮忙，只是请她给她的闺蜜、阎会长的五堂妹阎慧卿打个电话，发发牢骚抱怨几句即可，并不用多说其他。这对她而言是很自然也是很容易的事，不是吗？"林红玲想了想，显然认可了李度的分析，接着问道："假设如你所愿，二太太答应帮忙了，然后呢？"李度点点头一笑说："有了这一伏笔，下一步就更简单了，如果夫人您愿意助力，请借一步说话……"

殷立琼忍不住刚想插嘴，被殷立德立刻严厉地制止了。

林红玲跟着李度走到一旁，李度附耳低语一阵，林红玲听完大笑起来，说："就这么简单？"李度说："就这么简单，您不必顾虑小黑屋里那些家丁的监视，按我教您的去说，汪三少爷自然就会明白，就会配合您上演一出精彩的《捉放曹》，甚至，您若有兴致，还可以亮开歌喉唱一段。"

四夫人还真的有些兴奋了，连连点头："我算看出来了，你这小子是他们这伙人里面的诸葛亮，脑子够用……不过，如果三少爷出了小黑屋，也一定得逃出汪公馆去，可他一旦离开了汪公馆，就无法再掺和阿格布花的事，大家岂不白忙乎了？"

李度说："所以，这之后就该先前埋好的伏笔起作用了。汪总司令好色，最怕什么？曝光！据我所知，他这嗜好就连阎会长也不认可，只是睁一只眼闭一只眼罢了。如果汪三少爷跑到绥署大院振臂一呼，再召集山西妇女会代表伸张正义，而阎慧卿又是妇女会的会长，妇女权益受到侵害，就是为了舆论她也不能袖手旁观，更何况里面还侵害到了她的闺蜜二太太的权益，那会是一副什么样的情景呢？当然，实际上走不到那个地步，汪三少爷只需拉开个架势，就会迫使汪敬谷悬崖勒马，阿格布花的危局也就自然解除。"

四夫人大喜，说："好主意！我这就去小黑屋……"

殷立琼也忙道："我也去，给四娘打个下手。"

"千万别！"李度忙伸手拦住了，摇摇头，"办成这件事的次序不能乱，必须要先争取到二太太的援手，之后才是汪三少爷的越狱。并且，四太太去小黑屋，用不着刻意在晚上，家丁们恰好在白天才是最松懈的。太太只需要找个好借口，比如送饭，送衣服，这样不论事情怎样结果，都一点儿不会牵连到四太太。"

确实是一个无比严谨的计划，众人皆为叹服。

正兴奋间，只见阎总管匆匆跑进屋来道："李家公子，议事厅老爷有请！"

众人先是大惊，接着便面面相觑，作声不得。李度内心也不由得狂跳，他克制住惊慌，问了声："请我？什么事？"

阎总管摇摇头说不知，连连催促。

李度无奈，只好朝殷立德暗暗使了个眼色，又朝四夫人欠了欠身子，朗声道："话都说到位了，我去汪总司令那儿听差，希望诸位做好自己该做的事。"

"等等，"四夫人叫住李度，趁势甩袖拧身做了个北路梆子的戏曲造型，似有意无意地问道，"你刚才说让我唱一段，可没说唱哪段？"

李度笑了："以夫人的唱功，不论唱哪段都是经典。若有幸能登上绥署大台，定能赢得五姑娘的喝彩，那就大功告成了！"

四夫人又做了个动作，带着戏腔道白："多谢公子，奴家这厢有礼了……"

李度点点头，再拱了拱手，便头也不回地跟着阎总管朝议事厅走去。

一路上，李度连连回想，他明白四夫人最后那句问话的真实含义，突如其来的变故，促使她想到了计划中的一个环节未及说明：如果汪三少爷逃出去又见不到李度，那他怎么能够知道他后面的做法？李度的回答是：让她去小黑屋后用唱词点明汪三少爷。四夫人最后的那个造型正是戏曲《捉放曹》中陈宫审讯曹操，暗示对曹操供词心领神会的戏曲程式，是四夫人在告诉自己，她已经领会了自己的意思。想到这儿，他不禁对四夫人的机敏暗暗称奇。

乍一看，似乎李度凡是应该想到的都想到了。然而，智者千虑必有一失，李度最终还是有两件事没有想到：一是自己居然被汪敬谷盯上，从此无法脱身；二是就在他刚刚走进议事厅，正在经历一番波澜不惊的考验之时，一个身材窈窕，穿一身学生制服、容貌秀丽俊美的少女来到汪公馆门前。

经家丁禀报之后，不一会儿，汪成芳便急匆匆地跑到门楼口，欣喜若狂地大喊起来：

"哈，陶蓝妹妹——"

二女紧紧地拥抱在一起。

四

菱花亭在三进院，议事厅在二进院，从菱花亭去议事厅要经过一道院门和一座假山。初夏的暮色，水一般浸过花坛，浸过小径，朦朦胧胧，再顺着假山倾泻下来，把山的那一份奇峻似乎也柔化了，就像是一团洇墨。从假山顶悬垂下来的枝枝蔓蔓，也不似白天那样挂碧滴翠。唯独山脚下的一池荷花，受了厅内灯光的辉映，不但挤满了亭亭硕叶，三五朵新蕾也含苞待放。

在议事厅门前，李度停住脚步静候一旁，等待阎总管进去禀报后再听传唤。

议事厅里原有的丫鬟、女佣都被驱离，明亮的灯光下只有汪敬谷和吴绍之两人，俯身在一幅巨型地图上。显然，参谋长吴绍之正在向汪敬谷汇报着什么。

"目前，运城已经三面受围。"吴绍之指着地图，"分别是东、南、西，只剩下北面铁路沿线还在我军掌控之下。我按照司令的计划，令殷家堡骑兵团东出游击，而将佽依人铁寒寨骑兵团顶在了正面，几次接触，果然不出司令所料——徐向前投鼠忌器，明显放慢了进攻速度和强度，没有强行合围，但仍然无法解除运城的危局。"

汪敬谷看着地图，咬着牙说道："以阎会长的名义，马上给西安胡长官发报，催他出兵北渡黄河，攻击风陵渡、芮城、平陆方向的共军，以减轻运城守军的压力！"

吴绍之点点头，说："已经发过了，可一直没有回电。据梁处座麾下特警处的情报，胡宗南眼下根本不在西安，而是去了南京。蒋介石和李宗仁正在斗法，谁都想趁机分一杯羹。西安现在是由中央军 29 军军长刘戡坐镇，他目前兼着西北剿总副司令长官一职，会不会顾全大局出兵北上，还真是说不准啊。"

汪敬谷闻言，顿时有些泄气，愤愤地骂道："都是一帮无利不起早的混蛋！阎会长把运城托付给胡宗南这个尿杂脑，怕是所托非人……对了，赶紧的，给派出去的那两个骑兵团发电，让他们千万谨慎，不要跟共军正面硬杠，做做样子耍个把戏就行了，看局面不对，就立马给我撤回来。尤其是铁寒寨骑兵团，万万不可有失！另外，令汪成孝的亲训师前出临汾，朝运城方向缓缓巡进，随时接应。"

"好，卑职记住了，返回司令部即刻执行。"

汪敬谷离开地图，在太师椅上坐下，拿起水烟吸了起来。阎总管走上前去小声禀报道："老爷，李家公子已经到了。"

汪敬谷略微一怔，似乎刚刚才想起来，把脸扭向吴绍之，不再称呼他参谋长，而是改用他的字来称呼他，这样便显得亲密了许多："青云啊，爷这事说大不大说小不小，你保荐这小子去，靠谱吗？"

吴绍之思忖了一下，淡声回答道："在自家地盘上办事，安保不必多虑。阿格千户一向多疑孤傲，这个时候派正规部队护送难免会引起不必要的猜忌，倒不如只带家丁去，显得亲和。总司令娶亲虽是私事，可也是天大的公事，不派一个军官陪同前往，会显得不够郑重。李度年轻，有文化，跟阿格布花又很熟悉，必要时能助大夫人一臂之力。加上军衔不高，不惹人注意，正合适。"

"可我看那小子尿了吧唧的，像个面瓜，跟他那个窝囊废爹一个鸟样，行不行啊？"

吴绍之笑了："总座，您这次可是有点看走眼了。此子外柔内刚、心机绵密，内敛而不事张扬，敏感灵活又不失之油滑，只要在忠诚度上能经住考验，放手让他历练，没准儿还真是一个可造之才，日后也能被总座收为己用。"

汪敬谷听完点点头道："那你得好好敲打敲打他，你也知道，爷这事有战略意义，可不止是娶个老婆那么简单，连我三哥都期待甚重，不能干砸了，只许成功不许失败！"

吴绍之显得胸有成竹道："总座不必多虑，这些属下自会安排。"

汪敬谷这才朝阎总管努努嘴道："去，叫那小子进来吧。"

李度走进议事厅时，内心已经十分平静，见吴绍之一脸笑容望着自己，忙脚跟一碰行了个军礼道："警卫参谋李度听从吩咐！"

吴绍之摆摆手道："稍息，不要那么拘谨。看来你已经去警卫团报到了？"

"是，在警卫团 1 营 1 连 1 排见习。"李度仍将身体挺得笔直。

吴绍之点点头道："那就好，现在有个任务交给你去执行——陪同总司令大夫人跑一趟铁寒寨，有问题吗？"

"没问题！什么时候出发？"

"做好准备，随时待命。"

"卑职遵命，保证完成任务！"

这时汪敬谷从太师椅上站起，走近前来，上下打量了一眼："嗯，想不到这身狗皮穿你身上倒不难看……小子，我跟你爹也算有一段香火之情，所以当年把你接了过来。虽然没跟你见几面，但说实话，打小就对你没咹啥个好印象，要不是我那三小子和二丫头一个劲儿地为你说好话，爷还就懒得再收留你了。这个差事派你去办，爷原本是一百个不放心，可参谋长看好你，爷也就不多干涉了。你记住喽，还是那句话——干得好，爷升你的职；干得不好，你卷铺盖滚到一线部队去！"

"是，属下定会尽心尽职，办好差事！"李度又行了个军礼。

"至于有些细节，吴参谋长会跟你做详细交代，你要用心牢记。"汪敬谷说完，便托着手里的水烟锅子朝门外走去。

吴绍之把桌上的地图卷起，交给李度道："你先跟我回司令部……人要懂得感恩，至少你要感恩两个人。一个是阎会长，没有阎会长就没有晋绥军；另一个人就是汪总司令了，他对你不仅有收留之恩，还有栽培之恩。"

李度跟在参谋长身后，边走边应答："是，还有参谋长的慧眼之恩，属下都会铭记于心。"

殷立德和汪成芳，两人实在不放心，便一直守候在公馆门口，等待李度的消息。见两人出来，忙迎了上去。

吴绍之笑眯眯地先招呼道："二小姐这是专门来送老夫的吗？"

汪成芳也笑道："才不是，吴叔辛苦，我娘做了夜宵，特让我来请吴叔回去，吃了再走……"

吴绍之摇摇头道："呵呵，四夫人有心了。可我还有要事在身，没那口福呀。"

一辆黑色雪佛兰轿车驶过来，李度上前打开车门，将吴绍之让进车里，然后转身对殷立德轻声说道："真不巧，我接了新任务，成了阿格布花返回铁寒寨的护花使者。"

殷立德先是一惊，然后便忍不住面露慌张："那这边……怎么办？"

汪成芳急忙一拉殷立德，然后带着笑容弯腰向车窗道："吴叔，李度初次当差，没经验，还请您老多多照应啊。"

吴绍之摆摆手道："二小姐放心，老夫自当理会。李度别耽搁了，上车吧！"

李度看了看殷立德，不便多说什么，低头钻进了轿车。

暮色愈发浓了，夜晚的园子响起飒飒风声。

虽然已经过了阳春三月，可太原地处北方，乍暖还寒，一旦风起，便一阵紧似一阵，日间的暖意经晚风一吹，入夜就又变得有些寒气凛冽。殷立德不禁打了个寒战，拉起汪成芳的手急忙往西跨院跑。路上，汪成芳有些不耐烦，甩开他的手，抱怨他沉不住气，总是一副六神无主的样子，怎么就不能像小度子那样，不论内心如何惶恐，但面上总能表现得沉稳从容、波澜不惊。亏你还比李度大了两岁，倒更像个弟弟。殷立德想想，也觉得自己确实定力不足，不够成熟，甚至连脑子也不够灵光，便充满歉意地讪讪一笑，再次握住汪成芳的手，说我知错了，以后一定要多向小度子学习，努力做成个大老爷们儿。

汪成芳扑哧一下又笑了。

回到住处，几个女生正叽叽喳喳说得热闹，见只有汪成芳和殷立德走进屋来，便问什么情况："李度怎么没跟你俩一起回来？"汪成芳先看了看陶蓝，有些歉然地说道："今晚你是见不着他了，我老爹指派了他一个新差事，也不知道是不是故意的，他被参谋长吴绍之带回司令部了。"然后又转向阿格布花，"对你或许是个好消息，他的新差事就是护送大娘和你回铁寒寨。一路有李度在，你可以安心了。"

殷立琼冒失道："那……小度子不会被你爹收买了吧？"

殷立德便拉下脸来，轻声叱道："啧，说话经过一下大脑不好吗？"

殷立琼一把搂住身边的陶蓝，嬉笑道："我见了陶蓝妹子心里高兴，故意逗她玩的，要你们多管！"

陶蓝也笑了，一双眼睛亮晶晶的，眼睫毛很长，像两把小刷子。"至少，就眼下看，情况并没有恶化；而且，我回来了，实现李度的计划又增加了几分把握。"

"此话怎讲？"殷立德有些不解。

"别忘了，我在绥署新闻处呀，以新闻处的名义召开记者会，简直不要太合适。"说着，陶蓝的眼睛又眨了几下，"曝光这种事，也要讲时机。曝光过早，会让对手有重新布局的机会，当然也不能过晚。最佳时机，就是在布花姐离开汪公馆之后的一个小时之内。这个时机的掌控现在就完全在我们这边了。"

殷立德立刻醒悟："对，对，这样汪三少爷越狱出去之后就可以先隐藏起来，避免再次被抓。之后等待陶蓝的通知，时机到了，突然现身……好！"

"不妨就让汪三少爷直接藏到新闻处去。"陶蓝转向汪成芳和众女，接着说道，"处长就是咱们的赵校长，是个很有正义感的人，他一定会支持我们。"

汪成芳点点头："我把这些话转告我娘，让她都编进戏词里，唱给我三哥听。"

众人又闲聊了一会儿，殷立德起身告辞，返回东跨院，阿格布尔还在那边等消息呢。随后，汪成芳也把殷立琼和阿格布花赶回了客房，只留下陶蓝在自己的屋里。好久不见，她有很多话要问陶蓝。

汪成芳先让陶蓝在沙发上坐下，之后从酒柜里取出一盒包装华美的细点放到茶几上，打开盒盖道："总在乡下跑动，一定受了不少苦，尝尝吧，双合成的桂花糕。"

陶蓝俯下身子，轻轻一嗅，忍不住发声赞叹："啊，洁白酥润，桂香袭人，这点心制作得真是太精致了，简直让人不忍食之啊！"

汪成芳拿起一块，轻轻送入她的口中。陶蓝轻咬慢嚼，果然软糯甘怡、香甜细腻，口感堪称一绝，忍不住连吃几块，才意犹未尽地停了下来。吃罢仍觉余香满口，忍不住再次一叹："这样的精品细点，估计也只有在汪公馆才能吃到。街面上，就算有钱也只能买到些大路货，不是硬如干饼，就是甜腻齁人，全然谈不上享受。"

汪成芳见陶蓝停了下来，便将点心盒子盖好拿张粉连纸包了，装进陶蓝带来的那只黄色挎包里，说："你喜欢就好，剩下的带回去慢慢吃。现在该说说你自己了，这半年多，你神龙见首不见尾的，在下面都忙乎些什么？"

陶蓝略想了一下，淡然笑笑道："也没干什么啦，就是天天采访、调查，再把这些内容写成材料上交绥署。倒是跑了很多地方，太谷、祁县，文水、交城、汾阳、孝义和西八县。见识了形形色色的人，也了解了不少事，有坏事也有好事。不知你想听哪方面的？"

汪成芳眉毛一挑，感到有些惊讶："看来新鲜玩意儿不少啊，好事肯定不多，那就先讲讲你见识过的坏事吧。"

陶蓝点点头，渐渐收敛了笑容，神情变得沉郁起来：

"你应该也知道'三自传训'吧？就是阎会长在晋绥军辖区内搞的一场全民运动，由绥署梁化之的特警处负责，下面各县特警队牵头，包括县长、同志会县分会主任、国民兵团团长三人在内，组成传训核查领导组，专门在民间清查伪装共产党的行动。要求人人自查，人人过关，自白转生。最终目的，就是落实阎会长提出的'兵农合一'思想。

"起初，我还以为这样的核查应该有一个大致的范围，或是一个明确的界定，被传训的对象至少该具有某些嫌疑吧，下去目睹了才知道，我真是个二傻子。真实的情况简直令人难以置信——县保安团在四区八乡各村，纯粹是见人就扣，见人就抓，不分男女老幼，统统集中到一个指定的场所，由县保安团看守，先是自己坦白，然后是互相揭发、告密。凡是八路军、共产党的家属和给共区送过公粮、做过军鞋、送过信的，往来于共区做生意，在共区有亲戚的以及企图逃跑不想参加传训的，都被认为是'伪装分子'，属于清查斗争对象。集中传训的地方还贴满了标语口号：有问题自白了就没了问题；大问题交代了就成了小问题；小问题不自白就是大问题；只有自白才能转生；隐瞒欺骗乱棍打死……他们的斗争方式是，把抓来的人群分成若干小组，先是小组长自己坦白交代，鼓动别人揭发，一旦真有人揭发，小组长就要自己打自己的脸，打了又打，再让全小组举手表决，大家说交代了、转生了，才算暂时过关。如果未通过，就强迫全小组人轮流打脸，直到又打出新的罪行。人人如此，人人自危，越往后人们就变得越狠毒，互相报复、互相揭发、互相捏造、互相迫害，最后几乎人人都变成了货真价实的'伪装分子'，被乱棍打死！而这些，汇编成文字报表，就变成了传训核查领导组的辉煌业绩。

"在汾阳，我就参加了一次这样的斗争大会。传训核查领导组把大会定在文庙大操场，全县各行各业的人员都必须参加。之后就把已被拘押在县警察局的七个最顽固'伪装分子'押到操场中央，当众乱棍打死。其中有两人我事后做过调查：一个是东姚庄娘娘庵里的尼姑，罪名是'窝藏过八路军伤员'，其实纯属子虚乌有，是因有人揭发诬陷，成了传训中互害的牺牲品。另一个是女乞丐，只有十三岁，叫张冬花，原本就是个生活无着、沿街乞讨的流浪儿，却被人诬陷，说她身上有一包毒药，是共产党交给她专门用来毒死阎会长的……而那包所谓的'毒药'，其实只是一包从垃圾堆里捡来的染衣服用的颜料。汾阳三个月左右的传训核查，经我调查、走访、落实，被冤枉致死的无辜男女就有二百二十人。而我坚信，我来不及调查被冤死的百姓，难以数计。

"下面的见闻，让我对人性有了更全面的认识。很多人，看起来是羊，面对强权，他们是柔顺的，是谦卑的，甚至是可怜的。但某些时候，比如当他们面对弱者的时候，却化身为恶魔，会将自己所受到或曾经受到过的压迫和欺侮，百倍、千倍地释放给那些比他们更弱的人。在某种特定情形下，弱者为难弱者，穷人为难穷人时，那种凶残，是我所不敢想象的。

"在孝义，一个小学生淘气，把一只包了土的纸包扔进了井里，另一个小学生看见了，就问他在干什么，他逗乐说撒了毒药。那个小学生就报告了老师，老师报告了校长，校长立刻报告了特警队，特警队便抓了那个扔纸包的学生，一顿胖揍，然后追问是谁指使的。那小学生害怕了，竟随手指了街边的一个院子。那院子里住着一位姓刘的老太太，特警队立刻就把刘老太太和她的女儿一起抓捕关进了传训室。后经孝义医院派人化验了井水，根本没毒。街坊邻居据此要保释刘老太太母女，却被特警队拒绝，说有人举报，刘老太太的儿子有共党嫌疑，不准保释。最后，竟将刘老太太母女俩活活饿死在传训室里。

"在寿阳，传训核查领导组先抓了个好吃懒做的农民赵俊义，说有人举报他通共，严刑拷打之下他开始交代，说他不仅通共，而且还是共党的亲戚，还领导着一支共党队伍，只要让他活命，他保证把这支共党队伍全杀光。在传训核查领导组的支持下，他居然丧心病狂地成立了一个'暗杀团'。他的做法更简单，打着'三自传训'的幌子，以接到检举举报为名，带人上门把他那村子的村民全抓了，逼迫他们互害，然后不经任何调查、审讯，一律就地处决。处决的方式多种多样，有乱棍打死，有刺刀刺死，还有活埋、沉河、火刑，甚至凌迟。短短几天，残杀无辜村民三百余人。后因业绩突出，受到阎会长的表彰，调到太原接受'亲训'，并晋升为晋绥军亲训师49团3营上尉副营长……"

倏地，陶蓝哽咽了，她泪目低垂，实在讲不下去了。

汪成芳大怒，啪地拍了一下茶几，喝骂道："胡作非为！岂有此理！妹子，把你的调查材料交给我，我交给我爹，他一准儿有办法转呈阎会长，必当严惩不贷！"

陶蓝站起身来，苗条的身躯仍有些战栗，她走到脸盆前，轻轻洗了洗脸，转过身来，望着自己的好姐妹。虽然那两把小刷子上下动了好多下，却怎么也刷不去明眸之中的丝丝阴霾了。

"我曾把这些调查材料，连同人证、物证的图片，都交给了赵校长。赵校长也同样是义愤填膺，他整理了材料，以绥署新闻处的名义呈给了阎会长。可阎会长只是轻描淡写地说了句——'下面搞运动，难免有冤屈。唯此，才不会错放一个共产党。'之后就再无任何下文了。"陶蓝苦笑着说道。

汪成芳叹了口气，有些犹豫，但还是硬着头皮喃喃说道："我总觉得阎会长的初衷还是好的，是下面一些歪嘴和尚把经念歪了。有一次阎会长来司令部，我亲耳听他说到山西的政局，他骂晋绥军不争气，怕死、贪财，没有信仰。对山西百姓他是恨铁不成钢，说山西百姓只有家没有国，只顾小家，不顾大家。一盘散沙，想治理好山西，难度太大……他说的时候，眼泪都下来了。"

陶蓝重新坐回到沙发上，望着汪成芳，捋了捋齐耳短发，愤然而语："古人曾说，仓廪实而知礼节，衣食足而知荣辱。阎会长说山西百姓只知有家，不知有国，这是事实，但也不全是事实。国家的孱弱，不能把账算在老百姓的头上，老百姓连饭都吃不饱，饥寒交迫，没有起码的自尊和权益，他当然不会拼命救国，因为国家并不可爱。这个道理，放在山西百姓身上也同样适用。山西要好，首先得让山西的老百姓好。"

汪成芳又挑了一下眉眼说："你的意思是阎会长让山西老百姓过得不好？"陶蓝摇摇头说："好与不好只有老百姓说了才算，就像现在搞的这个'三自传讯'，只有流氓恶霸、贪官污吏和政治投机分子说好，我从没有听到一个老百姓说好。"汪成芳想了想说："这倒也是，要不是听你说，我绝不相信事情居然会是那个样子。"

当两人睡在红木绣床上的时候，陶蓝幽幽地念诵了一首诗：

天下风云出我辈，

一入江湖岁月催。

皇图霸业笑谈中，

不胜人生一场醉。

汪成芳心里一动，也随即念诵一首：

少年不知愁滋味，

为赋新词强说愁。

而今识尽愁滋味，

却道天凉好个秋。

汪成芳问："那首诗，是你写的吗？"

陶蓝回答："不是。"

"像是男人写的。"

"错，是我娘写的。"

"哪个娘，你亲娘吗？"

陶蓝看向躺在身边的汪成芳，嘴角微翘道："你猜！"

夜深了，冷风一阵紧一阵松，就像个犯了哮喘的病人。远处，蓦然传来一声锣响，很是苍凉……

第二天用过早餐，陶蓝告别众人，她得去绥署新闻处上班。大家都有些不舍，说不妨告假，帮汪成芳完成了婚礼再回去。殷立琼要去找汪总司令，让汪总司令出面跟新闻处赵处长说，批准陶蓝陪阿格布花去趟铁寒寨，既能跟李度见面，又能一路帮着给阿格布花拿拿主意。汪成芳制止了她，汪成芳知道陶蓝还有要事，不可能像她们一样醉生梦死。

送到大门口，汪成芳忍不住小声道："真想脱了这身狗皮，不管不顾，跟你和赵校长一起去下面，自由自在，多少能为老百姓干点实事……"

陶蓝轻轻拥了她一下，在她耳边轻言道："穿着这身狗皮也照样能为老百姓做事，只要心存善念，在哪儿都能做好事、做好人。"

送走了陶蓝，大家回到西跨院，殷立德和阿格布尔已经在等她们了。

众人感到奇怪，阿格布尔怎么一下就自由了？未及说话，只见全副武装的汪家二少爷汪成义跑了进来，一边朝阿格布尔招手，一边不耐烦地大喊："你个蛮夷粗坯，队伍都开拔了，你还在这儿磨蹭个屁呀？"

阿格布尔走到阿格布花跟前道："妹子，哥刚接到紧急命令，要跟随亲训师奔赴临汾，就不能陪你了……你多听李度的，照顾好自己。"说完，他朝大家拱了拱手，急匆匆地跟着汪成义跑了出去。

汪成芳望望殷立德问："这是我爹的意思？"

殷立德摇摇头亦是一脸茫然。

阿格布花倒显得非常镇定，不动声色道："管他是谁的意思，不就是要把我和我阿哥分开吗？分开就分开，你俩用不着多想。这一夜我已经想好了，这次离开汪公馆，就再也不回来了，回老家随便找个家奴嫁了，放羊去！只是梅冬潮让我放心不下，她再不济，可我阿哥喜欢她，成芳再劳你费心，回门之后想法让她顶我的缺，去税政局吧。"

汪成芳心事重重地点了点头，大家都心情低落，一路无语。

午后，天气突然阴了下来，黑黑的云层压得很低，让人有些透不过气来。

议事厅里，汪敬谷坐在太师椅上，阴沉着脸，大口抽着水烟，咕噜噜直响。

与他隔一张八仙桌的是大夫人徐馨茹，她的下首是手捻佛珠、双目微闭默默念诵经文的二夫人，再下首则是花容失色的五夫人、六夫人和惊弓之鸟似的七夫人。

大夫人叹口气道："原本晌午饭是该我去送的，可偏偏忙着清点带往铁寒寨的礼单和礼品实在腾不出手，四妹也是好心，代我辛苦一趟，给老三送饭。谁能想到就出了这档子没屁眼的烂事。刚才阎总管去后小院查验了现场，倒也没闯出什么大祸，就是四妹受了惊吓，已经送回菱花亭歇息，我叫了军医正在给她诊治；一个家丁被打成重伤，现在还在昏迷中……至于你的宝贝儿子汪成旭，早跑没影了。"

汪敬谷未动声色，又咕噜噜地抽了几口水烟，突然撩起眼皮说："不是你故意放的？"

大夫人肯定地摇摇头道："天地良心！这回，我可不敢擅作主张。"

汪敬谷将水烟锅交给一旁的丫鬟，忽地一下站了起来，喝道："那就是老四！哼，串通起来演了一出苦肉计想糊弄我，当爷是傻子？奶奶的，从今儿个起，谁也不许给他一文钱，爷倒要看看这臭小子能跑到什么地方去！"

大夫人有些焦灼："先别管那事了，还是说正经的吧，老爷的计划是一娶一嫁，双喜临门。可我不会分身术，只能办一件事，你让我去铁寒寨，原本是让四妹去殷家堡，可四妹出了意外，派谁去殷家堡呢？那可是嫁自家的亲闺女，同样也马虎不得呀。"

二夫人手一抖，睁开了眼睛："真的要嫁二闺女芳儿吗？"

大夫人点点头。

二夫人冷冷地看一眼汪敬谷："殷家那小子，不是个能顶门户的人，老爷可看好了？"

汪敬谷一梗脖子道："看好看不好都得嫁！奶奶的，这是爷的一盘大棋，一个是铁寒寨的千户头人，一个是殷家堡的大首领，加上咱们汪公馆，是爷替三哥固守大太原的三把利剑，缺一不可！"

二夫人重新垂下眼皮，开始捻动佛珠："老爷的想法咱们不懂，也不问，可万一委屈了芳儿，当心四妹跟你拼命……别忘了当年三妹的教训。"

大夫人微笑道："二妹，这倒不必多虑，我早看出来了，咱那二丫头对殷家小子喜欢得什么似的，两人行为亲密，说不定早就……"

"我呸！"汪敬谷猛地咳嗽一声，一拍大腿狠狠吐了口浓痰，"别瞎扯淡，那正好，索性就让老四带病跑趟殷家堡，一来表表咱汪家的诚意。二来还是让老四亲自给她闺女操办婚事，她放心，也给爷省心了……一举两得，没错，就让老四去，那点小惊吓算个鸟！阎总管——"

阎总管应声跑了进来，躬身道："爷，老奴在。"

汪敬谷问："那件事办好了吗？"

阎总管点点头，从怀里掏出两份礼札道："按您吩咐，这是分别给两家的军火礼单。"

汪敬谷草草地过了一眼，踱了几步，说："出手大方点，再给两家各加六挺机关枪、六门迫击炮、六十杆汤姆森、一百支大眼儿盒子炮、六万发子弹！"

阎总管躬身道："是，老奴这就去办！"

这时，七夫人不知哪根筋抽抽了，竟突然怯生生地插了句："那三少爷呢？其实，让三少爷迎娶阿格布花，亲上加亲，倒是一满的合适……"

汪敬谷顿时大为光火，立刻瞪眼骂道："蠢货！屁话！那是爷的女人，谁敢跟爷抢，爷跟谁急！"

七夫人吓得一哆嗦，赶紧低下了头，再不敢吱声。

大夫人转过脸去，无声地笑了。

第三章

一

实际上，汪成旭的越狱要比李度设想的简单得多。

因为看守的家丁只在院子里晃悠，根本就没跟进来监视。四夫人绞尽脑汁编好的戏文也没派上用场，只需压低声音，就能把李度的计划全盘告诉汪成旭。

汪成旭乐了，说这简直就像过家家，好玩儿，既然如此，咱也不用多啰唆，您这就放我走吧。四夫人摇摇头，望着汪成旭说："就这么着，让我放你出去肯定不行……不过，你又不是傻瓜，一定会想出别的法子离开这里，对吧？"

汪成旭定睛看了看四夫人，似乎没听明白，便开始摇着头踱步思考："四娘，您高看我了，一遇正事我脑子就犯迷糊，并不灵光，平时出了状况总要向李度讨教，他是我们哥儿四个里面的智多星，可他这阵儿偏偏又不在身边……让我想想，再想想……"他边自言自语，边靠近了四夫人。

突然，汪成旭挥起右掌劈在了四夫人的颈部，四夫人顿时瘫软下来，汪成旭飞快地伸手接了，将她扶到床上。抽出床单一撕为二，拧成索状，几下便把四夫人捆了起来，再用枕巾草草绑住了她的口鼻……然后深鞠一躬，小声道："对不住，四娘，让您受委屈了！"转身潜至门口，听了听门外的动静，接着便拉开一道门缝向外喊道："来人，四太太有话要吩咐！"

一个荷枪家丁应声推门而入，汪成旭再一次挥掌，一掌劈向颈部，紧接着二掌劈在腹部，眼见家丁平展展躺下，才闪身而出。他不知道，那一瞬间，倒在床上的四夫人，忽然睁开眼睛，看着房门被砰然关紧，大大的眼睛眨了几下。

汪成旭跑出房门，才发现整个后院院墙，墙高足有三米还不止，徒手根本无法翻越，只能通过前院院门才能出去。前院院门是有家丁把守的，硬闯免难闹出大动静。他只好又踅回黑屋，将倒地家丁的衣服扒下来穿在身上，压低帽檐，再次闪出房门直奔前院，一路躲闪着、溜达着，总算靠近了院门，却不想被守门的一个家丁认了出来。

那家丁顿时愣住了，指着汪成旭打起了结巴："少爷……你……你……"

汪成旭忙冲上前一把捂住了家丁的嘴，低声喝道："别出声，出声就是死！"

那家丁似乎一下就醒悟了，不等汪成旭动作，便扔了步枪轻呼一声："嗷，我已经死了……"说着便一下躺在了地上，活像只死狗。

汪成旭不禁又是一乐：什么玩意儿？你不该当兵，该去当戏子，演戏当演员！再顾不上其他，离了院门，隐身一座假山背后，见四周无人，几步蹿过一个花坛，翻墙而出。

他先在巷子里脱去家丁的衣服，然后出巷口，招手叫了辆黄包车直奔天地坛二条。在警卫团找到了老灰皮，说跟家里人躲猫猫，要在他这狗窝藏两天，老灰皮并不知道汪公馆里发生了什么事，说只要少爷不觉得腌臜，想待多长时间都可以。汪成旭打盆水将就着洗涮一把，便让老灰皮给他找身军装。要去绥靖公署，穿一身老百姓衣服可进不了大门。老灰皮说我这儿军服倒是有，可没有中校军服。说着，他从箱子里拿出一套自己的新军装。上尉就上尉吧，只要能混进绥署大门就行。汪成旭穿上，倒也合身，便朝老灰皮拱了拱手，说他要出去办点事，啥时候回来说不准。老灰皮嘎嘎笑道，随你，回来了老叔请你去永庆园喝酒，吃过油肉烩面。汪成旭嘻嘻一笑说，不用，等我回来，叫几个弟兄一块去翠屏楼，过把瘾。

汪成旭来到绥靖公署，门岗一句话没问，只朝他行了个持枪礼，便放行了。进了大门，再过一道仪门，左转走进一座小楼，便到了新闻处。几年不见，乍一见，陶蓝的样子还是把汪成旭惊得一跳：一身藏青色的、合体的学生制服紧裹着她高挑匀称的身材，一枚小小的红色胸针指向领口，像隐隐跃动的火焰，显得既凹凸有致而又干练灵精；浓黑的短发，下面是一张白皙润滑的面庞，一对亮晶晶的眼眸，纯净而又格外有神。呵，真是女大十八变，这还是当初那个豆芽菜似的小蓝子吗？

他竟然一时失神了，甚至语调也变得有些不太连贯："你，哈，小蓝子，你……怎么变成了这个样子？"陶蓝眉毛微微一挑，有些疑惑地问道："莫非模样太丑，吓着你了？"汪成旭连忙摆摆手道："哦，不是那个意思，我是说……几年不见，你怎么变得这么漂亮！漂亮得，简直让我……惊为天人！"

陶蓝笑了，眉眼是挺好看的，眨眨眼道："也没那么夸张。好久不见，你这张嘴倒是愈发油滑了。得，不听你瞎扯了，你先跟我去见见赵处长。"

"赵宗复吗？算了。"汪成旭摇摇头，"他和我一个鸟样，都是'靠山王'，没啥真本事。"

"'靠山王'不假，可要论真本事，人家有，你还真不行。"陶蓝停住了脚步，"真不想见？我跟他汇报了你们的事，他可是真的有好主意。"

汪成旭有点自惭形秽，再一次摇摇头道："我现在这尻样，见人家丢人，以后再找机会吧。"

陶蓝点点头道："随你。那就去我办公室。"

进了陶蓝的办公室，找张椅子坐下，汪成旭感到有点尴尬，便没话找话说："回到太原，我们聚过几次，你都不在……现在又遇到这件烂事，大家想聚都凑不齐了。小德子和成芳要去殷家堡办婚礼，小花子要去铁寒寨，小尔子奉命随同亲训师奔赴临汾……"

陶蓝追问了一句："亲训师开赴临汾，为什么要调阿格布尔去？他不是属于司令部的人吗？"

"还不是因为前线有铁寒寨的独立骑兵团呗。"汪成旭忍不住哂笑一声，"运城被围，我老爹第一时间就把殷家堡和铁寒寨的骑兵独立团顶到了临汾以南，试图接应运城守军。尤其是铁寒寨骑兵团，由清一色的侉依人士兵组成，共产党搞统战，我老爹巴望着徐向前会投鼠忌器，没准儿就能有机可乘。哼，典型的耍小聪明，徐向前是谁？是有勇有谋的帅才，绝不可能上当！"

陶蓝恍然大悟："我懂了，调亲训师去临汾，其实是给这两个骑兵团打接应。"

"没错，跟正规晋绥军相比，那两个独立骑兵团属于半民间武装，实际编制比旅大，更接近于一个小师，还各自额外配属了一个75毫米山炮营、一个60毫米迫击炮营和一个88毫米重炮连。每个士兵都是三大件豪华配置——马刀、汤姆森冲锋枪和大眼儿盒子炮。汤姆森是仿造美国的A12型冲锋枪。大眼儿盒子炮则是仿造德国的毛瑟N96，却又进行了很多改造，比原版的驳壳枪整整大了一号，口径也由 7.63 毫米改造成了 11.43 毫米，与晋造汤姆森一致，实现了弹药统一，弹药通用。这种盒子炮近距离时，可以单手射击，当手枪使；远距离的时候，可用枪盒子代替枪托抵肩射击，当步枪用。比起传统的骑步枪，能点射，能连发，要灵活许多。这当然都是太原兵工厂的功劳。虽然这些晋版武器都有些笨重，但火力强，威力一点儿都不差。如此心肝宝贝，万万不能出意外。可我老爹和阎会长的算盘珠子，向来都是由共产党来拨动的，我敢肯定，就算去了也不过是自找屁吃！"

"那么，这两个骑兵团的机动性一定不会差，对吧？"

"那还用说，重武器、弹药都实现了畜力拖拽，属于半摩托化部队。对了……小蓝子，你还没见着小度子吧？他最近可是变化极大，脾气见长。"

陶蓝拿出一个洁白的瓷杯，泡了杯热茶递给他："这是我用的杯子，可比不上你们汪公馆的精致，你别嫌弃……你刚才说李度，昨晚错过了，也是好久不见。他还好吗？"

汪成旭接过杯子，嘻嘻一笑："你猜！"

"我猜你个鬼！"陶蓝笑斥了一句，走到办公桌前，拉开抽屉取出一张信笺，推到汪成旭的面前，"这是我按照你们的诉求，代你写的一份呼吁书。你看一看，如果没有不同意见，就手抄一份再签上你的名字。"

汪成旭接过信笺往桌上一放，然后再接过陶蓝递过来的纸和笔说："不用看，你这新闻处的大才女写的，肯定没的说。"

稿子并不太长，很快就抄写完了，最后把自己的名字签好，汪成旭摇头晃脑地感慨道："有文化就是不一样，这呼吁书写得有理有据，又有文采，骂人不带脏字，还句句都在点儿上。就是不该签我的名，这么一签，把篇好端端的文章给污了。"

陶蓝看了一遍抄写件，然后收了起来，无声地一笑道："接下来，你要想办法跟李度取得联系，让他带一个我们这边的人去，一来是为了跟我保持联络，二来也算是给他找个帮手，尽量做到万无一失。有什么问题吗？"

汪成旭大大咧咧道："这好办，让你的人混到家丁队伍里就行了。至于李度，我要在警卫团等不着他，就直接去集团军司令部要人，大不了让那老不死的再把我抓回去。"

"不会，你爹是个老江湖，他会装得什么事都没发生过。"陶蓝十分肯定地说。

汪成旭留下了警卫团1营1连的电话。陶蓝拍拍手，一个背着背囊的青年从里屋走了出来。陶蓝问了一句："都准备好了？"那青年点点头。陶蓝转向汪成旭："介绍一下，他叫刘鑫，是我进山中学的同学，在我们新闻处下属的新闻图片社工作，就由他陪李度一同前往铁寒寨。刘鑫，这位就是大名鼎鼎的汪三少爷，跟我也算是发小。"

　　刘鑫拱了拱手道："汪三少爷，久仰，久仰。"

　　这下，汪成旭的脸上顿时有些挂不住了，讪讪地笑道："哎呀，什么汪三少爷，汪三饭桶还差不多，小蓝子是故意拿我寻开心呢……我叫汪成旭，往后就叫我的名儿，可别再叫我汪三少爷了。"

　　两下寒暄，交代完毕，汪成旭便带着刘鑫辞别而去。

　　陶蓝在办公桌前坐下，托腮沉思片刻，迅速拿出纸笔，将殷家堡和铁寒寨独立骑兵团的情况写了个简介，然后起身出门，朝处长办公室走去。

　　汪成旭回到警卫团，先让老灰皮找个单间把刘鑫安顿了，之后在连部的电话机跟前坐了下来。他先让老灰皮要通了汪公馆的电话，告诉殷立德如有空就来趟警卫团，若忙不过来就算了，权当报个平安。可汪公馆那边的回话是——殷立德兄妹与二小姐都出门了。接着他自己给13集团军司令部打电话，找参谋长吴绍之询问李度的情况。吴绍之在电话里说，李度在司令部待了一夜，领受完任务，晌午前就已经离开司令部返回警卫团了。

　　可人呢？现在还不见，莫非又有什么意外？这乱劲的，纯粹就是一个十三不靠啊！汪成旭不由得焦灼起来，抓耳挠腮地在屋里直打转。

　　原来，李度终究还是放心不下，临离开司令部的时候给汪公馆打了个电话。殷立德接了，但在电话里不方便说，只好相约在钟楼街玛丽咖啡馆见面。

　　李度舍不得花钱叫黄包车，一路大步流星紧赶慢赶，还是迟到了半个多小时，气得殷立琼连声责怪，说他不光是饿死鬼托生，还是抠门鬼转世。最后还是汪成芳劝住了殷立琼，又让殷立德简要地说了一下汪公馆的情况：汪成旭的出逃并没有引起什么麻烦，整个公馆甚至还很平静，除了四夫人在休息，其他夫人们各司其职，都在专心忙乎汪敬谷交办的各项大事。

　　李度放下心来，说现在只需找到汪成旭就可以静观其变了。根据他的判断，汪三少爷藏进绥署新闻处的可能性不大，最有可能就是躲进警卫团。

　　四人离开咖啡馆，走到钟楼街口，正要分手，一辆黑色雪佛兰轿车疾驰而来，在他们身旁嘎的一声停了下来。

汪成义探出头来嬉皮笑脸道："嗨，怎么回事？大白天的，你们就配对轧马路啊？"

殷立琼厌恶道："轧你个头啊！谁配对了？狗嘴里吐不出象牙来，满口胡柴！"

"二哥？你不是随军出征了吗？"汪成芳满脸疑惑道，"怎么还在这儿鬼混？"

"那是去玩命，你二哥傻呀！"汪成义咧咧嘴，又拍了拍车门，"把阿格布尔那个蛮夷傻小子送上车，小爷我就溜之大吉了。"

殷立德正色道："你这可是临阵脱逃，小心让特警处执法队抓了你。"

这时，殷立琼突然发现车里还有个人，而且还是个妙龄女郎，探头仔细一看，却是打扮俏丽的梅冬潮。梅冬潮刚想躲藏却又没藏住，殷立琼忍不住拍着车身大喊道："梅冬潮！你怎么跟汪老二混在一起了？他是个坏人，你不知道吗？"

汪成义顿时拉下脸来，嗔道："殷家妹子，怎么说话哪？我这当二哥的就不能带冬潮妹子玩一回钟楼街？你要愿意，二哥照带不误。"

殷立琼顿时火冒三丈："做梦吧你，你比汪总司令还混蛋！冬潮，阿格布尔刚出征，你就管不住自己了？快出来，跟我们一起回汪公馆！"

梅冬潮无奈，只好摇下车窗央求道："立琼，你别闹，我下班刚好碰上他，我住得太远，二哥不过是要送我回家……"

殷立琼绕过车身欲强拉冬潮出来，汪成义见状急忙缩回头，连按喇叭，一踩油门，雪佛兰轿车扬长而去，气得殷立琼连连跺脚大骂。

汪成芳无奈地苦笑一下，拉住殷立琼道："算了，天要下雨娘要嫁人，这事你管不了。"

李度与殷立德对视一眼，冷冷地没有吭声。

钟楼街人多路窄，车开进去太费劲，殷立德便把吉普车停在了柳巷北口。

就在四人拉开车门刚要上车的时候，又有一辆黑色福特轿车突然在路边停住，从车上跳下两个穿黑色中山装的干员，气宇轩昂地走过来拦住了他们。

一个马脸干员冷声问道："你们当中，谁是李度？"

四人吃了一惊，汪成芳忙松开了车门转过身来。

李度上前一步道："我就是，二位老兄是……"

马脸干员掏出证件一晃道："我们是绥署特警处别动队的，请你跟我们走一趟。"

"请问，是我犯了什么事吗？"李度并未显出惊慌。

另一个圆脸干员摆摆手说："甭问，到地儿你自然会知道！"

汪成芳火了，横着膀子往来人面前一站道："说得轻巧，什么叫跟你们走一趟！"

马脸干员突然拔出枪，对准了汪成芳，森然道："汪二小姐，我们知道你。我们是奉命行事，请你自重，别妨碍我们执行军务！"

汪成芳大怒，一挺胸脯想要发作，却被李度挥手制止了。他转脸对来人说道："没问题，我跟你们走。"

殷立德刚想张口，李度已经转身离开了，只甩下一句话："莫慌，去警卫团，按计划好的做！"

众人眼睁睁地看着李度被押进轿车走了，好一会儿才醒过神来。

殷立琼又一跺脚，气急败坏地喊道："上车呀，快去警卫团！"

坐进车里，李度以为会被蒙上双眼，结果没有。两个干员只是一左一右地夹住了他，他仍可以通过车窗看到外面。同样，他原以为会去精营西边街45号院，那是绥署特种警宪指挥处总部所在地，结果车身一拐，穿过北肖墙街，再过三道巷，最后在一座古旧斑驳的天主教堂门前停了下来。李度被两人押着，走进教堂的偏院一座小二层楼。楼门口的墙壁上挂着一块并不显眼的牌子，上面写着：太原绥靖公署特警处天主堂工作站。

一间不大的屋子，很明亮，也很洁净，办公桌上摆放着电话和一部电台。办公桌后面端坐着一个人，却只能看到他的背影。办公桌旁，迎面站立的是特警处副处长徐端。李度曾在汪公馆见过他一面。直觉上，他判断出那个端坐的背影，应该就是特警处处长梁化之。

李度被带进屋里之后，便一直笔挺地站着，神色凝重地望着徐端，等待他的发问。

"汪敬谷给你的任务是什么？"

"护送大夫人去铁寒寨。"

"只是护送？"

"确实没交代别的。"

徐端又看了他一眼，突然问道："知道你爹是怎么死的吗？"

李度发现这句话很难回答，因为父亲公开的死因几乎人所共知，而徐端想得到的答复显然不是这个，于是他很诚实地摇摇头，说："不知道。"

徐端又问了一句："知道是谁挽救了你并栽培了你吗？"

李度答道：“应该是汪总司令。”

“错！是阎会长，你后来的一切都是阎会长暗中资助的！”

“是吗？那我应该加倍地感谢阎会长。”

“感谢需要的是实际行动，而不是一张油嘴儿。”

“不知道要我做些什么？还请徐副处长明示。”

“跟我们合作！”

李度一挺胸脯，不卑不亢道：“当然，愿为阎会长效力，愿听从徐副处长的调遣，不过……我是警卫团的人，首先得服从汪总司令的命令。”

徐端冷哼了一声，踱着步问道：“你的军衔是什么？”

李度道：“少尉。”

徐端问：“你那三个哥儿们呢？”

李度道：“一个中校，两个少校。”

徐端猛地转了过来，面带一丝诡谲地盯着他说：“哼，你们四人中，你的在校成绩和各项考核都遥遥领先，可他们都是校官，只给了你一个尉官，知道这意味着什么吗？”

李度没有说话。

“这说明，汪敬谷并不信任你！你不想建功立业吗？”

“做梦都想，我愿以实际行动和业绩证明我的忠诚和能力！”

徐端踱着步摇摇头道：“你还年轻，你不懂。信任是一种很奇怪的东西，有的人生来就拥有，而有的人却经过无数努力，最终仍无法获得。什么也证明不了，想建功立业就更谈不上了。你就真的甘心这么沉沦下去吗？”

李度再次沉默。

“为什么不回答？”

“属下愚钝，没弄明白徐副处长到底想说什么。”

这时，马脸干员和圆脸干员走了进来，一左一右站在李度身后。

徐端再次停下脚步盯着李度道：“现在你有两个选择：一是同意，暗中带这两个人去铁寒寨，并且听从他俩的指令，这意味着你从此找到了一条升官发财的捷径；二是拒绝，你立马给我走人，我不想再见到你。”

刹那间，李度内心猛地悸动了几下。直到这一刻，他才完全明白了隐含其中的因果，这当然也是一个局，并且还是一个更为复杂的局。于是，他毫不犹豫地选择了拒绝，转身朝房门走去。身后传来徐端的话语："年轻人，你真的想好了？机不可失，时不再来，你可要考虑周全！"

已经走到门口的李度扭过脸来道："徐副处长的提携之意我心领了，可背叛汪总司令、背叛朋友道义的事情，我不能做，实在是爱莫能助！还望徐副处长谅解。"说完，他十分坚定地走了出去。

马脸干员拔出手枪，就要追出去，办公桌后面的背影突然转了过来——果然是一脸倦容的梁化之，他站起来摆摆手道："让他去吧，这个人对咱们有用，他还会回来的！"

离开天主教堂，李度仍未叫黄包车，甩开大步，来了一次长跑训练。一个时辰之后，天色刚刚擦黑，他跑回了警卫团。他在连部见到了汪成旭、汪成芳和殷立德兄妹，没有多说特警处的事，只告诉他们特警处可能想插手，事情会变得更复杂。殷立德有些担忧，说不管什么事，只要有特警处参与，准没憋好屁。李度擦了擦额头上的汗水，看了看汪成旭，向他询问了与陶蓝见面的情况。汪成旭回答得很详细，他也听得很仔细，低头思索了片刻，分析道，既然陶蓝没有明示下一步的安排，就说明她对咱们原来的计划有所调整，很可能并不需要汪三少爷直接出面了，也就避免了汪家父子的正面冲突。咱们的目的是阻止汪敬谷的阴谋得逞，只要能达到这个目的，其他都可以忽略。汪成旭听了，发现接下来兴许就没自己什么事了，顿觉扫兴。殷立琼抱住了他的胳膊，安慰道："旭哥哥，怎么会，这儿没事了，索性咱俩都去铁寒寨，老寨主是你姥爷，你说话管用，没准儿你发挥的作用更大。"

李度眼睛忽地一亮，道："不错，这是个冷招，没人会想到。"

汪成旭却有些疑惑："可我去了……能干点什么呢？"

李度立刻伏在汪成旭耳边低语一阵，之后双眼变得炯炯有神："这样一来，你和立琼就是一支伏兵，关键时刻杀出来，没准儿就能扭转乾坤。"

汪成旭乐了，朝李度肩膀使劲拍了一掌，笑道："还是你小度子花花肠子多，行，就这么干！只要有我的活儿，别让我闲着，都听你的！"

李度点点头，果断道："兵贵神速，你和立琼马上动身，连夜开车去铁寒寨。另外，立德兄，你和成芳妹子也一同返回汪公馆，让立琼先跟你们一起进去，再把汪三少爷的中校军服带出来，不能让他穿着这身狗皮去铁寒寨。"

汪成芳也赞成："这样挺好，三哥提前先到铁寒寨，也能让老寨主有个准备……反正他越狱了，谁也不知道他藏在哪儿。不过，立琼不见了，我爹要问起来如何应答？"

殷立德挽住了汪成芳："这好办，就说让我妹子先回殷家堡，给我们打前站。"

众人点头。

汪成旭掏出十块大洋和一沓银票塞进李度手里，嬉笑道："你现在是我的参谋长，要办大事，身上穷得锎子儿没有，也太不成话。"

李度觉得有理，便收下了。没再耽搁，他将大伙儿送出军营大门，看着他们挤进道奇吉普。

李度返回连里找到了老灰皮，说了一下司令部交给他的任务，并说吴参谋长还要求他从警卫连带一个靠得住的弟兄一同前往，他挑了黑子。顺便还让老灰皮再准备一身军服，给新闻处的人穿，那样就更合情理一些。

二人的隔阂已消除，又是司令部的任务，老灰皮表现得十分痛快。

李度拿着军服来到刘鑫的住处，却不想刘鑫是个大个子，领来的军服小了一号，穿在身上有些紧绷绷的。李度一看便要拿回去重换一套，刘鑫摆摆手说："不用麻烦，衣服紧点，还显得精干。"于是，两人坐下来，简单交换了一下各自的想法。李度这才知道，刘鑫的背囊里居然还带了一部微型电台。刘鑫说："新闻处为了联络方便，特向绥署申请了一个商业电台许可。赵处长手眼通天，这些在普通人眼里是天大的难事，赵处长出手就能摆平。"李度听了，顿时莞尔，一下就联想到了汪三少爷。"靠山王"，就像螃蟹，在山西这一亩三分地上，一向都是上下通吃，横着走的。

接下来就是闲聊。刘鑫很健谈，口才也好，不管什么事，经他的口讲出来，就显得栩栩如生、津津有味。先聊到了时局和军国大势，刘鑫说，从 1945 年 8 月日寇投降，老蒋发动全面内战向共产党领导的解放区大举进攻，直到现在，不过短短的两年时间，便形势逆转，国民党军颓势尽显，共产党领导的解放军开始了全面反攻。在东北困住了蒋军 80 万，其中还有国民党五大主力中的三大主力；在山东，孟良崮一战，全歼蒋军王牌 74 师，王耀武号称铜墙铁壁的济南，外围阵地只守了不到三天就土崩瓦解，被解放军打得丢盔卸甲，王耀武龟缩在济南城里再也动弹不得；在华北，傅作义的 50 万大军被牢牢牵制在平津察绥一线，既不能南下又无法顾及东北，使老蒋费尽心机组织的东进兵团，变成了笑话。再看淮海徐州一线，刘邓大军东出鲁豫，与陈粟大军汇合，展开大兵团作战，纵横捭阖，声东击西，把几十万蒋军死死压缩在陇海铁路沿线和几个大城市里，毫无作为，岌岌可危……形势发生如此逆转，除了双方高层的战略博弈、战役角逐之外，其中还有一个重要的影响因素，那就是人心向背。水能载舟，亦能覆舟，讲的就是这个道理……

李度一边听着，一边深感自己的眼界实在是太狭窄了，别说省外，就是对省内局势也缺乏一个总体的概念。他忍不住随口问了一句，那山西呢？是不是比外面要好一些？

刘鑫摇着头说，也就是五十步笑百步的差别。你想啊，目下晋绥军实际控制的区域，上党已经不在其内，大同、绥远一带又归入傅作义辖区，除太原外，晋中正太线上只剩下一个寿阳和阳泉，下来就是同蒲路沿线与沿线的几个县城和大城市。现在运城被围，失守只是时间问题；即便有胡宗南中央军的协防，但是一旦中共西北野战军发动反攻，胡宗南自顾不暇，岂有舍己救阎之理！而且，知道围攻运城的是谁的部队吗？是徐向前率领的中共华北军区野战军第1兵团。这个兵团是由中共晋察冀、晋冀鲁豫军区地方部队升级而来。所谓地方部队，就是指抗战时期中共领导的根据地各县大队、区小队的民兵，装备低劣，缺乏重武器，作战经验不足，远非主力。可就是这样一支部队，已经把防守运城的中央军和晋绥军打得叫苦不迭，连守备临汾的梁培璜都已经草木皆兵、风声鹤唳了。幸亏，山西表里山河，地形复杂，易守难攻，多少还能起到些防护作用。可以说，山西的局势就是全国局势的缩小版。随着时间的推移，天平最终会倒向何方，连小孩子都看得出来。

李度不由得暗感震惊，他发现自己不光是眼界不够，情报分析、处理能力也有欠缺，至少不够系统严谨。刘鑫分析时所说的内容大都来自绥署的《阵中日报》，这是省属机关、绥署各系统、晋绥军连以上官佐都能看到的。自己也看了，却有意无意地错漏了很多重要信息，不论什么原因，这种失误都是不可原谅的。比如徐向前，《阵中日报》曾做过详细介绍，可自己居然视而不见，到现在仍是知其然而不知其所以然。

于是他忍不住提出了这个问题。刘鑫目光一闪笑着说，徐向前是山西五台县永安村人，听陶蓝说过，你的老家在崞县兰村，崞县离五台县不远，也算半个老乡。永安村离河边村不过十多里地，所以徐向前跟阎锡山是真正的老乡；而且他曾就读于山西省立国民师范学校，而那时的校长正是阎锡山，所以他俩不仅是老乡，还有段师生情谊。毕业之后，徐向前曾在阳曲县和五台县河边村当过几年小学教师，之后南下投考了黄埔军校，再后来逐渐成为中共著名的战将。据说此人不光会打仗，还会打硬仗、打大仗，更难能可贵的是，他还会带兵、会练兵。就像咱们刚刚说到的运城，在晋绥军眼里，他的部队简直就是一支垃圾部队，可在他的率领下，大大小小数十仗打下来，这支部队硬是靠战场缴获大大改善了装备，增强了火力，部队整体战斗力的提升更是令人惊叹。再看看运城守军，有胡宗南的中央军整编90师，整编17师、36师各一个团，晋绥军暂编37军一个师，晋南3个专署和16个县的保安团，可谓兵强马壮，却被人家打得落花流水，丧师失地，孤守一隅，苟延残喘……孰强孰弱，高下立判。

原来如此，李度恍然。尽管他也承认刘鑫的分析有一定道理，但还是觉得他的结论太过悲观。中共的情况李度不甚了了，但晋绥军这边的实力还是不可小觑，除了十三万兵力、坚固的防御工事、利用"兵农合一"强行构建的兵源补给系统之外，还有财力雄厚的太原兵工厂，不仅能够仿造各国最先进的武器、弹药，而且产量惊人……这些情况，不知刘鑫是否掌握。只是，或出于性格原因，或仍感心虚，最终他还是忍住没说。

李度给刘鑫倒了杯热水，趁机换了个轻松些的话题。他问刘鑫与陶蓝是不是很熟？刘鑫接过水杯，大笑起来说："你总算绕到了正题上。"他站起身来，面容现出郑重之色。他说："与陶蓝几年同窗学习、工作下来，不仅很熟，而且相互之间也很信任，到了可以将生命交给对方的程度。只是，这是纯粹的友情，与私情毫不搭界。你我虽然是头一次见面，但从陶蓝嘴里，我们所有同学对你的大名已经到了滚瓜烂熟的地步。她对你的评价很高，没有半个不字。几年来，她念你，想你，记挂你，担忧你，那种情景令我们感动，也令我们尊重。陶蓝，可以说是我们同届中年龄最小又是最优秀的，她漂亮、聪慧、内敛、正直，还谦逊、与人为善，我们大家都把她当妹子，都很喜欢她，都愿意豁出命来呵护她。"接着，刘鑫便讲起了他们在隰县进山中学求学时的经历，讲到了他们一起上街做抗日宣传，一起到乡下访贫问苦，一起搬运弹药支援前线，一起在硝烟弥漫的火线上运送伤员，甚至还讲到他们一起在一座修道院跟一位老修女学习古希伯来语。陶蓝具有极高的语言天赋，是学得最快、最好的学员。李度有些发蒙，问刘鑫古希伯来语是什么？刘鑫解释说，那是一种极为古老的语言文字，创造者为古犹太人，全世界也没几个人懂。李度说，没人懂，还要学，一定有什么特殊用途。刘鑫指了指背囊说，我们的电台就靠它来沟通，对外它是绝难破译的密码，而对我们来说就是简单的明码，用起来得心应手。

不觉间暮色降临，天已大黑。李度觉得心里暖暖的，对陶蓝的思念减轻了不少，对刘鑫所讲的那种火一般的生活充满羡慕，充满向往。他甚至都有些后悔，当初就不该跟着汪三少爷去秋林镇，上什么军政校。如果去了隰县，去了进山中学，那他的人生一定会是另一幅图景。

二

清晨。天空很亮，太阳斜斜地照射在街道上，路边的树枝还留着隔夜露珠，微风柔和凉爽地轻拂着。远处城东黄冈上的双塔，巍然矗立，将晨曦刺破，仿佛刚刚醒来的精灵。天空蓝得澄澈，蓝得透明。

李度带着黑子和刘鑫徒步来到西华门街6号。黑子全副武装，一排弹匣紧贴前胸，与腰间扎紧的武装带相扣，背后是一支瓦蓝的晋造汤姆森，左肩上斜挎着笨重得不成比例的大眼儿盒子炮。他有些兴奋，睁大眼睛，紧跟在李度的左后方。李度右边是背着背囊的刘鑫，腰间佩带了一把带皮套的勃朗宁手枪。

刚进街口，远远地就看见汪公馆门前热闹非凡。门前路边上停着一辆披红挂彩的送亲轿车和两辆苫盖篷布满载的卡车。几个汽车兵抽着烟，斜靠在车门上，望着热闹的汪家门楼。

成串的鞭炮被点燃，噼啪声中，披红挂彩的汪家门楼显出一派喜庆。阎总管带人站在门楼口，拱手迎接前来庆贺的大小官员。

李度突然停住了脚步，他看清了挂在门楼两侧的巨幅红绸幔帐，上面清晰地印有几个黄色大字，一侧是：豪门嫁女总司令喜得贵婿；另一侧是：双喜临门总司令喜收义女……什么意思？阿格布花变成了"义女"，不做八夫人了？李度感到有些发蒙，不由得望向刘鑫，目光中有一丝询问。刘鑫也仔细看了幔帐上的大字，略微一想，便点了点头说："不必惊讶，看来我们赵处长的计划昨夜就已经生效了。"然后告诉李度，就他所知，陶蓝将汪敬谷欲强娶阿格布花的事情汇报之后，赵处长认为此事不必大事张扬，只需有一纸汪三少爷的亲笔呼吁就能既解阿格布花之危，同时又让汪敬谷欠个大人情，留待以后有需要的时候让他偿还。之后他又补充道："我猜想，我们赵处长一定是昨夜就把那个呼吁书呈给了阎会长，迫使汪敬谷不得不临时改变了主意。"

李度无声地笑了："到底是'靠山王'，行事方式就是与众不同。可我直觉上，总觉得事情不会那么简单。"

刘鑫点点头道："不错，这样做是为了在明面上择清自己，避开舆论。但欲盖弥彰，越是这样，越说明他死性不改，应该还有后手。我和黑子在这儿候着，你先进去，看看是个什么情况。"

李度朝门楼走过去。他一身戎装，习惯性地单肩挎一支晋造汤姆森，而不选择大眼儿盒子炮。他实在厌恶那枪的造型，大得不成比例，挎在腰间，像个拖在屁股后面的尾巴，有点不伦不类。阎总管站在门口，朝前来祝贺的官员行礼，再交由佣人们引进院里。见李度来了，他忙迎上来说："李参谋，你的事是第二拨，先去东跨院与大夫人和家丁队汇合。"

四夫人匆匆跑了出来，一见阎总管便急声道："怎么回事？还没有找到殷立德？这就要启程了，主角不在，莫非要让我们成芳唱独角戏吗？"

阎总管也着急，可也无奈，只得安慰道："太太莫急，已经派出好几路人马去找了，殷家公子自己也知道这个时辰，估计很快就能回来……这儿有老奴候着，太太还是赶紧先去西跨院招呼二小姐吧，看她准备好了没有。"

李度正要进门，只见殷立德坐着一辆黄包车飞快地来到门前，跳下车，朝阎总管喊了一声："帮我付了车钱……李度，你等等！"然后便急慌慌地跑到李度身边，把他拉到墙根下，气喘吁吁地说："我去找你，不想岔过了……"李度忙捏了捏他的肩膀，让他别着急，时间还充裕，慢慢说。

殷立德这才告诉他，昨晚汪总司令从阎会长的东花园子一回来就大发雷霆，连着毙了两个看守小黑屋的家丁，之后就宣布改收阿格布花为义女，但原定方案不变，仍由大夫人护送义女回铁寒寨。殷立德觉着这里面有鬼，又怕李度不知，误判了形势，这才找了个借口偷偷溜了出来……正说着，门楼口的四夫人恼了，冲着殷立德厉声喊道："殷立德，你这臭小子，磨磨唧唧的，你还想不想娶老婆？"

李度见状，忙对殷立德小声说："行了，都交给我，你忙你的去。"

殷立德松了口气，赶紧转身跑上前，赔着笑道："四娘，是我不好……您别生气。"

阎总管拍拍他的胳膊，招过一个女佣说："别说了，赶紧的，跟秦妈去耳房换衣服！"

这时，连串的鞭炮声再次响起，三个女佣并排推着一辆木车，从门楼里出来。

那木车一看就是特制的，随着车轮的缓慢推进，一条由藏红花铺就的小径显露出来，从公馆里面一直通向门外的黑色轿车。雇来的吹打开始奏乐，唢呐领奏，笙箫齐鸣，锣鼓烘托。

身着五颜六色的宾客簇拥着花枝招展的汪成芳和披红挂彩的殷立德，满面笑容地徐徐走出，走在他俩后面的是挽着花篮不断抛洒鲜花的阿格布花和梅冬潮，再后面是身穿一身锦缎长袍的汪敬谷和大夫人徐馨茹、二夫人王淑慧、四夫人林红玲，最后面是其他几位夫人和众多的宾客。

李度见一时也进不了大门，便沿着墙根绕过门楼，又回到黑子和刘鑫等待的地方。

在众人热烈的掌声、祝福声中，一对新人转过身来，站在车边，向汪敬谷和众位夫人、宾客们鞠躬行礼。四夫人林红玲兴奋得有点把持不住，跑上前去将女儿紧紧搂住……阿格布花和梅冬潮也上前告别，哭天抹泪一番，然后分开，送两位新人和四夫人钻进轿车里。车队开始徐徐前行，连串的鞭炮又开始炸响。

待众人都返回公馆，门楼前重新变得清静之后，李度对黑子和刘鑫点点头道："咱们进去吧！"

三人走进东跨院，绕过照壁，看见院里一片繁忙，仆人们正将大大小小的箱笼朝门外的车上搬运，一队全副武装的家丁懒散地站着，队长汪二狗在检查他们的行装。汪二狗瞥眼瞅见了李度，咋咋呼呼地喊道："嘿，小子，你倒跟没事的人似的，怎么这阵儿才来？"

李度刚想斥责他的无理，却看见参谋长吴绍之在远处招手，急忙跑到吴绍之跟前立正，行了个军礼。

吴绍之摆摆手，小声对他说："有点小变化，需要一致改口，别再提迎娶娶八夫人，改为恭贺总司令喜收义女。其他的，都听从大夫人的吩咐。铁寒寨内部复杂，万不得已时，你可以果断处置，先斩后奏！"

李度道："是，属下明白！"

"你去吧，熟悉一下汪公馆的家丁队，大都跟总司令沾亲带故，尽量搞好关系。"

李度回到院里，不巧又遇到了家丁队长汪二狗。

汪二狗斜眼看着他，流里流气地说道："嘿，小子，你还挺忙乎？可再忙也不能耽误了老爷的大事……"

话未说完，李度翻腕一个锁喉手捏住了他的喉骨，他顿时踮起脚尖，憋得青筋直暴吐出了舌头，拼命挣扎起来。

李度低声喝道："叫李参谋，或李长官，别狗眼看人低，一口一个'小子'地召唤爷！"说完松了手，招呼了黑子和刘鑫，头也不回地朝正院走去。

汪二狗揉着喉头，剧烈地咳嗽着，气急败坏地跟在他身后，气焰收敛了不少。

正院议事厅门前，众位夫人簇拥着汪敬谷，他正跟大夫人叮咛着什么，参谋长吴绍之在一旁陪着。李度走过去，恭敬地行了个军礼："报告总司令，警卫参谋李度听您指示！"

汪敬谷转过身来，刚要说话，汪二狗蹿上前来，一手指着李度一手捂着喉咙，咳嗽着说不出话来。汪敬谷拉开他的手，看了看他的喉咙，说："你这是在哪儿挨了一爪子？还伤得不轻呢……"边说边捏了捏他的喉骨，然后用力在汪二狗的后背上猛拍一掌。汪二狗喷了口血，发出声音来，咧嘴指着李度刚要开骂，被汪敬谷摆手制止："罢了，自家学艺不精还有脸显摆，这回踢到铁板上了。滚，你别跟这儿凑着，赶紧到大门口招呼你的队伍，待会儿就得上路！"

汪二狗气咻咻地转身走了出去。汪敬谷看一眼李度，眉头微蹙道："这招锁喉手，是你使的？也练过功夫？"

李度摇摇头，谦恭道："在军校跟三少爷偷学了点皮毛……"

汪敬谷点点头说："我说呢，这是我们汪家七星螳螂拳里的一记杀招，叫'麒麟锁喉擒拿手'，你一个外姓人怎么会使……对了，我听说你还去了趟特警处的天主堂工作站，他们请你去，有何公干？"

李度暗暗一惊，忙一挺胸道："报告总司令，徐副处长询问我是否知道我爹的死因！"

汪敬谷嗤笑了一声，转脸对吴绍之说："徐端这混蛋，怎么连这破事都管上了？"

吴绍之摇摇头道："唉，老特务的职业病，甭管哪儿都要伸出狗鼻子嗅一嗅，掀不起什么大浪来，总座不必担忧……大夫人一路辛苦，总座特派这位李参谋带两个警卫团的弟兄跟随，路上有什么事情您尽可吩咐他。"

李度行个军礼："夫人好！"

大夫人点头笑道："不必客气，早听老三说过，李参谋是高才生，智勇双全，这回去铁寒寨还真少不了吃苦受累，有劳你了。"

李度坚定地说："夫人放心，卑职愿为总司令肝脑涂地！"

汪敬谷满意地点点头："行，小子，有你这句话兜着，爷还算没看走眼……来人哪，带李参谋先去看望一下爷的义女阿格布花小姐！"然后转脸小声说，"那丫头现在有点儿刺毛，你跟她熟，去给她往顺里捋捋，让她别跟爷吊蛋……"

李度挺挺胸道："是！属下当尽全力周旋。"

一个男仆过来，领着李度朝西跨院走去，黑子和刘鑫默默地跟在后面。

这时七夫人端了一盘时新瓜果过来道："老爷，忙了一上午，也该尝尝鲜去去火了。"

汪敬谷伸手抓了一串荔枝，朝吴绍之一招手："你尝尝，这可是花金条用飞机刚刚从广州运来的，跟爷这老七一样水灵……哈哈！"

大夫人笑道："你们尝鲜吧，我可没这福气，我还得去招呼别的事情……"边说边朝阎总管使了个眼色，带着丫鬟翠姑走了。

阎总管上前伏在汪敬谷耳边低语了几句，汪敬谷顿时瞪起眼来。"去向不明？娘的，这臭小子要坏爷的事！"他转过脸来，朝吴绍之喊道，"参谋长，你赶紧给驻守代州的23团去电话，让他们设卡严查，只要见到那个臭小子，立刻扣押！"

吴绍之稍稍愣了一下，点点头，不敢怠慢，朝议事厅大步走去。

实际上，李度并没有去西跨院见阿格布花，至少眼下危局暂时已解，没有必要特别安抚。他带着黑子、刘鑫去马厩挑了三匹军马，跟着家丁队伍走出公馆门楼，等候出发。

日上三竿的时候，大队人马终于离开西华门街，浩浩荡荡地北行。风，卷起一阵沙尘，古朴的拱极门箭楼露出沧桑的面容。

车队、马队徐徐驶近——汪二狗和两个家丁骑马牵头，后面依次是一辆黑色轿车、三辆带篷满载的卡车，最后是一支二十多人的武装家丁马队。李度神态平静地混杂在马队中，身旁是背着电台的刘鑫和一脸新奇的黑子。

城门口，汪成义带着一群43团的军官列队相送，身旁站着一个打扮入时的妙龄女郎，走近一看，居然就是梅冬潮。轿车停住，大夫人摇下车窗探出头来，汪成义笑容可掬，忙上前一躬身道："娘亲一路顺风，儿子军务在身，只能在这老城门口相送了。"

"你老子这几天着急上火，你小心点。"大夫人叮咛道。

"我又不是傻瓜，娘放心，我不会去触那个霉头。"

大夫人向梅冬潮瞟了一眼说："那个女娃是谁？好像很面熟，在哪儿见过……"

汪成义嘻嘻一笑，回头看了一眼道："怎么样？长得还算喜人吧？"

车里的阿格布花瞄见了，不由得脸色一冷，脱口骂道："真是狗有狗道，贱有贱道！"

梅冬潮一扭脸，无意中与李度的目光相遇，赶忙低头躲在了众军官身后。李度不动声色，心里却泛上一丝鄙夷。

汪成义虽然长得矮小猥琐，此时却也挺起胸脯，气宇轩昂地朝城门守军摆了摆手。车队继续前行，穿过城门洞，驶上北去的大道。

进入阳曲县境，道路变得崎岖难行起来，好在不赶时间，队伍行进得很慢。

这时，一旁的黑子凑上来对李度说道："越往北面，就越离我老家近了。"

"你老家？是哪儿的？"

"天镇。"

李度心里一动："天镇？那儿可是日本鬼子最早占领的地方，你们家人应该没少受罪吧？"

黑子点点头："我那时还小，有一天小鬼子来了，我爹把我藏到了井里。我拉着井绳在水里泡了三天，我爹也没来救我，实在熬不住了，就拼着命用两手攀着井绳爬上来。上来后才知道我们村被小鬼子屠了，没留下一个活人，包括我爹娘和我姐……我离开村子，一路讨饭，先去了大同，也到处是小鬼子，就跟着逃难的人群南下。在崞县遇到了一队溃败的晋绥军，领头的就是马大胡子马排长，就又跟着他们往东跑，在忻口遇到了一队小鬼子，两家顿时打了起来。我没枪，就扔石头。我小时候一直跟我爹放羊，石头扔得准，连着打破了两个小鬼子的头，马排长见了，便给我一兜子手榴弹，教了用法，我就跟着他们朝小鬼子猛砸……后来我就参军了，一直跟着马排长、灰皮连长。"

"那你已然是老兵了！那时候你才多大？"

"十三，马排长和灰皮连长一直都很关照我，要不也活不到现在。"

李度强忍住心里的震撼，又看了黑子一眼，觉得他应该比自己大几岁，实际年龄不会超过二十三，可面容沧桑得看上去足有三十多岁。

"那你一定打过很多仗？"

"数不清了，跟小鬼子打过，跟中央军打过，在石楼还跟共产党的红军打过。"

"那应该是红军东渡的时候……跟红军打仗什么感觉？"

黑子笑了，压低了嗓音道："都知道红军过来是帮咱们打鬼子的，弟兄们都枪口朝上往天上开，没真打。这事啊，只能做不能说。"

李度点点头，有些感慨："真想不到，你年纪比我大不了几岁，人生经历却要丰富得多。我应该向你多学习。"

"别、别，李参谋，您千万不敢这么说。"黑子顿时显得有些惶恐了，"我不识字，没文化，很多道理都不懂。就像那年在隰县，我和马排长奉命去征粮饷。一家财主，不光滴血不出、一毛不拔，还指使一帮家丁跟我们舞刀动枪的，马排长火了，一枪就把那老财给崩了，我也不弱，端枪一梭子把那伙家丁全扫了。后来那老财的家人告到了汪总司令那儿，汪总司令把我和马排长全关了禁闭……我到现在也想不明白，我们何错之有。"

李度想了想，说道："简单地说，你们没错。那个时候正值全国抗战，这是大势所趋，也是情势所迫，任何人都要服从这个大势。所谓识时务，就是认清形势，不要逆势而为。虽然'人为财死，鸟为食亡'是千年古训，但这世间又有多少人能真正明白这个道理呢，最后落个家破人亡、身败名裂的下场。那老财主就是不懂识时务的道理。若是往复杂里说，至少你们的做法失之鲁莽了。富人跟穷人不同，他们本来是识时务的，但在某种特定时候，面对特定的对象，也会有反常的表现，就像脑子被门夹了。比如遇上了汪总司令，他们就可能甘愿把他们祖祖辈辈积攒下来的财富拱手相让。因为那样，不仅仅能破财免灾，还能通过此举买到权势，以保住他们剩下的财富。但面对你和马排长这样的小兵，就会产生抗拒，因为你俩并不具有权势，就会忍不住欺压一下，想赌一把。当然，那财主不幸遇到了你们两个生瓜，赌输了，踢到了铁板上。我在军政校的时候，有一次护送一位军医去给长官看病，那长官贪婪成性，吃空饷，揩兵油，捞了很多钱，却又病入膏肓，临死前还念念不忘他的财富，让家人把账簿抱到他的床前让他过目。第二天他死了，军医悄悄对我说，让我看看他的手。我看了，但我当时不明白军医的意思。回到军校，军医问我从他的手上看见什么。我说看见了死相，气血全无。军医说，对了，你看见了他的手掌，是全摊开的。以后有机会你注意看看新生婴儿，那都是攥着拳头的。人都是这样，攥拳而来，撒手而去。军医讲的是一个关于财富的道理，也就成了我本人对财富的认识——生不带来，死不带去，万不可过于执念。"

"您的意思是，如果那天灰皮连长去了，或者我们团长去了，那财主就会舍得出血？"

"至少有这种可能。"李度无声地笑了，"当然，也不尽然。面对当下的社会，我的体会是——如果你有权，规则就是为你服务的；如果你有钱，规则是可以变通的；如果你既没权又没钱，那规则就是为你量身定制的。"

"精彩！"一旁的刘鑫鼓起掌来，接着对两人说道，"面对外族侵略，我们当然要奋起抗争。可是，就算打败了日本鬼子，中国的问题还是难以从根本上得到解决，如果我们不能富国强兵，以后还会有别的鬼子欺负我们。而要富国强兵，就得让全国的老百姓爱国，包括所有的穷人和富人。那就必须要先建立一个可爱的国家，至少人人有饭吃，人人有衣穿，病了有医药，难了有救助，活着有尊严，死了有体面。到那个时候，爱国的人自然就会多起来，有了爱国的情怀，对财富的欲望就会退居其次——'人为财死，鸟为食亡'的古训就会被打破！"

"刘先生说得没错，现在日本鬼子败了，可咱们老百姓过的还是苦日子。"

"所以，我们要努力改变现状，要努力建立一个新世界，一个全新的中国！"

李度心里又是一动，不由得偷眼看了看周围。刘鑫的话很激进，幸好这些家丁们没注意，也听不懂，要是徐端或是特警处的人在，说这样的话就会很危险。

正思索着，前面突然响起一声公鸭嗓子的吼叫："李参谋，你是正规军，该走在前头哨探，总缩在后面算怎么回事？"

"是汪二狗，这小子跟汪总司令沾亲，平时跋扈惯了，您不必跟他一般见识。"黑子小声说道，"我去前面溜一圈。"

"不必，我们三个一起走前头！"李度转脸朝刘鑫微微一笑，"狗仗人势，虎落平阳，我们都属于被规则限定的人。你说得没错，这个世界是应该变一变了！"说完两腿一夹，拍马冲向队伍的前方，黑子与刘鑫紧随其后。

晌午时分，到达黄寨，李度联系当地镇长，临时征用了一所小学打尖造饭，略作休整之后又重新启程，进入山区。阳曲县，位于太原正北，史称"三晋首邑"，地处忻定盆地与晋中盆地的脊梁地带。扼守要冲，东、西、北三面环山，南部低平。东临盂县，西连静乐、古交，南抵太原城区，北接忻县；东北与定襄县交界，东南同寿阳县毗连。巍峨连绵的恒山山脉横亘东西，云中山系纵贯南北，构成并州北部屏障，也是"守并必守阳"的由来。

如果说阳曲是太原的北大门，那么太原就是中原的北大门。古代北方游牧民族想要入主中原，最快捷方便的路线就是兵锋直指山西。只要进了雁门关，拿下阳曲攻占太原，便可占据主动，掌握更多的选择权：向南，可攻洛阳入江南，一马平川；向西，只要渡过黄河天险，便可直捣长安。即便暂时无力南下，也可以选择在山西韬光养晦，休养生息。因为山西四面环山，而太原三面环山，皆有险隘可据。只要守住太原，即使被人击败，丧师失地，也有足够的反应时间进行反攻，卷土重来。正应了李太白"天王三京，北都其一"的诗句——唐朝的正都是长安，东都是洛阳，而北都就是山西太原。故而从隋唐时代起，太原就是历代兵家必争之地，是重中之重的战略要塞。

到达石岭关时，太阳刚刚西坠。李度建议就地宿营，靠着石岭关守军23团的一个营，至少安全无虞。可汪二狗不干，说时间尚早，完全可以继续赶路到大孟镇宿营，条件远比在23团军营更舒适。大夫人听了，觉得都行，反正在自家的一亩三分地里，让他们两人商量着办。汪二狗轻蔑地瞥了李度一眼，不由分说地吆喝队伍继续前行。可他根本不知道，山中的天色黑得快，夕阳刚一落下山巅，暮色就紧跟着弥漫开来，距离大孟镇还远，周遭的山峦已经变得影影绰绰。山路崎岖，视线不清，若继续赶路，风险倍增，最后连汪二狗也害怕起来，不得不觍了脸央求李度赶紧想办法露营。李度没有理会他，带了黑子和刘鑫骑马前突，绕了一大圈，才找到一处较为平坦的山坳，安顿下来。他在四处要点上安排家丁轮值守护，为外围哨点。山坳中央搭起一顶帐篷，供大夫人、阿格布花和丫鬟翠姑休憩，再用一辆轿车和三辆卡车做围，外圈再搭四顶小型帐篷由剩余家丁分组守卫，构成三层防护。

在外圈与汽车之间，是李度与黑子、刘鑫的帐篷。

入夜，李度令外圈的帐篷前方各燃起一堆篝火，一来为了扩展视野，二来可以震慑山中的野兽。汪二狗为讨大夫人的欢心，非要在中央帐篷前也燃一堆篝火，李度坚决不允，争辩起来。李度恼了，警告他，若再敢捣乱，锁喉手伺候！这才唬得汪二狗悻悻作罢。

山中夜晚，常常会莫名地刮起一阵大风，风过之后，月亮就会懒懒地躲进云层，将墨一般的夜色涂抹在山野的每一处角落，仿佛将巍峨挺拔的峰峦一口吞进肚里。

帐篷内，一盏马灯下，刘鑫在发报。黑子刚刚交岗，钻进帐篷，在暗影里躺下。李度则一直在盘腿打坐，像往常一样，意守丹田，掌心互对，将汤姆森冲锋枪横放在双膝之上。

突然，帐篷外的几声枪响打破了夜的寂静。

李度一惊，忙抓枪跳了起来，喝道："刘鑫别动，守好电台，黑子跟我来！"

刘鑫赶紧拔出手枪，一只手摘下耳机将电台收了起来。黑子一跃而起，紧跟着李度掀起布帘，蹿出去，朝枪声响起的方向跑去。

在山坳的东北角上，几个家丁背靠背围住了汪二狗，汪二狗捂着左臂龇牙咧嘴倒抽着冷气，指缝中渗出鲜血，还不忘大喊：“开枪，快，那边树丛里，有刺客……”顿时一阵弹雨泼向他指的方向。剩下的一个家丁慌忙拿出一卷绷带，开始给汪二狗包扎。

李度持枪跑了过来，喝道：“停止射击……怎么回事？”

汪二狗心有余悸地回答道：“有刺客……刚才我从帐篷里出来，想去树丛那边尿尿……就看见一个黑影一闪，我就叫‘什么人，给老子站住’，话还没喊完，那黑影转身就给了我一枪。我看清了，是个蒙面人，一身黑衣，动作极快，像个练家子。”

一个家丁朝矮树丛一指：“好像是那边……我也只看见个背影，身手挺麻利的。”

李度道：“只有一个人吗？你跟我来！”

那家丁有些畏惧，被黑子踹了一脚，才提枪跟着朝矮树丛跑去。树丛中，沙地上留下了凌乱脚印。

李度打着火把，仔细勘查完毕，抬起头来望向远方的山影，自语道：“来的可不止一个人……”然后带着黑子又将四个要点上的哨位巡视了一遍，轮值的家丁一脸蒙，居然事前没发现一点儿异常。据此，李度的判断是，刺客不止一人，但也不会很多，而且训练有素，绝非一般山贼。

枪一响，阿格布花就被惊醒了，忙爬起来摸着火柴，想点燃马灯。

大夫人徐馨茹一声低喝，制止道：“别动，老实待着！”

黑暗中，她依稀看见夫人半卧着，手里握着一把手枪，在聆听着外面的动静。她只好缩回手，也半卧在地铺上。

丫鬟翠姑倒显得很镇定：“没事儿，刚才的枪是咱们的人开的。”

“你怎么知道？”

“枪声发闷，有点像牛吼，一听就知道是咱太原兵工厂造的大眼儿盒子炮！”

这时，帐外传来李度轻而低的询问声：“夫人，你们没事吧？”

夫人坐了起来说：“点亮马灯……李参谋，你进来吧。”

帐外李度的话语十分镇定：“不了，我刚才已查看完毕，不过是一个过路的蟊贼。我已经命令家丁们加强了防卫，夫人不必介意，请安心歇息，我亲自守在帐外！"

阿格布花点亮了马灯。夫人满意地点点头道："有劳你了，李参谋。"

阿格布花明显有些不信："这蟊贼倒是蛮有眼光的，知道咱们是大户人家。"

翠姑起身，从水壶里倒了杯茶递给夫人。夫人摇摇头，沉思片刻，摆摆手道："灭灯，睡觉！"

翠姑吹灭了灯，摸索到夫人身边，重新躺下。阿格布花仍半卧着，眨着大眼睛，凝望着帐外，若有所思。

营地重新安静下来，篝火新加了柴火，燃烧得更旺，不断发出噼噼啪啪的响声。

借着火光，李度转动着眼睛巡视了一下各个哨位，除了游动哨在不停地来回巡查，其他家丁们也都端着枪，凝神守卫着。他舒了口气，抱着枪在帐外的一块石头上坐下来，不由得暗自思忖，又是晋造武器，特警处？保密局太原站？铁军暗杀团？当然，也不能排除是共产党的地下组织。晋造武器并不仅仅是晋绥军系统独有，除了战场丢弃，还有大量外销。目的呢？人数少，这样的方式，除了骚扰没有任何用处。莫非冲我来的？警告？威胁？抑或是……他禁不住冒出一身冷汗。

这时，黑子端枪跑了过来，对李度说："长官，我来守夜，您回去歇着吧。"

李度摇摇头苦笑道："今夜谁都可以睡，唯独我不能！"

"那我就陪着您一起守。"

李度挪了挪身子，让黑子坐在了身边。黑子从怀里掏出一个黝黑发亮的物件，悄声说："李参谋，想不想让我吹一曲？我爹说这物件能辟邪。"

"是个响器？这叫什么？"李度忍不住伸手摸了一把，觉得油光水滑。

"有一回护卫汪总司令和吴参谋长外出公干，宿营的时候我吹了一曲，吴参谋长见了，说这叫'埙'，可我们村里的人都管这叫'泥哇呜'。"

李度猛然想起，好像有一次张晶教官喝酒的时候提起过，他说埙是一种最古老的民间乐器，也是八音之中唯一以土为音的典范。《诗经》中就有"伯氏吹埙，仲氏吹篪"这样一句话，意思是说兄弟两人，一个吹埙一个吹篪，表达和睦亲善的手足之情。埙有一个吹孔，还有六个音孔，全用陶泥做就，造价低廉，是一种穷人的乐器，算下来应该有六千多年的历史。但这种乐器失传已久，李度从未见过，没想到黑子居然会有一只。

他点点头，饶有兴致地望着黑子道："吹一曲试试，还真没听过泥土发出的声音。”

黑子擦了擦"泥哇呜"，然后双手捧在唇边，"呜——"的一声发出，一种李度从未有过的感觉涌遍全身。那是一种无法用语言描绘的音色，古朴醇厚，辽远深沉，旋律哀婉凄然，如泣如诉，绵绵不绝，应和着飒飒风声，在山野的夜空中盈盈鸣响，仿佛天籁，其声浊而喧喧在，其声清而幽幽然。静谧中，一股远古先民的剽悍之气融汇着款款深情扑面而来，略作徜徉又随风而去，令人遐想无边又神魂震动。

一曲奏罢，李度沉浸其中，久久不能自拔，好一会儿才清醒过来。

"太感动了，你吹的是什么曲子？"

"我爹说叫'花儿调'，我只会吹这一个调调，听我爹说，是我们先祖带着部族，从西北河湟迁移到蒙古大漠，再越过长城一路传下来的。"

"你……不是汉族人？"

"我们一个村都是侉依人，外人管我们叫'口外来的侉侉'，据说我们的血脉好像跟古代漠北的匈奴有点渊源。"

李度大吃一惊："那你和铁寒寨的人是一个部族？"

黑子也不甚了了，支吾道："应该算是近支吧，但肯定不是一个部族，他们姓阿格，我们姓木骨，我的全名是木骨黑娃，警卫团的人嫌我名字太长，就都给省掉了。"

李度没有再说话，但心里却一阵波动：真是太巧了，自己无意中选了黑子，却不知冥冥中多了一份助力，身边有了黑子，就不用担心触碰铁寒寨的习俗和忌讳了。

一轮红日喷薄欲出，晨雾散去，寂静的山野一片清新。黑子斜靠在李度的肩膀沉睡着。李度喷出最后一口烟，伸指将烟蒂弹出，摇摇酣睡的黑子："兄弟醒醒，咱该上路了……"

黑子睁开眼，慌忙坐了起来，有些尴尬。李度站了起来，边舒展双臂边用目光扫视着营地周边。

大夫人徐馨茹和丫头翠姑走出帐篷，阿格布花草草洗漱完，也跟了出来。

大夫人微微一笑道："李参谋，这一夜，辛苦你了。"

李度略一躬身道："但愿没有过分惊扰了夫人……"

大夫人点点头："我们可以走了吗？还有多少路程？"

"出了山区，道路平坦，一马平川，队伍行进的速度就能加快，天黑之前应该能赶到铁寒寨。"李度恭敬地回答道。

众人跟着大夫人朝车队走去。

这边，汪二狗吊着受伤的左臂，正指挥家丁拆除帐篷。

阿格布花走到大夫人跟前，轻声道："大娘，那只狗就会咋呼，啥都不懂，要是早听了李度的话，也不会有昨夜的惊险。"

大夫人沉吟了一下，招手叫来了汪二狗，大声宣布道："从现在开始，一切安排都听李参谋的，你只管住家丁配合好他就行。"

汪二狗吊着膀子一脸苦相，诺诺连声，再不敢多言。

三

殷家堡的婚礼大宴刚刚结束。远处的吹打仍在鸣奏，显得余兴未尽，时断时续的旋律，柔美中隐含着一丝伤感与苍凉。

洞房花烛，汪成芳一身盛装，头上遮着红盖头，端坐在帷帐中。

门外传来一阵喧哗和一阵嬉笑："公子爷，您慢点，这边来……"

紧接着，门被推开，奶娘崔婶和几个丫鬟将殷立德扶进房来。

殷立德略带踉跄，推开丫鬟道："行了，我没喝多，你们都散去吧。"

崔婶扶他坐下，端起一杯茶，满脸溺爱地给他漱口，然后将一根喜杖塞进他的手里悄声道："别忘了，先用这喜杖把新娘的盖头揭下来，再上床……"

殷立德摆摆手道："我知道，去吧去吧，你去看看四娘休息了没有。"

崔婶笑道："糊涂了不是？什么四娘，现在得改口叫娘亲了！"

丫鬟们掩口而笑，崔婶急忙赶她们出去，顺手将门带上了。殷立德抓起茶杯一饮而尽，长呼一口气，然后走到床前，小心翼翼地用喜杖连连挑了几次，才将红盖头揭下来。

汪成芳一脸喜气地望着他笑了，娇嗔道："还说没喝多，瞧你笨手笨脚的！"说完，跳起来一把搂住殷立德，在他脸颊上狠狠地亲了两下。

可没想到，殷立德居然猛地伏倒在床沿上，号啕大哭起来！

汪成芳吓了一跳，轻轻推着他："你干什么？发什么神经！"

殷立德不管不顾，仍大放悲声。

汪成芳盯着他，脸色渐渐由惊异变成轻蔑，最后变成了愤怒，忍不住抬腿使劲踢了他一脚，说："你哭个屁，给我站起来！知道你心里惦记着别人，可也用不着这么鬼哭狼嚎的，一个大男人，不觉得寒碜？"

殷立德这才止住了哭声，抬起头来哽咽道："成芳……说实话，你觉得幸福吗？"

汪成芳恼怒道："新婚之夜，你这么哭哭啼啼的，我还幸福个鬼！"

殷立德站起来在床边坐下，抓起红盖头擦干了眼泪，可仍是一脸悲伤："我……也不是惦记谁，就是不放心阿格布花，她单纯、倔强、一根筋……你老爹偏偏又是个活土匪，还老奸巨猾，她怎么对付得了……"

汪成芳没好气道："咸吃萝卜淡操心！殷立德，我可警告你，从今天开始，我汪成芳就是你夫人，阿格布花是我姐们儿！你心里想着她、对她好，可以，可你要敢真做什么，小心我一把大火把你这殷家堡大宅烧成白灰，你给我记好了！"

殷立德白了她一眼，摇摇头道："我……才不像你想的那么庸俗。"

汪成芳摘下头饰，往桌上一扔，说："好，那就老老实实地给我脱衣服、上床！"

殷立德沉默良久，然后轻叹一声，仍呆坐着，迷离的目光却不由得望向了窗外。

月光皎洁，花丛掩映，洞房烛影从窗棂散射出来，与月色相溶。没人知道，此时此刻走廊转角处，四夫人林红玲伫立在夜色中，锁眉守望着窗棂烛影。忽地，烛光熄灭，窗棂内一片黑暗。林红玲这才松弛下来，转身离去。

殷家大宅同样是一座规模庞大的四进大院，四夫人被安排在二进院，与她一墙之隔的三进院就是殷家堡堡主夫妇的住处。

房间摆设得古朴而又奢靡。灯光下，殷堡主一身内衣小褂，面无表情地蜷缩在一张雕花躺椅上咕噜咕噜地抽着水烟。

堡主夫人一脸不安地说："这门亲事，我看有点悬……那汪家小姐，跟她娘亲一个样，凶得邪乎，往后，咱儿子有委屈受了。"

殷堡主咕噜着水烟没说话。

堡主夫人还在唠叨："老爷，不是我说你，你白天答应得也忒爽快了点，也没事先问问咱家儿子，心里到底喜不喜欢汪家小姐……我总觉着咱儿子有心事，并不情愿结这门亲。"

殷堡主撩起眼皮看了一眼夫人道："知道甚叫指腹为婚？情愿不情愿都得结！再说眼下共军逼近晋南，想守住这片祖宗的基业，咱离不开汪敬谷。"

堡主夫人不以为然："也未必，他汪总司令这回上赶着把闺女下嫁到咱殷家，还白送了你那么多杀人放火的家伙什，不就是想让咱殷家堡死心塌地地替他打仗吗？"

殷堡主放下水烟坐了起来，无奈地说："血总是要出的。还看不出来吗？这门亲事要是不结，不等共军来，汪敬谷没准儿就得出兵先灭了咱。这大太原，阎会长之下，汪家一头独大，什么事干不出来？咱总得先自保啊！"

堡主夫人心有不甘："那……也不能让儿子一辈子受欺负吧？"

殷堡主微微一笑道："我看还好，那汪家丫头虽然脾气凶点，可人不坏，不至于。再说了，毕竟和咱儿子从小在一块儿，知根知底的，咱儿子承受得住……说实话，汪敬谷没有硬逼着娶咱闺女做小，你就烧高香吧，咱可是人财两得。哼哼，这回倒霉的是北边铁寒寨的阿格老儿，二十年前献出了自己的妹子，现在又得献出自己的闺女……哈哈，够他喝一壶的！"

堡主夫人端上一杯茶，提醒他："咱也别幸灾乐祸，除了逼你出兵之外，四太太还不定会出什么幺蛾子呢，你打算怎么对付？"

殷堡主喝口茶，无声地一笑道："兵来将挡，水来土掩，老夫自有办法。不过眼下，咱都得小心伺候，别让她生气，好歹打发她返回太原，剩下的还不是咱说了算……"

一个男仆走进来，单膝跪下，禀报道："堡主老爷，汪家四太太求见。"

殷堡主一惊："她还没睡？快快，给我换上行头，客厅有请！"

殷家大宅客厅。

墙边，一只硕大的玻璃鱼缸里面，一群艳丽而又长相奇特的鱼在游弋。

林红玲将手中的香烟掐灭，不耐烦地朝一个丫鬟瞪了一眼道："人呢？怎么还不来？"

丫鬟恭敬道："太太莫急，已经禀报过了，堡主老爷正在更衣，转眼就赶过来。"

一个老男仆端着一小盆饵料走近鱼缸，准备喂食。林红玲被吸引住了，立刻站起来，踱过去，饶有兴味地看着。

一条饵料鱼被投进鱼缸，立即被包围、攻击、撕咬，刹那间尸骨无存……

林红玲吓了一跳，皱起了眉头："这是什么鱼？这么凶恶？"

老男仆单膝下跪道："回禀太太，这是水虎鱼。青龙观的天盈道长说我们老爷命中缺水，养鱼能永葆殷家堡兴旺发达。"

林红玲笑了："屁话！养鱼能永葆兴旺发达，那全世界的人还不都去养鱼了！"

老男仆站了起来，一脸正色道："请太太自重，不要亵渎！俺们清源这一片的人都信天盈道长的话，就连堡主老爷也不能例外……"

又一条饵料鱼被扔进鱼缸，群鱼分尸。

林红玲不禁有些愤愤，但也知不能多说，习俗的事情没有道理可讲。她不忍再看，于是转身回到竹椅旁。

殷堡主一身官服，偕夫人匆匆走了进来，夫妻俩双手作揖行礼。殷堡主讪讪道："夜深了，四太太还不歇着，万一亏欠了贵体，老朽可吃罪不起哟……"

林红玲一撇嘴，指了指鱼缸："这么恶的鱼你都养，足见你不是好人！"

堡主夫人忙张罗道："太太您先请坐，还不快上茶？真没眼色！"

丫鬟急忙跑到一旁去端茶。

林红玲坐下，殷堡主苦笑道："四太太真是贵人多健忘，这水虎鱼正是汪总司令三年前派人专门从吉县克难坡给老朽送来的，老朽是既不能扔，也不敢转送他人，只好就这么供养着。"

林红玲白了他一眼："胡说八道，我们汪公馆从来就没养过这种东西！"

堡主夫人笑道："四太太说得对，这是汪总司令特意给我们殷家提个醒，是他老糊涂了，没弄明总座老爷的好意……"转脸瞪了老男仆一眼，"还不快把那鱼缸遮上，省得让四太太看着闹心！"

林红玲呷了口茶，突然拔出一柄手枪，重重地拍在了茶几上。

众人一惊，堡主夫人慌忙道："太太……您这是……"

林红玲冷冷道："殷堡主，咱也别玩什么弯弯绕了——本太太这次来你们殷家堡有两件事要办：第一是我闺女的婚事，这事办得还算马虎；第二件，就是往前线增兵的事，你说吧，办还是不办？什么时候办？给句痛快话！"

殷堡主故作惊讶道："已经办了呀，一个月前我的副团长就亲自带队奔赴前线啦……"

林红玲撇撇嘴，冷哼道："哼，不到一个连的老弱病残，那也叫打仗？我们家老爷心里门儿清，岂是你能糊弄的！"

殷堡主有些为难："您瞧，这大半夜的也不好调兵……要不，咱等明儿个再商议？"

林红玲拿起了手枪把玩着，森然道："别价，月黑风高，正是杀人放火的好时机，你堡主老爷固然能等，可你没问问，前线的共军能等吗？别废话，麻溜地办，我看着！"话没说完，手中的枪已经响了——鱼缸被击碎，一条条水虎鱼在地上龇牙咧嘴、挣扎蹦跳。

堡主夫妇面面相觑。

枪声一响，新房里的殷立德吓了一跳，忙松开汪成芳，要往床下蹦。汪成芳一把搂住了他，在他腰上狠掐了一把道："老实待着，没你的事，别一惊一乍的！"

殷立德慌急道："是我爹娘屋里传来的枪声，你娘要干什么？"

汪成芳轻叹一声，道："你这家伙总是这么沉不住气……你以为我娘亲大老远上赶着跑来就是为了咱俩成亲？他和大娘都肩负另外的任务，咱管不了，也不能管。"

"什么任务？大娘去了铁寒寨，莫非也要演一出《铡美案》？"

"或许演一出《凤求凰》也说不定。但甭管演什么，都与咱们无关。他们老一辈相处了一辈子，也斗法了一辈子，各有各的高招，也各有各的对策，最终肯定是有惊无险，各得其所，相安无事。"

殷立德无法理解，愤愤道："两家既然结亲了，就是一家人，你娘冲着我爹娘开枪还不让我管，你觉得像话吗？"

汪成芳火了，又狠狠地拧了殷立德一把道："笨蛋，他们有他们的游戏规则，你担心个屁。这会儿咱们去了，只会让事情变得复杂，变得更糟……好好待着，专心做事，再敢走神儿，本姑娘掐死你！"

殷立德拗不过，只好振作精神又重新爬了上去，可心思却飘出了屋子，神驰千里。他想到了铁寒寨，想到了阿格布花，去了铁寒寨的大夫人，肯定比四夫人还凶狠，李度能应付得了吗？

正如李度所料，出了山区，一马平川，队伍一路疾驰，黄昏时分抵达铁寒寨。

余晖之下，远山环抱，碉楼巍峨，经幡、彩旗迎风猎猎，一番异族风情。车队、马队放慢了速度，停了下来。

寨口上，大夫人徐馨茹满面春风，率领同行人员在前，车队在后，徐徐缓进。铁寒寨寨主阿格尼玛头人率众夹道欢迎，行礼过后，将一条蓝色哈达戴在徐馨茹的脖颈上。大夫人徐馨茹也从翠姑手中接过一条哈达，双手捧了，献给阿格尼玛头人。阿格布花疾跑上前与她的阿娘拥抱，并伏在阿娘的肩上抽泣起来。随后众人被迎进了寨子。沿途，老少寨民皆伏地跪迎。两边的碉楼、箭垛上，肃立着武装的寨兵。马队、车队跟在后面，缓缓进入寨子里。

老寨主阿格尼玛头人亲自接引，将众人引进主碉楼——寨子中央的一座大型碉楼，楼顶平台上已然摆好了接风大宴。整个寨子依山而建，主峰山坳里，矗立着一座威风凛凛的金雕雕塑，雕塑一旁供奉着高耸的祭祀方塔，所有的碉楼都红烛摇曳，香烟缭绕。

平台由猩红地毯铺就，鲜花环绕，接风酒宴显得气派而奢华。

阿格尼玛头人威严地端坐正面，两边沿着楼顶女儿墙，各摆放了一溜儿酒案。一边是部落长老、贵族，一边则是远来的客人——大夫人徐馨茹首座，依次是翠姑、汪二狗、李度、刘鑫和黑子。

十二支火铳轰然鸣响。

阿格尼玛捋了捋银髯，举起酒碗朗声道："欢迎远方的客人，大夫人、诸位，请！"

徐馨茹双手端碗，笑语盈盈："阿格尼玛头人，谢了！"

众人应声举杯。乐声响起，一队侉侬人舞娘翩翩而至，一曲"花儿"调，舞得如痴如醉。

李度略呷了一小口便将酒碗放下，暗暗扫视着四周，神情有些令人捉摸不透。在平台一隅，一张小桌上端坐的三人，居然就是特警处副处长徐端和那两个干员，跟徐端正窃窃低语的是一个身穿侉侬人服饰、戴着一只眼罩的独眼中年男子。临进寨子的时候，阿格布花曾小声提醒他，让他提防她的叔叔，铁寒寨副寨主兼总管阿格次仁。还告诉他，她这个叔叔是个独眼龙，抗战时曾在重庆混过几年，为人奸狯，背景复杂。李度暗暗吃惊，徐端居然提前来了，并且明显与阿格次仁有勾连，其中的图谋不言而喻。

他不由得悄悄扭转脸，让刘鑫暗中关注那三个人。一旁的汪二狗则不管不顾，贪婪地大吃大喝起来。

这时，总管阿格次仁走了过来，接过女佣手中的酒桶和酒勺，亲自给客人斟酒。走到徐馨茹跟前，他满脸堆上笑容道："好久不见，大夫人可安好？"

徐馨茹白了他一眼，娇嗔道："哼，也没什么好，多少年了？你也不来太原看看我们。"

阿格次仁欠了欠身子说:"自从阿姐去世,咱们两家就断了来往……幸好,此次大夫人能屈尊下榻铁寒部落,足见汪总司令想让两家重新修好的诚意,次仁愿为总司令老爷和夫人效劳。"

李度低着头,像是在品味酒香,两只耳朵却竖了起来——

徐馨茹瞟了眼四周,压低嗓音:"一定要说服阿格人,答应这门亲事!"

阿格次仁满面带笑,点点头,小声道:"徐副处长已经带了阎会长的指令,虽有困难,但也有七成把握……夫人请满饮此杯。"

徐馨茹只是轻轻沾了沾,放下酒碗笑道:"不行,你们这酒太烈,我可无福消受,让我的人代饮吧……"身旁的翠姑接过酒碗一饮而尽。

徐馨茹叮嘱道:"既然阎会长已经有了安排,那这件事你就多用点心,日后自有你的好处!"

阿格次仁道:"明白,夫人放心!"

李度闻言,心里咯噔一下:"果然有猫腻,而且居然连阎会长也插手了。"

阿格次仁走到汪二狗案前说:"汪队长辛苦,还请多吃多喝,一醉方休。"

汪二狗放下正啃着的羊腿,抹一把油嘴道:"空口白话?不行,大总管你得陪我喝一碗!"两人端碗对饮。

阿格次仁来到李度跟前,摇摇头道:"按我们侉侬人的习俗,头三碗酒是必须喝光的。"

李度推辞道:"对不住,在下实在不胜酒力……"

阿格次仁打断道:"李参谋在军校的时候不光夺过多项考核的冠军,也得过海量赌酒的状元,又何必谦虚?"

李度并不觉得意外:"你认识我?"

阿格次仁一只眼睛戴着眼罩,另一只眼睛灼灼闪亮:"这不重要。眼下,你最要紧的是把酒喝了!"

李度连干三碗,望着他:"现在可以告诉我了,你怎么会认识我?"

阿格次仁阴阴地笑了,朝平台一隅努努嘴:"徐副处长很看好你,夸你年轻有为,让我跟你多亲近……"说完便转身离去。

果然,他们有勾结。李度思忖着抬起头来,发现阿格布花正躲在一面彩旗后面朝自己招手。他悄悄地向黑子叮嘱了几句,起身离开酒案,溜着墙边朝阿格布花走去。

这时，大夫人徐馨茹偷眼看着，却不动声色，直到李度的背影隐没在彩旗后面，才转脸跟翠姑耳语几句。翠姑点点头，迅疾起身离席而去。

当然，这一切，也同样被另一个人无声地全看在眼里。那就是端坐在主位上的阿格尼玛头人，他嘴角露出一丝不易觉察的冷笑，捋一捋银髯，举起酒碗道："诸位宾客，干！"

悠扬的舞乐声中，众人再度陷入狂欢。

李度来到彩旗后面，发现阿格布花已然不见了，扫一眼四周，便本能地顺路寻进了楼门，光线顿时变得昏暗，他沿着石阶逐级而下，走进一条回形走廊。昏暗中，一扇房门猛地打开，一只粗壮的手迅疾伸出，将他抓进屋内。

屋里光线明亮，阿格布花和一位服饰华美的中年贵妇并排坐在一起。李度扭脸看了一眼抓他的人，是个魁梧的佧依人青年，却不认识。

阿格布花站起来，点点头道："你来了……我给你介绍一下，这位是我阿娘，叫珠玛，你就以汉人的习惯，称一声伯母吧。拉你进来的是我的家奴，也是我的护卫，叫赞普。"

李度双手抚胸，鞠躬道："珠玛伯母好。"

阿格布花转向母亲，介绍道："他就是李度，是阿哥的同窗，也是我们的好朋友。"

阿格珠玛面容慈祥，单手抚胸，微微点首。介绍过后，阿格布花望着李度沉声道："没想到阎锡山插手了，他派徐端赶在了咱们前面，除了一纸手令，还有丰厚的聘礼，逼迫我阿爹、阿娘登报，声明同意这门亲事，我家顶不住这种压力。所以，我今夜就得逃离铁寒寨！"

李度并不感到惊讶，前后联系起来略加分析，一个阴谋的逻辑便赫然而出：赵宗复的介入迫使阎锡山亲自出面压制了汪敬谷，并以收义女的说辞暂时避开了舆论，但蛇鼠一窝，为笼络属下，体现三哥对兄弟的情义，背地里仍要成全汪敬谷，故而派遣特警处的徐端带着手令和重礼提前抵达铁寒寨，软硬兼施，逼迫阿格尼玛妥协。只要阿格尼玛夫妇的声明见报，就变成了铁寒寨自愿嫁女，也就不存在强行纳妾的问题，舆论也就干预不着了。这招釜底抽薪玩得漂亮，完全打破了李度原先的设想。关键问题是，就眼下自己的身份，根本无法强行抗拒。只有汪三少爷，只有他可以胡搅蛮缠，暂时抵挡一下徐端和大夫人。

"汪成旭呢？他没回来吗？我可是让他提前赶回来的呀。"

阿格珠玛面带戚容，摇摇头道："已经接到电话，旭儿被23团扣在了代州。"

李度不禁暗自轻叹一声，看了看阿格布花，问："你怎么想？"

"我没得选，今夜就得离开。"

"你一个人吗？"

阿格布花一指赞普："他陪我走。"

"想好去哪儿了吗？"

阿格布花脸色一暗，没有吱声。李度点点头，习惯性地摸出一支烟卷，又谦恭地望向珠玛："伯母，可以吗？"

阿格珠玛微微一笑道："孩子，把这儿当成你的家吧。"

李度欠身行礼，点燃了烟卷，猛吸一口，说道："一出山寨，唯有东面是丘陵山地，越过雁门关继续东行就是共产党的晋察冀解放区，其他三个方向都是草原大漠，视野辽阔，几乎没有遮挡，也没有可藏身的地方……我估计，徐端的特警队一定会派人预伏在雁门关前，截断东行之路，同时大夫人也一定会派汪二狗带人追捕，若无人接应，你插翅难逃。"

阿格布花有些焦躁起来，一跺脚道："所以需要你拖住大娘，或者破防特警队……"

李度摇头苦笑道："这两点，我都做不到，别忘了，我只是个大头兵。"

阿格布花突然冷笑了，逼视着李度："不是做不到，而是你不想做！"

李度顿时一惊，睁大眼睛望着她："布花妹子，何出此言？"

"哼，打小你就有野心，也有股子狠劲，一心想着建功立业……这一路走来，瞧你在大娘面前的做派，简直就是奴颜婢膝，一副哈巴狗的模样。好啊，现在机会来了，你不妨把我一绳子捆了，贡献出去，好让汪总司令给你升官发财！"

"你一直是这样看我的吗？"

"怎么看你不重要，重要的是你怎么做。"

李度一时无语，竟被噎住了。

这时，阿格珠玛用目光制止了女儿，然后转向李度道："孩子，可以说说你的难处吗？"

不等李度说话，赞普瓮声瓮气地插嘴道："主人，不用求他了，这一带的地形我熟，我保证能把布花公主送出去！"

阿格布花显得急不可耐，大声道："阿娘，立马打电话，现在就跟前线联系，叫我阿哥回来，带兵接应我！"

李度原本已不想再说话，可听到阿格布花这样建议，忍不住插嘴说道："这是个最下策的下策，临汾与代州，一南一北，千里之遥，且不说布尔能不能赶回来，就算赶回来又能怎样？除非搞兵变！那样做的结果就是寨破人亡、玉石俱焚。这样惨重的代价，阿格尼玛头人会同意吗？你们全寨的族人会同意吗？即便是你，又于心何忍……"

"住嘴！"阿格布花两眼冒火，满面怒容，"小度子，你不愿帮忙，我不怪你，可你一再阻挠，说风凉话有用吗？你走，这儿不需要你！出去！"

简直不可理喻！李度差点气破胸膛，可此情此景，他知道多说无益，只得强压火气，踩灭了烟头，抬头望向阿格珠玛，轻声道："伯母，我确实还没有想好，我需要点时间，一定会想出更好的办法。但不管怎样，无论如何都不要在今夜轻举妄动，您一定要管好布花妹子！"说完，他转身大步离去。

走上旋梯的同时，大脑飞速运转，他使劲想，拼命想，情势所迫，必须要在短时间里想出解决的办法，否则后果难以预料……可怎样才能掌握主动权？突破口又在哪里？他觉得脑仁一阵生疼。

重返平台。乐声消失，舞娘退去，酒宴已近尾声。贵族们正跟踉踉跄跄地轮番向大夫人徐馨茹敬酒，翠姑一碗接一碗地替酒，竟没有一丝醉意。而一旁的汪二狗丑态百出，已经醉瘫在酒案上。

李度走到自己的案边，盘腿坐下，无意间与大夫人徐馨茹的目光碰在了一起。他赶紧做出一副醉态转向黑子，端起了酒碗。趁机，他低声问道："你去过五台阎村吗？"

"去过，那是总座的老家，去年给总座的老娘汪老太太做寿，伺候过十天。"

"汪老太太见到你，一定还能认得，对吗？"

"自然，汪老太太喜欢我，差点就要认我做干儿子了……"

刚喝干了酒，阿格次仁端碗走了过来。"哈哈，李参谋海量……咱们虽是初次见面，可一见如故，这叫缘分。来，干了！"

李度只得撇开黑子，举起酒碗一饮而尽。可阿格次仁好像意犹未尽，又斟满了酒道："你们汉人喜欢好事成双，咱们再喝一个……既然有缘，李参谋今晚可否到寒舍一叙？"

李度喝干了酒笑道："总管忘了，鄙人只是个小兵，压根儿没有资格对任何人做承诺。"

阿格次仁诡谲地一笑道："是吗？但愿李参谋说的和做的一个样……哈哈！"

翠姑突然来到跟前，低声道："李参谋，夫人唤你。"

李度朝阿格次仁拱了拱手道："瞧，这就叫'我命由天不由我'。"

阿格次仁笑笑表示理解，端着酒碗，转身走向别处。李度瞅紧空子端碗凑近了刘鑫，低声急促道："快给陶蓝发报，情况有变，阎会长插手，特警处也派人来了，要救阿格布花出去必须有人接应，让她请示赵处长，看能否帮忙。"不及刘鑫回应，便忙起身跟着翠姑来到徐馨茹身旁。

徐馨茹放下酒碗，朝阿格尼玛高声道："头人老爷，我代总座感谢您的盛情款待，如果再能把正事办了，那才称得上圆满。眼下，会长带来的信您看了，礼也收了，那就索性驴打滚儿地紧赶着把大事也一并办了，好给总座一个交代呀！"

阿格尼玛点点头："大夫人所言极是，咱们两家不是一代人的交情，一切都好商量。不过，我们侉依人有自己的规矩，女儿成人，需选良辰吉日，恭请上师前来祈福，完成冠礼，才可出门远行。我已经派人前往左云口泉镇大天音寺，迎请阿图鲁上师，还望夫人少安毋躁。"

见大夫人忙着跟阿格头人对话，李度只好暂退一旁。这才发现黑子竟然一直跟在自己身边，显然猜到他还有话要吩咐。他不禁对黑子的机灵感到欣慰，忙转脸小声对黑子说道："有人要害阿格布花小姐，我想救她，你愿意助我一臂之力吗？"

黑子连连点头说，有什么事，您尽管吩咐。李度说，找个借口离开这儿，立刻骑马奔五台阎村去见汪老太太，就说他孙子回老家看奶奶，却被23团扣了，游说汪老太太去把汪成旭救出来，再让他尽快赶到这儿来。黑子想了想说，距离有点远，若两匹马轮换着骑，天亮前就能赶到。李度说，那好办，你把我的马牵了去。黑子会意，立刻转身走开了。

这边，徐馨茹听出阿格尼玛似乎有拖延的意味，脸色一变，刚想再说，走近身旁的阿格次仁暗中用眼色止住，上前躬身接过了话头："阿哥既已答应了这门婚事，也就等于成全了一段亲上加亲、喜上加喜的佳话，确实不可草率行事。据我所知，上师早于三天前就已经动身，最晚明日正午驾临咱们铁寒寨，明日恰好是阴历五月初九，是我们侉依人的祭祀节，正是再好不过的吉日。阿哥何不顺应上苍启示，择吉成事！"

徐馨茹大喜，忙站起来道："次仁总管的话很是有理，行冠之礼就定在明日！"

阿格尼玛沉吟不语，一只手下意识地摸着酒碗，徐馨茹急忙向李度一偏头道："李参谋，你身为13集团军司令部的代表，还不快去向头人老爷敬酒！"

李度忙对翠姑做了个跟上的手势，立刻跑上前去，立正挺胸，朝阿格尼玛行了个标准的军礼："晋绥军第13集团军司令部警卫团少尉参谋李度，祝贺两家亲上加亲、喜上加喜，特向头人老爷敬酒！"

紧跟在一旁的翠姑，不失时机地抢勺将阿格尼玛的酒碗斟满，然后再给李度斟满，高高地举了起来。

阿格尼玛脸上挂着笑容，可酒碗却迟迟不肯端起来，似乎仍在犹豫。

这时，大夫人徐馨茹突然厉声喝道："李参谋，阿格头人老爷是嫌你礼数不周，还不快行大礼？"

李度略微一怔，立刻会意，当即单膝跪地，将酒碗高高举过头顶。翠姑也跟着跪了下来。

阿格尼玛无奈，只好起身，伸手拉起李度，两碗一碰，一饮而尽。

阿格次仁大声欢呼道："好，头人老爷一碗喜酒定乾坤！恭喜阿哥，恭喜汪总司令，恭喜大夫人！"

众位贵族不明所以，围过来欢呼雀跃，居然拉起头人和客人们的手摇摇晃晃地跳起花儿舞来。乐声骤然响起，节奏欢快而又热烈。阿格尼玛复杂的目光与大夫人徐馨茹狡黠的眼神一撞。

喧闹中，翠姑突然低声问李度："你刚才去见过布花小姐？"

李度略迟疑了一下道："我没找着她，白跑了趟腿儿，耽误了喝酒。"

跟随众人翩翩起舞的徐馨茹，稍稍一偏脸，轻轻地、恶狠狠地说了一句："只要没耽误不该耽误的，就等于什么也没耽误……李参谋，你最好警醒点！"

李度未动声色，却听到了自己怦怦的心跳声。

四

这是一座带花园的、周遭用清一色的类似水银玻璃装饰起来的豪华别墅，歇山式的屋顶层层叠叠，具有鲜明的日居风格。远远看去，就像万绿丛中环抱着一堆银光闪烁的积木，显得既洋气又有一种玩偶之家的氛围。

栅栏花园门口，停着一辆卡车，一群当兵的正忙着往别墅里搬运家具。

门外的花坛边上，汪成义搂着一脸惊喜的梅冬潮，正得意扬扬地炫耀着："知道这小楼的外墙为什么会银光闪闪吗？那是特意用仿青海盐湖里的冰晶砌起来的，所以才叫'水晶宫'。最早是小鬼子在的时候，一个日本大明星山口智子的住宅，那婊子可不得了，据说漂亮得是个男人看一眼就得死！"

梅冬潮妩媚地依偎着他，满脸欣喜道："名字漂亮，花园漂亮，别墅也漂亮，一切都很完美……我敢说，全太原，不，在整个山西省都是独一无二的，能搞到这样的好房子，二哥，你太厉害了！"

汪成义低头使劲亲了她一口，颇有些淫亵地笑道："哪儿的话，分明是你这小骚货太厉害了嘛，你这么漂亮，我汪成义怎么舍得还让你住在那个鸟不拉屎的敦化坊蛤蟆尿呢……这别墅，先是被特警处按逆产接收了，后来又高价转让给了一个大盐商当外宅，费了九牛二虎之力才被本少爷搞到手。行了，往后只要你乖乖地听话，你就是这宫殿里的公主了！"

梅冬潮回亲了他一下，撒娇道："不嘛，我不要当公主，公主太孤单。我想当掌柜的，把全家都搬进来，我管着他们，你同意不同意？"

汪成义故作惊讶道："那我呢？你不会不给本少爷安排个位置吧？"

梅冬潮娇笑道："当然不会啦，只要二哥同意，二哥就做……大掌柜！"

汪成义忍不住使劲拧了她屁股一把，怪笑道："小骚货，我就知道你丢不下你们家那群穷鬼……"说着一招手，一辆黑色雪佛兰轿车停到门口，汪成义伸手一指："你看，那是谁？"

车门打开，竟然一下涌出老老小小一群人——有梅冬潮猥琐而又衰弱的父母，还有她的三个弟弟、五个妹妹。梅冬潮狂喜地跑过去，一边抱起一个最小的妹妹，一边似乎在点着数："……小扣子、小钉子、小豆子、大碗儿、二碗儿、小碗儿、爹、娘，哈，你们都来了，太好了！"

两个大些的男孩搀扶着梅冬潮的父母，颤颤巍巍地走了过来。

梅父一脸谄媚，朝汪成义深深鞠了一躬道："多谢汪二少爷照应，我们全家感激不尽！"

汪成义傲然地摆了摆手道："罢了，还是你闺女脸大，把本少爷拿捏住了。不过，本少爷的丑话还是要说在前头，你们住这儿可以，但得守规矩。第一，平常没事多在屋里待着，别到处疯跑给我招惹是非；第二，每个人上上下下都好好拾掇拾掇，别破衣烂衫、讨吃烂鬼的给我丢人；第三，你们二老的那口大烟，就戒了吧……我是上校军官，晋绥军里的纪律是不准抽大烟的，万一让特警处或宪兵队逮着了，我也保不了你们！"

梅父忙连连点头鞠躬道："二少爷放心，咱全家都听少爷的吩咐便是……"

梅冬潮赶紧打断道："行啦，您老就少说点吧……来，来，弟妹们，都进楼里去，大姐给你们分配房间！"

一家老小顿时欢呼雀跃起来，跟着梅冬潮穿过花园，往别墅里跑，竟把汪成义一个人晾在了门口。

汪成义不禁有些扫兴："嘿，过河拆桥，还真是'婊子无情，戏子无义'，我呸！"

一个参谋跑过来，从公文夹里取出一纸电文，报告："团座，师座急电！"

汪成义接过电文扫了一眼，然后看了看别墅说："娘的，回来再好好收拾你！咱们走！"

一行人钻进轿车，疾驰而去。

别墅里，梅父、梅母领着一群儿女从楼上下来，刚洗浴完毕，又换上了新衣服，个个容光焕发。梅冬潮同管家、两个女佣站在客厅等候着他们。

梅父、梅母坐在一张双人沙发上，感到异常惬意，几个孩子们则跳坐到沙发上嬉闹起来。梅父拍拍沙发扶手，惊呼道："闺女，这地界简直就是皇宫啊，咱家一步登天，过的就是皇上的日子呀！"

梅冬潮点点头，神情半喜半忧道："小扣子、小豆子你们别打，别闹，大家都坐好了，听我说——这位是管家何婶，你们往后都要管她叫何管家。"

何婶微微颔首，眼神中隐含了一丝轻蔑。

"这二位是李婶和刘婶，负责打理家中杂务。往后咱们住在这儿，都要遵守这儿的规矩，听她们的话，有什么需要的就找何管家。何婶，这是我的家人，弟弟妹妹多了点，想记住他们的名字可能要费点劲了……"

何婶撇嘴一笑道："我会很快记清楚的。小姐，您的父母我该如何称呼？"

梅父拍拍沙发扶手，大咧咧道："这还用问，汪二少爷是我女婿，你们当然得管我们俩叫'老爷''太太'啦！"

何婶没理他，双目只是怪怪地盯着冬潮。梅冬潮脸一寒，白了梅父一眼："这儿没老爷……你们往后就管我爹叫'老夫子'，管我娘叫'老妇人'吧。不过，何婶，本小姐也把丑话说在前头，虽然我们家是穷人，没过过这么好的日子，可上下尊卑还是明白的。往后我的家人，不论谁，若是犯了规矩，你尽可以找我说话，却不可以对他们无理。否则，本小姐也会找个能说理的地方，跟你们理论的。懂了吗？"

何婶点头说："自然，你们是主子，我们是奴才，这道理我懂。"

梅冬潮黛眉一扬道："懂就好。行了，你们忙去吧，我还要再多说几句。"

何婶微微一躬身道："请小姐自便，有什么吩咐就摇一下传唤铃。"说完带着两个女佣转向后厨。

梅冬潮轻叹一声，走到沙发跟前，抱起小碗儿坐下说："你们记住，平时没事少下楼来，要是汪二少爷回来了，你们最好老实地待在各自的房间里，尤其不能来客厅，别给我惹事。大碗儿，这里头你最大，我不在的时候，你要管好弟弟妹妹们！咱这是寄人篱下，得处处赔小心，事事要谨慎。"

大碗儿点了点头。梅父则表示不满："这不对呀，没听何管家刚才说吗？咱们是主子，他们是奴才。要不是挨千刀的小鬼子毁了我的酱醋坊，咱就是地地道道的主子。闺女，我可是你亲爹！"

梅母也附和道："就是，没见过，一个下人也敢这么横……"

梅冬潮苦笑道："下人？你们不知道，那个何婶是汪二少爷小时候的乳母，就是奶妈，平时连汪二少爷也得让她三分。除了汪公馆里的人，在她眼里，我算什么？你们又算什么？都省省吧，管好自己。还有，爹、娘，你俩无论如何得戒烟，汪家可是豪门高官，说一不二的。"

梅母连连摇头说："这怎么行……这不等于要了我的老命吗！"

梅父又拍着沙发扶手接口道："就是呀，这口烟好多年了，一下子怎么能戒得了嘛，我可是你亲爹！"

梅冬潮顿时冷了脸，没好气道："想过好日子，不能戒也得戒！"

梅父还要狡辩，被大碗儿忍不住打断了："爹、娘，就听句劝吧，你们想逼死大姐？"

梅父恼怒道："你这死丫头，口无遮拦，说什么呢？都是我弄出来的，我能逼死她吗？我可是她亲爹……"话没说完，烟瘾上来了，随着声声呵欠，鼻涕眼泪都流了出来，赶紧一拉梅母："得了，走吧，咱……咱还是赶紧……回屋躺着吧……"

两人狼狈地走上楼去。梅冬潮的泪水涌上眼眶，但又竭力控制着不让它流下来。"从今天开始，你们……不会饿肚皮了，大姐……会尽力照顾好你们……"

大碗儿忍不住踢了沙发一脚，愤愤道："照我说，住蛤蟆尿就挺好，干吗非要搬到这儿来？让姐受这么大的委屈！"

二碗儿喃喃道："蛤蟆尿臭，这儿香……"

大碗儿立刻噎了一句："香个屁，香得都臭了鼻子了！"

大弟弟小扣子怯生生地问道："大姐，那往后……阿格布尔大哥回来了，怎么办？"

梅冬潮再也控制不住自己，泪如雨下，哽咽得几乎说不出话来。"你们记住，打今儿起，就再也……没有，没有阿格布尔……大哥了……"

小碗儿也哭了，伸出小手给她擦泪："大姐，不哭，小碗儿听话……"

临汾以南的襄汾隘口，枪声炮声密集，战事十分激烈。亲训师前线指挥所里一片混乱，众多参谋人员正忙着收拾东西，搬运物资。

汪成义挥着手，连连催促："快，快，快撤……没用的东西都他妈的给我扔了！"

一个勤务兵正在给汪成孝披大氅、戴军帽。阿格布尔在旁边一脸无奈地说："大哥，把他们扔下，咱就这么撤了？"

汪成孝点点头："撤吧，运城保不住了，老二大老远地赶过来接应咱们，戏份已经做足，再不撤可就真要交代在这儿了。撤，这也是司令部早就计划好的！"

阿格布尔失望极了，铁青着脸走到观察孔跟前，端起望远镜朝炮火连天、激战正酣的前沿阵地瞭望。

汪成孝看了一眼阿格布尔的背影，微微摇了摇头，然后朝一个参谋低喝一句："命令炮兵团，把所有的炮弹都打光了再撤退！"参谋应了一声，转身疾跑而出。

转眼间，指挥所几乎已经一撤而空了，只有阿格布尔还伏在观察孔上不动，汪成孝欲走，又转过身来等待着他。这时，汪成义跑了进来，惶急地吼道："哥，还磨蹭个屁！快走呀！"

汪成孝用手势制止了他的喊叫。阿格布尔终于回过身来，决然道："大哥、二哥，你们撤吧，我留下来！"

汪成义瞪起了眼睛，厉声道："你要干什么？"

阿格布尔晃晃高大的身躯，粗声道："骑兵团里都是我的族人，就这么撤了，只留下他们在这儿跟共军拼命，于心何忍？我留下来指挥他们！"

汪成义火了，扑上前拔出枪顶在了他的胸口上："你放什么屁！这是司令部的命令，你敢违抗军令，老子一枪毙了你！"

阿格布尔不为所动，只是梗着脖子，冷冷地俯视着汪成义。

汪成孝忙上前，伸手拨开了汪成义的手枪，说："老二，别这样，都是自家兄弟！你先走，我俩随后就来……"

汪成义这才收了枪，掉头往外走，边走边骂："妈的，真是个蛮夷粗坯，纯属一根筋，脑子让驴踢了！"

汪成孝看着阿格布尔，突然偏过脸，面带神秘地说道："其实，你不用担心。告诉你一个秘密，共军真正要打击的目标是我的亲训师，而对侉依人民团一向都是手下留情的，骑兵团那清一色的侉依人服饰就是护身符。这也是我老爹留下他们打游击的原因。"

阿格布尔顿感惊讶和疑惑："共军为什么要这样做？"

汪成孝轻叹一声："统战！这是共军惯用的伎俩，十分有效。所以，你穿着这身晋绥军军官服留下来，非但帮不了忙，反而会给侉依人民团带来灭顶之灾！走吧，我敢担保，他们不会有事……"

汪成孝连拉带推地将阿格布尔带出指挥所，一颗炮弹落下，剧烈的爆炸声中，指挥所灰飞烟灭。

果然，亲训师撤退之后不久，前沿阵地上的枪声很快稀落下来，侉依人民团似乎很默契，也很识趣，很快歇了刀兵收拢人马，惶惶然朝临汾迅速遁去。

喧闹的酒宴终于结束。随着散去的人流，李度疾步回到自己的住处。

刘鑫正端坐桌前，戴着耳机，等待收报。李度内心感到一阵焦灼，局面复杂，陶蓝那边不回话，说明一时也无法拿出更好的方案。大夫人显然已经生疑，可供自己腾挪的空间将会变得更加狭窄。唯一的希望是黑子，可就算他顺利，也是天亮以后的事了。李度需要的人最快也得明天晚上，甚至后天才能赶到……此刻，他竟突然异常思念起汪三少爷来，如果此时他在这里，就可以充分发挥他的作用，至少能正面抵挡一下徐端和大夫人，为自己赢得时间和机会。今夜暗流涌动，一定不会平静，还需要做些什么？该怎样应对？李度思忖着，不停地踱着步。

刘鑫倒很镇定，安慰李度不必过于焦虑，赵处长手眼通天，长袖善舞，一定会有更好的安排。至于当下，当然只能等待。

李度踱步到窗前，将窗帘拨开条缝隙，向外观察——

夜幕下，寨子里四处点燃的火把将四周照得如同白昼。只见楼外的院子里，汪二狗晃动着手电筒，低声催促着家丁们跨上马背……电筒光柱扫过，能清楚地看到，每匹马的四蹄都裹上了棉布套，马蹄攒动却没有马蹄的声音。很快，家丁们集合完毕，汪二狗率领一队家丁无声地出了大院……

李度的眉头顿时紧锁起来，一种强烈的不安涌上心头。他忍不住对刘鑫再三叮咛，家丁异动，最大的可能就是阿格布花不听劝阻，盲目行动了。接下来，很可能我的自由也会受到限制，无法分身。需要你来暂时肩负主导任务，必要的时候，可以直接找阿格珠玛，她是阿格布花的母亲，也是铁寒寨寨主夫人，应该能助我们一臂之力。刘鑫允诺，说他会审时度势，随机应变。

突然，传来几下敲门声。

李度放下窗帘转过身来，走向房门："进来！"

翠姑推门走了进来："李参谋，大夫人有请。"

"哦，这么晚了，夫人还没歇着？"

翠姑没有回答，眼睛却盯着桌上的电台，走近看了一眼，点点头："AK——358，是地道的美国货！比当年小鬼子的'昭和十八'型电台可靠性强很多……就是功率有点不够用。"

"你懂电台？而且很内行呀！"

"哼，我参军的时候，你们还玩尿泥呢。"

李度顿时睁大了眼睛道："你还当过兵？"

翠姑的表情闪过一丝狡黠："岂止当过，还带过兵呢。只不过，我当的可不是这万恶的晋绥军……行了，李参谋，你不必对我太过好奇，你先出去，在门口等我，我跟这位刘鑫先生有几句话要说。"

李度有点发蒙，无奈地与刘鑫对视一眼，抬腿走出了房门。

尽管他一出来便赶紧将耳朵贴紧了房门，却什么也没听见，完全不知道屋里的人说了什么、做了什么。他内心无比震惊且疑窦丛生：翠姑，这个大夫人的贴身丫鬟，她居然懂电台，还当过兵，她到底是什么人？

翠姑出来的时候，李度已经离开房门，在走廊里踱步。他跟着翠姑走出碉楼，朝寨子中央的主碉楼走去，路上，看见阿格次仁召集起一队寨兵驰出寨门，消失在暗夜中。

进入主碉楼，再走进大夫人的房间，宁静之中有一抹檀香味在飘散。大夫人徐馨茹凝神静气，站在桌边，正挥毫泼墨，大秀书法。

李度没有吭声，默默地站在一旁观看，但内心的不安显而易见，他的眼神不时地瞟向窗外。不一会儿，一幅书法作品完成了，大夫人满面春光，眼眸发亮，笑道："怎么样？李参谋，我的这幅字还能入人眼吧？"

翠姑把写好的字展在椅子上，再铺上一张新宣纸。

李度一脸认真道："夫人谦虚了，这真是一幅难得的好书法，拙中见秀，飘逸的笔锋里隐含了坚实的功力，既有赵孟頫的俊美，又有米芾的神采，好字！"

徐馨茹笑着摇头说："李参谋真会说话。不过，赵孟頫的入门帖和米芾的珍宝帖，平常没事我倒是常临的，熟能生巧，日子久了，自然也会摸着些门道。"

"还是夫人天资聪慧，我也临过赵孟頫的入门帖，却毫无长进。"

"书法之道，讲究凝神静气，心不静则字无形。"徐馨茹边说边捻笔蘸墨，准备继续挥毫。

李度却有些待不住了，便小心翼翼地问道："夫人，不知叫我来有何要紧事？"

徐馨茹头都不抬，口气随意地回答道："有事，但不急，也不要紧。所以，咱们安心等着就行了。"

李度只好控制住自己，静心观看徐馨茹写字。

笔走龙蛇，龙飞凤舞。直到把这幅字写完，徐馨茹才收了笔，说了句："时辰好像差不多了。翠姑，现在可以去请头人老爷和头人太太了！"

翠姑应了一声，又偷瞟了李度一眼，转身出去了。李度佯装看字，不时地点头称赞："这幅字形神兼备，简直就是神品！"

徐馨茹再次大笑起来，放下笔，欣然道："字好不好姑且不论，今夜的这出大戏肯定是绝好的，就要拉开帷幕了，这就叫戏里安静，戏外热闹。"

戏外热闹？李度不由得朝窗外看去……

夜风习习，路口上，一队武装的寨兵持枪举着火把，截住了疾驰而来的家丁马队。马队里，满面怒气的阿格布花和脸上血迹斑斑的赞普被五花大绑地捆在马背上。

阿格次仁站在路口中央，朝家丁马队做了个停止的手势。

汪二狗吊着一只胳膊跳下马来，大咧咧道："怎么着？大总管是来迎接我的，还是来抢功的？"

阿格次仁摇摇头笑道："都不是，我是专程来迎接我们家布花公主的……哟，这是怎么的？怎么把我们铁寒寨公主绑起来了？来人，还不快解开绳子！"

几个强壮的寨兵拍马上前，舞出一片刀花，只见阿格布花和赞普身上的绳索瞬间寸断，两人随即一夹马腹，便从家丁队伍里冲进寨兵队里，寨兵们将其团团护住。

汪二狗大怒，拔出枪来喝道："嘿，次仁总管，你他妈的这是要砸明火吗？敢抢老子的战利品！"

众家丁都将枪口对准了寨兵，双方对峙起来。

阿格次仁摆摆手，一只眼眸闪着光道："二狗队长，你这是什么话？阿格布花明明是我们铁寒寨的公主，怎么成了你的战利品？"

"她要逃跑，被我们半道上抓回来了，当然是我们的战利品！"汪二狗吼叫道。

阿格次仁再次摆了摆手，让寨兵收起了枪，心平气和道："二狗队长，我要提醒你，这儿是铁寒寨，不是汪公馆，你最好悠着点……是非曲直，咱们还是回到寨子里，由头人和你们大夫人来决断吧！"说完，翻身上马，众寨兵开始掉头。

汪二狗无奈，也只好怒气冲冲地带领家丁马队返回大寨。

寨子里，主碉楼的大夫人屋里灯火通明，阿格尼玛夫妇俩端坐在椅子上，案几上放着热腾腾的奶茶。徐馨茹面带笑容，坐在对面，李度和翠姑站在她的身后。

徐馨茹呷了口奶茶，笑问："我带来的三卡车礼物，阿格头人可都亲自过目？"

老寨主阿格尼玛头人单手抚胸道："感谢汪总司令的好意，有这三车上好的武器装备，我们铁寒寨军团可就鸟枪换炮、今非昔比了！"

徐馨茹优雅地挥挥手说："这不算什么，还有总座老爷送给头人老爷的聘礼，您也一并笑纳了吧！"

翠姑立刻朝里屋喊了声："都抬出来！"

六个家丁，两人一组，抬出三只大木箱，一一摆放在头人夫妇面前。

翠姑揭开箱盖道："请头人老爷和太太过目！"

一箱银圆、一箱珠宝、一箱光灿灿的金条。

阿格尼玛不动声色，只是微微一笑道："大夫人，这礼物实在是太贵重了，小老儿是受之不恭啊。只不过，总座既然要我扩军，那就收下，权当总座体恤，冲顶军资了。"

珠玛出言提醒道："亲事并未最后说定，聘礼不用急着交付。"

徐馨茹微微一笑说："那三卡车武器和这聘礼原本就是一回事，头人老爷既然收了武器，岂有不收聘礼之举？阿格头人做事情一向喜欢爽快，能一揽子办成的事，绝不脱裤子放屁分两回做，来呀，把这聘礼送到头人老爷屋里去！"

家丁立刻抬起箱子退出屋去。

阿格尼玛则哈哈一笑道："也好，既是亲上加亲，那小老儿也就不客气了！"

珠玛惊诧地看他一眼，欲言又止。

这时，刘鑫走了进来："报告李参谋，新闻处赵处长回电，要您亲自收报。"

李度点点头："好，我马上过去……"

刚移动脚步，徐馨茹突然道："把电台搬到这里来！"

李度忙回过身来，为难道："夫人……这……动力设备十分笨重，不易搬动……"

徐馨茹看了他一眼，冷声道："那就先不忙收报，你给我老实在这屋里待着！"

李度无奈，只好重又笔挺地站在她的身后。刘鑫见状，递给他一个眼色，悄然退出。

珠玛站起身来，望了头人一眼，然后对徐馨茹说道："夜深了，明日事多，大夫人还是早点歇息吧。"

阿格尼玛头人顿时放下茶盏，站了起来。

徐馨茹却稳坐不动，笑道："不急，我现在精神得很，一点儿都不困，正好跟头人老爷好好商量一下明日行冠礼之事。哈，我懂你们侉侬人的规矩，如若不能顺利行完冠礼，我便不能把布花带回太原，是这样吧，头人老爷？"

阿格尼玛只好重新坐下，点点头："不错，我们侉侬人一向尊崇上师的开释。"

珠玛却没有坐下，稍作犹豫，坚决地说："那你们先商量着……我闺女身子不适，我放心不下，就先告退了。"

"哟，莫非阿格布花小姐在太太屋里？"徐馨茹故作惊讶地问道，然后扭头喝了一声，"李参谋，麻烦你去把阿格布花小姐也请到这里来，明日之事，她可是主角，必不可少！"

"是！"李度挺挺胸，嘴里答应着却并未动身，他听出了徐馨茹话中有话。

珠玛被徐馨茹将住了，只得摇摇头，勉强道："那倒不必了，我们的习俗，行礼之前，大姑娘是不能抛头露面的……"

话音未落，屋外传进一阵争吵声，房门猛地推开，汪二狗和阿格次仁押着阿格布花与赞普闯了进来。

阿格尼玛夫妇大惊失色，夫人徐馨茹则暗暗笑了。

汪二狗抢先向徐馨茹禀报道："夫人神机妙算，他们俩果然要逃跑，被我设伏逮了个正着……可半道上，又让这个王八蛋次仁总管带人给截和了……"

徐馨茹绷紧脸喝道："住口！布花小姐明明是奉头人之命出去报喜的，怎么是逃跑？次仁总管接她回来应当应分，你别胡说八道！"

汪二狗一惊，望着大夫人直眨巴眼睛，说不出话来。阿格次仁一笑，拍拍汪二狗，然后走上前打起了圆场："大夫人息怒，汪队长亲自带人出寨为我分忧，也是好意。"

徐馨茹站了起来，满面笑容地走到阿格布花跟前，拉住她的手说："布花丫头呀，大喜之前你还亲自出马串寨，万不可累坏了身子……来，跟大娘坐到一块儿，好好养养精神。"

阿格布花甩开了她的手，瞪一眼她身后的李度，愤愤道："哼，大娘，不过是有卑鄙小人通风报信而已，你也用不着装神弄鬼。我明人不做暗事，告诉你，我就是要逃跑，跑不了我就死！想让我嫁给那个老流氓、活土匪，除非山崩地裂、水倒流！"说完，推开阿格次仁和汪二狗，腾腾地走出屋去。

赞普大步跟上，扭头狠狠瞪了李度一眼。李度心里蓦然感到一阵刺痛，脸色刹那间变得惨白。

紧接着，徐馨茹森然喝道："李参谋、汪队长，从现在起，布花小姐就归你俩管了，她要是少了一根汗毛，你俩也别想回太原了，就在这儿挫骨扬灰吧！"

汪二狗闻言，顾不上说话，挥枪追了出去。李度暗暗望了徐馨茹一眼，深吸一口气，转身离去。

端坐的阿格尼玛夫妇双手抚胸，双目低垂下来，似在默默祈祷。

就在这时，电话铃突然尖叫起来……

翠姑看向大夫人，大夫人冷冷地摇摇头道："别理它，今夜，就是天王老子的电话也不接！"

第四章

一

天亮时分，李度终于摆脱了汪二狗，回到自己的住处。

一夜未眠，尽管十分疲惫，但他还是推醒了刘鑫，极为迫切地询问太原方面的回电。刘鑫告诉他，阿格尼玛夫妇的允亲声明，将在今天上午的《阵中日报》和《平民日报》正式登出，这就意味着阿格布花的婚事在理论上已经是铁板钉钉、无可挽回了。李度不由得感到愤愤，这纯粹是胡扯，是杜撰！因为事实上就在昨夜，阿格尼玛夫妇仍未松口。刘鑫说，当然是杜撰，而且早在徐端赶到铁寒寨之前，文稿就已经备好，避开新闻处，直接交到了报社，否则不可能今日见报。毫无疑问，这就是阎锡山插手之后的结果。难怪徐端直到现在仍未出面，隐在背后，暗看笑话，这是心里笃定的表现。

既是阴谋又是阳谋，内外围剿，该怎么办？李度感到一阵绝望。他暗问自己，是不是害怕？一个人最大的敌人，其实不是外表看起来无法匹敌的强敌，而是自己内心的怯懦和面对强敌的恐惧。只要自己内心无所畏惧，即使外在的敌人再强大，那又如何？

刘鑫坐起来，迅速穿好了衣服，看了看李度说，也不用过分焦虑，办法还是有的，太原方面已经做好了安排，你脸色不好，需要休息，先睡一觉，睡醒了我再跟你详细说。李度苦笑着摇摇头，说你还是先告诉我吧，否则我也睡不着。刘鑫一下笑了说，到底还是陶蓝了解你，你现在的反应她在回电中就预料到了。李度心里一热，问陶蓝怎么说？刘鑫走到门口，听了听门外的动静，然后返身走到李度身边，跟他好一阵低语。之后，李度的脸色好了许多，点点头说，也只有这样了，伏击地点选在石岭关不错，那里地形复杂适合伏击。可有一个问题需要应对，就是守关的23团那一个营，如果他们出手纠缠，伏击之后就不好脱身，至少，要想办法拖延他们半小时以上。刘鑫说，没错，这就该你事先埋伏的那张底牌发挥作用了。李度有点发蒙，问什么底牌？刘鑫说，就是汪三少爷呀！李度想起来了，可他当时的想法是让黑子搬出汪老太太救出汪三少爷再让他赶回铁寒寨来，可这样，时间上就有点赶不上趟了。刘鑫再次笑了起来，感慨道，这一夜，太原方面也肯定是一夜未眠，陶蓝做了很多事。她通过汪成芳用殷家堡的军用电话联系到了汪成旭，正好赶上汪老太太强行命令23团团长放行汪成旭，所以汪成旭就用不着再返回铁寒寨，而是直接去了石岭关，缠住守关部队的任务就顺理成章交给了他。李度恍然，如果是这样，那么黑子应该很快就能返回来，自己身边还会多增加一个帮手。他实在是太缺少人手了。

刘鑫踱了几步，思考着说道："按照太原方面的要求，在返回的途中，需要我们想办法尽量减弱行进队伍的机动性，也就是要想办法不让阿格布花坐进汽车里，也不能让她骑在马背上……这好像有点困难，对吧？"

李度点点头，笑道："几百里地，总不能让阿格布花步行吧，没有让人信服的理由，大夫人这关就过不了。"

"找！一定要找到这个理由！我们的人既然提出了这个要求，就说明这样做一定与伏击救人的成败有关系。"

"你们的人？"这句话差点脱口而出，但最终还是咽了回去。李度站起来道："我去想办法……黑子回来了，有什么需要，你直接吩咐他。"

刘鑫握了握他的手，郑重道："李度，有些事你不必多问，问了我也不会说。至少，救人是我们共同的目标。现在时间还充裕，你除了找到那个理由之外，就是扮演好你的角色，其余的都交给我来做。"

李度点点头，转身走出了房间，大步朝软禁阿格布花的碉楼走去。

晨光中，他终于看清那座碉楼前的那棵古老的槐树了，历尽劫难，阅尽沧桑，它还活着，老态龙钟，却仍枝叶葱绿。每当春天来临，它就会绽开串串白花，香气飘满整个寨子；清风吹来，落花如雪，落在每一个人的头上、肩上，"拂了一身还满"。只是由于阿格布花长期在外，它白白地开了几十次，落了几十次。这次，她回来了，却过了开花的季节，树上已然没有了花蕊。李度突然觉得阿格布花很可怜，虽然贵为铁寒寨的公主，却为家族利益，不幸沦为人质，从童年起便离家外出，错过了寨子里落英缤纷、落花如雪的美景，也辜负了老槐树对她的一片深情眷恋。

碉楼里，阿格布花的三进套间，最外间被汪二狗的家丁们占据了，二进套间由寨兵守护，里间的卧室里，阿格布花仍跪坐在香案前默默祈祷，脸上却挂着泪珠。

李度没有理睬外间的家丁们，径直走进最里间，见汪二狗正端着丰盛的饭菜央求道："布花小姐，请用膳……"

"滚出去！"阿格布花擦干眼泪，头也不抬地冷冷说道。

"小姐，你不吃饭，我们就得受罚，你又何必要为难我们这些下人呢？"

阿格布花站了起来，怒道："下人？你们不配，你们不过是一群卑鄙小人！"

李度神情黯然，默默无语。

汪二狗觍着脸将托盘端到阿格布花跟前道："小姐，给个面子，好歹吃点儿……"

阿格布花扬手把托盘打翻在地，大声说："都给我滚出去！"

汪二狗火了，待要发作，李度伸手拦住了，低喝道："出去，再重换饭菜来！"

二人退出来，待侍女收拾了房间，再次准备好饭菜，李度接过托盘走进二进套间，却见汪二狗仍紧跟在身边，便转脸说道："你要不放心，就还是你送进去，只要你有本事让小姐用膳，我就不进去讨人嫌了。"

汪二狗先是一愣，然后瞪眼道："大夫人吩咐，不让你单独跟布花小姐在一起……"

李度点点头，便把手中的托盘往汪二狗跟前一推，盯着他没有再说话。

汪二狗自然不敢再接托盘，无奈，只好咧咧嘴，说："得，你一个人送进去吧，但愿你这小白脸比我这个粗坯好使。"

李度走进里间。阿格布花瞥了他一眼，立刻侧转了身子，冷冷道："出去！我不想看见你！"

李度默默地将托盘放在了茶几上，然后站在一旁，望着阿格布花。

"出去！别让我骂你！"阿格布花提高了嗓音。

李度没接她的话茬儿，几步踅到门边，将门帘撩起一个缝隙，确定二进房里只有寨兵，没有家丁，汪二狗也不在，这才转过身来，正色道："阿格布花，你听好了，我李度是个草木之人，这辈子什么苦都能受，就是受不了别人给我白眼，跟我摆臭脸！首先，我并不欠你什么，救你是情义，不救你是本分。我只跟你说一句话——我不是你想的那样。其次，你可以不相信我，但你不能不相信陶蓝，为了救你，她在太原也同样是一夜未眠。下面是陶蓝的话，我转述给你。你的事就眼下说，已经是铁板钉钉、无可挽回了。她计划在返回太原的途中再见机行事，这是救你的最后一个机会，你必须配合……陶蓝唯一的要求是，在返回的途中，如何让你既不坐汽车，又不能骑马。我想不出办法来，不知道怎样才能完成她的要求。如果在临行之前我们仍未破局，那你就只能自求多福了。"

李度说完，转身就走。

"等等。"李度站住了，身后传来阿格布花略微软化了的声音，"你……去找我阿娘，她会告诉你办法。"

李度回到外间，找了只木墩子坐下。见桌上摆着三只托盘，托盘里是已经凉了的丰盛菜肴。桌边，汪二狗翘着脚斜靠在椅子上，他身后站着三个家丁。虎背熊腰的赞普叉腰坐在对面，瞪着一双虎眼。

汪二狗咧嘴笑了："看来，还是你李参谋脸大，布花小姐终于松口用膳了？"

李度思忖片刻，一指托盘："这么好的饭菜，倒了……可惜，来，她不吃，咱们吃！"

汪二狗大喜，跳起来从壁柜里拿出一坛酒："嘿，早就该这样！"

倒满酒，两人连饮三碗。李度夹了口菜，他有意让自己细嚼慢咽，吃相文雅了许多。

"你们这事干得漂亮，虽说大夫人神机妙算，可也亏得你汪队长神勇，要不，他们两个早跑没影了！"

汪二狗哈哈一笑道："那是，我汪二狗别的本事没有，就是鼻子特灵，大夫人把事儿刚一交代，咱鼻子一闻，就他妈的知道他们要从哪儿逃！瞧我那埋伏地点选的，一逮一个正着！"

"要说还是大夫人最厉害，能算出他要逃跑，否则你汪队长就是鼻子再灵也没机会，不是？"李度又敬了一碗酒。

"那是，那是……嗯，这里头有翠姑一半的功劳。"汪二狗有些犯晕了。

李度故作惊讶道："翠姑？莫非她也跟你汪队长一样，长了一个好鼻子？"

汪二狗摇摇头，讪笑道："非也非也，那婆娘不靠鼻子，靠的是身手，那身手简直是恐怖，要不是有她，不开枪，我还真拿不下对面这个粗蛮……这，你就不知道了吧？"他突然压低了嗓门，"哼，俺们老汪家的秘密多了去啦，你李参谋要是肯认我当兄弟，等有空了再慢慢跟你唠……"

"都是为汪总司令效力，自然就是一家人了。"李度端起酒碗，"来，我敬汪队长一碗。"

二人边喝边聊，气氛明显比之前融洽了许多。可李度内心却不安生，一直想着如何才能找个借口溜出去，到主碉楼跟阿格珠玛联系上。

主碉楼前，一队人马翩然而至。

临近正午，阳光直射，照得人身上暖烘烘的，时间一长甚至还有灼热的感觉。一位老人从轿辇中走出，六十岁左右，高大魁梧，面色古铜，宽阔的额头下，鼻梁高挺，一双深陷的眼睛炯炯有神，颌下蓄着一部银白的长须，头戴一顶白色无檐圆帽，身穿一件月白竹布长衫，赤脚穿一双草鞋。在楼前迎接的众人中，阿格次仁率先走上几步，双手抚胸深鞠一躬，扬声道："铁寒寨阿格次仁欢迎阿图鲁上师到来！"

老人面带微笑，也对着阿格次仁躬身还礼，朝走上前来的阿格尼玛头人微微躬身，右手抚胸，道了声：

"多年不见，千户头人仍康健如初，实属上苍垂青。"

"上师亲临，一路劳顿，铁寒寨上下感激不尽。"阿格尼玛头人同样右手抚胸，躬身回礼。

这之前，李度私下已向黑子打听过伈依人的习俗。黑子说他们敬仰天神，上师相当于大祭司，凡事都以大祭司说的为准，至于其他，习惯上也都跟汉人差不多。

众人走进碉楼，阿图鲁上师跟随阿格尼玛夫妇进入房间，其他人则都留在了客厅。在铺了席子的地上，阿格尼玛夫妇环在阿图鲁上师左右，面对香案肃立，两手举到耳际，表达自己的诚意，再深深鞠躬，感念上苍；叩头，前额和鼻尖着地，表示五体投地地拜倒在天神面前。然后，长时间地跪坐，并从头循环数次。他们一丝不苟地完成这些动作时，口中轻轻地吟诵着赞辞。

礼毕，夫妇二人恭请阿图鲁入座，侍女上前奉上奶茶。

阿格尼玛落座，右手抚胸恭敬道："上师远来，阿格尼玛心中苦痛，期盼上师开释。"

阿图鲁同样右手抚胸道："天神如日，照处自有光明，纵不生西，亦能消罪。"

阿格珠玛轻声道："上苍慈悲，小女遭遇恶劫，无法解脱，故心生烦恼，难以决断……"

阿图鲁满面慈容，望着珠玛，低语道："敬天流泪，是心诚；思亲流泪，是心孝。诚与孝乃大善,乃福因也。你们二位自幼虔诚修心,当明因果,又有何犹豫而不决！"

阿格珠玛恍然，转过脸柔声问道："老爷，上师的开释，你可顿悟？"

阿格尼玛苦笑道："世间因果，利弊参差，纷繁复杂，若简单处之，不仅无福，反种祸根。"

阿格珠玛听了颇感失望，再看上师，阿图鲁已经双目低垂、默诵经文，仿佛置身世外。倏地，上师站起，悠然道："人生颠簸，生命实苦，最易让内心变成一个封闭的世界，只有对万能的天神才能敞开……人世间，是非善恶，天神一清二楚，一心敬天神，就一切都抵消了。托靠天神！知感天神！愿天神佑助！走吧，请夫人带我去看看布花小姐。"

阿格珠玛陪着阿图鲁走出主碉楼，朝阿格布花的住所走去。

房门被推开，三个寨兵护卫着阿图鲁、阿格珠玛进入，阿图鲁没有停步，径直走进了里屋，寨兵守在了门口。

赞普站起来，走到阿格珠玛身后。阿格珠玛朗声道："上师要给小姐施冠行之礼，请你们二位暂且回避。"

汪二狗仗着酒劲，一瞪眼道："叫我们出去？我家夫人不在，你说了不算！"

赞普转身，也不说话，伸出双臂，一手抓胸一手捏腿，把汪二狗举过了头顶，眼看着就要抢出去，李度迅疾跳起，右手指爪成钩，极为凌厉地掐在了他的喉骨上："请冷静，大家是友非敌，都别动手！"

赞普虽受制，却仍不放手，只是恶狠狠地瞪着李度。

阿格珠玛微微点头道："赞普，不要动粗，放二位长官出去。"

赞普这才一倒手，将汪二狗放了地上，汪二狗已然吓得脸色灰白，酒也醒了。

"你先出去，我有几句话要对头人太太交代！"李度收手，松开赞普，朝汪二狗低声说道。

汪二狗心有余悸，忙不迭地朝另外几个家丁招招手，一起溜出门去，外屋只剩下了珠玛、赞普和守护的寨兵。

李度轻叹一声，小声道："伯母，如果我说我什么坏事都没干，您一定不信……"他边说边从衣兜里掏出一张纸条塞进珠玛手中，"但我的忠告您一定要听——这是我们救您女儿的必要条件，刻不容缓，晚了就来不及了！"说完转身欲走，却被阿格珠玛唤住了。她走过来，伸出带着暖意的手，轻抚了一下李度的脸颊，柔声道："孩子，你受委屈了，我信你！尽管从没有人感谢过你的善良，但请别丢失自己最珍贵的东西。也许有一天，你会因此而得善果。布花自有布花的因果缘起，你不必为她过分担忧，保重好你自己。"

李度鼻子一酸，蓦然热泪盈眶。那一瞬间，他从心底竟冒出一个莫名却又十分强烈的愿望：他想跪下，对阿格珠玛行叩首礼……当然，这也只是一时心血来潮，一个转瞬即逝的念头，实际上他什么也没有做，便转身离去了。

刚一出门，李度就与气势汹汹的汪二狗撞了个满怀，汪二狗身后紧跟着大夫人徐馨茹和翠姑。他赶忙闪身让过，他们却被外间守卫的寨兵死死拦住。

汪二狗挥枪喊道："妈的，睁大你们的狗眼看清楚了，这位是我们家的大夫人！谁敢阻拦，我毙了他！"

一个寨兵回道："滚开！没有头人老爷的指令，谁也不能进去！"

大夫人徐馨茹顿时大怒，喝道："当面就敢搞鬼，这还了得！把我们汪家不放在眼里吗！来人，给我包围这所房子，胆敢违抗者，格杀勿论！"

汪二狗立刻掏出一只哨笛使劲吹了起来，尖厉的哨音搅动起一股黑色的浪潮，汪家家丁们立刻涌出来冲向碉楼。

机枪、步枪对准了碉楼，迫击炮也架了起来。

手执各种刀枪、武器的大队寨兵涌出。

双方对峙，大战一触即发……箭楼上，一个寨兵吹响了牛角号，一股狼烟冲天而起。

几乎每座碉楼的各个窗口都探出武器，有古旧的火铳、双筒猎枪，也有美式步枪、汤姆森冲锋枪和捷克式轻机枪。

"这帮蛮子，居然拿出我们刚送给他们的武器来对付我们！"大夫人徐馨茹看着碉房，脸色铁青，忍不住连声喝骂。

"夫人，怕他们个鸟，弟兄们都准备好了，只要您一放话，我保证三炮就能把这房子炸平！"汪二狗挥舞着枪，咋呼道。

就在这时，久未露面的徐端提枪匆匆赶到，将一纸电文递给徐馨茹："大夫人，阎会长急电！"

徐馨茹低头细看电文，只有八个字：只可威慑，不可动真！

这时，李度凑近徐馨茹耳畔，小声道："夫人，您再回头看看……"

徐馨茹转过身来张目四顾，顿时吓了一跳，只见周围几乎每一栋房屋、碉楼都布满了武装的寨兵，已然将自己和自己的家丁队伍团团包围了！

徐馨茹顿时有些畏惧，对李度喃喃道："可是咱们……现在是骑在了老虎背上，如何处置为好？"

"夫人莫慌，保持镇静，按兵不动！让徐副处长出面喊话，自然有人会来解除危局！"李度低声提示道。

徐馨茹猛醒，立刻转向一旁的徐端："警告他们，我们有阎会长的手令，谁也不许胡来……"

徐端阴沉着脸，盯了李度一眼，然后摇摇头道："用不着多此一举，我的大队人马已经包围了寨子，他们不可能不知道。"

果然，只见阿格尼玛头人、阿格次仁总管带着护卫大步匆匆赶到。

阿格尼玛惊诧道："大夫人，这是何故？要跟我们开仗吗？"

徐馨茹向四周一指道："你自己看看，是你的这些蛮子兵要向我们开火！"

"夫人误会了，我阿哥已经下定了联姻的决心，又怎么会跟总座结仇呢！"阿格次仁忙上前解释道。

阿格尼玛头人看了看，然后抬腿登上一只石墩，十分威严地用他们侉侬人的方言高喝一声。瞬间，伸出窗口的武器都缩了回去，严阵以待的寨兵们也纷纷收起了枪支，快速退去。

阿格次仁目视徐馨茹："夫人，您这边也撤了吧，这样对大家都好……"

徐馨茹长舒口气，顺坡下驴，朝汪二狗摆了摆手。

汪二狗不服，瞪一眼阿格次仁吼道："大总管，人多顶个屁，老子可不是怕你们！"

阿格次仁没理他，伸手将石墩上的阿格尼玛头人扶下来，径直朝碉房走去。经过李度身边时，突然小声道："别愣着，赶紧送夫人回屋，一切都在掌控之中！"

李度会意，立刻收了枪，给翠姑使个眼色，两人一起向夫人徐馨茹走去。这回，徐馨茹没有执拗，很顺从地跟随李度和翠姑走出了碉楼。

阿格尼玛、阿格次仁走进房门，珠玛站起来道："冠礼已经行完，上师还在开释。"

阿格尼玛点点头，坐下等候，赞普奉上奶茶。

阿格珠玛扫了一眼阿格次仁，然后盯着头人问："老爷，你好像……心意已定？"

阿格尼玛喝了一口奶茶，点点头。珠玛追问了一句："最终，你还是要把布花嫁到汪家做小？"

阿格尼玛突然神情一变，脸上的肌肉使劲抽搐了几下，将杯盏重重地一撂，长叹一声，无限悲苦地说道："难道还有什么别的办法吗？寨子外面，特警处大队人马的枪口、炮口就对着这里，你要我跟阎会长、汪总司令开战吗？二十年前我打不过他们，二十年后我还是打不过他们。不愿意也得愿意，这是妙影阿妹的命，布花闺女的命，也是咱侉侬人的命！"

阿格珠玛沉着脸不再说话，在一旁坐下。

阿格次仁安慰道："阿嫂也不必太过忧心，布花侄女长大了，终究是要嫁人的。共产党一天天逼近，汪家势大，就算自保，咱们铁寒寨也离不开这棵大树。更别说，阿格布尔少爷还在汪敬谷的手里，他是咱们部落唯一的继承人，不能出一点儿闪失啊！"

"共产党想干什么？非要灭了咱们的寨子吗？"阿格珠玛满脸困惑。

阿格次仁做了个夸张的表情："共产共妻，专杀富人，一旦打破山寨，那些家奴们倒不打紧，阿哥头人和你、我、族中亲贵，那是绝落不了好的，比汪敬谷还要凶恶百倍！"

阿格珠玛半信半疑地望了头人一眼，道："既然老爷心意已定，我一个妇道人家也不再多言。但是，我要用金辇青牛车护送闺女出门，绝不能委屈了闺女。"

"用金辇青牛？"阿格次仁皱起了眉头，"距离远，速度慢，就怕大夫人不同意呀……"

"按你阿嫂的话去做！立刻！马上！"阿格尼玛头人脸膛一沉，颇为恼怒，"谁不答应，就让他来找我，我铁寒寨愿意与人为善，但也别欺人太甚！"

阿格次仁见状，忙诺诺连声，再不敢争辩。

这时，珠帘撩起，阿图鲁上师走了出来，身后跟着面带泪痕的阿格布花。

夫妇俩忙起身施礼："上师劳顿辛苦！"

阿图鲁一边还礼，一边娓娓说道："布花小姐天资聪颖，敬天神之心纯厚，缘起因果皆已了然于胸，你们二人亦不必过于用强，随缘最好。天神曰：无意者轻，故犯者重。轻或不为害，重者定生障碍。若能至诚祷告，求主护佑，便是补救之法。"

阿格次仁躬身赞道："上师法语甚善，布花侄女定是受益匪浅。"

阿图鲁摇头微微一笑，一语双关道："我不过是复颂天神真言，倘若次仁总管能尊嘱慎行，倒也不枉受益匪浅、善莫大焉。"

阿格次仁顿觉尴尬，呆呆地望着上师，一时说不出话来。阿格尼玛夫妻俩转向阿格布花，目光中充满忧虑和无奈。

阿格布花泪如雨下，双手抚胸躬身道："我……我愿意重返太原汪家……不过我有个心愿，还望阿爹、阿娘成全：我要乘坐侉依人传统的金辇青牛车出行！"

阿格尼玛头人点点头，长叹一声，走上前，摘下自己胸前的一块翠玉饰件挂在女儿颈上。

珠玛悄悄擦去眼角的泪痕，上前将阿格布花拥入怀，从身上摸出一支牛角梳子，一边梳理着女儿的发辫，一边低声劝慰道："不用担心，我和你阿爹会把寨子里最好的金辇青牛车配给你，路上也会有人关照。阿娘当年嫁入铁寒寨的时候，也得到过上师的祝福，现在阿娘转赠给你——雪压枝头低，虽低不着泥。一朝红日出，依旧与天齐。"

碉楼平台上，条案旁边，李度一脸漠然，独自饮酒。在刚才的对峙中，他远远地看见了刘鑫和黑子的身影，这说明自己这边的安排都很顺利，心里顿时感到一阵踏实。现在就看阿格珠玛那边了，能否找到一种让徐端和大夫人都无法阻挠的行进方式……

一旁，汪二狗陪着，面带感激地举起酒碗："李参谋，你从那蛮子手里救下兄弟，兄弟领情，敬你一碗！"

李度摇摇头，无声地端碗一碰，一饮而尽。

汪二狗见李度兴致不高，也不多问，抹抹嘴说道："李参谋好像心情不佳，明儿个一早咱就得上路，这闷酒，还是少喝点吧……"

李度淡然一笑，又独自喝了一碗，抬起头盯着汪二狗，突然问道："汪三少爷的生母，也就是你们汪公馆的三夫人，究竟是怎么死的？"

汪二狗吓了一跳，偷眼看了看周围，满面噤若寒蝉，连连摇头道："你是说阿格妙影？不，不……我不知道，就是知道……也不能说……你最好也不要打听。"

李度冷哼了一声，伸手抓起一只牛皮酒囊，扔下汪二狗，站起来朝平台矮墙走去。汪二狗似乎仍心有余悸，也不敢再陪，转身悄悄溜了。

夜幕初降，朦胧之中，远山黯淡，大漠苍凉。不知从哪座碉楼里，远远地、隐隐地、时断时续地传来一阵埙的吹奏声，那音色与当初黑子的"泥哇呜"一样古老辽远，只是旋律更为雄浑壮阔，令人怦然心动、浮想联翩。

听着埙声，李度倚墙而立，抓着酒囊独饮，他眺望远方，莫名地想起了自己的崞县兰村老家，想起了娘亲和久未联系的陶蓝和姐姐江华，心中不由得涌上一丝惆怅。沉思之间，一个身影突然闪过，待他察觉，那身影已经到了他的身边，紧接着又倏然旋去，只留下一句没头没脑的话语："不论发生什么，你都不要出头，扮演好你的角色！"

李度立即辨认出这鬼魅一般的身影正是翠姑，翠姑的身手他听汪二狗说过，并不觉意外，但令他极为震惊的是，翠姑使出的竟然是铁寒寨的独门身法"胡璇五步"。

晨曦中，草木葱茏，花团锦簇般装点着铁寒寨寨前路口。两排火铳依次燃放，股股青烟袅袅而上。路口上依次停驻着轿车、卡车、辇车、家丁马队。路边青石上，站着大夫人徐馨茹和铁寒寨总管阿格次仁，俯视着欢送的人群。

全寨的侉依人寨民都走出碉楼、寨子，匍匐在路口四周，阿格尼玛头人和夫人阿格珠玛盛装站立，为同样盛装的阿格布花送行，四轮辇车金碧辉煌，由三头壮硕的青牛辕驾。几个侍女簇拥着阿格布花来到轿辇前。朝霞、金辇和晨曦的余晖把阿格布花的身姿极美地衬托出来，只见她线条俏丽的脸廓上晕着月亮般的皎洁，眉毛浓而黑，睫毛长且柔，黑莓似的眼眸里弥漫着从心灵里荡漾出来的亮晶晶的光彩。她脚蹬一双牛皮靴子，身穿一条淡蓝与月白相间的桑蚕丝连衣裙，外罩上一件镶着银边银饰的红色金丝绒背心，浓密的发辫上戴着一顶绣着石榴花图案的圆形小花帽。这身穿戴，十分贴切地显出一个十七岁侉依人美少女的风采，就像一朵荡出碧草的雪莲花。侍女上前打开辇门，赞普趴下充当踏脚，等阿格布花进入轿辇后，赞普起来，亲自关上了辇门。

徐馨茹不禁眉头一皱道："丫头的扮相漂亮！这轿辇车的模样也不难看，可说到底不过是辆牛车，这么慢慢地磨蹭，几时才能到达太原？你应该发话阻止他们！"

"这是侉依人的规矩，有几百年的历史了，习俗是没有道理可讲的，也是阿格布花最后的一点儿要求……"阿格次仁摇头苦笑，"行了，大夫人，您就知足吧！

我算是已经功德圆满，剩下的就看夫人您了，祝您一路顺风，同样功德圆满。"

"功德圆满？就你的表现，梁某人未必给你记头功。不见徐端已经不辞而别了？他是对你不满，懒得再见你这副小人得志的嘴脸。"徐馨茹瞥了他一眼，连连冷笑。

"谁是梁某人？我可不认识。"阿格次仁暗暗一惊，但随即话头一转，"给我记头功的应该是大夫人和汪总司令才对呀，跟徐副处长和特警处毫不搭界。还望大夫人不要食言，回去多多提醒总座，多多美言才是。"

徐馨茹诡谲地一笑，不再理他，迈下大青石，朝翠姑和随行人员招招手道："上车，咱们走啦！"

汪二狗带着家丁翻身上马，李度、刘鑫和黑子骑马跟在后面。车队披红挂绿，浩浩荡荡，徐徐前行。黑子凑近李度，从怀里摸出一个油光水滑的物件塞到他的手里。李度细看，却是一只深褐色的"泥哇呜"，只是形状宛若牛头，与黑子自己那只月牙形的不太一样。见到李度略带惊愕的表情，黑子一笑，悄声说："这是一个铁寒寨的牛头埙，是我花两块大洋从一个寨兵手里买的。是个老物件，很好的泥哇呜，您留着权当个手把件玩吧。"

李度抚摸着问道："要送给我吗？可我不会吹呀……也罢，回去送给阿格布尔，没准儿他也能跟你一样吹奏出美妙无比的西北花儿调来。"一边说着，一边将牛头埙装进衣兜里，顺便摸出五块大洋硬塞给了黑子。

就在这时，轿车突然停住，车窗里露出大夫人的面孔，张口大声喊道：

"李参谋，你坐到我的车里来！"

李度不由得与刘鑫对视一眼，刘鑫颔首示意，让他顺从大夫人的召唤。李度跳下马背，将缰绳甩给了黑子，大步赶上，弯腰钻入车内，坐进副驾驶的位子，仍将那支晋造汤姆森横放在双膝之上。

赞普给头人夫妇跪下行叩首礼，依依告别，然后将一只驳壳枪往腰间掖了掖，跳上马背，紧紧地跟在四轮轿辇的后面。

队伍重新进发。

二

天刚刚大亮，汪成旭便驾车来到了石岭关。在军营门前停了车，推醒一旁还在酣睡的殷立琼，嘻嘻一笑说："小琼子，到地方了，待会儿那个梁营长会来迎接咱们，你要配合我，演一出《薛丁山叫阵》的戏码，跟他玩玩。"

"要我演娇小姐吗？可我困得要死，也没有梳妆，穿这一身狗皮，演黑旋风李逵还差不多。"殷立琼睡眼蒙眬地伸了一下懒腰。

汪成旭拍了拍她的肩膀，感到有些歉意："真对不住，这两天你跟着我吃了不少苦。再咬咬牙，马上就要结束了……把公文包拿好，扮演一下我的秘书。"然后，摇下车窗，对门前的哨兵喊了声："禀报一下你们长官，就说司令部军情处汪成旭前来拜访！"

片刻后，一个满脸倦容、军装穿得稀松邋遢的中年军官走了出来，探头看了看汪成旭，然后打了个长长的呵欠，慵懒地问道："汪三少爷，您不在代州歇着，跑到我这鸟不拉屎的石岭关……不知有何贵干？"

汪成旭笑道："哈，看来你们阎团长跟你通过信儿了。怎么，不欢迎？"

中年军官显得有些无奈，伸伸手做了个请的手势："先把车开进去，找个空地停了，再到我的狗窝里坐坐。"

下了车，正要往营部走，殷立琼却瞪圆了杏眼，喝一声："喂，你这老头，司令部军情处汪副处长来了，不打起精神迎接，反倒摆出一副屌样、一张臭脸，你什么意思？"

中年军官顿时一愣，赶紧立正朝汪成旭敬礼，收起了懒洋洋的样子。

汪成旭撩腿就是一脚，将中年军官踢了个趔趄，然后嘻嘻一笑道："我要是带了宪兵处的人来，你一准儿得跪下来给我磕头……要不，咱们试试？"

中年军官忙又站正了身子，连连咳嗽，结结巴巴道："岂敢……岂敢，在下23团3营营长梁富旺欢迎汪副处长莅临视察。"

不得不说，此刻的梁营长心中是充满愤愤和无奈的，不管是代州还是自己的石岭关，没人愿意接待这个混世魔王，打不得、骂不得、哄不得、碰不得，这两天连他们团长都被折腾得头大如斗了。一个不到二十岁的青皮，屁仗没打过，就他妈的肩扛中校军衔，谁见了都得点头哈腰上赶子巴结着。反观自己，出生入死，在晋绥军里打了半辈子仗，一把年纪了，也才混了个上尉，只比这小丫头片子高一级……就因为人家有靠山，是"靠山王"，这才叫牛啊！他现在只想得过且过，人生，很多时候就是这么扯淡，你努力一辈子才有可能得到的东西，在人家"靠山王"眼里狗屁不值，因为人家一出生就有了。还真是货比货得扔，人比人得死啊！

进了营部，梁营长亲自端茶倒水，好一阵忙乎才算安顿下来。汪成旭点点头，似乎仍有点好奇，张口问道："阁下姓梁？"

"在下姓梁，名富旺，字有钱。"

"有钱？哈哈，你爹有文化，起的好字……嗯，这个，你姓梁，不知跟绥署特警处的梁化之处座可有关系？"

"也算一个村的，沾点亲，是……远亲。"梁营长赶忙点头。

"那太好了，咱俩一个鸟样。"汪成旭咧嘴笑着指了指椅子，"快快请坐，既然咱俩都是'靠山王'，那我就直说了——兄弟这次来不闹什么鸟视察，是要跟你借一点儿东西。"

梁营长十分忐忑，下意识说道："兄弟这儿没什么油水，很穷的。"

殷立琼啧了一声，用脚踢了踢桌腿，不满道："看你这话说的，堂堂汪三少爷会找你借钱吗？就算是借钱你也该应着，你的字不是叫'有钱'吗？你爹有文化，可偏偏生了个不争气没文化的儿子，也算他倒霉。"

梁营长满脸惊恐，想了想，还是小心翼翼地问道："不知汪三少爷要借多少？"

汪成旭没理他，转脸对殷立琼说道："殷秘书，你看梁营长的脸色这么难看，是不是病了？"

"他没病，他是犯贱，不欢迎咱们。"殷立琼直截截地回应道。

"真的？"汪成旭看着梁营长眨了眨眼，笑道，"嗨，直说呀，放心，本公子不是那种没脸没皮的人，你要是真不欢迎，我立马就走，而且，绝对不会告我老爹，也不玩打击报复那一套。本公子崇尚文化，为人厚道，一向是最讲道理的人。"

"那是！汪三少爷儒雅、大度，可我这个当秘书的不能不给少爷争脸。"殷立琼边说边伸手欲拿桌上的电话机，"甭跟他废话，这老头刚才不是说他是梁处座的亲戚吗，我现在就给梁处座打电话，让他给评评理，一个上尉敢给一个中校摆臭脸，凭什么？"

"别……别价呀……凡事都好商量，就不必麻烦梁处座了。"梁营长赶忙捂住了电话，"汪三少爷，您说个数……您要借多少？"

汪成旭伸出一个巴掌。

"五十……不，五百？"

汪成旭摇头不语。

"五千？"梁营长顿时苦了脸摇头道，"汪三少爷，这个数，兄弟是无论如何都拿不出来的，兄弟只是一个小小的守关营长，一辈子也没见过这么多钱……"

"殷秘书，打电话，就说……我要查一查克扣军饷的事。"汪成旭不耐烦地摆摆手。

梁营长额上冒出了一层汗珠，忙点头答应道："汪三少爷，这样吧，兄弟先付三千大洋，剩下的打个欠条，十天之内一定双手奉上，决不食言！"

汪成旭见火候差不多了，这才嘻嘻一笑，站起来拍了拍梁营长的肩膀道："记住喽，见了长官，不管办什么事，态度决定一切。本少爷厚道，一向是有钱大家赚，就你那点小钱还真看不上。行了，殷秘书，把那玩意儿给他。"

殷立琼立刻从公文包里掏出一纸批文，撂在了桌子上。梁营长狐疑地拿起来略看了一眼，顿时双眼便冒出了火花，失声道："装备调拨单！汤姆森30支、捷克式轻机枪10挺、60迫击炮10门、子弹……"

"怎么样？这些军火你一倒手，差价就是五万现大洋，你六我四，干不干？"

"干，干！"梁营长完全没想到，这简直就是天上掉馅饼，乐得满脸都是褶子，"这笔横财是三少爷带来的，三少爷六，我四……我这就派人去军需库，然后找买主。"

"笨吧，"殷立琼撇撇嘴，提醒道，"你还真要去军需库领了再倒手？我们哪有那么清闲等着你，你现在就去县里找民团，直接把调拨单卖给他们，把大洋拿回来不就得了！"

梁营长醒悟，连连拍着自己的脑门说："是，是，属下愚钝，乐晕了……来人！"

"嘿，来什么人？"汪成旭一瞪眼，"你亲自去办！这种事要低调，知道的人越少越好……你尽管去办事，两天之内必须办好。至于这个鸟关，本少爷先帮你守着。"

梁营长诺诺连声，忙叫来了副营长，叮嘱道："我有紧急军务要临时出去一趟，我不在的时候，关里的一切都听从汪副处长的！"然后他朝汪成旭和殷立琼拱了拱手，便飞也似的跑出了营部，并暗自发誓，以后谁要说"靠山王"智商低，自家一定跟他拼命。

待房间里没人了，汪、殷两人对视一眼，忍不住大笑起来。殷立琼上前抱住了汪成旭的胳膊娇笑道："旭哥哥，等拿到这笔钱，妹子再陪你演一出《梁山伯与祝英台》。"

"别，别，那出戏咱可演不了。"汪成旭眉头微蹙，一边说一边挣脱殷立琼的环抱，"小琼子，记住，我是你哥，也是个男人，你总这么跟我贴着，我没准儿会犯错误……"

殷立琼仍紧抱着他不松手，娇嗔道："人家愿意，就要贴着你，你犯错误，妹子跟着你一起犯，妹子我都不怕，旭哥哥你怕什么！"

汪成旭无奈，只好由着她，一起走到窗前朝外眺望，不由得喃喃道："咱俩的戏算演完了，下面就看小度子的了，但愿他能演好《捉放曹》。"

"放心吧，小度子可不是在演独角戏，有陶蓝那么多人配合他，不会有问题。"殷立琼把脸颊贴在他的肩膀上，嬉笑道，"不知道太原你家汪公馆现在怎样了，等小度子他们回去，一看到手的鸭子又飞了，你爹的那张老脸，肯定立马就绿了，哈哈！"

汪公馆一派喜庆，到处贴满了喜字。议事厅里，六夫人和七夫人带着几个丫鬟正忙着给汪敬谷试穿新婚大礼服。这是一套西式的燕尾服，衬衣、硬领、领结、漆皮皮靴、西式礼帽。穿扮好之后，汪敬谷顿时焕然一新。

六夫人上下打量着，满意地笑道："老爷这一打扮，除了鼻梁低点，简直就是一洋人公使，要多精神有多精神……"

"不对吧？"汪敬谷粗声大气地走到镜子跟前照了照，摇摇头，"屁话！一派胡言，爷自己看着，怎么都觉得像个小丑……不行，不行，妈的，爷是总司令，得像元首，这下倒好，让你们弄成了公使，公使是什么？是下人！再换再换，这身行头不成！"

两位夫人无奈，只好又帮着脱衣服。

七夫人想了想，说："爷，要不咱还换成中式的吧，龙袍一穿，跟皇上似的，那才气派……"

"龙袍？"汪敬谷一下火了，"你是想让爷不得好死还是怎的？瞅不见袁世凯？龙袍加身没几天就他妈的嗝屁着凉了，还敢给爷穿龙袍！滚滚滚，都他妈的是酒囊饭袋……"

两位夫人顿时吓得不知所措，又不敢真走，只好怯怯地站在了一旁。

这时，阎总管走了进来："老爷，喜信儿，四夫人回来了！"

汪敬谷一听，立刻转怒为喜，一挥手连声道："快请快请，嘿，这个老四回来得还真是时候，这几个饭桶屁事干不成，褪节上还得靠老大和老四！快请快请，马上到这儿来……"

阎总管点头刚欲转身，四夫人林红玲已经跨进门来："瞎吵吵什么？幸亏我没死！"

"哈哈，老四！"汪敬谷有些喜不自胜，迎上去，展开双臂就是一个熊抱："你是爷的一员福将，爷还好好活着，你怎么敢死！"边说边抱着她转了一圈。

四夫人趁势撒娇，挥动粉拳捶打着："死鬼，你弄疼我了……也不心疼我一路劳累！"

汪敬谷咧嘴大笑着，将她抱到椅子上坐下，喝道："老六、老七，你们两个饭桶，还不快给老四上茶！还有，热毛巾把子，也赶紧上，都伺候着！"

阎总管赶忙屁颠屁颠地跑了出去。六夫人、七夫人慌忙张罗起来，七夫人端了热茶捧给林红玲，巴结道："好我的四姐，你总算回来了，就刚才老爷还跟我俩吹胡子瞪眼呢。"

六夫人抓起一把扇子在一旁为她扇着凉："就是，就是，这下好了，我们也不用挨骂了。"

林红玲呷了口茶，笑道："我回来接你们的班，有我挨骂，你俩自然轮不上了，对吧？"

阎总管端着一盆热水跑进来，七夫人赶紧接过来，亲自给林红玲拧了把热毛巾递上。林红玲接过来，草草地擦了一下手，问道："大姐还没回来吗？铁寒寨的事情办得怎么样了？"

汪敬谷摇摇头，哼了一声："她没你福气大，有点小鼓捣，还差点跟阿格尼玛老小子动了真家伙……总算没让爷失望，还是把事办成了，在路上呢。"

四夫人顿时有些扫兴："铁寒寨那蛮子头人就是个窝囊废，跟三姐没法比，还不如布花丫头有气性！得嘞，那老爷就好好等着做新郎官呗，干吗还生气？欺负六妹和七妹？"

汪敬谷已经不再生气，一指换下的燕尾服，咧嘴笑道："瞧，两个饭桶就用这副破行头，愣是要把爷装扮成个小丑，你说能让爷不生气……"

六夫人不干了，发牢骚道："明明是爷要赶时兴，倒把屎盆子扣在了咱们头上……"

四夫人林红玲站起来，斜眼看了看西服，再看看汪敬谷魁伟的身形，摇头笑道："老爷，您是总司令，天生神武，可骨子里也就是一粗人，咱索性一粗到底，不妨就穿您从前的上将军礼服，新马靴、新马刀一佩，腰上再插一把勃朗宁，可谓形神皆备，既英武又剽悍，还不失身份……除此，甭管是西服还是中装，穿了就算不是小丑，最多也不过是个太监，万万使不得。"

汪敬谷大喜，一把搂住四夫人的细腰道："嘿，我说什么来着，还是老四最懂爷的秉性，就这么定了，装什么狗屁斯文，老子就穿军装成亲！"

七夫人松了口气："也不知是老爷偏心，还是四姐有办法，总算是摆平了一件大事，如此倒好，咱们也省心了。"

汪敬谷哈哈大笑，伸手也将七夫人搂了："走，走，一块走着，看看我二闺女去！奶奶的，老子辛苦弄出来，再辛苦养大，倒便宜了殷家那小子！"

一行人嘻嘻哈哈，簇拥着走出议事厅，朝西跨院走去。

西跨院新房，刚回门的新娘子汪成芳坐在梳妆台前补妆，从镜子里偷看到了坐在床上一脸忧郁的殷立德，见他不光无视自己、想着心事，还连声叹气，便不由得沉下了脸，把一只粉盒猛地一摔，大声斥责道："我真受不了你，从成亲到现在，天天做出一副死狗的嘴脸给谁看？"

殷立德惊了一下，看看她的背影，忍不住又是一声长叹。

汪成芳倏地转过身来，怒目道："你是不是成心要气死我？"

殷立德摇摇头，站起来走过去轻轻把她拥住道："别这样，我心烦，你明明知道不是针对你，又何必生气……唉，我对李度真是失望，早知道这样，当初还不如让你三哥放开胡闹一阵儿，索性劫了阿格布花出走，也比眼睁睁地看着她倒霉心安些……"

"死脑筋，你到现在还不明白？"汪成芳使劲推开他，"说到底这是我老爹要干的事，别说李度，就算是我三哥拼了命胡闹也于事无补！除非……"

"除非什么？"殷立德问道。

汪成芳站起来重新拾起粉盒，又换了只梳子，边梳头边说："我老爹唯一惧怕的是什么？是共产党！除非解放军现在就能打破太原城，否则，谁也阻拦不了他的事！不过，你还记得吗？在殷家堡，有一天半夜，陶蓝给我来过一个电话，让我给扣在代州的三哥打电话，还记得吗？她让我转告三哥几句话，我当时不明白，过后想想，好像话中有话。"

"那是什么话？"

"记不清了。"汪成芳摇摇头，"反正，直觉上他们好像有什么计划，或是什么行动，陶蓝没细说，我也没多问。"

殷立德默然，坐下发起愣来，一会儿，又愁肠百结地喃喃自语道："解放军才刚刚攻下运城，远水解不了近渴呀……"

汪成芳梳完头，看看殷立德又觉不忍，便上前推了他一把说："得了，瞧你犯愁我也不开心，你去找找阿格布尔吧。他跟着我大哥、二哥刚从晋南撤回来不久，跟他再商量商量，看看还有什么办法没有……"

殷立德猛醒，立刻站起来，搂住她感激道："芳儿好媳妇，谢谢你……可是，万一你爹来了，看我没陪着你，要挑理儿又该如何？"

"放心吧，理由是现成的。"汪成芳放下梳子，"运城刚刚丢了，我就说你惦记着军务，急着去司令部当差了。"

听汪成芳说到运城失守，殷立德真的想起了晋南溃败的战事，便感到有些疑惑，说运城失守，就等于晋绥军失去了扼守陇海线与潼关的要冲，山、陕通道被截断了。按理，你爹作为第13集团军的总司令，现在应该在司令部忙乎才对，怎的像跟没事人似的，一门心思地在家里忙着娶小老婆，是何道理？汪成芳说，哼，笨吧，我爹的防区是大太原，运城丢了，还有临汾顶着，他才不会真的去操那份闲心。别说我爹，就太原城里，你去看看，晋绥军的军官和绥署的官员们哪个不在拼命捞钱，查逆产，包括我三伯父信任的那些高干，也都在贪污、搞女人，没有一个干正事的……难怪老百姓都说，在太原就是十三高干哄着一个老汉。这么下去，晋绥军不败，都是老天爷没眼！

殷立德点点头，还想再说点什么，却被汪成芳没好气地呛了一句，说你到底走不走？还在这儿啰里啰唆，再耽误时间，没准儿阿格布尔早跑回铁寒寨去了……

殷立德这才轻轻吻了汪成芳一下，重新换了军装，拿起军帽，匆匆推门而去。

看着空旷的新房，汪成芳感到一阵惆怅，发起呆来。

殷立德离开汪公馆之后，先去了装备处，装备处的人说两天前阿格副官露过一面，之后就再也没来过。殷立德又拐到了司令部，没见着阿格布尔，却见到了亲训师师长汪成孝。一听殷立德在找阿格布尔，汪成孝点点头说，刚撤回太原那天，我与老二、阿格布尔三人都在司令部向吴绍之参谋长汇报军情。汇报完，临离开的时候，阿格布尔与老二发生了冲突，还差点动了手，冲突的起因是一个叫梅冬潮的女人。老二正式向阿格布尔摊牌，说这个女人现在归他了，让阿格布尔以后不要再纠缠。阿格布尔当然不让，大骂老二卑鄙，两人先是对骂，之后就要火并，被我好不容易拉开了。最后两人达成了协议：老二先回43团军营盯着，稳定军心，保证两天内不回住处；阿格布尔可以去找梅冬潮，如果梅冬潮还愿意跟阿格布尔，那就立刻领走，老二放弃。但如果梅冬潮不跟阿格布尔走，则阿格布尔放弃，以后不得再为这个女人与老二纠缠不清。殷立德听了问，那之后呢？究竟是个什么结果？汪成孝摇摇头，说不知道。

"都是自家兄弟，为了一个女人，真的不值。"汪成孝颇为鄙夷地笑笑，"老二撬兄弟的女人固然不堪，可你也劝劝阿格布尔，不是他的女人终究是留不住的，该放手的时候放手才是明智的选择。"

"可，阿格布尔现在在哪里？"殷立德有些焦急。

汪成孝神情淡然地摇摇头说："老二的那座别墅是我帮他搞到的，叫水晶宫，我把地址给了阿格布尔，他立马就走了……至于现在，我可不知道他去了哪里。应该不在水晶宫吧，因为据我所知，约定的时间差不多到了，那个女人并没有跟阿格布尔走。哈哈，女人！你们还小，没玩过，还没弄明白什么是女人。"

离开司令部，殷立德走在街上，心中一阵茫然。按汪成孝的说法，这件事发生在两天前，阿格布尔没回汪公馆，又没去装备处，能去哪儿呢？不可能一直待在别墅外面吧！也不知道两天前，他在水晶宫遭遇了什么，不管怎么说，好歹也是十多年的情分，就算分手，梅冬潮也不至于让他太伤心吧……

夕阳下，水晶宫的四壁蓝光闪烁，熠熠生辉。

大碗儿站在窗前向外望着，忍不住说道："姐，阿格布尔大哥在外面，不吃不喝，都站了两天了……真可怜。"

梅冬潮走过去，看了一眼栅栏外固执站立的高大身影，叹口气，颓然坐下。

栅栏门外，余晖下，阿格布尔凄苦地凝望着别墅的一扇窗棂，一动不动。一阵晚风吹过，将他的军帽掀落地在地上，他仍无动于衷。

蓦然，他从怀里摸出一支古旧的通身翠绿的物件，半个巴掌大小，就跟黑子送给李度的那只泥哇呜一样，也呈牛头形状，却是用上好的缅甸翡翠雕琢而成的，看上去更小巧一些，更精美一些。这只玉埙，是姑妈阿格妙影的遗物，他十分珍惜，总是贴身藏着，从未在人前露过，甚至连李度、汪成旭、殷立德他们都没见过。

唯有梅冬潮，他不仅给她看了，让她摩挲，甚至还为她吹奏过，他还跟她讲过姑妈阿格妙影的故事。许多年前，就在羊八井，黄塬上，古堡蓝天之下，少男少女，一曲《阿拉伯牧场》石破天惊，把梅冬潮感动得醉如痴……

忘我定情的那一刻，他们还一起背诵了民国才女林徽因的一段著名诗文："你若拥我入怀，疼我入骨，护我周全，我愿意蒙上双眼，不去分辨你是人是鬼，你待我真心或是敷衍，我心如明镜，我只为我的喜欢装傻一程。我与春风皆过客，你携秋水揽星河，三生有幸遇见你，纵使悲凉也是情……"对他而言，这样的记忆，刻骨铭心！却不知，时过境迁，往往就意味着一种结局："嫦娥应悔偷灵药，碧海青天夜夜心！"此情此景，此时此刻，他再次将小巧的玉埙捧在唇边，望着别墅情不自禁地吹奏起来，埙声悠远、缠绵、哀婉、凄苦而又神驰千里，仿佛在追忆、诉说着过往的无限情思……

玉埙的乐音飘进屋里，梅冬潮的眼圈霎时变得通红。大碗儿见状受不了了，一跺脚道："这算什么？我再去劝劝他。"梅冬潮一把拉住了她，含着泪摇摇头。

这时，门被推开，何婶走了进来，一脸不悦，没好气道："梅小姐，那个男人死赖着不走，这会儿又在咱家门口吹起了号丧调，太不像话了，总这么干可不行啊！"

大碗儿没好气地说："他吹他的，关你什么事？我就觉得蛮好听的！"

何婶悻悻然道："梅小姐既然跟了我家二少爷，就应该遵守妇道，虽说不是明媒正娶，可也不能成天招个野男人在家门口丢人现眼吧？咱汪公馆可是名门大户，是正派人家……"

"正派个屁！"大碗儿忍不住顶撞道，"你家汪二少爷才是野男人，就是你家汪二少爷死缠烂打，夺人所爱，才把我姐不明不白地哄进了这破房子里面，让阿格布尔大哥伤心……哼，有什么呀？这破房子、破院子，跟监狱似的！"

梅冬潮制止了大碗儿，对何婶说道："不必多言，我会了断这件事的，你出去吧。"

何婶转身往外走，在门口又回头道："我也是好意，梅小姐还是想法儿赶快把那个人打发走吧，万一让二少爷回来撞见了，又少不了跟你怄气，何苦来着。"

待何婶出去，梅冬潮在梳妆台前坐下，开始梳妆打扮自己。"大碗儿，你去告诉他，让他走吧，在清和元等我，我会去见他，给他一个交代。"

大碗儿叹口气道："姐，要不，你还是跟布尔大哥和好吧，他对你是真心的……"

"听话，按姐说的去做！"梅冬潮决然说道。

大碗儿咬咬牙，恨恨连声地朝外走去。

阿格布尔吹完了最后一个音符，收起玉埙，抹了把脸上的泪水，弯腰拾起军帽戴在头上，准备离去，恋恋不舍地最后望一眼。

大碗儿跑了出来，眼眸中噙满了泪水说："布尔大哥，我姐说，她愿意见你了，让你去清和元等她……你别再伤心了。"

阿格布尔强忍悲伤，走过去掏出身上所有的钱，有银圆和纸钞，都一起塞进大碗儿手里，苦笑道："不用了，告诉你姐，好好过日子，我以后不会再来给她添麻烦了！"

大碗儿一下哭了出来："布尔大哥，我们全家都知道你是好人，可这钱……我不能拿！"

阿格布尔推开大碗儿的手，说："没多少，拿着吧，万一需要，或许能救个急……"

两人正争执着，不想梅父从一旁蹿过来，一把抢过钱，连连说道："哎哟喂，真是及时雨，咱家现在就需要……阿格布尔啊，你不知道，那个汪二少爷管吃管住，就是一文钱不给……我可是冬潮的亲爹。"边说边忙不迭地朝街区烟馆跑去了。

大碗儿跺脚哭道："爹，你还有脸拿布尔大哥的钱？"

阿格布尔再看一眼那扇窗棂，转身黯然离去了。

殷立德最后在柳巷清和元饭庄的一个小包厢里，找到了阿格布尔。三个酒坛，一个歪倒着，几碟冷菜。

阿格布尔已经酩酊大醉，一会儿大笑几声，一会儿又伏案痛哭。饭庄掌柜早就相识，走过来想劝慰，可又不知该说什么，摇摇头走回柜台。

殷立德匆匆赶到，看到阿格布尔，问："掌柜的，怎么回事？他怎么喝成这样了？"

掌柜的摇摇头，说："许是碰上了烦心事，一会儿哭一会儿笑的，折腾一下午了。我是怕他出事，才叫小二去找你们的……"

"我说在司令部等不着他，原来是躲到这儿来了。"殷立德说着，走过去抱起阿格布尔，"唉，兄弟，你怎么啦，怎么一个人喝成这样？"

阿格布尔醉眼蒙眬，推开他："你……是谁？我没醉……"

殷立德松开手，在他身边坐下来，安慰道："没醉好呀，来，我陪你喝，咱哥儿俩喝个痛快！"

两人喝了几杯酒之后，阿格布尔终于认出了他，一把抓住他的手："立德！你……你是小德子……你还惦记着布花？"

殷立德点点头："她现在最需要你的帮助，可你却在这儿喝闷酒，你觉得有意思吗？"

"没用了……我不行，"阿格布尔哭着摆手道，"李度不行，汪三少爷不行，我们都不行……我们……都打不过他们！"

殷立德暗自叹息，一时无语。他知道，阿格布尔这种近似癫狂的状态，主要是因为梅冬潮的情变。这是真正的心结，一旦钻进这个牛角尖，短时间内谁也无法唤醒他。他耐着性子，一直陪着阿格布尔，一会儿听他骂汪老二，骂老寨主，一会儿听他讲梅冬潮，讲他们初次相识的情景。他讲到了羊八井，讲到了克难坡、蛤蟆尿，甚至还讲到了他的姑妈阿格妙影，还把那只翡翠玉埙拿了出来……很多很多，他们曾经的青春足迹和春心萌动、情窦初开的过往。这个身高八尺的堂堂汉子对那个女人用情至深，他的内心已经完全被现实击垮了。

临近夜半，阿格布尔才渐渐清醒过来，殷立德架起他，离开清和元饭庄，叫了一辆黄包车返回汪公馆。在东跨院客房，殷立德命女佣去厨房做了一碗醒酒汤，喂他喝下，安顿他睡了，才返回东跨院自己的新房。汪成芳还在等着，他便把阿格布尔和梅冬潮的事情大致说了一遍，叹口气："两件大事都不顺，又偏偏凑到了一起，他有些顶不住了……"

汪成芳顿时怒了："这个梅冬潮，这么好的男人甩了，她想干什么？"

殷立德无奈道："也不能全怪她，大家各有各的难处，各有各的需求。事已至此，布尔也应该放手了……感情的事，最终还是得两相情愿才行啊。"

钻进被窝，他虽然紧搂着汪成芳，可心里却依旧感到郁闷，总是提不起兴致。汪成芳伏在他怀里贴近他的耳畔，悄声对他说，在等他回来的时候，她不放心，便忍不住溜进书房，偷用老爹的军用电话跟石岭关的三哥汪成旭联络了一下，没承想，反倒弄得她更加忐忑不安起来。

殷立德听完之后，一下坐了起来，有些气急败坏道："就是说，没有一点儿希望了？"

"我三哥也没那么说……但至少，他们还在努力！"

"他们已经在返回的路上了，唉，明天，就看明天了……"殷立德又重新躺下，颇为沮丧地闭上了眼睛。

三

老牛拉车，行进的速度慢得令人烦躁。

队伍走了一天才到了大盂镇，在镇公所休息一夜，天亮后启程，朝太原缓缓行进。已经空载的三辆卡车驶在前面，大概是司机实在不耐烦了，没走出多远便渐渐加快了速度，后来干脆甩开队伍不见了踪影。李度没有吱声，徐馨茹却愤愤不已，哼了一声，骂道："三个白眼狼，等回去再跟你们算账！"

"长官不在就胆大包天！当兵的，都是一个德行，夫人不必跟他们一般见识。"翠姑小声安慰道。

徐馨茹不满地说："哼，李参谋，你的职级也太低了点，完全没有威慑力。没听说'参谋不带长，放屁都不响'吗……你好好表现，这次回去，怎么着也得让老爷给你弄个实职干干，这叫什么？连几个汽车兵都镇不住，简直就是……狗屎！"

李度没有吭声，心里却暗自一叹。

轿车、辇车、马队仍在缓缓前行，顺着地形，渐渐下坡，驶入一条干涸的河谷。

透过车窗，李度看见两边尽是些高耸的黄冈、巨大的沙丘和裸露的河床，心里大致计算了一下，应该到了黑水镇境内，按这样的速度，抵达石岭关至少还需要两个多小时。如果不变队形，到时候，最理想的状态就是尽全力保护轿车冲过伏击圈，而把金辇青牛车截留在后面。刘鑫的计划应该就是这样的。

"停车！"徐馨茹突然喊了一声，吓了李度一跳，忙扭过头来望着大夫人。

徐馨茹吁了口气，对李度说道："我心跳得厉害……你下车，催一催后面那破牛车，让它加快点速度，走到咱们的前面！这破牛车不在我的视线里，总让我感到心惊肉跳的。"

李度一呆，思忖道：这婆娘难道是我肚子里的蛔虫？这一路自己都低估了这个女人。他点点头，钻出车外，朝后面的辇车跑去。先把大夫人的指示转告了汪二狗，把家丁马队分成了两拨，一拨跟着辇车，一拨留作后卫守护轿车。然后避开汪二狗，悄悄与刘鑫打了个了个照面。刘鑫好像猜到了他的担忧，将背包里电台的梅花形天线拉了出来，告诉他，看不见天线就说明没有意外，一切按计划行动。反之，若天线拉出来了，就是发生了意外，大家随机应变。李度又转脸叮嘱了黑子几句，让他集中注意力，千万保护好刘鑫的安全。

就在辇车擦肩而过的时候，李度赶上去，拉开了辇门，见轿辇里只有阿格布花一人坐着，便小声道："告诉赞普，后面的路上不论发生什么，都要听从刘鑫的安排！"

阿格布花点点头说，然后伸手塞给他两个染成红色的煮鸡蛋。李度接了，心里不由得又是一叹：这误会总算解除了。

待辇车超过轿车，成为头车之后，队伍才又开始徐徐前行。徐馨茹盯视了一阵前方的辇车，似乎放下心来，便放松身子靠在后靠背上，随着车身的颠簸，闭目养神。

队伍慢慢走出河谷，步入较为平坦的河滩大道，将黄冈和沙丘渐渐甩在了身后。就在这时，前面的辇车停了下来。李度一惊，忙摇下车窗探出头去，大声问道："怎么回事，为何停车？"

"有路障，把路堵住了……"

路障？李度心中一惊，忙闪出车登高一望，只见几块巨石和一根断木横在路上！不好！他只来得及回头看了一眼，便浑身汗毛直竖，一身冷汗冒了出来——他清楚地看到，刘鑫背后的那个梅花形天线已经竖了起来，不由得大声喊道："汪队长，快清理路障，冲过去！其他人准备战斗！"

话音未落，远处的沙丘后面冒出一片人影，清一色的黑纱蒙面，紧接着枪声响起，弹雨顿时泼了过来，车身被飞过来的子弹击得砰砰作响。

李度朝车里喊道："翠姑，走河滩，绕过路障，冲过去！"然后就地卧倒，一个横滚，隐到路边的乱石后面，开枪射击暂时将扑过来的人潮阻止。

徐馨茹被惊醒，往外一看，慌忙喊道："是土匪！快快，挡住他们！"

翠姑拔出枪，一边朝沙丘上还击，一边催促司机加大油门。轿车快速驶下路基，剧烈颠簸着、啸叫着向前疾驰。众家丁纷纷跳下马来，就地卧倒、开枪。

李度一边射击，一边高喊："汪队长，我阻击，你带人保护好夫人，快速通过！刘鑫、黑子，快把小姐从牛车里带走！"

汪二狗慌忙朝两个家丁喝道："你俩快把炮支起来，给我狠狠地轰他们！你们几个跟我来！"边说边弯腰向轿车跑去："快，快，先把石头搬开！"

突然遇袭，家丁们手忙脚乱，根本组织不起来有效的反击，只能各自为战。

李度不断地打着横滚，变换着方位，猛烈射击，几个被击毙的土匪倒下，顺着沙丘翻滚。但后面的又蜂拥而上，密集的弹雨立刻铺洒过来，打得李度抬不起头来。

这时，黑色轿车已经绕过辇车，疯狂地向前疾驰，众家丁纷纷跳上马背跟随而去，竟然不再顾及辇车和后面的人马了……可令人意想不到是，土匪虽人马众多，却根本无视辇车，而是一窝蜂地朝着轿车围追堵截。只有一小队人马朝辇车包抄过来。

刘鑫见状，带着黑子一边阻击，一边忙朝赞普做了个手势。赞普会意，忙离开坐骑，跳上辇车掉头朝北，一手抓住缰绳，一手抽刀猛刺牛股，三头青牛顿时飞奔起来……刘鑫和黑子还有三个家丁护着辇车，且战且走……

直到这时，李度才腾出空来，甩出两颗手雷，趁势跃上马背，快速追赶上了辇车，在飞奔之中，探过身子拉开辇门："布花，快出来！"阿格布花刚一探出身子，就被李度一把掠过，拉在自己的马背上。之后，他一手环抱着阿格布花，一手单臂持枪，朝一侧追来的土匪猛烈开火。刘鑫和黑子也策马奔来，紧紧护在他的左右。

赞普扔了辇车，重新跳上自己的坐骑，返身挥着弯刀，直接杀进追来的匪群之中。

一颗手雷飞过来，炸响之后，几个家丁被炸成了碎片，刘鑫的坐骑也随之倒下，一旁的黑子忙弯腰将他拉上自己的马背，而身后的土匪依旧紧追不舍，一路弹雨，一路烟尘，距离越来越近。

胸前九龙带里的弹夹所剩无几，已到最后关头，李度暗运气息，做好了肉搏的准备。就在这时，一支国军队伍突然从侧面奔袭而来，穿插、迂回、包抄、围剿，配合有序，放过奔逃的两骑，猛烈截杀紧追的土匪……很快，土匪被打散，继而远遁。

黑子的马一声长嘶倒下，黑子和刘鑫翻落在沙地上，李度掉头返回。

不远处，另外一匹十分雄壮的黑马发出长长的嘶鸣飞奔而来，两下刚一汇合，马背上一身是血的赞普便落了下来。

阿格布花跳下马，跑到奄奄一息的赞普身边，带着哭腔喊道："赞普，你怎么样啊？"

赞普看着阿格布花，口吐鲜血，已经说不出话来。

阿格布花急忙跪在他身边，将他的双手拢在胸前，低下头开始默默祈祷。

黑子轻叹一声，喘息着对李度暗暗摇了摇头，李度忙蹲在赞普身旁，伸手一摸他的脉搏，便默默站起身来，任由阿格布花以侉依人的方式与她的这位忠诚的家奴告别。

刘鑫望着远方，凝重的表情慢慢松弛下来，解下背包，将拉出的天线重新收了回去。

解救他们的队伍已经结束战斗，胜利返回，都跳下马背围拢过来。李度本能地迎向领头的年轻军官，军衔上看是一位少校，便先行了个军礼，再一拱手道："多谢长官搭救，在下是晋绥军第13集团军司令部的少尉警卫参谋李度，敢问兄台是中央军哪部分的？"

年轻军官扑哧一下笑了，摘下军帽，齐耳短发随之落下，一对亮晶晶的眸子望向他，长长的眼睫毛像两把小刷子，飞快地眨了眨，一声甜甜的、既熟悉又陌生的嗓音传入他的耳内："哥，好久不见，不认识了吗？"

"你是……蓝妹！"

刹那间，李度的眼睛变得模糊，仿佛一阵惊雷掠过耳际，震得他浑身战栗，一颗年轻的心也紧跟着激烈地跳动起来。他怎么也没想到，竟会在这样的情景下与陶蓝见面。他想紧紧地握住她的手，紧紧拥抱她……而实际上，他什么也没做，只是呆呆地瞪大了眼睛久久地凝望，仿佛除了凝望，什么也不会做了！还是刘鑫走过来，才把他从狂喜中惊醒。

"兄妹久别，战场重逢，也算难得！"

李度略带尴尬地朝刘鑫笑笑，然后又转向陶蓝，羞赧道："哦，你长大了，乍一见，还真是不敢认了……你还好吗？"

陶蓝眨了眨眼，轻声道："时间不多，走走？"

李度点点头，两人便朝着前方的原野，并肩踽踽而行。

"我见到了姐，她跟我提到了你，她很担心你。"

"姐跟你都投到了那边，只剩我，还在这边鬼混……"

"别那么想，甭管什么时候，我跟姐都是你的亲人。虽然姐和我不在一个系统，她在解放军第1兵团政治部工作，我呢，隶属解放军太行军区909情报站。但我们有一个共同的目标，就是解放太原，解放山西，解放全中国！"

李度点点头，又微微一笑，略带自卑地说道："真心羡慕，好远大的目标……我差得太远了。不过，也不用担心我，人在晋绥军里混，但好赖是非，心里还能分得清楚。姐开导过我，我知道自己该怎么做。往后，有需要我的时候就说一声，只要能做到的，我都会尽全力去做。"

"你这次就做得很好，不光救了阿格布花，还树立了自信心，离间了铁寒寨与汪公馆和晋绥军的关系。"

李度摇了摇头，显然对自己的表现很不满意："我没想那么多，只是想救人。可千算万算，就是没算计到会突然出现一股土匪，没有你们的解救，我还真应付不了……"

"土匪？装备精良，训练有素，你见过这样的土匪吗？"陶蓝收敛了笑容，凝重道，"同我们一样，也是一支化了装的正规军武装，只是还不清楚属于哪股势力。"

李度顿时想起遇到骚扰的那个深夜，从行动特点上看，无疑是同一拨人马。他转脸看了看陶蓝，不由得有些担心："特警处就是山西的军统，几乎无处不在，势力大，不简单，你干的事很危险，千万要小心！"

"我们都要小心。"陶蓝停住了脚步，"哥，我们得分手了……你不能骑马回去，最好是带走那辆辇车，也好有个说法。"

李度回身，见大队人马已经朝这边走来，便再次凝望着陶蓝道："不用担心我，你多保重！"

人群中，阿格布花擦干了眼泪，见刘鑫仍牵着那匹雄壮的黑马，便伸手接过了缰绳喃喃道："赞普是我的家奴，从小在我家长大，我没怎么关心过他……他却因我而死，真对不住他。这是他的马，也是他的兄弟。来，把赞普绑在它身上吧，它会带他回家的。"

刘鑫和黑子按她吩咐，将赞普的尸身横放在马背上，再用褡裢扣牢。阿格布花上前抚摸着马首轻声道："去吧，送你兄弟回家！"然后拍了拍它，那黑马嘶叫一声，竟然真的返身飞奔远去了……

陶蓝伸出双手正了正李度的军帽，小声道："哥，阿格布花我带走了，回去告诉阿格布尔，不用担心。我们还会见面的，记住，不管什么时候，我跟姐都是你的亲人！"

李度点点头："当然……"

阿格布花走到李度跟前，歉然道："对不起，我误会了你，你别介意……"

李度挥了挥手，叮咛道："跟着他们走吧，那是一条全新的路。照顾好自己！"

众人纷纷上马，刘鑫远远地朝李度拱了拱手。

目送着众人远去，李度心里涌上一股热浪。他知道，陶蓝他们奔赴的目的地一定是解放区，在那里，人人平等，追求自由解放，有一种他所向往的火热生活，充满青春的气息，以及树立坚定信仰之后的充实。自己暂时还不配投奔那里，但却可以把那里作为自己今后奋斗的目标。一个人只有在努力的方向、自身的能力和外界环境都比较合适的时候，才能够有所作为。如果这些条件不达标，就只能先改变自己，去适应实际情况，创造条件，做好准备，随时抓住机遇。

身旁的黑子也看得眼热，不由得小声道："长官，不如咱也跟着他们去吧？"

"现在还不是时候。"李度收回目光，伸手搂紧了黑子的肩膀，返身朝不远处的辇车走去，"咱要去也不能两手空空的，要载誉而归，那才提气。"

"可……估计回去，咱俩也不好过关，少不了去返干团受审，该怎么说？"

"不提中央军，一口咬死是劫匪，马没了，咱追不上，只好无功而返。"

"好，我听长官的。"

李度点点头，用力捏了捏黑子的肩膀，没有再说话。

辇车遍体弹痕，损毁严重，已经失去了出发前的金碧辉煌，三头青牛，只剩下一头，像朵尘封的纸花。两人费了好大劲才收拾停当，勉强上路，转头走下河床，沿着汾河河谷，朝石岭关方向踽踽而行。

黑水镇外的一片空地上，残破、狼狈的轿车、马队聚拢在一起。

徐馨茹喘息未定，打量着四周问道："这是什么地方？"

"黑水镇，离石岭关不远。"汪二狗心有余悸，大口喘息着回答道。

徐馨茹看了看不远处几个挂了彩的家丁问："就剩这几个人了？"

汪二狗点点头："跟着咱们的这队，就这些了……妈的，没想到这拨杆子还挺硬，也不知道李参谋他们冲出来没有……"

"不是杆子，是正规军装扮的。"翠姑刚检验完一具尸体，来到大夫人身边。

"难道是共军？"汪二狗瞪大了眼睛，"我带人再返回去，杀他一个回马枪。"

"就你这几苗人？开什么玩笑！"翠姑颇为鄙夷地哼了一声。

"扯淡！别说那些没用的，"徐馨茹极为烦躁，瞪了一眼汪二狗，摇摇头说道，

"那辆破牛车！唉，估计凶多吉少……快快，你快去镇公所找电话，马上通知老爷，派最精锐的部队出来接应我们，还得帮咱们找人哪！其他人都不打紧，最要命的就是阿格布花，那丫头是万万不能出事的呀！快去，快去！"

汪二狗应声朝镇里跑去。

在接到汪二狗的报警求援电话之前，汪敬谷正在自己的书房里转着圈踱步，因为参谋长吴绍之给他带来一个军情处的情报：三天前第8集团军司令部警卫团的一个营悄然离开太原，由南门出城，至清源县时，一个连突然去向不明。起初汪敬谷对这个情报并不在意，他现在的主要目标是梁化之的特警处，第8集团军的司令是孙楚，虽然也是个竞争对手，但实力不强，在三哥那儿说话也不灵，不属同一量级，他还真未放在眼里，他不相信孙楚敢在这个时候跟自己叫板。可听完吴绍之的分析之后，他的神情变得凝重起来。

孙楚，字萃崖，晋南解州人，保定军官学校毕业，与汪敬谷一样并列十三太保。因中原大战以及抗战爆发前夕，在陕北用堡垒战术同红军作战屡立战功而引起阎锡山的瞩目，不断晋级，抗战中期被擢升为晋绥军上将。虽进入了十三高干之列，但始终未能赢得阎锡山的彻底信任，被视为晋绥军嫡系中的"杂牌"。尤其是抗战后期，傅作义所部脱离晋绥军继而中央化之后，阎锡山对晋南籍的军官更加反感，对孙楚就变成了纯粹利用的关系，有战事时任命他为总司令、总指挥，委以重任；一旦事毕，则调办政务，而夺其军权。就像现在，虽然还兼着太原绥靖公署副主任、第8集团军总司令，却又另委任为太原城防军事工程筑造总监，真正的权力范围也只局限于东山四大要塞，并无多少实权可言。尽管如此，孙楚表现得似乎格外淡泊，只念阎锡山栽培奖掖的知遇之恩，竭尽忠诚之能事。不论何时何地，张口闭口都是："阎会长慧眼识珠，是我的恩人，我的老长官，我是会长一手提拔栽培起来的。会长让我跳崖，我跳崖；会长让我滚沟，我滚沟……"

这是阿谀之词，也是屁话，汪敬谷不信，也不说。至少跟三哥不说，跟三哥他只说真话，这是他向三哥表示忠诚的方式之一。就连这次要娶阿格布花为八夫人，他也没说半句假话。但他对孙楚的军事理论素养是认可的，特别是孙楚在某些场合从战略层面对局势的分析，他还是很折服的。换句话说，他承认孙楚的脑子比自己好使，脑子好，口才好，仅此而已。可参谋长有一句话提醒了他：特殊情况下，往往策略比实力更重要。

前些时，阎锡山打算提拔一个年轻些的干员，替换已经老迈的绥署秘书长。因为孙楚挂着绥署副主任的头衔，就把组织推荐人选的差事交给了孙楚。自然，孙楚首先推荐了他的参谋长赵世铃，梁化之闻风立即介入，推荐了特警处的总参议阎必成，而汪敬谷则推荐了吴绍之。最终人选的确认，当然需要阎锡山亲自圈定，这场不大不小的角逐才算尘埃落定。吴绍之的意思是，在这样的节骨眼上，孙楚、梁化之、汪敬谷三方中任何一方出了纰漏，都会气短，都会无力再做争夺。铁寒寨的事，阎会长已经首肯，特警处也在暗中协助，梁、汪两拨暂时处于同一阵营，双方确定都不会利用此事作祟。唯有孙楚，他真的甘心当泥瓦匠，龟缩在东山修碉堡吗？他的警卫团一个营突然出城，并且有一个连在清源一带去向不明，关键是他们出城的时间居然与大夫人去铁寒寨的时间高度重合……这一切，难道真是一种巧合？想到这儿，汪敬谷感到头皮发麻，顿时冒出一身冷汗。如果参谋长一语成谶，那就不是什么秘书长人选的问题，而是关乎自己是否身败名裂的大事！

"孙楚老杂毛诡计多端，没准儿真敢打爷的主意。"汪敬谷抚着额头连连催促，"快，快给成孝打电话，让他亲自率领亲训师前出石岭关接应……"

也就是在这个时候，汪二狗的报警求援电话到了。

汪敬谷顿时暴跳如雷，气得摔了电话，望着参谋长直咬牙切齿，恨恨连声："娘的，到底还是晚了一步！"

"非也非也，亡羊补牢为时未晚……不过，调动亲训师动静太大，不如让二公子从警卫团带两个营去……同时命令驻守石岭关的23团3营前出接应。"吴绍之说着，忧虑的神情中倏地冒出一丝喜庆，"索性就让三公子带一个连去，兄弟俩也好做配合。"

"老三？那臭小子怎么会在石岭关？"汪敬谷有些惊讶。

"是代州23团团长向我报告的，三公子离开代州便去了石岭关，说是要巡查守关部队克扣军饷的问题……不过是想揩点油水，歪打正着，不如就让他代劳一趟吧。"

"快快，就按你说的做！来人！"

汪敬谷有些气急败坏，冲着跑进来的灰皮连长喊道："警卫连立即集合，就地待命！"又扭脸朝正在打电话的吴绍之叮嘱道，"命令汪成义带警卫团1营、2营立即出动，直奔黑水镇，给我撒开了搜，凡遇到土匪、蝥贼统统杀光，一个活口不留！"

灰皮连长赶忙跑了出去，院子里立刻响起了尖厉的哨音。

汪敬谷余怒未消，又着腰有些气喘地来回踱步。这时，殷立德和阿格布尔跑了进来。天亮酒醒后，阿格布尔就像换了个人，对几日来自己的情迷癫狂极为羞愧，把那只精美的玉埙摔得粉碎。

参谋长吴绍之刚刚放下话筒，略微一想又拿起了起来道："总座，这件事没有证据，好像没那么简单，应该让特警处介入，迅速查清楚这股土匪的来龙去脉……"

汪敬谷烦躁地一瞪眼："别废话，快打快打，直接打给梁化之！告诉他，这件事不调查清楚，他也脱不了干系。娘的，特警处的人居然先撤了，把老大的人马孤零零地扔在了后面，不然怎能出这样的事……徐端这个王八蛋，真是胆大包天啊！"

阿格布尔不由得与殷立德对视一眼，然后上前一步道："司令，属下愿意带一支小部队参加搜索，那一带的地形我很熟悉！"

"阿爹，我也同去，为您分忧，一定要把布花小姐找回来！"殷立德也上前一步道。

汪敬谷顿时面露喜色，拍拍二人的肩膀说："爷说什么来着？啊，打虎亲兄弟，上阵父子兵！好，你俩去找老灰皮，挑一个排去，只要能找回布花姑娘，爷给你俩记大功！"

两人离开之后，阎总管跑了进来，小声道："老爷，第8集团军孙总司令前来拜访。"

"孙楚？"汪敬谷闻言先是一惊，之后便皱起了眉头，"他在哪儿？"

"在大门外，一个人坐车来的，连警卫都没带，特让老奴先来回禀老爷一声。"

汪敬谷又在原地转了两圈，让自己冷静下来，然后望了一眼已经下达完各项命令的吴绍之，禁不住连连冷笑道："这个老杂毛，又玩鬼心眼儿，老子也不是那么好糊弄的……参谋长，你走耳门先去西跨院，避开孙楚，然后直接回司令部坐镇。哼，老杂毛，摘茄子也不看老嫩，腰里揣个死耗子就当自己是打猎的，我来会会这老狐狸！"

"总座还需冷静，以装傻充愣为好。"吴绍之提醒道。

汪敬谷挥挥手，待吴绍之离开之后才对阎总管悄声耳语了几句，最后叮咛道："让老灰皮撤销集合，一切照旧，恢复原先的警戒模式。"阎总管诺诺而去。

汪成旭接到吴绍之电话的时候，梁营长正忙着跟下面的民团倒卖调拨单，还未返回石岭关。尽管他心里偷着暗乐，可面上还得装出一副事关重大、火急火燎的样子，当下叫来副营长，调了一个连的骑兵急匆匆地出关朝黑水镇疾驰。

他驾驶着道奇吉普驶在最前面，大队骑兵紧跟在后。途中，殷立琼有些恼火，颇为不甘地悄声嘟囔："事倒是成了，只可惜了那五万现大洋……"话没说完，头上便挨了汪成旭一个板栗："钱算个屁，此话休要再提。"

也就是一袋烟的工夫，便在黑水镇外与徐馨茹和汪二狗的家丁队汇合了。汪成旭问明了情况，安慰了大夫人几句，便留下两个排警戒，护卫大夫人安全，自己让汪二狗带路，带了一个排朝着出事地点奔去。半道上，他遇见了正踽踽返回的辇车和灰头土脸的李度。汪二狗大声喊着，李参谋你没事吧？李度没好气地说，老子流年不利，带了你们一群废物垃圾，贪生怕死，一点儿战斗力没有，我还能有好吗？汪成旭与他对视一眼，小声问，人是不是被劫了？李度朝他眨眨眼，叹口气故意大声说，土匪人多、凶悍，我俩的弹药打光了，马也没了，两条腿追不上四条腿，只好眼睁睁地看着阿格布花被劫走……汪成旭扭脸看了看那辇车说，这破牛车还带着有屁用，纯属累赘。快上我的车，咱这就往回返。李度摇摇头，说你既然带人来了，就应该再追一程，就算追不上，回去也好有个交代不是？汪成旭恍然，嘻嘻一笑道，也对，戏做足了才能算完。来，小琼子，到后面去，让小度子坐前面！

黑子见状，忙跳上汪二狗的马背，众人一窝蜂地朝北追去。

临近正午时分，隆隆马达声中，一支疾驰的车队卷起漫天烟尘，在黑水镇外停了下来，警戒的士兵赶忙上前，原来是汪成义亲率大部队耀武扬威地赶到了。

徐馨茹坐在一块石头上，忙向儿子招手。

汪成义跳下车跑到徐馨茹跟前，单膝下跪道："娘亲，儿子晚来，让您受惊了。"

徐馨茹一把抓住汪成义哭道："儿啊，这回你娘亲要倒霉了，弄丢了你爹的心肝宝贝，非让他活劈了不可……"

"绝对不会,这事不怪您,他要是敢欺负您,我跟他翻脸……"汪成义不断安慰，"好啦，娘不用担心，我撒开人马，就是一寸一寸地篦，也要把人给您篦出来！"

徐馨茹抹了把眼泪，站起来说："快，快，义儿，让娘上车，我随你一同去找……"

汪成义心疼道："这点破事用不着娘再受劳累了，我派人用车先送您回太原！"

徐馨茹连连摆手道："使不得，使不得，找不到人，我没脸回去……"

"那您就在这儿等着，听儿子的喜讯……来人，马上把大帐支起来！"瞪一眼站在一旁的翠姑，"别偷懒，让我娘先歇息，好生伺候！"

翠姑淡然一笑，道："杆子扎手，二少爷莫要轻敌。"

"屁！我汪老二今天就是要跟这些杆子们叫叫板！"汪成义说完跳上一辆卡车，站在车门踏板上，掏出枪朝天连开两枪，喝道，"弟兄们，都他妈的给我打起精神来，机枪、小炮架好，方向——正北、东北，搜索前进！凡遇上不靠谱、不着调的，一律格杀勿论！"

马达轰鸣，车队疾行，卷起一道烟尘。

徐馨茹满脸憔悴，由翠姑搀扶着，满眼期盼地目送着大部队远去。

四

接待地点由书房换到了议事厅，身着将军礼服的汪敬谷四仰八叉地坐在太师椅上，前面放了一个马扎——那是留给孙楚坐的。汪敬谷原本就人高马大，而孙楚则干瘪瘦削，这么坐着，一个居高临下，睥睨四方，另一个则仰人鼻息，憋屈卑微，让孙楚感到极为不爽。但他隐忍了，一脸人畜无害的神情，点燃一支香烟，微微一笑，道："敬公新喜，为兄本该携重礼前来祝贺。无奈，囊中羞涩，实在挑不出一件上得了台面的东西，正应了那句老话'错把陈醋当成墨，写尽半生也是酸'，还望敬公海涵。"

见汪敬谷不接话茬，仍旧一副倨傲而又慵懒的样子看着自己，孙楚又无声地笑笑，伸展腿，深深地吸了一口烟，再慢慢吐出来，似乎对自己造出的白色烟柱很眷恋，而完全无视了汪敬谷的怠慢。

在他一生中，类似的怠慢见得多了，实在是不以为意。他的小名叫六六，爹娘的意思是希望他六六大顺。可在他十岁那年，解州突发水灾，在浊浪汹涌的洪水中，整个村子都被冲垮，父母双亡，他是被一棵老槐树拦住才死里逃生的。之后，他跟着灾民流浪到运城，投奔他唯一的哥哥。一开始还好，毕竟是同胞兄弟，血浓于水，更何况哥哥在城街开的杂货铺里还有爹娘的本钱，生意不算兴隆，但维持一家人生计还不成问题。哥哥还掏钱让他就近进了一家私塾读书。可时间一长，嫂子不干了，大概是怕他长大跟哥哥分家产，百般刁难之下，他被嫂子"逼"出了家门。"逼"和"赶"是很不同的。"赶"意味着暴力，而"逼"则是无孔不入的"软暴力"。当然，嫂子有嫂子的道理：杂货铺小本经营本来就是自己一家的，突然来了个小叔子，白吃白喝，花钱供着读书，长大了还要参与分配，简直岂有此理。更何况，那是在1896年，清末最严酷的日子里，对穷人而言，一两银子都是个天文数字，金贵得比命还要紧。

流浪了一年之后，他在临汾一家小饭店里找到了一份工作。没有工钱，只能换回一口饭和一个睡觉的地方——因为没有放床的地方，所以就没有床——这他不在乎。饭店里的饭，尽管有时候是残羹剩饭，但总比流浪乞讨强。但不幸的是，他得了急性肝炎。老板毫不犹豫地把他轰了出去。

发高烧的他，只好露宿街头。所幸，一位六十多岁的淮扬菜厨子收留了他，给他看好了病，让他过了两年好日子。老者把自己的手艺传给了他。说起来，淮扬菜系名声远播，博大精深，可他偏偏就是学不进去，最后只学会点皮毛，能拿得出手的也就是"红烧狮子头"和"大煮干丝"两道菜。不久老厨子病故，他又重归流浪者的队伍。十六岁那年他投了军，给一位民团团长当勤务兵。那团长本是西北人，却偏好吃口江南菜，两年的"红烧狮子头"和"大煮干丝"把团长伺候得满面红光、肥头大耳。一次酒后高兴，便随手给了他些资助，推荐他报考了保定军官学校，他这才由六六变成了孙楚。在军校，他结识了杨爱源，又由杨爱源引荐先后与傅作义、李服膺、赵承绶等山西籍的学员相识。1914年军校毕业，跟着大伙儿一起回到山西，进入晋绥军，从见习排长起，小心翼翼，兢兢业业，没靠山，没背景，硬是凭军功积累，一路升到将军。虽然职级显赫，但也就是个样子货，依然遭排挤，受白眼，始终无法混进嫡系。他相信，自己的这种经历，汪敬谷是不知道的，也不会有体验，否则就不会用这种小儿科的伎俩来对付自己了。人啊，在没吃饱前，只有一个烦恼，而吃饱了之后，就有了无数个烦恼。

他掐灭烟头站了起来，然后看着汪敬谷，悠然说道："不知谷兄是否知道，官场上有一句老话，一个人的反应越快，晋升的速度就越慢，混得就越惨。我一根烟都抽完了，谷兄一言不发，我的理解就是反应慢，所以谷兄提拔得就快，混得就比为兄好。正所谓'好风凭借力，送你上青云'，哈哈！"

这下，汪敬谷有点绷不住了，只好收回腿坐直了身子，直戳戳地回答道："俺就是个粗人，听不懂萃崖兄的酸文假醋。都看见了，爷正忙着娶老婆，没那么多的闲工夫。俺也说给你孙萃崖一句老话，有话快说，有屁快放！"

孙楚点点头："如此甚好，那咱就言归正传。"接着，他不紧不慢地说明了来意，正是有关绥署秘书长人选的事情。经过调研、征求多方意见、综合考虑之后，他决定只推荐一个人，那就是汪敬谷推荐的吴绍之，并且已经亲自做好报告，派人上呈了阎会长。

汪敬谷心里一震，不动声色仍大咧咧地问道："那赵世铃呢？那可是你的参谋长，跟了你十几年，没有功劳也有苦劳，真舍得抛下？"

"他不行，舍不得也得舍。"孙楚瘦削的身体显得有些佝偻，苦笑道，"论能力，赵世铃不弱，可根基太浅，声望不够。'兵熊熊一个，将熊熊一窝'，他这是长年跟着为兄吃挂落了，若是跟了谷兄你，那就一通百通，不可同日而语了。"

"屁话，爷不爱听。"汪敬谷笑一笑，接着又问，"那阎必成呢？梁化之也不是省油的灯，党务、政务这一块可一直都是他的地盘。"

"不错，眼下为兄是既惹不起谷兄你，也惹不起化之兄。唯有一点聊以自慰，那就是对阎会长的耿耿忠心！绥署秘书长一职，相当于会长的高级幕僚长，权势不大，却非常重要，非全才不能胜任。阎必成曾受训于重庆，给戴笠当过几天幕僚，政务能力尚可，但对军务一窍不通，绝非上乘人选。相比之下，吴绍之就要全面得多。为兄明知现在的做法是作茧自缚，会开罪于化之兄，却也不能因私废公，辜负了阎会长的一番苦心。这也是今日，为兄上赶着先来谷兄这儿打卡，知会一声。一来是消除与谷兄的隔阂，表明诚意；二来还希望谷兄能从中斡旋，让化之兄不要因此而生嫌隙……为兄现在不过是个泥瓦匠人，原本就没资格承担遴选秘书长这一重任，只是蒙会长抬爱才不得已而为之。跟谷兄坦诚相见，也只是为了自保，还望谷兄体谅。"话已至此，说得连孙楚自己都几乎要泪眼婆娑了。

汪敬谷却半信半疑——这老杂毛虽然没能混得权势熏天，但也绝非像他说的那么不堪，事出反常必有妖！仕途凶险，宦海深沉，咱家可不能被他这一副哭丧脸的样子给哄了。当然，绥署秘书长人选一事，如此结果还是令他满意的，吴绍之如果能升任绥署秘书长一职，对自己无疑是一大助力。他又想起参谋长让他装傻充愣的提醒，便哈哈一笑，迅速驱除了脸上倨傲的神情，从太师椅上站了起来，一把将瘦削的孙楚搂了个满怀，大声道：

"非也非也，萃崖兄大才，不必过分自谦。运城失守，太原城防工程就是重中之重，会长能把如此重任交与萃崖兄，足以看出会长对萃崖兄的器重。只要机会合适，老弟自会在会长面前为萃崖兄讨个公道。至于梁化之那边，老弟自会周旋，完全不必担心……来人啊，上茶！"

"罢了，不必麻烦了。"孙楚好不容易才挣脱了汪敬谷的臂膀，略带戏谑地一笑，"谷兄强健，洞房新喜，宝刀不老，为兄羡慕得紧。既然事已说清，就不叨扰了。"

"嗨，狗屁新喜！"汪敬谷索性摊了牌，盯着孙楚说道，"新老婆还没来得及娶，就让人半道上给截和了……娘的，还真有人敢抢爷的女人，楚兄，你信吗？"

"真有这事？那谷兄一定不能轻饶了他……"孙楚的表情并无变化。

"那是，别让爷逮住了，逮着就是千刀万剐，大卸八块！"

正说着，阎总管走了进来，小声禀报道："老爷，五姑娘阎慧卿前来拜访，已经去了二夫人的菱花亭。"

汪敬谷闻言哈哈一笑，对孙楚说："瞧，尊贵的五妹子来了，没准儿还带来了我三哥阎会长的旨意，我得赶紧去叙叙旧，就不多留楚兄了，改日专请楚兄喝酒。"

"喝酒不忙。对了，还有一事，我刚刚想起来，绥署有人告诉我，赵承绶也举荐了一个人选，没经过我，就直接呈报给了阎会长……许是小道消息，我还没顾上落实。"

"他也来凑热闹？"汪敬谷的眉头蹙了起来，"这么说，咱这事还有麻烦。老赵推荐的是谁？"

"他的副官马旭元。"

"嗯，这个人我认识，绥远骑兵团出身，会打仗，还是有点实力的。"

"天下熙熙皆为利来，天下攘攘皆为利往……五妹子来了，谷兄知道该怎么做。"孙楚说完拱了拱手，"谷兄留步，日后但有吩咐，为兄万死不辞。"

"好说，好说，阎总管，代我送送孙总司令。"

阎总管忙招呼着将孙楚送出大院。

汪敬谷返回书房，拿起了电话："参谋长，动用特警处内线，散布个小道消息，就说孙楚看不起阎必成，认为阎必成是个金漆茅桶，表面光鲜，实则草包……"

三天后，外出接应的人马皆无功而返。

汪公馆议事厅内一片肃然，已经遭受过拷打的汪二狗被五花大绑着跪在地上。

汪家男男女女分两排相对坐在客厅两侧，汪敬谷满脸怒气地来回踱着步，不时地扫一眼跪在地上鼻青脸肿、面如死灰的汪二狗。

平时大夫人的位子被四夫人林红玲取代，而大夫人徐馨茹则坐在了末尾，脸上无悲无喜，一派漠然。汪成义、汪成旭、汪成芳、殷立琼坐在众位夫人们身后。

大厅角落的两根木柱上捆着李度和黑子。

除了四夫人林红玲，人人表情肃穆，有的甚至带有几分恐惧。

汪敬谷踱着步，突然叉着腰，俯身逼视着汪二狗："这么说，你们是丢下爷的女人，自己个儿先逃了？"

"老爷明鉴，"汪二狗浑身哆嗦，"我……不是逃，是杆子太硬，实在抵挡不住……"

"这我懂，不需要什么狗屁明鉴。"汪敬谷一仰脸嘿嘿狞笑起来，"可你丢了爷的女人，你还活着……你知罪吗？"

汪二狗一听，忙撅起屁股连连磕头道："老爷饶命，老爷饶命……"

话音未落，汪敬谷已连开三枪，汪二狗顿时血流满地，瘫倒在地上抽搐了几下便不动了。

徐馨茹浑身一抖，绝望地闭上了眼睛。汪敬谷吹了吹枪口，哐的一声将枪扔在八仙桌上。

门口站立的阎总管赶紧招进两个家丁，将汪二狗的尸体拖了出去，只留下一摊血迹。

汪成旭神情一变刚要起身，立刻被一左一右的汪成芳和殷立琼死死拉住，只得控制住自己的情绪，扭转了脸！

四夫人林红玲点燃一根烟，不阴不阳道："老爷，汪二狗弃主偷生确实该死……不过，这件事究其根源，还是因为乘车不当。如果布花丫头当时坐在汽车里而不是牛车里，就不会有今天的事了。所以，爷既要清算，就得把真正的罪魁祸首揪出来！"

汪敬谷阴沉着脸，朝徐馨茹一扫，冷冷道："老大，你怎么说？"

徐馨茹缓步上前，走到那摊血迹的位置，叹口气说："乘坐金辇青牛车，是侉依人上百年的嫁女习俗，我也不好强行阻拦；再者，阿格尼玛执意如此，他好歹是一寨之主，也是咱未来的老丈爹，我不能一点儿面子不给。"

"大姐，这就没劲了，"林红玲轻笑道，"你说这话的意思是，让老爷去铁寒寨把阿格老儿给毙了？你就没一点儿过错？"

"事实就是这样，我没有别的意思。"徐馨茹分辩道。

"那离开铁寒寨之后，途中你有无数机会可以让布花丫头换车，你为什么不做？”

汪成义坐不住了，站起来为母亲辩解道："嘿，四娘，你这话我不爱听，你这是站着说话不腰疼，我娘怎么知道路上会遇到土匪打劫？"

"哼，出去为老爷办事，原本就该万千小心！我在殷家堡三宿，连眼皮都不敢合一下，为什么？就是不敢出错，也不能出错！你娘是怎么做的？你问问她腰疼了吗？"

汪成义不服："那是你运气好，没遇着。要是把这事摊到你头上，哼，没准儿你更惨！"

林红玲站起来刚要再说，汪成芳忍不住充满怨怼地唤道："娘亲，我求求你，能不能少说几句！"

她这才作罢，重新坐了下来。

汪敬谷看了徐馨茹一眼，冷哼一声道："老大，你知道，爷做事一向是赏罚分明，你自己说，这事如何处置？"

徐馨茹眼中充满了泪水，喃喃道："你……真的这么绝情？非要让我颜面扫地？"

汪成义踮着脚步冲上前去，走到母亲身边，嚷嚷道："爹，您这么为难我娘亲也太不公平了，她到底做错了什么？"

汪敬谷一瞪眼怒道："她没错？那就是你有错！他奶奶的，两个机械化警卫营，整整三天，鸟毛没搜着，你还有什么屁话可说？"

汪成义噎了一下，辩解道："您要这么说，我也纳闷，这三天我带着部队从南到北，从东到西，车不熄火，马不停蹄，几乎把整片大漠翻了个遍，杀光了大大小小十几股土匪，可就偏偏这股土匪踪影全无……嘿，还真他妈的邪了！可……这跟我娘扯不上一点儿关系，您怪罪她没道理呀。"

"道理？哼，"汪敬谷恶狠狠地盯着汪成义，"把爷的女人弄丢了就得受罚，这就是道理！怎么着，小子，你想跟老子叫板？"边说边转身去拿桌上的手枪，被二夫人和四夫人死死抱住了胳膊。

徐馨茹见状，忙对汪成义斥道："义儿，退下，你不许再说一句话！"然后转向汪敬谷跪下，脸上露出了一丝决然的表情，指了指柱子上捆着的李度："我亲眼所见，这一路李参谋尽心尽责，遭遇土匪，也是死战不退，一直打到弹尽粮绝，没有功劳也有苦劳。老爷，馨茹有错，甘愿接受任何处罚，你就不要再迁怒别人了！"

汪成义无奈，也陪着跪了下来。汪成旭再也按捺不住，一把拉了汪成芳和殷立琼离开座椅，大步上前，跪在徐馨茹的另一侧，扫一眼已被惊呆了的其他夫人们，没好气道："众位娘亲，你们也不能就这么眼睁睁地看着大娘遭罪吧？"

二夫人率先跪了下来，接着五、六、七夫人也都跪了下来。

汪成旭的目光冒火，定在了四夫人身上，林红玲迟疑一下，也顺从了大家，在汪敬谷面前跪下道："老爷，依我说也就这么着了，您别真生气，就饶过大姐这一回吧……"

汪敬谷瞪一眼汪成旭，恼火道："你这臭小子凑什么热闹？这儿没你的事，滚一边去！"

"您不是要找罪魁祸首吗？我知道是谁，我可以告诉您。"汪成旭一脸不屑地说道。

汪敬谷回身坐在了太师椅上，眯着眼睛，讥笑道："哼，就你个小混混……说，谁是罪魁祸首？"

"算了吧，某些人老脸皮厚，从来不知羞耻为何物，不说也罢。您放过我大娘，我从这公馆里滚出去，再也不回来。"

汪敬谷再度站起来，走到汪成旭跟前，森然道："臭小子，你想要挟我？说，谁是罪魁祸首？"

"就是你！"汪成旭昂起了头大声道，"你就是整件事的罪魁祸首！为老不尊，臭不要脸，敢冒天下之大不韪，妄娶自家侄女子当小老婆，弄得整个太原和晋西北都鸡犬不宁……"

话未说完，汪敬谷飞起一脚便朝他胸脯踹去！

汪成旭没有闪避，硬生生地接下这一脚，口中冒出一股鲜血道："被我说着了，你这叫恼羞成怒！"

汪敬谷又是一脚，喝骂道："奶奶的，惯坏你了，老子踹死你！"

汪成旭又喷了一口鲜血，惨然道："两脚了，还差一脚……当年，我娘亲就是被你三脚踹死的……"

"胡扯！"汪敬谷顿时愣住被极度震撼了，"谁告诉你的？"然后便瞪大了眼睛，恶狠狠地扫视众人。大家都不由得哆嗦一下，连连摇头。最后他的目光落在了四夫人林红玲身上，林红玲吓得赶忙摇手道："不，不是我，我可什么也没说！"

汪成旭抹了一把嘴角的血迹，冷笑道："你也不用找别人撒火，你的丑事没人敢告诉我，是我瞎猜的，没想到还真猜中了！"

"来人，给老子拿挺机枪来！"汪敬谷气急败坏，连连跺脚，大声叫骂着，"兔崽子！反了，反了，这日子没法过了……他奶奶的，老子索性把你们全都突突了，倒也干净……"

就在这时，阎总管突然惊慌失色地跑了进来道："老爷，大事不好……"然后凑近汪敬谷的耳边小声禀报。

汪敬谷听了顿时大惊，问："靠实吗？这是谁报的信儿？"

"是吴参谋长，外出搜索的人已经回来了。"

"人呢？他们在哪儿？"

"就在门外，等老奴的回信儿。"

汪敬谷咬牙切齿地朝大家摆了摆手道："起来，都他娘的起来吧，各归原位！他奶奶的……老子今年是丧门星当家，流年不利……"然后又转向阎总管，"快，快叫他们进来！"

众人不知发生了什么，纷纷起身，重新坐回到了椅子上。

汪成义扶起徐馨茹；汪成芳和殷立琼也赶紧拉起汪成旭，走回到原先的座位上。

连四夫人林红玲也大为收敛，不敢再坐主位，跟随众人坐在了下首。

汪敬谷解开了衣领，脸色铁青，又腰盯着门外。参谋长吴绍之大步迈进客厅，快步走到汪敬谷身边。随后，老灰皮与两名卫兵押着一个衣衫褴褛、浑身血污、头上缠着绷带的人走了进来。刚走到当地，老灰皮朝他腿弯狠踢一脚，来人便扑通一声跪了下来。

远远地，李度张目一看，不想却是警卫连的马排长——马大胡子。他刚想出声，却又猛然想起临押进大厅时翠姑的暗中警告："闭紧嘴，就当你是个死人！"

一旁的黑子，顿时神情紧张起来。

吴绍之扬了扬下巴，对汪敬谷轻声道："他就是跟随两位公子外出搜索的，警卫团1营1连1排排长，叫马大胡子……耀武扬威地出去，回来就变成这副德行了。"

"殷副官和阿格副官呢？"汪敬谷瞪眼喝问道。

"没了……我们遇到了共军，被打散了。"马排长摇摇头，有气无力地喃喃道。

汪成旭站起来，忍不住挥拳，使劲擂着墙壁；汪成芳顿时嘤嘤地哭泣起来。

四夫人急忙走过去搂住了女儿，睁着泪眼，望着汪敬谷。

"那你带的那一排兵呢？"

"也没……没剩几个了……"马排长摇头回答。

"哈哈……"汪敬谷怒极反笑，一把抄起手枪、上膛，咬牙切齿地将枪口顶在了马排长的脑门上。

没想到，马排长并不惧怕，也不求饶，抬起头来说道："总座，我十六岁从定襄老家出来，跟着您打了二十年的仗，马大胡子这条命早就是您的了……别污了您的手，让我自行了断吧！"

"嗯！好！还挺硬气，是咱忻定人的种！"汪敬谷一睬眼，"可你他奶奶的把事干砸了，爷就得罚你，爷大半辈子带兵，靠的就是赏罚分明！你自己个儿动手吧！"说完便将手枪塞给了马排长。

马排长嘘口气，将枪口对准了自己的太阳穴。

汪成芳突然推开四夫人哭喊道："爹，他不能死……殷立德和阿格布尔还没回来呢！"

汪敬谷猛醒，一把又夺回了手枪道："嘿，他奶奶的，爷还真差点忘了，你狗日的现在不能死……来人，给他碗酒！"

阎总管应了一声，马上跑出去。

汪成旭突然疾步上前，一把揪住了马排长的衣领，厉声道："说，到底怎么回事？"

马排长也梗起了脖子道："说什么？咱一直在提醒，不能往前走了，不能往前走了，前面是共区，可两位长官不听……咱说的话，就他娘的是个屁！"

汪成旭手上一使劲，几乎把马排长提离了地面，一只手不由得锁住了他的喉咙："扯淡！他俩在什么地方失踪的？"

马排长被卡得连连挣扎，痛不欲生，面容扭曲到了极致，但喉骨被掐，根本发不出任何声音。

老灰皮急忙上前，小声道："少爷，快松手，再使劲，马大胡子就憋死了……"

阎总管端着一碗白酒跑了过来，汪成旭这才略松了松手，接过酒碗不由分说地对准马排长的嘴猛灌下去……咕咚咕咚，马排长被灌得直翻白眼。

灌完了，汪成旭将碗还给阎总管，盯着正大口喘息的马排长："说吧，一五一十地说，只要有一丁点儿遗漏，我就帮你了断！"

"哼，"马排长轻蔑地瞥了汪成旭一眼，勉强地站起来，喘息着转向汪敬谷，"总座……我们出发那天，没有往北，两位长官带着朝东直行，穿过罕山、石家嘴镇，在寿阳附近转而向北，越过龙门垴村，进入系舟山区。我知道，这时候我们已经远离了我们的防区，我们带的人不多，我有些担心，就建议略作回撤，可两位长官不听……"

随着马排长时断时续的述说，事情的原委逐渐清晰起来。

系舟山是太行山的余脉，也是一道分水岭，只要沿着崇山峻岭走出去，便是大名鼎鼎的古关隘界里口，即可进入中共解放区的边缘。阿格布尔的计划是向东穿越山区，再向北，从界里口掉头包抄迂回，再兜一圈回来。走到险要谷口，见一条小路蜿蜒而去，两边都是断崖巉岩，人马停了下来，殷立德派出尖兵前出探路。阿格布尔端起望远镜瞭望。片刻之后，三个尖兵返回，报告道："没有发现情况，只是过了这道山谷之后就是岔路，辙印繁多，印记就模糊不清了……"

马排长提枪上前，忍不住又提醒道："孤军深入，地形险要，咱们万万不可冒险前行了！"

阿格布尔怒道："你住嘴！再敢动摇军心，我一枪毙了你！"

殷立德盯着尖兵班长，问："你确信没发现情况？"

尖兵班长点点头："目力所及，没发现异常情况。"

"再探一次！"

"是！"那个班长带着两个尖兵又返身离去。

阿格布尔对殷立德说道："山谷虽然险要，但距离不长，索性一鼓作气冲过去！"

马排长连连摇头，再次阻拦道："不成啊，两位长官，就算咱们冲过去了，万一共军在此设伏，把谷口一封，咱们可就没办法再出来啦！"

殷立德犹豫起来，对阿格布尔小声道："咱们确实有些过于深入了，要不……"

阿格布尔一咬牙道："狭路相逢勇者胜！弟兄们，跟我一起冲过去！"说着便挥枪拍马冲进山谷。

殷立德只好一摆手道："跟上！"

大队人马遂蜂拥而上，马排长无奈，只好大喝一声："枪上膛，刀出鞘！"

队伍冲出谷口，虽然是岔路，却是一片开阔，并无任何险情。阿格布尔略带得意地瞥了马排长一眼，马排长则忧心忡忡地朝四周打量着。

"我们朝哪个方向走？"尖兵班长迎上来问道。

阿格布尔挥枪一指道："正北，继续前进！"

话音未落，四周突然枪声大作，喊杀声起，几颗掷来的手榴弹相继爆炸，两个尖兵最先中弹跌下马来，队伍顿时大乱。

马排长急了，一边开枪还击，一边大喊："小白脸瞎指挥，中埋伏了！弟兄们，化整为零，分散突围，在寿阳王家铺子汇合！"

刹那间，枪林弹雨中，一个排的士兵们仿佛早有默契，顿时三五成群地朝各个方向奔逃而去，不断有人落马，没中弹的人继续落荒而逃……

激烈的枪声中，阿格布尔和殷立德落在了后面，为众人打着掩护，且战且退。两人两骑沿着庄稼地中的一条小路边打边逃……突然，殷立德中枪，翻身落马，阿格布尔掉转马头，探身将殷立德拉上马背，隐没在广袤的青纱帐中……

马排长喘了口气："就这样，我最后看见两位长官，好像是钻进庄稼地里去了……我冲出包围后，在王家铺子等了一个下午，还活着的弟兄们陆续归队，就是没等着两位长官。"

"你们中埋伏的地方叫什么名？"汪成旭问。

"不知道，"马排长摇摇头，"应该是寿阳和盂县的交界处吧，感觉着……已经深入共区腹地了。"

"一派胡言，寿阳是晋绥军73师的防地，哪来的共区？你这个王八蛋，"殷立琼红着眼睛跑过来，欲从汪敬谷手中夺枪，"居然不护着长官，敢自顾自逃跑……我杀了你！"

汪敬谷急忙闪开枪，伸手推开了她，用枪指着马排长摆了摆道："老灰皮，把这混蛋带下去，先交军法处押着！"

汪成芳伏在汪敬谷的肩上号啕大哭："老爹，您的新女婿……没了……"

汪敬谷朝林红玲瞪一眼道："犯傻！还不快点把你闺女弄回去？好好安抚！成义，把你43团的特务营派出去，沿寿阳、盂县一带，严加搜索！"

林红玲忙上前将女儿劝下。

"是！"汪成义应了一声却没动身，看着汪敬谷怯生生地问道："那……您不会再跟我娘亲算账了吧？"

"都是糊涂账，还算个屁呀！"汪敬谷怒道，"从今天开始，老大下马，爷的后宫交给老四打理！滚！都他奶奶的给爷滚！"

众位夫人惶然退下。只有四夫人林红玲暗带喜色，偷偷回了汪敬谷一个媚眼。

"二哥等等，就这么明晃晃地搜索，还不是肉包子打狗？"汪成旭站起来，叫住了汪成义，"得换上便衣，暗访，还是我替你去吧。"

汪敬谷没好气道："你？你比那两个强？成事不足败事有余，都他奶奶的是废物！趁早滚一边儿去，别让我再看见你……"

汪成旭愤愤地瞪了他好一会儿，才悻悻地转过身去，走到大厅角落，解开了李度和黑子身上的绳子。李度心底里涌上一阵惭愧，暗忖道："终究还是没有安排周全，若是事先能多少有所暗示，他们两个就不会自投罗网，冒险去做无用功了……"

离开议事厅，汪成旭愤愤地走下台阶，咳嗽几声，又吐了口血，李度掏出一块手帕递给他。半路上，大夫人徐馨茹由翠姑搀着在等他："旭儿，你跟我来……我那儿有跌打药，你老爹的拳脚重，不及时医治，会留下后遗症。"

"我没事……您，快回屋好好歇着吧。"汪成旭摇摇头，一头说着一头拉着李度继续往外走。

身后，飘来大夫人徐馨茹一声致谢："旭儿，谢谢你为大娘说话……"

汪成旭假装没听见，头也不回地走出汪公馆。

刚拉开车门，阎总管捧着几只药包追了出来："三少爷，等等！"

汪成旭回过头问："你要干吗？"

阎总管将药包递给汪成旭道："这是老爷让我拿给你的，外敷，一天换两次药……"

"老不死的，装什么好人？告诉他，小爷死不了！"汪成旭一掌把药包打在了地上，愤然道，"小度子，咱们走！"

殷立琼本想跟着，犹豫了一下，最终还是陪着汪成芳走回了西跨院。

这边，汪成旭带着李度和黑子钻进车里，一脚油门，扬长而去。只留下阎总管一个人，被晾在门楼前，发愣。

第五章

一

吉普行驶到南华门西三条，在 2 号宅院门口停了下来。

三人下车，汪成旭掏出钥匙打开了院门。进得门来，却是一处小四合院，照壁、正房和东西各一间厢房。院子中央栽种着一畦寒梅，于清灰中点缀出一抹殷红。整个院子显得宁静整洁，恬淡素雅，是个疗伤静养的好地方。

李度四下打量着，眼睛里流露出一种耐人寻味的神情，说："这一带，好像是绥靖公署高干专属区。"

"没错！"汪成旭咧嘴一笑，道，"我纯属沾光，这儿是那老不死的一处外宅，左右相邻的都不简单，有炮兵司令余三和、骑兵司令赵承绶、第 8 集团军司令孙楚，就连我大哥汪成孝也在北边的西四条搞了个三进大院子。都是两年前回迁太原的时候，从小鬼子手里接收的逆产。这小院一直空着，阎总管会定期派人来打扫收拾一下。其实，我早就该离开汪公馆了，住到这儿，眼不见心不烦，清净得很。咱们兄弟相聚也就非常便利了。"这种话，也只有汪三少爷才说得出口，因为他压根儿不必考虑生活成本。

李度点点头："有光可沾也是本事，我和黑子就没有这种本事。"

"小度子，你又在挖苦我是'靠山王'，没劲！"

"错，我不是挖苦，而是羡慕。羡慕是仰视，心态是卑微的；而挖苦则是强势的，是居高临下，带有教诲的意味。两者云泥之别，不可相提并论。"

李度有意逗他，想让他多说点话，尽量岔开汪公馆的余波，冲淡他心中的郁闷。

刚走进正房，汪成旭便咳嗽着开始打电话订餐，要为获得自由而庆祝一下。

"你受了内伤，最好还是不要喝酒。"李度指了指里间的红木大床，"别折腾，歇着吧。"

"所以，我订的是水西关玛丽餐馆的西餐，一会儿就送来，咱们今天喝红酒。"

"我饭量大，西餐吃不饱。"

"所以，我还订了永庆园的过油肉烩面，六份，我和黑子各一份，你四份。"

"真是周到。"李度微微一笑，别转了脸，"其实，我和黑子本应该立即返回警卫团复命，可你受伤了，没人照顾，就这么走了又于心不忍……你真的不让我给你验验伤吗？"

"这你就不必操心了，我敢说用不了十分钟，小琼子就会带着全套家什赶过来。"汪成旭露出一丝苦笑，"我担心的不是没人照顾，而是小琼子来了之后怎么办？不同于汪公馆，公馆里人多，这小院没人，孤男寡女的，总归不是事。我自然是把她当妹子，可别人怎么看……所以，饭后黑子可以走，你必须留下来。"

李度没有说话，心里暗道："我可不能留在这儿，还有很多事情急着要办，得赶紧去趋绥署新闻处，看陶蓝和刘鑫返回了没有，殷立德和阿格布尔遭遇伏击的地方接近解放区，或许她能帮上忙。若还未返回，就得想办法尽快跟姐姐江华取得联系……"

汪成旭借口院外需要警戒，把黑子支应出去，然后把李度拉到了沙发上坐下，正色道："说说吧，整件事我都罩在云中雾里。"

"阿格布花成功得救——我比你多知道的也就是这一点儿。"

"小蓝子是主导，对吧？"

李度不动声色，没有吭声。

"小德子和小尔子会不会有危险？"

"我不知道……他们俩是个意外，不在我们的计划之内，结果怎样，还需要时间。不过，我对他俩有信心。阿格布尔是坐地虎，对那一带的地形熟悉得就跟他们家一样，单单逃命应该没问题。这件事，我也有疑惑，接应我们的人居然有两拨，第一拨是真正的伏击，第二拨才是接应并且解救了我们。问题是，伏击我们的人还装扮成土匪，那玩命的打法，显然是要斩草除根，不留活口，这究竟是哪一股势力，目的何在，到现在我都百思不得其解……你还记得一个月前，我们教导小队从晋南返回太原时遭遇的伏击吗？火力配置和打法上，两者非常相似。"李度皱起了眉头。

汪成旭长吁了口气，摇摇头道："时间就是答案，只能等待了。"

"所以，你爹不让你代替汪老二前去搜索，其实是好意。"

"哈，那老不死的，"汪成旭又恢复了嬉皮笑脸，"你猜，现在布花妹子弄丢了，剩下的婚礼他会怎么玩？"

"婚帖子发出去了，还登了报，女主角却没了……这婚礼应该是没得玩了。"

"错，他一定会将错就错，来个李代桃僵、狸猫换太子，一竿子插到底！"

"这也行？"李度一惊，"岂不，又要有一个无辜女子受害？"

"要不怎么说他是为老不尊、臭不要脸呢！"

两人正说着，院里传来一阵喧哗。果然是殷立琼，咋咋呼呼，带着一众人马赶到了，不光带了治疗内伤的膏药、汤剂，大包小包的，还带了两个侍女和一个厨娘，雇了四辆黄包车。最令李度吃惊不已的是，走进院子的人群中，除了汪成芳外，还有一个身穿旗袍、披了件黄呢大衣的靓丽青年女子，居然是——陶蓝！

目光一碰，李度便从她的眼眸中读出两个字：安全！顿时放下心来。

一进屋子，殷立琼便打发厨娘和一个侍女去灶间烧水，然后便嚷嚷着强行让汪成旭躺到里间的红木大床上，她要给他验伤、疗伤。

黑子没有进来，仍留在门口警戒。

殷立琼逼着汪成旭躺下，解开了他的上衣，顿时惊呼起来："都伤成这样了，还说没事……来人，快端盆冷水来！"

侍女应声，急忙端盆跑去了灶间。

众人围住了大床，只见汪成旭胸前已经有一大片青紫、瘀血。

"一定很疼吧？"殷立琼边轻抚边心疼道，"你爹够狠，真下得了手！"

侍女端着水跑过来，拧了把毛巾，正要递给殷立琼，却被陶蓝接了过来。她仔细查看着汪成旭的伤情，把毛巾轻轻地敷在汪成旭的胸口上，伸出两指，沿着一片青紫轻按。汪成旭顿时疼得直吸冷气，一旁的殷立琼忍不住埋怨起来："路上说得好好的，让你回去别出头、别闹事，你就是不听，这下倒好，还跟你爹直接干上了……疼死你，活该！"

汪成旭勉强笑道："没事……今天老不死的发疯，又是杀人，又是要惩罚大娘，我看不惯……"说着，竟又一口鲜血喷了出来。

殷立琼吓得尖叫一声，忙用毛巾去擦他嘴上的血迹。

陶蓝直起腰来，转脸小声道："内伤不轻，成芳，先把你家传的膏药拿来，给他贴上，活血化瘀，再把内服的汤剂拿去灶间煎好服下，静养几天，应该能有所缓解。"

敷好膏药，汪成旭便跳了起来，披好衣服大喜道："哈，你们都来了，简直就是天大的喜事。尤其是小蓝子，这么多年，我还是第一次请她吃饭。从现在开始，谁也不许扫兴，再提受伤的事。我点了西餐，正好大家聚聚……小度子，快把桌子摆好，今天咱们一醉方休！"

李度没想到汪成旭居然如此兴奋，点点头朝客厅走去。其实根本不用他动手，侍女和厨娘早已布置好了餐桌，连餐具都摆好了。这时，陶蓝跟了出来，挨近他悄声说道："已经联络过了，我们那边没有他俩的消息，说明没有被俘，不用担心。"

李度暗暗点头，装作没听见一样，找了张椅子坐下。

不一会儿，餐送来了，先把西餐上桌，过油肉烩面暂且搁在了一边的茶几上。

众人围着餐桌坐了，汪成旭嚷嚷道："今天的主客是小蓝子，应该坐主座。"

于是，陶蓝被安排在了汪成旭的身边，紧挨他的另一边则是殷立琼和汪成芳，再下才是李度，跟汪成旭打了个对角。李度拿起桌上的红酒，端详了一下酒瓶："1930年……到底是汪三少爷，我敢说这是眼下太原城里最好、也是最贵的法国干邑。"

一旁的汪成芳拿起酒瓶底下的一张卡片看，顺便念出声来：玛丽西餐厅经理金福向汪三少爷表达敬意。

陶蓝不禁抿嘴一笑："变相行贿。"

"错，应该说是祝福，或是礼物，本少爷可是花了钱的。"汪成旭接过酒瓶，熟练地起塞，"我听吴绍之参谋长讲过一个笑话，佐证阎会长、梁处座和我爹三个人对待别人送礼的态度。"他边说边依次给大家斟酒，"收到属下送来的礼物后，阎会长会收下，然后说，'灰鬼，来就来了还带啥东西，下回再敢这样，撤你的职'。梁化之则直接无视，'东西留下，想办事? 免开尊口'。给了我那老不死的爹，他会收下礼物，再一瞪眼，'小看爷? 这点鸟毛玩意儿也好意思拿出手，来人，拉出去毙了……'哈，这笑话的意思，就是小度子常说的那句话'性格即命运'。"最后他给自己倒满了一杯，一饮而尽。

"偷换概念。"李度摇摇头，打趣道，"那你爹是啥命运？"

"他？注定一辈子就是个炮灰的命——匹夫之勇，猪脑子！"汪成旭又给自己倒满酒。

"三哥，装不了斯文就别装。"汪成芳不乐意了，白了他一眼道，"刚开喝就高了，糟践自己老爹有意思吗，爹是猪，你是啥？"

殷立琼哈哈笑了，一把搂住汪成芳说："就是，芳姐问得好。有些听起来很有道理的话，其实就是放屁，而且是很臭很臭的屁。来，来，大家都端起来，干杯！"

喝了酒，大家开始吃菜。李度却没有动筷子，默默地再给自己斟满酒。他在琢磨殷立琼刚刚说的那句话，他发现生活中还真是那么回事，往往就是那样一些似是而非的屁话忽悠了很多人。

陶蓝看了看李度，眨眨眼问道："哥，你怎么光喝酒，不吃菜？"

"不知道吧？小度子在等，"汪成旭嬉笑着转过脸，对她小声说，"等咱们吃得差不多了，他包圆。他是不动则已，动则'三光'。"

"'三光'？又不是鬼子进村了，什么意思？"

殷立琼又起一小块牛排放进嘴里，边咀嚼边笑道："就是盆光、盘光、碗光，小度子可是有名的大胃王……"

"是吗？"陶蓝眨了眨眼，把一盘菜推到了李度跟前，"那还客气啥，就放开了吃，不够再让汪三少爷点。"

李度有些汕汕的，没说话，拿起叉子上下翻飞，一盘菜眨眼之间便所剩无几。他掏出手帕擦擦嘴说："这盘猪肝不错，入口即化。"

汪成旭笑道："我第一次吃这道菜的时候，也说过你这样的话，结果被大娘骂了个狗血淋头。"

"莫非……这不是猪肝？"李度忍不住，又叉起一块塞进嘴里。

"是鹅肝，法国鹅肝。"汪成芳纠正道。

"哦，不好意思。"李度咽下口中的鹅肝，摇摇头，"块头很大，这鹅一定得了脂肪肝……我没吃过这玩意儿，不过我知道，抗战时期，在吉县克难坡的励志堂，有一次阎会长设宴招待胡宗南，省主席赵戴文就悄悄打包了一份带回家，结果被阎会长开会点名批评，差点引咎辞职，还扣了三个月的薪水。"

"知道你什么地方最可爱吗？"见李度摇头，汪成旭说，"机智。反应极快。"

"错，是坦诚。诚实是做人最起码的品质，我讨厌不懂装懂。"李度举起酒杯。

汪成旭与之碰杯道："正因为最起码、最简单，所以最难做到。"

"英雄所见略同。"李度从另一只盘子里叉起一块酱红色的东西放进嘴里，"这是蘑菇，总该没错吧？"

"一般地说，没错。"汪成旭点点头。

李度来了兴趣："那要是特殊地说呢，应该是什么？"

陶蓝接过话头说："我在隰县听一位修道院的修女说过，这好像是法国松露。一种长在松树林内、很稀少、很珍贵的蘑菇。与鹅肝、鱼子酱并称为法式大餐顶级三美味。"

李度假装很遗憾地说："原来如此，三种里面，我说错了两种。唯一认识的鱼子酱，偏偏汪三少爷没点。"

"这也难怪。"汪成旭喝下一大口酒，"吃饭对你来说是充饥，对我来说却是审美。"

李度别转了脸，心里暗道："这货，看来今天是要装到底了……"

又一轮吃喝过后，殷立琼的脸上已经微微泛红，她擦把嘴，对汪成芳说："芳姐，近来事多，自你从我老家回来就一直没顾上问，新娘子的感觉啥样？我哥还行吧？"

"赶紧把自己嫁了，不就都明白了。"汪成芳掐了她一把，然后转向陶蓝，"按说大婚新喜，可心里总是闷闷的，提不起兴致。昨夜心血来潮作了首小诗，愿意指点一下吗？"

陶蓝眨眨眼，说："好啊，让大家都欣赏欣赏。"

汪成芳略一沉吟，便大声念了出来——

三晋冬青低绿枝，六原冰草碧如丝。

洞房花烛销魂日，是妾梦醒断肠时。

"这么悲苦！"汪成旭大吃一惊，拍了一下桌子，"小德子欺负你啦？等他回来，看三哥怎么收拾他！"

"去，别这么没文化。"汪成芳白了他一眼，"李度，你说说。"

李度想了想，放下酒杯说："起首两句是景，冬季中的山西六大盆地，点出了洞房花烛的时间和地点，由景而情，触景生情，引出后两句对婚姻的感悟。'销魂日'是欣喜，'断肠时'是悲情，悲喜交集、苦乐相倚才最接近婚姻的本质，正所谓'纵然是齐眉举案，到底意难平'。怎么说呢？从男人的角度看，婚姻关系就是有时候很爱她，有时候又想一枪毙了她。大多数时候是在买枪的路上遇到了她爱吃的菜，买了菜却忘记了买枪，回家过几天想想，还得买枪。男女同理。"

"虽不尽然，也算沾了点边。"汪成芳又转向陶蓝，"你是才女，和一首？"

陶蓝亮晶晶的眸子一闪，微笑道："没想到，我哥对婚姻还有这么独特的见解，不如就让我哥和一首？"

"小度子，你还会作诗？"汪成旭露出一丝不屑。

"我会吃，就是没作过诗。"李度摇头笑笑，"你连法式大餐都懂，不如你来和一首。"

殷立琼急了，端起酒杯嚷嚷道："小度子，你来，和得好，本姑娘就干了这杯酒！"

李度无奈，又不想扫兴，只好勉为其难，取过笔纸默默写了出来，递给陶蓝——

> 人生本是一出戏，戏里戏外一局棋。
>
> 楚河汉界天堑险，唯有兵魂斩敌旗。

陶蓝念完，点点头："还不错，有哲理，有气势。可惜是作，不是和。"

汪成旭夺过那张纸看了看，然后不服气地说："这就是首顺口溜，我也会，看我的。"

然后张口诵道——

> 山西就像一棵树，上头细来下头粗。
>
> 若将山西倒过来，下头细来上头粗。

众人一愣，接着都大笑起来。

"文不对题，"汪成芳笑道，"算了吧，你这才是顺口溜。蓝妹，他们不懂什么是和，还是你来吧。"

陶蓝接过李度手里的钢笔，略加思考，就在那张纸的下面，唰唰地写了出来。

汪成芳双手接了站起来念诵道——

三晋自古多勇士，六原亦出奇女子。

珠联璧合瞳瞳日，正是军旗猎猎时。

众人喝彩，汪成芳扬了扬手中的纸，感慨道："这才叫和，要在立意和韵脚上与我的那首诗对接。才女就是才女，虽是和诗，却比我那首更好，境界高、胸襟广、视野阔！"

殷立琼喝完杯中酒，用胳膊肘撞了一下汪成旭说："才华是装不出来的，明白？"

汪成旭讪讪道："明白，高雅不是装出来的，孙子才是装出来的。假以时日，小爷一定要学会写诗……得，现在该压轴戏出场了，请欣赏小度子吃饭！来呀，上过油肉烩面！"

一旁站着的侍女急忙从茶几上将一叠食盒端了上来。李度从中拿出一份，让侍女端给还在院子里担任警戒的黑子。

汪成旭特意挑了一只最大的菜盆，边往里倒边说："在太原，过油肉虽然只是一道家常菜肴，却素有'三晋绝品'一说。首先要选用新鲜里脊肉，以上党长子猪为最佳，最好的部位是前里脊，肉不能切，而要用特殊刀法将肉片成薄片，再上浆腌制，然后过油滑熟，再辅以木耳、蘑菇、冬笋、青瓜、葱白、姜片等配料，经大火爆炒烹饪而成。起锅前，需用宁化府益源庆的陈醋沿锅边烹入，方能只闻醋香而不沾半点醋酸。起锅，一定要盛于青瓷之内，色泽鲜亮，浓香馥郁，口感滑嫩润爽，从而成就一方美味。"说到最后，索性连自己的那份过油肉烩面也都倒了进去，看一眼李度问他行不行。李度笑笑说，咱是"充饥"，不是"审美"，自然多多益善。然后，他一指桌上的剩菜，问大家还吃不吃，见众人摇头，便不论盘子还是碟子，把里面的残羹剩菜都用筷子一股脑儿扫进了盆里，全然不顾酸甜苦辣，一边搅拌还一边说："就算汪三少爷有钱，咱也不能浪费不是？"说完便俯下身子，鼓起腮帮埋头大嚼起来，稀里呼噜，一通狼吞虎咽。

在众人的目瞪口呆之中，风卷残云，摧枯拉朽，几乎是片刻之间，满满的一盆大杂烩被一扫而光……他不知道，在他肆意饕餮的时候，对面有双亮晶晶的眼睛一直在紧紧盯着他看，盯着盯着，竟悲从心起，未及吃完，早已有晶莹泪水成串地滑落下来……

汪公馆议事厅，经过用人们的清理，已经恢复了往常的整洁与肃静。

汪敬谷望着参谋长吴绍之，显得有些焦头烂额："青云啊，所有这些个烂事，都凑一块儿了，你怎么说？"

吴绍之思忖着，端起茶盏，却是空的。

汪敬谷见了，顿时瞪眼吼道："都眼瞎啦？还不快给参谋长上茶！"

一个丫鬟慌忙捧过两盏茶来。

吴绍之呷一口，放下茶盏道："总座，咱们先将一将——第一件是特警处，您的那招祸水东引果然见效，消息放出去，便立刻把梁化之的火力吸引到了孙楚身上，他们已经开始对其展开跟踪调查，够他发烧头疼一阵。加上孙楚奉阎会长之命，不日就将奔赴临汾，协助梁培璜构筑城防工事，已经无暇对我们构成任何威胁。第二件是赵承绶，原本就与总座私交甚厚，我去拜访，当面说清总座的意图，他当即表示撤回成命，不再参与秘书长人选一事。当然，他也有些难处拜托总座帮忙。"

"什么难处？"汪敬谷不禁眉毛一跳。

"事倒不大，可除了总座别人还真使不上劲。"吴绍之说，"他有个心腹，被梁化之秘密扣押了，要执行家法，希望总座能从中斡旋，刀下留人。这个人您也认识，就是李服膺的堂弟李佩膺，现任11军73师36团团长，驻守寿阳张家河村。起因还是李服膺之死，都十多年过去了，梁化之还在为阎会长擦屁股。"

"这事好办，三三铁血团组织毕竟还在爷的手上。"汪敬谷的眉头顿时舒展了。

"第三件就是总座您的大婚，其他都好应付，只有一点儿——您大婚的喜帖可都已经发出去了，没法收回。晋察绥三省与您交好的地方官员倒还好说，中央大员，已经敲定要来参加婚礼的就有何应钦总长和徐永昌部长，没准儿新当选的副总统李宗仁也会来。当然，这里面有些人明面上是恭贺总座新喜，实则是奉老蒋之命前来试探阎会长的……这节骨眼上，偏偏新娘子没了，莫非您要唱一出空城计吗？"

"嗨，这事好办，除了另找一个妞子补上空缺，其他一概不变，婚礼如期举行！"汪敬谷咧咧嘴，颇为邪魅地嘎嘎一笑，"不过是换一个女人而已。爷发愁的不是这事,而是铁寒寨的阿格尼玛老儿,这一下把他的一双儿女都弄没了,该如何交代?怎么才能让他不跟爷翻脸?中共徐向前部已经逼近临汾,局面吃紧,这些有实力的地方武装万万舍弃不得。"

吴绍之脸上一喜:"总座为难的,卑职倒觉得容易对付——先缓一段时间,再派一个得力的人,带厚礼去铁寒寨游说,说和。"

"咱报的可是凶信儿,派谁去?"汪敬谷摇摇头,"老大刚刚回来,再去只怕适得其反。"

"眼前就有一个合适的人选。"吴绍之说。

"谁?"

"您的三公子,汪成旭!"

汪敬谷颇为失望,连连摆手:"快别提他,那个臭小子就是一混混,屁事干不成!"

吴绍之笑道:"总座好好想想,这件事,再没有比汪三少爷更合适的人选了,别忘了阿格尼玛夫妇可是他的亲姥爷、亲姥姥!关键是要让他心悦诚服地去办事,而不能强逼他……汪三少爷一向吃软不吃硬。今儿个在这客厅里,我看他对大夫人还是很依恋的,总座不妨让大夫人出面说服汪三少爷?"

汪敬谷点燃水烟,咕噜噜地吸着、思索着……

午饭后,在客厅喝了一会儿茶,李度、陶蓝便向汪成旭告辞,一个要返回警卫团,一个要去绥署新闻处,恰好有一段可以顺路。汪成旭脸上露出了不满,说小蓝子的活儿忙,急着回去当差也就罢了,你小度子完全可以留在下来,让黑子回去给老灰皮带个话就齐活儿。可李度十分坚决,认为纪律就是纪律,大家都不遵守,何以成军?再说有殷立琼、汪成芳和几个女佣照顾,他留在这儿也无事可做。

离开南华门,依旧没叫车,李度和陶蓝在前,黑子知趣地将李度的汤姆森拎了,不远不近地跟在后面。他们走到府前街,却发现街口挤满了人,把街道堵得死死的,挤进去一看,不由得大吃一惊。只见一辆黑色轿车停在街边,街口上远远地围满了人,但却都不敢近前。

街道中央,正上演着一出闹剧——汪成义身穿簇新的上校军装,正暴躁地狠打着一个小男孩,两个女孩,一大一小,竟然是梅冬潮和妹妹大碗儿,哭喊着拼命阻拦、撕扯着他,但全然无用,根本拦不住狂暴得像条疯狗似的汪成义。

"冬潮！"陶蓝惊叫一声，便飞快地跑上前去。

李度也紧跟上，先一步将汪成义拉住，道："汪二少爷，你这是干什么？"

"关你屁事？滚开！"汪成义甩开胳膊，吐口唾沫，恶狠狠道，"妈的，小兔崽子，往后再敢顶嘴、捣乱，老子毙了你！"边骂边撩起一脚，将小男孩踢得高高地飞起来，又重重地摔在地上。

梅冬潮扑过去，抱住已然昏迷的小男孩哭喊着："扣子！小扣子，你醒醒……"

大碗儿则像小豹子一般，一头朝汪成义撞去。汪成义怒喝："你找死！"接着就要挥拳狠揍撞向他的大碗儿，却被李度眼疾手快一个龙抓手强行摁在了地上。车旁的两个警卫见状，忙拔出手枪冲了过来，却被黑子端枪挡住了。

陶蓝顾不上说话，忙掏出手绢伏在小扣子嘴上，开始做人工呼吸……之后，一手掐虎口，一手掐人中，紧一阵忙乎。

小扣子终于苏醒过来："大……大姐！"梅冬潮哭着紧紧搂住了弟弟。

"李度，你个尿杂脑敢对我动手？这是老子的家事，你管不着！"汪成义半边脸贴在地上，挣扎着喊道，"还不快放开我……"

李度松开手，让他站了起来，警告道："汪老二，你再敢当街行凶，别怪我对你不客气！"

"这是老子的家事！你管不着！"汪成义叫道，他把脸扭向梅冬潮，大声吼道，"你个贱人，还他妈的杵在那儿挨刀呢？小兔崽子死不了，你赶紧跟我走！上车！"

梅冬潮抬脸愤怒地尖叫道："你滚！我不想再看到你！"

"好，我走……"汪成义跺跺脚，咬牙切齿地发狠道，"今儿是大场面，你要是敢不去、破我的脸，我要你全家好看！"然后目光转向旁边，森然道，"李度，是吧？老子记住你了，你好好等着。"说完留下一个勤务兵，带着警卫钻进轿车扬长而去。

陶蓝站起身，掏出两块大洋塞给大碗儿："你弟弟受了内伤，去药房，买点儿专治跌打损伤的药，煎了内服，一天两次，休息几日就会没事的。"

大碗儿点点头，哽咽着说不出话来。

陶蓝扶起仍坐在地上的梅冬潮，叹口气说："你……你怎么活成这样了？"

梅冬潮泪如雨下，悲苦道："蓝妹，我是自作自受，没办法……谢谢你俩，救了我弟弟。"

这时，勤务兵走过来，小声道："小姐，宴会就要开始，咱们可不敢再耽搁了！"

梅冬潮无奈，擦把泪，只好转身走到弟弟跟前说："大碗儿，你扶弟弟回家……姐，还得去陪那个混蛋……"

大碗儿流着泪点点头，然后扶起了奄奄一息的小扣子。

梅冬潮被勤务兵催逼着，叫了一辆黄包车，快快离去。陶蓝正想追上前干预，却被李度拉住，摇头小声道："我们只能管到这儿了。"

没办法，一切都只能眼睁睁地看着，陶蓝忍不住眼圈一红，恨恨连声道："哥，恃强凌弱，欺男霸女，这世道根本没有老百姓的活路，不改变怎么行！"

李度点点头，沉声道："没错，是该改一改了。"

走出街口，李度接过自己的汤姆森斜挎在肩上，让黑子先行一步，自己则一直陪陶蓝走到绥署门口。陶蓝的心情已平复了不少，停住脚步，望了他一眼，小声道："哥，最近我可能要跟汪三少爷多打些交道，少不了去南华门那座小院。你若有空，也可以去那里见我。"

"好，我知道了。"李度也回望了她一眼，"找他有什么事吗？"

"我需要了解有关临汾城防的情报，他或许有能力搞到。"

"多加小心。"李度只能说这样一句不疼不痒的话。汪三少爷在集团军司令部军情处任职，这种层面的事情，也只有他才有机会接触到。

目送着陶蓝走进绥署大门，李度的心情变得黯然起来，自己的职级实在是太低了，区区一个少尉警卫参谋，无法帮到陶蓝。一定要努力，抓住一切机会改变自己！

回到警卫团，他先到团部复命。团长无动于衷地听完了他的汇报，便以口头命令的方式暂时委任他代理1排排长，配合日本教官对警卫团的训练。他借口自己对排里的情况不熟悉婉拒，并推荐黑子当代理排长。

团长有些诧异："排长虽然官小，但也算个实职，你不愿当？"

"是不自信，黑子是个老兵，对训练事宜更熟悉。"李度显得很真诚。

"李参谋也不必过于自谦，这次的任务就完成得很好，总座对你的印象不错。"团长有些懒洋洋的，"既然如此，那就按你说的去做吧，回去告诉灰皮连长一声，就说是我说的，在马大胡子的事没了结之前，就让那个叫什么……"

"木骨黑娃。"

"对，就让那个木骨黑娃代理1排排长。"

李度回到连部，将团长的口头委任转达给了灰皮连长。于是，黑子从一个大头兵被破格提升为代理排长，饷银也提升了不少，黑子脸上露出了笑容。

在旧军队里，若要保持足够的士气，物质上有三种东西必不可少，一是军器，二是粮草，三是军饷。其中军饷最为重要，关乎军心的稳定。士兵要生活，士兵的家人也要过日子，按时发放军饷，发放足额的军饷，让官兵无后顾之忧，方可奋勇向前。阎锡山一生戎马，深谙此道，即便在抗战期间，财政捉襟见肘，也要力保军饷能足额发放。相比较而言，在当时的各路军阀中，除了中央军嫡系，晋绥军是做得最好的。

尽管如此，黑子感激不尽，尤其是听灰皮连长透露，说他这个代理排长是李度主动出让的，更是感动得声泪俱下。当天晚上，他在训练场找到了正在练功的李度，非要磕头拜把子认李度做大哥不可。李度诧异，说可你年龄比我大呀，反过来倒叫我大哥，太别扭了。黑子不管，说不认年龄只认理儿，今后只要大哥说句话，我木骨黑娃就赴汤蹈火，在所不辞。

李度一向不太相信所谓的义结金兰、歃血为盟，但又无法推脱，只好保持缄默。他觉得在这种情形下，好像必须得说点什么。忽地想起了汪成旭，便模仿汪三少爷平时惯用的语调略带戏谑地告诫他，代理排长也只是个鸟，人活着要多用脑袋，少用屁股。有人夸你，别信。有人骂你，别听。人和猪的区别就在于，猪一直是猪，而人有时候却不是人。话没说完，他自己先忍俊不禁扑哧笑了起来。

二

落雪了，下得很大，却罕见的没有风。

在太原，头一场雪往往是存不住的，未及落到地面就融化了，街道会渐渐变得湿滑而泥泞。太阳落山后，整个城区都会陷入一片阴冷中。

暮色之下，阎总管匆匆离开汪公馆，双手伸进袖筒里，穿过柳北朝大濮府走去。他紧紧裹着身上的棉袍，把脖子缩进袍领里，瘦削的身材原本就有些佝偻，路灯下，身影就显得更加佝偻了。在大濮府的清和元饭庄门前，他稍停了一下，朝背后瞄了瞄，然后穿过街角来到桥头街的正太饭店门前，再次朝四周望了望，这才加快脚步走进饭店的玻璃楼门里。

在二楼的 208 客房外，阎总管轻轻地叩响了房门。

刚走进房间，立刻便有一个男声传了过来："奶奶的，你总算来了，坐吧。你比约定的时间整整迟到了半个小时，这是秘密工作的大忌。你要记住，下不为例！"

阎总管没有坐下，仍旧僵直地站着，表情肃穆而又悲情。他的正前方，是一个一脚踩着凳子、一脚翘在窗台上、斜卧在沙发里的男人，旁边不远处，则是一个女子，端坐在椅子上。他一时无言以对，只好看着那个男人的背影幽幽说道："我能做的都做了，你们再逼我也没用。"

"真的吗？"男人冷哼了一声，"你告诉我们护送的只是家丁，怎么又跑出三个当兵的？"

"那是汪敬谷的临时动议，我根本来不及传递给你们。"

"扯淡！红鲤小姐天天就在这里，你连传句话的工夫都没有吗？"

"欲加之罪，何患无辞。"阎总管提高了些嗓音，"包大头，事没干成，是你自己无能，休想嫁祸于人！"

"我无能？你送来的是什么狗屁情报，除了多出的三个当兵的，后来他妈的又闯出一队中央军，如狼似虎的，到底是怎么回事？你说！"

"我不知道，我只是个区区下人。"

男人收回双脚，站起，猛地转过身来，一个身形魁梧、相貌奇丑的凶汉，掏出一张照片塞给阎总管："看看吧，这是昨天刚拍的，怎么样？两位老人家活得还挺滋润……姓阎的，我知道，你身后有人，也有点背景，我包大头在你眼里屁都不是，那没什么，可你的老爹老娘总还算能让你牵肠挂肚吧？你做得好，他们就能继续滋润，做得不好，他们转眼就是一堆骨灰！懂？"

阎本分看着照片，顿时泪如泉涌，身躯变得更加佝偻。他双手禁不住微微颤抖起来，叹口气道："说吧，你们还要我做什么？"

包大头森然道："天龙山拐子洞！"

阎本分摇摇头，无奈道："这话，我听不懂，你们说这是一张藏宝图，可我在汪家几十年，别说没见过，就连听都没听说过，我很怀疑你们的情报来源。"

"我们的情报毋庸置疑，你必须打探出这张图的秘密藏匿地点！"

"你提供的议事厅和书房也是胡扯，我按图索骥，几次深夜冒险探查，几乎翻了个底朝天，屁也没有，汪敬谷一定另有密室！"一旁的女子也转过身来，却是一个容貌妖娆、看上去不会超过二十岁的姑娘。

阎本分跟她接过头，但见到她的真实容貌却是第一次。

"汪敬谷倒是还有一处外宅，在南华门西三条2号。"

"为什么不早说？"

"那儿一直空着，根本没人住，连值守的佣人都没有……怎么可能会藏宝？"

包大头一把夺过阎本分手中的照片，三两下撕得粉碎："你知道该干什么了？"

阎本分又叹口气，点点头。

"从今天开始，这里的联络点撤销。红鲤小姐跟你回家，一天24小时陪在你身边，方便你随时传递情报，由她与我单线联络。"包大头瞥了他一眼，加重语气，"至于身份，侍妾还是侍女随你便。当然，这只是明面上打个掩护，私下里她是你的上级，你必须听从她的调遣，配合完成任务。"

阎本分闻言脸色一变。这算什么？等于在自己身边安放了一枚定时炸弹，在他脖子上高悬了一把锋利的大刀片儿。他本想反驳争辩几句，可与包大头那凶狠的目光一碰，不禁喉咙里发出咕噜一声，把话都咽了回去。

此时，在汪公馆西跨院也发生着一段插曲。

汪成芳甩掉军服，换上一身黑色劲装，一脸决然的表情，腰间挎着弯刀，插着一把勃朗宁手枪，后背上是一只美式军用背囊，脚穿一双美式伞兵靴，一副剑客出行的装扮，但双手却被四夫人林红玲死死拉住了。

汪成芳一边挣扎一边说道："娘，你放开我，我要自己去找我男人！"

"傻闺女，你就听娘这一回，万万去不得呀……"林红玲不由得哭出了声，"这件事从一开始就不吉利，李度护送阿格布花出门，结果把人弄丢了；殷立德、阿格布尔出去寻找，又是一去不回……你爹做的坏事太多，这是报应，遭了天谴，是老天对咱们的惩罚……"

"你胡说什么呀？我只要殷立德，别的我不管！"汪成芳使劲掰扯着林红玲的手指。

"死丫头，为了那殷家小子，你连娘亲也不管不顾了吗？"林红玲眼看拗不过女儿，忍不住又急又怒，"别这么没良心，娘从小把你拉扯大，让你一直过着衣食无忧的日子，在这没天日的大宅门里，你以为容易吗！你这么不听话，非要去冒险，万一有个好歹，你让娘怎么活？好闺女，你冷静一点儿！听娘跟你说，阿格布尔是个蛮夷，身体壮、功夫高，还有一手好枪法，又熟悉那一带的地势，有他跟着，殷家小子不会有事，最多遭受一点儿磨难，迟早一天肯定会回来的，娘敢跟你打包票！"

好说歹说，总算劝得汪成芳重新坐下，林红玲赶紧将她的背囊夺了下来。

汪成芳有些无奈，摇摇头，难过地说："其实，我一点儿也不信你的话……只是，我不忍把你一个人丢在这儿。在这大公馆里，尔虞我诈，明争暗斗，要想好好活下来确实不易。娘，要不这样，你索性也跟我一起出走，要活活一块儿，要死死一起！"

"胡说，这是蠢话！"林红玲连连摆手，斥责道，"你想过没有，一来娘已不年轻，什么也不会干，真到了外面只会成为你的累赘；二来，娘的事情还没干完，但已经有了些眉目，绝不会轻易放手，离开汪公馆。"

"你说的……是什么事？"汪成芳顿时警惕起来。

林红玲摇摇头，没有回答。

"又是什么'天龙山拐子洞'？"汪成芳略微一想，顿时没好气道，"你跟大娘总是明争暗斗，变着法儿跟她过不去，就是为了要干这件事吗？那不过是个坊间的传说，没凭没据的。我爹是什么人？有权有势，要真有那么一笔财富，他早就卷了一竿子扎美国去了……鬼扯的话，你也信，真是荒唐、糊涂！"

"无风不起浪。闺女，太原沦陷那年，你在学堂，不知道家里发生的事。临撤退前的那个夜晚,阎五妹子鬼鬼祟祟地来找你爹，在书房跟你爹嘀咕了好一阵子。可惜，我只听见她说的最后一句话，就是'天龙山拐子洞'！当天夜里，你爹就没影儿了，直到十天后才赶到临汾与全家人会合……你觉得，他会在日本鬼子的枪炮声中散步玩吗？肯定有事！"她拉住女儿的手，压低了声音，"现在你大娘失势了，掌家的钥匙落到了我的手里，我一定要抓住这个机会。只要那件事干成，咱娘儿俩几辈子都不用愁了！"

汪成芳忽地站了起来，一把抢过背囊，怒道："娘亲，你要真的在意女儿，就别动那些歪脑筋，否则，你休想留住我！"

林红玲一愣，然后慌忙拉住女儿，连连允诺："好好，我放弃，我听闺女的话，不跟徐馨茹争了……"

"成芳，汪成芳，"门外突然传来一声喊，"你的大救星来了，哈，还不出来接驾！"

门被一脚踹开，随着闯进来的人却是嘻嘻哈哈的殷立琼："嗨，姐们儿，男人丢了，我怕你万一想不开，哭死了，所以就甩了旭哥哥，特意赶回来陪你！"

汪成芳跳起来扑过去，两人紧紧拥抱在一起。

汪成芳带着哽咽，恨恨道："你这臭丫头，死到这会儿才来……我，我掐死你！"

"四娘，她就交给我了，您忙您的去。"说完，殷立琼轻拍着汪成芳，"好了，好了，别犯愁，我有些好玩的事要告诉你。"

林红玲总算松了口气，欣慰地偷偷抹把泪，悄然离去了。

夜色浓郁，南华门小院却灯火阑珊。

正房客厅里，大夫人徐馨茹坐在椅子上，眼巴巴地瞅着汪成旭，似乎在等待他的回复。可汪成旭却吊儿郎当地避开了她，扭头看着翠姑，嬉皮笑脸道："翠姑姐姐，我始终想不明白，你一个下人，怎么学会舞枪弄刀的，还懂电台，是大娘教你的吗？"

"没正经。"翠姑摇摇头，然后一绷脸，"既然知道我会摆弄刀枪，就别招惹我……好好回夫人的话！"

汪成旭这才重新看着徐馨茹，朗声道："大娘，跟您直说吧，您要不愿意帮李度的忙，就什么话也别跟我说了，那老不死的事，我是一点儿兴趣也没有！"

"可提拔，是军队上的事，我插不了嘴……"徐馨茹正想推脱，可看见汪成旭俨然一副要送客的表情，只好止住了话头，无奈地点点头，"好吧，我试试，你要我怎么帮？"

"很简单，您要想法办法说服那老不……哦，说服我爹，不能再让李度在警卫团干个小小的少尉参谋，那简直就是大材小用、暴殄天物。"汪成旭一屁股坐到了大夫人跟前，"他的能力，您是亲眼目睹的。就说遇袭那件事，我当时就勘查了全部现场，袭击者明显是冲着您来的，要劫持的人质是您，而不是阿格布花。要不是李度拼死抵抗，等不及我的人马赶到，您就已经被劫持，您今天也就坐不到这儿了。我爹不是一向标榜他赏罚分明吗？那李度救了您，就应该赏，顺便提拔一下，还不是他一句话的事。"

徐馨茹苦笑道："你老子已经决定婚礼如期举行，这阵儿，他满脑子都是布花丫头，对我恨得咬牙切齿，只怕说了不光没用，没准儿还帮倒忙……"

汪成旭一拍桌子道："那您就也给他来个大甩手，别再帮他干一件恶心事！什么铁寒寨、殷家堡的，自己造的孽让他自己去应付！"

徐馨茹想了想，黛眉微蹙道："李参谋是挺能干的，可鬼心眼子也不少，我有点看不透他。翠姑，你没感觉到吗？"

"他职级太低，连汪二狗都镇不住，为了自保，偶尔耍点小聪明也情有可原。"翠姑小声道，"咱们遇袭，若没有他那杆汤姆森冲锋枪拼命顶着，咱冲不出来。夫人大度，就不必计较了，帮他是帮三少爷，也是帮您自己。"

"那李度，现在在哪儿？"徐馨茹明显接受了翠姑的说法。

"一个大头兵，除了在警卫团混着，还能去哪儿。"汪成旭冷哼了一声。

徐馨茹长吁了口气，转移了话题："旭儿，你的伤，怎么样了？"

汪成旭站了起来，拍拍胸脯道："我没事……大娘，听我一句劝，那老不死交办的事，您不用太上心，撂他几天也没什么，到他火烧眉毛的时候，就得老老实实听您的话！"

徐馨茹暗叹一声，忖道："你非我怎知我之苦，我现在就是汪敬谷那老狗砧板上的一坨臭肉，不立点儿新功，岂能解脱……"

送走大夫人和翠姑之后，汪成旭回到屋里，打发侍女回厢房歇了，却又觉得无聊，独自在客厅转起了圈。平时被人簇拥惯了，猛然间一个人独处似乎还不适应，这种感觉极为不爽。于是他便走回卧室，索性熄灯躺在了那张红木大床上，可又一点儿睡意都没有，只好呆望着天花板，聆听窗外的风声和雪粒打在窗纸上的微弱音响。

渐渐地，一幅娇美少女的画面涌现在脑际，继而塞满了整个心田。那令人看一眼就难以忘怀的明眸皓齿，令人怜惜的一颦一蹙，甚至那柔中带刚、馨香含刺的聪慧和才华，都使他感到振奋，浑身开始一阵阵发热，焦灼得辗转难眠。尽管那幅画面面面朦胧模糊，但他却清晰地知道她是谁。他不愿细想，甚至还有些畏惧，又偏偏无法驱离。有生以来，他第一次为一个女人感到痛苦，因为总有一句话在不断敲打他——朋友妻不可欺。同时又有一种近乎侥幸的希冀从心底升起：倘若她并非朋友之妻，倘若所有表象不过是自己的错觉，那岂不正是上苍恩赐给自己的一线良机、一星希望……这样想着，他又觉得不那么痛苦纠结了。

蓦然，一种极为细微的动静把他从冥想中拉了回来。与其说是他听到了，不如说是感觉到了，那是一种类似雪飘窗棂，或是猫行四野的、极为细微、飘然的动静，如风一般在窗外的雪夜中掠过。他顿时浑身一紧，忽地坐起来，再次凝神聆听，然后便咧嘴笑了，一种恶作剧的神情浮现在脸上："我去，大胆蟊贼，居然偷到了小爷的头上，那就跟你玩玩……"于是，他来不及穿鞋，赤着双脚，提气屏息，无声地蹿了出去。他悄然开门，借着夜色，溜着墙根，躬身朝动静发出的耳房方向轻步疾行。

印象中那间耳房里，只是堆放了些杂物和粗本家什，压根儿没有什么值钱的东西，稍能入眼的，也就是一座摆在条案上的小小佛龛，紫铜打造，据说是出于宣德年间，虽也算件古董，但没什么大的价值，甚至那耳房常年连锁都未上。直觉告诉他，那蟊贼还就偏偏是奔耳房去了……他蹑手蹑脚地来到耳房窗下，从里面隐约透出的一线光束，在不断晃动。雪落在他的赤脚上，一阵冰冷沁入脚底，他忍不住打了个寒战。就在他蓄力破门而入的时候，突然一阵冷风从他后脑掠过，他暗叫一声："不好，遭暗算了……"未及动作，脑袋上便狠狠挨了一下，他只觉耳畔嗡的一响，顿时天旋地转，一切都化为乌有。

他醒来的时候，浑身冰冷，四周仍是一片昏暗。应该没有多长时间，他看到地上虽然有了一层薄薄的积雪，但一串脚印仍隐隐可见，他断定就是这串脚印的主人暗算了自己，那脚印没有进入耳房，而是直接翻墙逃逸了。汪成旭揉着后脑勺勘查了一圈，心里暗暗骂道："倒是小看了蟊贼，居然还有接应……"然后也没声张，回到屋里重新穿了衣服，擦干净脚上的泥水，换了一双暖鞋，又返回到耳房。他点亮盏马灯，先粗粗查看了一番。条案上那座紫铜佛龛不见了，其他东西虽然被翻了个乱七八糟，却没有丢失。他松了口气，直起腰来，就着灯光看见正面墙壁上还挂着一幅墨意山水画，凑近瞅了半晌也没看出个所以然来，画上的题诗却吸引了他——

西天胜景本无约，龙山潋滟映明月。
小楼悬瀑又一村，北地陶瓷曲半阕。

藏神灵佑福禄寿，兵锋指路莫忧愁。
洞天福地深数里，府衙重现梳妆楼。

他盯着这两首诗抓耳挠腮，苦苦琢磨了好一会儿，脑子里还是一团糨糊，只好自嘲道："晦气，哪壶不开提哪壶，又是诗又是画的，纯属要老子好看。不懂装懂，终归还是个棒槌。"临出门时，他倏地想起陶蓝，暗忖要跟这妞子搭讪总得找个由头，不妨就拿这幅画考她一下玩玩。于是再次折回身来，登上一只木箱，从壁上摘下那画，卷了，夹在腋下，回到屋里重新睡下。

一连几天，李度都是在训练场上度过的，射击、格斗、投弹、队列以及战术配合，与士兵们在寒冷和泥雪中煎熬，既辛苦又无聊。可这就是当兵的最常态的生活，即便训练内容有时并不一定跟战场有直接关系，但对各部队长来说，却是日程、科目安排得越满越好。大凡带兵的人都有个共识：不能让士兵在军营里闲着，一旦松懈了，就会喝酒、赌博、闹事、想女人，就会惹出大乱子。只有把他们练累，练得像一条条死狗，军营才会清静。而日本教官渡边仁，则是把这条定律加倍放大了，仿佛不把这帮当兵的折腾死，就无以显示他的威严。

这天，渡边仁来到了1连1排训练场。大家顿时紧张起来，都知道这小鬼子是个虐待狂，谁要是运气不好落到他的手里，不死也得脱层皮。人一紧张便会出错，在渡边仁恶狠狠的逼视下，训练卧射，一连几个都是脱靶。渡边仁也不言语，上前便抬起穿着皮靴的大脚挨个狠踹。他踹得累了，才喝骂一声，终止了训练，让大家都从地上爬起来，列队面对面互扇耳光。这下，大家都不干了，说脱靶的挨罚咱没话说，可也有没脱靶的，甚至有很多人还没轮到射击，凭什么都得挨罚？于是，列好了队却没人动手。渡边仁大怒，一把揪出代理排长黑子，操着一口生硬的汉语，命他带头做表演示范。

黑子摇摇头，说："我可没有教官阁下的威风，不会演，也不会打。"

"你的不打？那我的，就打你！"说完，他拉开架势，两记勾拳便朝黑子挥去。

黑子早知道这小鬼子手狠，不敢硬接亦不敢还手，只能一味地躲闪、退让，兜着圈由渡边仁追着打。李度在一旁冷眼看着，几招过后便摸清了渡边仁的路数，不过是学过一些西方拳击和日本的柔道，仗着体魄强健和日本教官的身份逞凶。他知道警卫团的士兵大都出自七星螳螂门，多少都练过几招，只要能鼓起他们的勇气对付这个小鬼子，即便不说绰绰有余，至少也能自保无虞。他暗中朝几个士兵使个眼色，他们假装躲闪，实则充当站桩，配合黑子躲过渡边仁的一记记重拳，跟他玩起了捉迷藏。不一会儿，渡边仁便气喘吁吁，气得哇哇大叫，骂出连串粗野的日本话。

李度迎上前拦住了渡边仁，恭维道："教官神勇，他们不敢接招，这么打下去根本显示不出大日本皇军的武士道功夫，不如换个玩法？"

"什么玩法？"渡边仁停了手，喘着粗气问道。

"首先是谁也不能乱跑，"李度边说边用脚在地上画了一个直径约两米的圆圈，"就在这个圈里，教官可以任选对手，一局定胜负。谁先出圈或倒地就算谁输，输者今晚在翠屏楼摆酒请客。怎么样，教官可愿意跟他们玩玩？"

"吆西！输了的，请客、磕头，"他又叉开双腿指了指裆下，"从这边的，钻过去！"

"你们大家怎么说？不说话就是默认。成交！"李度笑了，走近渡边仁小声道，"教官阁下，我怕这帮兵痞输了赖账，口说无凭，立字为据，让他们都签字画押，您看如何？"

"吆西！统统地，统统地签字，画押的有！"

渡边仁接过李度递给他纸和笔，就在一个士兵的背上迅速写下赌局的约定和赌注。李度拿过看了，然后一招手道："教官的字据已经立好，轮到你们了，识字的签字，不识字的用钢笔水涂了手指按上手印，大家不必顾虑，也就是做个见证而已，权当陪他耍耍。"

众人开始还有些犹豫，从来没有这么玩过，毕竟是阎会长派来的日本教官呀！见排长木骨黑娃率先签字画押之后，大家便也都跟着照做了。

李度收好了字据，喊一声："大家散开，愿意跟教官玩的上前，不愿玩的靠后。"

众士兵嗷的一声散开，然后围成了一个大圈，也有胆小的远远地退到了外围。

渡边仁脱掉上衣，甩在地上，一指黑子大喝道："你的，进来！不许乱跑的有！"

李度走到黑子身边，凑到耳旁小声道："让他先动手，躲过两拳之后，使七星螳螂拳崩字诀第三招白猿指路、第四招白猿偷桃，紧接第七招白猿出洞！别怕，使出全力！"

黑子暗自点头，一股热血涌上脑际，浑身一绷劲，迅速将气息运至两臂。黑子虽然只是晋绥军里的一个下层军人，但是对国家这个概念却根深蒂固，一点儿也不含糊。童年的遭遇使他痛恨日本鬼子，但那时候他年幼，参军之后也没有大的建树。现在，一个小鬼子活生生地站在自己眼前，还有合法的理由，不好好教训教训他，我黑子就不是随便给人揍的！

众士兵平时训练时苦渡边仁荼毒久矣，他们纷纷给黑子加油。

"黑排长，狠狠揍他，让他爬不起来！"

"使出总座的七星螳螂拳功夫，让小鬼子开开眼！"

渡边仁哼了一声，恨恨地扫了周遭一眼，两条短腿一蹬，不由分说，朝着走进圆圈的黑子便扑了过去，先是一记左直拳，接着又是一记凶狠的右勾拳，黑子运起螳螂步法，心中却牢记了李度的教诲，连连躲过两拳。当渡边仁刚伸手叼住黑子的肩膀，准备使出柔道中的大背挎摔法的一刹那，黑子开始了反击，只见他脚下虎步生风，不退反进，双臂猛绞一个"白猿指路"，将渡边仁的右手击开，接着"白猿偷桃"双手化掌为爪，狠狠掐住了渡边仁的两肋，渡边仁吃痛本能地弯腰后缩，于是黑子借力打力，顺势一托再一举，便将渡边仁高高抛过头顶，紧接着使出白猿出洞，双爪变拳，大喝一声："去吧！"异常迅疾的双拳，迎着正在下落的渡边仁的腹部猛捶过去，顿时渡边仁惨叫一声，被黑子的双拳击出圈外，四仰八叉地摔在地上，半晌爬不起来……渡边仁妥妥地败了。

拥挤在圈外的众人先是蒙了——他们实在没有想到，黑子排长怎么一下就变得如此生猛？而向来不可一世的渡边仁小鬼子竟然如此不堪一击？待众人醒悟过来，顿时一窝蜂般拥上前去欢呼起来。

这时，一直远远地站在训练场外看热闹的连长老灰皮溜了过来，扶起了躺在地上的渡边仁，咧开大嘴笑道："你输了，按约定，你得给黑排长磕头、钻裤裆。"

"八格！"渡边仁脸色铁青，推开老灰皮，手指着众人吼叫道，"你们的，良心的，大大的坏啦坏啦的！"

老灰皮也恼了，沉下脸对骂道："王八蛋，输不起别玩呀！"

李度走到老灰皮身边，摆摆手道："算了，不跟他计较，也就是教训教训这小鬼子，让他懂得低调做人，甭成天尽想着欺负人，逞威风。"

可，突如其来的变故，就在这时发生了——

谁也没想到，气急败坏的渡边仁并没有去拣拾撂在地上的军上衣，而是从皮套里拔出了一支南部十四式手枪，呀呀怪叫着，对着众人一通乱射。几名士兵应声而倒，其他人则吓得开始四散奔逃。

"快散开，这狗日的要杀人！"老灰皮也慌忙卧倒在一只沙包后面。

只有李度，不退反进，运起麒麟闪，怪步连连，眨眼间便旋到了渡边仁的身旁，先是一招单掌摧碑，打掉了渡边仁的手枪，接着一招骑龙入水，将渡边仁掀翻在地，最后一招青龙探爪，一只手如电探出，抓向对方的脖颈。渡边仁的脖颈很长，抓起来正好顺手，一抓一扣一掰，便如折断的鸭脖，同时捏碎了渡边仁的喉骨，连惨叫声都未发出，瞬间没了呼吸。三招一气呵成，如行云流水……暴龙十八打，不出手则已，出手必杀！

大祸临头！李度被押进了军法处。

训练出了事故，还是大事故。灰皮连长慌忙令连部文书写了事故的详细经过，事故直接导致两名士兵被当场射杀，三人重伤，四人轻伤。还搜集了渡边仁亲笔撰写、众士兵签字画押的赌赛字据，以及渡边仁开枪杀人的现场目击证明，将整理好的材料一并交到团部，由警卫团长亲自转呈军法处。

雪停了，但气温大降，西北风也格外凛冽。牡丹亭内的壁炉正旺，将整个房间烘烤得暖融融的。

汪敬谷穿着一身杭绸裤褂仰躺在一张躺椅上，抽着水烟。翠姑在一旁摇着扇子，一个丫鬟跪着给他捶腿。大夫人徐馨茹对面坐着。

汪敬谷撩起眼皮问："交你的事办了吗？那臭小子怎么说？"

"说是说了，但旭儿没有立马答应，他有条件。"徐馨茹沉吟道，"他觉得您把李度安排在警卫团，只当个小小的少尉参谋，实在是大材小用了……老爷，铁寒寨一行，我也算亲眼看着，论头脑，论办事能力，李度真的比义儿、旭儿他们强很多。您眼下不也正缺人手吗？不妨提拔一下，培养培养，一来身边多个心腹，二来也算给旭儿添了个帮手，顺水人情，何乐而不为呢？"

汪敬谷咕噜咕噜地抽着水烟，没搭腔。

"还有，旭儿长大了，母子连心，你干脆把三妹的事告诉他吧，省得他成天疑神疑鬼的，总跟你过不去……"

"放屁！谁敢说出去，我扒他的皮！"汪敬谷一瞪眼喝道，然后放下水烟冷哼着说，"还想提拔？李度这小子闯了大祸，现在还在军法处押着，能不能保住小命两说呢……"

"这么严重？"徐馨茹大吃一惊，"什么时候的事？李度犯了什么错？"

"奶奶的，小鬼子教官专横跋扈，是他妈的讨厌，出手略微惩戒一下也未尝不可。可这小子倒好，他把人家给打死了！那可是日本人，是阎会长费尽心思，花大钱专门从第10总队请来的，岂是儿戏？第10总队的司令原泉福一天几个电话，逼着跟爷要人偿命，官司都打到阎会长那儿了，警卫团全体联名保他，可最终能不能保得住他，爷现在还真没谱。哼，你还夸他有头脑，有头脑的人能干出这蠢事？爷看他就是个傻子！"

徐馨茹有些心神不定，只好连声应和："好好，您说傻子就傻子吧，又何必生气。"

汪敬谷哼了一声，又重新抽起了水烟。

"翠姑，你去给老爷泡杯新买的绿茶来，家里的壁炉太旺，烘烤着，容易上火。"

翠姑应声去了。徐馨茹见汪敬谷的脸色有所缓和，便似不经意地问道："老爷，我记不清是哪一天了，无意中顺耳听四妹念叨了句'天龙山拐子洞'，是什么意思？"

"老四说过这句话？"汪敬谷停止了咕噜，瞥她一眼，"爷哪儿知道，兴许是哪个吃饱了撑的人信口开河，瞎编的鬼话……"

翠姑正好端茶过来，忍不住插嘴道："夫人，那地方我还真挺熟的，天龙十八洞，有神仙洞、狐仙洞、娘娘洞、送子观音洞，还偏偏就是没有什么拐子洞……"

"这儿有你说话的份儿吗？滚！"汪敬谷脸一沉，又瞪起了眼，顺便也一脚踹倒了捶腿的丫鬟，骂道，"都他妈的给爷滚出去！"

翠姑和丫鬟惶然退下。

汪敬谷指着翠姑的背影有些愤然道："我说老大啊，你是猪油蒙心全忘了，还是脑子被驴踢了，变成了白痴？她可是个老牌的共党嫌疑分子，早该灭了，可你还偏偏把她留在身边，尾大不掉的，是想让她给你挖坟掘墓吗？"

徐馨茹却不以为然，回答道："我没忘，可那是什么年代的事了，不过是怀疑而已，没凭没据的，我可是她的救命恩人，她对我忠诚着呢……你不是又想打她的歪主意吧？你可是答应过我的，不沾我身边的人。"

汪敬谷挥手便摔了水烟锅，站起来骂道："他奶奶的，你们这些女人天生就是没脑子的货，爷都懒得跟你们多费唾沫。"说着就要往外走。

"老爷又要去菱花亭？"徐馨茹不满道，"哼，那林红玲除了骚点，能唱几嗓子，还有什么好？那颗心歹毒着呢！"

汪敬谷转回身，咧嘴嘎嘎地笑了："吃醋了？那你也骚点呀……哈哈，这回你猜错了，爷不去老四那儿，这两天一见面就哭哭啼啼的，闹得爷心烦。今儿去韭花亭，疼疼老七去……"说完晃着身子走了。

徐馨茹目送着汪敬谷出了房门，才高喊一声："翠姑！"

翠姑应声立刻出现在她面前。

徐馨茹很急切地问道："你刚才说，天龙山没有拐子洞？"

"绝对没有！在被老爷的特务营抓住之前，我在那一带流浪过，几乎钻过所有的洞，从没听说过这个洞名。"

徐馨茹皱起了眉头，思忖着，自语道："那应该是什么意思呢？"

翠姑看了看徐馨茹，小声道："昨天夜里，四夫人去了藏经阁，在里面待了好一会儿才出来。"

"哼，她早就谋着想进去，可钥匙一直在我手里。"徐馨茹冷笑一声，"现在夺了权，总算得逞了……蠢货，去了也是白去，那屋里绝没有她想找的东西。"

翠姑沉默着，没有说话。

"对了，你赶紧去一趟南华门小院，"徐馨茹好似突然想起来了，连连催促，"快去告诉老三，李度出事了，让他快想办法搭救！"

三

一大早，陶蓝离开进山中学的教工宿舍，走出上马街口才叫了一辆黄包车，直奔南华门西三条2号院。她迎着风，坐在车上，裹紧身上的黄呢大衣，又披了披颈上的淡蓝色围巾。这件大衣很厚实也很暖和，还是在隰县抗战时，校长赵宗复送给她的，是从鬼子手里缴获的战利品。她亲手大卸八块，重新裁剪，再按照自己的身量细致改过，才有了现在的样式，修身、有型，靓丽而不失庄重，几乎抹去了原先日军大衣的所有痕迹。

她走进了院门，与刚要出门的汪成旭相遇了。

陶蓝禁不住抿嘴一笑，说："还好，再晚一点儿就要跟你错过了。"

汪成旭则大喜过望，热辣辣地打量了她一眼，然后挽了她的胳膊便往回走，边走边惊喜道："我也正要去绥署找你，哈，这就叫心有灵犀……快快进屋，来人，上茶！"

走进客厅，陶蓝在沙发上坐下道："你要去找我？那一定有事，你先说。"

"不，不，女士优先，还是你先说。"汪成旭接过陶蓝手中的大衣，挂在衣架上。

陶蓝眨了眨眼，笑道："大名鼎鼎的汪三少爷，什么时候变得这么扭捏了，我还真不习惯。"

"这样啊，那就我先说吧。"汪成旭从自己的大衣兜里掏出了那幅画，展开来放在茶几上，"无意中找着一幅这玩意儿，又是诗又是画的，看不懂，想找你帮着掌掌眼。"

陶蓝闻言，俯下身子，从上到下细看起来。不经意间，那条淡蓝色围巾的一头滑落下来，刚要动手撩回原位，一旁的汪成旭已然伸手、近似环抱地帮她将围巾重新围好，这种过分亲昵的举止使陶蓝感到了不适，但她没有表现出来，甚至连头都未抬，只是淡淡地说了一句："你很喜欢跟异性动手动脚吗？"

汪成旭顿时有些发窘，稍稍挪开了些自己的身体，讪讪道："也不是啦……这都怨小琼子，她总黏着我，让我养成了坏毛病，无心之过，你别介意。"

陶蓝没有再说话，看完画，目光停留在那首题诗上，又过了片刻才抬起头来，有些迷惑："这幅画莫非很特别吗？我怎么看不出来……这是一幅傅山的《天龙胜景图》，当然肯定不是真迹，而是赝品，并且笔法幼稚拙劣，连高仿都算不上；题诗也很一般，短短两首，却无来由地连换两韵，缺乏文采，也感觉不到面对美景时的诗情。整幅画作，若说收藏，应该是毫无价值……"

"也就是说，这画和这诗都挺烂？"

"至少，我看不出有什么价值。是谁送你的？还是从哪儿淘来的？"

"都不是……你这么一说，也就对上榫卯了。我也正纳闷呢，要是值钱的真货，又怎么会挂在黑漆污烂的杂物间里。"

于是，汪成旭绘声绘色地将夜里发生的失窃事件讲了一遍。

陶蓝黛眉微蹙，想了好一会儿，最后还是摇了摇头道："只丢失了佛龛，没动这幅画……表面上，暂时还看不出什么来。不过，自古侯门深似海，像你们这样的大家族，隐秘一定少不了。建议你还是先收好，没准儿哪天真能用得上。"

"听你的，那我就先收好。"汪成旭嘴上说着，可心里原本也没把这幅赝品当回事，只是为找个由头跟陶蓝搭讪而已，眼下已全然无用，便随手往墙角的书柜里一扔，然后便坐在了陶蓝的对面，郑重道，"现在该你了，说说吧，就算是上天揽月、下海捉鳖，本少也绝不含糊！不知有什么能为陶蓝小姐效劳的？"

陶蓝微微一笑，好看的眼睛眨了眨，说："你总是这么极端吗？我刚进院子的时候，你表现得过于随意，显得有些轻佻，可现在又表现得过分正式了。不过别说，我还是有点喜欢你这种一本正经说着违心话的样子。"

汪成旭脸上的神情顿时僵住，但陶蓝很快就将他从尴尬中解脱出来。

她告诉了他自己遇到的难处——中共徐向前大军攻克运城之后，只是略做休整便继续北上了。大军压境，临汾战事吃紧，绥署《阵中日报》急需有关临汾战地的报道稿件，鼓舞士气。任务交到了陶蓝身上，本应亲自奔赴临汾做战地采访，可最近手头的事情实在太多，无暇外出，只好取个巧，找汪三少爷帮忙。汪三少爷在集团军司令部军情处任职，应该不难找到现成的材料，凑成一稿便可交差。

听完陶蓝的述说，汪成旭脸颊发烧，有生以来第一次感到了羞赧。身为军情处中校副处长，对实时战况的掌握，理应滚瓜烂熟张口就来。可他不行，自打分配到军情处当差，他只是把那儿当成一个领饷银的地方，三天打鱼，两天晒网，压根儿就没上过心，脑子里纯粹一团糨糊。看来，今后还真得多少敬点儿业了，否则，褃节上连这点忙都帮不了，肯定会被这妞子瞧不上眼。

这么想着，他立刻站起身来要穿大衣，还连声嚷嚷："小事一桩，你这就跟我一起去司令部，我把有关临汾的材料都给你搞齐全，保证让你挑花眼……"

陶蓝别转脸，嗔笑道："瞧，你又开始一本正经地胡说了。我跟你一起去，明显违反保密条例，你汪三少爷固然不怕，我却没必要以身犯险，跟着你冒傻气。不是吗？"

"那你就在这儿等着，我去去就来，保证把所有你需要的材料都带回来！"

"一样的毛病，你就不会按程序办事吗？"

"没那一说，给我的女人办事，什么程序都是狗屁……"

"一派胡言！"陶蓝的脸顿时沉了下来，眸子里喷出一股冷光，"汪三少爷，你要总这么聊天儿，咱们就没得聊了。这忙你也不必帮，大不了我辛苦点儿，再跑一趟临汾……"

"不不不，是我错了……是我嘴臭，说错了话！"汪成旭慌了，连连摆手，接着又狠狠抽了自己一个嘴巴，"我该打，我改，我立刻就改正……你千万别生气，给我点时间，我一定学会聊天，学会说话……唉！我简直笨得要死。"他急得甚至有些语无伦次了。

陶蓝不由得轻叹一声，放缓了语气道："你又要学写诗，又要学聊天……忙得过来吗？"

"忙得过来，忙得过来……铁定的！你一定要相信我！"汪成旭边说边拿起大衣朝门外逃去，还不忘扭过脸来交代，"我知道该怎么做了，我把搜集到的材料都私下手抄一份带回来，就既不违反条例，又能帮上妹子的忙……"话音未落，人早已跑到了屋外，反倒把陶蓝弄得哭笑不得。

就在这时，翠姑赶到了，她不知道发生了什么，以为汪成旭要出门，急忙把他拦在了院里，也只能跟他说个大概和结果，因为她并不知道详情。听完翠姑的话，汪成旭的脸色一下变白了，心里直发毛，打发走翠姑之后，扔掉穿了一半的军大衣又蹿回了屋里，抓起电话便直接打到警卫团，找老灰皮问话，这才搞清楚事情的原委。撂下电话，他心急火燎地再转达给陶蓝，之后便六神无主地望着她，等她拿主意。

陶蓝的身体似乎变得僵硬起来，皱紧眉头端坐了，竟半晌无语。汪成旭等不及了，张嘴刚要催促，却被陶蓝一声低喝打断了："别吱声，让我想想！"

汪成旭忙咽下已经涌到嘴边的话，不敢再打搅，蹑手蹑脚地走到屋外，他突然感到眼前的这个女子是那样的陌生，心里居然升起一丝敬畏。在屋外，他忍不住透过窗棂望屋里的陶蓝，发现她此刻就像一尊雕像，面容肃穆，一双平时活泼生动的秀目也微眯起来，这神情简直太美了。但他知道，罕见的凝重背后，是飞速运转的大脑和神驰千里的思考。他还发现了她与李度的不同，李度思考问题的习惯是分析，在边说边想中彰显出智慧的维度，带有一丝外向型的炫耀。而陶蓝则相反，她是内敛的、沉静的，仿佛一切都在静默中完成。

生活就是这样，喜欢一个人往往就会注意到她独特的闪光点，若还带有崇拜，那她的缺点也会成为特点，甚至还会成为她与众不同的地方。

陶蓝确实与众不同，本以为李度出事，她会哭得梨花带雨，至少乱了方寸。可她没有，反而还能做到波澜不惊。想到这儿，他顿时冷静下来，心里不再发慌：给这丫头点儿时间，她一定会想出最好的办法来。

实际上，并没有多长时间，陶蓝便恢复了常态，她站起身，从衣架上拿了自己的黄呢大衣，走出房门，来到了院子里。

"不必惊慌，这件事的关键有两点，一是人心，二是舆论。"她边说边穿好了大衣，"李度已经占有了前者，后者需要我们做工作配合。咱俩分开，我去警卫团实地采访，你去司令部游说上层，争取赢得他们的支持，进而影响阎锡山。反正你也要去司令部，两件事一起办，也不冲突。"

"去找我爹吗？他倒是能直接与阎会长说上话……"

"到现在，你父亲仍然没有把李度交给日本人，说明你爹是倾向于保他的，同时也就成了整件事的焦点，压力一定不小，至少眼下不宜再给他施压。"她略微沉吟一下，望向了汪成旭，"不如先找你们的参谋长，吴绍之这个人处事圆滑，人脉很广，是各方势力都能接受的人物，从他身上或许能找到突破口。"

两人走出院门时分手，汪成旭有些担心，怕她去警卫团受到刁难，陶蓝笑了，眨眨眼说有绥署新闻处这块牌子，他们敢吗？再说我是去为他们申辩的，他们正求之不得呢。

他想陪她走一程，却被她坚决地拒绝了。

"成旭哥，有些事是无法做到谋定而后动的，需要审时度势、随机应变。"陶蓝转过脸望着汪成旭，"你不用在我身上白费力气，要把脑子用在做事上，多一点儿踏实，少一点儿花哨，你还是个很不错的人。不多说了，分头行动，晚上，我们还在这里碰头。"

送走了陶蓝，汪成旭还是不放心，又踅回屋里，给老灰皮打了个电话，要他全力配合好陶蓝，别让她被警卫团那帮黑塌糊野牲口们欺负了。然后又给汪公馆四夫人林红玲打了个电话，让她派几个家丁过小院来值夜，昨夜的事不能再发生了。

把一切都安顿好了，他才跳上吉普车，一脚油门直奔集团军司令部。

来到司令部，他先去军情处转了一圈，搜集好材料之后便有些发愁，这么多材料要抄写到什么时候。他想了想，拿着一摞材料走进机要室，索性都塞给殷立琼，要她代劳。殷立琼一听是陶蓝要的，倒也没有推辞，接了材料，催他赶紧去忙李度的事。

离开机要室，汪成旭直接闯进了参谋长室。一见面，吴绍之便点着头笑了，说这么晚才来，还以为你变卦了，不管你那帮小兄弟了。汪成旭穿着一身中校军装，隔着办公桌坐了吴绍之的对面说："怎么会，我是刚刚才得到消息的。小鬼子太猖狂，实在该死，李度是无辜的！吴叔，这忙您一定得帮，眼下，我大娘使不上劲，我老爹只听您一个人的。"

吴绍之不置可否："你这位同窗骨头倒是不软，军法处动了大刑，他硬是一句胡话没说，也算是不幸中的万幸啊。"

汪成旭一听，顿时又心疼又愤怒，忍不住一拍桌子站了起来道："是谁让动刑的？又是那老不死的使的坏？不问青红皂白就动刑，这他妈的是什么世道？不行，吴叔，您得说话！再怎么说，李度也是咱们自己人，不是共产党，酷刑怎么能用在自己人身上？您要不出面制止，我这就直接去找那老不死的评理！"

说着便要拔枪，吴绍之急忙把他按住："冷静，不要冲动，冲动解决不了任何问题。对他动刑是原泉福干的，咱这边不交人，原泉福只好亲自出马，连阎会长的总顾问今村方策也陪着来了……唉，这件事，怎么说好呢，其实从根源上讲，这一切都怪你！"

"怪我？我……又做错什么啦？"汪成旭吓了一跳。

吴绍之指了指他的军服说："你是司令部军情处的中校副处长，可你从接到委任状之后好好地当过一天差吗？没有！所以，你在司令部里就没有人脉，不仅保护不了你的同学朋友，相反，他们还会因为你的缘故暗中吃挂落……你知道李度的日子有多难过吗？在警卫团，一个小小的连、排长都能欺负得他找不着北。再说殷立德和阿格布尔，他俩当然要比李度的处境好很多，可也因为你的不作为，白白丧失了很多好机会，尽干一些别人都不愿干的苦差事，无法展现他们的能力，长此以往，亦难有出头之日啊！"

汪成旭听得浑身冒汗，沮丧极了，颇为难堪地咧嘴一笑："我……唉，吴叔，您是看着我长大的，我也不怕丑，我就是一条扶不上墙的死狗，怪对不住哥们儿的。不瞒您说，我对这差事毫无兴趣，这身虎皮真应该给李度穿，他有雄心壮志，还想建功立业，他是真心愿意为党国效力的……所以，我不光想救他，还想帮他、成全他，您就给他个机会吧。"

吴绍之摇摇头说："我的话，你还是没听进去……算了，以后自己慢慢悟吧。至于李度，眼下我们都不好说话，但他完全可以自己帮自己。"

汪成旭有些迷惑："我没听懂，他在军法处的号子里，怎么帮自己？"

吴绍之转身从文件柜里取出一只文件夹递给汪成旭，然后意味深长地一笑道："带回去好好研究研究，希望你能从中悟出点什么。"

"吴叔，您不是逗我玩吧？"汪成旭脸上露出了一丝怪异，拿着厚厚的文件夹，"你要是让我写什么报告之类的玩意儿，还不如让我去死……"

吴绍之笑了，拍拍他的肩膀道："先不忙下结论，好好看看，没准儿就能从里面找到救李度的办法。去吧，我已经跟你父亲约好了，要去军法处会会原泉福，估计还得去阎会长那儿一趟，这事最终还得阎会长拍板。"

汪成旭无奈，一边往门外走，一边朝吴绍之鞠了个躬道："吴叔，拜托了！"

回到军情处，汪成旭打开文件夹，草草地翻了翻，果然都是些极为枯燥的情报分析、统计报表之类的，看着就觉得头大，完全看不进去，索性扔到办公桌上。他起身来到了机要室，看见汪成芳也在里面，正帮着殷立琼一起抄写材料，便心情大好，咧咧嘴打趣道："两位妹子，有人说我不会聊天，你俩怎么看？"

"谁说的？你把死人都能说活了，还不会聊天？"殷立琼有些惊讶。

"甭管谁说的，就你俩的感觉，我不会聊天吗？"

"那要看跟谁聊，"汪成芳抬起头来，"跟我俩聊，足可把我们侃晕了，尤其是跟某些人聊，就算你把她卖了，她还帮着数钱哪。可要是跟陶蓝或李度聊，那就完全不行，你一点儿上风都占不了。"

殷立琼抿嘴一乐，偷偷掐了汪成芳一把。

"为什么？是我口条不好吗？"汪成旭追问道。

"不，恰恰是你的口条太好了，唯有读书不是你的菜，你有的都是些吃喝玩乐的本事，而他俩不是。"

汪成旭点头："嗯，好像是那么回事，芳妹说到了点子上。我要好好读书！"

殷立琼闻言忍不住嘻嘻一笑道："我说旭哥哥，你一会儿要学写诗，一会儿又要读书，这都不是一时半会儿就能做好的，还是算了吧，一个大男人，装什么斯文。倒不如率性而为，成天跌屎打蛋的也挺好。"

"还是小琼子上道。"汪成旭哈哈一笑，顿时来了兴致，"还别说，那天晚上，你们都走了，我一个人无聊，还真的写了首诗。写的是海子边后湖的荷花，就叫作《咏荷》吧，当然不是现在，写的是夏天的海子边后湖，要不要给你俩念念？"

说完，也不管两人愿意不愿意听，便大声朗诵出来——

大后湖，后湖大，

后湖里面有荷花，

荷花叶上有蛤蟆，

一捅一蹦跶……

二女先是面面相觑，接着便哈哈大笑起来，直笑得前仰后合。笑够了，殷立琼才连连点头，说，还不错，至少通俗易懂，谁都能听明白，虽然蛤蟆入诗不太雅，可蹦跶得真切，蹦跶得好看呀。汪成芳也凑趣道，前三句是烘托，层层递进，最后落在"蹦跶"上，这词儿选得好，用作全诗的诗眼，没毛病。文无定法，诗也没有一定之规，只要你觉得说出了你的心里话，又朗朗上口，就算好诗。

汪成旭的老脸有点儿绷不住了，只能讪讪自嘲道："看来，装不成斯文，我还是装孙子吧。"

就在他们说笑的时候，吴绍之陪着汪敬谷来到了军法处。

路上，吴绍之建议无论如何李度还是要保的，下面的弟兄们可都看着哪，不能让属下寒了心。汪敬谷同意，可又顾虑原泉福和今村方策不好应付，想了想才对吴绍之嘱咐道，咱俩得演一出戏，我唱红脸，你唱白脸，不管怎样，都得给他们划出个道来，甭耍威风尽想好事。要让小鬼子明白，现如今，他们不再是当初的皇军了，是他娘的战俘，别给脸不要脸！

审讯室里阴森恐怖，一堆炭火熊熊燃烧着。

随着连续不断的鞭打声，被绑在人字刑架上的李度顿时皮开肉绽、鲜血迸溅。他咬紧牙关，一声不吭……

汪敬谷和吴绍之二人走进审讯室，见李度被绑在刑柱上，一旁站着阎锡山的私人顾问今村方策，原泉福正气势汹汹地手执皮鞭朝李度身上狂抡。

军法处长赶忙迎了上来，汪敬谷一瞪眼，喝道："你们审出个屁，还是审出一坨屎来？"

军法处长有些尴尬，小声报告道："这案子人证、物证俱在，案情明摆着……这小鬼子来了也没审案，直接提了人就动刑，卑职也拦不住……"

汪敬谷提了把椅子，直接坐在了今村方策旁边，瞪眼看着原泉福，没吭声，仿佛在欣赏大日本皇军的威风。倒是军法处长看不下去了，喝一声："汪总司令在此，还敢放肆！"

今村方策也跟着嘟囔了句日语，原泉福这才扔下鞭子转过身来。

汪敬谷立刻摆摆手，大咧咧道："别价呀，千万别停手，你好好打，使劲打，爷知道你老小子心里憋着股邪火，不泄出来不舒坦。不过爷也要把话说在头里，你尽管使劲打，你出了气，这事就算翻篇儿了，谁他妈的也别再叨叨！"

"八格，你放屁！"原泉福顿时暴跳起来，瞪着汪敬谷破口大骂，"把我的人打死了，就想这么不了了之？没门儿！"

"嘿，你个老鬼子，竟敢满嘴喷粪，"汪敬谷站起来，一脚踹翻了椅子，又着腰大声嚷嚷道，"你的人要比武，比输了就先开枪，打死、打伤我手下那么多人，你们日本人的命是命，我们中国人的命就不是命？他奶奶的，来，咱俩比画比画，那臭小子学艺不精，手下没分寸，爷可不是，爷说打断你的左腿，绝不会打断你的右腿！来呀，老鬼子……"

吴绍之赶忙伸手阻拦道："诸位长官，息怒，都请息怒，咱们有话好好说。"

"汪总司令，这样很不好嘛，"今村方策也沉下了脸，"我们今天来是为了解决问题的，不是搞火并的嘛。"

汪敬谷没有理睬今村方策，只是满脸挑衅地盯着原泉福，大有不打一架决不罢休的架势。原泉福原本还想对峙，可在今村方策严厉的目光下，还是扭转了脸，气哼哼地走到场边，自顾自地掏出一支烟点燃。

吴绍之转向今村方策道："顾问阁下，这件事原本就是个误会，是训练中的一个意外，我们双方都不愿意出这样的事情。可现在出了，双方就都应该冷静下来，安抚好各自部队的情绪，而不应该火上浇油。这件事闹大了，对我们双方都没好处。在这一点上，我相信顾问阁下应该能与我们达成共识。"

今村方策点点头，沉吟道："我们虽然战败，可来到贵军，完全是出于对阁会长的尊敬和阁会长的诚意，是为了帮助你们完成反共大业的。可你们的人却打死了我们的人，没个合理的说法，原泉福司令官对第10总队的部下也无法交代。"

"阁下说得没错，这正是我们双方都面临的困境，因为我们双方都需要给部下一个合理的交代，否则后果不堪设想。所以，我的建议是，都按意外事故来处理——厚葬死者，并且按最高标准抚恤。"说到这儿，吴绍之从公文包里拿出一张银票，"这是三千大洋，算是我方的歉意和诚意，这是一条底线，如果贵方能够接受，其他的就都好商量了。"

今村方策看向了一旁的原泉福。

"不行！"原泉福扔了烟蒂，指了指李度，"他的，必须偿命！"

"扯淡！"汪敬谷冷哼一声，撸撸袖子，"那咱俩先打一架再说……"

"冷静，大家都先冷静。"吴绍之走近今村方策，小声道，"我想阁下不会不知道，亲训师和警卫团都是阁会长的亲兵，就算咱们把官司打到阁会长那里，阁会长也不会毫无底线地由着你们漫天要价。所以，我还是建议阁下最好能说服原泉福司令官，不要意气用事。"

"我也要建议，汪总司令同样不要意气用事。"今村方策轻叹了口气，看了看一脸铁青的原泉福道，"看来跟他们谈不到一起，还是去找阁会长讨说法吧，我们走！"

"那我送送二位。"吴绍之赔着笑脸，送出审讯室。

汪敬谷走到刑架前，看了看浑身是血的李度道："奶奶的，你还行吧？"

"死不了，多谢总座为属下说话！"李度唾了口血唾沫。

"真是个棒槌，你哪怕打断他两条腿都没事，可你偏偏把他打死了……麻烦大了。"

"您不知道，当时，那小鬼子的弹夹是满的，不及时阻止他，会死更多的兄弟，我是军官，保护士兵责无旁贷，没办法。"

"嗯，有尿性，是咱警卫团的种！"汪敬谷点点头，冷哼了一声，"这回，你若运气好大难不死，立马滚进我的七星螳螂门来，爷要亲自调教你，偷学了点儿皮毛，手下没分寸还练个鸟的武，狗屎！"说完，一转脸对军法处长说："给他找个军医治一治，换间干净点儿的屋子开小灶，酒肉伺候，按团长待遇！"

军法处长连连点头："总座放心，弟兄们眼下都把他当英雄，没人敢亏待他。"

"狗屁英雄，纯属找死！"汪敬谷晃着高大的身躯，边往外走边大声喝骂，"不过，就算最后枪毙，也让这臭小子先当个饱死鬼吧……"

李度目送着汪敬谷走出去，心里却连连冷笑。

渡边仁之死，当然是他故意所为。这小鬼子早就该死，他不过是顺手给他挖了个坑而已。一切都在意料之中，他要改变自己，没有机会也要创造机会，他相信此事之后，他在警卫团，甚至整个晋绥军里就站稳了脚跟，也算是有了骄傲的资本。所有的皮肉之苦都不算什么，这个险值得冒。他把受刑也当成了对自己的一种历练。

有了汪敬谷的明确表态，军法处长再无顾忌，立马给他换了间明亮宽敞的单人监舍。待军医给他疗伤包扎完之后，一桌丰盛的酒菜也端了进来。

"李参谋受苦了，先安心享用，没准儿还能因祸得福。"军法处长拍了拍他的肩膀。

"处长大人不妨也坐下，一起小酌一杯？"

"不了，我军务在身，不太方便。"

"那……有件小事，不知处长大人能否通融一下？"李度望着对方，指了指酒菜，"警卫团的马大胡子也关在这儿，我俩犯的事与政治无关，都是一条炕上睡的兄弟，都不容易，我想让他也来这屋里坐坐，跟我分享分享……"

军法处长犹豫了一下，但最终还是答应了李度的请求。

关押多日，马大胡子明显憔悴了许多，浓密的络腮胡中也出现了白色的斑点。

同是天涯沦落人，进屋之后，两人很快消除了起初的敌意和生疏，几番推杯换盏、推心置腹，尤其知道李度被押是因为灭了渡边仁，也算是为他出了口恶气之后，马大胡子对李度的态度大变，前倨后恭，几乎奉若神明，顾不上客套，单膝下跪，非要歃血为盟，与李度结成生死兄弟不可。李度这回没有推脱，微微一笑，又故技重施，仍旧模仿汪三少爷的口吻说道，人不能总落单，有时候需要抱团取暖，所以身边的人很重要。一根稻草，扔到街上就是垃圾，捆上白菜就是白菜价，捆上大闸蟹就是大闸蟹的价。包括脚下的平台，也很重要。同样一个人，步行一小时能走多远？要是骑摩托、开汽车、坐飞机呢？很多时候，平台会决定你的速度和高度，切记，切记……

四

天刚擦黑的时候，汪成旭开车，带着汪成芳与殷立琼一起返回南华门小院。

跳下车，见院门口站着两个家丁守卫，汪成芳顿时皱起了眉头，没好气道："谁让你们来的？跟苍蝇似的，讨厌！"

"你别生气，是我给四娘打电话特意要来的，这小院可是被蟊贼光顾过。"汪成旭简略地将昨夜失窃的事说了一遍。当然，他回避了自己遭暗算的细节。

"这一片可是高干区，还真有胆大包天的？"殷立琼惊讶地张大了嘴巴。

"那是，要是贫民窟，蟊贼还不来呢。"汪成芳边说边跟着二人走进客厅，一落座便望着汪成旭，"三哥，你刚才说，还找到一幅画，什么画？"

"你有兴趣？一幅赝品，上面还有题诗，反正都挺烂的。"汪成旭说着从书柜里拿出画扔到了茶几上，"没有一点儿价值，你想看就看看吧。"

汪成芳展开画卷，俯身低头看了起来。

殷立琼扫了一眼，耸耸肩，不屑道："又是画又是诗的，你们也不嫌烦。"说完便跑出房门溜去了灶间。

不一会儿，她从灶间返回来，手里端着一碗汤药道："来，旭哥哥，刚煎好的，快趁热喝了。"

"又苦又臭，我已经没事了，不喝。"汪成旭摆摆手，有些不耐烦地说。

殷立琼立刻挽住他的胳膊，摇晃着，哄道："好哥哥，你现在是咱这伙人里头唯一的男人，是主心骨，这么多的事都需要你拿主意，你不能倒下……所以，必须把药喝了！"

汪成旭无奈，接过碗来一口饮尽，恶心得直干呕，殷立琼赶紧递了杯白开水让他漱口。

这边，汪成芳看完了画，确实有点瞧不上眼，可看着宣纸画面上浓墨重彩的天龙山胜景，心里却不由得一动，想起了娘的话，莫非还真的是无风不起浪？想了想，便觉得还是应该给娘看一看，若是毫无用处，至少也能让娘死了那门心思。于是她抬起头，望了望汪成旭说："三哥，这画看着确实不值钱，可好歹也算是咱老屋里的物件，不如我先帮你收着，你需要的时候再跟我要？"

"拿去拿去，搁我这儿，没准儿哪天就丢得连鸟毛都不剩了。"

殷立琼笑了，挺着鼓鼓的胸脯撞了汪成旭一下道："嘴里不干不净的，旭哥哥，你真的是装不来斯文。"

"还是那句话，装不来斯文就装孙子。"汪成旭嬉笑着，伸手敲了她个板栗。

汪成芳把画卷起来装进大衣兜里，然后小声问道："蓝妹什么时候回来？"

"只说晚上在这里碰头，反正约好了，不见不散。"汪成旭忍不住朝屋外看了一眼。

"等她来了，咱们都小心点儿，尽量别提李度，免得刺激了她。"

汪成旭点点头，又瞪了殷立琼一眼道："尤其是你，大咧咧的，说话不过脑子。"

殷立琼吐了一下舌头，然后捂了嘴道："我不说话就是了。"

转眼，天色越发黯淡下来。厨娘进来问他们晚餐想吃点儿什么，她好准备。汪成旭让她再等等，只需备好家常饭菜的食材就行了。

直到晚上八点多，陶蓝才风尘仆仆地赶回来，一进门就嚷嚷饿。殷立琼忙从酒柜里取出一盒点心放在她面前说："双合成的绿豆糕，还算精致，味道也过得去，你先凑合着垫吧一下。"

汪成芳拿过一只小碟子，将一块绿豆糕放进碟子里递给了陶蓝。

"谢谢芳姐。"陶蓝接过碟子，又了一小块放进嘴里，连连点头，"嗯，好吃，真香！别我一个人吃呀，你们也都尝尝……"

二人相视一笑，也都参与进来，陪着陶蓝吃了一回。

汪成旭没动，看着她们吃得差不多了，才小心翼翼地说："小蓝子辛苦，说说，晚餐想吃点儿什么，我亲自去厨房张罗。"

陶蓝看了看汪成芳与殷立琼，说："炝锅面怎么样？回来的路上经过一家面馆，老远就闻到了香味……勾起我的馋虫了。"

"好啊，那就炝锅面呗，既简单又省事。"汪成芳表示没意见。

"错，应该是简约而不简单。"汪成旭略带得意地纠正道，"炝锅面，素有'太原第一面'的美称，讲究的是筋道爽滑，清淡鲜香。首先要选用运城白面，配蛋清醒透精揉，最好是刀削，削成薄而长的菱形条状。其次是浇头的烹制，也是这道面食的重头戏，高汤要用大骨、鸡架熬煨，选五花肉少许，切成肉丝，再配以炸豆腐丝、海带丝、蛋饼丝、粉丝、黑木耳碎、香菇碎，冷油热锅爆炒烹制，再倒入高汤，煮沸之后，放进菠菜、葱花，再点入精盐、陈醋、白胡椒和辣椒油调香，最后是铁勺热油泼炝，起锅备用。待削面煮好，盛入碗中，最好用海碗，再加入浇头，漫盖于削面之上，撒一小撮儿香菜点缀……"

未及说完，殷立琼早已涎水直流，摆着手嚷嚷道："不行不行，我忍不住了，你快去张罗，今天本姑娘要大快朵颐！"

汪成旭乐得屁颠屁颠地跑去了厨房。

"是你说他不会聊天儿？"汪成芳转向了陶蓝，"这么好的口才，咋就不会聊天儿了？"

"可咱们想要的是一个将才，而不是厨子或美食家，不是吗？"

"我三哥表面看上去油腔滑调的，没个正经，可骨子里挺憨的，你可别欺负他。"

"怎会，我只会让他更进步。"陶蓝眨了眨眼。

"也不能让他太进步，要不我就沾不上他了。"说着，殷立琼一把搂住了陶蓝，悄声说道，"姐知道姐不如你，你别跟姐抢，算姐求你了……"

陶蓝扑哧一声笑了，然后正色道："没人跟你抢。放心吧，小琼子姐姐，汪三少爷永远属于你！"

"哼，未必，我看是落花有意，流水无情。"汪成芳有些不以为然，"到时候你哭死了，别怪我没有提醒你。"

殷立琼哈哈一笑，挥挥拳头道："我不管，反正就是四个字，死缠烂打，永不松手！"

"这是四个字吗？"

"四加四，不行啊！"

三个人说笑着。没过多长时间，汪成旭就带着厨娘、侍女将晚餐端了过来。四样时鲜小菜——定襄粉蒸肉、五台小烩菜、豆芽炒灌肠、油辣子拌粉皮，外加一小盆胡辣汤，剩下的就是四海碗赏心悦目、香气四溢的烩锅面。

少爷亲自操刀，厨娘、侍女打下手，这顿晚餐可谓破天荒！稀里呼噜吃完，陶蓝擦擦嘴，感慨道："这是我吃过的最美味的太原烩锅面！"

汪成旭并不满意，略带遗憾地说："太急了，骨汤煨的时间明显不够，缺了醇厚；烩菜少了两样食材，美中不足；油辣子拌粉皮也略咸了……"

殷立琼把最后一点儿豆芽炒灌肠塞进嘴里，嚷嚷道："这手艺真绝了，我差点儿连舌头都吞下去，旭哥哥，你不当厨子真是屈才了！"

"真格的，三哥，也没见你下过厨房，这厨艺什么时候学的？一点儿不比咱汪公馆的大厨差。"汪成芳也由衷地连连点头。

在厨娘和侍女收拾了餐桌的当口，四个人坐回到沙发上。

陶蓝看了看汪成旭："说说吧，今天有什么收获？"

殷立琼立刻拿出一沓抄写好的材料递给了陶蓝："我和芳姐足足抄写了一下午。"

"能搜罗的都搜罗了，也不知能不能帮你交差……"汪成旭显得有些忐忑，晃了晃文件夹，"在司令部也找了吴绍之，没谈出什么结果，倒让他给我出了个大难题。"

陶蓝先是草草地扫了一眼材料，脸上露出了一片喜色："两位姐姐辛苦，妹子这厢有礼了。"然后将材料装进大衣兜里，拿过汪成旭手里的文件夹，低头仔细翻阅起来。

汪成芳掏出一张纸条塞给陶蓝："这是今天上午刚收到的，是转发给孙楚的电文，好像是说胡宗南要把中央军第30旅从临汾调回西安，我顺手也抄了一份，不知道对你有用没有。"

陶蓝的眉毛连着挑了几下，没说话，甚至连头都没抬，只是随手把纸条收了起来。其实她内心是极为震动的，对她来说，所有的材料都很重要，尤其是这份电文，更是来得及时；但她知道，不能多说，这种时候必须做到不动声色。

上午，离开小院之后，她并没有直接去警卫团，而是先去了新闻处，向处长赵宗复做了汇报。赵宗复当即让她通知进山中学支部负责人乔亚，并转告乔亚要抓住这个战机，组织一次学潮运动，要借这次事件，揭露阎锡山留用日本战俘反共的阴谋。

赵宗复，山西五台东冶镇人，是前省政府主席赵戴文的儿子，北平燕京大学毕业。大学期间就在学生中积极宣传进步思想，从事秘密革命活动，先是参加中国共产主义青年团，后加入中国共产党。苏联红军总参谋部鉴于日本发动侵华战争，急需获得一些国民政府上层人士的信息，以便对国民党政权的抗日动态有更准确的了解，计划在中国境内建立一个纯军事性质的情报机构，并需要一些有能力的人来承担这份工作。于是，赵宗复奉命参加了共产国际远东部红军情报业务，直接接受共产国际的领导。全面抗战爆发后，回到山西与中共领导下的"剧宣二队"来往密切，并以公开身份多次对他们进行掩护。同时参加了抗日民族统一战线组织，从事抗日救亡运动。后受组织指示，加入国民党，并赴重庆"中央训练团"参加培训，从而顺利打入阎锡山领导的"同志会"组织中，并通过地下党员杜任之与延安保持紧密的联系。在进山中学担任校长期间，团结和影响了一大批爱国师生，并用各种方式把很多进步青年输送到了解放区。陶蓝、刘鑫、乔亚等人，都毕业于进山中学，都是在他领导下发展的组织成员。1947 年，赵宗复被阎锡山委任为绥署新闻处处长兼《工商日报》总编辑。同年秘密建立了情报站，虽然他并不归属中共太行军区 909 情报站领导，但他利用合法身份和特殊的家庭背景，暗中负责全面工作，并将获得的各类情报通过 909 情报站传递给中共党组织。而具体运作进山中学党支部和 909 情报站工作的，则是他的学生乔亚、李来泉、陶蓝、刘鑫、韩健民、卫吉祥等。这些在当时都属机密，大部分是陶蓝也不知晓的。她只知道，赵校长是她和这拨同学走上革命道路的引路人，她与大家一样信任他、尊敬他。

当陶蓝将赵宗复的指示传达给乔亚之后，乔亚立刻在海子边劝业楼召开了秘密会议，并做了部署，分头联络成成中学、平民中学、山西大学的师生做好准备，待陶蓝的专访文章见报后，立即组织发动学潮。陶蓝在参加完这个秘密会议之后，赶到警卫团展开采访，之后返回新闻处将专访文章写完，再加盖公章，马不停蹄地将文稿送到《工商日报》社和《平民日报》社，等一切完成，天色已经大黑了。

这些细节，陶蓝当然都不能说，只能藏在心里，不是不相信，而是时机不成熟。片刻之后，她将文件夹放回到茶几上，脸上现出了一丝凝重和忧虑。

汪成旭有些惊讶："这些玩意儿，你也能看懂？"

陶蓝摇摇头道："不太懂，好像都是有关态势分析和行军打仗的事？"

汪成旭点点头："是阿格布尔根据前线军需物资调配和装备补给的情况汇总，加上各处室的情报分析，所做的态势预测，阿格布尔是装备处副官，这是他分内的差事……可是，这跟小度子有什么关系呢？我都琢磨一天了，就是不明白参谋长为什么要把这个东西交给我？"

"没准儿这里面还有什么秘密，咱们没看出来？"殷立琼拿起文件夹胡乱翻着。

汪成芳突然插嘴道："哪儿有那么复杂呀，明摆着，阿格布尔不在了，他这活儿没干完，让你接着干呗！"

陶蓝望着汪成旭，眨了眨眼说："芳姐说得好像有点道理，这显然是个半成品，阿格布尔或者是殷立德，或者是其他什么人，是不是还要用这些东西，再干一个什么活儿？"

汪成旭从殷立琼手里拿过文件夹，晃一晃道："按程序，阿格布尔还要根据这些材料写出一份态势分析报告来，上交司令部……当然，我在军情处当差，也可以接手完成这差事，可是……我凭什么呀？"

陶蓝欲言又止，没有打断他，两只小"刷子"连着刷了几刷，神态颇为异样地问道："尊贵的汪三少爷，你的意思是，老谋深算的吴绍之无缘无故、吃饱了撑的，恰好选定了你来接手写报告？还是因为你特别有才华？"

汪成旭一愣，似乎听出了陶蓝话里揶揄的味道，自嘲道："要真是这样，那肯定是吴参谋长瞎眼了，本少爷就是一混混儿，哪儿能担此重任……"不对！他突然顿住，猛醒，忍不住手击额头："嘿呀，我懂了！吴参谋长压根儿就不是让我接手干，而是让我把这些材料转交给小度子，让小度子来完成这份态势报告，所以他才说'李度可以自己帮自己'……"

"不错，这么一捋，就顺了，也合乎情理了。"陶蓝眨眨眼，幽幽道。

"嘿，我这一整天都在犯傻，"汪成旭兴奋地望着陶蓝，"你真聪明，这就叫'一语点醒梦中人，不知经年是何处'！"

陶蓝摇摇头说："下一步更难，李度现在被关起来了，怎么才能把这东西交给他呢？"

"就是，军法处那帮王八蛋，除了汪总司令，其他的一概六亲不认……"殷立琼也觉得难度不小。

汪成旭忽地站起来说："我去，妈的，谁敢拦我，我毙了他！"

殷立琼一把抱住他说："哎哟，祖宗，咱是往外捞人，不是玩命……咱得想个好办法才行。"

"要不，咱去求求大哥吧，他跟军法处长是拜把子兄弟。"汪成芳嗑着牙花子说。

"肯定不行！老大是个大滑头。"汪成旭断然否定，他对他的两个同父异母的兄长没有一点儿信心，"他不会真心帮咱们的，没准儿还会跟那老不死的告密，更糟！"

大家又陷入一阵沉默。

陶蓝站起来，走到窗前，凝望着夜色，神情有些捉摸不定。

汪成旭看了不忍，不由得来回踱步，自语道："唉，书到用时方恨少！我要是有小度子的脑子就好了……我要冷静再冷静，学学小度子，使劲想，拼命想……"

汪成芳忍不住了，一拍茶几，恨声道："要是殷立德、阿格布尔在就好了，咱们索性大闹一场，一起冲到军法处去，杀人放火，劫了李度，再投奔阿格布花去！"

汪成旭猛地停住了脚步，望着汪成芳道："等等，妹子，你刚才说'咱们一起冲到军法处去'？对，对，不错，应该一起去……当然，不是杀人放火，更不是投奔阿格布花，而是……我有办法了！你们听着：明天一早，小琼子还穿这身虎皮，但要带上配枪，芳妹和小蓝子要穿天鹅绒旗袍，外加貂皮大氅，要把自己打扮成天下最漂亮、最高贵、最富有韵味的太原美女，然后等我来接你们！"

殷立琼觉得好笑："你要干吗？要在军法处监狱里成亲吗？"

汪成旭瞪了她一眼，斥道："傻丫头，别打岔，好好听话，到时候山人自有妙计！我现在就去搬救兵，这可是重头戏，请不出这位大人物，那就什么都是屁！"说完，他抓起文件夹，救火似的就要匆匆离去。

不想，却被陶蓝拦住道："等等，我不知道你的计划是什么，既然你保密，我也不多问，但我有个建议，一切都要推迟到明天以后再实施。"

"为什么？"汪成旭感到不解。

"我不能说。"陶蓝解释道，"能告诉你的，就是明天以后整个形势都会发生大变化，到那时候，或许你的计划可以完成得更顺利，更有把握。"

汪成旭顿时有些沮丧，嘟囔道："那……今晚就无所事事了……"

陶蓝微微一笑道："沉住气不少打粮食，你可以做些准备，比如，可以先去拜访一下你要请的那位大人物，权当铺垫探探路呗。"

汪成旭点点头："嗯，也有道理……那你呢？"

"我得加班。"陶蓝说着穿好了大衣，拍拍大衣兜，"再次感谢两位姐姐帮忙，这几天我会盯在绥署新闻处，咱们保持电话联络。"

汪成旭还想开车送她，被她婉拒了。陶蓝走后，汪成旭连连催促："快，你俩穿好大衣，我们回汪公馆。"

从南华门到西华门，很近，拐出巷子穿过两个街口就到了。在公馆门前停了车，刚要进门，阎总管迎了上来，悄声对汪成旭说："三少爷，有个人找你，都等你一下午了。"

　　"在哪儿？"

　　"门房里喝茶呢。"

　　汪成旭让二人先进门，然后对阎总管说："让他出来见我……什么人？这么蹊。"

　　阎总管返回门房，不一会儿，一个身穿皮袍的黑影鬼鬼祟祟地溜到了他跟前。

　　汪成旭只觉得眼熟，却一时想不起来了。

　　"汪三少爷，不记得了？我姓梁，名富旺，字有钱……"

　　哦，原来是石岭关23团的梁营长，他忍不住大笑起来："想起来了，我夸赞过你，说你多有文化，会起名。哈，梁营长，别来无恙？"

　　"托少爷的福，还不错。"

　　"大老远的，找我有什么事吗？尽管说，能办的本少爷绝不含糊。"

　　"我给你送钱来了。"

　　"钱？什么钱？"汪成旭有点儿蒙，他早忘了倒卖调拨单的事。

　　梁富旺摸出一张银票，双手捧了端到汪成旭眼前说："汪三少爷忘了，可兄弟不敢忘。上次兄弟回到关里，少爷已经离开了。说好了的，你六我四，这是三万大洋，还请汪三少爷笑纳。"

　　汪成旭这才想起来，顿时大喜，正急需一笔钱要用，这就送上门来了。他哈哈一笑，收起了银票，拍拍梁富旺的肩膀说："行，上道，以后有了好事，一定少不了你。"

　　"多谢汪三少爷。"梁富旺点头哈腰，笑得满脸都是褶子，"这次来，兄弟还真有点儿事想请少爷帮忙……"

　　"我就知道，你不会这么孝顺，你又不是我儿子。"汪成旭摇摇头，"说吧，想办什么事？"

　　"这个……兄弟在石岭关待着，实在是太没油水了，想挪个地方混混。"

　　"想去哪儿？"

　　"司令部军需库，要是太难办，去亲训师、警卫团也行。"不等汪成旭出声，他便从皮袍的下摆里掏出一支卷轴塞到汪成旭手里，面带神秘道："这是当年受降的时候，兄弟从一个小鬼子少佐身上搜到的。说是乾隆爷的御笔，是赐给五台山一位得道高僧的。我请行家给掌过眼了，肯定是真迹，少说也值几万现大洋。特地带来送给汪三少爷，权当跟汪三少爷交个朋友。"

"扯淡！又是什么狗屁字呀画的，本少是个粗人，顶烦的就是这个，也没工夫去倒卖。"汪成旭随手又把那支卷轴扔给了梁富旺，"你要真办事，就等变现了再说吧。"

"别价呀，好我的三少爷，这物件可不光是古董！"梁富旺急得直跳脚，边说边展开了卷轴，"在凡人眼里，它是钱，可在信佛的人眼里就是无价之宝，您好好看看……"

"难道是佛门宝物？"汪成旭顿时心里一跳，他今晚回来就是要找二娘的，正愁着给二娘准备礼物，而二娘就是个虔诚的佛教徒！于是他揪着梁富旺走到门楼前，借着灯光草草瞥了一眼，确实是一幅斗方，单单一个大字"佛"，上面有些小字，还有很多印章……影影绰绰的也看不太真切。汪成旭想了想，还是收了起来，然后掏出那张三万大洋的银票："这银票还给你，就算是这物件的价。我可警告你梁有钱，真假我不懂，可你要敢蒙我，我就叫你连这个营长也干不成！"

"岂敢，岂敢。银票您收回，一码归一码，这古董就算是兄弟孝敬汪三少爷的。"

"要这么说，你这点小事本少接了。"汪成旭将银票和卷轴一并收起，点点头，"不过，你好歹也是个营长，就算不能提拔，至少也得平调，这缺儿可得等。"

"不急不急，只要汪三少爷心里惦记着，兄弟就烧高香了。少爷留步，再会，再会！"梁富旺连连拱手，又是鞠躬又是作揖，说完忙不迭地转身跑了。

嘿，本少爷的运气就是好，真是想什么来什么！

汪成旭走进公馆，先去了西跨院自己的房间，拿出那幅佛门墨宝展开来又看了一回，虽然依旧看不出个所以然来，但还是装模作样地好好瞧了瞧，至少觉得古色古香的，不像个新物件。然后便从书柜里找了个檀香木盒子，把那幅字卷好装了，再把那张三万大洋的银票也放进盒子里，这才夹在腋下朝二娘住的琼花亭大步走去。

其实，汪成旭的计划也不是什么石破天惊的高招，只是想到了走上层路线：

说服二娘王淑慧以慰问晋绥军有功将士的说法，打动五姑娘阎慧卿，五姑娘原本就兼着劳军委员会副会长的职务，慰问自家官兵也是分内之事。然后再由众人陪同阎慧卿副会长一起去军法处监狱慰问李度。李度虽然犯了错，却保护了很多士兵的生命，无论怎样，也算是少有的、爱兵如子的晋绥军军官，是值得称赞的。至于那个日本教官，死有余辜，一个被雇佣的战俘，原本就不该那么嚣张。

到了琼花亭，丫鬟回应说二夫人正在佛堂做晚课，若是急事，她就去回禀一声。

汪成旭摆摆手道："不急，我在这儿等着就好。"

丫鬟便赶紧给他端上了茶。

他看了看小姑娘，也就是十五六岁的样子，却觉得面生，便问道："你叫什么名字？"

"二丫。"

"我好像没见过你，刚来的吧？"

"来十天了，老家闹土匪，俺娘就叫俺来投奔俺老姨了。"

哦，是二娘的亲戚。汪成旭点点头："你们台怀镇也闹土匪？"

"俺娘说眼下是末法时代，是乱世，好几家寺院连着被抢了，还死了人。"

汪成旭有些吃惊，那可就在阎会长的家门口呀，应该派支部队去清剿一下。

片刻之后，二夫人王淑慧捻着佛珠回到了客厅，看见汪成旭微微一笑道："旭儿？你可是稀客。"

汪成旭急忙站了起来，欠了欠身子，恭敬道："成天尽瞎忙，也没顾上来看二娘，还请二娘别挑理儿，别跟小子一般见识。"

二夫人在椅子上端坐下来，看了看汪成旭手中的茶杯，轻声道："二丫，给三少爷换杯茶来，就是前些时五姑娘送来的明前茶。"丫鬟应声，重新去泡茶。

汪成旭刚想说不用招呼，却被二夫人的目光止住了："在我面前别装，说吧，何事？"

汪成旭顿时有些发窘，支吾道："唉，这个……前些日我当差回家，路过钟楼街的万宝城，就进去瞎逛，不想倒看见了一个老物件，说是佛门至宝，我也不懂，想着二娘，便顺手买了下来，今日带过来让二娘掌掌眼。"一边说着，一边将那只香檀木盒子打开，拿出那幅字展了开来。

二夫人看了没动身子，却忍不住惊呼一声："啊，超凡脱俗！快拿近点儿给我看！"

汪成旭赶紧双手拎着卷轴凑上前去。二夫人仔细看着，还用手不住地轻轻摩挲，口中连连惊叹："还真是乾隆真迹，据传当年乾隆微服拜谒五台山显通寺，偶遇高僧真方大师讲经，深感钦佩，便挥毫写下一个佛字赠予了真方大师……瞧这上面，不光有皇帝玉玺，还有真方大师的题字。啊，这是高僧出尘大师的题诗，还有名章……真是难得啊！不是普通古玩之类的俗物，无价之宝！旭儿，你淘到宝贝啦！"

汪成旭大大地松了一口气，赶忙连同那只香檀木盒子也一同捧了，递到二夫人面前道："小子自幼丧母，都靠诸位娘亲照拂。一直想着要孝敬二娘，可又苦于找不到能拿得出手的玩意儿，这下总算运气好，淘到了二娘喜欢的物件，也算了了我的一片孝心。"

"你要送给我？"二夫人王淑慧又喜又惊，缠着佛珠的一双手都微微颤抖起来。

"还望二娘笑纳，不要嫌弃小子粗鄙才好。"汪成旭连连点头道。

二夫人接过卷轴忙交给二丫，吩咐要立刻挂进佛堂用香火供起来。她接过香檀木盒子，看见了里面的银票，拿起来晃一晃道："旭儿，你这是干什么？"

"一点儿黄白之物，不成敬意。"汪成旭急忙解释，"姐在北平读书，二娘开销不少，权当添点儿资助，二娘千万不要推辞。"

二夫人一笑，将银票硬塞回汪成旭的手中说："玉儿在北平的开销自有你爹支付，岂能让你这个做弟弟的花费，快收起来，不然二娘就生气了。"

汪成旭无奈，只好将银票掖回衣兜里，坐回到沙发上，端起新泡的明前茶呷了一口，欲言又止。

二夫人主动打破了尴尬："旭儿，那天在议事厅，你能出头为你大娘说话，我还是很喜欢的，证明你有良心，有血性。"二夫人的心情恢复了平静，语调也淡然起来，"所以，有什么事需要二娘做，尽管说。还是那句话，在二娘面前别装。"

汪成旭也不再扭捏，一口气将自己的想法、要求以及理由都说了出来。本以为二夫人会犹豫，至少还需要多费口舌解释，没想到，她不仅满口答应，而且对汪成旭的理由极为赞赏。小鬼子败都败了，还敢这么明着欺负中国人，李度做得对，纯属见义勇为，是英雄。英雄，当然应该享受慰问。她甚至还答应，到那天，她自己也要走出公馆大门，与五姑娘阎慧卿一起去慰问。

汪成旭大喜，心里不禁再一次感慨自己的运气真好。就在这时，突然一阵喧嚣传了进来，间或还夹杂着几声枪响。

二丫慌忙跑了进来，说："老姨，大事不好，闹土匪了，都抢进大院里了……"

"胡说八道，哪儿来的土匪？"

"都别慌，二娘您就坐在屋里别动。"汪成旭忽地跳了起来，喝住了惊慌的用人们，"都进客厅，关门闭窗，保护好二夫人！"

然后，他飞也似的跑出琼花亭，朝枪声响起的正院跑去……

第六章

一

汪成旭跑出琼花亭，听得正院里的家丁在大喊：

"抓贼啊，贼往东跨院去了……"

忽地心里一动，脚步停了下来，想了想，脸上露出一丝诡谲，掉头便往后小院奔去。夜色中，他直接跑到了离后小院不远的地方，然后朝一座假山趔过去，轻轻一跃，无声地隐在了一块山石后面。居高临下，紧紧盯着山石之下的暗夜。

只听得前院先是喧嚣声大起，接着便朝东而去，渐渐消失了……

果然，没过多久，一个身影倏然闪过，溜着荷塘边朝一段院墙蹿去——那段院墙正是汪成旭当初越狱的地方。汪成旭看得真切，双脚一蹦，飘然而下，直接冲到墙边拦住了黑影，咧嘴一笑："嘿，朋友，不打照面就想跑，以为汪公馆没人吗？"

黑影一愣，但没有犹豫，也不搭话，身子高高跃起，一个旋风腿便踢了过来，汪成旭随即身子横摆，也同样飞起右脚，来了个硬碰硬。两下一撞，落地各退了一步，力道居然不分上下。汪成旭哈哈一笑，喊一声："再来！"紧接着又旋起左腿一脚踢去，可黑影却不想再与他硬拼，缩身闪过，虚晃一招，随即身子一矮，再一蹿，居然打着旋转飘然而去，没等汪成旭再有动作，就已经异常轻盈地跃上墙头，迅疾隐没在夜幕之中……汪成旭没有再追，心里却泛起了一阵波澜：这蟊贼居然使的是铁寒寨佝偻人的独门功夫——胡璇五步！

同时，他可以断定：这是个女贼！

不仅仅是身法、步法，还有飘入他鼻腔的一丝体味，那无疑是处子的幽香。总在姑娘堆里厮混，那一缕女孩子才有的气息，他很熟悉。不知怎的，他忽然想起那一夜南华门小院的失窃，虽没有依据，但直觉上似乎暗中有某种联系。

这时喧嚣声又起，隐隐听见阎总管的吼声，似乎在命令家丁散开搜查……他长嘘口气，没有声张，一缩身子，从暗处溜进后花园，绕了一圈，贴着琼芳阁的墙边，从园子的正门返回到自己的住处。一个黑衣女子，身手不凡，还会使佝偻人的胡璇五步，没准儿真的与铁寒寨有点儿渊源。他决定暂不声张，先把这事压下。

上床刚要熄灯睡觉，却有人敲门，他坐了起来：

"谁呀？"

"三少爷，老爷传唤，让你立刻去书房。"门外传来阎总管的声音。

"就说我睡了，有什么事明天再说吧。"他懒洋洋地躺了下来。

"唉，院里刚刚闹贼，老爷大发雷霆……三少爷还是别触霉头为好，起身吧，我候着。"

汪成旭只好起身，拉开了门。

"搞什么鬼？他怎么知道我回来了，你告的密？"

阎总管没说话，只是迎着屋里的灯光呆立着，在等候他走出来。这时他才发现阎总管左脸颊上一片青紫，嘴角隐隐地还有一丝血痕。

"怎么回事？那老不死的打你了？"

阎总管别转了脸，神情有些落寞："是老奴无能，带了那么多家丁守着，却连个蟊贼都没抓住……老了，不中用了。三少爷快跟我走吧，别再为难老奴了……"

看到阎总管那佝偻的身形，汪成旭感到有些不忍，这才没再执拗，关了房门跟着阎总管朝正院书房走去。路上，他问，刚才抓贼闹的动静不小，可有什么失窃吗？阎总管只是摇头，没再说话。

走进书房，却看见汪敬谷一脸阴霾地坐着，大夫人徐馨茹跪在地上。顿时又惊又怒，不由得瞪着汪敬谷喝问道："你又欺负大娘，凭什么？"

汪敬谷没理他，冷冷地盯着他问道："谁让你去南华门小院的？"

"懒得看你这张臭脸，惹不起还躲不起，我就去了，怎么啦？"

"你给老子滚回来，那个院子不许任何人住！"

"不住就不住，明天我就搬。可这跟大娘有毛的关系？"

"爷交办的事她没干成，就得挨罚，这就叫赏罚分明！"

汪成旭转向徐馨茹："大娘，他又让你干什么烂事了？"

"旭儿，他是你爹，别这么跟他说话。"徐馨茹苦着脸劝了一句，"大娘没能说服你去铁寒寨，惹得你爹不高兴了，你不用管，大娘跪一会儿，你爹气消了就没事了。"

"扯淡！要这么说，小爷还就是不去铁寒寨了，死也不去，有什么烂招你冲我来！"汪成旭简直怒不可遏，朝汪敬谷大吼了一声，然后走过去在徐馨茹身边跪下，"大娘，我陪您一起受罚。"

"你要是真心疼大娘，就辛苦一趟，大娘陪你去……"

"不去！我心疼大娘，可我恨他。"汪成旭梗着脖子，"跪死也不去！"

"嘿，臭小子，跟爷叫板？那你就跪死好了！"汪敬谷冷哼一声，站起来就往门外走。

这时，门外突然传来一阵喧闹，随后只见四夫人林红玲揪着汪成义的耳朵、汪成芳拽着汪成义的一只胳膊吵吵嚷嚷地走进门来。

汪敬谷抬眼看了一下，低喝道："刚闹完贼，还不消停，你们又闹？成何体统！"

林红玲松开手把汪成义往前一推："老爷，您给评评理，汪老二不去寻找咱们女婿，反倒躲在家里跟不三不四的女人鬼混，该当何罪？"

汪成义揉着耳朵辩解道："我没有……我也是刚进家门……"

汪成芳跑过去，往汪敬谷跟前一跪抱住他大腿便号啕大哭："爹，二哥压根儿就没去找人……您要给我做主！"

汪敬谷有些狼狈："别、别价，闺女……你，你别闹，你得让爹先问问他呀……"

大夫人徐馨茹忙瞪一眼汪成义："义儿，到底怎么回事？还不快跟你爹禀报清楚！"

汪敬谷抬眼看着汪成义："又是鸟毛没找着？一群吃货！"

汪成义苦着脸道："两个营，整整一个星期，从南到北，马不停蹄，累了个半死，愣是什么也没搜着……"

汪敬谷摇摇头，也觉得不可思议："就算是死了也总该有个尸首吧？怎么可能什么都没有呢？这俩小子到底他妈的是怎么回事？莫非被共军俘虏了……"

"没准儿，还真是……"汪成义连连点头。

"呸呸呸，狗嘴里吐不出象牙来，少说这不吉利的话，就不能想点儿好的！"林红玲恼怒地跺着脚。

汪成义这才一扭脸，看见了跪着的大夫人和汪成旭，顿时大吃一惊，蹿过去："娘亲，您这是又怎么啦？"

"你别管，赶快离开这儿！"徐馨茹小声地斥责了一句。

汪敬谷没理睬汪成义，把汪成芳一把拉起来，没好气道："闺女，你也看见了，老子该做的都做了，没结果，也只能是他们俩自求多福了……行了，除了该接受惩罚的，你们都滚出去吧，爷看见你们就心烦！"

见汪敬谷脸色不善，众人都不敢再多言语，默然退出了书房。

汪敬谷原地踱了两圈，扫了一眼书房，用鼻子哼了一声也跨步走了出去，只留下大夫人和汪成旭跪在书房当地上。

汪成旭唰地站起来，强行把徐馨茹搀扶到椅子上坐下，恨恨地道："还想让咱跪，凭什么？"

徐馨茹叹口气，拉住了汪成旭的手："旭儿，你要是真拗着不去，大娘就过不了这一关。"

"干吗非得听那老不死的摆布？您是他夫人，不是他的奴才。"汪成旭又气又急，"我不去不是怕辛苦，就是看不惯他那副嘴脸……再说了，您压根儿不需要接受他的惩罚，我就不相信他能把您吃了！"

徐馨茹摇头，无比愁苦地道："不是你想的那么简单，我和你的那几位姨娘，我们的小命，我们各自家族的小命都在他手里攥着，身在矮檐下不得不低头啊。罢了，这件事，大娘原本也不该帮着他逼你，你这就回去睡觉吧，不必陪着大娘受罪。"

"您呢，还要在这儿继续受罚？"

"我先在椅子上歇会儿，再跪一阵儿，他会打发人来叫我的，你不用担心。大半辈子了，还不都是这样过来的。"

"不，我不走，我陪着您。"汪成旭坚决地摇了摇头，"大娘，说实话，为了您，我可以不跟那老不死的赌气，跑趟铁寒寨，但一定要等救出李度来。当初军政校毕业，是我自作主张把哥儿几个忽悠分配到司令部的，这节骨眼儿上，我不能抛下兄弟不管。"

徐馨茹轻抚了一下汪成旭的胳膊，点头道："你做得对，有情有义，你原本就是个好孩子。李度的事，大娘也会尽力帮忙的，你爹已经松了口，暗中也在保李度。"

果然，没过多久，阎总管推门走了进来，他身后跟着翠姑。阎总管一脸苦相，轻叹一声说："夫人，老爷吩咐了，让您回屋歇着吧。"

翠姑赶忙上前搀扶住了大夫人，汪成旭跟着正要往外走，却被阎总管拦住了："少爷，你不能走，老爷命你继续跪着反省。"

"屁！小爷没错，反省个鬼……"汪成旭推开阎总管，不由分说，扬长而去。

汪成旭没有返回自己的住处，而是径直离开汪公馆，回到了南华门小院。躺在床上暗自琢磨，这小院是不能住了，明天先跟陶蓝联系，打个招呼，再出去租个公寓，实在不行就住到警卫团去。想起陶蓝，他心里微微一暖，满肚子的闷气也就消了。

不管是不是缘于写作新闻稿件的需要，他都有意把职权范围内能搜集到的，凡是有关临汾的材料都搜集到了一起。临汾，古称"卧牛城"，是山西晋南最大的城市，也是南同蒲路的重要枢纽，兵家必争的战略重镇。历史上，临汾城从未被攻破过，即便当年一路造反势如破竹的闯王李自成也不得不损兵折将，还被射瞎了一只眼睛，最终亦未能降服这头"卧牛"，气得把盔甲挂在城外的一棵老槐树上，撤兵而去，于是有了"挂甲屯"这一闻名四方的小村。

在他交给陶蓝的材料里面，有很多是涉密的，其中甚至还有最新的临汾城防图，东西南北，城内城外共由四层防御圈组成，由孙楚赶赴临汾后协助设计、构筑的鼓楼主碉，辅之以城关密集的副碉、暗堡系统以及中央军与晋绥军、地方保安团、保警队的大致布防。尤其是汪成芳最后塞给陶蓝的那道电文，更属顶级机密。反正，他希望能帮到陶蓝，他喜欢看见陶蓝那亮晶晶的、一闪一闪的眼眸和开心灿烂的笑容。她若愁苦，他便心疼，感到难过。

这样想着，渐渐进入梦乡。

这一夜，陶蓝也没歇着，一直在忙碌。

离开南华门小院之后，她来到东仓巷口，在西二条绕了一圈确信无人跟踪才闪身走进一处古色古香的文玩店。店铺门脸很小，毫不起眼，已经上了门板。这是赵宗复的一个秘密落脚点，909情报站里，只有陶蓝来过。走近房门，三长两短，她轻轻敲了三下。片刻之后赵宗复开门将她迎了进去。

没顾上寒暄，她把所有材料递给了赵宗复。仔细看完之后，赵宗复禁不住大喜过望，轻轻敲着桌子说道："小陶，这情报真是太珍贵，也太及时了。快，你立刻缩写加密，今晚就得交给交通员，连夜送出去。"

说着拉开抽屉，取出密写材料递给陶蓝。

陶蓝点点头，在桌前坐下，开始工作。情报很多，也很长，一个多时辰之后，她才堪堪干完，额头上冒出了一层细密的汗水。

"校长，要我现在就送到909去吗？"她掏出手帕轻轻擦了把额头。

"不行，通过909交到太行军区，再转交，太耽误时间。必须直接交到解放军第1兵团徐向前司令员手里，他正急等这些情报……有点冒险，还是我亲自跑一趟吧。"赵宗复边说边取出一支钢笔，拧开笔帽，小心翼翼地将密写好的情报卷成小卷，塞进笔筒里，然后朝陶蓝做了个手势，"我们兵分两路，你直接去御膳司街印刷所，乔亚和情报站的同志们都在那里，你跟他们汇合，准备明天的游行示威工作。你现在就动身吧，我还需要稍稍化装一下，这段时间，特警处的人盯得我很紧。"

"好，那……校长，您小心！"

陶蓝穿好大衣，披了披围巾，闪出了店门。

走出巷口，她招手叫了辆黄包车，直奔909情报站的秘密联络点。路上，她再一次感到肩上的重担，就连赵校长这样有背景，身份又特殊的人都变得如此谨慎。她猜想，因为不是一个系统，要把情报直接交给解放军第1兵团，就只有校长亲自出马了，他一定还有其他秘密渠道。但如果两个归属不同的系统之间，能有一个专门的联络员，就完全可以避免不必要的冒险。她应该把这样的特殊情况转告乔亚，让他向上级请示，由上级组织出面协调。

御膳司街86号是一处两进的四合院，院门口的墙上挂着一块牌子，上面写着：太原绥靖公署《工商日报》印刷所，也是909情报站的秘密联络点。乔亚、李来泉等人，明面上都是印刷所的职员，平时也都住在这里。

陶蓝跟门房打过招呼之后，穿过前院的厂区，来到后院，见乔亚正领着大家用油印机在印刷传单，也有的在书写标语。最令她想不到的是，刘鑫居然也在忙碌着。她又惊又喜，走过去小声问道："嗨，刘鑫，你回来了？"

刘鑫放下手里的标语，飞快地拿了块毛巾擦了擦手，然后紧紧握住了她的小手，哈哈大笑道："有大任务了，我能不回来吗？"说着拉着她便朝东厢房走去，"不光是我回来了，还有一个人，你一定很想见。"

走进屋，定睛一看，赫然是一身工装打扮、显得格外精神的阿格布花，两人一见便情不自禁地拥抱在了一起。之后，阿格布花急不可待地告诉陶蓝，在解放区与陶蓝分手之后，是刘鑫和军区政治部的同志陪着她先访贫问苦，接着参观了解放区的学校、兵工厂和战地医院，不仅开了眼界、长了见识，还由衷地感受到了共产党的伟大。她还参加了政治学习，最后通过了短训班的考核，上级给她安排了新的任务。

"什么任务？是派你回来跟我们一起干吗？"陶蓝明显感觉到了阿格布花的变化，少了些迷茫，多了份自信，她感到十分欣慰而又异常开心。

"不，布花同志被分配到了第1兵团政治部，暂时先负责那边与我们情报站的联络工作。"刘鑫接过话头介绍道，"陶蓝啊，要说阿格布花的进步固然很大，但运气更好，在解放区也不过短短的十多天，她居然得到了徐向前司令员的接见。"

"真的？难怪你去了第1兵团。"陶蓝恍然，"一定跟铁寒寨的骑兵独立团有关。"

"猜对了，徐司令员叫我去就是为了了解铁寒寨和侉侬人骑兵独立团的情况。"阿格布花拉着陶蓝的手不愿放开，仍兴奋地说，"徐司令员让我先不忙工作，在解放区多转转，多看看，多学习，多提高。抽机会返回铁寒寨，多做做我阿爹和阿哥的工作，让他们尽快投到人民这边来，别再给阎锡山当炮灰。"

"徐司令员说得对，你是应该多转转，多看看，那样你才会更坚定。"陶蓝肯定地点点头，然后转向一旁的刘鑫，"要不，你先去忙，我和我布花姐单独聊聊？"

刘鑫会意地一笑，挥挥手，转身跑出了房门。

两人坐到了炕沿上，阿格布花带点神秘地说："小蓝子，在第1兵团，你猜我见到了谁？"不等陶蓝反应，她就碰了碰她的胳膊，"我见到了江华，她现在是政治部情报处敌工科的科长，也是我的顶头上司。一聊才知道，你和小度子居然有这么一个老革命的姐姐！"

"她跟你都说什么了？"陶蓝眨了眨眼，好看的小"刷子"连着忽闪了几下，"不会是什么小道消息吧……"

"哈，你又猜对了，她透漏出你就是小度子未来的媳妇！不过，她说这是你娘的意思，最终决定权还要看你。"

"我不信，江华姐一向严肃持重，才不会操这闲心，一定是你编的。"说着伸手便开始胳肢阿格布花，"老实交代，是不是你编的？"

阿格布花笑得快喘不上气来才连连讨饶道："原话不是，但确实有那么点意思。"

陶蓝重新坐了，正色道："现在不是说这个的时候，你可别瞎起哄。"

两人又聊了一会儿解放区的变化，这才渐渐进入了正题。阿格布花问起了李度，是否因她的出走受到了连累，还问到了这边的情况。陶蓝收敛了笑容，摇摇头："不太好，你阿哥和殷立德下落不明，李度在军法处监狱里关押着。"阿格布花先是一惊，待听完详细情况后，反倒松了一口气："小蓝子，我相信他们最终都不会有事的。"

"理由？"

"女人的直觉，相信我。"

"那，你有什么打算？"

"先在这儿熟悉一下工作，然后回铁寒寨，完成徐司令员交给我的任务。"

陶蓝点点头，有些遗憾地道："你要是早一天来就好了，赵校长也不用冒险亲自出马传送情报了。"接着便把赵宗复连夜出城的事情说了一遍。阿格布花有些急了，问："能不能截住赵校长，把这个任务接过来。"陶蓝摇摇头说："肯定来不及了，但愿别出意外。"

两人又谈了一会儿，便一起走出房门，投入到大家的工作中。

汪成旭一大早起来就不断地给陶蓝打电话，却一直无人接听。他又不敢贸然动身去绥署新闻处，正焦躁不安的时候，电话铃突然响了，急忙抓起电话："小蓝子，你去哪儿啦……"没承想话筒里传来的却是殷立琼略含愠怒声音，先是调侃，接着就是警告，让他别在陶蓝身上瞎使劲，小蓝子不是他的菜，他恼火万分，忍不住大声斥责道："小琼子，我有急事等小蓝子的电话，你别胡说八道瞎打岔……什么事？快说！"

结果殷立琼告诉他，半夜殷立德回来了，让他赶紧回汪公馆。

汪成旭立刻跳了起来，小德子能平安归来，真是天大的好事！也顾不上再与陶蓝联系，抓起大衣救火似的跑出了小院，驾车便往汪公馆疾驰。可在府前街被堵住了，只见大队游行的学生从四面八方汇聚到了街口，打着横幅，喊着口号，还不断散发着传单，朝绥靖公署行进。他只好在街边停了车，看着绵延不绝的游行队伍，心中恍然：陶蓝口中所说的"变化"指的可能就是这个，是学潮也是舆论之战、民心之战。他下车捡了张落在地上的传单，传单上的内容进一步印证了他的判断，示威目标直指留用的日本战俘，言辞犀利，并对政府提出了质疑。

路边，还有人散发着当天的《工商日报》和《平民日报》，两份报纸的头条上刊登着醒目的文章，正是陶蓝执笔的专访，披露了日本战俘欺凌霸道、打死打伤晋绥军官兵的事实真相，引起了人们的围观。这一天，是1947年12月12日，起初游行的只是学生，但有关留用日本战俘欺凌百姓、横行市井的事件激起了民愤，引发了各界人士的参与，甚至还有整队不带装备的晋绥军士兵也加入进来。整整三天，数万示威人群围堵了绥靖公署大门，最终逼迫绥靖公署主任阎锡山亲自出面解释、安抚，并做出了保证，方才作罢。

汪成旭把传单和报纸都塞进兜里，忙把吉普退回到小巷子里，这才绕路回到汪公馆。

虽然休息了半夜，但右臂缠着绷带的殷立德仍然脸色苍白，神情委顿。重逢的喜悦很快消散，只剩下一片沉郁。因为阿格布尔没有返回，他走了，自动脱离了第13集团军，投奔了孙楚。

冲出包围圈后，因为殷立德挂了彩，战马也走失了，阿格布尔背着殷立德一路向北，走走停停，穿越了系舟山，朝铁寒寨方向行进。路上，也曾遇到亲训师43团的一个搜索小组，原本借此就能结束奔逃的苦难之旅，却因一言不合，被激怒的阿格布尔一通扫射，十几个人的搜索小组全部被歼灭。之后继续北行，就在他俩越来越靠近铁寒寨的途中，与第8集团军司令部警卫团的特务营相遇，为给因失血过多，已经陷入昏迷的殷立德疗伤，阿格布尔主动缴械，被特务营收容。在寿阳附近的张家河村略作休整，那是赵承绶第11军36团的防区。在36团，殷立德才得到抢救，好歹从濒临死亡之中缓了过来。三天之后，特务营开拔，要去临汾与他们的长官孙楚汇合。阿格布尔委托36团团长李佩膺派人将殷立德护送回太原汪公馆，而他自己则跟随特务营去了临汾，走得异常坚决，义无反顾。

汪成旭听完，禁不住感慨道："小尔子这是恨上那老不死的了……这算什么？原本是亲戚，是一家人，至少是朋友，可现在却弄成了敌人。都怪我那个臭不要脸的老爹，真是脑子被驴踢了！"

"第8集团军也属于晋绥军，怎就成了敌人？"殷立琼十分不解。

"你不懂。"汪成旭仍旧气咻咻地说，"那老不死的对头很多，孙楚是其中之一，面和心不合，一直暗中较劲……这下好了，那老不死的挥刀自宫，把自家的一张王牌白白推给了别人，没准儿哪天就成了弄死他的王炸！"

"走了也好，反正布花妹子也走了，省得当人质。"汪成芳也颇为无奈。

"什么意思？莫非……我和我哥也是人质？"殷立琼大吃一惊。

"你以为呢！"汪成芳白了她一眼。

"别说那些没用的。"最后还是殷立德制止了二女的对话，"你们都出去吧，我累了，想歇会儿……成旭稍等，我有几句话要跟你交代。"

待二女离开后，殷立德叹口气："阿格布尔变了。"

汪成旭点点头："自然，他不变就不会离开13集团军。"

"我是说，从他接受任务起，就已经存了要离开的心。"殷立德思索着说道，"一出城就像要找人拼命似的，蛮着劲往东扎，马排长的话不听，我的话也不听，遭遇伏击之后我挂了彩，按当时的位置，就近撤往张家河最安全。可他完全听不进我的建议，背着我一股劲地往北跑。后来就遇上了汪老二的手下，43团的一个搜索小组，明显是来接应我们的，可话还没说几句，他就突然开枪了，还是斩草除根那种，一个不留全打死了……他当时的样子，你没见，很吓人。"

汪成旭长叹一声："他心里有恨。有个成语叫'爱屋及乌'，反过来，恨屋也能及乌，但愿他别把咱们也连带着恨上了。不过，这事，你我二人知道就行了，跟别人不必再提。"

殷立德点点头："明白。"

安抚殷立德睡下，汪成旭都没来得及跟汪成芳和殷立琼打招呼，便火速离开了汪公馆，开车直奔绥署大院，他要找到陶蓝。阿格布尔的离去深深打击了他，他发誓一定要把李度救出来，不能再失去这个兄弟了。

临近绥署大门的地方又被堵塞了，游行示威的人群从绥署大门一直堵到了府前街，他只好找了个僻静巷子把车停了，徒步前往。挤过人群，才发现从绥署大门开始，沿着绥署院墙布满了警卫团的士兵，明显已经戒严了。好不容易挤到大门口，一眼便看见了老灰皮，忙走过去打问："什么情况？"老灰皮见了他也略感惊讶，不知道这当口上他来凑什么热闹。汪成旭一瞪眼："小爷要进绥署公干，你懂个屁！"

老灰皮跟他实在是太亲厚了，也不以为意，凑近他小声道："阎会长正在梅山会议厅召开紧急会议，各级重要人物都参加了。这阵仗，俺劝三少爷还是躲远点儿吧，别没事找事。"

"你是说进不去？"

"前门肯定不行，上面下了命令，一级警戒，任何人不得出入。少爷实在想进，只能走北肖墙，绕道后小河，从大院的后门进去。"

算了，这种情形下陶蓝也不一定在，就算在，他进去了又能干什么？

于是他放眼看了看示威的人群，听着震耳欲聋的口号声，转脸对老灰皮说："私下告诉弟兄们，对这些学生好点儿，别他娘的跟凶神恶煞似的。"

"那是自然，他们为是咱申冤的，没见弟兄们的枪都挎在背后，根本没亮出来。"

离开绥署大门，他挤出人群又回到停车的地方，突然觉得好孤独、好无聊，同时又觉得自己好无能，联系不上陶蓝居然就像只无头苍蝇，什么都干不成了。他坐在车里，嗑着牙花子想了好一阵儿，猛地灵机一动，不妨先找个由头跟军法处的人联络联络……

想到这儿，他立刻发动了车，绕出巷子，回南华门小院，连着打了几个电话。然后，他把那个文件夹揣了，没再开车，撩开大步直奔海子边的翠屏楼。

接近中午的时候，军法处长马彪乘车在翠屏楼门前停下。

贵宾间里，一桌丰盛的酒宴，打扮得花枝招展的樱桃红作陪。

汪成旭举起酒杯，朝军法处长敬道："马处长，一杯薄酒，不成敬意，干！"

马彪也慌忙端起酒杯，有些受宠若惊："不敢当，不敢当，大少爷已经给我来电话招呼过了，三少爷有事尽管吩咐，不用客气……"

两人一饮而尽，一旁的樱桃红很乖巧地又给他俩斟满。

酒过三巡、菜过五味之后，汪成旭掏出两根金条往马彪跟前一推："本少跟处长大人一见如故，就不客气了。李度是兄弟的同窗，说实话，那件事他并无过错，我老爹也不过是想对他小小地惩戒一下，给日本人做做样子而已……还望处长大人多加照应！"

马彪的眼睛顿时放出光来，嘴上却连连推辞："三少爷太客气了，这怎么好意思！"

汪成旭又端起酒杯："一回生二回熟，成旭不才，也愿与处长大人交个朋友……"

马彪大喜，迅速收起金条，也举起酒杯发誓道："承蒙三少爷不弃，今日起，我马彪就是三少爷的答应，随叫随到，供三少爷任意驱使，干！"

两人又一饮而尽。

樱桃红适时地插进来，温软地笑道："二位军爷豪爽，小妹也陪一杯尽兴。"

"好，樱桃红快给彪哥满上。"汪成旭突然自嘲地一笑，讪讪道："彪哥，不瞒你说，我就是个混混，从没好好读过书……你刚才说的要给我当答应，什么意思啊？"

马彪哈哈大笑："嗨，你我兄弟半斤八两！这词儿我也是听书听来的，好像是说以前的皇上老婆多，为了好管理，他把所有老婆都分成不同的等级，皇后、嫔妃、常在、答应之类的。常在就是老在你身边的，就像府上的阎总管；而答应是叫了才能来，不叫就不能来，来了，就是犯规，得挨板子……哈哈！"

汪成旭恍然，点点头："原来如此，那好，以后本少就是你彪哥的答应！"

"岂敢，岂敢，还是我马彪当三少爷的答应最合适。"

三个雕花酒杯又一次碰在了一起。

二

傍晚时分，满脸酒气的军法处长将一个文件夹交到了李度手中。

"这是什么？"李度掂了掂厚厚的文件夹，有些不解。

"我没看，不知道。汪三少爷让我转交的，说只要你看了就知道该怎么办。"马彪哈哈一笑，"我估计，这活儿汪三少爷干不了，想让你代劳……哈哈，汪三少爷为人豪爽，也大气，就是肚子里的墨水少了点儿。"

"他请你喝酒了？那他为什么不亲自来一趟？"李度追问了一句。

"避嫌！我这儿毕竟不是随便什么人都能来的。不过，他说了，只要你把活儿干完，他马上就来看你。"马彪的酒喝得有点飘，说话已含混不清，"李参谋，你不简单啊，除了总座暗中保你、汪三少爷特意关照你外，就连社会上也有人为你伸张正义。你在这儿待着不知道，这两天外头的阵仗可闹大了，游行的人群把绥署大门围了个水泄不通，逼得阎会长在梅山会议厅召开了紧急会议。哈，你这事，我看是很快就会了结……咱也算是不打不成交，将来出去了，可别忘了兄弟我对你的关照呀。"

李度心里一动："你是说外头闹大了，是专门为我吗？"

马彪睁大眼睛，做了个夸张的动作："那是，你的事报纸上都登出来了，你现在可是名人，是英雄，晋绥军的弟兄们都为你抱不平呢。这下，你也不用担心了，依我的经验，你这事越闹得大就越有盼头。"

"我不算什么，实在是小鬼子欺人太甚。"李度未动声色，但心里却愈发笃定了。"处长大人酒喝得爽快，回去歇息之前，别忘了叫人给我送些笔墨纸砚过来，我好干活儿。"

应付着马彪离开之后，他打开文件夹，迅速浏览一遍，立刻明白了汪成旭的意图，嘴角露出一丝会心的微笑。真是想不到，汪三少爷看着大咧咧的，居然还能想出这样的主意。他这是给自己创造了一个炫技的机会，给保自己的人增添筹码。

研究完文件夹里的材料，他开始踱步思考。

李度在军校的时候，曾夺过三项考核第一，分别是：战术解析、精确射击和图上作业。加之文件夹里的各种相关材料、数据都很充分，借此做个态势分析报告和应对方案，他还是信心满满。再说，也不过是一次能力测试，自己完全可以放手一搏。

狱卒送来了纸和笔，他立刻开始奋笔疾书，一直干到天亮。然后倒头便睡，睡了半晌，醒来，草草洗漱一下，开始修改、润色。

第三天一大早，汪成旭就收到了马彪派人送来的文件夹和李度连夜完成的报告。他不敢耽搁，立刻来到集团军司令部，闯进参谋长室。不想，吴绍之却不在，问勤务兵去哪儿了，什么时候回来，也没得到个准信。他只好耐着性子等候。

一个小时之后，他实在坐不住了，面露焦急，坐立不安。

勤务兵进来，将一杯茶放在茶几上："汪副处座，请用茶。"

汪成旭一把拉住勤务兵："你去总座那儿瞄一眼，看看参谋长在不在那里……"

勤务兵面带畏惧地摇摇头："我只管这间屋，那一片儿我去不了！"

汪成旭无奈，只好挥挥手让勤务兵走了，坐下来拿起一份绥署的《阵中日报》翻了几下又扔下。

这时，门被推开了，走进来的却是特警处的副处长徐端，四处看了看："就你一个人？你们参座去哪儿啦？"

汪成旭瞥了他一眼，仍旧大咧咧地坐着："不知道，我也在等他。"

徐端，山东青岛人，1905年出生。在第一次国内革命战争时期，徐端曾加入中国共产党，并担任过中共上海市委组织部部长一职。1927年"4·12"大屠杀后，在上海被捕入狱，后叛变，进入军统，曾在沈阳、大连、哈尔滨、天津等地任职。1937年抗战爆发后，经沈醉引荐结识了梁化之，由天津来到山西参加牺盟会，先后担任过晋绥军第66师政治部主任、第2战区政治部民运课副课长、第2战区司令长官部中将参事、同志会流动工作队副主任等职。1946年3月太原绥靖公署特种警宪指挥处成立后，任指挥处副处长，代行处长职务。一直是梁化之的左膀右臂，属于山西特务系统中的第二号人物。但终究有个曾经是共党的污点，在晋绥军里从不敢过分张扬。他的这些糗事，汪成旭也知道，便打心眼儿里瞧不上他。

"我是少将，你是中校，见了长官连站都不站……汪成旭，这可有点儿太不像话了。"徐端看着他摇摇头。

"哼，你是特警处的长官，又不是我的长官，我干吗要尿你？"

"哈哈，到底是'靠山王'，火气不小，看来汪三少爷最近挺闹心？"徐端在他对面坐了下来。

汪成旭没接他的话茬，颇带揶揄地问道："哼哼，听说你们特警处最近又挖了几家祖坟，捞了不少宝贝？"

徐端点点头，不动声色道："确实破了几件案子，其中有一件还跟你们汪公馆有牵连……你还记得前两天公馆遭贼的事吗？那个跑了的飞贼，就跟你们老汪家颇有渊源，比如跟你的生母。"

"什么渊源？"汪成旭闻言，立刻警惕起来。

徐端诡谲地一笑："如果汪三少爷能跟我透露一些你们家的秘密，我就可以告诉你你想知道的东西，咱们不妨做个情报交换。"

"我家的秘密？你想知道什么？"

徐端仰起了脸，不紧不慢地说道："据说十三年前，你爹在绥西屯垦，借口围剿共产党的骑兵军聚敛了一大笔财富。据说这笔财富可让山西军民十年不愁吃喝……还是据说，你爹把它藏在了一个叫作'天龙山拐子洞'的地方，可实际上根本就没有这么个地方……我想知道，这是真事，还是传说？"

汪成旭别转脸，冷笑一声："第一我不知道；第二我不相信……简直就是一派胡言！"

徐端笑笑："无风不起浪啊……看来，三少爷是不打算跟我做交换，那咱们就暂时搁置吧。有一天你想通了，随时可以来找我，这个交易永远有效。"

"插手我们老汪家的事，要小心你的狗腿！"

"汪三少爷，说实话，你太缺乏深度，有些话还是直接跟你爹谈比较省劲。他可是老江湖，真正有霸气又深藏不露！"徐端意味深长地一笑，站起来扬长而去。

看着徐端离去的背影，汪成旭不由得呆住了："我的生母？那天夜里，那个女贼的确会使胡璇五步，莫非真跟我娘有渊源……她被特警处抓住了？"

想到这儿，他可真有点儿坐不住了，应该立马去调查一下。可又放不下李度，手头这事也同样重要，夜长梦多，还是要尽快把李度捞出来。他只好再一次忍住了，重新坐下。

直到午后，参谋长吴绍之才急匆匆地走了进来。

汪成旭急忙迎上去，将文件夹和李度的报告一并交到吴绍之手中："吴叔，紧巴巴的一个通宵加一个白天，李度幸不辱命，已然完成了任务。"

吴绍之走到桌后面朝汪成旭摆摆手，让他少安毋躁，先坐下来。参谋长自己则在椅子上迅速翻阅起来。片刻之后，他抬起头，仰脸闭目思索。蓦然，睁开眼睛望着汪成旭：

"不错！立意新颖，设想大胆，论证翔实，极有战略参考价值！"

汪成旭松了口气："那就是说能通过了，这下该放李度了吧？"

吴绍之似乎还沉浸在那套方案中，意犹未尽地道："放弃临汾，收缩防线，集中所有兵力固守晋中、太原，同时配以两个主力骑兵师组成兵团，机动突袭……实在是妙！真不知道他是怎么想出来的……虽然不具有可操作性，但情报综合分析能力毋庸置疑。"

"什么？放弃临汾？"汪成旭大吃一惊，完全蒙了，"那可是晋南的重要门户，没了临汾，晋中、太原怎么守？阎会长绝不会同意！"

吴绍之看了他一眼，有些诧异："这个方案你没看过？"

汪成旭摇着头讪讪地道："不好意思，刚拿到手就忙着给您送来了，没顾上看……"

"唉，"吴绍之摇摇头，"成旭啊，总改不了少爷做派，会害死人的！"

"反正，既然您说方案不错，李度就算通过考验了呗。"

吴绍之不置可否，将报告收进文件夹里，塞到腋下，看了看汪成旭："行了，你回去等消息吧。我这就去跟总座汇报，然后一起去见阎会长。"

"还等什么？您给军法处下道命令，我这就去领人，搞那么麻烦干吗？"

"成旭啊，就连你父亲都不敢这么草率地下命令，你想得太简单了。"吴绍之皱起了眉头，"虽然阎会长迫于学潮压力，答应了放人。可特警处介入了，一口咬定学潮背后有共产党操纵，阎会长已经下令严查。当然，这倒不一定与李度有关，可用什么形式放人，还得听阎会长的。再说，梁化之可不是个省油的灯，他对阎会长的影响力不亚于你父亲。"

汪成旭一听，顿时沉默了。尤其是听到"有共产党操纵"那句话，他的心里忍不住咯噔了一下。本想回军情处给绥署新闻处打个电话提醒陶蓝一下，可又觉得电话太不安全，还是亲自去一趟为好。

离开司令部，他开车朝绥署疾驰。

绥署的戒严令已经撤销，但新闻处没人，陶蓝依旧不在。

大家都在忙，唯独自己是个闲人，想想还真是令人沮丧。

开着车在街上盲目地瞎转悠了一会儿，突然想到这辆吉普车自己占用的时间实在太长了，这几日老灰皮有任务，还是应该把车还回去。于是，方向盘一转，掉头朝天地坛驶去。

到了警卫团，找着老灰皮，把车钥匙扔给他："有空吗？叫几个弟兄，今晚请你去翠屏楼喝酒，放松放松……"

老灰皮摇摇头："不行，出不去，学潮闹得怕了，上面有令，部队集结待命，谁也不许离开营房半步。"

"那就从正太饭店叫桌酒菜，在你这儿喝！"

一边说着，一边走进连部，大咧咧地坐下。

"这倒没问题，我叫人马上安排。"老灰皮看了看汪成旭，"怎么，少爷心情不爽？"

汪成旭轻叹一声，凑近老灰皮："皮叔，你说我是不是一点儿用都没有？当初是我硬把兄弟们拢到一块儿，可现在，伤的伤，走的走，就剩下个小度子，还关押着救不出来……想起来就没劲，心情能爽吗！"

"李度已经放出来了，不是你救的？"老灰皮奇怪地望着他，"看来，你还真不知道。"

汪成旭大吃一惊，禁不住跳了起来："怎么可能？我在司令部眼巴巴地待了一天，就是在等放他的信儿！狗屁没等着他倒出来了，人呢？"

"没来警卫团。"老灰皮摇摇头，也感到十分不解，"人没见着，可团部倒是前后脚接了两道委任，一道是咱们司令部下达的，任命李度为警卫团特务营少校营长，还有一道是特警处的委任，命李度任特警处别动总队中校副队长。神仙打架，小鬼得利，李度这小子还真是踩了狗屎运，祖坟冒烟，天上掉馅饼，一下成了香饽饽，全他娘的不合常规。你说，上边是不是疯了？"

汪成旭顿时想起了在司令部时，徐端那一脸诡谲的笑容。又是暗箱操作，潜规则真是无处不在。只有自己像个傻子！

他半晌无语，最后只得苦笑着摇摇头，站起身来，没精打采地道："得，今晚咱这酒是喝不成了，我得赶回汪公馆，问问那老不死的，到底是怎么回事……"

边说边转身走出连部，老灰皮追了出来，手里掂着车钥匙："少爷，那车你还是……"

汪成旭摆摆手，头也不回地大步走出了营房。

走到街上，他真是感到有些灰心丧气，好歹也是十多年的兄弟，就算另谋高就，总该跟自己打声招呼吧？阿格布尔投奔第8集团军，连个照面都不打；现在又是李度，放出来了不管怎么样也该先见一面，商量商量，连这都做不到吗？枉我一片苦心，还上赶着找人花钱打点，设法营救……人，莫非，一不小心就都会变成白眼狼？

一边闷头走着，一边胡思乱想，无意间竟然拐到了柳巷。

蓦然，一个身影从后面赶上了他，接着便是一只白皙温软的小手挽住了他的胳膊。他停住脚扭脸一看，居然是几天苦寻不见的陶蓝，正笑眯眯地望着他，他顿时蒙了——阿弥陀佛，你这臭丫头跑哪儿去了，说好了电话联络，结果鬼影儿也不见一个……

陶然眨眨眼，柔声道：

"对不起，实在是太忙了，让你找得辛苦。跟我来，再给你一个大惊喜！"

不等汪成旭说话，陶蓝便把他拉进了路边的一家小商铺里，轻轻一推："你看，那两人是谁？"门边上，难以置信，汪成旭看见了李度和身边门板似的阿格布尔，简直就像在做梦！他揉揉眼睛，确信不是幻觉，而是两个活生生的人就站在自己面前。顿时扑上去分别朝两人狠狠地擂了一拳："嗨，两个王八蛋，你们真行，做得可是真够意思啊！"嘴里骂着，眼睛里竟然情不自禁地冒出了泪花。

李度一笑，走上前轻轻搂住了他的肩膀："知道你这几天辛苦了，特意追过来，怎么还哭上了？这可不像天不怕地不怕的汪三少爷……"

阿格布尔也笑了，没说话，只是挥拳也朝他肩上擂了一下。

汪成旭仍然无法平静，惊讶道："小尔子，你不是在临汾吗？还有，你们三个怎么聚在了一起？"

"这就是缘。"陶蓝笑着回答道，"原本是各忙各的事，却不约而同在绥署大门口遇上了，都挺惦记你的，就去了警卫团，说你刚刚离开，我们就追了出来。李度甚至都没来得及去团部复命！"

"我是陪孙长官到绥署公干，过段时间还得返回临汾。"阿格布尔说了一句。

李度接着说道："我的事比较麻烦，一两句话说不清楚。咱换个地方？"

"走，走，去清和元，我做东！"汪成旭又变得兴高采烈起来，一手一个，拉着两人便走出了小商铺，朝桥头街大濮府走去。

陶蓝满面喜色，乖巧地跟在他们身后。

到了饭庄要了个包间，点了饭菜却没有要酒。因为除了汪成旭，其他三人晚上都有事。陶蓝是个大忙人，自不必说。阿格布尔要随时听候孙楚的召唤不敢喝酒。李度也要去警卫团善后，不宜饮酒。

只能以茶代酒，虽然不够尽兴，但毕竟聊胜于无。

吃喝之间，汪成旭夹起一个黄焖牛肉丸子放到李度碗里，怪异地看了他一眼："小度子，我很好奇，你压根儿没练过武，是怎么弄死那个日本小鬼子的？"

"失手，纯属瞎猫碰了个死耗子。"李度不动声色，还略带自嘲地摇了摇头，"说起来还要感谢你和布尔兄，当时，小鬼子输不起就开了枪，情急之下，不知怎的，居然就想起了布尔的胡璇五步，靠着身法贴近，再胡乱用了一招你们老汪家七星螳螂拳的锁喉手，毕竟只是偷学了点儿皮毛，手上没分寸，使得力沉了点，结果就闯了大祸。"

接下来李度就转移了话题，大致交代了一下自己这几天来的经历。除了刚进军法处被原泉福虐待了一回外，其他时间再没有受过刑，有酒有肉过得还蛮自在。

就在昨日凌晨，梁化之突然亲自来到军法处，拿着阎锡山的手令强行提走了李度，在特警处又是审讯又是甄别、考验地折腾了大半天，总算走完了必需的程序。午后李度又由梁化之带着来到绥署主任办公室，面见阎锡山，并听候训诫。从始至终，李度都没有明确表态同意调离警卫团，他暗自打算找个借口把这事先缓一缓，想私下找机会听听陶蓝的意见再做决定。但梁化之却已经笃定了委任，之后事态的发展也就完全偏离了他的设想。因为不久后，汪敬谷和吴绍之也赶到了绥靖公署主任办公室，当着阎锡山的面与梁化之发生了争执，甚至还差点儿动了手，最后还是阎锡山出面镇住了场面，然后和了把稀泥：两家的任命同时生效，李度调往特警处，担任特警处别动总队副队长，但同时仍然兼任警卫团特务营营长。汪敬谷对这样的结果自然极为不满，当下就抱怨道："三哥，孙楚老杂毛挖走了阿格布尔，现在化之兄又一门心思挖走李度，都是我辛辛苦苦培养的后备人才，您不为我说话，我这差事没法儿干了。"

阎锡山没理汪敬谷的抱怨，转过脸来盯了李度一眼："后生，你胆大妄为，出手打死了日本教官，原本是罪无可恕。看见了吧，他们都爱才，我也爱才，非但没有让你偿命，反而还破格提拔了你，这样的恩情等同再造，你本人怎么看？"

李度知道躲不过了，只好一挺胸，行了个标准的军礼："忠于会长，报效三晋，唯死而已！"

"说起来咱们还算有点儿香火情。你父亲是晋绥军的老人，也是跟了我几十年的兄弟，当初那么做实属情非得已，你不会有怨气吧？"

李度心里一跳，赶忙又一挺胸，大声道："家父身为军人，因抗战阵亡，死得其所。吾之后辈，唯有效仿，岂有怨气之说？"

"嗯，你能这么想最好，但愿你不要口是心非！"说完，阎锡山转脸看向汪敬谷。"你这灰鬼，也别不高兴，要大度一些，眼光也要放远一些。不就是两个娃娃，还分屎甚的你的他的？说到底不都是我阎某人的！孙楚挖走的那个人也照此办理吧，老话说'不欺少年穷'，就让他俩多拿一份军饷，权当投资了。你们都要警醒点儿，上点儿心，既然有投入，就要追求产出，能赚大钱最好，至少不能把老本儿赔进去。"

众人诺诺，只有一直阴着脸的梁化之突然说道："会长，眼下军情紧迫，汪敬谷却一门心思娶小老婆，懈怠职守，涣散军心，该当何罪？"

阎锡山顿时怒了，抬腿便踢了汪敬谷一脚："化之不说我倒忘了，你个灰鬼，当初你说娶这个小老婆是为了控制住铁寒寨的队伍，我也就睁只眼闭只眼由着你瞎尿胡闹。现在咋说？鸡飞蛋打，偷鸡不成蚀把米，亏你还有脸张罗婚礼，贪图小头舒服？欢欢儿给我全部取消！我警告你们，运城丢了，临汾危在旦夕，再也不能醉生梦死了。山西若是不保，咱们一个个都死无葬身之地！"

汪敬谷吓了一跳，忙弯腰连声道："取消，取消……我立马登报！三哥您别生气，为弟不要小头了！"

阎锡山闻言怒极反笑，又踹了汪敬谷一脚，骂道："灰鬼，就你那小头，也就是个样子货，娶下一堆老婆才弄出三个儿子，割了也卖不下二两油钱，滚一边儿去！"

……

这些细节，李度在绥署门前遇到陶蓝的时候就详细说过了。陶蓝也认为这样的结果虽出乎意料，但的确是最理想的。因为两个位置都很重要，在不同的平台也一定会有不同的收获。

现在再跟汪成旭复述一遍，就简略了不少。

倒是阿格布尔听完，乐了："正愁不知该如何脱身，想不到，你帮我解决了个难题，还多了一份饷银，沾光了，多谢！"对阿格布尔来说，他已从陶蓝嘴里知道了妹子的境况。既然阿格布花安全着陆，太原对他而言，可以说是再无一点儿牵挂了，甚至连一天都不想再在这儿待。

汪成旭却神情黯然，闷声道："你俩都走了，就剩了我和小德子，没劲……"

"成旭哥，不妨换个角度看，"陶蓝眨眨眼，笑着安慰道，"人都要成长，分开占据不同的平台，同样能互相帮助，互通有无，没准儿比扎在一堆儿更有作为。再说，他俩不是还都兼着13集团军的职务，又不是不见面了。"

这么说也对，汪成旭想了想也就释然了，又恢复了一贯的嬉皮笑脸。

在饭庄门口分手，李度要先送陶蓝一程，再返回警卫团。汪成旭表示反对："你又不顺路，只有我是个闲人，还是我送小蓝子。"

"不用这么矫情嘛，"陶蓝跟汪成旭耳语几句，然后笑道，"你送布尔哥，我哥送我，我正好也有些东西要交给他。"

汪成旭无奈，只好转向李度正色道："小度子，你这次能逢凶化吉小蓝子出力不小，你心里要有点儿数。一定要把她安全送到家才可离开，懂？"

李度连连点头："遵命，我一定按你说的去做。"

二人离开后，汪成旭却一把拉住了阿格布尔，非要他一起去南华门小院："你回第8集团军司令部也还不是睡觉，到我那儿，我打电话把小德子叫过来，一起聚聚！"

阿格布尔习惯性地听从，没再争执，跟着汪成旭走出大濮府街。

穿过临泉府，在柳北口，一个身穿黑色斗篷的身影迎面而来，又擦肩而过。汪成旭突然停下，鼻子抽了几抽——居然嗅到了一股独特而又熟悉的味道。他不由得转过身向那个背影望去，心里一动，接着便飞快地朝阿格布尔做了个手势，也只有阿格布尔才能明白这个手势的含义。

无须多言，当下两人迅速分开追了上去……黑色身影似乎加快了脚步。

在一个巷口，黑色身影猛地一停，突然转过身来。二人不约而同地赶忙一闪，各自隐身于树后。月光下，一个年轻女郎的脸庞若隐若现，她似乎并没有发现有人跟踪，回头张望了片刻，之后便转身走进一条小巷。

二人疾奔至巷口，朝里面窥视，看见黑色身影继续前行。刚想追进巷子里，突见黑色身影又一次停住脚步转过身来，两人急忙缩回脑袋……待再探出头来，发现巷子里已经空无一人。二人急忙追进巷子里，在黑色身影消失的地方来回搜寻着。

汪成旭抬眼看见了一处宅门，上面有一门牌——紫衣巷5号，不由得点点头："咱跟着的那人，肯定是进了这个宅院。哼哼，我就说嘛，家贼难防！"

说着便要踹门硬往里闯，阿格布尔拦住了，小声道："你要干吗？"

汪成旭冷哼一声："你知道这是什么地方吗？这是阎总管的住处，把那个蠹贼当面揪出来，看老家伙怎么说！"

阿格布尔摇摇头："别莽撞……上墙，咱也当回贼。"

两人离开院门，走到一旁的院墙下，汪成旭扯下一截衣襟，一分为二递给阿格布尔一块，两人无言地各自蒙面。阿格布尔在墙根处一个半蹲，双掌交叉，冲汪成旭点点头。汪成旭会意，快步助跑，借助阿格布尔的双掌和肩膀一跃而上，翻上墙头，然后迅速探下身子伸手将阿格布尔拉上来，低伏了察看里面的状况。

院里有些花木、一排正房、一排厢房，正面只有一间屋子亮着灯，四周黑魆魆的。

汪成旭指指墙下的树影，做个手势，两人一先一后跳进院里……

暗影中，四周静悄悄的，只有正房的一扇窗棂透出灯光。

两人沿着墙根儿猫腰潜进院内，汪成旭见所有的房屋都是漆黑一片，便朝阿格布尔指了指亮灯的屋子，做了个分进合围的手势。阿格布尔伸出大拇指表示会意，然后立即猫腰飞快地溜过天井，从另一个方向潜至亮灯的房间窗下。

窗下，两人隐隐听到里面传出敲木鱼的声音。阿格布尔警惕地观察着四周。汪成旭忍不住探着脖子，用唾沫将窗纸捅出一个小孔，朝里面窥视……

就在这时，脚下翻板突然晃动，机关开启，顿时两人双脚悬空，惊呼一声，一起跌入陷阱里。

陷阱很深，底下是一摊烂泥，两人跌得十分狼狈。黑暗中，汪成旭爬起来抹去沾到脸上的污秽，唾了一口："妈的，这是什么鬼地方？小尔子，你怎么样，没事吧？"

阿格布尔却没有回应，只听得一阵窸窸窣窣的声音，汪成旭顿时急了，又连呼几声，阿格布尔才摸索着凑了过来："叫什么？又死不了……我四下摸了一遍，坑倒不大，可四壁都装了钢板，没人来救，咱俩是铁定出不去了。"

汪成旭站起来冲着顶上的盖板连连大喊："阎本分，你这老混蛋，快放老子出去！"

上面一点儿反应也没有。

阿格布尔贴墙根儿坐在了地上，闷声道："喊破嗓子也没用，你还是省省吧。"

汪成旭骂骂咧咧地摸过来挤在他身旁："小尔子，你不知道，这个蟊贼光顾了汪公馆一次，我甚至怀疑那次南华门小院失窃也和他有关，而且还有同伙。还有，你说，咱们跟踪的这个蟊贼，会不会是个女的？"

"从身形和背影上看，有点儿像。"

"我只要跟她交一下手就能确定……知道吗，这个女贼居然会使你家的胡璇五步？"

阿格布尔没说话，只淡然地"嗯"了一声，不置可否。

"她肯定是进了这个院子了，对吧？"

阿格布尔又未回答。

"我当时也没看清楚，一晃就没影儿了，只能是进了这个院子，对吧？……喂，你倒是说句话呀！"

"说什么？啥都不确定就贸然闯入，你这就是典型的自投罗网，犯了兵家大忌。"阿格布尔有些没好气地回答道。

汪成旭顿时也感到十分泄气，讪讪地道："嘁，那你当时干吗不说？事后诸葛亮……妈的，这是什么破地方，又湿又臭的，还挺冷……唉，要是有个妞在就好了，能拥抱着互相取暖。"

"那倒是，"阿格布尔立刻表示同意，"要是殷立琼在，肯定是她拥抱着你、温暖着你，让你冷不着……"

汪成旭笑道："要是梅冬潮在，那就肯定是你拥抱着她、温暖着她，还不落好！哈哈，小尔子，说实话，要论女人，小琼子可比小潮子强百倍，你这家伙太没眼光，分不出好赖人。"

"扯淡！你有眼光？我看你和殷立琼也不过是'落花有意，流水无情'罢了。"

"所以呀，我才要给你一个建议——走马换将，赶紧的！"

"哼，都轮不到我换，就已经被你家汪老二抢走了……"黑暗中，阿格布尔轻叹一声，默默从衣兜里摸出一个古旧却又油光水滑的陶埙，不住摩挲着。这是下午在绥署门前与李度和陶蓝相遇时，李度送给他的。他原先那个翡翠玉埙已经毁去，那原本是姑姑阿格妙影的遗物。现在想来，当初在水晶宫的栅栏门前，他实在是有些太不理智了。他把陶埙放回怀里，思忖着，片刻之后又重新摸了出来，忍不住双手捧了放至唇边轻轻吹起来。

埙声浑厚、低沉，时而深邃悠远，时而宽广洪亮，如泣如诉，让人抚今追昔，无限遐想，仿佛进入一个深远幽思的意境……埙声之中，在他眼前，似乎又重现了往日的画面，草原、河滩、牛羊、侉依人寨子，他和阿格布花拉着一身学生装的梅冬潮，手舞足蹈，在热烈地跳着起源于大西北先祖之地的花儿舞……

埙声悠悠，汪成旭不由得也沉醉其中，不再说话。

昏暗中，汪成旭蜷缩着靠在阿格布尔身上睡着了。阿格布尔坐着，一只胳膊支着脑袋打着盹儿，那个古旧的陶埙依旧托在他的掌心里。

不知过了多久，倏地，头顶上响起一阵铰链的嘎嘎声，随即一丝光亮照射在他俩脸上。阿格布尔惊醒了，急忙抬头看着头顶上。盖板随之完全打开，阎本分的半个身影出现在井口边。

阿格布尔急忙摇醒了汪成旭："操，快起来，是阎总管来了！"

汪成旭忙翻身跳了起来，仰头厉声喝道："阎本分！你个老白痴，把老子在这臭泥坑里关了一夜，意欲何为？"

上面传来阎总管带有歉意的声音："实在不知是三少爷半夜来访，误会误会……老奴这就放下梯子去……"

两人先后爬出陷阱，颇为狼狈地站在房前四下打量着。

阎总管一边站着一个手捻佛珠的老妇和一个衣着朴素的少女，阎总管躬身道："老奴一夜在汪公馆忙碌，清晨回归，方知少爷陷在坑里，解救得迟了，还望少爷不要介意……你们两个还不快来见过汪三少爷。这位是铁寒寨的阿格布尔少爷……哦，她们俩，一个是老奴的老伴，一个是侍女，叫红鲤。"

阎老伴单手合十躬身道："阿弥陀佛，两位少爷夜间来访，误动机关，只因当家的不在，咱一老一少两个女人，怕是歹人，故而不敢贸然出来搭救，还请多多恕罪。"

红鲤也跟着躬了一下身子，然后便低下了头。

汪成旭狐疑地盯了红鲤一眼，有种似曾相识之感，忍不住又朝屋里扫视一下：

"这院里……就你们三个？连个下人也没有？"

阎总管佝偻着身子回答道："老奴就是个下人，哪儿有资格再雇佣下人……红鲤，快去打盆水来，让两位少爷净面洗漱……"

两人不约而同地对视了一下，都不敢确定眼前的这个红鲤是不是昨夜跟丢的那个女贼。阿格布尔随即使了个眼色，暗示迅速离开。

汪成旭无奈，只好摆摆手："罢了，别麻烦了，我俩还是另找地方捣饬吧……嗯，这个，这个……阎总管，怎么说呢？昨夜我俩在街上碰见一个人，觉着可疑，就一路跟了来……也许是跟错了地方，惊扰了内眷，的确是一场误会，您老也别当回事。"

阎总管躬身道："哪里，哪里，难得二位少爷光临舍下，咱家高兴还来不及呢。"

汪成旭又仔细盯了红鲤一眼，便抽动着鼻子想凑到近前，却被红鲤一闪，翻了他一个大大的白眼："奴婢胆小，长得又丑，还请少爷自重！"

汪成旭不禁一窘，然后就嬉皮笑脸道："你是侍女？侍女还把浑身抹得香喷喷的？我怎么看也不像……"这才仰起脸朝阿格布尔一挥手，自嘲道："得嘞，都怪本少爷眼拙，看差了，还无事生非，连累你在臭坭坑里受罪，跌屎打蛋的，咱俩这就走吧？欢欢儿的。"

"跟着你，总免不了自找屎吃。"阿格布尔摇头苦笑道，再一扭脸："阎总管，想不到你这小门小院的，居然还弄了个这么厉害的机关陷阱，莫非藏着什么金银宝贝？"

阎总管有些讪讪："唉，公子取笑了，买下这小院之前，老奴也不知道有这个机关。"

两人转身刚走了没几步，阎总管突然小声说道："三少爷，您还是回公馆的好。"

汪成旭瞥了他一眼："有什么好？任由那老不死的训斥，踹飞脚，关黑屋？"

"那小院晦气，不吉利。老爷不让你住也是有道理的。"

汪成旭不由得朝阿格布尔看了看。

阿格布尔点点头，闷声道："别犟，就坡下驴吧！"

两人一走出紫衣巷口，阿格布尔就急着要赶回第8集团军司令部。汪成旭嬉笑着指了指他身上："满身腌臢，怎么见人？咱得先赶紧找个地方拾掇拾掇……嗯，有了，这儿离翠屏楼不远，就去翠屏楼，泡个澡，顺便让樱桃红把咱的衣服从里到外，都洗了再烘干，去去晦气。"

"那是脏地界，不去！"

"喊，地儿脏人不脏，岂不闻'出淤泥而不染'？你一个大头兵，哪儿来的那么多穷讲究，欢欢儿跟我走！"

不由分说，汪成旭招手叫了两辆黄包车，硬拉着阿格布尔朝海子边奔去。

三

李度从进山中学返回警卫团的时候，已经过了午夜。

他实在没想到，居然在陶蓝宿舍里待了这么长的时间。当然，他也没想到在那儿会遇见赵宗复和阿格布花。也算凑巧，他俩在员工宿舍里正等着陶蓝。相互介绍之后，赵宗复握住了李度的手，用力晃了晃，然后松开手略带惊讶地说：

"在隰县的时候就总听小陶说起你，想不到你这么年轻，还真是自古英雄出少年啊！"

"人小鬼大！校长，您别忘了，人家现在可是特警处别动总队的中校副队长。"阿格布花插了进来，冷冷地瞅了李度一眼，"但愿你别用我们同志的血，擦亮你肩上的星星。"

"什么意思？"

"意思就是提醒你，别被阎锡山给你的那点儿蝇头小利迷了双眼。"

"要是那样，当初我就不会救你，那你现在就是汪敬谷的八夫人。"

"救我的是共产党，不是你这个反动派的走狗！"

李度不由得蹙起了眉头："你这丫头，是不是吃了枪药？莫名其妙。"

"布花姐，我哥又没做错事，这都是哪儿跟哪儿呀。"陶蓝赶紧挽住了李度的胳膊，然后歉意地望着赵宗复，"校长，不知道您在等我，有些事情我还没来得及跟我哥说……还是让他先离开吧。"

"那倒不必，"赵宗复摆摆手，"相逢即是缘，来，来，李度坐吧，咱们聊聊。布花，你去茶炉打壶水来。"

阿格布花略带不情愿地拎起暖壶走出门去。

陶蓝将李度摁坐在床上，眨眨眼，悄声道："布花姐说话直，你千万别计较……"

李度点点头，勉强一笑："我得罪过她，原以为她原谅我了，看来做得还远远不够。"

"你老家是崞县，那可是个人杰地灵的地方啊。"赵宗复仿佛压根儿没听见陶蓝与李度的对话，显得兴致勃勃，"除了你父亲外，还出过一位抗日英雄，你知道是谁吗？"

"您说的可是姜玉贞？晋绥军66师196旅旅长，好像是山东人。"

"没错，可他为国捐躯的地方在崞县。就是那场著名的崞县阻击战，姜玉贞亲率五千将士，硬是阻击了七万日军，而且还是日军的精锐部队，板垣征四郎的第五师团和东条英机的察哈尔兵团。那一仗打得惨烈，整整六天，五千壮士几乎伤亡殆尽，只有六百人突出重围。姜玉贞旅长重伤被俘，宁死不屈，被小鬼子砍下了头颅……崞县民众感念他的忠烈，为他建立了一座招魂塔，就建在兰村。知道你母亲为什么始终不离开兰村吗？起初是为了收容61军打散的官兵，后来就是为了守护那座塔，历尽艰难，终不动摇，令人感佩啊！"

"赵校长认识我的父母？"

"岂止是认识，抗战前我还在你家吃过饭，跟你父亲和姜玉贞旅长都很熟。"

"我爹和姜旅长都是晋绥军的人，他们的功绩，你们那边也认可？"

"当然，他们是英雄，凡是抵御外侮、甘愿为国捐躯的人都是我们的盟友。"赵宗复望了李度一眼，"我们共产党人一向光明磊落，是非分明，对晋绥军里的普通官兵与一小撮坚持反共的顽固分子是区别看待的。"

"那就好，我也觉得他们是英雄，跟一些卖国求荣的官僚懦夫不一样。"

"你看，我们还是有一致的地方的。当年那些为国捐躯的英雄们绝不愿看到今天的结局，他们希望国家统一、强大，不再遭受外敌的欺辱。可阎锡山偏偏要逆历史潮流而动，跟着蒋介石悍然发动内战，继续坚持反共、反人民的立场。这无疑是违背民意、不得人心、损害国家利益的行为，是不会有好下场的。"

李度暗自点头，想顺势表明一下自己的心迹，却被打水回来的阿格布花插嘴岔开了：

"李度哥，别忘了，你爹可是被阎锡山害死的，你要站错了立场就是对不起你爹。"

偷换概念！李度心里不由得一阵反感，你知道个屁！我爹至死都在感恩阎锡山，他跟我能一样吗？但他还是克制住了自己，没接她的话茬，看着赵宗复郑重地道：

"赵校长，您的意思我明白。我也对陶蓝多次说过，有什么需要我做的，说一声，我李度义无反顾。至于是否要投到这边来，我暂时还不想做决定……"

不及赵宗复说话，阿格布花便瞪大眼睛嚷嚷道："李度，你说什么哪？你莫非不相信陶蓝，不相信我们，要站在我们的对立面吗？"

这下，李度忍不住了，转脸看向了阿格布花："如果我说，我不相信的仅仅是你，觉得你的深度不够、格局太小，你一定会不高兴。可这就是事实，你以为你投到了这边，你就天然正确了，你就可以站在道德的制高点上指责任何人，批评任何人，或者教导任何人？那你就大错特错了！道理很简单，人各有志，我是有独立人格的，我不能因为你们认为什么是好的，我也必须认为那就是好的，我不接受怜悯，更不接受任何强权。就我的理解，你们的主义也并不是这样的。即使有一天我投到了这边，那也是因为我厌恶腐败腐朽的国民党，厌恶尔虞我诈的晋绥军，而不是因为别的。你现在有点飘，思维逻辑混乱，说话不经过脑子，我真的不想再听你说话，也不想再跟你多说一句话。"

"你这是强词夺理……"

"再说一遍：不要把你的想法强加在我头上！"

说完，他站了起来，朝赵宗复欠了欠身子："赵校长，有缘相见，受益匪浅，告辞了。"

一旁的陶蓝急得直眨眼睛，可一时又无法掌控局面，亮晶晶的眼睛顿时蒙上了一层水雾。

"也好，这事也不急于一时，我尊重你的想法。"赵宗复毕竟年长，站起身来再一次握住了李度的手，同时将一本小册子塞进他的手里，"路遥知马力，日久见人心。回去以后抽空看看，我相信你的觉悟。"

李度低头扫了一眼，却是一本《论持久战》，著者毛泽东，顿时一惊，抬起头来："这可是违禁物，赵校长，您给我……"

赵宗复微微一笑："所以，你要小心保存。不过，万一要是漏了也没关系，你就直接说是我给你的，在绥靖公署的亲共是出了名的。这本小册子我也送过阎锡山一本，他只是骂了我句灰鬼，不是也没把我怎么样嘛，哈哈……小陶，送送李度。你们从小一起长大，百无禁忌，这点不愉快他应该不会放在心上。"

又是一个"靠山王"！

李度仔细揣好小册子，当下也没再多说什么，径直走出了宿舍。

身后传来阿格布花惊慌失措、略带哭腔的声音："李度哥，我不是故意惹你不高兴的……"

一路无语，临近校门口时，李度拦住了身边的陶蓝："别送了，你们的工作很崇高，也很危险，一定要小心！"

陶蓝轻轻把自己的小手放在李度的掌心里，一双眼睛雾蒙蒙的："哥，对不起，是我欠考虑，没把事情安排好，你别生气，也别怪布花，她没有恶意……"

李度挥挥手，转身大步离开了。

可刚走出几步又飞快跑了回来："蓝妹，我刚想起来，如果我有紧急情况要告诉你，怎么跟你联络？"

"还记得你跟姐见面的地方吗？"

"开明照相馆？"

"对，直接找李掌柜，留口信或其他方式都行。"

"没有什么接头暗语或其他什么信物吗？"

"有，就是赵校长送给你的那本小册子。"

"什么？"李度吃了一惊，"用什么信物不行，非得用那个？那物件是违禁物，本身就很危险了……"

"正是因为危险，才不会出差错。"陶蓝郑重地道，"所以，除非万不得已，还是先用电话联系。如果我不在绥署新闻处，你就找刘鑫。"

"好吧，我懂了。"李度说，继而略带惊喜地问道，"刘鑫回来了？"

"是的，"陶蓝点点头，"他是带着阿格布花一起安全返回的。"

"那人不错，沉稳、大气、有才，能跟我交成朋友……行了，你多保重，我走了！"

李度再次转身大步离去。

陶蓝没动身子，久久地目送他，直到他的身影渐渐隐没在浓浓的夜幕中。

回到警卫团，李度没有去团部，而是悄悄回到了1连1排自己原先的住处。远远地，就看见黑子端坐在门口，他感到奇怪："这么晚了，你还没睡？"

黑子站了起来："大哥，我知道你一定会回来。你现在是长官了，团部给你另外安排了新住处，我已经把你的行李搬过去了，我这就带你去。"

李度心里一暖，轻抚了一下黑子的肩膀："其实，你不用专门等我。"

跟着黑子来到营房的最东头，那是特务营的宿舍区。新的住处就在第一排房的第一间屋，是个带厨房和洗手间的套间，升了官，果然待遇也不一样了。

"大哥，时辰不早了，你洗洗就歇了吧。"黑子给他打好水，欲转身离去。

"不忙，坐会儿聊聊。"李度拉黑子在椅子上坐下，"以后你别总管我叫大哥，我不习惯，还是按原来的称呼吧。"

可黑子不肯，李度再三解释，才同意有人的时候叫营长，就他俩的时候才能叫大哥。

聊了一会儿，李度突然想起来，马大胡子也被放回来了，那么，黑子的这个代理排长就悬了。黑子说没事，我不跟马排长争，还当我的大头兵也挺好。李度摇摇头，告诉他暂且等一等，对他和马大胡子，自己都有安排，至少都要调到特务营去，一个新地界，而且自己还是两头跨，没帮手可不行。

黑子无所谓，只要能跟着李度干，去哪儿都行。当然，人人都知道，特务营可是警卫团的头牌，能调到那儿肯定比在其他营吃香。

黑子离开后，李度躺在了床上，把这几天来的经历捋了一遍，思路渐渐清晰起来。想起了赵宗复送他的小册子，忙又起身，从棉衣兜里摸出来，大致翻了翻，觉得还是要先收藏好，万不可露了相。打量一下屋子，藏到哪儿也不放心。最后还是用匕首在自己棉衣下摆的内里割了条缝，再用牛皮纸给小册子做了个封皮，包好，放入棉衣里——违禁物还是贴身藏着才放心。

第二天起来，洗漱罢了，穿上崭新的中校军服，先去团部做了交接，然后便直奔精营西边街45号的特警处总部。这是一处占地近九千平米的大院，属原日本宪兵队旧址。特警处的全称——太原绥靖公署特种警宪指挥处，与集团军司令部同级，但管辖范围却要比前者大得多，主要由宪兵部队和武装特警部队两大系统组成，呈条状统辖着各县的宪兵队与特警队。总部还分别设有机要室、情报科、组训科、审讯科、总务科等，其管理几乎完全照搬了当年戴笠组建的中央军事委员会军事调查统计局的模式，故有"山西军统"之称。

这是一处由三栋二层小楼围起来的院子。正楼坐北朝南，是总部办公楼。东西两边的小楼分别是宪兵大队和特警处别动总队的办公地点。小楼的后面还有数排平房，是官兵宿舍及食堂。院门由一排生铁栅栏和黑色的铁门构成，门口有宪兵值守。整个大院没有花草树木，一派萧瑟，似乎每个角落，都打上了它的主人梁化之的性格烙印：坚硬、严谨、森然、冷漠。让人觉得这里彻底摒弃了所有人性化的符号，像一座用坚冰构筑而成的监狱，又像是一台庞大而又高效运转的杀人机器。

这就是李度对特警处总部的第一印象。

走进总部小楼，徐端在等着他。

"从今天起，咱们就算是一个锅里搅马勺了。梁处座对你很是看重，你不要辜负了这份提携之恩。"徐端意味深长地看了他一眼，"特警处不同于警卫团，是个不讲情面的地方，考核标准只有一个，那就是业绩，你要尽快地适应、习惯。"

"明白，我会尽力。"李度没有犹豫，而是直接提出了自己的要求，"我要从警卫团调一个人过来，毕竟是两头兼职，总得有个传话跑腿的。"

徐端皱起了眉头："刚来就提要求？你还真是脸大！"

"不是为我，是为了贯彻落实梁处座的意图。"李度不卑不亢道，"梁处座事先给我留了话，要我把主要精力放在别动队这边，那边就是去应个景儿，算借调，编制还是警卫团的……副座若是觉得为难就算了，大不了我一天一头，轮着两头跑，也行。"

"别价，你还是以这头为重吧。"徐端拿起了电话，令人事科长过来一趟，然后转过脸来看着李度，"你要调用的是什么人，靠得住吧？"

"就是一个小兵，不介入咱们这边的具体事务，只负责传话跑腿。"

待人事科长进来，徐端对他交代了几句，便对李度道："你把这个人的情况跟张科长报备一下，明天就让他直接去别动队报到吧。"

办完报备手续，徐端便领着李度走出总部小楼，朝东小楼走去。

路上，徐端跟他大致介绍了一下别动总队的基本构架，之后叮嘱他："别动总队的队长叫徐谋，是阎会长大夫人徐竹青的侄儿。他的长项是经商赚钱，主要负责特警处直属的五五商行，对情报、行动业务全不上道。处座调你过来就是为了补足这一短板，但不要过问和干涉他的行踪。只是，好歹是个'二代'嘛，你懂得。相处的时候，你要当心。"

李度莞尔，点点头没有说话。

徐谋三十来岁，是个大胖子。浑圆多肉的脑袋上，顶着一绺细而黄的头发，下面是一双灵活的小眼睛，一笑便能眯成一道缝，加上厚厚的嘴唇，塌塌的鼻梁倒是给人一种憨憨的感觉。一身上校军服紧紧地绷在他短粗滚圆的身上，活像只玩偶，看上去无比滑稽，全没有一点儿"二代"身上特有的那种盛气凌人的架势。

待徐端走完程序离去之后，他立刻满脸堆笑地转过身来：

"李度，是吧？听说你是个才子，还是个英雄，你能来敝队任职，实在是吾之庆幸。"边说边伸出肥白的小手做了个请坐的手势，"不瞒老弟，哥哥我喜欢做生意，喜欢跟黄白之物打交道，对这套打打杀杀的行当全不摸门，你来了就好，以后这队里的业务还要仰仗老弟多费心。"

"徐队长不必客气，"李度点点头，"兄弟初来乍到，还请队长大人多多关照。"

"别叫大人，叫大哥！你是崞县人，我是五台人，都是北路家，也算半个老乡，相互照应理所应当。"说着从抽屉里拿出一卷红纸包着的一百大洋递给李度。"一点儿见面礼，不成敬意，兄弟不要推辞。咱说好了，别动总队的事老弟多操心，不管甚时候，缺钱了吱一声，哥哥我立马双手奉上。哥哥没尿甚的本事，就是钱多。"

李度心里一乐，这个"靠山王"倒是有点儿意思，与汪三少爷的嚣张皮厚正好相反，至少装得很低调。但他还是把那卷大洋推了回去："无功不受禄。这样，权且先寄放在队长大哥这里，等小弟略有寸功再来取走，钱货两讫，各不相欠，岂不更好？"

徐谋一愣，然后便哈哈大笑起来："上道，与生意经暗合，痛快，哥哥喜欢！"

正说着，一个上尉推门走了进来，朝两人行了个军礼。

徐谋立刻介绍道："这位是李度副队长。这位是蓝猫，任第一中队中队长，也是我的兄弟。李队长今后可以和他多亲近。"

别动总队相当于一个大队，下辖三个中队，每个中队又下辖三个小队。

李度朝蓝猫拱了拱手。

徐谋又从身后的铁皮柜里拿出一个文件夹，推给李度："兄弟先看看这个。"

李度打开文件夹，是一纸加急电文，由临汾特警队发来，大意是战事紧迫，临汾的中共地下党活动猖獗，特警队剿共人手不足，希望得到总部的支援。电文上角有梁化之的亲笔批示：着别动总队酌情加派专门人员赴临汾给予支援……

李度抬起头，望着徐谋："队长的意思是要我跑一趟？"

徐谋脸上又堆起笑容，两眼眯成了一道缝"处座亲自决断，还望老弟不辞辛苦，替哥哥我办了这趟公差……让蓝队长带一个小队，陪你一同前往。"

"有什么特殊要求吗？"李度点点头。

"没有，你全权负责。若是抓了共党，不必押送，一律就地枪决，只需电告我人数，我这边立马就给兄弟请功。"

"什么时候出发？"

"不急不急，先做准备，十天之内出发即可。"说到这儿，徐谋忽然表情一变，显得有些局促腼腆起来，凑近李度小声道："哥哥有件小事，当然，是私事，对方也有点儿背景不能硬来，可不硬来那小子又给脸不要脸，死把着不放……不知兄弟愿不愿意帮哥哥一把？"

"可是你的生意伙伴，欠账不还？"李度没有马上表态。

"不，不，钱财的事都好摆平。这次是人的事，哥哥就没有办法了……"

"人的事？"李度没听懂，"队长，不是让我去替你抢人吧？"

"差不多。"一旁的蓝猫忙插进来解释，连说带比画地说清了原委。原来是徐谋在一次商业聚会上认识了一个交际花，叫苹果，对她一见钟情，他被迷得神魂颠倒，发誓要把苹果娶进家门，不想苹果早与另一个男人有了婚约。这个男人叫张然，现在西北实业公司任襄理。祁县张家，赫赫有名，虽然到了张然这一辈已经没落，但瘦死的骆驼比马大。尽管张然已经有了两房太太，但对这位待娶的小妾仍死扛着不松口。李度说："都什么年代了，婚约并不等于婚姻，最终还要看苹果的态度。"蓝猫说："苹果当然更愿意嫁给咱徐队长，至少是正房，而不是做小。可张然仗着张家的余威和唯一的背景——张然的亲戚渠茜是第13集团军司令汪敬谷的六夫人，加上一纸婚约，强压徐队长一头，致使徐队长投鼠忌器，使尽办法也能如愿。"

李度弄明白了来龙去脉，心里暗忖道："虽然是两个'二代'之间的内讧，但毕竟那个张然是纳妾，而徐谋是头婚，要明媒正娶，还是两情相悦，帮他一把，也不算为虎作伥。"这么想着，便转向蓝猫："这个姓张的，你们做过调查吗？"

蓝猫点点头。

"把有关他的所有资料拿过来，包括他的主要生意往来，我要看一看。"

蓝猫跑了出去，很快便返回来拿着一沓材料递给了李度。

仔细研究了一番之后，李度从中抽出一页纸，点了点上面的一段："队长，这儿有一笔军火生意，是他与你交易的吗？"

徐谋凑近看了看，然后点点头，胖脸上显出一丝茫然："没错……不过，那笔生意是我姑父批准的，有什么问题吗？"

"你知道那批军火经他手之后，又被倒卖到了哪里？"

"这个……商道上，我是卖家，钱货两讫，之后的事一般就不过问了。"

"资料上写着，他又转卖给了一家民团，是沁源县第3游击大队，是否属实？"

徐谋转向蓝猫。

蓝猫忙点点头："调查结果就是这样。"

"行了，"李度嘘口气，站了起来，"蓝队长，挑五个精壮的兄弟，全副武装，带上稽查的臂章，一辆中吉普，咱这就直奔西北实业公司。"

蓝猫顿时面露喜色，应了一声，跑出门去。

徐谋呆住了，多肉的脸上流露出一种近乎先天的愚相："兄弟……这个，哥哥还不想与西北实业公司闹翻，直接找上门去，似乎……"

李度一笑："不必担心，兄弟自有分寸，队长大哥少安毋躁，只管在此静候佳音。"

路上，李度摸出二十块大洋，递给一个士兵，又对他耳语一阵，然后停车让他下车走了。再次发动了车，蓝猫不解："要买什么东西吗？有兄弟在，哪有让长官破费的道理……"

李度笑笑，没接他的话茬。

中吉普风驰电掣般驶进西北实业公司大门，一看是特警处的车牌，门房不敢阻拦，就连公司雇佣的安保人员也不敢阻拦。停了车，李度一行人直接闯进了襄理办公室。

张然是个瘦高挑儿，头发稀疏，白多黑少，金丝眼镜的背后，藏着一双慵懒而又傲慢的眼眸。见了李度，并没有起身，仍懒散地靠坐着："诸位到访，不知有何贵干？"

李度坐在了他的对面，扫了蓝猫一眼："告诉他，咱们来要干什么！"

蓝猫指了指自己的臂章："稽查走私！"

张然扶了扶眼镜，嘴角朝上弯了一弯："兄弟们辛苦，可你们走错了地方，这儿是阎会长主持的西北实业公司，每一笔生意都是经过阎会长批准的，跟走私沾不上半毛钱的关系。"

"是吗？"李度浅浅地一笑，"1946 年 2 月 15 日，你从徐谋经手的五五商行里买了一批军火，可有此事？"

"秘书，拿账本来。"张然喊了一声。

一个年轻女子应声从柜子里拿出一本账册，双手捧了递到桌前。

张然翻了翻，点点头："确有此事，有什么问题吗？"

"请你说明一下军火清单。"

张然又看了看账本，往前一推："都在这儿了，你自己看吧。"

"我要你念出来！"

张然朝秘书摆了摆头，女秘书赶紧拿起账本哆嗦着念了起来："仿日本七九式山炮五十门，炮弹一千发；掷弹筒五百具，枪榴弹三千颗；仿美式汤姆森五百支，子弹五千发；仿捷克式轻机枪五百挺，子弹一万发；仿日本三八式步枪三千支，子弹三万发……"

等女秘书念完，李度点点头："这批军火，总价十二万大洋。你后来又转卖到了什么地方？"

"我记不清了，反正那笔生意的买家是汪敬谷总司令担保的。"

"是吗？你敢确定？"

"你们到底要干什么？翻腾这些陈芝麻烂谷子的事就不怕捅了马蜂窝？"张然厉声道。

李度没理他，朝蓝猫一努嘴："马上给梁处座打电话，请求处座直接询问汪总司令。"

蓝猫应了一声，刚要拿起话筒，却被张然伸手压住了："不必麻烦，我想起来了，是卖给了沁源民团。"

"沁源民团有好几家，具体是哪一家？"

"让我想想……"张然坐直了身子，透过金丝眼镜看了李度片刻，"敢问，这位长官如何称呼？"

"李度。"

"李度？等等，怎么这么耳熟？哦……想起来了，你就是那个打死日本教官的少尉参谋？"

"现在是特警处别动总队中校副队长。"蓝猫纠正道。

李度摇摇头，淡然道："这不重要，请你回答我的问题。"

"特警处别动总队……哼，徐谋为什么没来？"张然的眼睛露出一丝冷光。

"收拾你，不需要徐队长亲自出马。"李度不动声色，却逐渐加重了语气，"我再说一遍，请回答我的问题！"

"买家好像是，沁源县第1游击大队……"

"你撒谎！"李度拍了一下桌子，厉声道，"你卖给的是沁源县第3游击大队！1946年2月15日上午十时许，你跟徐谋交易完成，十三时许就完成了下一笔交易，这之间不过三个小时，这样一大笔军火，军需库光是清点出库最快也需要一天。

这说明，当时买家就在你身边，你们是一伙的，而且并未经过军需库，直接倒卖了调拨单，你敢说你不是走私？更恶劣的是，就在你倒卖了调拨单之后的第十天，也就是上党会战失利后的第三天，沁源县第3游击大队就反水投共了！你敢说你没有通共嫌疑？来人，带走！"

蓝猫一摆头，一直站在屋里的四个全副武装的彪形大汉顿时扑上去，活像老鹰抓小鸡一般将张然掀翻在地，直接上了手铐。

"误会，误会，别动手，我有话说。"张然慌了，忙连声喊道，"都是自己人，李队长，李英雄，冷静，事关一些内幕，不便外传，先放开我，咱们兄弟借一步说话……"

李度朝蓝猫递了个眼色，等士兵们放开张然，让他重新站起来后，才冷声道："哼，自己人？张襄理，你这一上午就说了这么一句人话，接下来就要看你做的是不是人事了？蓝队长，给你留两个兄弟，你跟他谈，谈得好放他一马，谈得不好立马铐了，让他去特警处审讯室交代！我敢打赌，就算是阎会长来了，加上他所有的靠山，也铁定不会保一个通共嫌疑分子！"

说完，带着两个士兵扬长而去。

李度回到车上，掏出一支烟卷，身边的一个大兵立刻摸出火柴给他点上：

"李长官，牛！跟您出来办事，提气儿！"

"这没什么，一个外强中干的破落'二代'而已。"李度吸了口烟，再呼出去，暗想，还是要感谢汪三少爷和殷立德、阿格布尔，打小一起长大，跟他们处得久了，使自己对一些"二代"的心理有了很深的了解。没出事前，嚣张跋扈，一旦出事则立马认怂，开始装孙子。

当然，这方面，相对而言，汪成旭他们三个还算好得多。

烟刚抽完，蓝猫就带着两个士兵大步走了出来，一上车，蓝猫便亮出一纸婚约："狗日的，终于放手了。嘿，戴个金丝眼镜，牛皮哄哄的，还以为他是多么铁骨铮铮的硬汉呢，原来最终还是一个欺软怕硬的尿货。"

"他没再说什么？"

"说了，还是句狠话，他说：'李度，是吧，我记住了，等着！'"

哈哈，这种寡淡的威胁他听得多了。

李度扔了烟蒂，轻喝一声："开车，去接苹果！"

蓝猫一愣，但也没有多说，只朝司机小声道："汾东公寓，2号楼206室。"

来到汾东公寓，接了苹果便又驱车直奔徐谋的住宅。

李度一路无语，只是透过后视镜扫了一眼。只一眼，就看出这个苹果是个出身寒微、妖娆而又不安分的女子，长得丰腴、白皙，一双圆圆的杏子眼滴溜溜地转着，穿着露骨，面颊上尽是魅惑之色。一张小嘴薄而殷红，快速翻飞着叭叭地跟蓝猫说个不停，惊喜之情溢于言表。显然，她与蓝猫极为熟稔。

到了地方，先前安排下车离去的那个士兵迎上前来,徐谋的宅院已经焕然一新，大红灯笼、喜字喜礼一应俱全，俨然一处新婚喜房。苹果见了狂喜不已，睁圆了眼睛，满脸带笑地跟着那个士兵可院子视察，嘴里连夸蓝猫机灵，有眼色，会办事。

李度微微一笑，没理睬那个容貌姣好、妖娆而又不安分的女人，扭头对蓝猫说了句：

"这就叫'好人做到底，送佛送到西'！行了，你回特警处把徐队长请来吧，再叫弟兄们一起好好乐乐。跟徐队长说一声，我警卫团那边还有公务，就恕不奉陪了。"

不等蓝猫反应过来，他已然走出院门，招了一辆黄包车远去了。

把事情从头到尾地前后一联想，蓝猫顿觉震撼，这简直就是料事如神啊！对李度谋定而后动，做事的机智、周全、滴水不漏，佩服得五体投地。尤其是李度办案时眉宇间散发的睿智，眼眸里隐藏的深邃，都与他自身的年龄完全不符。他甚至有种预感：由于李度的到来，别动总队将会掀开崭新的一页……

四

上午，陶蓝刚走进办公室就接到了乔亚的电话，让她立刻找房子，暂时不要再回进山中学员工宿舍。不需要多问，乔亚一定是代表组织在向自己示警。想了想，便来到赵宗复办公室，趁没人的时候大致把情况说了一下。赵宗复的眉头皱了起来："李度那边，没有什么情况传递过来吗？"陶蓝摇摇头："这几天一直没见过面。"

"也好，"赵宗复掏出十块大洋递给陶蓝，"地下工作，安全永远是第一位的。找个不扎眼的地方去租间房吧，让阿格布花跟你一起住，她总住在印刷所也不安全。"

"找到地方后，需要通知哪些人？"

"暂时只让乔亚知道就行了。"

陶蓝点点头说："明白了。"

离开绥署，她叫了辆黄包车来到汪公馆，想让汪成芳出面来帮这个忙。进了西跨院才知道汪成芳陪四夫人去崇善寺上香了，只有殷立琼在，问有什么事？陶蓝稍作犹豫，还是把事情说了一下。殷立琼一听就乐了，说这事好办，我来帮你。

拉了她就来到正院，找到老灰皮："皮叔，想上街逛逛，借你的车用用呗。"

"好像油不多了，姑娘省着点儿开。"

"放心吧，就随便逛逛，用不了你多少油。"殷立琼说着从老灰皮手里接过了车钥匙。

刚要离开，却与走进院门的几个人撞了个满怀，抬头一看是汪敬谷和吴绍之，身旁跟着大夫人徐馨茹。陶蓝一见，连忙低头闪到了殷立琼身后。

"殷家丫头，你在这儿又捣什么乱哪？"汪敬谷扫了她俩一眼。

殷立琼嘻嘻一笑："世伯取笑了，我胆子一向很小，哪敢捣乱……找皮叔是正经事。"一边说着一边拉了陶蓝忙不迭地蹿了出去。

身后，汪敬谷盯着陶蓝的背影看了一会儿，眼睛不由得眯了起来："那姑娘是谁？"

吴绍之摇头说不认识。

大夫人徐馨茹接过来答道："是二小姐的同窗，叫陶蓝，在绥署新闻处就职。"

"赵宗复的手下？很不错，窈窕、水灵、正点！"汪敬谷连连点头。

"哼，老爷当初见到咱姐妹的时候，也说过同样的话，到头来还不是娶进门就扔了……"

"谁扔了？扔谁了？胡说八道！"汪敬谷有些悻悻然，之后扭脸对吴绍之小声道，"派人私下里调查一下那丫头。"

吴绍之略微一怔，然后点点头："是！"

这些，已经离去的殷立琼和陶蓝当然不知道。

两人走出公馆门楼，跳上车，殷立琼握着方向盘驶出西华门："咱去临泉府大酒店吧，住酒店省心，吃喝拉撒都有人伺候。"

"别价，我只是个小职员，哪儿能住得起酒店？"

"那酒店是汪家的产业，怎会让你掏钱，对旭哥哥来说就是一句话的事。"

"不住，还是找平民小院租吧。"

"什么话？堂堂陶大记者，怎么能混迹于杀鸡屠狗之流，至少也得住公寓。"殷立琼白了陶蓝一眼，"再说了，真把你安排到平民小院，旭哥哥要是知道了非骂死我不可。你不用担心钱的事，旭哥哥都能摆平。"

"可是，"陶蓝笑了，眨眨眼，"莫非琼姐姐忘了，旭哥哥从来就是琼姐姐的旭哥哥，不是我陶蓝的旭哥哥……"

殷立琼一愣，接着便哈哈大笑起来，笑完了，才伸手使劲捏了捏陶蓝的手，说："你是我亲妹子！我想起个人，没准儿她就有现成的平民小院。"说着左手一推右手一拉，车来了个大掉头。

吉普穿过大街，连着拐过几条小巷，一座白色豪华别墅赫然眼前——水晶宫别墅。

殷立琼停好车，朝陶蓝吩咐道："你在车里等着，我去去就来！"

陶蓝点点头，猜到了她要找的人就是梅冬潮，忍不住探出头去，从车里打量着别墅，心里泛起一种异样的感觉。梅冬潮就是为了要过这样的日子，把自己出售给了汪老二。人，有时候为了欲望，往往会产生失误。这种失误有时又偏偏是极为致命的，自以为猎物是一只兔子，可到了近前才发现是一只凶恶的猛虎，却已经逃不掉了。

殷立琼跑到别墅门前，同门房说了几句话，门房带她走进别墅里。

别墅客厅。

何婶端着茶走向殷立琼："殷家小姐，请用茶。"

"别忙乎，我不喝，"殷立琼摆摆手，"你快点去把冬潮叫下来，我有急事！"

"已经通禀了，冬潮小姐马上就下来。"何婶将茶水放在了茶几上。

正说着，汪成义携着梅冬潮从楼上走下来。

梅冬潮快步跑下来，满面带笑地搂住了殷立琼："好姐姐，请了无数次，你总算来了！"

殷立琼推开梅冬潮，一瞪眼："扯淡，要不是有急事找你，我才不来你这破地方……"

"什么话？"汪成义大咧咧地往沙发上一坐，跷着二郎腿笑道，"殷家妹子啊，我这儿明明是水晶宫，全太原城也属头一份，怎么一到你嘴里就变成了破地方？"

"哼，淫窝而已。你一定是使了什么卑鄙手段，巧取豪夺！"殷立琼撇撇嘴，然后又一瞪眼，"冬潮，我警告你，汪老二把你们全家都弄到这儿来住，不定憋着什么坏心哪，你可要小心点儿！"

汪成义咧嘴笑笑，拿殷立琼有些没办法："你这臭丫头，总他妈的对我没个好脸色……小心哪天我告诉我三弟休了你！"

殷立琼冷笑道："哼，汪三少爷要是跟你一样混蛋，本姑娘早就休了他了，你以为天下的女人都像冬潮一样？"

梅冬潮赶紧打断道："好了好了，你跟他斗什么嘴……你说找我有急事，什么事呀？"

殷立琼刚要说，又斜眼看了看汪成义："喂，汪老二，咱姐们儿说点儿私房话，有你在一旁偷听着，让人感觉实在不爽，还不赶紧回避！"

汪成义一边起身，一边笑骂道："瞧这臭丫头，跟我愈发是蹬鼻子上脸啦！"

待汪成义走进另一间房，殷立琼才一伸手："快，把你原来狗窝的钥匙给我！"

梅冬潮不解："你是说蛤蟆尿吗？那地方又脏又臭的，你可住不了……"

"不是我住，是我另一姐儿们，暂时在那儿住几天。不许多问，快拿钥匙来！"

"钥匙在我爹那儿……是谁要住？神神秘秘的，你搞什么鬼？"

殷立琼一跺脚："你别管，快找你爹去要呀！"

正说着，梅父从后厨溜过来一拉梅冬潮，哈欠连天、眼泪鼻涕地恳求道："闺女……不行了，实在扛不住了，多少给我点儿钱，我可是你亲爹……"

梅冬潮没理他的话茬，伸手指了指殷立琼："你快把蛤蟆尿的房门钥匙给我琼姐，她要临时用几天。"

"先给钱……再给钥匙……"梅父一脸的无赖相。

殷立琼急忙从兜里摸出两块大洋塞给他："老伯，您这口大烟非害死你闺女不可！"

梅父从怀里摸出钥匙递给殷立琼，咧嘴一笑："那不能够，我可是她亲爹……"边说边急慌慌地跑出门去。

梅冬潮摇头苦笑道："这下，你知道我的苦衷了……"

"活该，你自找的！"骂完，殷立琼又叹口气，同情地捏了捏梅冬潮的手，摇摇头没再说话，转身离开了。

在去蛤蟆尿的路上，殷立琼开着车，情绪有点儿低落。

"怎么，看到冬潮的惨样，被打击到了？"陶蓝望着她问。

"所托非人，瞧汪老二那副德行，纯粹的猥琐小人、流氓恶霸，哪一点儿能比得上布尔大哥。可她偏偏眼瞎，一误毁终身……唉，不听一句老话嘛，女人当自强！"

"错，是男儿当自强。"陶蓝若有所思道，"《易经》中，乾卦为阳，指天，'天行健，君子以自强不息'，坤卦为阴，指地，'地势坤，君子以厚德载物'。意思是刚柔相济、德仁相辅，方为顺承天道，天地人三才合一，故有人也把乾坤二卦理解为男人和女人。汪老二德仁两亏不必多说，单就冬潮本人，德仁还是有的，只是没用在布尔身上。把一家老小的死活都驮在自己的肩上，偏偏又不甘过杀鸡屠狗的日子，也就只能是现在这个样子了。"

"就不能改变吗？"

"要改变就不能只是她一个人，整个社会都需要改变。"

"你是说，改朝换代？"殷立琼惊诧地睁大了眼睛。

陶蓝眨眨眼，笑而不答，把头扭向了车窗外面。

吉普开得飞快，片刻之后，便到了敦化坊蛤蟆尿老屋。

房门打开，殷立琼带着陶蓝走了进去，一股霉味呛得她立刻捂住了口鼻。

陶蓝急忙划着火柴点亮了油灯。老屋阴暗潮湿，屋角的天花板跌落大半，一只大老鼠沿墙根儿蹿入黑暗中。

走到床边，殷立琼拉了一下铺盖，里面又蹿出一只老鼠，吓了她一跳。

"不成，不成，这狗窝还真不能住……"殷立琼连连摆手，"太寒碜了，走人！"

陶蓝倒不以为意，暗想，这地界偏僻、人杂，管理松懈，窄街陋巷却又四通八达，而小院闹中取静，独门独院地自成一体，倒也符合自己的要求。于是，她平静地打量着房间，微微一笑，说："没事，我明天好好打扫一下……就这儿吧，偏僻，不惹人注意，有厨房，有厕所，院里还有水井……"

"你真要在这儿住？"殷立琼一脸歉意，"没想到，这老屋居然这么破烂，怪不得人家宁愿把自己卖了也要搬走……那这样，我先送你回绥署当差，然后我找个修缮队来，好歹拾掇一下。别不同意，否则咱俩这就走人，立马换到汾东公寓去！"

汾东公寓肯定不行，那儿是名媛贵妇聚集的地方，完全不符合陶蓝的意图。加之不忍拂了殷立琼的好意，陶蓝便没有再争辩，与殷立琼一同离开蛤蟆尿。返回到绥靖公署，约定下午下班之后，殷立琼再来接她。

看着陶蓝走进绥署大门，打着了车，殷立琼才想到自己压根儿不知道怎么找修缮队，去哪儿找，她从没跟这些苦力行业打过交道。无奈，只好还是先开车回到汪公馆。正巧，汪成芳陪着四夫人从崇善寺上香归来，不由分说，殷立琼一把拉了汪成芳回到西跨院屋里，把事情和自己遇到的难处说了一遍。

汪成芳听完一笑："笨吧？咱汪公馆就有自家的修缮队，还用去外面找？"

于是，汪成芳打发丫鬟去叫来了阎总管，把房门钥匙、地址以及修缮要求都交代妥了，又补充一句："等着急用，务必在天黑之前完工，我亲自去验收。"

阎总管诺诺连声，赶忙召集人手，用一驾马车拉了材料，朝敦化坊蛤蟆尿去了。

这边，殷立琼感激地看了看汪成芳："嫂子，接下来咱再干点儿什么？"

"开车去大中市呀，小蓝子去那儿是要过日子，没家什怎么过？"

"对对，那狗窝除了老鼠要啥没啥，是该给她采买齐全了。"

刚要离开，汪成芳又停住了脚步，自语道："这段时间都是糟心的事，弄得大家没了兴致，好不容易有了点喜庆，立德痊愈，布尔归来，李度升官，陶蓝乔迁，咱得聚聚，好好冲冲晦气。琼子，去，先给我三哥打电话，再告陶蓝一声，咱俩买完东西就去接她！"

殷立琼大喜，立刻跑到电话跟前，拿起了话筒。

殷立琼一圈电话打完，高兴地告诉汪成芳："旭哥哥就在南华门小院，阿格布尔也在。还有个意外的惊喜，那就是阿格布花也来太原了，李度说陶蓝可以约到她。"汪成芳一听，忍不住拍了一下手："太好了，晚上一并把梅冬潮也接上，咱就聚齐了。你再给清和元打个电话，预定贵宾间和一桌最好的酒菜，我来做东！"

趁殷立琼打电话的工夫，汪成芳拐进里屋，摇醒了正在小睡的殷立德，告诉了晚上聚会的安排，最后打趣道："你一直惦记着布花妹子，今晚见面，也算能解你的相思之苦了。"殷立德没理会她，皱着眉头道："能见她一面当然好，可是，她如今归来能见光吗？你这么大张旗鼓地弄，对她怕是不太安全吧……"汪成芳不以为然道："哼，布花既然敢回来，自然就有她回来的底气，用不着你杞人忧天。再说，不就是咱们几个兄弟姐妹相聚，莫非还有人会出卖她不成？你别扫兴！"

殷立德起身穿好了衣服，说先去南华门小院，跟汪成旭和阿格布尔聚齐，再一起去清和元饭庄。关于阿格布花，他建议汪成芳，最好别自作主张，好心办坏事，还是先征求一下陶蓝的意见再做定夺。

汪成芳觉得有理，点点头，然后拧了他一把："警告你，见了面沉着点，不许失态，不许色眯眯，不许花痴似的！"

殷立德活动着已经去掉绷带的右臂，苦笑道："有你在，我怎敢……再说，我什么时候又色眯眯了？说话也不过脑子。"

三人一边说着一边走出汪公馆，先顺路在南华门街口把殷立德放下，之后二女径直去了钟楼街大中市。

陶蓝接完殷立琼的电话，心里便泛上一丝悔意，当时忘了提醒殷立琼一句，没想到她这么张扬，还要搞聚会，如此，新住处岂不毫无保密可言了。想了一会儿，始终觉得不妥，便急忙来到赵宗复的办公室，检讨自己的疏忽。赵宗复听了，不仅没有批评她，反倒觉得这是个不错的契机，鼓励她一定要与他们建立关系，知根知底的，不必太过拘泥。还应该把阿格布花也带上，她还缺乏经验，要给她机会多历练。赵宗复还提醒她，除了搜集情报外，争取每一个进步青年走上革命道路，也同样是地下党工作的重要内容。

陶蓝这才释然，安下心来。

在接到电话之前，李度在警卫团已经初步完成了自己的计划：把黑子和马大胡子都调到了特务营。同时说服团长，黑子职级不变，专管联络，让马大胡子担任代理副营长，军衔晋升为上尉。理由是现成的，自己两头兼职，两边都不能误事，不在的时候营里也需要有人代为支撑，并且暗示这也是总座的意思。团长知道李度眼下走红，正在势头上，做个顺水人情，皆大欢喜，何乐而不为……办完必要的手续，黑子和马大胡子都搬到了特务营。

把这些都安排妥了，李度正好接到殷立琼的电话。跟马大胡子交代了一声，便开车直奔南华门小院。升职了，便有了相应的待遇，特务营的配车同样也是一辆道奇吉普，但明显要比老灰皮那辆高档得多。李度倒不是显摆，只是觉得殷立德刚刚伤愈，不宜劳顿，今晚人多，接送一辆车不够。公车私用，偶尔用来为兄弟们服务一下，似乎也不为过。

晚宴十分圆满，唯一美中不足的是梅冬潮没有参加。慑于汪老二的淫威，她最终还是婉拒了汪成芳的邀请，但却让她的大妹妹大碗儿坐进了车里。

大碗儿第一次参加这样的聚会，坐在阿格布尔身边，一张小脸兴奋得通红。

美食的确可以治愈人的情绪，甚至可以让人忘记很多不开心的事情。

席间，趁着大伙儿互诉衷肠，李度抽空告诉了陶蓝自己不日将奔赴临汾，协助当地特警队抓捕地下党。陶蓝听了先是黛眉微蹙，然后点点头，小声说："知道了。"

酒足饭饱，一伙人走出饭庄，准备分手。汪成旭招招手："小度子，两辆车，我送他们去蛤蟆尿，你送小尔子和小丫头，怎么样？"

李度点点头，拉了阿格布尔和大碗儿，率先发动着了车。

到了水晶宫，阿格布尔下车，将大碗儿送到门口。李度在车上看见阿格布尔掏出身上的钱袋塞给大碗儿，大碗儿好像拒绝了一下，却没有成功，最后还是接了钱袋快快地走进门去。

待阿格布尔重新上车，李度掉头朝第8集团军司令部驶去。

"布尔，你老这样也不是个办法，岂不闻'授人以鱼不如授人以渔'？据我所知，梅冬潮过得并不好。"

"我真恨我自己啊，可没办法……只希望多少能帮到她。"阿格布尔有些黯然。

李度看了他一眼："她们家原先不是开酱醋坊的吗？能不能再重新开张？"

"难！"阿格布尔摇摇头，叹口气，"冬潮好面子，肯定不能放下身段干。弟弟妹妹倒是不少，可都还小。他的父母前几年落魄染上了大烟，谁敢把钱交给他们？再说，这多少也是一大笔投资，我一下也拿不出来……除非我跟家里要，可我不想那么做。"

"钱，大伙儿可以凑凑，就是要找一个能管钱的人，"李度沉吟道，"大碗儿行不行？我看那丫头虽然年龄不大，可比冬潮有主见。租一间临街的铺面，前店后厂，让那老两口只负责制作，不沾钱……唉，布尔兄，只有让冬潮经济独立了，她才有可能摆脱汪老二。"

"你这么一说，我还真有点儿心动了。"阿格布尔的眼睛一亮，点点头，"让我好好想想，想通了，我给你打电话！"

李度默然。

到了地方，阿格布尔跳下车，又转过身来面带忧色地说道："李度，说实话，我不愿意两头跨着，布花现在跟着陶蓝干，我放心了，再无牵挂。13集团军，除了多领份军饷，我是一天也不想多待。老狗汪敬谷，总有一天我会收拾了他！"

李度也下了车，掏出两支烟，分开点燃，深深吸了一口。

"第8集团军给了你一个什么职级？"

"司令部中校副参谋长。"

"跟着孙楚干，你开心吗？"

"谈不上开心不开心，孙楚比汪敬谷要斯文些，但目的一样龌龊，都是盯上了我家铁寒寨的骑兵团，我同样不能把控制权交给他。"阿格布尔吸了口烟。

"铁寒寨骑兵团现在在什么地方？"

"我找了个借口，把骑兵团撤回了铁寒寨休整，可最终的指挥权还在汪敬谷手里。他们两个都想让骑兵团给他们当炮灰。"

"如果你想把骑兵团的实际控制权掌握在你手里，你最好还是要两头跨。"李度喷了口烟，分析道，"你想啊，你和殷立德两家的骑兵团眼下都隶属于13集团军，明面上是无法抗拒汪敬谷的，但有了孙楚，就有了由头，让孙楚去对付汪敬谷。在他俩的明争暗斗、争权夺利中，你才能找到机会，拥有周旋的余地，才有可能保住骑兵团。所以，你明天一定要去一趟13集团军司令部，按程序做一下安排。别小看你的位置，集团军装备处很重要，有很多文章可以作。"

"重要吗？只是个副官，又没有实权。"

"现在没有，不等于以后没有。"

"你的意思是，我还应该两头跨？"

"当然，不仅仅是两头跨，还要用心跨，要跨好、跨妙，把两头的资源整合起来。记住，你不是孤军奋战，你身边有我，有立琼、成芳，还有殷立德和汪三少爷。我们几个拧成一股劲，是能干成一番大事的！"

"真的，你是说还有希望？"

李度笑了，扔掉烟蒂，伸手使劲搂了一下阿格布尔的肩膀："事在人为，一切皆有可能。"

阿格布尔的眼睛里燃起了火花，郑重地道："好，我听你的！"

李度返回警卫团，刚进屋，却看见汪成旭和殷立德一本正经地坐在房间里等他，不由得乐了："干什么？就算是亲兄弟，也不至于刚分手就又聚在一起吧？"

"别闹，有正经事，成旭，你告诉他。"殷立德显得有些疲惫和焦虑。

"我嘴笨，还是你说吧。"

"喊，你是亲历者，你说不清谁能说清？"

"刚才回到汪公馆，成芳就悄悄告诉我，失窃了一幅画，画上还有诗，是从我那儿拿的。那画和诗都挺烂的，原本没当回事，可偏偏是那次汪公馆遭贼唯一失窃的东西。陶蓝觉得事情不简单，背后一定有隐情。大家都琢磨不透，我俩就来你这儿来了。"

"招贼？失窃？我没听懂。"李度有些蒙。

"就是你被关进军法处那段时间发生的事，成旭，你从头说。"殷立德提示道。

于是，汪成旭又从头到尾把事情复述了一遍，还提到了阎总管的侍女红鲤，以及他与阿格布尔为跟踪可疑的人掉进陷阱的事。

李度听罢，蹙起了眉头，说道："这事的关键，是汪敬谷是否真的弄了一大笔财富？这一点不确定，就谈不上藏宝于何处，那画和诗失窃与否也就没了意义。"

汪成旭摇摇头："我不知道，那老不死的究竟干了什么，鬼才知道……问题是，特警处的徐端也在关注，就有点儿无风不起浪了。"

"幸亏陶蓝还记着那首诗，默写了出来。"殷立德拿出一张纸条递给了李度。

李度接过来看了一会儿，没说话，踱着步仍蹙眉思考着。

据他所知，汪敬谷貌似粗鄙，实则亦有过人之处，尤其是他与阎锡山的亲密关系，更是无人能比。1930年，中原大战，阎冯失败，张学良奉蒋介石之命整编山西军队，将晋绥军缩编为四个军，汪敬谷所部被编为70师，汪任师长，与傅作义驻扎绥远。1932年已经下野的阎锡山为保存编余官兵实力，暗中操纵，成立了"绥西屯垦督办公署"，把整编剩余所部都改为军垦义兵，阎任督办，汪任助办，代行督办职权，同时兼任绥西警备司令。傅作义时任绥远省主席，所部主要在百灵庙和乌兰察布一带活动，包头、五原、临河等绥西一带则完全交给了汪敬谷。由于两人私交甚密，傅作义从不轻易干预。1934年，汪敬谷升任晋绥军第19军军长，位高权重，被称为"绥西王"。直到1937年8月，日寇进犯晋绥边境，汪敬谷才被调回山西，参加忻口会战。对汪敬谷而言，绥西屯垦期间应该是他人生中的高光时刻，军政大权集于一身，规模宏大的军垦、基建、练兵、改税，甚至在垦区内大肆种植罂粟，制成烟土再全部运回山西，由阎锡山秘密制成烟饼高价出售。仅绥西的财政收入就为阎锡山浩大的军费支出贡献了近三分之二。他还创办了一家由自己完全控股的"垦区银号"，以银行的名义发行搜刮民脂民膏的"垦业流通券"。在他调回山西之后，流通券宣告作废，借此搜刮的财富却不知所终。

这种情形下，要说他趁机敛财肥私是完全有可能的。但考虑到他对阎锡山的忠诚，如果他真的聚敛了一笔财富，那最终的归属权也有可能并不属于他，而属于阎锡山。如此，藏宝的传言才可成立，那幅失窃的画，也才有可能隐藏着某种秘密。

问题是——证据呢？

缺乏证据的推断，无异于流言。

想到这儿，李度将那纸条还给殷立德，只能摇摇头，说："就眼下咱们掌握的线索，这件事还无法下任何结论，只能报备存疑。"

"你的意思是，先搁下？"汪成旭瞪大眼睛看着李度，"不再好好想想了？"

李度淡然一笑："白费脑筋，毫无意义。只能静待事后进展，看能不能有新的发现。"

殷立德点头："也对，咱们现在也做不了什么，就暂时报备存疑吧。"

事说完了，汪成旭却仍赖着不想走，非要就地宿营，不回南华门小院了。李度不肯，说就一张床，三个臭男人挤在一起没法睡。汪成旭不管，说当初在军校跌屎打蛋的，挤一块儿睡莫非还少吗？最后还是殷立德说，我不行，我如今是有家口的人，不打招呼夜不归宿，成芳明天准能掐死我。

李度不由分说，把两人推出屋去，关了门，任由汪成旭在门外叫骂：

"小度子，你个没良心的货，你在军法处挨打的时候，老子可是在外面到处求人捞你，白花花的银子流水似的花出去了，你还分文没还哪……"

李度没理他，偷笑着和衣躺在了床上，直到二人离去。

躺着，却毫无睡意，脑子里一直翻腾着那首诗。

如果自己的假设能够成立，那么那首诗就一定有秘密，再假设那首诗有秘密，能破解吗？

这么一想，他立刻下床坐到了桌前，把那首诗默写了出来——

> 西天胜景本无约，
>
> 龙山潋滟映明月。
>
> 小楼悬瀑又一村，
>
> 北地陶瓷曲半阕。

藏神灵佑福禄寿，

兵锋指路莫忧愁。

洞天福地深数里，

府衙重现梳妆楼。

李度一边思索一边习惯性地拿出一只三角板，像他在军校时不断温习的考核科目：图上作业——用三角板在默写出的纸上不停地比画着……在第一首诗上，三角板纯属无意地一放，蓦然，一条对角线下，几个连起来的大字显示出来：西山悬瓮！

这好像是个地名吧……太原汾河以西，确实有座西山，属吕梁山余脉，山峦重叠，大得无边，那么，悬瓮是什么意思？悬瓮，悬瓮，他嘴里念叨着，突然一个山名脱口而出：悬瓮山！著名的太原名胜晋祠背靠的那座山，不就是叫悬瓮山吗？

我操，有戏！

他跳了起来，用力掐掐脑门，继续用三角板在纸上不断地变换着角度。

无数次的重组、无数次的试验，时间在不知不觉中流逝。

终于，他又在第二首诗里找到了玄机，把每一行的头一个字摘出来：藏兵洞府……

他懂了，这是一首藏头诗！

天快亮时，他找到了第三个玄机，就是第二首的最后一句。将三个玄机串连在一起，一个大致的坐标便呈现在他眼前：

西山悬瓮——藏兵洞府——梳妆楼！

他挺直了身子，长嘘口气，才感觉头痛欲裂，返身倒在床上昏昏睡去。

醒来，天已大亮，他匆匆用冷水洗了把脸，便派人将马大胡子叫了进来。

"知道悬瓮山吗，就是晋祠后面的那座山？"

马大胡子点点头："知道，山脚下就是晋祠的圣母娘娘殿。"

"好，交给你一个任务。"李度拿出一张纸条递给他，"把上面的地名记住。"

马大胡子看着纸条，默念了一会儿："藏兵洞，梳妆楼……我记住了！"

李度点燃一根火柴将纸条烧掉，然后郑重道：

"你化装成老百姓，去悬瓮山一带，秘密走访调查，把凡是与这两个地名有关的情况都摸清楚，绘成图标，向我汇报。听明白了吗？"

"听明白了。大哥放心，我肯定完成任务！"

"除了你我，这件事不许跟任何人泄露。"

"我懂！"

"胡子，兄弟可以信任你，对吧？"

马大胡子一挺胸："我马大胡子就是大哥的腿，大哥要是信任自家的腿，就该信任我马大胡子！"

"那就好。"李度笑了，拍拍马大胡子的肩膀，"这事不急，一回不行就两回、三回，不计时间。总之，你要悄悄地去，悄悄地回，营里的事情都先放一放，我让别人招呼着。"

其实，不需多言，忠诚二字已然写在了马大胡子的脸上。

看着马大胡子离开，李度重新整理了一下军容，唤了黑子，开车直奔特警处。

第七章

一

清早起来，陶蓝发现变天了，昏暗的天幕低低垂下，天空显得压抑。来自蒙古高原的寒流夹杂着零星雪粒呼啸而至，将阵阵寒气传递给刚刚醒来的街区。院里，一棵唐槐枯瘦又坚硬的枝条，在风中不停地挣扎，发出凄厉的尖叫。

陶蓝催促着阿格布花，匆匆洗漱了，走到院子里，准备一起去绥署。之所以要叫阿格布花一起去，是考虑到跟赵校长汇报之后，有可能需要她去传送情报。这小院已经被里外修缮一新，屋里的煤炉为她俩提供了温暖，甚至阎总管还花钱雇人为她们新拉了电线，就不用再点煤油灯了。

一出屋门，阿格布花便打了个寒战，说："呀，好冷。"

陶蓝见了，又折回屋里拿了条围巾，出来给她围上："住得偏远，路上你要忍着点儿。"

这时，突然传来马达的轰鸣，然后便有人敲门。

阿格布花跑过去打开门一看，顿时高兴得尖叫起来："哈，成旭哥来接我们了，真是个善解人意的好哥哥！"

汪成旭跑了进来，搓着手笑道："天冷，你们这儿太偏远，等你们走到绥署早冻成冰棍了。我要去13集团军司令部，顺路把你俩接上送过去。"

"才不顺路，你是专门绕道来的。"陶蓝点点头，"多谢了，难得你这么有心。"

"这地方,鸟不拉屎,根本叫不上黄包车。"汪成旭嘻嘻一笑,"只要你们乐意,哥哥我天天来接送……反正,从今儿个起,我要向小度子学习,要敬业,要好好当差,也装一把大尾巴狼。"

三人边说笑边走出来,锁了院门,钻进车里。

街巷里几乎空无一人,唯有街角上,僵卧着一老三小,褴褛的衣衫上覆盖着薄薄的雪花,一动不动,显然冻毙已久。三人看到,不由得都避开目光,不忍再看。

吉普车开得飞快。

到了绥署门前,二女下车,汪成旭喊了一声:"明儿还是这点儿,我去接你们。"

陶蓝刚想推脱,汪成旭早一脚油门开走了。

出示过证件,两人走进绥署大门,拐进新闻处所在的东小楼。陶蓝让阿格布花等候,自己先来到赵宗复办公室,把昨晚李度传递的口信和汪公馆失窃的事情都做了汇报。赵宗复听完,思索了片刻,点头说:"难怪,绥署高层一直有这样的传言,只是缺乏证据。不管怎样,如果真有这样一笔财富,也应该取之于民用之于民。向上级建议,通知吕梁军区发动群众,搜索整个天龙山地区。另外,我从高层刚得到一个重要情报,阎锡山已经密令孙楚的 11 军 53 师开赴临汾,增援梁培璜。你立刻把这些情报密写成文,交送到 909 情报站。"

"我想到了,所以带阿格布花一起来了,她正在我的办公室待命。"

"很好,那就让她辛苦一趟。兵贵神速,你马上回去做吧,我还要去梅山会议厅参加一个会议。"赵宗复站起身来,又提醒了一句,"告诉布花小心点,第 1 兵团的秘密交通站设在东门外的伞儿树村,正好在晋绥军的东山防御圈内,最近在扩建,强化了守备。"

陶蓝返回办公室,将情报密写之后交给阿格布花,看着她藏入一个精巧的发卡之内,隐没于浓发之中,才带着她从后门匆匆离开了绥靖公署大院。刚返回到东小楼附近,就看见楼门前吴绍之正纠缠着赵宗复,陶蓝急忙闪身躲在一棵大树后面,隐隐约约只听见赵宗复最后的一句话:"扯淡……长得水灵跟他有什么关系,我这儿人手本来就不够,告诉汪敬谷,别打那丫头的主意。他能通天,我也能通天……"

等二人走进仪门之后,陶蓝才重新返回到办公室。

琢磨着听到的只言片语,心里一沉:13 集团军怎么盯上了我?莫非……

拿起电话,打到警卫团特务营找李度,却无人接听。

李度驾车刚驶进特警处的院子，就看见两辆中吉普上挤满了整装待发的特警队员，蓝猫正挥舞着枪交代任务，然后喊了一声："都给我打起精神，出发！"

一辆中吉普应声疾驰而出。

李度跳下车赶忙上前，朝蓝猫招招手："有什么行动吗？"

蓝猫扭头向剩下的那辆中吉普司机示意稍等，便下车朝李度跑来："第1小队去水务局抓捕一个贪官，是个科长，贪墨了一笔工程款就潜逃了。大伙儿都知道，梁处座最恨这种小官大贪，下令限时破案。刚刚发现，这家伙藏在河西大王村的一个财主家里。我这边，带第2小队要去起凤街收网，抓捕的是个贼头，怀疑跟汪公馆失窃案有关……"

跟汪公馆失窃案有关？李度心里一动，不经意地问道："是哪路蟊贼？胆子不小啊。"

"现在还不清楚，等抓回来一审就知道了。"

"上车，我也跟你去开开眼！"李度当即朝黑子挥挥手，"你先去办公室，我跟蓝队长走一趟。"黑子点头转身去了。

蓝猫一笑，讨好地道："抓个贼头，不用李队长亲自出马……"

李度不由分说，拉住蓝猫一起跳上中吉普。

车到了起凤街东口停下，一个便衣从街角闪出，向蓝猫小声报告："目标从纯阳宫出来，进了旁边的老太原酒馆，在二楼德字号包间。"

"几个人？"

"两个，一男一女。"

蓝猫拔出枪，一抢，低喝道："一班、二班包围酒楼，其余的跟我上！"

"抓活的！"李度补充了一句，自己却没动，仍坐在车上。

看着蓝猫带人冲进了酒楼，李度四下扫一眼地形，立刻发现光包围酒楼是不行的，还应该放几个人埋伏在纯阳宫内，那儿是唯一的破绽……刚要动身补足缺口，酒楼里便传出一阵呐喊和急促的枪声，紧接着就看见二楼一扇窗户被突然撞碎，一个身穿黑色劲装的身影蹿出，脚点窗台、矮檐，几个兔起鹘落，旋风般越过酒楼飘然落在了纯阳宫的墙头上，然后一闪隐没在围墙里。李度暗喝一声彩："好身手！"之后，跳下吉普，运起麒麟闪，步伐诡谲地追进纯阳宫内。

香客并不是很多，大都集中在大殿前面。但他沿着围墙，异常迅疾地转了一圈，却未见踪影。显然，目标已经逃逸，他停住脚步，暗自有些懊恼：明明已经预判到了，却终究还是慢了一步。但有一点儿印象深刻——那是一个年轻女子，身手了得，逃遁的步法居然是铁寒寨的胡璇五步！

返至门口，正迎着追进来的蓝猫，他摇摇头，自嘲道："技不如人，没追上……"

"没关系，反正抓住一个，不怕他不开口！"蓝猫讨好地安慰道，又小声问道："那好像是个娘们儿？"

李度没吱声，回到车上，看见一个奇丑无比的中年男子，满脸是血，双膝跪着被反铐在车栏上。一个士兵踩着他的一条腿，那条腿上有枪伤。这时，街上原本惊慌四散的人群又渐渐安定下来，开始朝这边聚拢。

"别惹麻烦，收队！撤！"李度朝司机低喝一声。

中吉普立刻吼叫起来，眨眼间蹿出了起凤街，沿着大道朝特警处总部疾驰。

路上，那汉子抬起一张满是血污的丑脸："特警处的，是吧，我只找你们梁处座说话……"

"闭嘴！梁处座认识你个毛。"蓝猫挥手扇了他一个耳光，把他后面的话打了回去。

回到特警处，众人跳下车，押着人犯走进东小楼。

"立即审讯！"李度对蓝猫小声道，"别跟他废话，大刑伺候，先来个下马威！"

蓝猫点点头，押着人犯去了地下二层的审讯室。

李度则上楼走进自己的办公室，立刻给汪成旭打了个电话，告诉他刚刚出去抓人的大致情况，强调跑了一个，是个女的，会使铁寒寨的胡璇五步，似乎跟他提到的那个女飞贼有点相似。电话那边的汪成旭一听便兴奋起来，说巧了，阿格布尔就在司令部，我俩碰头商量一下，看看用不用一起去会一会这个女飞贼。

李度立刻否定了汪成旭恶作剧的想法，让他少安毋躁，待这边的审讯结果出来再说。

刚放下电话，徐谋就像个肉球似的推门滚了进来，多肉的脸上满是春色，手里抓着三卷大洋放在李度面前，眼睛笑成一道缝："李兄弟，苹果的事办得漂亮！哥哥这点儿小意思还请收下，这可是咱们先前说好了的，不许推辞。"

李度还是不想收他的钱，想了想，便把那三卷大洋推了回去，笑道："那点小事，不值一提。不如这样，我正好也有点小事想请徐兄帮忙，不知能否施以援手？"

"你说，你说，咱是好兄弟，你开价，哥绝不还价！"

于是，李度不紧不慢地说，我有个远房亲戚，原先是做酱醋坊的，算是小本生意，后来作坊被小日本给毁了，现在想恢复再干，可苦于找不到一处前店后厂的房子……徐谋一听，顿时拍了一下肥油的小手，嚷嚷道："嘿，还真有一处前店后厂的院子，就在帽儿巷，离绥署不太远。门脸不大可院子不小，还是两进院，弄酱醋足够……不过，现在要接手，还有点儿小麻烦。那院子还是民国三十五年年底，跟着我姑父刚刚回迁太原时，专为我姑接收的逆产。当时要接收的东西实在太多了，把那院子贴了封条就没顾上再管。不想，半年之后，却被西北实业公司死不要脸地占用了。我是看在跟他们常年有生意来往的面子上，一直没撕破脸索要，可咱是占理的，房契手续齐全，都在我的手里……我这就给你取来。"

又是西北实业公司？李度心里一乐，倘若还是由张然经手，那他算是栽到家了。

不一会儿，徐谋跑了回来，手里拿着房契，还有一张一万元的本票，一起塞到李度的手里："只要你把院子弄回来，这一万大洋就算我的投资，赔了是我的，赚了二一添作五，给你的这三百大洋也合在里面，算你一股。怎么样？哥也是好人做到底，送佛送到西，够意思吧？"

李度无声地笑了，暗忖：到底是"二代""靠山王"，对老百姓而言是天大的事，在他们眼里都不是事。他收了房契、本票和三百大洋，放进一只大信封里，碰碰徐谋的肉手："就这么着，得嘞，小弟代我的亲戚先谢过徐哥了。"

然后，李度按程序想跟徐谋汇报一下抓捕的情况，却被徐谋摆手制止了，不论好坏，他压根儿就不想听："有兄弟你在，这些烂事你全做主，不用问哥。"

说完，又像肉球似的滚了出去。

李度刚想给阿格布尔打个电话，却见蓝猫推门走了进来，满脸喜气，手里还拈着一张纸。

"招了？"李度边问边忙将大信封锁进保险柜里。

"没全招，这家伙一口咬定是自己人，说他是第8集团军军情处的人。"蓝猫把审讯笔录递给李度，"他说了个电话号码，能核实他的身份。我见是33打头的，像是咱们组织内部的电话，我级别不够，还是您来核实吧。"

李度接过笔录看了一下，便拿起桌上的红色电话，按号码3364拨了出去，立刻有一个阴沉的嗓音从话筒里传了出来："什么事？"

"请问你的单位、姓名、职级？"

"第8集团军司令部少将参谋长，赵世铃。"

李度与蓝猫对视了一眼，解释道："我是特警处别动总队，这里有个人犯，涉嫌盗窃我军高级干部财物罪，代号'大头'，我们需要核实。"

　　"是有这么个人，他在奉命执行秘密任务，不许审讯，立刻放人！"话筒里的语音变得十分严厉，话刚说完便挂断了电话。

　　"糟了，咱们可能惹了大麻烦……"李度放下电话，想了想，咬咬牙对蓝猫叮咛道，"就说他提供的电话无人接听，无法核实他的真实身份。动大刑，必须审出点东西来，否则就是请神容易送神难！明白？"

　　"懂了！"蓝猫点点头，又犹豫了一下，"要不，您也下去看看？"

　　"不必，你放了开审，我就不相信他屁股上没点屎尿！"

　　蓝猫蹿了出去。

　　一个时辰之后，蓝猫返回，手里的审讯笔录多了几页。

　　"那厮货开始还嘴硬，后来挺不住，才招了，他的真实姓名叫包银久，是个双面间谍。"蓝猫抖了抖手中的笔录，"真实身份是保密局华北站太原联络处的特派员，公开身份是晋绥军第8集团军司令部警卫团高级参议。他执行的任务是暗中调查汪敬谷贪腐案，怀疑汪敬谷贪污了一大笔巨款。"

　　"还有呢？"

　　"他交代说，一共暗中实施了三次行动，两次在汪公馆，一次在汪敬谷的外宅，南华门小院。但都一无所获，到抓住他为止，还没有找到有价值的证据。"

　　"那个逃了的娘们儿，是干什么的？"

　　"是第8集团军军情处的中尉谍报员，代号'红鲤'，他们还有一个同伙，叫阎本分，是汪公馆的总管，具体行动主要由他俩执行。"

　　一无所获？那么，那幅画去了哪里？李度暗暗思忖。两种可能：一是包大头在撒谎，二是这个红鲤窃取了画没有上交。凭他的直觉，第二种可能性最大。到现在为止，还没人知道，其实是自己抢得了先机，抢先破解了画上题诗的奥秘，只等马大胡子的调查结果来印证。如是，就应该先趁势把水搅浑，搅得越浑对自己越有利。

　　蓝猫有些焦灼："队长，要不要立刻抓人，去紫衣巷5号？"

　　"不不，这很可能是个烫手的山芋……还是报告梁处座，让上面做决断。"

　　正说着，徐端闯了进来，一进门就喝问道："审讯结果如何？"

　　蓝猫将笔录呈上，徐端看完了，将笔录摔在蓝猫的脸上，怒道："吃货！他们不可能一无所获，用刑，再审！"

蓝猫一惊，有些尴尬："副座，再用刑……他就活不了了，多少得让他缓缓。"

这时，电话突然响了起来，李度接听了，立刻将话筒递给徐端，小声道："找您，是处座的电话。"

徐端接听了一会儿，连连点头："是，是，卑职明白，立刻照办……"

放下电话，徐端显得有些沮丧，说阎会长刚刚来了指令，让处座立刻放人。他皱着眉头又思索了片刻，扭头望向李度："你怎么看？"

"这事……有点儿不好说。"李度沉吟道。

徐端顿时恼了："有什么不好说的，你怎么想就怎么说，说！"

"那好吧，我刚来，对有些事情的来龙去脉还不太清楚，我姑妄说之，副座也就姑妄听之。"李度清了清嗓子，不紧不慢道，"就我看，这件事跟我们特警处没有多大关系，我们不过是歪打正着，碰巧抓住了包大头。虽然这口供不一定确实，但至少留下了一份口供，知道了一些内幕。现在阎会长也介入了，说明这事情的背景绝不简单，而且阎会长的指令又不能不执行，故而不如见好就收，做个顺水人情。"

"你的意思是，就这么把人放了？"

"放人！但不能这么简单，要祸水东引，索性把这个包大头送给汪敬谷，让他去直接面对孙楚和阎会长，我们在一旁看戏就行了。"

徐端听完，边思索边又面带狐疑地盯了李度一眼：

"你这么想，不会是因为你脚踏两只船，心中存私吧？"

"副座何出此言？"李度一笑，"刚才我已言明，我是姑妄说之，听与不听全在您的英明决断。"

徐端吁了口气，踱着步说道：

"李度，你要记住，第一，救你于水火之中，对你有提携之恩的是梁处座，不是汪敬谷，更不是孙楚。虽然你眼下还两头跨着，但你的心要在特警处！第二，关于汪敬谷贪墨一笔巨富的传言，虽然没有证据，但无风不起浪。说实话，汪敬谷对阎会长的忠诚我并不怀疑。但贪墨就是贪墨，这件事终究是要查出个水落石出的。在没有确凿证据之前，调查只能秘密进行，不能露出马脚，被汪敬谷抓住把柄。我们特警处当下的主要任务就是两项：查共和查贪。贪腐的必然结果就是反水、背叛，必须遏制！这也是梁处座的意思。懂？"

"属下明白！"李度挺了挺胸。

"行了，就按你说的去办吧。再强调一句，把人交给汪敬谷之后，要对整个汪公馆进行秘密监控，不可大意！"

待徐端离开之后，李度对蓝猫下了命令："先找个军医，给包大头疗伤，把个半死不活的人送出去终归面子上不好看……缓过来之后，连同口供和案卷一并送去汪公馆。"

"那……紫衣巷5号？"

"派几个兄弟轮班监视，暂时不必动作。"

蓝猫点点头，转身离去。

李度拿起电话跟陶蓝联系。破解那首题诗的事，他原本打算等马大胡子的调查落实之后再告诉她，好给她一个确定的信息。但眼下情况有变，局面变得复杂，不得不提前跟她商量，才好做到心中有数。可电话打过去，陶蓝不在，他只好按照约定，找刘鑫接电话，当下约好中午在帽儿巷的一家馄饨店见面。

然后他伏案写了个报告，再打开保险柜将那只大信封放进公文包里，叫上黑子，开车离开了特警处，赶往第13集团军司令部。鉴于自己两头跨的身份，他觉得包大头之事还是应该事先跟吴绍之打个招呼，好让汪敬谷有个思想准备。这样，就能把自己择出来。

到地方停好车，斜挎了那支汤姆森，李度一向不喜带手枪，觉得那就是个玩具，关键时刻屁事也不顶。他把报告塞给黑子，让他去参谋长室转交吴绍之：

"一定要交给参谋长本人，不用多话，也别提我来了。给了他之后，你就直接返回特警处。"

黑子点头，接了报告朝楼上走去。

李度则转向了一楼的军情处，他判断，汪成旭和阿格布尔应该在一起。

果然，不仅他们俩在一起，连参谋长吴绍之也坐在军情处，三人正聊得热闹，见李度进来了，都停下了。李度先朝吴绍之行了个军礼，然后略带诧异地说道："我刚刚派人去给参座送一份报告，想不到参座却在这里，送报告的人一定还在您办公室等候。"吴绍之稍稍一怔，问："是有什么情况吗？"李度点点头，附耳小声道："特警处破获了一件案子，牵涉到了总座，我不方便多说，详情都在报告里。"

吴绍之一听，立刻会意地站了起来，拍拍李度的肩膀："这就对了，你做得很好。"然后便朝汪、阿二人摆摆手："我上去看看，你们哥儿几个继续聊。"

见吴绍之离开了，汪成旭指指沙发，让李度坐下，然后一脸兴奋地问道：

"怎么样，可以去收拾一下阎本分吗？我上次就觉得那个红鲤不像一个侍女。"

李度摇了摇头，没接汪成旭的话茬，扭脸看向阿格布尔："孙楚什么态度，同意你两头跨吗？"

"他表现得很淡定，"阿格布尔闷声道，"说无所谓，反正干的也是些泥瓦匠的活儿，让我自便。我倒是比先前更自由了。"

"什么时候返回临汾？"

"由我决定。"

"既然要两头跨，就要两头都用心。不要轻视泥瓦匠的活儿，有些方面要更用心一点儿，才能帮到布花妹子。临汾的事不能松手，你多等几天，咱俩一起去。"

说完，李度才转向汪成旭："阎总管和他那个侍女的事，水很深，咱们都不要介入。怎么，汪三少爷闲得发慌，又想欺负人了？我这儿倒有个主儿犯贱，欠收拾，也是个'靠山王'，去较量较量？"

"谁？敢跟你小度子犯贱，哥把他打出屎来！"

李度笑了，拍拍阿格布尔的肩膀："走吧，咱们三个晋绥军中校，也不知这身虎皮到底有多少分量，一起去跟人家掰掰手腕，试试水。"

阿格布尔习惯性跟随，立刻站起身来。

三人出来，李度开车直奔帽儿巷。

路上，汪成旭忍不住好奇，问道："到底是什么事？很好玩吗？"

"一处院子，被人强占了……"李度淡然道。

"你还有处院子？刚去特警处，这么快就发财了？"汪成旭惊讶得瞪大了眼睛。

李度啧了一声，没好气地道："你当我也是'二代'？想什么哪！别人的，要回来我就能借用。当然，房契在我手里，所以咱不是欺负人，这叫物归原主。"

"那就铁定地把院子要回来！"阿格布尔顿时安下心来，他一向反对仗势欺人。

到了帽儿巷，先找地方停了车，然后按门牌找到院子，汪成旭抬腿踹开院门便闯了进去，边大声喊道："有活着的人吗？给小爷滚出来！"

一个身穿长衫的干瘪老头从耳房里跑了出来，一出来就吹胡子瞪眼地道：

"嗨嗨，什么人，眼瞎了，敢在这儿撒野？"

汪成旭上前就是一个大耳光，干瘪老头被扇得打了个旋儿，满眼金星地摔倒在地上，疑惑地望着三个人。汪成旭指了指耳房："老屎杂脑，我不许你多说一句话，赶紧给你们管事的打电话，让他来，否则老子活撕了你！"

老头果然不敢再骄横，捂着脸爬起来，慌忙迈着小碎步跑进耳房拿起了话筒。

李度扫视着小院，对阿格布尔说："两进院，还有个小门脸，当酱醋坊如何？"

"当真？嘿，你还真记住了那点儿事……"阿格布尔擂了李度一下，惊喜地四下打量着院子，"这儿太棒了，能当作坊，能做生意，还能住人！"

汪成旭有点蒙："你俩说什么哪？我怎么听不懂？"

"听不懂就别听，"李度笑道，"你今天只管一门心思地对付好正主儿，待会儿来了，你只要别尿，就给你记头功。"

三人说着话，不一会儿，就听得院外一阵喧哗，门被撞开，十几个大兵冲了进来，端枪围住了他们，可当看清楚三人的军衔时，又把枪放下，有些不知所措地闪开了。这时，两个人趾高气扬地走了进来，一个是身穿少校军装的军官，一个就是戴着金丝眼镜的张然，后者傲然喝问道：

"老张头，是哪个不长眼的敢在这儿撒野？"

李度笑了，扭脸朝汪成旭小声道："这就是我说的正主儿，是西北实业公司的襄理，也是你六娘的亲戚。"然后上前一步，笑眯眯地朝张然拱了拱手："张襄理，别来无恙啊。"

张然先是一惊："又是你？你他妈的是不是看我好欺负，没完没了了？"然后转脸对军官嚷嚷道："王营长，就是这小子，仗着是特警处的，总捏兄弟的软柿子……"

汪成旭则直接无视了张然，两步走到了李度的前面，瞪着那军官冷冷地道：
"你，哪部分的？"

"亲训师43团1营营长王德彪，你是哪部分的？"

"就你，还不配问小爷！一个小小的营长，也敢来自找屁吃？就是你们43团团长汪老二来了，老子也照样扇他大耳刮子，你信不信？"那王营长顿时有些气馁，刚想张口，汪成旭一脚便踹了过去，喝道："不许说话，就一个字：滚！"

直到这时，张然才看清楚了，慌忙上前一拱手："原来是汪三少爷，误会，误会……"

话音未落，汪成旭左右开弓抡圆了就是两个大耳刮子，边打边骂："就你也配当'二代'？来呀，把你的靠山叫来，老子一块儿揍！"

顿时，张然的眼镜飞了，人也摔倒在地上。

一旁当兵的里面有个领班的，大概是实在看不过眼了，梗着脖子就想上前帮手，早被一声不吭的阿格布尔旋腿踢了个趔趄。李度则单手将挎着的汤姆森端了起来，朝着一众士兵冷喝道：

"别动，敢动就突突了你们！"

王营长见势头不对，不敢再说什么，忙扶起张然就要往外走，却冷不防屁股上又挨了汪成旭一脚。汪成旭道："小爷只说让你滚，没说让他滚……姓张的，你强占民房一向蛮横惯了，对吧？居然也敢强占我兄弟的院子，瞎了你的狗眼！"

张然从地上捡起眼镜重新戴好，铁青着脸转向李度："你敢说这院子是你的？"

李度放下枪，仍斜挎了，从公文包里拿出房契丢给他，仍笑眯眯地道："你睁大眼睛好好看看，房契在我手上，这院子自然就是我的。"

张然拿着房契在阳光下，凑近了查看。

阿格布尔走到王营长跟前，闷声道："让他留下说话，你，带上你的人，滚！"

王营长无奈，看了看张然，叹口气小声道："张爷，认了吧，这些人，咱惹不起……弟兄们，收队……"说完带着大兵们忙不迭地撤出了院门。

张然将房契还给李度，但仍旧感到气愤难平："李度，我接手的时候，这院子是西北实业公司的库房重地，我做不了主，我得给阎会长打电话请示。"

李度点点头："我只管收房，你随意。"

"请示你奶奶个腿，阎会长让你强占民居了吗，让你欺行霸市了吗？老子只给你三天，把房子和院子都腾清，否则老子就全拉走，别他妈的拿西北实业公司吓唬人！"汪成旭喝道，然后冲着李度和阿格布尔一摆头，"甭废话，撤，三天之后来收房！"

没再理仍在发抖、发呆的张然，三人走出院门，跳上车。李度将汤姆森横放在膝盖上，发动了吉普。

回到司令部，没去军情处，而是跟着阿格布尔走进了装备处，勤务兵倒好茶之后，三人坐下。李度从公文包里拿出那个大信封递给了阿格布尔："房契、本钱都在这里。其实，真正的苦主儿是徐谋，我不过是顺手牵羊，借花献佛，接下来的事就看你了，我不便再插手。"

阿格布尔打开信封，往信封里看了看，脸上立刻露出惊喜的神情，说："这么周到？谢了！"然后用胳膊碰了碰李度。

汪成旭仍是一脸蒙，说："你俩到底在鼓捣什么，戏都演完了，也该跟哥说一声了吧？"

"也没什么。"李度便把恢复酱醋坊的事情大致说了一遍，"主要是布尔实在放不下那梅冬潮，我看着不忍。"

汪成旭听完大为不满，擂了阿格布尔一拳："早说呀，这些烂事哥都能摆平，还用找什么徐谋？那就是个钱串子，下这么大本钱，不定憋什么坏呢！"

"您这位大神，可不能随便请，好钢得用在刀刃上。"李度答道，"就像今天，汪三少爷一出马，事情就变得非常简单了。"

"哼，反正，下不为例。"汪成旭仍感意难平，正色道，"你们再敢背着我瞎鼓捣，哥就跟你们绝交，哥说话算话。"

正说着，桌上的电话突然尖叫起来。

"装备处，找哪位？"阿格布尔拿起了话筒，紧接着便跳了起来，"什么？在什么地方？好，好，你们先稳住她……我马上赶到！"

扔下话筒，拉起李度和汪成旭就往外跑："大碗儿的电话！快走，汾河洋灰桥，冬潮出事了！"

汪成旭一惊："梅冬潮？她怎么啦？"

"她要跳河……"

"冷静，先别慌。"李度握住了阿格布尔的手，"估计又是汪老二欺负了她，不会有其他原因。我中午有个重要约会，不能陪你们去。这样，你俩先去，不管什么结果，给成芳妹子打个电话，我完事之后再跟成芳联系。"

三人一起跑出司令部，汪成旭和阿格布尔跳上车，飞也似的离去了。

李度待他俩走远，才发动了吉普，缓缓朝另一个方向——帽儿巷馄饨店驶去。

汾河洋灰桥，是1937年太原沦陷后，日本人为掠夺西山煤炭资源开工修建的，桥长700米，宽6米，载重12吨，也是当时太原城区通向河西地区的唯一一座能通过载重卡车的钢筋混凝土大桥。

临近正午，日头像蛋黄似的吊在空中，洋灰桥显得沧桑孤寂。

梅冬潮鼻青脸肿、披头散发、上衣褴褛，凝望着大河，无比悲情地倚坐在栏杆上。她脚下十米处，便是汹涌奔腾的汾河水。

桥头的两边已被拦住，几个警察挥着警棍向围观的人群大声呵斥："靠后靠后，挤什么挤，寻死觅活没见过啊？"

离栏杆几米远的地方，梅父捶胸顿足地哭喊着："闺女啊，别想不开，你下来，你万万不能自寻短见啊，我可是你亲爹！"

梅母跪在地上，搂着两个小的流泪哀求："……你要死了，我们都不活了……"

大碗儿流着泪紧搂着小碗儿："姐，你下来吧！"

弟弟小扣子想跑过去，刚跑两步，就听梅冬潮喊道："谁敢过来……我就跳！"

说着身子一晃，险些掉下去，周围一片惊呼！

就在这时，阿格布尔和汪成旭挤开众人，跑到了梅冬潮家人跟前。大碗儿急忙高喊："姐，布尔大哥来了，你扭头看一看啊，真的是阿格布尔大哥！"

阿格布尔慌忙跨上两步，平摊开两手大声喊道："冬潮，冬潮，我来了，别怕，谁欺负了你，你跟我说……"

梅冬潮浑身哆嗦着，却没有回头看。

"到底怎么回事？"汪成旭一拉大碗儿小声问道。

"汪二少爷……打了我姐。"大碗儿抹着泪说。

汪成旭拿眼一扫，见梅家老小皆有被打的伤痕，恨恨地道："这个畜生！"

阿格布尔还想往前走，梅冬潮喊道："你们都走！让我一个人去死……"

阿格布尔赶紧停住脚，心疼得满眼通红："冬潮，冬潮妹子，我不往前走了。你跟我说，是不是汪老二欺负你了？你下来，咱找他去拼命！"

梅冬潮开始流泪，却仍旧跨坐在栏杆上。

"梅冬潮，你还有脸闹？"汪成旭忍不住了，冲上前指着她破口大骂起来，"当初是你自己犯贱，猪油蒙心甩了阿格布尔，跟了那个混蛋，现在怎么样，被驴踢了，让狗咬了吧？你活该，纯属自找的！你想死？你知道你一死最高兴的是谁？是汪老二。他正好换个口味，再重找一个！最难过的谁？就是这个天下第一大傻蛋，第一大瞎子的阿格布尔！亏他到现在心里还惦记着你……我告诉你，我现在就拉住阿格布尔，不让他救你，你想死就尽管往下跳！跳！你跳呀！"

梅冬潮浑身一哆嗦，顿时摇摇欲坠……

阿格布尔泪流满面，甩开汪成旭的手大步走上前去："等等，冬潮，我跟你一起跳！"

梅冬潮终于扭过脸来，流着泪："你……你心里，真的还有我？"

阿格布尔再次张开双臂："此生不渝！"

汪成旭趁机用力一推，低喝一声："抱住她！笨蛋！"

阿格布尔一个跟跄到了栏杆跟前，顺势将梅冬潮一把搂住，抱下栏杆。

梅冬潮号啕大哭，瘫软在他的怀里……

大碗儿等众人一拥而上。

汪成旭松了口气，转身拔出手枪，朝天就是两枪，然后向围观的人群咋骂道："女人犯贱没见过啊？有什么好看的，散了，散了，都他妈的滚一边儿去！"

围观的众人一哄而散。

汪成旭收了枪一看，阿格布尔紧搂着满脸伤痕的梅冬潮正喃喃低语，不停地劝慰着，禁不住苦笑道："操，我说兄弟，就别在这儿缠绵了，赶紧送她上医院吧！"

阿格布尔猛醒，抱起梅冬潮便往吉普车跑去。

汪成旭紧紧跟上，边跑边对大碗儿叮嘱道："小妹子，车里坐不下这么多人，你们先回家等着！"

大碗儿点点头，赶紧收拢住弟弟妹妹们。

梅父、梅母搀扶着走过来。

阿格布尔抱着梅冬潮钻进车里，汪成旭驾车疾驰而去……

帽儿巷馄饨店，刘鑫如约而至。

寒暄过后，李度点了两碗馄饨，外加二十个大馅包子。刘鑫知道他饭量大，笑道："我吃两个就够了，剩下的都是你的。"李度点头："好，咱们边吃边聊。"

还是老习惯，先等刘鑫吃完自己再动筷子。

这中间，见店里无人，他便压低嗓音将抓捕包大头的事情简略地说了一遍，重点在他已经基本破解了失窃画上的题诗。那首诗陶蓝已经默写下来，并对此事很重视。

刘鑫显然跟陶蓝交换过意见，明了事情的原委，忍不住暗中朝他伸了一下大拇指："太棒了，度兄，干得漂亮！"

李度摇摇头："没什么，也是瞎碰的。我已经派人对悬瓮山一带秘密暗访，一有结果会马上通知你们。"

"好，我记下了，回去就告诉陶蓝。"刘鑫拿起第二个包子，咬了一口，然后对李度笑道，"我差不多了，你就开吃吧。"

李度也不再说话，甩开腮帮子一通狼吞虎咽，风卷残云。

"一看就知道小时候受苦了，凡是童年挨过饿的人，一生都会有强烈的饥饿感伴随。"刘鑫禁不住感慨道，"你这饭量，一般的小户人家还真养不起。"

李度有些讪讪，说："有就多吃点，没有，也能饿着。当兵的，扛造。"

见他吃完了，刘鑫便小声问他："那本小册子读了吗？"他开始没反应过来，问："什么小册子？"后来才恍然想起来，摇摇头说："最近事太多，还没顾上看。"刘鑫有些遗憾，连说可惜，告诉他那本《论持久战》简直就是划时代的杰作，其价值不仅仅对抗战有指导意义，就是对当下的时局发展也有哲学意义上的启迪。相信李度只要读了，必定会引起共鸣，得到满满的收获。

李度只好再三保证，一定抽空拜读。

离开馄饨店，两人分了手，刘鑫返回绥署新闻处，李度则开车奔向13集团军司令部。在机要室，见到了汪成芳和殷立琼，二女正焦急地等着他。

问明情况，李度立刻又带着二女朝小东门陆军医院驶去。

陆军医院病房里。

梅冬潮头上缠着绷带，躺在病床上微闭着双眼。

阿格布尔守在床边，握着她的手，充满忧虑地望着她。

一串泪珠从梅冬潮的眼角无声落下。

阿格布尔伸出一只手，轻轻帮她擦去，却又有更多的泪水涌出来……

汪成旭推门走了进来，看了一眼梅冬潮，扬了扬手里的诊断书小声道："一根肋骨骨折，其他的都是皮外伤……静养一段就没事了，你也不用太担心。"

阿格布尔将梅冬潮的手掖进被子里，站起来忧虑地道："以后呢，她以后怎么办？"

"要看这小娘皮的意思了，"汪成旭没好气地说，"她得说清楚，到底是要跟你好，还是继续跟着老二鬼混。"

梅冬潮睁开眼睛，衰弱地喊道："我……我再也不想回那个……水晶宫了！"

汪成旭冷哼一声道："现在明白了？早知今日何必当初！犯贱！还有，你这话不能光跟阿格布尔说，还要跟老二当面说清楚，我们才好安排下一步。"

梅冬潮又哭了起来，有气无力地道："成旭哥，我都这样了……你还这么凶？"

汪成旭意犹未尽还想训斥，阿格布尔忙把他拉到一旁："兄弟，得了，都是我做得不好，你要训就训我吧……你说，我该怎么做？"

"还能怎么做？幸亏小度子有先见之明。"汪成旭忍住火气，"还就得帽儿巷那个两进的院儿，她们家连老带小一大窝子，可不是随便找一鸟笼就能装下的……反正她也不能动，索性在这儿多住些日子养养，等收回那院子再安顿他们。"

门被推开，殷立琼、汪成芳冲了进来，围住病床嘘寒问暖。李度跟在后面。

梅冬潮又开始流泪，拉着两人的手："谢谢你们……"

汪成旭瞅着殷立琼，有些奇怪："你……你俩怎么来啦？嘻嘻，也是不放心吗？"

殷立琼没顾上理他，抬头嚷嚷道："阿格布尔，你是个木头啊？自己的女人被人欺负了，还不去报仇，把那混蛋给毙了！"

阿格布尔一愣，没说话。

汪成芳接过话头："你瞎嚷嚷什么哪，冬潮眼下是汪老二的女人，跟阿格布尔八竿子打不着……"

"那她挨了揍，干吗要找阿格布尔？干吗要找咱们？"殷立琼不服地道。

"别胡搅蛮缠！那不是大碗儿打的电话嘛，"汪成芳白了她一眼，斥道，"他们小两口打架，不过是叫咱们来调解一下而已，你凭什么让阿格布尔去报仇？"

殷立琼立刻扭转了脸，喝道："冬潮，你说！你到底是阿格布尔的女人，还是汪老二的女人？你怎么这么不让人省心！"

殷立琼的这一声暴喝，倒让梅冬潮猛地想起了一件更重要的事情，顿时一把抓住殷立琼的手，急切地道："立琼，我差点忘了……先不说这些事！你们快去救陶蓝，她被汪老二的人抓走了，我就是因为这个才跟汪老二拼命的……"

"陶蓝……汪老二干吗要抓陶蓝？"殷立琼一脸蒙。

"他说，她有共党嫌疑……"

众人惊呼，顿时都围到了病床跟前，连李度也挤了进来，紧盯着梅冬潮。

"放屁……是你出卖她的？啊？"殷立琼惊问道。

汪成旭冲过去，双手摇着冬潮的肩膀厉声道："到底怎么回事？你快说呀！"

"不是我……"梅冬潮百口莫辩，吓得浑身哆嗦，顿时哭喊道，"我的妈呀，我又惹众怒了……"

阿格布尔急忙拉开汪成旭："大家都住嘴，让冬潮一个人说！"

然后弯腰搂住梅冬潮柔声道："我相信你，你绝不会出卖陶蓝。到底怎么回事，你慢慢说，别害怕！"

梅冬潮这才稳住神，结巴地道："我，我……汪老二今天不知从哪儿发了笔小财，给了我点儿钱，我中午就带着全家去逛街购物，我们是在街上碰见陶蓝的……我俩也好长时间没见了，我就拉她到我家坐坐。她一开始不肯，是我硬拉她回家的……"

随着梅冬潮断断续续地讲述，一幅幅画面呈现在众人眼前。

陶蓝被梅冬潮一家人簇拥着回到水晶宫别墅。

客厅里，梅家老小挤在沙发上，兴高采烈地清点着买回来的东西。

陶蓝抱着小碗儿，将一个红绸带扎成的蝴蝶结系在她的小辫上。小碗儿高兴地搂住她一张小嘴不停地说："陶姐姐好，陶姐姐不走了，就在我家跟小碗儿玩……"

大碗儿满脸喜气，扭头对弟弟们道："陶姐姐人好、心好，以后陶姐姐来了，你们要听她的话。"

小扣子点点头。

小钉子挥舞着木刀问："二姐，那以后还用不用再听你的话？"

大碗儿："当然，大人的话你都得听！"

这时，何婶端着茶走了过来。

"这位陶蓝小姐是我进山中学时的同窗，也是好姐妹。"梅冬潮介绍道，"陶蓝，这是何婶，是汪二少爷的乳母，这儿的总管。"

陶蓝放下小碗儿，礼貌地站起来躬身道："何总管好。"

何婶打量着陶蓝，脱口赞道："好俊的闺女……陶姑娘是小姐的亲戚？"

"从小在一起读书，比亲戚还亲，"梅冬潮一笑，"往后她来了，不论我在与不在，你都要客气点，不得无礼。"

"瞧小姐说的，"何婶撇撇嘴，"无理？我们是下人，哪儿敢呀！"

说完转身离开了。

梅母瞥一眼她的背影嘟囔道："哼，说得倒好听，下人？见过这么牛的下人吗……"

梅父嚼着点心附和道："她是老爷，咱是下人，别让闺女闹心，咱让着点儿她。"

"好了，现在带上新买的东西都上楼！"梅冬潮朝大家挥挥手，然后转脸对陶蓝小声道，"我家先生……就是汪老二，脾气大，嫌他们闹腾，不待见。所以这帮小猴子们，平时大都待在楼上。尤其是他在家的时候，除了我，谁都不能下楼来。"

"可他们还都是孩子，总关着会憋出病来的。"陶蓝摇摇头，"你喜欢这样的生活？"

"不喜欢又能怎样？"梅冬潮叹口气，"总比流浪在外饿肚子强。就我那点水务局的薪水，实在养不起这一大家子。凑合着过吧。"

众人嬉闹着正要上楼，门突然被踹开，汪成义由警卫搀扶着醉醺醺地走了进来，跌坐在沙发上。

梅冬潮赶紧向大家挥手，示意快上楼去。

陶蓝不想跟汪成义打照面，赶忙快步走上楼梯一把抱起了小碗儿。大家刚一抬腿，却被汪成义招手吼住了："跑什么呀？都下来吧……前线大捷，我的43团大获全胜，灭了一小股共军，今儿个小爷我高兴……来，人人有赏！"

说着掏出钱袋往茶几上一扔："老的，一人十块，小的一人一块，剩下的都给冬潮！"

梅父、梅母顿时喜出望外，率先跑下楼梯扑在茶几上，数钱、分钱……孩子们也都跟着跑了下来，围住了他们的父母。

梅冬潮有些失措，看看汪成义又看看家人，不知如何是好。

陶蓝只好无声地站在楼梯口等候。大碗儿怕她不习惯，站在一旁陪护。

何婶端着一盆热水跑了过来，一边拧了热毛巾给汪成义擦脸一边唠叨起来："哎哟，我的少爷哎，这又不知喝了多少猫尿，别闹腾了，赶紧洗个澡回屋躺着去吧……正好，小姐今儿带来一个姐妹，也是个美人，我们少爷好福气，一个东宫一个西宫，一块儿伺候着，酒也醒得快……"

大碗儿不高兴了，沉着脸喝道："何婶，你满嘴喷粪，胡说什么呀？"

汪成义嬉笑着一推何婶："瞧，惹我小姨子生气了吧？你……这老婆子天生嘴贱，本少爷是吃过你几天奶，可你也不能太过放肆……"

何婶收了毛巾："得得，算我老婆子的不是，小姐，你快来把他扶回屋去吧！"

何婶一闪身，汪成义便看见了陶蓝，顿时瞪大了眼睛："嘿，死老婆子没说错！冬……冬潮，真格儿的，正点，盘儿亮，这身材，前凸后撅的，还真是一点儿不比你差！"

梅冬潮无奈，只好勉强拉着陶蓝介绍道："她叫陶蓝，跟我是同窗，跟老三他们几个也都是朋友。他……喝高了，你别介意。"

陶蓝冷冷地望着汪成义没有吱声。

"她叫什么？"汪成义皱眉拍着脑门，琢磨着，"陶蓝？陶蓝……等等，这名字怎么这么耳熟呀？"边思忖，边不由得站起来走到桌前，抓起了话筒开始拨号。

梅冬潮不明白，问道："嗨，你要干吗？"

汪成义不理，拨通电话后问道："爹，你要找的那个人叫什么来着？嗯，是个女的，对呀……哈哈，行了，这事我替您办了，您就等着好消息吧！"

刹那间，陶蓝似乎预感到了危险，低声对梅冬潮道："抱歉，你这家我不能待了！"

说着便往外走，却被放下电话的汪成义喝住了："站住！你这娘们儿胆子不小啊，竟然闯到我家里来了。哈哈，既然来了就想别走啦……来人哪！给我把这娘们儿铐起来！"

两个警卫应声进来，立刻扭住了陶蓝。陶蓝挣扎着："我犯了什么罪？你凭什么抓我？"

梅冬潮先是吓了一跳，接着便怒道："你俩放开她！汪老二，你要干什么？"

"干什么？老子要抓人！"汪成义朝她一瞪眼，然后转向陶蓝，"你问老子什么罪名？现成的——共党嫌疑分子！"

梅冬潮大吃一惊，接着便哭喊着扑向汪成义："胡说八道！我不管，她是我的姐妹，我不让你抓她……"

"你这贱人，别捣乱啊，老子这是正事……"汪成义朝警卫一摆头，"把她带走！送到军法处去！"

大碗儿挺身拦住了警卫，拼命拉着陶蓝："你们这些坏人，放开陶姐姐！"

梅冬潮再次扑向汪成义，拼命撕扯着，被汪成义连扇几个耳光打倒在地上。小扣子、小钉子和梅父梅母都扑向汪成义，扭打成一团。

小碗儿吓得哭喊起来。

汪成义火了，一通拳打脚踢，个个受伤……

陶蓝见状，立刻停止了挣扎，凛然高声道："住手！汪老二，我跟你们走！"

汪成义这才停止了狂殴，押着陶蓝走出门去。

梅冬潮脸上流着血，挣扎着爬向门口："陶蓝，陶蓝……对不起……"

到这儿，梅冬潮一阵哽咽，说不下去了。

她大声喘息了好一会儿，才在阿格布尔怀里哭诉道："都怪我，我害了陶蓝……不是有意的，我真的不想活了……"

众人顿时面面相觑，最后都转向了脸色已然大变的李度。

阿格布尔安慰着梅冬潮："别哭了，害陶蓝的不是你。"

"我懂了，是臭不要脸的又看上了陶蓝，丧尽天良啊！"汪成旭咬牙切齿道，

"这一切的幕后黑手，肯定就是那老不死的！"

"那咱们该怎么办？"殷立琼急得直跺脚。

汪成芳摇摇头："一旦被抓进军法处，就很难再救出来……"

"就是拼了命，也得救出陶蓝，绝不能让她变成第二个阿格布花！"汪成旭看向李度，"你怎么不说话？"

李度竭力控制住自己，低头平和地问梅冬潮："你确定，是军法处？"

梅冬潮点点头，又摇摇头："汪老二……当时就是这么说的，可到底抓到了什么地方，我不知道。"

李度抬起头思忖着，踱到一旁，没有再说话。

阿格布尔突然放开梅冬潮站了起来，看着汪成旭，从腰间拔出了手枪："你们都别插手，我去，跟老家伙摊牌，大不了鱼死网破！"

"不，一起走！"汪成旭一咬牙，"有本事他就把我们一块儿都毙了！只要不死，他的龌龊阴谋就休想得逞！"

大伙儿立刻动身往门外走。

梅冬潮突然也挣扎着要下床："我也去，多一个人就多一分力量……"

阿格布尔不得不返身回来，按住了梅冬潮："你不能动，歇着，有我们去就足够了。"

大家正要动身，却发现李度背对着大家仍站在窗前保持沉默，众人不由得停住了脚步。

"小度子，你什么意思？"汪成旭瞪圆了眼睛，"陶蓝被抓，本应该你最着急，怎么倒跟没事人似的，吃错药了？"

李度转过身来，脸色已经恢复了正常，走到众人面前不紧不慢地说道：

"你们要干什么？去拼命吗？亲情牌不是不可以打，但绝不是现在。想一想，假设汪敬谷看上了陶蓝，真想成事又岂能如此简单粗暴？陶蓝不是平头百姓，而是绥署新闻处的著名记者。她的上面还有赵宗复，是个与汪敬谷同等量级的对手。这些汪敬谷不可能不知道。但他偏偏纵容了汪老二，为什么？我的判断，汪老二抓人不过是为了讨好汪敬谷，那个罪名也是随口胡诌，共党嫌疑是个筐，什么都能往里装。汪敬谷很可能是在利用汪老二的莽撞投石问路，做个试探，看各方的反应，再作决断。这个时候，我们主动找上门去拼命，显然不合时宜，甚至会适得其反。"

汪成芳恍然："我觉得李度说得对，这事不能莽撞。"

"那怎么办？"殷立琼有些焦躁，"我们就眼睁睁地看着，什么也不做？"

"那倒不至于。"李度看向汪成旭，"兵分两路，成芳和立琼去绥署新闻处，找你们的老校长赵宗复，向他示警，务必要让赵宗复出头抗衡汪敬谷。我们三人去军法处，核实陶蓝是否被抓到了那里。最后在南华门小院会齐，再商量下一步。"

"好，就照你说的去做！"汪成旭掏出车钥匙扔给了殷立琼。

随后，众人走出病房，朝楼下走去。

刚出楼门，不想却被老灰皮拦住了，他身后还跟着三个士兵："李营长，总座有请。"

"请我？在什么地方？"

"汪公馆，总座书房。"说着，猛地伸手拿去了李度肩上斜挎的汤姆森。

汪成旭大怒，刚要发作，被李度压制住了："不必生气，我正好也想会会总座……你们仍按计划去做，只是，不用再去南华门小院了，直接到汪公馆汇合。"

说完，掏出车钥匙递给了汪成旭。然后朝老灰皮点点头，跟着跳上他们的车疾驰而去。

"咱们走，各自按小度子的吩咐去做。"汪成旭率先走向吉普车。

两辆车一前一后，驶出陆军医院，朝两个方向驶去。

在汪公馆门口，李度遇到了刚走出来的吴绍之。他的脸上有一丝凝重，朝李度点点头，郑重地道："进去吧，记住，跟总座好好说话，要顾全大局，不许意气用事。"

"明白，谢谢参座。"李度应了一声，便跟着老灰皮走进了公馆。

看着李度进了书房，老灰皮停住脚步，与阎总管一起守候在了外边。

书房里只有汪敬谷一个人，晃动着高大的身躯在踱步，一见李度，便哈哈大笑，然后一指椅子，让李度坐下。

李度没动身子，仍挺直了腰杆站立着："总座召我，不知有何吩咐？"

"你猜。"

李度一怔，心里暗骂，猜你个鬼，我又不是你肚里的蛔虫，老东西，准没憋好屁！但面上还得装出一副用心猜想的样子，最后摇摇头："我猜不出来，总座还是明说了吧。"

汪敬谷看了看他，然后自己大咧咧地坐下，居高临下地指了指李度："知道吗？阁会长最近总教导我，要讲文明，像个文化人，说话要委婉，不能一竿子捅穿屁股眼儿……哈，可爷天生就是一个粗坯，怎么装也不像。得嘞，爷有啥话就直说了，你也要老实回答，别逼我不讲文化，跟你动粗。你老实跟我说，那个陶蓝，跟你啥关系？"

"她是我妹子，管我叫声哥。"

"你姓李，她姓陶，这爷知道。爷是问你，你不是她的情哥哥，对吧？"

"这话您应该去问您儿子汪三少爷，他最清楚。"

"既然不是情哥哥，那爷就直说了，爷要给你当个便宜妹夫，你怎么说？"汪敬谷压根儿不正面接他的话茬儿，老着脸皮直接问道。

"便宜妹夫？那贵的妹夫是什么样？"

"便宜妹夫就是你可以开价。贵妹夫嘛，就是爷跟你开价，你得求着爷，上赶着嫁妹子。"

"汪老二把陶蓝抓到您这儿，就是为了这个目的，对吧？"李度同样没有直接回答。

"这么说，你是不同意，不愿意爷做你的便宜妹夫。这好办，那爷就做你的贵妹夫，你得准备一大笔彩礼和丰厚的嫁妆，爷满意了，才能给你当妹夫。"

李度一时无语，只能冷冷地看着汪敬谷。

"不说话就是默认！那你就去准备彩礼和嫁妆吧，你可以走了。"

"我给你准备满满一弹夹子弹！等着吧！"

李度冷哼一声，转身就走。刚到门口，他却又被汪敬谷猛喝一声，叫了回来。

"小子，你是不是觉得爷很不要脸？想骂就骂出来，甭憋着。"

"岂止是很不要脸，简直是不要脸至极！"李度脸上挂着一丝笑意，但声音却冷得像一坨冰凌，"我承认，你是总座，有权有势，强抢民女、欺凌弱小的坏事你干了不少。但我要提醒你，陶蓝是个独立女性，是个有相当影响力的记者，不是平头百姓，你想强行欺辱，必然会付出巨大代价。我还想提醒你两句老话，一是'强扭的瓜不甜'，二是'别看你今天闹得欢，小心将来拉清单'，没有谁能一辈子拥有权势。"

"嘿，小子，有一句话你说对了，陶蓝那小娘皮确实不是一般人，是个小仙女儿。

所以，爷这回绝不用强，还要讲文化，讲民主。如果，陶姑娘本人愿意，你怎么说？"

"我给她准备彩礼和嫁妆……若不愿意呢？"

"爷立马放人，老死不相往来。"

"成交！"

"好，三天，就三天，爷也不关你，你是自由的，但不能出这间屋子。"

"可以，但得换个地方。你这屋里龌龊秘密太多，我要避嫌。"

汪敬谷哈哈一笑，喊一声："来人！"

阎总管和老灰皮一起跑了进来。

"阎总管，你把李营长带到小黑屋去，酒肉伺候，不许慢待了。"然后站起来转向老灰皮："把你那个连都放进公馆里，上下给爷守严实了，飞出一只苍蝇爷毙了你！"

二人诺诺，忙带着李度走出了书房。

来到后小院，这小院一字排开，共有9间监舍，最外层都用铁栅栏围着。一走进院门就看见9号、8号监舍铁栅栏上趴着两张惊慌焦灼的面孔，分别是黑子和马大胡子。李度心里暗骂，这老狐狸，竟然连他们俩也软禁了。

阎总管把李度领进1号监舍，小声道："歇着吧，酒饭自会有人定时给你送来。"

李度没有说话，气定神闲地在床上坐下，盘起腿开始练功。

他内心无比笃定——陶蓝背后有赵宗复和他们的组织，岂能同意他们的同志给敌人做小，汪敬谷的美梦注定会破产！

午后，他从铁栅栏里看见大夫人徐馨茹和翠姑走进5号监舍，盏茶工夫离去。片刻之后，又有四夫人林红玲拎着一壶茶水走进去，同样也没待多长时间又离去了。直到傍晚，他居然看见赵宗复也走进5号监舍。这时候，他才断定：关在5号监舍的，一定是陶蓝！

李度不知道的是，天黑之前，与他相关的几个兄弟姐妹都被陆续关了起来。先是汪成芳和殷立琼，刚进门楼便被警卫团的士兵强行关进了西跨院；接着便是从军法处归来的汪成旭和阿格布尔，被关进东跨院，客房里还有一脸蒙的殷立德。

那一夜，汪公馆极不平静，西跨院是不停叫骂的殷立琼，东跨院则是汪成旭，不仅叫骂，还将房门踢打得震天响。

三

　　第二天一大早，李度透过栅栏窗口，就看见大夫人徐馨茹又来到后小院，径直走进5号监舍。翠姑跟在后边，手里提着一只食盒，像是给陶蓝送来了早餐。

　　李度一阵冷笑，又是来充当说客的。显然，昨天她们没达到目的。这样愚蠢的方法还不停地重复使用，看来，老奸巨猾的汪敬谷也不过如此。

　　果然如李度所料，从徐馨茹进门，陶蓝就站在窗前，背对着坐在床上的大夫人，任凭她巧舌如簧，始终一言不发。

　　逼得徐馨茹终于失去了耐心："你这丫头，怎么就这么死心眼儿呢！翠姑，给我倒杯水，说得我口干舌燥的……"

　　陶蓝仍然背对着她，无动于衷。

　　翠姑急忙泡了杯茶端过来，也给陶蓝端了一杯，然后劝道："陶姑娘，不管怎么说，夫人是真的为你好，你就算不同意，也好歹搭个腔。"

　　陶蓝转过身来，走到桌前。桌上放着笔墨纸砚，还有一本阎锡山的《会长语录》。从她被抓进来的时候，这些东西就放在桌上，明显是专门为她准备的。她仍是一言不发，拿起笔，在墙上挥笔而就——

　　　　我欲与君相知，

　　　　长命无绝衰。

　　　　山无陵，

　　　　江水为竭，

　　　　冬雷阵阵，

　　　　夏雨雪，

　　　　天地合，

　　　　乃敢与君绝。

　　陶蓝掷了笔，望一眼翠姑，低声道："你给大夫人讲讲。"

　　翠姑抬眼细看了一会，然后转向徐馨茹："夫人，别白费劲了，她不愿意。"

　　"哼，我能看懂，意思是她已经有人了？"

　　翠姑点点头。

"那人可是李度？陶姑娘，你如此固执，结果就是害死李度！"

"大夫人，"陶蓝勉强扭过脸来，看着徐馨茹，淡然地道，"从您第一次来这儿张口跟我提这件事，我就很明确地告诉您，我不愿意！并请求您不要再跟我谈了……可您不听我的话，不光天天来，还翻来覆去地总说车轱辘话。您说我该怎么办？只好不再搭腔，由您一个人随便怎么说……"

徐馨茹还不愿放弃："陶姑娘，你再想想，嫁给老爷的好处，我都来来回回给你掰扯无数次了，这笔账你就一点儿都不想算算吗？"

"我对荣华富贵没兴趣，"陶蓝眨眨眼，"所以，您说的那些好处，跟我没关系。"

徐馨茹再也控制不住自己，一拍床沿厉声道："死丫头，好！那我就跟你说说不嫁老爷的坏处：第一，李度必死无疑；第二，你虽然可以不死，但最终结果是生不如死；第三，你以及李度老家的所有亲人都会在短时间内莫名其妙地死光光……汪敬谷一向杀人不眨眼，这样的事情不是没有干过，你愿意这样吗？"

"软磨硬泡不行，威胁更加无用。"陶蓝又转向窗口，将背影留给了大为光火的徐馨茹，"提醒你一句：人在做，天在看，多行不义必自毙！"

徐馨茹唰地站了起来，甩手向房门走去。

翠姑似有不忍，忙插嘴劝道："姑娘，先不忙把话说绝……汪敬谷真的杀人不眨眼……"

徐馨茹拉开门，转过身来："丫头，我再最后一次问你，这事没商量了？"

陶蓝没说话，但却坚决地摇了摇头。

徐馨茹怒道："翠姑，我们走！"

说完摔门而去。

翠姑赶紧跟上，临到门边，突然小声道："都被抓了，你要小心！"

陶蓝的眼圈倏地红了，变得湿润了……

武宿机场。

一架印有青天白日徽的运输机徐徐停稳。

机场周围，宪兵警戒森严。

阎锡山、梁化之、汪敬谷以及大批晋绥军高官和新闻记者候在跑道旁，注视着飞机。

机舱门打开，几个国民党中央要员挥着手依次走下舷梯，分别是：何应钦、徐永昌、郑介民……

众人鼓掌，阎锡山迎上前去双手握住何应钦的手，满脸堆笑："何总长大驾光临，阎某不胜荣幸啊！"

何应钦笑道："百川兄别来无恙。蒋总裁关注山西战事，特命小弟代为慰问，也顺便来老兄这儿讨杯老白汾酒尝尝，哈哈！"

"请转告蒋总裁，我们已经做好了固守的准备，只要中央大力支持，山西就能成为以城复省，以省复国的典范！"

阎锡山转身向他介绍了跟随的几位高官，便执了他的手朝停车场走去。

后面，梁化之迎向郑介民，汪敬谷则一把搂住了徐永昌。

徐永昌出身于晋绥军，虽然后来脱离山西官至军令部次长，但与阎锡山始终保持着密切的联系，跟汪敬谷的私人交情也颇为深厚。当下趁乱，他凑近汪敬谷问道："原本憋着劲要回来喝你的喜酒，怎么突然取消了婚礼？"

"唉，这个嘛……是三哥怕我玩物丧志，其实，兄弟一向是女人、打仗两不误。"汪敬谷有些讪讪，"不过，就算没了婚礼，汾酒也是管够。还有，悄悄问一句：我发电报跟中央要的军饷和装备，不知老兄是否做了安排……"

徐永昌点点头："整整装了 8 架 CP—17 运输机，陈纳德的飞虎队马上就给你运到！满意不满意？"

汪敬谷哈哈大笑："好兄弟办事，汪某怎敢不满意！走，上车上车，三哥已经在梅山会议厅备好了酒宴。这几天我让诸位好好散散心……吴参谋长，你亲自主持，一定要让长官们吃好、喝好、玩好！三好一条龙！"

吴绍之赶忙上前，朝徐永昌点头哈腰。

这时，梁化之领着保密局新任副局长郑介民走到汪敬谷身边：

"敬谷兄，这位是郑局座，他有话要问你。"

汪敬谷不认识郑介民，便只敷衍地点了点头，拱了拱手："欢迎光临太原……"

"好说，好说。"郑介民说，"汪总司令，我在南京听华北站的陈继承说你扣押了我们的一个特派员？"

"哪个王八蛋诬陷老子？"汪敬谷忍不住骂了一句，然后瞪向梁化之，"化之兄，明明是你抓的人，怎么把屎盆子扣到了我头上？"

"没错，是我抓的人，按程序今天李度就要把人转交给你，可你偏偏把李度扣了，这黑锅当然要你来背。"

汪敬谷一愣，只好朝郑介民欠了欠身子："局座放心，只要我接手这事，立马就给您一个满意的交代。您也看出来了，是化之兄在耍笑我，故意挖坑，跟我打镲呢。"

郑介民点点头："党国大事，不可掉以轻心。"

汪敬谷脚跟一磕："兄弟明白！"

一行人边说说笑笑朝着备好的轿车走去。突然，一个装扮成新闻记者的老者冲出欢迎的人群，在路中央跪下，从怀里掏出一条横幅高高举起，上面写着——跪求青天大老爷申冤！同时嘴里高喊："草民冤枉，求阎会长和各位长官为百姓主持公道！"

众人大惊，都停下了，围观老者，一些记者纷纷拍照。

梁化之拉了郑介民的手，站在人圈外面，嘴角闪出一丝冷笑。

警卫团长又气又急，亲自带了两个卫兵冲上前要将其押下，却被阎锡山挥手喝退了，上前一步："我是阎锡山，你有甚的冤屈，说出来，我自会给你主持公道。"

老者用力叩头，喊道："草民裴本善，运城盐商，一向忠诚党国，安分守己，却被晋绥军亲训师43团团长汪成义，恃强欺凌，强占房产，一家人被迫流离失所……还恳求何总长、阎会长和诸位青天大老爷为草民做主，救草民于水火之中！"

何应钦淡淡一笑："还真巧了，本主儿好像就在这儿。"

阎锡山转脸看向一旁的汪敬谷，沉下脸来说道："灰鬼，这事，你咋说？"

"当真？汪成义抢了你的房产？"汪敬谷斜瞥了裴本善一眼，"在什么地界？"

裴本善腾出一只手掏出一张纸："城西水西门水晶宫别墅，草民有状子呈上……"

汪敬谷接过看也不看便塞给了身后的吴绍之，沉着脸斥道："姓裴的，爷知道你，你他奶奶的是运城数一数二的大盐商，房产没有几百处也有几十处，就算犬子真的占了你一处房产，你怎就流离失所啦？分明是夸大其词嘛，说的话比你奶奶放的屁都臭！"

众人顿时愕然。

郑介民忍不住嗤笑，扭过脸去，连何应钦都觉得汪敬谷护犊太过，霸道得太不像话，忙道："民众既有冤情，不妨交办下去，立案调查一下嘛……"

"为官，就要爱民如子。"阎锡山点点头，一脸郑重地道，"你先不忙走，

· 298 ·

在这儿待着，好好问案！"

"这案子不用问，"汪敬谷拍拍胸脯，"哪儿那么麻烦，这点儿破事，兄弟立马就能处理了……姓裴的，站起来说话，你说，犬子是怎么强占你房产的？"

裴本善仍旧跪着："他……他硬塞给我一张一百银圆的银票，然后就带兵把草民全家都赶了出来，一百大洋，休说房产，光家具摆设就不止这点儿钱……"

"奶奶的，"汪敬谷打断道："你是嫌钱少？这好办呀，你开个价，爷现在就付现钱，不怕你狮子大开口！"

裴本善被汪敬谷的气势压倒了，有些气馁："我，草民不是那意思……那房子是家父的心血，是全家对祖上的一个念想，甭管多少钱，不卖……"

汪敬谷一瞪眼："不卖？不卖你收人家的钱干吗？嘿，他奶奶的，纯粹一个奸商！参谋长，你这就带上他去那个什么狗屁别墅，告诉二小子，人家反悔不想卖了，让他立马给人家腾出屋子来……爷理政一向是与民同乐！做生意嘛，讲究的是买卖不成仁义在，你嫌钱少，爷给你加钱，你反悔不卖了，爷不买就是了，你他奶奶的又有什么冤情了？还不快滚开，再敢挡道，爷一枪毙了你！"

吴绍之急忙伸手将裴本善拉到一边。他挣扎着还想申诉，早被警卫团长一把捂了嘴，强扭进一辆卡车里。

"齐活儿！"汪敬谷向众人一挥手，"这案子就算断完了，爽吧？诸位请！"

何应钦略带戏谑地点点头："这就叫《葫芦僧乱判葫芦案》，爽得不能再爽了……"

阎锡山则厉声警告汪敬谷："下不为例，管住你的小灰鬼。"

汪敬谷诺诺连声，不敢再张扬。

众人暗笑，走向备好的车队，纷纷钻进轿车里。

警戒的宪兵、警卫有序撤离，纷纷跳上等候的吉普和卡车。

一辆架着机枪的武装道奇卡车开路，在严密护卫下，车队徐徐驶出机场，朝城里的绥靖公署大院驶去。

三天，转瞬即逝。

在后小院监舍关了三天之后的一个上午，李度被老灰皮带出来，押到了议事厅，他顿时被议事厅里森严的氛围震惊了。他发现不仅梁化之来了，甚至连赵宗复也被请来，坐在梁化之的下首，脸上的表情有些捉摸不定。不知怎的，李度突然产生了一种不祥的预感：莫非他们之间达成了什么协议？

正面的太师椅上，汪敬谷阴沉着脸抽水烟，一旁是忐忑不安的四夫人林红玲。

下面自然坐成了三片，分别是：众位夫人、汪成旭、汪成芳、殷立琼和殷立德兄妹，汪成孝和汪成义兄弟俩则并排坐着，再外圈是吴绍之和徐端。

沿墙根下，是一圈武装卫兵。

李度还看见了额上仍缠着绷带的梅冬潮。她半倚着阿格布尔，坐在汪成旭他们后一排。阿格布尔则有些恶狠狠地盯着汪成义。

汪成旭站起来走到他的两个同父异母哥哥跟前，盯着汪成义讥讽道："二哥，这回你又立功了，觉得很爽，是吧？"

"也没什么啦，"汪成义有些不自然，强赔笑脸，"为老爹办事，那是一点儿也马虎不得的……三弟，今儿这阵势不比寻常，你别撒野，最好还是消停点儿……"

"哼，你这个畜生，把梅冬潮伤成这样，还想消停？"汪成旭冷哼一声，转脸望着汪成孝，"大哥，今天，你站在哪边儿？"

"这是你跟老二的事，别让我选边儿。"汪成孝摇头笑道，"我刚从前线回来，这儿的事鸟毛不知，还是保持中立吧……"

汪成旭点点头，说："那就是弃权？好，记住你的中立！老二，你的账咱们待会儿再算！"说完走回到自己的座位。

这时，大夫人徐馨茹押着陶蓝走了进来，翠姑将陶蓝带到客厅中央的一把椅子旁，让她坐下。陶蓝的穿着有些令人出乎意料，修身的藕荷色旗袍外面，套着一件黑色的貂皮大氅，颈项上雪白的珠串，再加上闪闪发亮的钻石耳环，显得既高贵又俏丽，偏偏又与她脸庞的白皙、漠然和水雾蒙蒙的眼眸形成反差。这些，都使她毫无疑问地成为整个议事厅里最靓丽而又最诡异的一道风景。

汪成旭、汪成芳、殷立德、殷立琼兄妹以及独自站立一隅的李度，都关切而又万分疑惑地望着陶蓝的侧影。并非她的打扮不得体，相反，这一身打扮恰恰十分贴切地衬托出了陶蓝姣好的容貌、窈窕的身材和高贵典雅的气质。两只亮晶晶的眸子，明净清澈，灿若繁星。鬓角两侧，散落几缕青丝，又让她沾染了些许凡尘地气。只是，他们都不明白，今天这样的场合、这样的氛围，一向矜持、内敛、沉静的陶蓝，怎么会穿成这样……

梅冬潮悄声对阿格布尔道："这身装扮，不是陶蓝的。"

汪成孝看得有些呆了，扭脸小声道"就是这个姑娘？哈，老爷子还真有眼光！"

汪成义点点头："哥，你不知道，我要不抓她，娘就过不了关。可一抓，又非得罪老三他们那一伙人不可。"

汪敬谷放下水烟，扫一眼大厅："他奶奶的，小兔崽子们，这几天你们不是一直想要造反逼宫吗？嗯，胆子不小！现在正主儿到了，特警处的化之兄、新闻处的宗复兄，爷也都请到了，那咱这就开始吧。三堂会审，人人都可以说话。小兔崽子们不是要民主吗？爷今天就给你们民主，给你们文化！"

林红玲点点头，正色道："那就轮拨儿来。成旭，你们这拨儿先说，成义准备。"

汪成旭虎着脸刚想站起来，却被殷立琼抢了先，赔着笑脸说道："世伯，一点儿家务事，我们做晚辈的，也不过是想好言劝一劝，又何必搞得像过堂似的。"

"嗯，好，殷家丫头还能记得自己是晚辈，"汪敬谷咧嘴一笑，"表现不错，爷就让你多说几句。你要如何劝爷？"

殷立琼道："那侄女就直说了，陶蓝自小被李度的母亲收养，明面上是养女，实则是童养媳的角色，换句话说，她早就是有夫之妇了。世伯是总司令、大将军，若坚持用强，夺人所爱，不论从公从私，都会有碍观瞻，有损国民政府和晋绥军的形象。"

李度顿时无语了，童养媳？有夫之妇？谁跟你说的？

"岂止有损形象，简直就是无耻至极！"汪成旭忍不住补了一句。

"强抢民女，百姓不服，必会引起天怒人怨！"阿格布尔也闷声附和。

汪成芳忍不住喊道："爹啊，天下女人那么多，您娶谁不行，干吗非要横刀夺爱？您就放过陶蓝吧……"

汪敬谷咕噜咕噜地使劲吸着水烟，然后抬眼瞟了一下四夫人："嗯，这拨儿骂完了，看看还有谁想骂，爷等着哪！"

林红玲的目光扫向众位夫人。

五、六、七夫人都低下了头。大夫人徐馨茹张嘴刚想说话，却被林红玲堵住了："老爷要听的是骂，大姐是一定不会骂的，那就往后靠靠，先听听别人怎么说！"

徐馨茹瞪了林红玲一眼，闭紧了嘴。

林红玲的目光转到二夫人身上："二姐说说吧，你不是也有很多心里话吗？"

二夫人停止捻动佛珠，轻叹一声："老爷一向就是这样，娶了一个又一个，叫咱姐妹们情何以堪？不是没劝过，可劝有何用？还是什么话都不说，由着老爷的性子做吧……只是忍不住想再劝老爷一句：因果轮回，报应不爽，人在做，天在看。"

汪敬谷停住了咕噜声:"孝儿,你是长子,你怎么说?"

汪成孝站起来:"我……爹,我一直在前线作战,满脑子都是战局,对家里的事丝毫不知,实在是无从说起。"

"义儿,你呢?"

汪成义站起来,脸上堆满了媚笑:"我从小就听娘说过,爹是英雄,是真正靠一把片刀和一支独角撸子起家的好汉,也是咱汪公馆上下真心拥戴的皇上。既是皇上,您看上了谁,只管下道圣旨娶了去便是,压根儿不用听别人的说法!"

汪敬谷一瞪眼:"你是说老子喜欢霸王硬上弓?蠢话!爷今天还就偏偏要玩儿一把民主……陶姑娘,你是正主儿,你说说吧!"

陶蓝面无表情地端坐着,像一尊雕塑,一言不发。

"荒唐!虚伪!假惺惺!"汪成旭忍不住连连冷笑,"你把刀架在人家未婚夫脖子上,动用军队强行把人家抓到你家里,如此强权,如此不公、不正,你让人家说什么?又有什么可说的?简直是臭……臭……"

汪敬谷一笑:"臭不要脸!爷替你说了吧,免得憋死你……那么,陶姑娘,你是同意老三的说法啦?"

陶蓝看了汪成旭一眼,仍是抿着嘴一言不发。

阿格布尔接了话头:"我同意成旭的说法,总座既然要讲民主,想知道陶蓝本人的真实意愿,那就应该设置平等谈判的条件和氛围。"

"先放了李度,再把警卫统统撤掉!"殷立德补充道。

"要想让陶蓝开口说话,这是最起码的条件。"梅冬潮也鼓起勇气说了一句。

汪敬谷看看陶蓝:"你不说话就是默认!好,爷就这么做给你们看!"

说完,向坐在外围的吴绍之和徐端挥挥手。

吴绍之站起来朝警卫团的灰皮连长摆摆头,沿墙根儿肃立的卫兵立刻撤了出去。徐端则快步走到汪敬谷跟前,从公文夹里取出一张纸呈上。

汪敬谷向林红玲努努嘴:"老四,你给小兔崽子们念念!"

林红玲接过那张纸看了一下,脸色一变,然后结结巴巴地念道:

"我……陶蓝……是一个新时代的独立女性,任何人都不能强行干涉我的人生选择。为表明心迹,特作声明如下:我同意接受汪总令的安排,但必须达成三点要求。第一,即日起正式从新闻处调入13集团军司令部,以增进同汪总司令的接触与了解；第二，在接触了解阶段未完成之前，汪总司令不得有任何无理、逾矩的行为，包括言语；第三，婚礼必须在征得本人的同意之后方可举行，在正式举行婚礼之前，汪总司令必须保证我的人身自由和安全。"

石破天惊！李度身子一晃，如遭雷击！

之后，他不由自主地迅疾看向一直保持缄默的赵宗复。眼神交流了一下，他立即从赵宗复的眼眸中读出了一句话："请尊重陶蓝的选择！"

汪成旭等人尽皆震惊不已，面面相觑！如此情形，究竟是怎么回事？

"交给李度，让他自己验验！"汪敬谷面带得意地朝林红玲摆摆手，"他跟爷已经说好了，只要陶姑娘本人愿意，他就不再干涉……"

林红玲忐忑地走下来，将那纸声明递给李度。李度没接，只是冷着脸说道：

"我不同意，我反悔了……"

"反悔无效！你奶奶的，红口白牙说出来，又岂能吞回去，又不是吃屎？"汪敬谷扬头朝梁化之喊道，"化之兄，这儿没他的事了，你可以带他走了。"

汪成旭大怒，一脚踢翻了椅子喊道："假的！肯定是伪造！"

殷立琼赶忙拉住暴怒的汪成旭，大声说道："我知道他们俩的感情，陶蓝绝不会写出这样的玩意儿！"

李度缓步走向陶蓝："为什么？"

陶蓝站了起来，一身华服簇拥在她的身上，绝美得有些不真实，一双好看的双眸虽然变得水雾蒙蒙，但脸庞上的神情却异常坚定："哥，你别干预我，做好你的事！"

这时，梁化之走过来冷哼了一声："小子，别自讨没趣了，走吧。"

李度转而盯住了梁化之："处座，莫非你们之间有交易？"

"交易？荒唐！"梁化之冷笑一声，"你以为汪敬谷真的讲文化讲民主？你瞧他那一脸的流氓相，你觉得他干不出杀夫夺妻的勾当？我不来，你早变成一具尸体了！"

徐端走过来一把拉住了李度，低喝道："走吧，你管不了这事……"

"扯淡！"李度甩开了徐端，恨恨地道，"我还有一条不值钱的烂命，管不了也要管。"

汪敬谷一瞪眼刚要发作，汪成义早跳了起来，冲上前指着李度破口大骂："你他娘的算哪根葱？还想跟我多动粗吗……"

话音未落，李度扬手就是一个耳光，打得汪成义原地转了个圈摔在地上，刚要爬起来却又被汪成旭一脚踏住，咬牙切齿地道："今儿你不想死，就老实点儿！"

"大家都冷静！"仿佛一直置身事外的赵宗复终于站了起来，"敬谷兄，刚才是陶蓝表明了自己的意愿，那么，你的态度呢？"

吴绍之急忙拿出一张纸，说道："总座也有声明，我来给大家宣读一下——我，汪敬谷，喜欢陶蓝小仙女儿，她提出的任何条件我都答应，并保证每一条都做到！另外还有，总座同时下了一道任命：即日起，调陶蓝进第13集团军司令部，任总座少校秘书……这声明和委任状自宣读之日起即刻生效，加上还有两位处座见证，大家应该相信总座的诚意了。"

汪成旭松开脚下的汪成义，与父亲怒目相视，气得浑身发抖，说不出话来。

阿格布尔走到陶蓝面前："妹子，别怕！你是个有主见的女子，这当口上一定要把实话说出来，是他们强逼你这样做的，对吧？"

陶蓝摇摇头："不，是我自愿的……还请你们尊重我的选择。赵校长，拜托您代我收好汪总司令的声明，倘若他有违反，您要替我做主。"

"当然……你决定了，我就一定充当好我的角色。"赵宗复从吴绍之手中接过那纸声明收进怀里，然后望着汪敬谷，"记住，若敢违反，我会找你拼命，我可不怕你！"

"放心，爷说话算话，绝不食言。"汪敬谷说着嘴角朝上弯了起来。

汪成芳气得说不出话来，一口气没接上，竟然身子一软昏厥了过去。

"你怎么能这样啊，陶蓝？"殷立琼突然扑过来就要扭打陶蓝，"你怎么这么快就变心了，变成了个烂人？你耍笑了李度，也耍笑了我们大家！"

李度横身挡住了她，摇摇头："立琼妹子，算了，这的确是她的真实意愿。"一边说着，一边有些悲从心起，一双黑白分明的眼睛之中，已然有晶莹泪珠在闪烁。

林红玲慌忙同七夫人上前拉开了殷立琼。

这时，汪成芳醒了过来，被二夫人和殷立德重新扶坐在椅子上……

"哈哈，齐活儿！"汪敬谷咧嘴一笑，"陶姑娘，小兔崽子们开的条件，爷都做到了，现在，你怎么说？"

陶蓝面无表情，扭脸盯了大夫人徐馨茹一眼："这身恶心的行头还给你，可以离开了吗？"

徐馨茹点点头，带着翠姑转身准备离去。

汪敬谷也站了起来，扫一眼众人："陶姑娘已经默认，大伙儿这就散了吧……"

众人闻言纷纷起身。

"等等！"突然，汪成旭猛地一跺脚蹿了过去，大声喝道，"爹……我再叫你一声爹，尽管你为老不尊，一万个不配！你说过你有条规矩——除了生养你的和你生养的，其他女人一概通吃！这规矩还算不算数？"

汪敬谷眯起了眼睛："当然算数，爷的话向来是铁板钉钉！"

"好，这条规矩反过来说——凡是生养你的和你生养的女人，你就不能通吃！你说，是不是这个意思？"

"没错，爷是男人，不是畜生。"汪敬谷点点头。

汪成旭大声道："那好，现在我告诉你，我爱陶蓝，陶蓝是我的未婚妻，也就是你未来的儿媳妇。我是你生的，等于她也是你生的，所以你不能娶她。否则，你就坏了你自己的规矩，你就是个十足的畜生！"

汪敬谷霎时愣住了，这大概是他今天唯一没有想到和不在掌控之中的一个意外，禁不住瞪大了眼睛，猛喝道："臭小子，你这话当真？"

汪成旭拔出枪来，手中一转，将枪柄递过："如假包换！你若要罔顾伦理，强娶陶蓝，就先把我毙了！"

已走到门口的陶蓝猛地站住了，微微侧身，轻叹一声："成旭哥，你这是何苦？"

"爱是一个人的事，而爱情是两个人的事。所以，我爱你，与你无关，你就当不知道。"

"可爷知道，你在跟你老子抢女人，你是不是想死？"汪敬谷吼了一句。

"别丧尽天良，你哪只眼睛看见陶蓝是你的女人？小爷抢定了，还是不死不休那种！"汪成旭将手里的枪柄往前一顶，毫不示弱，"来，不服你就毙了我！"

众人顿时惊呆，望着陷入僵局的父子。这一幕如此滑稽，但大家偏偏都笑不出来，反而有一种毛骨悚然的感觉。

"哈哈……"这时，赵宗复意味深长地插了一句，"有意思，这就叫'已识乾坤大，犹怜草木青'。某些人间的美好，正是驱散这人世间冰冷黑暗的一抹阳光，是值得我们每一个人竭尽所能都要去守护的东西。不错，儿子明摆着比老子强百倍，不妨相处试试……"

李度脸色一松，转脸对梁化之和徐端低声说道："长官，我们走。"

四

回到特警处，李度一言不发，不管不顾地将自己关进办公室，顺手反插了房门，任谁敲门都置若罔闻，也不接听任何电话。他需要独处，需要静想，需要在冥思苦想之中让自己平静下来。他在一张床上盘腿打坐，先调匀气息，然后很快陷入沉思之中。

他坚信，如果没有外部因素的干扰和影响，陶蓝是绝不会出此下策的。那么，这个外部因素是什么？不用多加分析就能猜到，一定与赵宗复和他们背后的组织有关系。毫无疑问，能够借此机会调入第13集团军司令部，并成为汪敬谷的贴身秘书，无疑为掌握某些核心机密创造了更为便利的条件。为了组织的利益，适当牺牲成员的利益，这他能理解，但具体到陶蓝，他实在有些无法接受。陶蓝虽然表面上显得沉稳成熟，但说到底不过是一个刚满十六岁的女孩。让一个如花似玉的姑娘在一个如狼似虎的凶汉身边工作，会有多大的风险？即便抛开牺牲色相不谈，仅就收集情报，再把情报传递出来这点来说，这中间的危险唯有生命做担保。

但让他气馁的是，这样的决定似乎是陶蓝自己做出的，是她心甘情愿的选择。这也是他最终放弃了跟汪敬谷当场拼命的原因。为了自己的目标，为了实现理想中那个全新的世界，她甘愿奉献出自己的一切，包括亲情、爱情和生命。这当然是令人敬佩和敬仰的高贵品格，也是信仰和信念的力量。

或许，这就是崇高与卑微的试金石。

他想起了刘鑫，如果换作是刘鑫，他会这样选择吗？

答案是肯定的。甚至再换成刚刚加入那边，思想还略显幼稚、肤浅的阿格布花，同样也会做出如此热血的抉择。那么，一个能让它的成员都变得崇高、伟大的组织，应该是一个有无限魅力的组织……他突然发现，自己很狭隘、很浅薄，对共产党的了解还仅仅局限于《阵中日报》的抹黑里，对这样一个具有极大号召力与感召力的政治组织，其实还一无所知。

认识别人很容易，想要认识自己，认清自己身上的缺点，继而改正不足之处，何其之难。

在不断的思考、比较以及反省之中，他的心情渐渐平复下来。

他下意识地解开上衣，从棉套里摸出那本小册子《论持久战》，打开由他自己包了皮的封面，在扉页上看到了一首手抄的诗词《沁园春·雪》，作者仍是毛泽东。这显然是赵宗复抄录的，不仅记录了这首词的发表时间，还把他自己对这首词的感受附录在扉页的最下角。连续默诵了两三遍，李度便被震撼了。这几乎是他有生以来第一次由衷地、发自肺腑地佩服一个人，或者说是第一次感受到了上乘诗作的莫大魅力。短短的上下两阕，就那么几行汉字，经由那个叫毛泽东的中共领袖之手组合排列，瞬间便构成了一首极富动感、极富韵律、极富激情、极富力量的理想之歌，它像一支艺术化的战斗号角，蓦然间轰开了一扇被阴郁笼罩的窗口，让他看到了一个崭新的、充满生机与希望的世界。他感觉自己通体舒泰，血脉偾张。这首词甚至还激发出他的一丝灵感：一首好诗，不仅有语言的韵律美、思维的形象美、结构的建筑美，甚至还富含了一种心灵上的医学美——它能使一个普通士兵变成勇士，能让一个将军打胜仗。

反复吟诵，直到完全镌刻在心里，他才翻过扉页，开始细读《论持久战》。

此时，他的心里充满了敬畏。一个人的心态变了，人也会自内而外迸发出不一样的神采，就像被打通了任督二脉，一通百通了。

阅读中，他了解到这本小册子著于1938年5月，正式发表于1938年7月。那时候李度还在百川小学堂就读，虽然年龄还小，没有亲临战场，但目睹了太原沦陷的整个过程，之后跟随学校先迁临汾，再迁吉县，颠沛流离之间，对那场大战的残酷也同样感同身受。

七七事变之后，随着日军的大举进攻，中国军队几乎处于节节败退的状态。从山海关到杭州湾，从黄河流域到珠江流域，中国主要的大城市都相继落入日寇手中。徐州会战结束之后，日军势头正盛，兵锋直指武汉，准备向这个位于中南的战略重镇发起进攻。随着日寇的不断推进，许多曾经高喊"抗战到底"的人失去了信心，最典型的例子就是汪精卫。

那时候，面对严酷的时局，几乎每一个中国人都在思考中国的未来和民族的存亡，究竟是"速胜"还是"必亡"，抑或还有其他出路？对此，既无人可以解答，又无人能够说得清楚。《论持久战》的及时发表，解决了这个问题。全书以生动严谨、明白晓畅的文风，将抗战的前途、策略，敌我的优劣、发展态势等诸多难题，分析得鞭辟入里，给出了科学的解答，拨开了笼罩在国人心头的迷雾。这本小册子先是在延安引起轰动，之后迅速传播，大大提振了全国人民坚持抗战的信心。

通过阅读，李度才知道，当时国军高级将领白崇禧提出的"积小胜为大胜，以空间换时间"那句广为流传的口号，其母本居然就是这本《论持久战》。更让李度感到不可思议的是，随着时间的流逝，事实证明了抗日战争的发展轨迹，竟然与毛泽东先生的预判是一致的。经过浴血奋战，中国人民取得了那场战争的最终胜利，这是自鸦片战争以来，中国人第一次对侵略者取得完全胜利，从而也验证了毛泽东先生的远见卓识。李度坚信，这本《论持久战》有朝一日必将进入世界经典军事著作的行列。

他完全沉浸在阅读的愉悦中，似乎进入了一个神奇的境界。

在之后的许多日子里，李度只要有机会遇到陶蓝、刘鑫，甚至赵宗复，就会向他们借阅毛泽东的著作及文章，不论手抄的还是油印的。那种痴迷的状态曾一度引起他们的担忧，生怕他一时不慎，因小失大，暴露了身份，从而给组织和情报工作带来损失。但李度对此格外小心，不光没有发生意外，而且凡是借阅之后再还回来的资料，都得到了格外精心的保护，有破损的地方都一一修补过，还包着书皮。

这样的学习，对他的思想提高，作用无疑是巨大的。从《湖南农民运动考察报告》中，他懂得了中国的根本问题是农民问题。从《中国社会各阶层分析》一文中，他弄清楚了自己是谁。自己就出身于一个旧军人的家庭，长大后又加入了晋绥军，如果继续死心塌地地干下去，就会成为反动派的一分子。他当然不愿意自己成为这样的人，那么，他跟随陶蓝、刘鑫、赵宗复他们走上一条全新的道路就是正确的。

只要有机会，无论在特警处还是警卫团，每当夜深人静的时候，他都会把自己关进屋里，打一盆干干净净的清水，先洗手，再恭敬地摊开毛泽东的文章，一字一句犹如春风化雨，点点滴滴、丝丝缕缕浸入他的心田。每当这时，他的内心就会变得一片纯净，一尘不染。他是发自肺腑地感觉到那个人实在是太伟大了。那个人几乎把人世间的一切事情都看明白了：革命前途、战役指挥、著文作诗、国计民生、工业农业、衣食住行……全都是高屋建瓴，一语中的！他就是从那位中共领袖的身上深刻地了解了共产党，明白了共产党所进行的伟大事业，开始对陶蓝、刘鑫他们憧憬并为之奋斗的新政权、新国度产生了共鸣。他相信那位伟人的话："中国人民将会看见，中国的命运一经操在人民自己的手里，中国就将如太阳升起在东方那样，以自己的辉煌的光焰普照大地，迅速地荡涤反动政府留下的污泥浊水，治好战争的创伤，建设起一个崭新的强盛的名副其实的人民共和国。"

在循序渐进的阅读中，他还学会了分析与概括，了解全局与局部的关系。有意无意地将它们运用于工作生活之中，能够使自己在复杂的情况下，做出正确的判断，把秘密的情报搜集与自己的成长融为一体。当然，他的这种近乎痴迷的状态，与很多年后"文革"中群体非理性行为有着天壤之别。他对毛泽东的崇拜是发自内心的，是不受任何功利左右的。如是，有一天，不，应该说当那一天终于来临的时候，解放军攻城的炮声已经隆隆响起，当他与他的同志们一起被押赴刑场，当一颗罪恶的子弹击穿他的心脏时，在他的意识即将逝去的那一瞬间，最后涌现在他脑海中的竟然是《沁园春·雪》中的诗句："江山如此多娇，引无数英雄竞折腰。"当然，这是后话。

这样忘我的状态持续了一天一夜，直到第二天清晨。李度像经过了一场洗礼，精神焕发，没有一丝疲惫，脸膛甚至还透出一抹红晕。他将小册子重新收回棉套里，跳下床，打开了房门。

于是，看见了全副武装的黑子，正斜靠在门边打盹。

他推醒了黑子，奇怪地问道："你在干吗，别跟我说你在门外待了一夜。"

黑子赶忙站起来，揉揉惺忪的眼睛："快，陶蓝姑娘在蛤蟆尿等你，不见不散。"

"什么时候的事？"

"昨天傍晚。"

"你怎么现在才说，都过去一夜了……"李度顿时有些发急。

"大哥，这不怨我……我一直在敲门，可你一点儿反应都没有。"黑子感到委屈极了。

李度歉意地捏了捏黑子的胳膊："怪我，是我犯魔怔了，咱们走！"

然后他从黑子肩上拿过自己的那支汤姆森，斜挎在肩上。两人下楼，趁着院里无人，开车直奔敦化坊蛤蟆尿。

到了地方，停好车，让黑子留在车里警戒，李度自己走上前去拍响了门环。

打开门的正是陶蓝，一身晋绥军少校军服，细细的腰间扎着武装带，挂着精致的美式勃朗宁佩枪，竟然又是一番异样的风采。一进院门，一只温软细腻的小手便放到他的掌心里：

"哥，你总算来了……你不生我的气了？"

"现在不生了。原本也是我狭隘了，算是关心则乱吧，以后我改。"

"别呀，千万别改。"

"为什么？"

"你猜。"

李度不禁一怔，怎么都爱说这句话……

"哥关心我，相信我，我高兴还来不及呢，所以，不用改。"说完，她顿了顿，又说道："其实，很多时候对与错是很复杂的，有些事情，在你看来是错的，但在别人看来却是对的。因此，从不同的角度去看待同一事物，你就会发现，结果竟截然不同。所以，要辨别对错，还得依靠我们自身。我个人理解，就是一个人心中要有一把正义之尺，用它来衡量对错，来审视自己的用意和良心。"

李度听出了她的弦外之音，不由得看了她一眼。

两人边说边走，来到房门口，陶蓝转过身来，眨眨眼："哥，你闭上眼睛。"

"要干什么？"李度不太习惯这种小孩子游戏，但还是听话服从了。

陶蓝拉着他的手走进屋里，然后轻轻说道："睁开眼睛吧，看看是谁来了？"

他睁开眼睛，刹那间瞪大了——眼前站着一个身穿淡青色棉袍，围着淡红色围脖，显得英姿飒爽的年轻女子，赫然是分别半年之久的姐姐江华！

"姐！"那一瞬间，他觉得心中一暖。

"凤眼儿！哦，半年不见，又长高、长壮了。"江华笑着上下打量他，溺爱地伸手抚摸了一下他的脸颊，"我听说你徒手干掉一个小鬼子，你什么时候学会打架了？"

李度眉毛一挑转向陶蓝："你说的？"

陶蓝眨眨眼："你觉得呢？"

"别乱猜，不是蓝妹，是阿格布花告诉我的。她对你可是很崇拜啊。"江华打趣道。

"崇拜？怎么可能，一见面她就恨不能咬我一口。"

"那是你还不了解她。女孩子的行为，有时候得反向理解。"

江华边说边拉着两人一起坐到沙发上，收敛了笑容，开始面带正色地指点他，说那次的事件其实风险极大，众目睽睽之下杀人，虽然也有预案，但毕竟还留有破绽，很难躲过高人的眼睛。况且，最终迫使阎锡山妥协，收回成命，将所有日本教官都撤回第10总队的原因，并不是因为你干掉了那个日本鬼子，而是轰轰烈烈的群众抗议运动。那是一次由地下党领导的，有组织、有计划的集体行动。

"长大了，就要让自己变得沉稳、成熟，不能靠灵机一动，意气用事。"说到这儿，江华忍不住又笑了。"这点上，你不如蓝妹。她虽然比你小，可比你理性得多。以后做事，要多听蓝妹的。"

"我懂了。"李度看向陶蓝，"以后，我就是你的答应。"

"其实，可以再提高一个级别。"陶蓝眨眨眼笑道。

"那就是常在，虽然只是一级之差，可性质上却是天壤之别。我好像有点儿……德不配位。"

"那就继续努力，先从合格的答应做起。"江华笑着结束了李度的戏谑。

谈话迅速进入正题，问到李度即将赶赴临汾的事情，李度简要地说了一下特警处的目的和临汾特警队的密电。江华点点头，告诉他这边已经向临汾地下党发出了警示，暂时不用担忧。眼下最为重要的是，解放军1兵团即将发起临汾战役，这边有陶蓝，那边也急需内应，如果李度能在这个时候赶赴临汾，将会是一个极好的组合与补充。

李度问什么时候出发合适，江华说当然是越快越好，但出发之前要做好庙堂之算，最大的风险是如何脱身。另外，为了便于联络，这边要派一个人跟着去。蓝妹推荐了刘鑫，你觉得如何？李度点头说没问题，处理和安排一下手头的事，两天后同阿格布尔一起出发。

江华告诉李度，阿格布花已经奉命返回了铁寒寨。如果进展顺利，铁寒寨骑兵团就有可能与他和阿格布尔做配合。

"哥，最好事先做通阿格布尔的工作，以便通过他掌握好这支武装。"陶蓝提醒道。

"我记住了……"李度说完，显得有些局促，"姐，蓝妹，我……我想加入你们。"

陶蓝眨眨眼："你已经加入了呀，莫非你还要……"

"之前那是帮你，纯属私人关系，"李度郑重地道，"我是说，正式的那种。"

"你已经加入了，否则我也不会代表组织来见你。"江华接过来说，"你暂时归属太行军区909情报站，你的上线就是陶蓝。至于一些地下工作的纪律，陶蓝今后会教你。记住，加入了就是有组织的人，要遵守组织纪律，不能再像以前那样随心所欲。"

李度握住了江华和陶蓝的于："相信我，我会好好干！"

有一句话他没说——我知道，我的行动已经走在我的想法前面了。或许，我一直都在被牵着鼻子走，但是只要上了路，我就会小跑，甚至快步如飞！

正说着，在院外担任警戒的黑子突然敲门："长官，汪三少爷和阿格副官来了，我要不要让他们进来？"

"是来接我去第13集团军司令部上班的。"陶蓝说。

李度看向江华。

江华做了个手势："我暂时还不便跟他们见面……你俩先行一步。"

"那好，我和蓝妹就先走了。"李度会意，用力握了握她的手，说，"姐，珍重！"

"你们也是！"

李度和陶蓝来到院子里，刚打开院门，汪成旭就领着阿格布尔冲了进来，嚷嚷道："小度子，又吃独食，你这样可不够意思啊！"

"扯淡，别得了便宜还卖乖。"李度没好气地瞥了他一眼，岔开话头，"你俩来得正好，走吧，先送陶蓝去司令部，之后咱们一起去干点儿正事。"

"正事？接收帽儿巷的院子吗？"汪成旭面露得意，"哼，等你，黄花菜都凉了。"

"他什么意思？"李度看向了阿格布尔。

"昨天，成旭帮我都摆平了，还安顿了冬潮一家子，连做酱醋的家伙什都备齐了。"

"当真？那太好了，"李度惊喜地道，"汪老二没跟你参翅？"

阿格布尔别转脸咧嘴一笑，没吭声。

汪成旭接过来道："开始还咋呼，被小尔子一顿胖揍，立马就尿了。"

"这就叫否极泰来，都是好事。"一旁的陶蓝插了进来，眨眨眼，"成旭哥，干吗还要去司令部？应该找个地方庆贺一下呀……"

汪成旭一拍手忍不住喊道："嘿，小蓝子，你简直就是哥肚子里的蛔虫！就是要来个大庆祝，地点就在帽儿巷小院，清和元的酒菜我都订好了，到点儿就给送过来。怎么样，小度子，你不去顺便验收一下哥的工作成果？前店后厂，看看哥把那小院子拾掇得像不像样子。"

李度点点头。

几个人边说边走出院门，来到车旁。

"你们先去，我回特警处点个卯，咱们中午见。"李度拉住汪成旭耳语几句，然后朝陶蓝做了个手势，让她上汪成旭的车。

目送他们离开之后，留黑子在车上，李度又重新返回屋里。

他想送姐姐一程，却被江华拒绝了，说还有些事情要处理，让他先行离开。

临别之际，江华再次叮嘱，去了临汾之后，在完成任务的同时，一定要事先想好脱身之策，尽量在解放军发起总攻之前撤离临汾。

李度告别了姐姐，回到特警处，先去了徐端办公室，报备临汾之行。之后回到东小楼别动总队，通知蓝猫召集随行小队做好准备，集结待命。忽地，他又想起了保密局特派员那件案子，刚想问，蓝猫就抢先告诉了他，昨天已经把人送到了汪公馆。结果你猜怎么着？汪总司令连问都不问就当场把人放了，也没要案卷材料，看来这个包大头的背景的确不简单。李度闻言不禁有些暗暗吃惊，因为这意味着汪敬谷放过了阎总管和红鲤这条线索。李度又问起监控汪公馆的情况，蓝猫小声说，监控高官是个出力不讨好的苦差事，手下的兄弟们都不愿意干，我推给了二中队。李度想了想说，也罢，推出去也好，多一事不如少一事。

把这些都安排妥当了，才又带着黑子赶回警卫团，立刻秘密召见马大胡子。

调查暗访的结果令人失望：悬瓮山一带根本没有一个叫藏兵洞的地方，也没有什么梳妆楼。见李度神色不虞，马大胡子急忙说，他准备以悬瓮山为中心，再扩大暗访的范围。只要真有这么个地方，他就是拿梳子篦也要把它篦出来。李度皱着眉头想了想，掏出一百大洋递给他，提示他不妨买通当地乡公所的人，让他们帮忙调查暗访。地头蛇总会有些优势，做事活络点，重赏之下必有勇夫。

打发走马大胡子，他又给绥署新闻处刘鑫打电话，刚一接通，刘鑫不等他开腔，就回了一句：一切都已准备停当，随时候命。他知道，这是刘鑫为了保密，故意为之。

临近中午，李度赶到了帽儿巷小院。

整个院子都已修缮一新，完全是前店后厂的样子，短短一天就能完成这样的工程，满意之余李度不禁对汪成旭的办事效率暗感惊讶。大概是看出了他的神情，殷立德凑近悄声告诉他，修缮工程实际上是张然干的，为的是与汪三少爷交好，连修缮费用都自掏腰包了。李度恍然，心里不由得一叹："'二代'就是'二代'，你不服不行。"

这时，汪成旭张罗完了，赶过来，见李度前后院都看完了，便有些沾沾自喜地问道：

"小度子，没你，哥也能干成点事，对吧？"

"不错，兄弟辛苦了。"李度没有点破他，然后问道，"生意是怎么安排的？"

"哈，小尔子简直把你的话当成了圣旨。"汪成旭指点着前院，"梅冬潮牵头、大碗儿管钱、管库和前店的买卖，再雇佣三个工匠，一个厨娘、一个小工，都交给老两口管着，只负责制作，不能碰钱。"

"冬潮牵头？水务局的差事她不干了？"

"怎会，那小娘皮爱慕虚荣，打死她也舍不得丢了那个官差，好歹是张虎皮。她就是应个景儿，遇到出头露面的事情她帮个忙，实际经营都靠大碗儿。"

"好像不妥，大碗儿毕竟年龄还小，又没经验……"

"就知道你有这么一说，哥早谋划好了。"汪成旭的脸上直放光，哈哈一笑，"你还记得石岭关的那个梁营长吗？那家伙打仗不行，可做生意是一把好手。我把他调进了警卫团，又花钱在庶务科给他买了个科长的职位，活儿不多油水可不少，正合他的口味。让他两头跑着，先带小碗儿一程。"

"周到，圆满，这下布尔兄应该放心了。"

"那是，没见他这两天做梦都能笑醒了……说实话，我就是对梅冬潮那个小娘皮看不上眼，偏偏小尔子又是个一根筋，死活不换。我总觉得老二不会消停，没准儿哪天又把她勾引跑了。到时候，哼，小尔子又得哭死。"

"所以，你要常盯着点这儿，别让汪老二来纠缠。"

"尽力吧，我总不能住到这儿，司令部那边我也得盯着，我得保护小蓝子，不能让那老不死的称了心。"

李度听了，不禁用力搂了搂汪成旭的肩膀："谢谢你，真心的！"

"谢就不必了，只要你别把哥想歪就行了。那天，我也是急蒙了，只想着搅和，就那么嚷嚷出来了。还好，刚刚小蓝子也对我说了，你们俩都能明白我的苦心，没把哥哥我想成畜生，我就心满意足了。"说着说着，汪成旭的话里突然充满了落寞，眼神也黯淡下来，但他很快便掩饰过去，推开李度的手，嘻嘻一笑，"小度子，你教我写诗吧？"

李度笑了，一眼就看穿了汪成旭的那点儿鬼心眼子：想跟陶蓝亲近，又碍于李度的关系，想先预设一个由头。他立刻摇头道："跟我学写诗？这你可拜错了佛，不必舍近求远，就让陶蓝教你吧。她是才女，教你写诗再合适不过。"

"记住，这可是你说的，不许反悔。"

正说着，清和元饭庄派人送来了饭菜，霎时，小院热闹起来。

酒足饭饱之后，李度抽空拉着阿格布尔来到耳房，把两天之后赶赴临汾的计划说了一下，并且把阿格布花返回铁寒寨的任务也简略做了说明，同时透露出自己想利用骑兵团在最后撤出的时候打个接应。阿格布尔闻言，嘬着牙花子思忖片刻，然后摇摇头，说布花一个人恐怕难以摆平我阿爹。我今晚就连夜赶回铁寒寨，争取说服阿爹，把骑兵团带出来。

阿格布尔边说边从上衣兜里掏出一张地图，铺展开，指了一个地方："我是这么想的，我把骑兵团秘密驻扎在洪洞县的天井村。这个地方离临汾最近，沿汾河河谷南下，抵达临汾城区不超过十公里，最适合骑兵突袭。只是，两边的协调必须做好，别在秘密等待的时候与中共的围城部队发生冲突。"

"这个不难解决。"李度灵机一动，望着阿格布尔，"你在装备处搞一部电台应该不难，然后让阿格布花掌握，负责双方的联络。我这边也会有专人负责，与布花对接。"

两人商量定了，阿格布尔便立即起身离去，没再跟大家打招呼。

李度又把殷立德叫进了耳房，向他询问殷家堡骑兵团的位置。姐姐江华的再三叮嘱，足以说明事后安全撤出的重要性。他不敢掉以轻心，觉得仅有铁寒寨的就近接应还不够，还应该在撤回太原的途中布置二次接应。殷立德告诉他，殷家堡骑兵团目前按照汪敬谷的指令，驻扎在祁县东观镇，这一安排应当含有随时接应临汾之战的意图。

"你现在对这个骑兵团的掌控力如何？"李度问道。

"我爹娘都听我的，有什么需要你只管说话。"殷立德虽然并不清楚细节，但他一向信任李度，并没有多问，"必要时，我可以亲赴东观指挥。"

"好，我们保持联系。听我的信儿，没准儿还真的需要你辛苦一趟。"李度握了握殷立德的手，"这次我和布尔的临汾之行有很多不确定性，你是我们的第二道保险。"

"放心，我时刻准备着。"殷立德肯定地点点头。

两人说完又重新回到院子里。

当晚，李度将陶蓝送回到蛤蟆尿，然后把自己的安排和计划复述了一遍，得到了陶蓝的肯定。她亮晶晶的眸子里充满了喜悦："哥，你有这几个兄弟真好！"

"虽然都是'二代'，"李度点点头，感慨地道，"但都是有血性的人，团结好了，将来都会立大功。"

接下来，陶蓝就自己掌握的军情给李度做了介绍。

人民解放军收复运城之后，临汾已成为晋南的一个孤立据点。经过近三个月的休整，各部队进一步迫近临汾外围。2月19日，司令员徐向前在给西柏坡中央军委的报告中表示，临汾守敌兵力虽多，但蒋阎军内部矛盾甚深，派系复杂，指挥不统一，战斗力一般不强，我攻下运城后，均极恐慌，且城大不利防守，只要我们准备周密，攻克不成问题。这表明了徐司令员对战役的必胜信念，与战前准备工作的细致周密。参战部队于2月下旬相继抵达翼城，整编为第8纵队、第13纵队、太岳军区部队共五万多人的野战兵团。同时，军委又电令太行军区、吕梁军区部队协同作战。

基本部署为：以1兵团8纵24旅前突至浮山、大阳以西地区；太岳军区1部位于洪洞、赵城以东地区，控制同蒲路东侧；以吕梁军区指挥的西北野战军7纵独立第3、第7旅隐蔽于汾西地区，控制同蒲路西侧。主力集结翼城、曲沃一带，如敌逃窜，即以东侧两旅占领要点，阻击敌人于赵城以南地区，西侧两旅截击从汾河西岸北逃的敌人，并迟滞南下接援的敌人。为不过早暴露行动意图，在战斗打响时，主力部队方可以一天半急行军北上投入战斗。如敌固守不动，各部即隐蔽集训待机。

"一句话，同蒲路以北是故意留出的一个口子，战斗打响后即会封口。"

"懂了，先是欲擒故纵，以逸待劳，接着就是关门打狗。"李度深以为然。

"徐司令员的计划中，还含有围点打援意图。所以，阎锡山原计划让11军55师偷偷增援临汾，行进至介休，就被吓得缩了回来。"陶蓝补充道。

不难看出，如此部署其意义有二。一是在战役中学习攻坚，展开训练，于攻坚中实现战役意图，提高部队的普遍战斗素质，从而将部队锻炼成一支既善于野战，也善于攻坚、善于巷战的各有所长的集成队伍，作战起来就会得心应手更富有力量。二是在攻城略地的同时，将战术与技术、勇敢与智慧相结合，干部侧重掌握战术，士兵侧重学习技术，两者相融，将会取得非同寻常的成果，也就是一加一大于二的协同效应。这是一个杰出将领带兵的最高境界，在晋绥军中就很难看到，或者说很难产生这样的帅才。除此之外，李度甚至还联想到了整个战役的巨大价值。它不仅仅会影响山西一省，还将有力地配合西北和黄河以南一带的部队作战态势。对中共一方而言，临汾一旦攻克，晋南就再无守敌，晋冀鲁豫军区就可与晋绥和西北连成一片。对国民党、阎锡山的晋绥军而言，这无疑是敲响了最终败亡的丧钟。

两天后，李度带着蓝猫小队乘坐火车奔赴临汾。李度身边有黑子，还有以警卫团特务营联络官身份为掩护的刘鑫——当然，带着他的秘密电台。蓝猫知道李度两头跨的身份，行动中有警卫团的人也很正常，所以见了刘鑫十分客气，不疑有他。

顺利到达临汾，进城后李度依照程序，先拜访了守备司令梁培璜。

梁培璜，保定军官学校毕业，曾是汪敬谷的部下，后因军功调任晋绥军第66师师长，抗战胜利后调任晋绥军第6集团军副司令官、晋南守备总指挥，也算是晋绥军中较有作战经验，能够独当一面的将领。但大战前的奔波操劳已经使他心力交瘁、疲惫不堪。见了李度，梁培璜显得颇为有气无力，只告诉他放手行动，一定要尽早肃清城内的中共分子，对别动总队和临汾特警队的行动，守备各部队一路绿灯。

蓝猫小队则由临汾特警队引导，接连几次出击，都一无所获，气得蓝猫大发雷霆，指着特警队队长的鼻子破口大骂。李度自然明白其中的玄机，不动声色，并很快与赶到临汾的阿格布尔取得联系，暗中开展情报搜集工作。

送出去的第一个情报，就是胡宗南30旅乘机南逃的计划。

1948年，西北战场发生突变，胡宗南的嫡系主力，整编29军军长刘戡亲率两个整编师驰援宜川，结果连同守军的一个旅都被中共西北野战军全部歼灭，三万余人无一漏网。刘戡本人绝望之余当场引爆手榴弹，自杀身亡。顿时胡宗南慌了手脚，再也不顾蒋介石的严令，也不顾阎锡山的再三恳求，直接花重金雇用美国飞机想利用空运将他的30旅撤回西安。

解放军第1兵团收到情报后，徐向前司令员当机立断，立即发布命令，同时电告西柏坡中央军委，更改计划，提前打响临汾战役。

3月7日清晨，解放军第8纵队24旅及时打响了抢占尧庙宫机场的战斗。当时，美国飞虎队的十架飞机已经降落，30旅的官兵正在列队等候登机。埋伏在机场南面的解放军战士，在信号弹的闪光中突然猛烈开火，两架敌机被击中，其余八架没等停稳又慌忙滑行起飞了。未及登机的官兵只得重新撤回城里，导致胡宗南的空运计划最终破产。

早春的寒意仍像利刃一般。

本已冻僵的"卧牛"一下又被紧紧束缚起来，守备司令梁培璜叫苦不迭。

第八章

一

转眼一个月过去，蓝猫小队跟着临汾特警队连续出动了十多次，都无功而返。蓝猫除了把县特警队长骂得狗血淋头外也一筹莫展，带着焦虑的心情找李度商讨对策——来临汾一趟，一个中共地下党组织也未能破获，等于没有业绩，回去不好交代呀。

李度想了想，指点道："既然增量办不了，不妨在存量上动动脑筋。"

增量？存量？那是什么鬼？蓝猫一脸蒙，没弄明白。

李白哂然一笑，说道："你去把临汾特警队已经关在监狱里的政治犯都挨个重新甄别一遍，一定会有意想不到的收获。"

"您是说，借鸡下蛋？对呀，卑职确实是笨得要命！"蓝猫恍然大悟，忙跑去找临汾特警队队长。他打算先调阅每一个政治犯的案卷。

这段时间，李度有意避开蓝猫的行动，而以视察为名，把主要精力都放在了临汾城防的构架上。由于身边有阿格布尔陪着，他甚至进入了城防工事的最核心部分。当然，他的重点是那些新增加的设施和装备。一个多月跑下来，他不仅了解了梁培璜的守城意图，也对孙楚有了新的看法，心里沉甸甸的。

梁培璜的基本攻防策略为三层立体战——地下战、地面战、城上战，三层平面战——外壕战、城墙战、城内战，并由此立体交叉组成十字阵形战。虽然倚仗了城内外的地势，还凭借了日本人旧有的工事，但如此构想，却把地形与军事工程融合得十分到位。孙楚的介入，使他如虎添翼，更是强化与突出了这一构想，用成百吨的钢筋水泥和花样翻新的设计，将城内城外的防御阵地连为一体，从而显得坚固无比，向攻城者提出了挑战。临汾俗称"卧牛城"，就是缘于城内的地势高，城外的地势低，而环绕的城墙就建筑于大土丘上，又高又厚。墙高15米，上宽10米，基宽25米。要塞东关亦有城墙，规模仅次于老城。利用原日军城防工事的基础，进一步扩建延展，由堑壕、坑道、碉堡群构筑成多个据点，形成多层防御。

李度粗略计算了一下，仅大规模的据点就有六个。一、城外据点。城南尧庙据点主要是防守飞机场和城南一线；车站据点，是为了拱卫东关要塞，前突的电灯公司据点则是东关要塞的一个前进阵地；城北的郭家庄，仍是利用较高的地势，修筑了护卫城北一线的外围碉堡群；城西据点紧接汾河右岸，凭河据险，横挡汾河渡口，且居高临下，即使配以中等强度的火力，攻城者也绝难靠近。二、环城据点。以27座碉堡组成，三碉为一组，呈品字形构筑，每组有一座大型主碉。环城据点大都距城墙50米至80米之间，与城墙上的防御工事形成侧击互为掩护。三、城壕据点。利用旧城的护城河沟，加深、加宽、加固，修成深20米、宽30米的护城外壕，距城墙20米，足以让守城官兵的手榴弹，能够毫不费力地投到壕沟外沿。四、立体据点。孙楚还灵机一动，利用古城墙，构筑了上、中、下三层火力点——在城墙四角和四个城楼上，分别以火炮、轻重机枪、火焰喷射器等多种武器形成火网。五、城内据点。于鼓楼以东拆除大片民房，掘出一条宽5米深4米的内壕，壕沟内外皆筑有步兵掩体，每隔50米设一地堡。六、地道工事。梁培璜汲取了运城被解放军坑道破城的教训，从城壕底部向内挖掘10米的纵深地道，地道顶部分左右横道，埋设大瓮，供专人监听，企图用爆破的方式，破坏攻方的坑道战术。

由66师防守东关要塞和电灯公司据点，师长徐其昌亲自坐镇。胡宗南部33旅的两个团分守南、北两线，城西据点则交给了地方保安团。两个补训团以及逃到临汾的14个流亡县政府所属的还乡团、保警队等5个团，跟随梁培璜镇守城内的鼓楼据点群。守城总兵力，合计约两万五千人。

阿格布尔摸清情况之后，显得有些忧心，闷声道："66师由傅作义的35军103师12团改编扩建而来，参加过忻口会战和太原保卫战，擅长防守，加上梁培璜的经验和孙楚的刁钻，中共攻城的难度不小啊！"

李度表面上不置可否，可内心是认同这种观点的。

所以，在缩写、密写这些情报的时候，他有意记录得尽可能详尽一些，甚至还配上了图标，将各据点的等高线都精确标明了。

当李度把密写好的情报交给刘鑫的时候，刘鑫很震惊，因为如此详尽的情报对解放军即将发起的战斗无疑是及时而又价值巨大。只是，这样复杂的情报用电台无法详尽表述。最后决定，等自己用电台联络好之后，再将情报亲自送出去。

"好，我送你从西关出城。如果战况紧急、激烈，你就不必再返回了。"李度说。

"不，没了电台联络，到时候你怎么撤出？不论多难，我还是要回来！"

"我是说，战场瞬息万变，谁也无法预计，你不必太拘泥……至于我这儿，总会有办法的。别忘了，我已经备好了一个骑兵团专门接应。"

刘鑫死活不肯："一起出来就必须一起回去！你若出了意外，陶蓝妹妹会哭死，我也无颜再见她……再想想，你一定会想出一个万全之策的，我相信你。"

李度无奈，只好跑到城防司令部找梁培璜，以特警处出城侦查为名，为刘鑫办了一张特别通行证，交给刘鑫藏好了，然后从西关将刘鑫送出关卡。他们约定两天之后仍从西关返回，由黑子开车接应。

刚回到住处，就见蓝猫兴冲冲地推门跑进来，手里还拿着一个卷宗：

"李队长，成了，还真的弄出条大鱼，有个家伙要投诚！"

一边说一边将手中的那个卷宗呈上。

"投诚，那得看他到底是不是真的共党？"李度心里一动，接过卷宗一边翻着，一边似是而非地自言自语地道，"别弄了个假货，到时候丢人可就丢大发了。"

"真货，十足的真金！"蓝猫搓着双手强调道，"他从延安来，说是中共陕西省委的特委书记，要秘密赶赴太原，在临汾接头时出了差错，而被县特警队抓了。"

"如此，那这里面的东西就都是假的了。"李度扔开了卷宗，略带狐疑地望着蓝猫，"说明在这之前他已经成功地糊弄过了临汾特警队，并没有完全暴露，你是怎么甄别出来的？"

"简单，挨个过堂，大刑伺候，不招就是个死。反正，死在重刑之下跟执行枪决也没啥区别。"蓝猫显得兴奋异常，经验也很老到，"提审了十个，有五个没审完就死了，四个半死不活。这家伙是最后一个，一开始骨头挺硬，几乎扛过了所有的刑具。后来弟兄们就扒了裤子打屁股，然后给他贴麻纸，才贴到第三层，他就扛不住了。没想到，还真是条大鱼！"

"现在人在哪儿？"

"还在审讯室。那家伙说，真正的秘密，他只能跟高层交代……反水的中共分子，一般都是这样，他们都会讨价还价。"

"走，咱们去瞧瞧，别让人家给蒙了！"李度站了起来，临出门又压低嗓音问道，"到现在为止，这件事都有谁知道？"

"我，县特警队长，还有咱们小队两个行刑的兄弟。"

"封锁消息，暂时就限于这个范围。保守好秘密，这头功才能是兄弟你的。"

"明白了，多谢李队长关照！"蓝猫恍然，忙连声道谢。

来到审讯室里，昏暗阴森的灯光下，一个瘦削、颀长、浑身血污的人，双臂展开，被绑在刑柱上，蓄着长发的脑袋无力地向下耷拉着。李度上前伸手抬起了对方的下巴。有点出乎意料，李度看见的居然是一张年轻而又清秀的脸庞，虽然有些苍白，沾了点血迹，但光滑的额头、丰润的两颊，都表明他此前的生活非常优渥。

那人也睁开眼皮与李度对视了一眼，目光中有一丝嚣张和傲慢。

"你就是高层？怎么才是个中校？"

"我的军衔关你屁事。"李度放开了他的下巴，冷哼了一声，"你只需知道，你的命就掌握在我的手里。有什么要跟我说的，就老老实实地说，不说就是个死！"

"折腾了我这么长时间，我得歇会儿，喘口气。"

李度挥挥手，一旁负责行刑的两个别动队员将他解开，摁在了一张椅子上。他先是大口喘着气，平复了，然后对李度说："烦劳长官，请把我的上衣拿过来。"李度点点头，一个别动队员将他的上衣抖搂了一下后递给了他。他从衣兜里摸出一只小盒子，打开，伸出细长的手指从小盒子里面拈出两个小药片放进嘴里，喉结上下抽动一下，将药片艰难地吞了下去，自嘲道："在下身体一向孱弱，需要阿司匹林和维C补补。"之后，又从裤兜里摸出一面小圆镜和一块手帕，照着镜子无比细致地将自己脸上的血迹、污渍擦干净，再整理好长发，把长发甩到脑后，这才抬头望向了坐在审讯台后面、一直静静地看着他的李度。

"我的真名叫张静农，代号画家，陕西宝鸡人，今年36岁。我毕业于莫斯科中央共产主义大学，上个月回国，我此行的最终目的地是西柏坡，临汾、太原都只是路过而已。"

一旁的蓝猫刚要记录，被李度伸手拦住了："不必做笔录。"然后扭脸扫了一下审讯室："你们都出去！"

两个别动队员立刻转身离去，县特警队长稍作犹豫，看了看蓝猫的脸色，也跟着站了起来走出门去。

李度对蓝猫小声道："事后要让他再重新写下来。"

蓝猫点点头，放下了手里的钢笔。

"西柏坡？那是中共首脑的所在地，你去那儿干什么？"李度转向了张静农。

"知道王明吗？"

"王明？"李度说，"不知道，也从未听说过这个名字，是个很重要的人物吗？"

张静农甩了一下长发，脸上露出一丝睥睨："王明是我的同窗学长，受到过斯大林的接见。我去西柏坡就是要与他会面。"

"你来临汾的任务？"

"传达、宣传、鼓动，按程序他们下一步护送我去太原，完成同样的任务之后再由太原地下党护送我到太行军区，再去西柏坡。老实说，如果他们听我的话，你们根本就抓不到我。"

"哦，什么意思？你好像对你们的人有点儿怨气？"李度有点儿忍不住好奇。

"在延安，我就一再要求要低调，不必一路护送，我自己就可以靠作画、卖画暗中抵达西柏坡。而且这样能省去无数个中间环节，安全性会大大提高。可他们头脑僵化刻板，非要按程序一站一站地护送。可到了临汾，护送的人完成了联络就把我一个人留在了旅馆里，等当地人接头，结果……哼！"

"这么说，你真的是个画家？"

"当然，还是个有成就的大画家！徐悲鸿知道吗？那是我的恩师，我最初在法国留学的时候，他亲自教导过我。我的画作在法国拍卖出的价格，甚至超过了我的恩师数倍。"

"那你不好好当你的画家，怎么变成了共产党？"

"这个嘛……唉，说来话长。在法国，我爱上了一个苏联姑娘，就跟着她去了莫斯科，于是就接触到了布尔什维克，就有了信仰，有了主义……其实，我并不怕死，也不怕严刑拷打，我的布尔什维克信念始终坚定无比。"

"放屁！麻纸才糊了三层就反了，还要往脸上贴金……"蓝猫忍不住骂了一句。

"你才放屁！"张静农光滑的脸颊涨成了紫色，愤怒道，"有你们这样野蛮无理的吗？拷打也就罢了，竟然还要用擦屁股的手纸一层一层往人家脸上糊，人家只是受不了这种侮辱而已，况且，我跟你说什么了吗？我绝不会跟你说一句真话，就算要说，也只跟这位长官说。"

李度忙制止了蓝猫："为什么只跟我说？"

"因为你很诚恳，我觉得你还像个文明的人。"

"那个姑娘呢，就是你爱上的那个苏联女人，她是共产党吗？"李度问道。

"是，她是乌克兰人，叫娜塔莉亚，漂亮聪慧，绘画天分极高，接受过严格的契卡组织的训练，也是个坚定的布尔什维克人。"

"后来呢，她是不是甩了你？"李度追问道。

"没有，我们一直深深地相爱着，但她后来牺牲在对德作战的战场上。就在那时，或者说从那时候起，我加入了共产国际，同样也接受了契卡训练，成为一名光荣的布尔什维克战士。"他用细长的手指捋了捋披在肩上的长发，眼眸中有一汪眷恋在闪烁。

"那么，你现在反水投诚了，岂不是背叛了你深爱的那个娜塔莉亚？"

"不，你错了。相爱就是希望对方获得更长久的幸福。地不长无名之草，天不生无用之人，天地间每一个人，都有权利去追求自己想要的生活，任何人，甚至是上帝都不能干预。就像我画了一个人，你一定会问我这个人处于什么世界？我的回答是虚真。同样，我们现在所处的世界对画中人而言，也是个虚真的世界。虚真是个佛学术语，讲的是境界，求索的是一种纯粹的精神上的顿悟，懂了吗？这次的经历让我顿悟了自己是个什么样的人，还是那句话，我不怕死，也不畏惧严刑拷打，但我受不了侮辱。你们的人实在太野蛮了，各种侮辱手段无所不用其极。我不想干了，我想退出，我想重新干我的画家本行。就算娜塔莉亚还活着，她也一定能理解，能接受。她绝不会强迫我干我不愿意的事……可，这跟本案有关系吗？"

"没关系，你可以不回答，好奇而已。"李度笑了，然后回到正题，"说说，你能为我们做什么？"

"以我的身份，我有权召唤任何一个地方的地下党组织的负责人见面，至少，临汾、太原两地完全没有问题。"

"意思是，我们可以把你当作诱饵，钓出大鱼来？"

"不错。"

"可你已经被捕了，别跟我说他们不知道，就算我们把你放出去，他们会上钩吗？"

"被捕不重要，重要的是我是否暴露了，是否反水投诚了。所以，之后的计划和行动，你们必须要听从我、配合我。临行前，针对各种意外，我们也制定了预案。"

"什么预案？"

"你要这样聊天，我们就没的聊了。"张静农一摆头，将长发甩到了脑后。

"懂了，"李度点点头，"说说你的条件。"

"先请我喝一杯咖啡。"

"老子给你喝尿、吃屎！"蓝猫大怒，忍不住拍了一下桌子，"你他妈的以为你是谁？"

没让蓝猫继续发威，李度立刻把话头接了过来：

"可以，不过我们这儿的人大部分都没有喝咖啡的习惯，你得有点儿耐心。"李度淡淡一笑，扭脸对蓝猫吩咐道，"去吧，辛苦一趟，派人出去给他找找。另外，顺便再找些国画颜料和宣纸来，既然是徐悲鸿的弟子，画技应该不错，咱们也开开眼。"

"我的作画工具全被你们扣了，照单拿来就行。外面买来的蹩脚玩意儿，我是从不用的。"

"照他说的去做。"

蓝猫瞪了张静农一眼，气咻咻地转身走出审讯室。

至此，李度基本可以确定，这个张静农的确是个中共上层人物，并且还是个即将叛变的叛徒。庆幸的是，他与临汾、太原的地下党没有直接联系，只要他没了诱饵的价值，钓鱼的可能性也就不存在了。眼下，刘鑫不在，没法与陶蓝取得联系，电话又不安全，也没时间和条件上报组织，进行核实与甄别，只能随机应变，当机立断了。

"等咖啡的这点时间，不算审讯，就当是私人聊天吧。"李度站起来，掏出烟盒，走到张静农面前，递给他一支，再点燃，"如果咱们先在临汾钓鱼，你计划怎么干？"

"很简单，"张静农深深地吸了口烟卷，再喷出来，"把我放出去，让我自由行动，我会物色一处合适的场所，再在当地报纸上刊登出举办画展的广告，就会有人来与我接头。我自然会提前通知你们，让你们提前布局。除了最后一个环节，全程不能有你们的人介入，不能跟踪，也不必保护，就让我一个人去运作。只有这样，才能完成他们对我的甄别，才有可能与我接头。"

"那，我们之间如何联络？"

"你们是专业特工，相应的工具设备应该不少。当然，也可以采用最原始的手段，比如信鸽。"说着，他丢掉了烟蒂，清秀的脸上现出一丝狡黠，"这些你没的选，至少我们有一个共同目标：成功钓鱼。所以，你只能选择信任我。你不用担心我会趁机逃跑，我既然选择了退出，就要为以后过体面的日子做准备，而要想过上体面的日子，离不开你们的回报，那可是建立在我后面提出的条件的基础上的。"

"这就是苏共契卡教给你的专业技能？"

"算是吧，再加一点儿自我保护的直觉。"

"可是，你的落脚点总得让我们知道吧？即使是只告诉我一个人……这点，你好像也没的选。"李度走回到审讯台后面坐下。

张静农想了想，用细长白皙的手指捋了捋长发，最后点点头道："好吧，就只告诉你一个人。但你切记不要自作聪明，暗中派人监视我，跟踪我，否则就会竹篮打水一场空——我的落脚点，就是陕西会馆。我准备开画展的地方是离会馆不远的尧庙宫。"

"为什么是陕西会馆？"李度的眉头皱了起来，那儿离机场实在是太近了。

"因为我是陕西人，住到那里就会像水一样与整个会馆融在一起。"

理由无懈可击，此人看似幼稚，其实还是有点心机的。

这时，蓝猫端着一杯热气腾腾的咖啡，拎着一只手提箱走了进来。

县特警队长也尾随而至，这次李度没有驱赶。

张静农站起来，端着咖啡转过身去，一边慢慢地呷着，一边扫视着自己刚刚体验过的一排排刑具，似乎若有所思。

"怎么样？对这些刑具有何感想？"李度不经意地问着，顺手地将审讯台腾了出来。

"喊，小儿科。"张静农转过身来，"你们并不了解共产党人，或者说不了解信仰和信念对人的激励作用。即使是我，也不惧这些刑具带来的皮肉之苦，让我意志力崩溃的不是刑具，而是你手下的卑鄙和无耻！特工也是军人，军人也是要讲文明的，有点军人的素质好不好？可他们……你知道吗？众目睽睽之下，他们居然要扒我的裤子打屁股，侮辱性极强，简直是……简直是……"

"有辱斯文！是可忍孰不可忍！"李度接过了话头，"他们没读过书，都是粗人，还希望你不要介意。咖啡喝完了，先露一手，让他们见识一下大师的风采？"

张静农将空杯还给李度，一瘸一拐地走到台前，十分熟稔地打开手提箱，将里面的笔墨、颜料和宣纸拿出来，一一放在桌面上，看一眼李度，点点头："长官与我一见如故，这幅画就送给长官。记住，一定要收藏好，有一天你落魄了，它没准儿能救你于水火之中。"

一边说着，一边用细长而白皙的手指抓起了画笔。

笔走龙蛇，仿佛在一瞬之间，水、墨、各种颜料便跃然纸上，展现出一派高山流水的意象，一股厚重而又轻灵的气息，横扫而出。娴熟的笔法，妙到毫巅的皴、搓和令人眼花缭乱的炫技，无一不显示出深厚的功底与超出常人的绘画天分。李度发现，色彩纷呈之中，不仅有国画颜料，甚至还夹杂着油画颜料——在宣纸上画油画？闻所未闻！玄机一定在纸上，这肯定不是市面上的普通宣纸，而是经过特殊配方重新加工过的专用纸张，不仅能经得住水泡，还能耐油浸。换句话说，这个张静农不仅是个画家，还是个出色的材料制作大师。他所用的纸张、颜料都经过了自己的改良和加工。难怪他坚决不愿使用市场上买来的大路货。

很快，在崇山峻岭之上，出现了一只栩栩如生的仙鹤，欲要乘风归去，引得县特警队长一声惊呼："这鸟儿，跟真的一样，就像要飞出来了……"被蓝猫瞪了一眼，低喝道："闭嘴！真是个土包子，不过是一种意境而已。当年咱们山西画家董其昌的画，能以虚化实，自成世界，那才是画术的最高境界。就他，差远了。"

像回应，又像迎面一记耳光，张静农的笔下，在山水仙鹤的背景烘托之中，近景里竟突然出现了一个美男子。他面对远山眺望，玉树临风，剑眉星目，些许书卷气中又隐含了坚毅睿智的神采，让人看一眼，就很难忘怀。

看到画中的男子，蓝猫和县特警队长的脸上顿时都露出了怪异之色。

"这，这不是李队长吗？"

"队长，想不到这屎杂脑，居然把您画进了画里！哈，这马屁拍的……"

李度的脸上没有任何表情，但内心却泛起了波澜。

倒不是因为他把自己画进了画里，并且还画得英俊挺拔、超凡脱俗；而是惊异于他的艺术创造能力。当初，在军校的时候，李度为了出色完成图上作业的科目，也对绘画有过接触，虽然不过是浅尝辄止，但好坏还是能鉴别出来的。张静农明显是融合了传统国画技法与西方油画技巧，前者浓淡相宜，彰显意境的悠远，而后者则巧借油画颜料的堆填，增强了画中形象的立体感，以强化视觉的冲击力，从而实现了画作整体上的创新与拓展。不愧是名师出高徒，徐悲鸿的弟子还真有两下子。他的确是一个天赋极高的绘画天才……可惜，他就要死了！

在落款上加盖完自己的印鉴，整幅画作就算完成了。

张静农潇洒地将长发甩向脑后，对着手里的印章吹了口气，说道："知道吗？每次作完一幅画，就像跟自己心爱的女人刚做完爱一样，那感觉真是爽到了骨子里！"

"如果不把我当模特，那就更爽了。不管怎么说，的确是一幅精品。"李度由衷地赞美道。

"长官过奖了，身上挂彩，比以往还是差了很多，勉强能够算得上中品。"他将桌上的东西有条不紊地收进手提箱里，然后转脸瞪了蓝猫他俩一眼，"都是拜你们所赐，人渣！"

李度赶忙用手势制止了蓝猫的暴怒，让张静农重新落座："谈谈你的条件吧。"

"很简单，我帮你们在临汾、太原两地钓鱼，事成之后，你们必须答应我以下三点：第一，我要黄金一千两；第二，帮我制作一套新的身份证件，再订购一张飞往广州的机票。我得转道香港，再去国外，才能过隐姓埋名的日子。第三，在飞往广州之前，你们必须保证我的生命安全，但不能过分限制我的人身自由。"

"一个阶下囚，还敢这么嚣张？"蓝猫冷哼了一声。

"嚣张自有嚣张的道理。这方面，你的长官就比你明智，足见你是个白痴。"张静农嘴角朝上弯着，一副盛气凌人的样子。

李度点点头道："第二、第三条，我现在就可以答应你。至于第一条，开价高了点儿，我做不了主，对半吧，五百两！"

"八百两，我可是拿命来赌的，不能再低了。"

"六百两，这是我的权力上限，不能再高了。"

"七百两。"

"六百五十两。"

"好吧，长官关照我，我就再让一步，成交！"张静农的脸上露出了一丝委屈。

李度转向县特警队长道："你带他下去吧，换间客房，再找个军医给他把伤治好……"

"不，不能疗伤，就这样带着伤出去才能让人相信。"张静农坚持道。

"也好，就听你的。"李度一副无所谓的表情，"不过你刚受过刑，缓口气吧，天黑以前放你出去，自由行动，开始你的计划。至于行动细节，待会儿蓝队长会去找你商定。"

见张静农应允了，县特警队长才谦恭地将他带了出去。

蓝猫仍有些怒气未平："队长，都听他的，咱们岂不是大撒把了？万一……"

李度摇摇头道："他不会跑。你没发现？他跟其他的共产党不一样，嘴上信仰、信念嚷嚷得震天响，可骨子里这两样东西他都没有。看来，咖啡面包根本喂不出硬骨头来。他是怕了，是真心不想干了，想偷偷金盆洗手，而那只金盆在我们手里，得不到金盆他是不会离开的。等一会儿，你带些精致的糕点去看看他，让他把自供状写出来，还要把他如何协助我们钓鱼的大致想法也写进去，再用我的这只相机拍下来，再交给我，包括这幅画，好歹也是个顶级的画家，打一回交道，也算是个念想。"

"那这幅画，您要收着吗？还别说，这家伙作画还是有两把刷子的。"蓝猫的眼睛里流出一点儿贪婪。

"你要喜欢就给你吧，但不许卖，上面可有老子的肖像。"

"那不能够，我收藏着，好日日参见队长的倩影……队长，说实话，平时不注意，您这一入画，我才发现，您还真是个英俊小生，长得英姿飒爽的。"

李度淡然地笑笑，从兜里摸出一架微型相机递给蓝猫："行了，你去忙吧。记住，他也是个老特工，跟他商议的时候尽量都听他的，这人好面子，你顺着他点儿。"

蓝猫显然气已经消了，咧嘴一笑："狗屁老特工，就是一个死要面子活受罪的尻包！说实话，办完事，我还真要找个茬脱下他的裤子，好好揍一顿他的白屁股……"

"错，脸白不一定屁股也白。你犯了想当然的错误。"

"是，是。"蓝猫嬉笑着连连点头，然后收了画喜滋滋地离开了。

李度未动身，独自坐在桌前点燃一支烟思索起来。钓鱼？休想！哼，不论是真是假，这个计划都是万万不能实施的，关键是既要除掉这个叛徒，又不能留下把柄，还得干净地脱身。一支烟抽完，一个大胆的计划也就此产生。

李度迅速离开审讯室，回到自己的住处，立刻叫上黑子，开车来到鼓楼街城防司令部，走进阿格布尔的办公室。

阿格布尔满脸愁容，正晃动着高大的身躯在屋里踱步。一见李度来了，他顿时松了口气紧紧拉住了李度的手："正想去找你，太原那边出事了……"

李度一惊："出什么事了？是陶蓝吗？"

"不，不，陶蓝没事，是冬潮的爹娘。"阿格布尔急忙摆手，"唉，那俩老人真不是省油的灯，给酱醋坊惹出乱子了。"

李度松了口气："是大碗儿没管住钱？"

"大碗儿管住了做生意的钱，可管不住老两口借外面的钱。刚才成旭来电话，说老两口在烟馆赊账，欠了一大笔钱，烟馆逼债打上了门……最后，全靠成旭出面才摆平。成旭担心管不住老人，这样的事情可能还会发生。"

当然还会发生，而且会愈演愈烈。令人沮丧的是，面对这样的境况谁也无能为力。别说阿格布尔不在太原，就算在，又能把这样的老人怎么样呢？

阿格布尔见李度沉默不语，也只好长叹一声，拉着李度坐了下来："不说这些了，听天由命吧……你来这儿，有什么事吗？"

"有事，而且还迫在眉睫。"李度点点头。

"说，需要我做什么？"

李度没让黑子回避，经过多次生死考验，已经完全信任他了。

"抓了个中共地下党，没经受住审讯，叛变了，今夜不除，后患无穷！"说完，李度凑到阿格布尔的耳边，低语了好一阵儿，才最后说道："时间紧迫，要完成这个计划，需要你的人跟我打配合。"

阿格布尔略一思索，无声地笑了："不错，你这计划就是个连环计，先是调虎离山，接着瓮中捉鳖，最后金蝉脱壳，妙啊！"

"所以，需要有人跑一趟天井村。你要能去最好，我省心；你要是脱不了身，就只能让黑子去，你授权。不需要很多人，带一支精干的骑兵小分队即可。"

"没问题，还是我亲自去，我可以立刻动身。"

"很好！你现在就动身到洪洞天井村，再带人奔赴赵城完成突袭，最快需要多长时间？"

"我开车去洪洞大约半个小时，带骑兵分队至赵城县城二十分钟，加上小分队化装，赶到赵城还需要稍作侦查，再发起突袭……就按两个小时来约定吧。"

李度闻言点点头，转向黑子："从现在起，你就盯在这儿，看见墙上的挂钟了吗？现在是下午5点20分，7点20分的时候，你给县特警队打第一个电话，就说赵城特警队受到袭击，需要临汾火速支援。10分钟之后，也就是7点30分，你再打第二个电话，通知我立刻赶赴城防司令部参加紧急军事会议。两个电话打完之后，你开我的车，赶到尧庙陕西会馆后院的巷口待命。记住了吗？"

黑子默诵了一遍，点点头："记住了。"

黑子留下，李度和阿格布尔分别匆匆离去。

二

汪成旭赶到帽儿巷酱醋坊的时候，烟馆的一伙儿打手正要抄家抵债，被恼怒的汪成旭三拳两脚都打趴下了："砸明火吗？瞎了你们的狗眼！"

一个领头的恶汉勉强爬起来，冷声道："汪三少爷，欠债还钱，天经地义……你就算把我们都揍了，那俩老家伙欠的钱也必须还上。你不妨打听一下，街面上，校尉营烟馆鼎鼎大名，是特警处五五商行的产业，我家主人也不是好相与的。"

"他欠你们多少钱？"汪成旭一听居然与特警处有关联，便感到十分头疼。

"本利加起来，一共一万两千八百块大洋。"

汪成旭看向一旁猥琐的梅父梅母，两人点头，显得有些诚惶诚恐。

"旭哥哥，不能还钱，"大碗儿见汪成旭掏出了银票，赶忙阻拦，"总由着我爹我娘这么闹腾，咱这店也不用再开了……索性让他们把两人拘了去，爱咋咋的！"

梅父不乐意了，上前扯着嗓子吼一声："你这死丫头，怎么说话哪？没了我和你娘，谁给你做醋？我可是你亲爹！"

"哼，你还好意思说，"大碗儿忍不住恨恨连声道，"就咱们赚的那点醋钱，还不够还你们的欠债！不戒烟，咱这店索性关门，一大家子就跟着你俩一起饿死，也省得连累布尔大哥和成旭大哥把老本儿赔进去。"

汪成旭不想再纠缠，把手里的银票塞给大碗儿："去，兑了，赶紧把他们打发走，总这么闹你还做屁的生意。"

大碗儿无奈，只好朝那伙儿打手喊一声，然后带着众人走向前店。

梅父走上前觍着脸一拱手，咧嘴笑道："多谢汪三少爷，小老儿这厢有礼了。"

"谢个屁，您二老能把这口大烟戒了，我就给您烧高香。"汪成旭没好气地道，"我可告诉你，开这店的股本是李度的全部身家，赔光了您一家子就只能喝西北风了，没人救得了你们！"

"戒，戒，一定戒……"梅父点头哈腰诺诺连声。

"总说戒，又不戒。你没一次说话算数过。"小扣子恼火道。

"就是，爹说话，就像放屁，还是蔫屁，听着没声儿，能臭一条街……"小钉子帮腔道。

梅父脸上挂不住了，喝骂着反手朝小扣子一个耳光，又撩腿踹了小钉子一脚。小碗儿顿时吓得哭了起来，一时间大人闹小孩哭。汪成旭顿觉头大无比，跺跺脚，吼一声：

"闹，你们就这么闹吧，本少不管了！"

转身大步离开了小院。

来到院外，却见梁营长正蹲在街边等着他，汪成旭忍不住喝一声：

"梁有钱，你他妈的在这儿是吃干饭的？"

"咳，咳，汪三少爷息怒。"梁富旺凑上前来，有些无奈道，"生意本身还是不错的，一开张就挺火爆，可这俩老人实在是……除非，除非……"

"除非怎么着？你说呀。"

"除非强行戒断，别无他法。"

"怎么一个强行？"

"用绳子捆了，往屋子里一锁，不出俩月准成。我在石岭关，对染上烟瘾的老兵油子就是这么干的，准灵……可这事得六亲不认才行得通，你我都是外人，不好出手，至少得等阿格长官回来。"

那还说了屁！可想想，又觉得有理，自己确实不好擅作主张。

"汪三少爷，有件事我不知当说不当说？"

"喊，有话就说，有屁就放，啰唆什么。"汪成旭有些烦躁。

"这事吧，我觉得蹊跷，私下找关系打听了一下，才知道是汪二少爷在背后怂恿的，是他跟校尉营烟馆合谋设的局。你想啊，就那俩老人，一看就是穷得叮当响的，哪家烟馆肯赊账给他们？可校尉营烟馆倒大方，还不止一次地赊，利滚利，直到欠账上万了才来收取，明摆着就是逼这家的大小姐出面……醉翁之意不在酒啊！"

汪成旭忍不住骂道："老二这灰鬼贼心不死……行了，你去忙吧，我知道该怎么做了。"

离开帽儿巷，汪成旭一肚子怒气，开车直奔水晶宫。不想，水晶宫早已换了主人。原来汪成义见运城裴家逼得紧，又告了御状，便降价一半转手把水晶宫卖了，带着一大笔现银搬进了汪家的产业临泉府大酒店，将酒店的第三层客房全包了下来。

汪成旭又开车赶到酒店，却不见人影。一问，何婶说去汪公馆给徐馨茹拜寿了。他这才想起来，今天是大娘徐馨茹的45岁寿辰。汪敬谷前几日就放话了，要大办！他忍不住暗骂一声，就在酒店柜台上取了一个硕大的寿桃，包装好了拎着重新跳上车，朝汪公馆驶去。

汪公馆张灯结彩，丫鬟、用人都在阎总管的指挥下忙碌着。

汪成旭一眼就看见了汪成义，正站在当院跟大夫人说笑着。他把寿桃递给了翠姑，径直走过去，也不言语，伸手一个螳螂翻爪便抓了过去。汪成义见他面色不善，早有提防，慌忙缩头一蹲，躲过双爪，便刺溜一下藏在了大夫人的身后，喊道："老三，我又没招惹你，你发什么疯？"

大夫人徐馨茹也赶忙拦住了汪成旭："住手，旭儿，你这闹的又是哪一出？"

"大娘，你只管问他，看他又干了什么坏事！"

"义儿，你吃饱了撑的？惹旭儿不高兴……"徐馨茹扭脸厉声喝道。

"娘，你别听他胡说，我可没惹他。"汪成义畏惧地躲在徐馨茹身后，"老三，今儿个是我娘亲的寿辰，你别胡闹，有甚的屁话，咱改天再说……"

"旭儿，今天别闹，就算给大娘个面子。"徐馨茹边说边死死揪住了汪成旭的衣袖。汪成义则趁机慌忙溜了。"唉，你二哥也就是那么块不成器的料，你又何必跟他一般见识。"

汪成旭被大娘死死缠住了，又不好动作，只得眼睁睁地看着汪成义蹿出院外，追着喊了一嗓子：

"汪老二，跑得了和尚跑不了庙，你等着，小爷跟你没完！"

徐馨茹赶紧挽了他的胳膊："得了，都是亲兄弟，多大点儿事儿啊，还不依不饶的……走，大娘领你去大厅吃碗寿面去。"

汪成旭只好半推半就地朝议事厅走去，边走还边忍不住说："大娘，说真的，老二是真的坏，都坏到骨子里去了，您再不管一管，总有一天吃不了兜着走……"

正说着，突然一阵香风飘过，汪成旭连抽几下鼻子。嗯，这气息怎么这么熟悉？顺风扭头一看，却见不远处一个身穿劲装的女子正紧跟在阎总管身旁，指挥丫鬟们干活儿。他不禁暗暗一惊："红鲤！这小娘皮居然没跑，还敢大咧咧地在汪公馆晃悠？"

他忙借故推托了徐馨茹，朝着阎总管走去。

阎总管正在给一群用人交派任务："今儿是大夫人的好日子，晚间会来很多贵客，这园子必须时刻保持整洁干净，每一片儿、每一个角落都要有人专管。这是红鲤，从现在开始，你们都要听她指派……"

"都听见了吧，"红鲤拿了柄扫帚，厉声道，"本姑娘脾气不好，谁要是偷懒，不好好干活儿，就拿这柄扫帚说话！"

汪成旭正好走到跟前，扭头看了一眼红鲤。

阎总管见了忙一躬身："三少爷回来了？"

汪成旭仍盯着红鲤，嘴角露出一丝嘲弄："阎总管，这不是您老屋里的那位侍妾吗？怎么当起下人来啦？"

阎总管赔着笑脸道："事儿急，府里人手不够，把她叫来给我搭把手……"

红鲤瞥了汪成旭一眼："哟，怎么说话哪？早就告诉过三少爷，本姑娘是阎总管的侍女，不是侍妾，忘啦？一字之差谬之千里！三少爷莫非真的把书读到狗肚子里去啦？"

"放肆，"阎总管斥道，"不许跟三少爷这样说话！"

"没事，"汪成旭嘻嘻地笑了，"她怎么损我都成，本少爷确实没好好读书……"

说着凑近红鲤，突然伸手直接锁向她的咽喉。红鲤却不躲不闪，身体纹丝未动，就那么直勾勾地望着他……直到他冷硬的手指几乎触到了她的喉骨。

汪成旭急忙卸劲，及时收住了手："你怎么不出招反击？至少，也应该使出你的胡璇五步，躲闪一下呀？"

"听不懂你在说什么，"红鲤冷冷地道，"少爷不自重，存心想占小女子的便宜，小女子又如何能躲闪得开？"

这一来，反倒弄得汪成旭颇为尴尬，转向阎总管自我解嘲道："阎总管，我可不是想摸她、占她便宜，您这位侍女实在像极了那回光顾我家的女贼……我不过是想试试她的身手，您老别介意。"

阎总管点头笑道："少爷果真喜欢，索性纳了去，反倒是她天大的福分！"

"喊，"汪成旭摆摆手，"瞎说什么哪，扯淡！"

之后便匆匆走向西跨院。

红鲤嘴角露出一丝不易觉察的笑意。

汪成旭暗忖，阎总管和红鲤仍在汪公馆公开出现，说明老爹并未挑明包大头之事。老爹肯定是知道具体案情的，明知有异，却又故意装糊涂，为什么？莫非老不死的也在欲擒故纵，放长线钓大鱼……他有些吃不准了。

就在快要靠近西跨院院门的时候，汪成旭蓦然听到了院里传来几位女子清脆的说笑声，先是殷立琼的："哈，我最喜欢汪家有人过寿，那寿面的味道堪称太原一绝。"然后是汪成芳的声音："小蓝子，今天你要多吃一碗，最近明显瘦了……"最后是陶蓝带笑的话："有吗？我倒不觉得，那就听芳姐的话，多吃一点儿。"

听着三女的对话，汪成旭心里一暖。最近为了保护陶蓝，他天天坚持上班，天天接送陶蓝，丝毫不敢懈怠。凡见到汪敬谷来司令部，他就泡在陶蓝的秘书室里，实在腾不出身的时候就让汪成芳或殷立琼去陪伴陶蓝。反正他认准了一个死理：尽量避免让陶蓝独处，绝不给那老不死的留一点儿空子！

正要进院门，忽然身后有人拉住了他的衣袖，扭头一看，却是阎总管，一脸沧桑：

"三少爷，请借一步说话。"

汪成旭见他神情有异，便没有推托，跟着一起走进一间空屋。刚一进屋，阎总管扑通一声跪在了他的面前：

"老奴有罪，还求三少爷救我。"

"你确实有罪，而且还胆大包天！我奇怪的是，你和红鲤那小娘皮卧底的勾当明明已经暴露了，那老不死的也知道了内情，你俩却还不逃，还敢在汪公馆继续晃悠，为什么？"

"第一无处可逃，第二红鲤姑娘想借此机会摆脱困境，第三老奴不想辜负三夫人，也就是你生母的重托。至于老爷，把一些重要事情解决后，老奴自会给他一个交代。"

"什么乱七八糟的，我听不明白，你站起来好好说话。"汪成旭的眉毛连着跳动了几下，感到阎总管话中有话，而且绝不简单，于是忙一指屋里的椅子，"究竟是怎么回事，你一条一条地说清楚。"

"先说我，我不是卧底，我是受到了他们的胁迫，只有三少爷出手才能救我于水火之中。"阎总管坐到椅子上，一改平常的唯唯诺诺，说话的条理十分清晰，

"再说红鲤，自幼孤苦，一出生就被秘密送到铁寒寨交给一个家奴收养。五岁拜师习武，十岁被孙楚带入晋绥军。先在 53 军特务营受训，抗战爆发后由孙楚托关系送到浙江青田，参加军统局举办的第 12 期特工集训班，毕业返回后转入第 8 集团军军情处担任谍报员，现在已经成为孙楚的一柄杀人利刃。这次潜入汪公馆是为了协助保密局的特派员包大头调查老爷的贪腐案。其实，她已经拿到了证据，并且破解了藏宝的玄机，找到了老爷窝藏巨款的秘密地点。但她没有上报孙楚，更没有交给包大头，而是私自压了下来。原因是她不再想被孙楚当枪使，还想借此机会摆脱晋绥军。直接点说，她想投共，想送共产党一个大礼，可又苦于没有接引人，所以选定了三少爷你，认定你会成全她。"

"笑话，我又不是共产党，找我管屁用。"

"她暗中调查过陶姑娘，知道陶姑娘的底细，而少爷又跟陶姑娘交好，她希望少爷能为她引见陶姑娘。"

"陶蓝是共产党？我怎么不知道。再说，我凭什么要管她的烂事？"汪成旭闻言不禁暗自心惊。陶蓝的真实身份自己也只是猜测，倘若红鲤这小娘皮知道，岂不孙楚也知道了……那就太糟糕了。

像是猜到了他的心思，阎总管摇摇头："你不用担心，红鲤是个懂事的姑娘，除了我之外，她并没有对任何人说起过。不管怎么说，你得帮她，必须帮她！"

"为什么？"

"因为她是你妹妹。"

"什么？老阎，你……你胡说八道！"汪成旭惊得跳了起来。

阎总管轻叹一声："我知道你难以接受，可我讲的是事实。别忘了，我在汪家待了二十多年，连你都是我看着长大的。

"我出生在五台县河边村。我的爹娘都是阎府的用人，伺候了阎家一辈子。我打小身子骨弱干不了重活儿，就陪着阎家的子弟在学堂侍读，也算捎带着读了点儿书。民国六年我满二十岁了，爹娘求了阎府老太爷，就让我来太原找阎会长，想谋个差使。可我身体不硬朗，阎会长要带兵打仗，不好安排，就写了封信让我找到老爷，也就是你爹，老爷就让我当了汪家的管家。

"民国八年，老爷调任绥西军垦，就带了三夫人和我一起随军上了包头。那时候，你刚满两岁，就留在了太原由大夫人和二夫人照看。起初几年，老爷军务繁忙，常住军营，府里有我里外照应着倒也相安无事。谁知到了民国十一年，府上突然来了个穿洋装的年轻人，寻死觅活地要见三夫人。三夫人开始不见，后来拗不过还是见了……结果就出事了。我也是后来才知道，那年轻人叫马宾，是青海西北王马步芳的六公子，也是三夫人早年在西宁圣玛丽教会大学读书时的同窗，还是恋人，而且都订婚了，却被老爷横刀夺爱抢先成了亲。马宾伤心之下就出国留了洋，几年后留洋归来，从他爹那里打听到了老爷屯兵绥西，便寻来了。也怪我好心，不忍三夫人常年孤单，便一起瞒了老爷，让他们幽会。

"但事情最终还是败露了，因为三夫人怀孕了，无法再隐瞒。老爷当时气坏了，把我胖揍一顿还关了十天禁闭。因当时马家军势大，投鼠忌器，老爷不敢轻易动马宾。为了遮丑，只好派人将三夫人秘密押往固原软禁了，还是命我跟在三夫人身边照料。半年之后，三夫人产下一女，刚刚满月，老爷就从包头赶到了固原，命我立刻将女婴处理掉，送人或者弄死都行，就是不许三夫人再见到。我实在不忍，就暗中让三夫人写了封信，派了个可靠的人，将女婴秘密送回了铁寒寨。返回包头之后，我实在放心不下那个女婴，便借口父亲病重，向老爷告假。起初老爷不准，又经不住我软磨硬泡，才勉强准许了。我回到山西，却没回老家，而是直接去了铁寒寨，跟你姥爷和姥姥说了事情的原委。为了遮人耳目，也是为了保密，就把那孩子留给了一个家奴代养。我在那个家奴的家里陪伴了那个孩子一个月，又返回了包头。"

"那个女婴就是红鲤？"汪成旭有气无力地问了一句。

"是，她全名叫阿格红鲤，是你姥姥给起的名字。"阎总管似乎完全沉浸在回忆中。

"原本以为这就没事了，可没成想那个马宾公子阴魂不散，竟然在包头买了处院子长住下来，总趁老爷不在的时候来府里纠缠。自然很快就被老爷察觉了，老爷忍无可忍，就暗中派老灰皮带人把他做掉了。事情原本干得隐秘，也干净利落，可一个月后，马家派人来到包头调查马公子的死因，闹得沸沸扬扬的，让三夫人知道了。于是，在一天夜里，谁也没留神……三夫人服毒自尽了。"

"我娘亲……是服毒自尽的？"汪成旭又跳了起来。

"是，丧事也是我一手操办的。老爷当时难过得要死，没心情处理后事。"

"那种情形下，你怎么不上心看紧点儿？你这个老笨蛋、老混蛋！"汪成旭的眼圈发红了，痴呆了片刻，又低声问道："我娘亲，葬在了什么地方？"

"铁寒寨的轿顶山下。红鲤小的时候，你姥姥每年都会带她去上坟。"

"她……知道了自己的身世？"

"十岁那年，也就是孙楚把她带走的那一年，你姥姥告诉了她。"

汪成旭皱起了眉头，勉强打起精神问道："怎么又跟孙楚搭上了？"

"时间太残酷了，在时间之下，什么秘密都会一层一层剥下来。不知道孙楚从哪儿打听到的，就去了铁寒寨，说服了你姥爷。这些我原本也不知道，还是去年，红鲤奉命协助包大头暗地扣押了我的父母，胁迫我参与了他们的调查，兜兜转转才弄清了我与她的渊源，认我做了义父，她才告诉我的。全靠那封信，你娘亲在那封信里提到了我。"

"哼，你这个爹当的，倒是便宜……"汪成旭有些悻悻，之后又重新坐回到椅子上，"还别说，孙楚这招够歹毒，他是想借红鲤这把刀害那老不死的！"

"是有这个图谋，但遇到了老奴，这样的事就不会发生了。唉，我一生碌碌，无儿无女，临老了，能有一个这样的义女也算上天的恩赐，死而无憾了。三少爷，老奴的事你可以不管，红鲤可是你同母异父的妹子，你得帮帮她。"

"她要送给共产党的那份大礼，就是她盗走的那幅画，对吧？"

"那是你娘亲生前留下的，她拿走也是物归原主，算不上盗。"

"可成芳因为丢了那幅画，到现在还耿耿于怀呢。两个都是我妹子，你说咋整？"

"把事情说清楚，二小姐也不会那么小肚鸡肠的。"

"哼，我知道了，总起来说一共就是两件事：救你的双亲和帮红鲤牵线。可现在这两件事我都不能答应你，我得跟陶蓝商量，听听她的意见。"汪成旭站了起来。

"三少爷自去忙活，老奴候着。"阎总管又恢复了往日的畏缩，欠着身子离开了椅子，"红鲤知道关押我父母的地点，原本是要一个人去救。我觉得太冒险，才想到了三少爷。"

汪成旭没有再说话，心事重重地走出了屋子。他没有往西跨院去，而是转头朝群芳阁走去。他觉得很头疼，心里糟乱极了。多少年来，他挖空心思，憋着劲探寻娘的死因，一直都觉得是那老不死的亲手害死了娘亲，如今真相大白，却是这样一番景象，还凭空多了一个妹妹。难怪她会使铁寒寨的胡璇五步。

汪成旭正胡思乱想着，却见三女有说有笑地朝这边走来。进入群芳阁，殷立琼先跑上前一把抱住了汪成旭的手臂，嚷嚷道："旭哥哥，大伙儿都奔议事厅吃寿面，你一个人躲到这儿是要修炼成仙吗？"

"心烦，别闹。"汪成旭挣脱了殷立琼的双手，郑重地道，"小琼子，跟你说过多少遍了，你现如今是大姑娘了，不能再像从前似的跟哥搂搂抱抱的，别人看见了不成体统。"

"我不管，就要搂搂抱抱，关别人屁事！"殷立琼嘴上说着，但还是松开了双手。

陶蓝走上前仔细看了一眼汪成旭："你脸色不好，谁招惹你了？"

汪成旭有些讪讪："也不是啦，就是那个老二总是阴魂不散，背后捣鬼，总找酱醋坊的麻烦……这不，我刚去处理完了，可心里就是觉得不得劲。"

"根源在梅冬潮身上，"陶蓝点点头，"她不处理好这个问题，后面麻烦一定少不了。"

"又是这个汪老二，成芳，咱俩去好好教训他一下？"殷立琼接过话茬，碰了汪成芳一下，"上次布尔哥就已经警告过他了，还不听劝就得给他来点儿硬的。"

汪成芳没理她，扭头倒警告了汪成旭一句："三哥，那是二哥和梅冬潮的事儿，你最好别掺和。男女之间的事最麻缠，谁也说不清。"

"妹子，我就不爱听你这话，什么叫谁也说不清？老二跟梅冬潮有屁的关系，不过是使用卑鄙手段骗了梅冬潮一把。梅冬潮过去是，现在也仍然是阿格布尔的女人，老二总纠缠着不放手，就是欠揍！这事儿，说不得，本少还就是要掺和到底了。等我腾出手来，逮住了，非揍出他屎来不可。"

汪成芳见汪成旭神色不善，也没再多说话。

"旭哥哥，你不用为这件事生气，交给我，瞅机会我去收拾他。"殷立琼拍了拍自己鼓鼓的胸脯，为汪成芳解围道。

汪成旭挥挥手，显然不想再纠结这个话题。他抬起头，扫了一眼汪成芳和殷立琼，压低嗓音说道："两位妹子，不好意思，我有重要事情向小蓝子汇报，还请你们暂且回避一下。"

"什么事儿，神经兮兮的，还要背着我俩吗？"殷立琼不满地瞪了汪成旭一眼。还是汪成芳打了圆场，一拉殷立琼："别问，一定是正事。咱俩就到外面去给他们放个风。"殷立琼边走边回头大声道："旭哥哥，你记住了，不许谈情说爱，不许打情骂俏，不许……"陶蓝笑着推了她一把："好了，我记住了你所有的'不许'，你就放心地出去一小会儿。"

待二女离开群芳阁，在假山下的花坛处驻足了，陶蓝才转过脸来，眨眨眼："现在可以说了，看看你能带给我什么样的意外？"

于是，汪成旭就把有关阎总管和红鲤的事情原原本本地说了一遍。

陶蓝听完，陷入了沉思。片刻之后，她脸上闪出一丝惊喜，眨动着眼睛连连说道："真想不到，这个红鲤身上还有这么多的秘密，而且有很多还对我们大有用处。"

汪成旭闻言，暗暗松了口气："这么说，你愿意接受她？"

"干吗不接受？别说她是你的亲妹子，晋绥军的专业谍报员，就算是个普通小兵，只要她愿意投向人民的怀抱，我们都会欢迎。"陶蓝边思考边看向汪成旭，"不过，这些都可以往后放一放，当务之急是救人，你怎么想？"

"你是说救阎总管的父母？很重要吗？我倒是觉得这是一件搂草打兔子顺便的事……"

"错，我的汪三少爷，你换个角度想想，我们若是抢先救了人，那阎总管就欠了你一个大人情，往后有了他的暗中帮助，汪公馆的很多事情就会好办得多。更何况，他还是红鲤的义父，帮阎总管，就是帮红鲤。"

汪成旭的情绪顿时被调动了起来，点头道："好，那你说下面怎么做？我都听你的。"

"你先去找红鲤，让她马上来群芳阁，尽量低调一些，别闹出动静来。然后再把殷立德找来，咱们一起商量一下救人的计划。"陶蓝的眼眸亮晶晶的，看得出她心里已经有了大致的想法。

汪成旭没再多逗留，转身跑出了亭阁。

接着，陶蓝也走下群芳阁，来到花坛边，跟汪成芳和殷立琼聚在了一起。

"看他救火似的跑了，都跟你说了些什么秘密？"殷立琼好奇地问道。

"是秘密，但也没必要瞒你俩，以后你们自然会知道。"陶蓝说着一边一个将二女搂到自己身边小声道，"现在跟你俩说件事儿，还是个全武行的事情，你俩愿意参加吗？"

"打架吗？是不是要去揍汪老二？我第一个报名！"

"你别起哄，听蓝妹说。"汪成芳制止了殷立琼的冲动，看向陶蓝，"这事儿，很暴力吗？"

"现在不好说，是去救两个受欺侮的老人，我们仨也只是做个接应。"

汪成芳一听不是去揍汪成义，脸上的表情顿时放松了，一拍殷立琼的手："那是积德行善的事，没的说，咱俩自然是要陪蓝妹走一趟的。"

殷立琼连连点头。

"那好，你俩现在就回去做准备，要穿好军装、戴军衔，再把配枪也带上，以防万一。再有，就是别穿高跟鞋。"陶蓝叮嘱道，"我这边安排好之后，就回屋和你俩汇合。"

二女匆匆离去。

陶蓝重新回到群芳阁。

红鲤最先赶到，小姑娘一身淡青色的劲装，腰间束着黑色腰带，腿上缠着裹腿，精干利落，一满的武生打扮。陶蓝看着就觉得喜欢，笑眯眯地握住了她的手，先按程序询问了一些必要的问题，然后便把话题集中在了藏宝的事情上。

红鲤说她的确是破译了那幅画上的奥秘，并且按图索骥，也找到了汪敬谷藏宝的大致方位。那是个千年古洞，洞府很深，里面岔道纵横，甚至疑似暗藏着机关陷阱。她当时孤身一人，加上缺乏必要的准备，就没敢再深入探寻，暂时还无法确认藏宝的具体位置。陶蓝立刻想到了前些时李度也已经破解藏宝的玄机。只需等李度从临汾归来，两相对照，做最后的验证。陶蓝接着又详细询问了有关阁总管双亲被关押的具体情况。红鲤告诉她，关押地点是东山腹地的一个小山村，叫孟家井。由于地处东山防御圈内，自身的守卫十分松懈，只有第8集团军司令部特务营的一个班。保密局特派员包大头自从被汪敬谷释放之后，就一直躲在那里养伤。冷不防来个突袭，救人的难度应该不大。

正说着，汪成旭带着殷立德赶到了群芳阁。

显然，殷立德已经从汪成旭的口中知晓了内情，一进阁便不停地上下打量着红鲤，连连点头："嗯，不会有错，眉宇间还真有点儿像的地方。"

"啥眼光，人家长得可比我俊多了。"汪成旭白了殷立德一眼，然后转向红鲤，"你一直知道我是你哥？"

红鲤点头，抿嘴笑道："所以，我设的陷阱只困人，不伤人。"

"你还暗算过我一次，在南华门小院。"

"那不是我，是包大头……那次，没伤着你吧？"

"轻微脑震荡，让我头晕恶心了好几天。"

"笨吧？谁让你轻敌，自作聪明，以为没人接应。"

"唉，"汪成旭轻叹一声，目光中露出了溺爱，"小鲤子，要是早点儿认了哥，哥就不会让你受那么多的苦了。"一边说着一边不由自主地伸出手去要抚摸红鲤的头发。红鲤忙缩身躲过，笑道："别价，你当哥可以，就是不许碰我。我可听说过你汪三少爷的鼎鼎大名，见了美女就挪不动步，色眯眯的，还总爱动手动脚。"

汪成旭顿时满脸黑线："哪个王八蛋这么埋汰我，污了老子的名声。"

陶蓝笑着拉住了红鲤纠正道："纯属诬蔑，堂堂汪三少爷哪儿有那么下作，最多也就是多看那么几眼……"

"那么几眼？问题是我看了吗？"汪成旭有些发急了。

众人哄笑了一回，殷立德才从兜里掏出一张地图，铺在石桌上，问红鲤人被关押的地点。红鲤的手指了孟家井，然后轻声说道："蓝姐姐，其实，我一个人就能完成，是我义父不放心，不让我动手。现在我哥和立德哥来了，救人，我敢说是手拿把掐。那里面，唯有一个包大头身手了得，受过军统的专业格斗训练。"

"都别抢，那混蛋归我！"汪成旭想起那次遭暗算就恨得牙根发痒。

殷立德看着地图，思忖道："孟家井我去过，东山防御圈内，进出需要通过两道关卡。"

"所以，我们都要穿军装，有汪三少爷在，进出关卡应该没问题。"陶蓝眨眨眼，接过了话头，"到了孟家井，你们三人进去，我和成芳、立琼守着车不熄火在外接应。"

殷立德点点头，转向红鲤："你了解里面的情况，然后呢？"

"月黑风高，先摸掉岗哨。两位哥哥对付包大头，其余的都交给我。"红鲤答道。

汪成旭还想争辩，被陶蓝用眼神强行制止了，当即明确了各自的分工并做好了约定。

临近午夜，一辆中吉普悄然驶出汪公馆，穿过市区，绕道小东门、大东关，朝东山方向疾驰而去……

三

孟家井坐落于太原东山南麓，距离东南城墙十多公里，是个不足百户的小山村。由于靠近四大要塞中的小窑头要塞，而被划入东山防御圈。为扫清射界，构筑永久性环形防御工事，村中民房全被拆除，大部分村民亦被迫迁徙至南边约二十公里处的小山岩村居住。守军为晋绥军孙楚第 8 集团军 35 师 12 团。在防区的西南边缘，有一处小碉堡群，就是司令部警卫团特务营的一个小据点。阎总管的双亲就关押在一座主碉堡内，两边各筑有一只规模略小呈梅花形状的副碉堡，由铁丝网和堑壕构成一个相对独立的小空间。

午夜刚过，中吉普顺利通过白龙庙和小沟村两道关卡，悄然抵达孟家井。

在东山防御工事未扩建前，小村子山清水秀，地势依阶而上，自然环境十分优美。因毗邻小窑头官道，村里商铺、旅店、车马驿站林立，颇为繁华。可变成军事重地之后，村庄几乎被废弃，除了数不清的明碉暗堡之外，剩下的就只有一片无尽的死寂。

在一个山洼处，陶蓝将车掉好头，熄了车灯。黑暗中，只有远处的几座主碉堡的堡顶上不时地有探照灯在扫射。陶蓝原本打算不熄火，可后来发现周围实在是太安静了，吉普的马达声便格外刺耳。为了不出意外，她还是果断拔掉了车钥匙，使人与车都保持静默。

红鲤领先，汪、殷二人在后，跳下车，转瞬便融于浓重的夜幕中。

临近门岗时他们开始匍匐前行，潜至鹿角不远处，依稀可见两个哨兵，一个抱着枪靠在岗亭边打盹，另一个则端着枪在来回走动。汪成旭朝殷立德做了个分进合击的手势，便分开匍匐向各自的目标。汪成旭一跃而起，毫无声息地将走动的哨兵撂倒了。几乎就在同时，殷立德将打盹的哨兵从岗亭旁抹去。红鲤紧接着跟进，三人游鱼一般潜行到了碉堡群前。红鲤悄声道："中间的就是主碉堡，共有三层，一层有两个士兵值班，二层关押着二老，包大头住在三层。我先去收拾那两个副碉里睡觉的大兵，你们俩先潜至主碉门前，五分钟后再开始行动。"

说完，她立即像只狸猫似的借着暗夜潜向一个副碉，然后紧贴碉堡外墙，迅疾地朝一个枪眼里塞进一个拉了弦、冒着白烟、巴掌大的球形物件——正是 HR 微型毒气弹，军统特别流行的暗杀利器之一。然后再沿墙边溜至另一个副碉堡，如法炮制。

汪成旭则紧贴着主碉堡门楣，心里默数着，五分钟时间刚到，便一把拉开了堡门，与殷立德一起蹿了进去。两个值班的警卫正蒙头大睡，收拾起来毫不费力。然后蹿上二层，没有惊动熟睡的老人，蹑手蹑脚地直接冲上了三层。两人搜索了一圈，却发现空无一人，莫非包大头不在？殷立德伸手往被窝里一摸，似还温乎，立即猛醒，朝上指了指。汪成旭便撩开大步冲上了碉顶。

原来，包大头偏巧今夜失眠，辗转中隐约听到了楼下传来的一丝动静，出于职业本能立刻蹿上碉堡顶层，利用一副绳梯朝地面溜去。却没想到被守候在下面暗影中的红鲤逮了个正着，脚刚落地，还未来得及站稳，就觉得喉咙一凉，大股的鲜血喷涌而出。在意识丧失的最后一瞬，他看见一个异常熟悉的俏丽脸庞，不由得瞪大了眼睛，可谓死不瞑目。

红鲤的嘴角朝上弯了弯，蹲下身子，就用包大头的衣襟将手中的匕首擦净了，重新插回腰间，然后蹿到了碉堡门前。

这时，汪成旭和殷立德各自背着一个老人走了出来。

"齐活儿，撤！"红鲤低喝一声。

三人迅速离开碉堡群，与在外接应的三女聚齐，将两位面带惊恐的老人安顿进车里。殷立琼立刻将两件军大衣裹在老人身上，低声道："二位别怕，自己人，我们是帮你们的儿子阎本分来救你们出去的。"

说话间，陶蓝已经发动了车子，中吉普一声吼叫，疾驰远去。

他们没有按原路回撤，而是向南，绕过小山岩村，再经双塔寺、郝庄村两道关卡，从大南门进城返回市区，径直悄然驶入汪公馆，将老人安顿进了后院的小黑屋里。紫衣巷 5 号是不能再落脚了。此事一出，阎总管和红鲤已经成了第 8 集团军最大的嫌疑人，他们的住处也就等于露在了明处。陶蓝心思缜密，这一层已经预估在她的计划中。陶蓝认为，这件事虽然让第 8 集团军特务营损失惨重，但说到底属于晋绥军内讧，即便孙楚猜到是汪敬谷的人所为，却也不敢声张，只能暗中排查。只要不让他们找到两位老人的行踪，最终也只有打碎了牙齿往肚子里咽。综合考虑，汪公馆的后院监舍无疑是最安全的。

阎总管依计早已安排就绪，一直守候在公馆门前。

一切都安顿好之后，大家顾不上寒暄，赶紧各自散了。殷立德与汪成芳回屋。殷立琼仍潜回她在东跨院的客房。陶蓝则带着红鲤由汪成旭开车，回到敦化坊蛤蟆尿的住处。陶蓝暗自计划，先行上报请示，躲过风头之后，再通过地下交通站，将阎家二老和红鲤一起送到解放区去才能算是圆满。

在去蛤蟆尿的路上，汪成旭一边开车一边扭头看了红鲤一眼，问道："小鲤子，哥很好奇，那两个副碉堡里的警卫，你是怎么干掉的，还能做得不声不响？"

红鲤从背囊里摸出一个黑色的球状物，晃了晃："HR 微型毒气弹，美国货，十分钟之内就可以让人一梦不醒。军统过去惯用的小伎俩，不值一提。"

"可惜，没让那包大头自己也尝尝。"

"你是去救人的，这玩意儿敌我不分，没敢交给你用。"

"小妹真是神勇，一个人就手刃了一个老特务，跟李度有一拼，真是不简单。"陶蓝的眼里满是宠溺，明显很喜欢红鲤，"你们同样也是没有一点儿响动。"

"我可不敢跟李度哥哥比。他是大庭广众之下，徒手干掉了一个日本教官，而我纯属取巧。包大头从高滑落，只顾上面没提防脚下，加上天黑，我才能发动突袭，一击而中。我们交过手，正面对抗，他的搏击功夫在我之上。不过，那当口，我只要缠住他，等我哥和立德哥下来，三人合力，也照样能弄死他！"红鲤说完，很快将话锋一转："蓝姐姐，咱们什么时候去那个洞穴探秘？可千万不能让汪敬谷察觉了，提前把宝藏转移走……"

"很快，等李度和阿格布尔从临汾回来，咱们就能谋定而后动了。"陶蓝说完，又朝红鲤眨眨眼："小妹，你不想去解放区看看吗？我敢说，只要你去了就会明白你的选择是对的，那是一条充满阳光的路，今后会越走越宽广。"

"好，我听蓝姐姐的。"

听着二女的对话，汪成旭不禁心头一热，暗暗思忖道："这个小蓝子，还真是灯下黑，光顾着我妹子，也得考虑考虑我呀。妹子都加入了你们，我这个当哥的却在一边闲着，岂不太不成话！"

正要把自己的想法说出来，却被陶蓝的一阵低吟岔开了——

假如我是一只鸟，
我也应该用嘶哑的喉咙歌唱：
这被暴风雨所打击着的土地，
这永远汹涌着我们的悲愤的河流，
这无止息地吹刮着的激怒的风，
和那来自林间的无比温柔的黎明……
——然后我死了，
连羽毛也腐烂在土地里面。

为什么我的眼里常含泪水？
因为我对这土地爱得深沉……

汪成旭并不知道这是一位解放区诗人的杰作，他只觉得这诗蕴藏了无穷魅力，就像一串亮晶晶、水灵灵的葡萄，将他的心滋润了；同时又像一支熊熊燃烧的火炬，带给他光明、希望，将一种从未有过的力量传导进他的体内。那一瞬间，他居然鬼使神差地做出了一个大胆的决定——等李度从临汾回来，他就要摊牌，正式向李度宣布：他，汪成旭，是真的爱陶蓝，而且是那种可以为她付出一切的爱，包括生命。如果李度也怀有同样的感情，他愿意与之展开公平竞争！

记得在军政校的时候，有一次无意中聊起了陶蓝，李度问汪成旭，既然他已经拥有了殷立琼，为什么还总惦记着陶蓝？汪成旭立刻颇为得意地脱口而出一首自作的诗来："千秋无绝色，悦目是佳人。倾国倾城貌，惊为天下人。"李度听了却蹙起了双眉，摇头道："且不说诗烂不烂，至少立意太过肤浅，还隐含了些许勾栏风尘之气，像是献给婊子的诗，媚俗至极。"如今想来，自己当初对陶蓝的认知，仅仅止步于惊艳她的容貌，确实是肤浅了。

小度子，快回来吧……你怎么还不快滚回来？临汾就要开仗了，你在等死吗？

冬天过去了，春天来了，而临汾的春天往往要比太原早到一个月。

那天，李度离开了城防司令部回到住处，遥望西边天际波涛一般汹涌的火烧云，良久，才恍然顿悟了："从冬天到夏天，都离不开春天，这是四季轮转的一个必需的过程。自己亦是如此，就算一路小跑，甚至狂奔，不断进步，还是难脱欲速则不达的怪圈。幸好，时间是一双有力的手，它终将会拉着所有活着的人跨过历史交替的门槛。一边是旧社会，一边是新社会，跨过去，就会发现新社会的太阳是那样明亮，新社会的河水是那样清澈。如果有一天，我能活着走入人民当中，一定会看见，新社会人民的笑脸是难以想象的自信，难以想象的灿烂！"

之后，他派人找来了蓝猫，询问有关张静农的计划。

蓝猫说计划已经开始，下午就把他放了。蓝猫说着，脸上还现出一抹惊异，说没想到张静农的化装易容术如此了得，从这里出去的时候，竟然变成了一个年老体衰的老妪，要不是知道内情，自己能不能认出来都完全说不准。李度莞尔，又问最后商定的联络方式。蓝猫说他选了最原始的方式——信鸽。妈的，我从窗户里看着他从咱这儿出去，一手拎着完全做旧的破皮箱，一手提着破鸟笼，弯腰驼背，一瘸一拐地走了，与那个手抓画笔、不可一世的画家判若两人，说起来简直令人难以置信。按照您的吩咐，我没有派人监视他，所以，对他后来的去向，我们并不掌握。

说完，蓝猫将李度的微型相机还了回来："自供状和画都拍了下来，我甚至连张静农易容之后的侧影、背影也偷拍了。"

李度点点头："行了，你去忙吧，我要稍微歇一会儿。晚饭让人给我送屋里来。"

蓝猫离去了。

这之后，事情就完全按照李度的计划一步步实现。

天色渐渐变暗的时候，县特警队接到第一个电话，蓝猫慌忙前来报告，李度跳起来冲到院子里，命令别动小队和县特警队全体集合，然后检查武器装备，准备全力赶赴赵城，支援赵城特警队。就在这时接到了第二个电话，李度装作很不情愿地转脸对蓝猫和县特警队队长说："紧急会议，不去肯定不行。不如你们二位先带队前往，我去城防司令部应个卯，露一下脸，随后再尽快赶到赵城与你们汇合。"

蓝猫表现得倒是很贴心，摇摇头："队长，没必要开罪梁司令，要是会上不好脱身，您就不必再赶去了。这点小事兄弟完全可以代劳。"

"好，我看情况吧。"李度拍了拍蓝猫的肩膀。

目送三辆满员的中吉普驶离之后，李度返回了自己的住处。汤姆森冲锋枪太显眼是不能带的，也没必要带，因为他压根儿就不准备用枪。略想了想，他最后还是将一柄泛着蓝光的匕首插进靴筒里，以防万一。再在军装外面套了一件灰色长衫，一顶白毡小帽配上一副茶色水晶养目镜，手提褡裢，变成了一个典型的西北小老板形象。

准备停当，他迅速离开了县特警队。

招手叫了一辆人力车，赶到尧庙，然后步行至陕西会馆。黄昏中，他先绕着会馆走了一圈，再次确认了脱身的路线，便走进会馆对面的一家临汾著名小吃牛肉丸子面馆，要了两碗油辣子牛肉丸子面。他挑了个临街的座儿，边吃面边暗自观察着对面的情形。

他发现这陕西会馆的人员很是庞杂，进出的人流也很大，相互之间还打着招呼，似乎都相识，看来西北人还真是爱扎堆，爱跟老乡抱团儿。

吃完面，待天色大黑之后，李度离开面馆，踅进了会馆。先在前堂坐下，点了根烟。趁一拨人刚刚离开，趁着短暂的清静，他起身走到柜台面前，望一眼柜台后面的一个中年男人，摸出五块大洋朝他推了过去："这位掌柜，我想打听点儿事……"

"您说，只要我知道，都告诉您。"中年男人脸上露出惊喜，迅速收起大洋，瞄了周遭一眼，点头说道。

"下午，可有个提鸟笼子的客人前来住店？住哪间客房？"

"提鸟笼子？哦，是位老先生，住楼上2号雅间，从住进去后就一直没出来……您上楼左转。"中年男人殷勤而又讨好地朝楼梯口指了指。

老先生？又换装了，这家伙莫非对易容术上瘾！

李度边思忖边登上了楼梯，沿着左边过道一直走到尽头才看到了要找的门牌。原来与1号雅间打对面，1号雅间朝阳，2号雅间就是窗户朝阴面开的客房，中间隔着过道。这倒更方便了李度，因为这个雅间的窗外，就是会馆的后巷。

透过昏暗的灯光，他朝过道那边望了一眼，然后便轻轻叩响了房门。

"什么人？找谁？"里面传来低沉的询问。

"是我，特警队的李度，特来拜访张画家。"李度也压低了声音。

"李长官？你违约了，恕我不能给你开门。"声音有些愠怒。

"哦，是这样，你提的条件上峰没有批准，还需要跟你再商量。"李度装出无奈的口吻，继续小声做着解释，"没办法，只能冒昧登门，否则，你干完了活儿，却得不到约定好的报酬，我岂不成了言而无信的小人？"

"可你这样做，我就会变得很危险。"

"算了吧，你还没有发布广告，除了我们，还会有谁知道你出来了……得，不开门，对吧？那我就打道回府，到时候你可别怪我丑话没说在前头。"

门开了，李度闪身进入到屋里。

映入眼帘的却不是老先生，而是一位银发长髯、青布皂衫、一派仙风道骨的牛鼻子老道，只是手里缺了一柄拂尘。他不禁由衷地赞叹道："你的化装易容术的确不凡，也是苏共契卡教你的？"

"不是，我自己琢磨的。"张静农略带生硬地应了一声，不满地望着李度，"我提的条件已经低得不能再低，连这都不能批准，我完全可以理解为你们缺乏诚意。"

"不忙批评，咱有话慢慢说。"李度在桌前坐下，从褡裢里取出一包酱牛肉、一包花生米，打开，再拿出一把印有八仙过海图案的白瓷酒壶和两个白瓷酒杯，摆放好了，才笑眯眯地请张静农落座，"凡事都有个过程，但最终都会得到解决。来，先联络联络感情。"

张静农撩起道袍在对面坐了下来，由于易容，他脸上的表情十分僵硬，显得很呆板。

"一切都讲定了，之后又生变故，不符合契约精神，对我很不公平。"

"你在苏联待过，一定参与了对德作战。你觉得德国人会对苏联人讲契约精神吗？或者说，德国人会对苏联人讲公平吗？"

"两码事，现在我们是一次有条件的国共合作，你与我的合作。不是吗？"

"合作需要双方对等，对等了才有互提条件的资格。你觉得你有吗？"

"什么意思？你们要反悔？"张静农跳了起来。

"少安毋躁，坐，坐下。"李度摆摆手，"我有几个问题不明白，想跟你请教，当然，你也可以不回答。你能告诉我，你说的那个组织是个什么鬼，与中共是什么关系吗？"

"这个问题要准确回答很复杂。"张静农重新落座后，态度缓和了不少。

"你说过，你奉命去西柏坡就是要联络那个叫王明的人，是要扰乱中共吗，目的是什么？"

"不准确，或者说用词不当。不是扰乱，而是整肃思想，纯洁革命队伍。"

李度点点头，换了个话题继续问道："你在接受苏共契卡训练的时候，有没有接受过纪律训练？比如对待变节分子，他们有处罚条例吗？"

"当然有，而且很严厉。"张静农的眼皮跳了几下，俯下身子靠近了李度，眼里闪出一丝狡黠，"你不用套我的话，我知道你这样问我的意图。但我仍然可以坦率地对你说，我不会有负罪感。感情属于道德范畴，从个人的角度看，我之前大都在国外工作生活，与中共没有交集，也就谈不上感情，不需要承受道德的负重。"

"懂了，谢谢你如此详尽的解答，这下我就放心了。因为我是个讲感情的人，也就是说我很重视道德负重。万一冤枉了你，我会有负罪感。"

未等对方反应过来，李度已经立刻转移了话题，拿起了桌上那把印有八仙过海图案的白瓷酒壶，淡然一笑，说道：

"你常年在国外，对国内的历史文化恐怕有些生疏。比如这把酒壶，看着普通，却大有奥妙。中国有个历史掌故，说的是一对父子。父亲是皇帝，儿子是太子，太子长大了就要继承帝位，可父亲觉得自己命还长久，迟迟不愿交出权柄。于是，有一天父亲大寿，儿子宴请父亲，就用了一把这样的酒壶，给自己和父亲都斟满了酒，双方一饮而尽。结果，父亲死了，儿子还活着，并且顺利登基。这种酒壶，民间也给它起了个很贴切的名字，叫作阴阳乾坤壶，对付中国人，即便是个乞丐，也不灵光。可对付你这种香蕉人，简直就像是量身定做，可谓手拿把掐。”

说着，李度端起酒壶将两个白色的瓷杯斟满了酒，并将其中的一个推到张静农的面前。

张静农的脸色顿时变了。

他看了看李度手中的酒壶，之后死死盯着面前的酒杯，良久，才喃喃说道：“你这把酒壶里设有机关，斟给你的是好酒，斟给我却是毒酒……你是中共的人？”

李度冷着脸没有说话。

“非要杀我吗？到现在为止，我并没有实际行动，我没有……”

在一道冰冷且含有浓烈杀气的目光逼视下，张静农颓然闭上了嘴巴。

李度面无表情，指指酒杯：“喝了吧……我之所以用这样温和的方式，不是同情你的背叛，恰恰相反，我是痛恨到了极点。但我内心对你画家的身份仍怀有敬意，你确实是一个极富艺术创造力的画家，我不忍对你动粗。当然，你若选择动手，我奉陪！”

对峙，沉默，犹豫，挣扎——

终于，张静农抬起了头，只见他用两手迅速在脸上头上抹了几下，顿时银发、长髯等易容的其他物件统统不见，恢复了本真的模样。然后他望向了李度，面容十分平静。

“其实，一对一较量，我未必就会输给你。但，你说得对，我是个艺术家，是文明人，还是愿意选择文明的方式离开这个世界。”他说着伸出白皙而又细长的手指捏起了酒杯，“不过，在喝下这杯酒之前，我也有两个问题想问你……”

“可以，说！”

“第一，你的公开身份是国民党的特工，而我已经记录在案。我的身份决定了案件的性质，属于重案要案，你就这么稀里糊涂地干掉我，你怎么洗清你自己？第二，中共同样也是有组织程序的，你未上报，违反程序，纯属擅自行动。我也算是中共的高级干部，我的无故消失，中共也会调查。你的正义无人能证明，就像我的背叛无人能证明一样，面对组织的调查，你永远也说不清楚。据我所知，不论是苏共还是中共，内部都有一条不成文的规则'不怕有问题，就怕说不清'。这个'说不清'就像一个抹不掉的污点，将会陪伴你终生，影响你终生……你不怕吗？"

"我倒着回答你的问题，先告诉你，我不怕面对组织的调查。"李度淡淡地一笑，"这个世界，凡是人知道的事情就没有说不清的。我怕的是自己的内心，所以之前我有意问了你那么多的问题，你回答得都很清楚也很真实。现在回答你的另一个问题，知道你酒杯里掺入的是哪一种剧毒吗？"

李度指了指他手中的酒杯。

"哼，不外乎是氰化钾之类的腐蚀性毒物，抑或是金属毒物、功能障碍性毒物……"张静农凑近酒杯嗅了一下。

"错，那种大路货我是从不用的，这一点儿你我很相似，我也喜欢自己琢磨，自己制作。既然是自己制作，当然不会是常规毒物。生物碱，你一定听说过，属于生物类毒药。自然界有很多植物都含有这样的毒素，比如狼毒花、马钱子、乌头属、曼陀罗、水仙、百合，甚至连土豆都含有生物碱。我选用了很常见的花，提取出里面的毒素。这种毒素的最大特点就是无色无味，服食之后，立竿见影，然后迅速代谢，排出体外。倘若中毒者恰好有什么暗疾，则暗疾部位就会相应发生病变。我仔细研究过你的审讯记录，除开那些侮辱性的刑罚，你只在糊麻纸上服了软。正常人，一般都能坚持到第五层，甚至第六层，而你到第三层就扛不住了，问题不在你的意志力，而在心脏，你的心脏有毛病。所以，当你呈现在验尸官面前时，任何验尸官都只能得出一个结论——你死于心脏病突发，也就无须任何人承担责任。我的回答还算详尽吧？你应该满意，那就安心地上路吧。"

刹那间，张静农的脸色变得惨白，凄然一笑，点点头："李同志……请允许我最后一次用这个称呼。真没想到，你这么年轻，却如此镇定、缜密、博学，自始至终我都在你的掌控之中，的确高明，智商明显在我之上，我服。死在你手里也算不冤……只有一个请求，我死后，请你把我的画箱带走销毁掉，我不想把我最珍惜的东西留在这个肮脏的世界上。"

李度点了点头，然后站起身来，盯着张静农，不动声色之中，迅速将一股气息运遍全身，浑身的肌肉顿时鼓胀起来。

出乎意料的是，张静农端坐在椅子上，仰脖喝下了杯中酒，并没有垂死一搏。

片刻之后，一切都尘归尘、土归土了。

李度迅速清除了痕迹，并将那些散落的化装易容物件搜罗到一起，放在瘫倒在桌上的张静农身边。

就在李度跃上窗台，准备溜之大吉的那一刻，突然略微犹豫了一下：要不要把那个画箱带走？按说做人应该言而有信，不能失信于人。可，冥冥中总有一种莫名的不安在躁动，直觉似乎在严厉警告他，最好别碰那玩意儿。最终，他还是相信直觉，一咬牙转身跃出窗户，飞身落在院墙的墙头上，再双足一点，隐没在会馆后巷的黑暗中。

在巷口，他与守候的黑子会齐，脱去长衫、毡帽、眼镜，恢复了本来面目。

吉普车低吼一声，接着便全速朝赵城方向疾驰而去……

四

当然，李度其实完全不必再赶赴赵城，之所以这样只是为了做戏：洗脱自己，给自己一个不在场的证明。一切都在他的意料之中，在万安镇，他与返回的大队人马相遇了。蓝猫一脸沮丧，说赵城特警队完了，几乎伤亡过半，损失惨重。他们赶到时袭击已经结束，纯粹是去擦了把屁股。

李度问现场可留下什么痕迹，是否能确定袭击者的身份？蓝猫摇摇头说，依照幸存的人描述，应该是一拨土共。他们穿的都是乱七八糟的老百姓服装，没有几条枪，手里的家伙什大都是些棍棒、梭镖、大片刀之类的，甚至还有挥舞锄头的……但战斗力彪悍野蛮，现场惨不忍睹，并且还是来无影去无踪。

蓝猫说着，脸上不由得露出胆战心惊的神情。

李度稍作安抚，便带队返回了临汾驻地，同时命令县特警队长连夜写出报告，一式两份，一份上报绥署特警处，一份送交城防司令部，供梁培璜司令官备考。

凌晨时分，城南方向发生了一起爆炸。爆炸的响声几乎惊动全城，甚至连城防司令部都误认为是解放军发起了攻城。

很快，县警察局的一份通报送到了县特警队：爆炸地点为城南的陕西会馆，爆炸原因不明。蓝猫带人去勘查了一下现场，回来便立刻找到李度报告："队长，从会馆的登记簿和爆炸方位上推断，应该是那个狗日的画家自杀了……娘的，那炸弹威力不小，几乎炸毁了半座会馆。王八蛋，临死居然还拉了那么多垫背的，黄泉路上倒是不寂寞了。"

"人死了？确定？"

"尸骨无存，连同瓦砾都一块儿灰飞烟灭了。"

李度一阵无语，顿时想起了那个画箱，一定有一支画笔或是一管颜料，里面藏匿了最先进的苏式塑胶微型炸弹！难怪张静农死的时候那么安静，既未反抗也不挣扎，原来他早已留了后手。这种阴毒，也算是登峰造极了，他心里忍不住连连暗骂："真是死有余辜！幸亏小爷没上当……"

这时，县特警队长跑了进来，报告道："李队长，城防司令部来电话，梁司令官召您立刻过去。"蓝猫望了李度一眼，有些忧心忡忡："肯定是问陕西会馆爆炸的事……您要如实报告吗？"李度叹口气："瞒不住的，那家伙搞得动静太大了。去，你把张静农的卷宗和他写的自供状一起拿来。是福不是祸，是祸躲不过，该来的总要来。"

由黑子开车，李度来到鼓楼街城防司令部。

跳下车后，他转脸对黑子小声吩咐道："今天是刘鑫返回的日子，你现在就去西关，守在那儿，随时接应。"

看着黑子离开了，李度才整了整军容，踏进司令部。

司令部大厅里烟雾缭绕，一群作战参谋正苦着脸围在沙盘周围，边争吵着边吞云吐雾。大厅一隅，梁培璜和坐在椅子上的孙楚低声商量着什么，阿格布尔站在孙楚的身后。李度走过去，朝梁培璜行了个军礼："特警处别动总队副队长，李度奉命来到！"

梁培璜面容憔悴，眼睛里布满了血丝，朝他摆了摆手，嗓音疲惫地问道："你的人，在赵城那边遇到了袭击？"

"报告司令官，遭受袭击的是赵城特警队。卑职带人连夜赶过去支援的时候，袭击已经结束。从现场勘查和幸存者的描述上看，应该是共军的小股游击部队。"见梁培璜压根儿不问陕西会馆爆炸的事，李度暗自松了口气，与阿格布尔对视一眼，内心更加笃定下来。

梁培璜拉着孙楚走到地图前，指了几个地方，说道："秘密增援的53师，走到介休就不敢再前进一步，现在赵城也受到了袭击，这样的局势，老兄怎么看？"

孙楚摇摇头："还能怎么看，种种迹象表明，共军已经完成了对临汾的合围，外围战随时都可能打响……我的53师不敢再前行，是怕中埋伏，围点打援可是徐向前惯用的手法。关键是，援军不至，就意味着你老弟成了孤军。这情形，简直就是运城之战的翻版。"

"当初，运城被围，我就向会长建议，索性集合太原、临汾的所有守军对运城实施反包围，趁势在河东地区与徐向前展开主力决战。可会长没有采纳，仍然坚持分兵把守，反倒让徐向前三打运城，完成了练兵，就此作大。唉，前车之鉴，孤城、孤军，有败无胜啊！"

"会长也是为难得很。"孙楚同情地看了看神情颓丧的梁培璜，"他之所以没有采纳你的建议，原因有二。一是他老人家了解自己的部队，晋绥军一向弱于野战，他不敢拿最后的这点儿老本冒险。二是他还对老蒋抱有幻想，指望平津一线的中央军能回援山西，分兵守卫是为了赢得时间。可老蒋也是自顾不暇，他倒是强逼傅作义派出了94军，偷袭平山、石家庄一线，可结果呢？又中了共军围点打援之计，不仅94军大败，甚至连石家庄的宋瑞珂师也被打光了，根本救不了山西。"

"非也，老话说'夏虫不可语冰'。"梁培璜有些不以为然，"老兄对会长的忠心，为弟真是佩服，都到这时候了，还在为他说话。可事实就是事实，冰冻三尺非一日之寒，今天的危机又岂是几句轻描淡写的话就能解得了的。更何况，会长对老兄一直心存忌惮，否则也不会让你这员战将改行当'泥瓦匠'了。"

"话也不能这么说，会长对我还是勉励有加的。前些时推举绥署秘书长人选，会长批准了汪敬谷的参谋长吴绍之升任，同时就宣布了我的参谋长赵世铃就任绥署参谋长的任命。虽然是搞平衡，但我不是嫡系，会长如此安排足见用心良苦，我领这个情。"

说完，孙楚转向了阿格布尔："阿格参谋长，你年轻，对眼下的困局有何高见？"

"原则上，我是赞同梁总座的观点的，要想避免被各个击破，只有收缩防御，集中兵力于核心据点，再伺机决战。"阿格布尔扭头看了李度一眼，"据我所知，李队长在调入特警处之前曾经为阎会长写过一个作战方案，方案的核心观点就与梁总座的思想暗合。"

"哦，你是怎么想的，说来听听。"孙楚看向了李度。

"阿格参谋长谬赞了，那不过是阎会长对我的一次测试，当不得真。"李度朝孙楚欠了欠身子，不卑不亢道，"那时候，运城已失，我所运用的各种数据、情报材料也都是由第13集团军军情处提供的，包括当时的最新战况。根据所有情报材料，再进行分析综合，推导出来的结论就是，放弃临汾，主动回撤太原，合兵一处，将各部队中的骑兵部队重新整合，组成强大的机动兵团，步骑结合，点线结合，在晋中一带与共军展开决战。虽然侥幸与梁总座的思想暗合，但纯属庙算，纸上谈兵而已。小子狂妄，不知轻重，那样的想法自然难入阎会长的法眼。"

梁培璜点点头，感慨道："至少，咱们老少两代人想到了一起，说明这种想法自有它合理的地方。可惜，咱们说了不算……不谈这些了，萃崖兄，就让这两个年轻人赶紧护送你离开这个是非之地吧，再晚，怕是想走也走不了了。"

阿格布尔问道："梁总座不走吗？"

"我可不能走，得留在这儿陪葬。"梁培璜苦笑道，"否则，就算逃出去也难免一死。李服膺、李生达两位将军就是前车之鉴啊！说起来，还是共产党厉害，为了瓦解我们的士气，几乎每次战役，他们都不断地把被俘的军官释放回来，那就是个烫手的山芋，硬塞给阎会长，让他为难。阎会长常说，被俘虏过的人就像失了节的女人，关键时刻往往重犯，可偏偏对这些人，又不能杀，不能用，还不能不管。所以，咱们这些高官，唯一的选择就是舍身成仁，连被俘都不敢奢望。"

孙楚又转向了地图，森然道："我还不想走，我一定要看看我带来的那张王炸的作用！"

梁培璜也跟着走了过去，摇着头小声说："这又何苦？你的王炸交到我的手里，也照样发挥作用，你又何必冒此风险……还是尽早离开吧。"

"李队长，你带来多少人？"孙楚转过身来问道。

"一个小队，五十来号人，都是轻装，没有重武器。"李度似乎猜到了孙楚问话的含义，赶紧补充道，"您也知道，特警处的兵，只能当鹰犬，当虎狼用可是完全不够看。"

"喊，你以为我是要你的人护送吗？你想多了。"孙楚吁了口气，"我有我的特务营，身经百战，不敢说百万军中取上将首级，但关键时候，利用包围圈的缝隙护送我撤出去还是有把握的。到时候，我会让阿格参谋长通知你，带着你的人跟随我们一起撤离吧……我跟化之兄也是多年的朋友，你是他的属下，我不能见死不救。"

"多谢孙长官。"

"好了，你俩退下吧。"

李度和阿格布尔退出了作战大厅，来到阿格布尔的办公室。

"王炸？是什么鬼？"李度想起孙楚的话不由得蹙起了眉头，狐疑地问道。

"不知道。"阿格布尔也是一脸蒙，"看来，孙楚对我还是有所提防的。"

李度没接他的话茬，仍沉浸在自己的思绪里。孙楚一向老谋深算，心机很深，他口中所谓的"王炸"绝非简单。一边这样想着，一边自言自语道："至少说明，孙楚还有底牌。这张底牌究竟会是什么？秘密武器？新装备？抑或是一支奇兵？一支谁也想不到的特殊部队？"

"部队？十个人算不算？"阿格布尔挠着头思索着，"我好像在一次会议上听军需处的人提起过，孙楚第一次来临汾的时候带了十个日本人过来，但一直没有跟特务营驻扎在一起，莫非……"

"日本人？十个……要说是为了让他们上前线拼刺刀，你信吗？"李度眼睛一亮，使劲拍了一下大腿，"立刻给军需处打电话，就以军需配给是否充分为由，打听这十个日本人被安排在了什么地方，快，这很重要！"

阿格布尔也没多想，伸手拿起了电话。

李度仍在踱步，就算日本人再厉害，可区区十个人，又能做什么呢？

片刻之后，阿格布尔放下了电话，抬头望着李度："在 66 师。"

"东关要塞？这一定就是孙楚的那张王炸！"李度停住了脚步，看向阿格布尔，"放下所有的事，从现在起，布尔，你我利用各自的系统暗中调查，一定要尽快弄清楚这十个日本人究竟要干什么，除非他们什么都不干，只要有所动作，就无法做到完全保密，我们就有机可乘。"

"好，我想办法把特务营的孙营长约出来喝酒，他是孙楚的亲侄子，应该知道些秘密。"阿格布尔用拳头轻轻擂了擂桌子。

商议定了，两人立刻分手，各自外出行事。

回到特警队，李度叫来了蓝猫，说城防司令部怀疑 66 师有人暗中密谋哗变，要求特警队立即介入进行调查。由于司令部只是怀疑，线索十分模糊，他只能下令蓝猫立刻给太原总部的徐端发报请示，唤醒安插在 66 师的暗桩协助暗访。早在抗战胜利之初，返回太原之后，特警处就在各系统、各主力部队，有意培养代理人，安插特务，并都布置了大量的暗桩，但名单却只有梁化之和徐端掌握，要唤醒使用必须请示，才能得到唤醒密码。

蓝猫有些犹豫，悄声劝李度，按以往经验，就目下危局，首先要考虑的是尽快撤离……现在向太原请示，就意味着要继续留下来完成任务，耽搁了时间，共军一旦发起攻击，没准儿就再也逃不出去了，大家都得困死在这儿。李度摇了摇头，对他说了两点意见：第一，已经跟孙楚长官约定，跟随孙长官一起撤离，孙楚有一个特务营护驾，齐装满员，且战斗力极强，安全撤离不必担忧。第二，富贵险中求，这样的立功机会放弃了，那就只能一辈子当个大头兵了。最后要求蓝猫安心执行命令，李度有把握做到既立头功又安全撤离。蓝猫这才赶紧去找译电员跟太原联系。

片刻之后，蓝猫回来了，将一张纸条塞进李度手里，然后满脸兴奋地说，徐副座对李队长的忠于职守大加赞赏，并且保证不论任务能否完成，都给小队集体请功，嘉奖李队长。

李度低头细看纸条：66师参谋处副参谋长姚远，三三铁血团成员，代号"冬青"，唤醒密码……默记于心后，他烧了纸条，立刻动身前往东关。以他现在绥署特警处别动总队副队长的身份，不需要偷偷摸摸。

李度进入要塞，停好车，来到66师参谋处，很快便找到了副参谋长姚远，是个三十多岁的白面书生，军衔是上校。他先掏出自己的证件递过去，待姚远看完之后，他双手立刻在胸前做出一个心形，同时口中念出一组数字："3364268。"

姚远扶了扶眼镜，点点头："冬青听从长官的吩咐。"

李度收起证件，看四周无人，便轻声说道："兄弟辛苦……总部命令，有一条信息需要你尽快证实：孙楚长官从太原带来的十个日本人，在66师的吃、住、行是否安全，他们所要执行的任务是否得到了应有的保障。如果你记住了，马上去落实，我坐等你反馈。"

姚远低头默记了一下，点头道："长官是开车来的，请回到车里等候，二十分钟之内我去找你。"两人一起走出参谋处才分开。

李度回到车里，点燃一支香烟，眼睛却四处查看着人头攒动的要塞。除了又高又厚的城墙，要塞里面几乎就是一片钢筋混凝土的森林。

很快，姚远就返了回来，站在车外低声向李度报告："东关要塞最早是一座铁厂，改建后仍保留了一些原先的建筑。从这儿往南，看见了嘛，就是那座高高的烟囱，日本人就安顿在烟囱下面的院子里，两排平房，都是单间，算不上很舒适，但安全没问题。他们的任务属特级保密，只有师长才知道。我查了军需调拨单，上面有调拨给他们的物资配置，分别是：掷弹筒十五具，枪榴弹十五箱，防毒面具十五副，清酒、牛肉罐头、鱼肉罐头、青豆罐头各五箱。应该是按照他们要求拨付的。"

"掷弹筒的型号？"

"仿大正八九式。按日本人的建制，掷弹筒兵一般为两人一组，携带十六枚榴弹。"

"有劳了，也就是说，基本满足了他们的需求，这下上峰应该放心了。齐活儿，兄弟告辞，后会有期。"李度探出车门拱了拱手，冬青则略微欠了欠身子。

离开参谋处，李度开车围着那烟囱绕了一圈，看清楚了那个院子，两排平房，有围墙围着，院门口有宪兵值守。在它北面约一百米就是66师师部，再往北有一个高高的土丘，上面竖着一面青天白日旗。院子的南边离城墙不远，二十多米。从里面往外看，隐隐可见一座山峰，已显出一派春天的新绿。

他都用心记了，这才开车驶离了东关要塞。

回到住处，李度插了门，迅速在一张纸上按照记忆划出一张地形草图，并分别在两处地点标上了重点符号：烟囱下的小院及城墙外的山峰。刚刚做完这些，便传来了敲门声，随后听见黑子的声音："队长，是我，我从西关回来了。"

他急忙把草图收进兜里，起身打开了房门。

进来的是黑子和一脸笑容的刘鑫。

不及李度说话，刘鑫就拉住他的手，压低嗓音对他说道："你的情报太重要，也太及时了，上级非常满意，立即对原部署做出了相应的改变。徐司令员还特意转告我，要我代他向你敬礼，你快站直了，整好军容。"

之后，刘鑫非常正式地向李度行了个军礼。

李度也郑重其事地还了礼，接着便纠正道："错，不是我的情报，而是我们的情报。"

刘鑫笑笑，没再争辩，告诉李度，解放军第1兵团政治部主任还亲自接见了他，并让他转告地下党的同志们要继续努力，为早日解放山西全境多做贡献。同时特意指示李度和在城里继续坚持的所有地下党组织，务必及早撤离临汾。虽然没告诉他攻城战役打响的具体时间，但估计应该就在这几天了。

在他俩说话的时候，黑子很乖巧地守在了门外。

李度当然也很高兴："怎么说呢，我当然应该感谢上级组织和领导的关怀……但我还不能撤离，还有个重要情况刚刚发现，你回来得正好，赶紧给城外的组织发过去。"

说着把刘鑫拉到桌前，掏出那张草图，把那十个日本人的情况述说了一遍。

"依照现有的情报，我可以断定，孙楚带来的那十个日本人，一定是第10总队原泉福手下的化学兵，他们使用的武器虽然是掷弹筒，但那枪榴弹里面一定是毒气。也就是说，孙楚的所谓王炸，就是要在关键时刻打毒气战。"

这时，电话铃突然响了起来，李度急忙抓起了话筒，传来的却是阿格布尔伴装发怒的声音："李度，你小子敢抢老子的女人，老子要跟你决斗！老子也懒得跟你动手，就用毒气弹毒死你全家，你等着吧！"

李度自然听出了阿格布尔话中有话，放下电话，朝刘鑫点点头："两点成一点，阿格布尔也从另外渠道获得了情报，完全证实了我的推断。"

刘鑫一惊，瞪大了眼睛："这么丧心病狂？那我得赶快联络，一刻也不能耽搁了！"他边说边跑回自己的屋里，也顾不上遮掩，就那么大咧咧地拎着电台重新返回，打开电台，拉出天线，开始联络。

将情报发送完毕，刘鑫摘下耳机，长吁口气："行了，大功告成！这下就可以大大减少我军进攻东关部队的伤亡……李度，你又立了一个大功！"

李度却仍然蹙紧了眉头："还远远不够啊，你想，我们并不知道梁培璜计划怎么使用这十个日本兵，是集中于某一关卡，还是分散在每一处阵地上？这样的情报发过去，上级该如何应对？总不能给每个官兵都配发一副防毒面具吧？"

"那不可能，我们没那个条件。"刘鑫断然道。

"所以，唯一的选择就是在总攻发起之前，把那十个日本兵就地歼灭！"

"怎么可能？人手不够，就算有临汾地下党配合，也混不进东关啊……"刘鑫再次瞪大了眼睛，"莫非你有更好的计划？"

李度凑近刘鑫的耳畔，低语了好一阵。刘鑫连连点头："也好，你这个计划够大胆，但也只能这么干了。这样，把这个计划交给我，观察、联络都由我一个人来完成，你带人先撤离临汾。"

"术业有专攻，"李度摇摇头，"你负责联络，剩下的观察、测距、矫正弹着点，还是我来操作更有把握。机不可失时不再来，别磨叽了，下决心吧。"

"不行，计划我来执行，你必须撤离，这是上级的指示！"刘鑫坚持道。

"什么意思嘛，为什么非要把我支开？"李度突然焦躁起来，搓着手，在原地打了个转，接着便直挺挺地站到了刘鑫面前。窗外一缕阳光正好映照在他年轻的脸庞上，仿佛一抹红光在闪耀。他的眼神焦急中似乎还有点迷离，似乎在眺望很远的地方，又似乎没有落在任何地方，"是因为我刚加入你们，时间太短吗？还是因为……"

"都不是，你别多想。我是中共党员，这个险必须由我来冒……别争了，我现在就跟阿格布花联络，约定时间接应你们撤出去。"刘鑫说着，便拿起耳机准备工作，不再理睬李度。他开始调频，开始呼叫……突然，他的手停了下来，因为听到了李度的话语，准确地说更像是一种发自肺腑的自语。李度站得笔直，目光仍然显得迷离，像是自言自语，又像是在同虚空中某个肉眼看不见的星星说话："我申请加入中国共产党……"

李度的声音不大，像是梦话。但刘鑫听清楚了，起先他还有些疑惑，生怕自己听错了，抬头看向李度，凝神聆听，还是那句话，语气却已经变得坚定无比："我申请加入中国共产党！不论能否得到批准，我都将像一个共产党员那样去战斗，去奉献，包括我的生命！"

顿时，刘鑫激动了，他忍不住站起来紧紧握住了李度的手。

不再争论，接下来的一切便都顺理成章了。

计划中，李度充分考虑到了解放军攻坚的困难：缺乏大口径的火炮。如果不是存在这一短板，那就简单多了，只需提供准确的坐标，强大的火炮群最多两个基数的覆盖，即可远距离定点拔除，那座小院连同那十个日本鬼子就会一起化为齑粉。但条件所限，无法实现远距离覆盖，就只能利用迫击炮，借用运城攻坚的经验，坑道迫近，将迫击炮群直抵前沿，在有效射程内实施突袭，只要有十门迫击炮就足够。

收报，发报，再收报，再发报，经过短暂紧张的交互联通，最终刘鑫摘下了耳机：

"上级需要协调、安排，要我二十四小时候机待命。"

"好，你就在这屋里等候回电，我让黑子在门外警戒。"李度点点头，"忙里偷闲，我去勘察一下地形，为下一步做准备。"

离开住处，李度开车再次接近东关要塞，沿着外围，驶向南城墙根儿。到了实地，才发现原先看到的根本不是一座山峰，而是一座巨大的坟冢，是一处春秋时期的晋侯古墓遗址，它距离东关城墙约50米，高于城墙10米，也是城东南唯一的制高点。李度感到有些奇怪，按说这样的地形极具战略价值，却并没有变成据点，只派了一个排的士兵守卫。

他不知道，其实孙楚刚到临汾之初，就竭力建议梁培璜将这座古迹改建成堡垒，与东关要塞互为拱卫，形成犄角之势。但梁培璜不忍，刨坟掘墓，让一座千年古迹在他手里毁灭，他岂不成了千古罪人。也多亏了梁培璜的这点恻隐之心，古冢方得以存留，只是被划为军事禁区，没有完全军事化。

李度停车，向守卫出示了自己的证件。绥署特警处，鼎鼎大名，没人敢阻拦。

步行登上土丘之巅，李度迅速转向坟冢的北面，很快，要塞里那座高高的烟囱以及烟囱下方的那座小院相继映入眼帘，不禁心中一阵狂喜。如此地势，作为观察、测距的哨位，简直不要太合适，简直是上苍恩赐的礼物。

勘察结果，更坚定了李度的信心。

这是 1948 年 3 月 7 日，入夜后，整个临汾城都陷入一片寂静。

由于灯火管制，城区漆黑一片。

就是在这样一个暗夜，随着三颗信号弹在夜空中划过，临汾外围战正式打响，激烈的枪炮声、爆炸声震碎了晋南原野的寂静。混乱中，古墓荒冢，只见李度和刘鑫从潜伏的草丛中爬起，李度迅速爬上一株古柏，端起望远镜，一边测距，一边喊出一连串的标尺数据。树下的刘鑫则用电台迅速将这些数据传输出去。紧接着便有成群的八二迫击炮炮弹猛烈砸下，就像长了眼睛，每一发炮弹都准确地落在烟囱下的小院里，爆炸的声浪和炸起的尘雾迅速吞没了整个院子。

当第二波的轰炸结束之后，李度跳下大树，拉起怀抱电台的刘鑫飞快地跑下坟冢，与在外接应的黑子会合，悄无声息地撤离了古墓遗址。原本计划撤离的时候如受阻发生意外，就强行歼灭守卫的士兵，却不想东关之战刚刚打响，那排守卫竟被莫名地调走了。

临汾外围战，以攻克东关要塞为最。

徐向前司令员的部署是：8 纵主力 23 旅，主攻电灯公司据点，攻克后即依托据点内的既设坑道，从东北方向进攻东关城郭；13 纵主力 37 旅，则由西南助攻，以八二迫击炮群为主实施火力覆盖，牵制敌人，掩护攻击。

经过地面争夺外壕的激烈战斗，加之地下精心进行的坑道作业，到 4 月 9 日，23 旅已先后完成四条坑道，13 纵也完成了两条坑道。4 月 10 日，解放军突击团队与第二梯队进入前进阵地，各种火炮也先后做好射击准备。下午 4 时，徐司令员亲临一线，在炮声隆隆之中，来到距离东关要塞不远的一处隐蔽的指挥作战地。傍晚 6 时许，一声令下，各条坑道一齐点火爆破，23 旅三条坑道将城墙炸出两个缺口，一个宽 57 米，一个宽 25 米，两个突击营趁着爆破腾起的烟尘，迅疾发起冲击，几分钟后便顺利登上了东关城头，马不停蹄地向纵深发展。37 旅则进攻受阻，因经验不足，两条坑道一条爆破处距离城墙尚有八米之余，另一条却因点火装置故障未能爆破成功。徐司令员当机立断，随即命令 37 旅突击队改由 23 旅的爆破口跟进攻击。两旅突入，在震天的喊杀声中，据守各要点的敌人相继被歼灭。晋绥军 66 师师长徐其昌，仅率少数残兵循暗道逃入临汾城里。

东关要塞宣告失守，解放军进一步迫近临汾城垣。

4 月 15 日，解放军以 13 纵由城南门以东地区，8 纵由城东南以东地区，太岳军区部队由城东北地区，同时攻击前进，掩护破城坑道作业。17 日，徐司令员向军委和军区报告了攻克东关的战果、伤亡情况和下一步的作战计划。中共中央、军委给徐向前和前指发来贺电："庆祝你们歼灭阎敌 66 师及肃清临汾外围和攻占东关的胜利。……你坚持迫近作业，坑道爆破，并控制主力，决心长时间夺取临汾的计划是正确的。"

5 月 1 日，解放军前指正式颁布为解放临汾的《紧急动员令》，号召临汾前线"全体指战人员以百倍紧张的精神紧急动员起来，扫除一切倦怠、松懈、烦腻、迟疑的现象，坚决、勇猛、积极、顽强，坚持最后五分钟，争取解放临汾的最后胜利！"

城里则乱成了一锅粥。

因长时间的围困，城内守军缺乏补给，无论弹药还是粮食都已到了难以为继的地步。就连一向待遇优渥的中央军第 33 旅，也开始断顿，只能靠宰杀军马充饥。城内数千伤兵无药可医，成群的饥民在街巷里倒毙。蒋介石和阎锡山为挽回危局，分别从南京和太原派飞机空投，可因外围阵地丧失殆尽，投下的各种救命物资，大部分又落入围城的解放军阵地。城内因粮食弹药分配不公而发生的内讧、哗变此起彼伏。

绝望、沮丧和不甘坐以待毙的情绪，迫使守备司令梁培璜变得疯狂起来。在铁腕镇压之余，他又相继推出"肃清伪装""兵民混搭"的策略。无论何种情况，弃守阵地是"伪"，不愿从军当兵是"伪"，女人不愿劳军、不愿嫁与军人是"伪"，伪则必杀！他将县特警队改为监督执行队，专事杀"伪"。

千年古城，沦为一座杀气冲天的死城。

直到这时，李度才完全放下心来，对刘鑫说："我们可以走了，跟阿格布花联络！"

孙楚见大势已去，慌忙下令突围。

阿格布尔驾车找到李度，传达了孙楚要求别动小队一同撤离的命令，同时告诉李度，鼓楼街城防司令部有一条秘密暗道，直通北关城外，这也是孙楚最后的依仗。李度当然表示拒绝，种种不便言明的原因，使他不能与孙楚同路，李度要求阿格布尔也不必再返回，跟随自己一起从西门出城，按既定计划，沿着汾河河谷撤离。这边已经与骑兵团和解放军攻城部队取得了联系，冲出去的把握更大。

考虑再三，阿格布尔最终还是拒绝了李度的好意。理由很简单，他觉得孙楚一直待自己不薄，危急时刻抛下他，只顾自己逃命，实在是问心有愧。见再三劝阻无果，李度无奈只好又献一计，让阿格布尔返回之后，转告孙楚，双向突围，别动小队在先，待别动小队西门突围打响，吸引中共攻城部队之后，特务营再从暗道向北关撤离。

刘鑫知道后，执意要通知北关围城的部队，却被李度强行阻止了："如果这是一个错误，那责任就让我来承担吧……"

拂晓时分，李度带着别动小队，骑马接近了西关城门。

出发前按照约定，每个人左臂上都缠了一条白毛巾。李度下令：枪上膛，刀出鞘。同时暗令黑子和刘鑫，紧跟自己，三人身上暗藏燃烧弹多枚。他要制造混乱，在突出去的同时，为西关的攻城部队打开缺口。

果然，在城门口被守城的保安团拦住，说特殊时期司令部有令，任何人不得出城！李度立即伸腿朝蓝猫的马肚子上踢了一脚，蓝猫会意，挥枪大吼一声："归师莫遏！弟兄们，想活命、想回家的，都给我冲啊！"

顿时，枪声大作，别动小队的队员们都拼了命地猛烈射击，一边狠夹马肚子，一窝蜂似的朝城外冲去。李度、刘鑫、黑子殿后，同时将身上带着的燃烧弹朝两边的防御工事猛甩，枪声、爆炸声中，火光四起，守军顿时乱作一团。

三人很快冲出城门，赶上了队伍，一阵拍马疾驰，冲下河谷，与前来接应的铁寒寨骑兵团汇合。他们也同样是左臂缠一条白色毛巾。

晨曦中，阿格布花一马当先，挥枪冲到李度跟前，喊一声：

"别走神，快，进入河道，往北撤！"

李度却没理她，一拉马缰横身回望。当他隐约看到一面招展的旗帜插上西关城头上时，才嘴角含笑地回马朝阿格布花喊道："大功告成，走了！"

话音未落，谁也没有想到，就在他调转马头的那一瞬间，身体突然猛地一僵，接着便直挺挺地栽下马来……

战马嘶鸣之中，李度的眼里先是乌黑，接着便是一片血红。

顾不上阿格布花的惊怒交集，黑子策马奔过，弯腰一把抄起李度，横放在马背上疾驰而去。紧跟其后的刘鑫一拍仍在发愣的阿格布花："耽搁不得，快走！"

朝霞似血，马蹄声咽。

沿着深深的河谷，一队人马慌慌离去，就像一条蜿蜒潜行的黑色响尾蛇……

第九章

一

　　"如果我对你说过谎，那是我想跟你证明：假的就是真的。"

　　当一个女人对他说出这句话的时候，他觉得自己好像明白了一点儿。

　　于是他有些含混不清地问道："我是不是死了？"女人说："你又活过来了。"他接着再问："就是说，我曾经死过一回？"女人扑哧一下笑了，说："像你这样的狠角色，就算死过多少回也属正常，还记得吗，初见你时我就说过，你不是个凡人。"他不记得了，只记起她说的第一句话，忍不住又问："你刚才说，假的就是真的，什么意思？"女人似乎有些不高兴了："傻瓜，有时候真的也是假的，不是吗？"

　　就像在一个超乎时间之外的时间里，一切似乎都不连贯，李度只觉得脑海里有一团迷惘在搅动。他竭力想看清楚这个跟自己说话的女人，却总也看不清楚。

　　"你是谁？"

　　"一个老朋友，不会真的忘了吧？"

　　"那，我是谁？"

　　"你是李度，李家公子呀，我陪你喝过酒。"

　　说完，女人便飘然离去了。我叫李度？我怎么一点儿也不记得了……恍惚中，他蓦然又感到一阵惊惧——返回来的女人竟然变得一丝不挂，像是刚从浴室里走出来，她那未加修饰的胴体闪着白皙的光亮，一连串的水珠顺着她的肚脐和腹股沟流下来。他顿时有些慌乱，想闪身躲开却浑身酸软，像被绳索牢牢绑住了。他忙大声喝道："站住，你别过来！"

女人仿佛压根儿听不见他的喊声，依旧窈窕地走过来，撩起了湿漉漉的长发。

这下，他看清了，忍不住脱口惊叫一声："樱桃红！"

樱桃红妩媚地一笑，俯下身子，开始亲吻他的脖子。她的身上散发着一股猪胰子的脂香和自来水的漂白粉味道："别怕，犒劳英雄，我不是第一次干这种事情了。"

于是，慌急之下，李度运起浑身的力气，一拳挥出，像打在空气里。但樱桃红却像被他击中了似的无声无息地消散了，再凝聚起来的时候，已然换了人形，是个男人，剑眉星目，方正冷峻，正充满怜惜地望着他。李度几乎立刻便认了出来——李剑教官！男人点点头，又摇摇头说："你真不让人省心，我一再告诫你，再强的技击，在枪面前都是扯淡。可你忘了，你被一点儿小小的胜利冲昏了头脑，你飘了，所以被一颗流弹击中了胸脯，离心脏只差几毫米。记住，人在得意忘形的时候，浑身上下都是破绽。"

李度知道是自己错了，那一瞬间，的确是有些得意忘形了。他想认错，好久不见，真的有很多话想问教官……但却喉咙发堵，一丝声音也发不出来。李度正急着，李剑却倏然不见了，眼前像万花筒般旋转，转过来的却是身形高大的阿格布尔，浑身是血，怒目圆睁，一言不发，穿墙而去。

他急火攻心，浑身发力，挣扎着猛地一吼，终于挣脱了梦魇。

回到现实，一切都变得清晰起来。

白墙，空气中弥漫着来苏水的气味。

陶蓝正俯身望着他，那亮晶晶的眼里充满关切，眼角有泪珠在滚落。

"哥，你醒了，你终于醒了！"

"蓝妹？这是在哪儿？"李度明显还有些发蒙。

"陆军医院，你已经昏迷了整整十天。"陶蓝拿起一块毛巾，将他额上的汗水轻轻擦去，"你做梦了，梦里还在打仗吗？"

"做梦？我好像见到了李剑教官和阿格布尔，阿格布尔一身是血……"李度的思路渐渐清晰起来。

"他也负伤了，就在隔壁，布花姐在照顾他。"

李度一听便要起身，想过去看看，却发现自己被绷带完全固定在床上。

"哥，你现在还不能动。别担心，布尔哥的伤势没你重，已经恢复了很多。"陶蓝换了块湿毛巾敷在他的额头上，又突然小声问："樱桃红是谁？"

李度没有回答，却暗自心惊，一个八竿子打不着的风尘女子，怎么会进入自己的梦境？

"好像是个女人？"陶蓝眨眨眼看着他，脸上有一丝戏谑。

"是，一个还算不错的风尘女子。"李度索性承认了，虽然樱桃红是汪成旭的朋友，但确实陪自己喝过一次酒，"我说什么了吗？"

"没有，梦话里你叫过两次这个名字。"

"唔，一定是我的脑子烧糊涂了。"李度有些发窘，很快转移了话题，"我的人，就是我带的人都安全撤回来了吗？"

"铁寒寨骑兵团全须全尾，别动小队途中有些小的伤亡，还算过得去。孙楚的特务营没你们走运，伤亡大半，几乎被打残了。他们逃到霍州，才被53师接应上，护送回太原。"陶蓝坐回到床前的椅子上，不紧不慢地将李度想知道的情况说了一遍。比如，梁化之和徐端来过医院，并言明要为他请功嘉奖；汪成旭兄妹和殷立德兄妹都来探望过他；警卫团有个叫马大胡子的来找过他，并说有重要情报要报告；关于叛徒张静农，刘鑫已经拿着李度拍摄的照片秘密赶赴军区向上级汇报，不日就将返回；黑子与自己轮值，每天晚上都会来陪侍他……最后是酱醋坊，生意还算火爆，可梅冬潮又跟汪老二混到了一起。

李度蹙起了眉头："生意既然不错，那她全家的生计问题就算解决了，怎么又跟了汪老二？"

陶蓝点点头，冷哼了一声："她呀，不知哪根筋搭错了，居然跟着汪老二倒卖军火。"

一定是倒卖军火调拨单，哼，真不知道"死"字是怎么写的。

李度半晌无语，迅速把陶蓝说的情况在脑子里过了一遍。现在最重要的是马大胡子，转眼几个月过去，肯定是暗访到了什么线索，应该马上让他来一趟。于是，他让陶蓝用医院的电话通知黑子，让他马上带马大胡子来医院。说完，他向陶蓝解释了一下。陶蓝一听眼睛顿时亮了，眨眨眼说，我这里也机缘巧合，有了红鲤，可以两相对照，只等李度伤势痊愈即可进行下一步的行动。一定要探寻到汪敬谷藏宝的具体位置，才可通知吕梁军区的同志们秘密采取行动。

"嗨，那还等什么？快叫医生来，给我松绑，我没事了。"李度听完便躺不住了。

"别急，再恢复几天。军医说了，你的恢复能力惊人，大概率是体质的原因，说你一定是练了什么特殊功夫……我也很想知道，哥，你练了什么功夫？"

"是练了一种，叫暴龙十八打，是李剑教官传授的。现在看来，不仅仅是一门很厉害的搏击术，而且还能强身健体。"李度说完也有些恍然，因为连他自己都能感觉到，自从习练了暴龙十八打之后，确实有一种脱胎换骨的感觉。再加上这一年多的历练，经历了很多事情，跟从前相比，各方面都有了巨大的提高。成功的阅历能塑造人的心智，这大概就是老话说的"见过鬼的人不怕黑"。

然后，他就催着陶蓝去打电话，并告诫她少来医院，特警处的人常来，为了保密，她实在不宜多露面，以免引起麻烦。他在说这些话的时候，眼里的深邃睿智，与他的年纪完全不符。但陶蓝的眼神却变得黯然了，亮晶晶的眸子顿时蒙上了一层水雾。她当然听懂了他的意思，可还是忍不住一阵神伤，定定地看了他一眼，点点头说道：

"有些情感，若无回应，那就是，见一人，误终身！哥……你明白吗？"

说完，一声叹息，转身离去了。

李度心里也泛起一股莫名的悲苦，他听出了那一声叹息中，有失落，有释怀，但更多的是一种缠绵与纠结。但他还是强忍着，没有再唤她回来。其实，他又何尝不想让她陪在自己身边，已然长大了的陶蓝，就像是一件没有任何瑕疵的艺术品。特别是她那双大大的眼睛，小刷子般长长的睫毛，加上她的聪慧、机敏，脸上常带着淡淡的笑意，足以让任何男人沉沦。但，倘若往大处想，他选择这样做无疑是正确的。

果然，接下来的日子里，李度的病房就变成了一只不断旋转的走马灯。

先是梁化之和徐端来了，代表国民政府和山西省政府主席、太原绥靖公署主任阎锡山，授予李度一枚青天白日勋章，并将他晋升为上校，同时还带来了一位《阵中日报》的女记者，又是采访又是拍照，并且图文并茂地刊登在第二天《阵中日报》的头版头条上，李度一时风头无两。他自然明白，这又是一场闹剧：临汾失守，梁培璜被俘，守备部队全军覆没，急需提振军心，赶在这个饨节儿上，他只能充当跳梁小丑的角色，也是没办法的事情。接着便是徐谋和蓝猫，徐谋甚至把他的一日三餐全包了，每餐都由正太饭店按点送来，山珍海味，丰盛至极，还把病房几乎变成了花房。每每，徐谋都会搓着那双肥白的胖手，笑眯眯地说：

"李度兄弟舍命为特警处别动总队长了脸，花点儿小钱，享受享受毫不为过……"

在这种时候，李度都会指指蓝猫，一本正经地对徐谋说："我实在没做什么，全靠蓝猫队长舍命相陪，没他，别说立功，兄弟可能就回不来了。"蓝猫听了，自然颇为受宠若惊，谦恭地连声自责："卑职愧不敢当，没有照顾好李队长，让队长饱受伤痛之苦，实在是失职至极……"

最让李度感到诧异和尴尬的是，阎会长的五堂妹阎慧卿居然代表山西妇女会也来陆军医院慰问自己，而且还带来了那位《阵中日报》的女记者。一通不着边际的夸赞勉励之后，阎慧卿便神秘地告诉他，这是她的干闺女，刚刚毕业于北平女子师范大学国文系，叫阎晓珂，报纸上那篇妙笔生花的文章就是她写的。阎慧卿再凑近他的耳边小声说："自古美女爱英雄，往后你要和她多亲近，有什么难处尽管来找我。"

李度无奈，只好摇着头，捂着胸装作伤痛，支支吾吾地没说话。倒是阎晓珂表现得落落大方，掏出张名片塞到他的枕下，让他伤愈出院后给自己打电话："你是一个好兵，我服，我喜欢！"

李度只能继续捂着胸脯，先点头再使劲摇头，连他自己都不知道表达的到底是什么意思。

这期间除了黑子，就数汪成旭和殷立德来得最多。

通过汪成旭这座桥梁，李度很快结合陶蓝已经掌握的情况，做出了下一步的计划。

马大胡子的暗访结果，要远比红鲤掌握的线索精确许多。他不光找到了藏兵洞，位于悬瓮山与天龙山交界处，一个叫周家山村的东北山峁上。那山峁也有个名字叫虎峪岗，相传是大唐名将，时任朔方节度使郭子仪起兵勤王的出发之地。安史之乱爆发后，郭子仪率兵勤王，起初就是将主力埋伏于周家山村虎峪岗的一个深洞之内，待时机一到，突然冲出，以奇兵先后收复山西、河北、河东，官拜兵部尚书。后他又协助广平王李俶收复西京长安、东都洛阳，以显赫军功官至司徒，封为代国公。他最初伏兵的那个洞府，后人便称之为藏兵洞。马大胡子利用重赏还找到了梳妆楼，关于梳妆楼，坊间也同样流传一个故事，也与郭子仪有关。郭子仪的六子郭暧娶了唐代宗的女儿升平公主为妻，升平公主在前往汾阳的途中，曾在娄烦云顶山下梳妆，后世达官便在传说的地方建了一座绣楼，并美其名曰梳妆楼。晋剧《打金枝》就取材于这个传说。

或许是为了报恩，马大胡子对李度很是忠心，不辞辛苦，不光找到了地址，还搜集了传说，同时制作了详细的地图。如此，李度的探秘计划就会制定得更扎实。

解除了绷带之后，李度就立刻去隔壁看望阿格布尔，这才发现，陪侍阿格布尔的不是阿格布花，不知什么时候早已换成了梅冬潮的大妹妹——大碗儿。小丫头挺上心，天天炖了鸡汤拎来。即便是李度将正太饭店送来的佳肴送过去，她也要坚持看着阿格布尔先喝了鸡汤才允许他俩再用饭。倘若阿格布尔让她一起吃，她就会鼓着小脸儿，满面喜色地坐在一旁，边小口吃边频频给阿格布尔夹菜、添饭，眼睛里全是"布尔大哥"。李度被晾在一边，反倒成了陪客。

也就是在这一过程中，李度才了解到梅冬潮是如何又回到汪成义怀抱的。纯粹又是一个局，一个并不高明的骗局，加上连逼带哄，就使梅冬潮好了伤疤忘了疼。

"知道你姐和汪老二在做什么生意吗？"李度问大碗儿。

"不知道，只说是大生意，能挣大钱……反正，姐姐依了汪老二之后，我爹娘的那口大烟钱汪老二就全包了。布尔大哥，你别生我姐的气，我姐也是没办法，不依他，生意就被那帮地痞流氓搅和得没法做，全家没法活。我也不能每回都叫成旭哥哥去。"大碗儿生怕阿格布尔记恨梅冬潮，在回答李度的同时，也不忘抚慰阿格布尔。

阿格布尔的话更少了，只是点点头，默然吃饭。他身上的伤虽多，但大多是并不严重的皮外伤，他是心里痛，一时又无法解脱，只好闷在肚子里苦苦消化。

李度没有点破，倒卖军火调拨单是重罪，其中的风险可想而知，他不想让阿格布尔愁上加愁。但从那一刻起，他就暗下决心，等手头的正事干完，一定得找机会整整那个胆大包天的汪老二！这种事只能自己出手，汪成旭和殷立德，甚至阿格布尔都不好办，老话说"打断骨头还连着筋"，毕竟他们是一家人。

李度本来还想单独跟阿格布尔谈点儿正事，却被值班护士喊了出去，说有电话找他。李度跑到护办室拿起话筒，是从太行军区秘密返回的刘鑫，电话里不便多谈，刘鑫只是询问了一下李度的恢复情况，说过几天再来探望他。返回病房，阿格布尔和大碗儿都不见了，李度只好喊人把残羹剩饭收拾了，回到自己的病房。

一天傍晚，李度在军医的指导下刚刚做完康复训练，正喘着粗气休息，黑子跑了进来，小声道："大哥，陶姑娘有急事要见你，就在医院对过的那家小饭铺里。"

李度连汗都顾不上擦，便跟着黑子跑出了医院，进了小饭铺。黑子则留在门外望风。

不到饭点，饭铺里没人，显得很冷清。李度走到陶蓝的桌前坐下，陶蓝点了三碗面、一个小菜。然后，她指了指自己身边的姑娘介绍道："她叫红鲤，我跟你提起过，就是成旭的另一个亲妹子。"

李度点点头："知道，人不大，身手好，在第8集团军也算鼎鼎大名。"

红鲤抿嘴一笑："小妹那是虚的，你李度哥哥才是真正鼎鼎大名的英雄。"

"情况有变，我们可能要提前行动。"陶蓝压低声音，看了看红鲤，"你把你知道的情况简单跟李度哥哥说一下。"

红鲤便也小声地说，义父阎总管告诉我，大夫人从汪成芳嘴里套出了那首诗，密报了孙楚，加上包大头临死前也给孙楚留下了一些线索，两相叠加，孙楚可能已经知道了藏宝的秘密。就在昨天，孙楚和他的特务营残部突然去向不明，我感觉有些不妙。

"这么说，大夫人是孙楚的人？这怎么可能……"李度颇感意外，都知道孙、汪两家是死对头呀。

"不，大夫人是保密局的人。"

"那她身边的那个贴身丫鬟翠姑，也是保密局的人吗？"

"不，翠姑是我们的人，是吕梁军区敌工部的潜伏人员。"

原来如此，李度恍然，难怪有几次能明显地感觉到，她在暗中帮助自己。

"孙楚的个人目的当然是趁火打劫，但在明面上还打着协助保密局的幌子。"陶蓝接过话头，咬了咬嘴唇，"先不说这些，我们的计划得提前了。如果红鲤的情报准确，那么孙楚的特务营很可能也是冲着藏兵洞去的。"

李度想了想，果断地道："连夜准备武器弹药以及一些基本的物资，明天拂晓行动！为了保密，人手方面只能用我们自己的人，我、汪成旭、殷立德、黑子、刘鑫，最好把阿格布尔也带上，他的野外生存经验很丰富。洞穴探秘，谁也说不清楚会有什么意外。"

"那个马大胡子呢，他应该更了解一点儿吧？"陶蓝觉得人手还不太够。

"不，这件事晋绥军里面知道的人越少越好……蓝妹，能否跟上级请示一下，让他们派几个战斗人员来协助我们？"李度刚说完就后悔了，"算了，时间太紧，不必给上级组织添麻烦了，还是咱们这几个人来完成吧。"

当下分手，由李度通知汪成旭、殷立德、阿格布尔，陶蓝则赶赴印刷所向具体负责909情报站工作的乔亚汇报行动计划，红鲤负责采买必需的物资。

黑子开车来到汪公馆，李度找到汪成旭和殷立德，三人一起又来到警卫团，搜齐了各自需要的枪支装备，每人还弄了一个美式的背囊，顺便也给阿格布尔备齐了一套。汪、殷二人索性就在警卫团李度的住处睡了，没有返回汪公馆。李度则必须返回陆军医院，他还要通知阿格布尔。

临近午夜，李度才回到医院病房。

不想，阿格布尔的房间仍是空空如也，人影也不见一个。再一细想，李度一拍脑袋，阿格布尔一定是被孙楚秘密调走了，并且极有可能与自己的目的是一样的！

算起来，要比自己这边提前行动了至少两天，他们真的会抢先吗？

越想越感到焦虑，整整一夜，李度辗转反侧，难以入眠……

实际情形也正如李度所料，那天晚饭还未吃完，阿格布尔便被特务营营长孙三霸亲自叫走了，甚至都没顾上跟院方打招呼。草草打发走大碗儿，他就被孙三霸半裹挟着，跟随已然残缺的特务营直接潜出城郊，隐没在群山之中。

孙楚亲自带队，很快按图索骥，找到了洞口，并深入其中。

"总座，"阿格布尔忍不住问了一句，"这就是传说中的天龙山拐子洞？"

"不，那是汪敬谷故意玩儿的障眼法，这个古洞才应该是他窝藏赃物的地方。"孙楚说着，一不留神被一块粗石绊了个趔趄，阿格布尔忙伸手搀扶住。

"咱们……不应该在洞口留些人手吗？"

"那样太张扬了。我查过地方志，这个古洞另有出口，只要咱们找对了路子，就不再原路返回了……嗨，三霸，你在前面不用走得太快，注意搜索两边，别走岔了。"

黑暗里，前面的孙三霸应了一声，打着手电带领众人艰难地在洞穴中穿行。

粗重的喘息声此起彼伏。

爬出一道缝隙，是一道石坎，后面便是一个略显开阔的大岩洞，洞顶和地面有一些钟乳石。

孙楚毕竟年龄大了些，一跳下石坎便一屁股坐了下来，大口喘着粗气。

士兵们紧跟着来到大岩洞里。

阿格布尔走到孙三霸身边，打量着四周，然后看了看手表："现在是晚上九点，咱们已经在地下走了整整一天……让大家歇歇吧。"

孙三霸命令道："就地宿营！做几支火把点起来……这地洞也不知有多长，省着点儿手电。"

一个士兵拆开一个背囊点燃了，火光照亮了岩洞。

众人围坐在一起，有的喝水，有的从背囊中取出食物充饥。

洞穴深处，阴冷潮湿，阿格布尔从背包里抽出一条军毯，披在孙楚身上。

这时，四下溜达的孙三霸发现洞的边缘处有一堆黑乎乎的东西，便好奇地走了过去，发现竟是一堆枯树枝，顺手拿起一支点燃了，顺便又夹了几根带过来："弟兄们，点堆火，暖暖身子……"

阿格布尔接过一根仔细一看，突然惊呼道："松明子？"

孙楚皱起了眉头，忙站起来说："不可能，这里怎么会有松明子？除非……"

两人对视，眼中不约而同地闪出一丝恐惧："除非是有人带到这里。"

孙楚大骇，甩了军毯喊道："全体卧倒，警戒！"

众人乱哄哄地卧倒在地，端枪搜寻着洞穴。

但，一切都很平静，没有发现异常。

爬了起来，孙楚把枪插回腰间，故作轻松地说："庸人自扰！没事了，解除警戒，大家抓紧时间休息，二十分钟之后继续赶路！"

说完暗暗拉了一下阿格布尔的袖子。

两人没有说话，打着手电一同朝岩洞深处走去。

孙三霸点燃一根火把，默默地跟在他俩身后。

洞底，赫然出现两个洞口，一大一小。

他俩先观察大洞，在火把的照耀下，洞口像一张大嘴，两边居然还有一些镌刻出来的花纹，搞得就像一座牌坊。

阿格布尔边看边伸手摸索花纹："是文字，有点儿像我们佤依人的回形文。"

孙楚拧亮手电仔细地看着、思忖着，突然说道："不，是古西夏文，一边四个字，像是一副对联！"

孙三霸也跟上前来，有些惊奇："像一堆挤压成方块的蝌蚪……二叔，那上面，都写了些什么？"

孙楚摇摇头："我也不认识。小时候听一个老学究讲过西夏文，右边这一行，前三个字不认识，最后一个好像是个'死'字；左边这行，第一个字好像是个'仙'字，后三个字不认识。"

孙三霸自语道："什么什么什么死，仙什么什么什么……"

"我去，你就别瞎费劲了，"孙楚晒笑道，"四个字里有三个不认识，就算天才，也很难猜出完整的意思。"

阿格布尔继续摩挲着字迹，肯定地道："文字虽古，可这镌刻的时间并不久远，最多不超过二十年！"

"不错，"孙楚点点头，"再把刚才发现的松明子联系起来，说明在咱们之前确实有人来到过这里……好兆头啊——证明咱们没走错！"

"总座，去那边，"阿格布尔抬手指了指，"再看看那个小点的洞口。"

洞口很小，呈椭圆形，一次也就能够钻过一个人，里面黑乎乎的。

三人不禁面面相觑。

"两个洞口，咱们选哪个？"阿格布尔问道。

孙楚思忖着，一时也无法做出决断。

孙三霸将火把伸进洞口，往里看了看，缩回了脑袋，连声道："还是选大的吧，这小的，里面……好像深不可测。再说，汪老狗要往里面藏宝贝，少不了用箱笼或坛子、罐子，这么小的洞口，也搬不进去呀。"

孙楚望着阿格布尔："你的意思呢？"

"还真是说不好，"阿格布尔龇着牙花子闷声道，"如果大洞口的西夏文里，两边一个是'死'字，一个是'仙'字，按我们佤依人的说法，只能解读为一种凶兆或一个警示。所以，假设是逃命，让我选，我宁愿选这个小洞口。虽然无人光顾过，却也不会有人为的陷阱。可三霸营长的见解也有道理，汪老狗来这儿绝非逃命，也不是来寻幽探秘，而是藏宝，这个洞口显然不合适也不方便。"

摇曳的火光中，孙楚犹豫着，一时拿不定主意。

"二叔，要不咱兵分两路？您和阿格参谋长走大洞，我带一队人马走小洞。"孙三霸说。

"不好，"阿格布尔摇头反对，"万一里面又有岔口，你还能再分兵吗？不如咱们先进大洞，若跑了空再返回来走小洞。"

思虑再三，孙楚终于下定了决心："一切迹象表明，曾经有人来过这里，并且选择了大洞。我们作为后来者，只需要跟着前人走过的路重走一遍就能达到目的，完全没必要冒险再探索一条新路。前者是事半功倍，而后者是事倍功半。就这么定了，全体集合，向大洞进发！"

返回到众人歇息处。

孙三霸喝道："每人带五根松明子，一排打头，二排、三排跟进警戒！"

说完一招手，率先带人跑进洞口。

阿格布尔最后望了望洞口边上的西夏文字，欲言又止。

孙楚上前不由分说一把拉住他，一同隐没在洞穴的黑暗里……

大约四个小时后，李度一行人翻出石坎，走进大岩洞。

地上到处是人遗留的痕迹：未燃尽的火堆，丢弃的背囊、匕首，残余的食物，甚至还有一些人的排泄物。

"他们果然抢在了我们前面。"李度仔细查看了一下后，点头自语道。

然后走到岩洞的深处，在岔口上停了下来。

地上大片纷乱的足印通向大洞口，而通向小洞口的却寥寥无几。这时，阿格布花打着手电在小洞口处来回查看。她是接受乔亚的指示参与了这次行动，一旦探清具体位置，将由她专门负责与解放军吕梁军区联络。很快，她便尖叫了一声："你们过来看，这里有我阿哥的脚印……他穿的是铁寒寨的虎头靴，靴底刻有我们寨子的图腾印，我认得出来！"

众人围了过去。

陶蓝看完之后，小声说："哥，这里只有几个人的脚印，说明布尔哥和他们的头目在这儿查看过，最后选择了大洞。"

李度唤过红鲤，红鲤却摇摇头："我当时只在最外面的洞口查看了一下，没敢深入这里。"于是，大家又转到大洞口附近。数道电筒光柱聚集在大洞口两边石壁的文字上。陶蓝顿时睁大了眼睛，目不转睛地盯着，脸上现出一种奇怪的神情。

汪成旭看着镌刻，完全不明白："什么玩意儿，蝌蚪文似的，你明白吗？"

殷立德摇摇头："不懂，远看像字，近看又像画……"

"陶蓝，很眼熟啊，"刘鑫突然拍了一下脑门儿，"我好像在哪儿见过这种符号，是一种文字，具体想不起来了。你有印象吗？"

汪成旭拔出匕首大咧咧道："甭管它，走，进去！"

陶蓝突然尖叫道："等等，别进去……不能……我们不能进去！"

李度急忙一把拉住了汪成旭，扭转脸不解地望着她。

陶蓝仍盯着那两行镌刻，喃喃道："这是古西夏文字……五百多年前，由党项人创造，盛行于元、明两朝，西夏灭国之后，又在西北一带流行了三个世纪。"

汪成旭顿时惊讶道："好家伙，小蓝子，连这些……你都知道？"

陶蓝回过神来，摇摇头："刘鑫，你忘了，在隰县教堂，教咱们古希伯来语的那个爱尔兰老修女，就喜欢研究这些。我在学习古希伯来语的同时，也跟着学了点儿皮毛。左边的这四个字是'仙人洞府'，右边的则是'入者必死'！"

"对，对，我说我怎么看着眼熟呢，可惜我当时没学，完全不认识。"刘鑫有些遗憾。

"那就怎么了？古人喜欢故弄玄虚，有什么不妥吗？"殷立德问道。

"恰好证明很早以前就有人来过了，孙楚的特务营也跟进去了，不存在任何不妥！"汪成旭有些发急，"进吧，咱们本来就晚了，再耽搁黄花菜都凉了。"

李度暗中使劲捏了他一把，示意他别捣乱。

"这两句话我好像在哪儿见过，"陶蓝一边苦思冥想，一边自言自语道，"别干扰我，让我好好想一想……"

汪成旭耐不住了，一手揪住李度的袖子，一手拉住殷立德，低吼一声："让小蓝子先想着，咱仨进去探探路！"

不由分说，一猫腰三人一起冲了进去。

刘鑫，还有一直陪着大家少言寡语的黑子，稍一犹豫，也紧紧跟进。最后是红鲤，没言语，只是拔出匕首弯腰蹿了进去。

只留下阿格布花一脸蒙地陪着陶蓝。

倏地，陶蓝恍然大悟，脸上露出无比惊恐的表情："别进去！回来，你们几个快回来！"

已然晚了，只好拽上阿格布花一路尖叫着追进洞里……

二

洞穴很深，仿佛没有尽头。

队伍在阴暗潮湿的洞穴里艰难地行进着。

洞顶很高，穹隆中仿佛还有很多洞穴，每个洞穴里都像有什么东西隐藏着。

没人敢往上细看，都埋头紧跟着前面的人。

突然，咔啦啦一声响，看不清是从何处洞穴，也看不清是个什么东西，一条大腿粗细的蟒蛇状生物猛地伸下来卷起负责殿后的三排的一个士兵，眨眼的工夫便无影无踪了……洞里只留下一声长长的惨叫，跟在他身后的大兵们吓得朝洞顶便是一阵扫射。

队伍顿时停了下来，孙楚返回来大声问道："怎么回事？"

一个士兵面色如土，朝洞顶指了指："老……老……老虎……把他叼……叼走了……"

孙楚怒道："胡说八道，这里哪儿来的老虎！"

说着打开手电向上照去，却发现洞顶密布着无数粗细不一的孔洞，其中一个洞孔边缘沾满了血迹……正查看着，一支步枪和一条大腿掉了下来，吓得众人哄的一声散开，纷纷朝上开枪扫射。

乱枪声中，又一个士兵被卷走。

一旁的阿格布尔也被惊得目瞪口呆，接着便大声喊道："快跑！谁也不许停脚！"赶紧护卫着孙楚朝前狂奔，也顾不上脚下踩踏的是人还尸体。

众人乱哄哄的，边打枪边不顾一切地拼命朝前奔逃。

看不清的怪物再次袭来，又传来几声尖厉的惨叫。

阿格布尔忙将孙楚护在背后，转身贴紧岩壁举着枪向上猛扫，怪物缩回，换了弹夹继续猛烈扫射，掩护着大队人马跑过去，自己才转身离开……

队伍沿着洞穴跑到一个很像石屋的开阔地带才停了下来。

孙楚喘作一团，惊恐地用手电扫着四周："快！快都点亮火把！"

火把点燃了，大家都喘着粗气，惊恐万状地聚在一起。

火光中，石壁上同样满是孔洞，只是更小、更密集了一些。

孙三霸连声调都变了："这他妈的地底下……怎么会有猛兽？那到底是什么东西？"

"不是猛兽，"阿格布尔倒还镇定，清了清嗓子回答道，"看不出来吗？这洞里是又一个世界，很多东西我们还不知道。但不知道不等于不存在。佛说，慧命者，法身也，法身者，无性为性，无相为相，诸法宝相。"

"你说的好像是佛法，我听不太懂，什么意思？"孙楚脸上布满了忧虑。

阿格布尔黯然道："还记得洞口的文字吗？虽然我们不识，但那或许就是佛祖传递给我们的警示，我们真的不该进来！"

突然，四周传来一阵响声，那是一种无数动物的脚步声，窸窸窣窣中夹杂着吱吱声……大家吓得挤作一团，端着枪，都屏住了呼吸。

惊恐中，岩壁上的一个小洞中露出一个毛茸茸的东西，朝最靠近它的一个士兵喷出一股液体。那个士兵顿时惨叫着扔了枪，双手捂脸倒在地上翻滚起来……大家好不容易才按住他，这才发现，他已经面目全非，没挣扎几下便咽气了。

阿格布尔抽动鼻子嗅了嗅，惊叫道："强酸！大家小心了！"

喊声未落，又有两个士兵被喷着了，同样倒在地上翻滚、惨叫。

火把一起照向四壁：密密麻麻的孔洞之中，似乎每个孔洞里都有一张毛茸茸的面孔和亮晶晶的小眼睛！众人顿时慌了，不顾一切地向四周猛烈扫射，与不断喷射出来的强酸对抗着……但子弹显然抵挡不住液体，不一会儿，整整一圈的士兵都倒在地上翻滚、惨叫！

眼看就要全军覆没！

孙楚跪在地上，用背囊护着脸，绝望地叫道："上苍无眼啊，想不到我孙萃崖没死在战场上，竟然会命绝于此地……"

这时，混乱中突然响起一曲土音——只见阿格布尔盘腿端坐于地，双目微闭，双手捧着那只古色古香的陶埙，酣然吹奏起来。

埙声低沉凄苦，如泣如诉。

刹那间，四周的攻击停止了，孔洞中的无数双小眼睛在闪烁，不再向外喷射液体。继而，在埙声之中重新响起一阵宏大的窸窸窣窣、夹杂着吱吱声的巨大声浪，随后渐渐远去……紧接着，便是一片死寂！

阿格布尔睁开双眼，收起陶埙，猛地跳起来一把拉起孙楚，然后大声喊道："所有人！有进无退！全力开火，冲过去！"

劫后余生，还活着的人如梦初醒，哄的一声跟随着阿格布尔冲杀而去。

黑暗中，孙三霸弯腰抄起两只被打死的怪物，塞进背囊里……

陶蓝和阿格布花很快就追赶上了前面的人。因为他们停下了，他们发现了战斗的痕迹，并且看出战斗还相当激烈。

陶蓝紧紧抓住了李度的手，急促甚至带了些哀求："哥，不能再深入了，这回你们一定要听我的，啊？咱们马上返回去！"

从没有见过她如此失态。连李度都暗暗惊讶，不明白她为什么如此坚持。但李度还是点点头，低喝一声："听陶蓝的，都回去！"

"好，好，不进就不进，小蓝子，你别急，咱们这就退出去。"汪成旭立刻妥协了。

殷立德也跟着转回身："小心无大错，我都听你们的。"

这时，红鲤走到李度身边，悄声道："到处都是血迹、断肢和残臂，从散落的枪支上可以断定，是孙楚的特务营……不知道是谁袭击了他们。"

李度点点头，没说话，只是伸手紧紧拉住了红鲤的手，迅疾离去。

众人快速退出大洞口。刘鑫和黑子、红鲤随即走向小洞口，四下查看着。

李度则转身再次细看了一遍洞壁上的文字，忍不住问道："蓝妹，你是不是已经预感到这洞里有古怪？"

陶蓝摇摇头："我不确定，可我想起了这两句话的出处。你听说过尼玛教吗？"

李度沉默了，这些乱七八糟的知识他的确涉猎得不多。

阿格布花想了想，说道："好像是西北一个极为古老的教门？"

陶蓝面带凝重，娓娓说道："不错，尼玛教是党项人信奉的教门，但它的诞生却要早于党项人至少一千多年，这个教派的全部支撑就是一部经书，叫《尼玛经》，它是古西夏文献中最重要的典籍之一。在古代，党项人的所有生存行为，包括衣食住行、婚丧嫁娶，都离不开《尼玛经》的指导……

"而《尼玛经》之所以令人敬畏，与经文中的咒语关联密切。这部经书里的每一句话都是一个咒语，每一个咒语中又都隐含着无数灵异事件。这洞口石壁两边的两句话，正是出于《尼玛经》，是《尼玛经》中的一则咒语。"

汪成旭再次用手电照向石壁："仙人洞府，入者必死——如此浅显直白，像咒语吗？"

"你别打岔，"殷立德接过话来，"有关咒语、灵异的事儿，民间有很多传说，关键要看你信还是不信。信则灵，不信则罔。陶蓝，你信吗？"

陶蓝仍在蹙眉冥想，没接话茬。

"小度子，你呢，信吗？"汪成旭问道。

"重点不在这儿，"李度瞪了他一眼，接着分析道，"陶蓝直觉上认为这洞里有危险，而危险分两种，一种是自然的，一种是人为的。若是前者，我们有意避开完全没毛病，若是后者呢？我们刚才都看到了，那分明是一场激烈的战斗，至少证明有人为的设计在其中，比如机关、陷阱什么的。那么，为什么要设计？这种设计在保护什么？倘若它要保护的正是我们要寻找的，那我们就似乎避无可避，这个险该不该冒？这才是我们面临的难题。当然，这仅仅是一般人的思维方式，也就是说大家一般都会这么想，所以孙楚的特务营选择了进去。如果设计者正是利用这种心理，故布疑阵，来个逆向思维，那会怎么样呢？"

"声东击西，他真正要保护的东西藏在另一个地方！"殷立德眼睛一亮。

李度望了陶蓝一眼，若有所思地点了点头。

"扯淡，那我就先往东面去，跑了空大不了再返回来从西面去找，"汪成旭终是心有不甘，争辩道，"最终还是能找到宝贝，那设计者的声东击西岂不成了脱裤子放屁？"

"也不尽然，"陶蓝突然道，"假如，我是说假如，你在东面就掉入了一个事先设计好的杀阵，一个死亡陷阱，再也见不到明天的太阳，你又如何再返回从西面去找？"

"你是说全军覆没？"汪成旭先是一愣，接着猛一拍额头，咬牙憋出一句恶骂，"嘿，那老不死的！小蓝子，没准儿还真让你言中了，想一想我那老爹奸猾阴毒的狠劲儿，这事他还真能干出来！"

李度微微一笑："所以，我们不妨也来个逆向思维——不往东，偏偏往西。"

殷立德立刻把手电照向另一侧的小洞口，却发现空无一人，刘鑫、红鲤和黑子他们三人显然已经进洞了。就在他们跑过去的时候，陶蓝突然小声对李度说道："哥，如果这个选择是错的，因为我而导致巨额财富没能回到人民的手中，我将承担责任，接受组织的任何处分。"

"蓝妹，你怕死吗？"李度反问了一句。

"不怕，我早有准备。"

"连死都不怕，咱还怕什么？"李度紧紧握住了她的小手，"别那么想，最多不过是再返回来，重走大洞口！别忘了，我说过，我是你最称职的答应。"

……

不知走了多久。

黑暗中，手电光已变暗，变成了几星昏黄。

全靠松明子火把照亮，一行人互相搀扶着，在艰难前行。

阿格布尔几乎是连拖带拽地拉着憔悴的孙楚往前走。

在一隅稍显宽敞的拐弯处，孙三霸赶了上来："二叔，等等后边的人吧，他们落得太远了。"

孙楚顿时一屁股坐在了一块石头上："好，好，咱们歇一歇，等等后面的……一个也不能少！"

阿格布尔从肩上摘下水壶，晃了晃，然后递给孙楚。

孙楚喝了一口还给阿格布尔，嘘口气说："好像危机过去了，这一段没碰到什么乱七八糟的东西。"

阿格布尔没舍得喝水，将水壶盖拧好后又挎到了肩上，然后小声道："长官，还是起来吧，可以慢慢走，就是歇不得。带的给养已经消耗殆尽，大伙儿一天一夜没吃没喝了，体力消耗太大，一旦躺下，就有可能再也起不来了……"

话音未落，后面的火光下，突然响起一阵嘶哑的惊呼声："乔三儿！乔三儿，你醒醒！"

可，任凭怎样喊，那个叫乔三儿的士兵始终躺在地上一动不动。

孙楚顿时骇然，挣扎着站起来喊道："谁也不许停，继续走！"

队伍又开始慢慢向前挪动。

阿格布尔搀扶着孙楚走在最前列，孙楚喘着粗气，不由得改变了对阿格布尔的称呼："阿格小兄弟，我发现你有两件宝贝。一件是你的鼻子，你的嗅觉堪比警犬；另一件就是你的那个陶埙……要不……你再吹一曲？你的那个陶埙很神奇，给弟兄们鼓鼓劲儿……"

"使不得啊长官，"阿格布尔摇摇头，"除非，您老想让我死在大伙儿前头。这种时候是万万不能做这种事的，就像……就像高原反应，连大声说话都会死人……"

洞穴渐渐变得宽敞，终于有一抹看不见却能感应到的光亮隐隐约约地透过来，距离出口应该不远了。

残留的士兵三三两两地瘫倒在地上，喘息着，心有余悸地端着枪四下张望。

孙楚和阿格布尔斜靠在一块巨石上。

孙三霸溜过来小声报告道："二叔，咱们损失惨重啊，一个半连的人马只剩下不到二十个人……水和食物都没有了。"

阿格布尔默然无语。

孙楚咬咬牙："点起火来，先让弟兄们好好休息一下，喘口气，再一鼓作气走出去。"

孙三霸点点头，正要转身离去，又从肩上放下一个鼓鼓囊囊的大背囊凑到阿格布尔身边小声问道："我刚才发现，那边有个深坑，里面有水，就是不知道能不能喝……"

阿格布尔从前胸的兜里，摸出一枚银饰递给孙三霸："这是纯银的，拿去试一下，若不变色，那水就能喝。"

孙三霸接过银饰，拖着背囊朝水坑走去。

篝火点起来了，火光映照着大家青灰色的脸，人影幢幢，显得非常诡异。

孙楚转脸小声问道："阿格小兄弟，你对野外熟悉……那究竟都是一些什么怪物？不像一般的动物，太恐怖了！"

阿格布尔想了想，说道："我们最先碰到的，很像腕足类软体动物，长有吸盘和坚硬的喙，近似于我们见过的章鱼；后来碰到的应该属啮齿类动物，或是啮齿类的某个变种……只是，体型都太大了，而且过于凶猛。所以，我也不敢肯定。"

孙楚的眉头皱成了个疙瘩："你说那些都是动物？我想不通，什么动物居然还能喷强酸？"

"在我们铁寒寨后山的丛林里，有一种肠虫，就能向外喷射强酸。"阿格布尔点点头，闷声闷气地说，"我们倮依人都管它叫火烧虫，几乎天下无敌。但也不是没有弱点，如果你能够在它喷射强酸之前用刀砍下它的头，它就什么威力都没有了。"

孙楚惊讶道："为什么？"

"很简单，"阿格布尔答道，"因为肠虫的酸囊就在它的脑腔里。"

孙楚仍然感到不可思议："可这是地底下呀，那些怪物怎么生存？比如吃什么？"

阿格布尔面带忧色，凑近小声道："我觉得，它们是互为食物、互为依存的，简直就像是一种人为的设计，而且还是一种很高明的设计，让这些生物在一个封闭的环境里逐渐形成了一个相对平衡的食物链条……再同洞口的文字联系起来看，这个古洞实在是太诡异了。"

"但是，换个角度，恰恰证明了我们的选择是正确的。"孙楚眼睛一亮，"这些设计的目的，就是为了阻止进来的人找到想找的东西！"

阿格布尔没有说话，而是拉起孙楚朝水坑边走去。

水坑边，孙三霸在暗影中正挥刀切割着什么，有点点血迹溅到了脸上。

阿格布尔拎着几个水壶走过来灌水。

孙三霸停住手："我试过了，这水没毒，能用。"

孙楚与阿格布尔小声商量："你认为下一步该怎么走，是原路返回，还是继续前行？"

"退回去？万万不可！我们又得重新经历一回过五关斩六将，没准儿会全军覆没。"阿格布尔断然道，"过来的时候，我们只顾逃命，根本来不及搜索……"

孙楚听出了他的言外之意："可……继续前行，说不准前面还会有什么怪物？"

孙三霸走到火堆旁，用刀尖挑起一些东西开始烧烤。

阿格布尔将水壶放进坑里，灌满了水，然后望了孙楚一眼："长官，我建议不论多难，还是坚持先走出去，做好针对性的准备再返回来……"说着，他突然张大鼻孔嗅了一下，惊呼道："不对，这是什么味道？"

众人吓了一跳，都跳起来，枪栓声哗哗地响成一片。

只有孙三霸仍在火堆旁一边干着自己的事，一边嬉笑道："别怕，没看见我在烤肉？这是肉的香气！"

饥饿仿佛被唤醒了，众人顿时都围了过去，不住地吞咽着口水。

"都别抢，人人有份！"孙三霸不断翻动着手里的肉块，喊了一声。

接着，他将手里的营生交给一个手下，自己挑着两片烤好的肉走来递给孙楚："二叔，我先试了一块，味道不错，一点儿不亚于鸿宾楼的烤羊腿，您尝尝？"

孙楚有些疑惑："你哪儿弄来的肉？"但又实在无法抵御诱人的肉香，先小心翼翼地咬了一点儿，接着便狼吞虎咽，几口便将肉片吃了个精光，赞道："还别说，真比烤羊腿还香、还嫩！这是什么肉？"

"哼，以其人之道还治其人之身。"孙三霸咬牙切齿道，"就是那怪物的肉，妈的，它干掉我们那么多弟兄，老子岂能放过它！"

话未说完，孙楚哇地狂呕起来……

"长官不必顾虑，"阿格布尔拍着他的背，轻轻笑道，"火烧虫不光味道鲜美，而且还有大补的功效。"

听到阿格布尔这么说，众人顿时放松下来，一阵饕餮，风卷残云。

吃完了，略微小憩，继续前行。

正走着，阿格布尔却渐渐步履沉重，最后竟然缓缓地瘫倒下来。

孙楚顿时慌了，蹲下身子使劲摇着他大声喊："喂，喂，阿格小兄弟，你怎么啦？"

孙三霸也赶忙返回来："阿格参谋长，你醒醒……"

阿格布尔蓦然惊醒，发现自己瘫倒在地上："怎么回事？我刚才做什么了？"

孙楚站起来摇摇头："你吓死我了！正还跟你说着话哪，你悄没声儿地就瘫痪了……"

阿格布尔立刻皱起鼻子四处嗅着，猛地挣扎着站起来："不好，这段通道里有瘴气，弟兄们，快，用袖子捂住口鼻，快走！"

众人惊慌，慌忙遮掩住口鼻，相互拖着、拽着，向前疾奔。

就在阿格布尔率众逃命的时候，另一个洞穴里却是完全不同的景象。

平静，非常平静，手电光之下，刘鑫与黑子在前面用小锤轻轻敲打着岩壁。红鲤则从背囊里取出一只微型探测仪跟在后面边探测边缓缓前行。

汪成旭和殷立德最先赶上了三人。只一眼，汪成旭就认出妹子手中操作的玩意儿是美国援助过来的贵金属探测仪，随即明白了红鲤的意图。他朝殷立德和后面追上来的李度等人做了个手势，然后他与殷立德拔出枪来开始警戒。李度、陶蓝则跟着红鲤沿着四下岩壁做探测。阿格布花超越他们，赶到了刘鑫身边，也开始轻轻叩响岩壁，仔细聆听回响。此时任何语言都显得多余，所有的分工与配合尽在默契之中。

洞穴的顶端，是岩石和泥土混杂着密密麻麻的树根、草根，就像网格构成的顶板，偶尔裸露出一块块像头盖骨那样的黑色突出物。横七竖八的石柱又像脑神经蔓延的脉络，沿着洞道走向黑暗。洞穴两壁不断闪烁出鱼鳞般暗淡的光点，幻化为一种神秘，而又令人毛骨悚然的舞蹈。

不时地会碰到岔开的岩洞，他们没有分开，而是集体进去，探测完毕再重新返回，继续前行。红鲤手里的仪器闪着一星小小的绿光，发出轻微而又均匀的哒哒声。不知不觉中，时间已然过去好几个小时，也已经探查过大大小小不知多少个岔洞，但仍然没有任何让人惊喜的收获。李度俯身看了一下红鲤手中的仪器。

"李度哥哥别急，"红鲤明白他这一动作的含义，边操作边轻声解释道，"我事先试验过很多次，这台仪器的稳定性和准确性没的说，三米之内，只要碰到金银类贵金属，马上就会有反应。"

"哦，它能穿过外包装吗，比如箱笼、罐子或坛子之类的？"

"红外线探测，相当于 X 光线，没有东西能阻挡它。"

李度放下心来，点点头："看来，只要电量充足，它就能一直保持工作状态。"

一旁的陶蓝轻轻笑道："你不用担心，小妹背囊里三分之二的重量就是备用电池。"

不久，他们来到一处豁然开朗的地方，是一个类似于大厅的明洞。周遭岩壁高五丈有余，由一层层紫红色和黄绿色的砂岩、页岩堆成，辉映着电光，有如一卷巨幅的彩画。洞穴中央有一块钟乳石垂下，宛若巨柱。整个空间足以容纳上千人。

李度停了下来，招呼大家稍作休整，唯独不见黑子，估计是走到了前边。

"我的天，这么大，足有一百个我家议事厅大，还真是别有洞天。"汪成旭没有休息，惊奇地嚷道，还打着手电沿着石壁查看。

红鲤关了仪器，坐在一道石棱上，接过阿格布花递来的水壶。

李度的心情却暗暗凝重起来——这样探寻，效率太低，速度也太慢了……正琢磨着能否想出一个什么办法来提高效率，却见黑子从黑暗中踅了出来，快速走到他身边：

"大哥，前面有个暗洞，比这个略小一点儿，我发现一面石壁有空洞的回响。"

李度顿时大喜，这一路寻找，总算有了希望。他立刻喊一声："红鲤小妹，快，操家伙！"

大家一哄而起，跟着黑子绕过中央的钟乳石柱，拐进一处暗洞。

刚刚靠近石壁，红鲤手里的探测仪便突然闪起了红灯，并且发出低微的尖啸。红鲤眼睛一亮，再操作仪器沿着石壁测了一圈儿，忍不住惊喜道："李度哥哥，就是这里，快，挖吧！"

所有女人靠后，男人纷纷从背囊里拿出军铲、军刺，朝着岩壁猛抢。

不一会儿，他们便碰到了异常坚硬的里层，聚光仔细一看，居然是混凝土与石块！

无疑，这是人为的痕迹。

军铲、军刺已经无法撼动，必须改用别的办法。

李度看了看殷立德："老兄，好像该你出场了，这可是你的专长。"

"没错，"汪成旭吐了一口嘴里的沙土，补了一句，"小德子打小玩得最好的就是炮仗，军校考核，还夺过第一。"

殷立德摘下背囊，丈量了一下岩壁，口中念念有词，似在计算用药量。然后从背囊里取出已经分成小包装的塑胶炸药，低喝一声：

"所有人都退到洞外，我要来一次专业的定向爆破！"

汪成旭有些不放心，一边往外退一边提醒："小德子，你悠着点儿，可别炸过头。"

"说什么哪，哥玩儿炸药的时候，你还玩儿尿泥哪。"殷立德白了他一眼，挥挥手，又极为熟稔地从背囊里取出引信和盘好的导火索。显然，他是有备而来的。

......

一个士兵又倒下了，掏出一根金条和十块大洋用手帕包了，哆嗦着递给另一个士兵："兄弟……我不成了，你要能活着出去，千万记得把这点儿卖命钱……交给我老娘……"

孙楚挣扎着走过去，见状只好咬咬牙，低吼道："别管他了，所有人，不许停，一定要坚持，就算爬，也得给我爬出去！"

众人丢下了那个还未断气的同伴，继续挣扎着前行。

孙三霸四肢并用，咬着牙爬在最前面。

孙楚赶上阿格布尔有气无力地道："你估计还有多远？再不出去，就要全军覆没了……"

阿格布尔硬拉着孙楚，坚持向前挪："长官，坚持住，快了，我已经闻到了新鲜空气，真的，快了！"

又不知爬了多久，前面突然传来孙三霸几乎喊破嗓子的惊呼："到了！弟兄们，我看见洞口了，就在前面！"

阿格布尔一使劲，将几乎瘫软的孙楚背了起来，跟跄地奔向前方。

蓦然，一道光映照在两人憔悴的脸庞上。

蓝天白云，山野一片苍翠。

山峦断崖处，残余的官兵陆续从洞口爬出来，瘫倒在阳光下，大口呼吸着清新的空气。

孙楚靠着一块石头喘息，瞪大眼睛四下踅摸着。

孙三霸踉踉跄跄地走到他跟前小声报告道："二叔，又有两人掉队，我估计也出不来了……咱们现在还剩下十一个人。"

孙楚无力地点了点头，仰天长叹道："可惜了，最后这一拨，都是跟着我挺过了抗战的老弟兄，没死在战场上，却命丧在这鬼洞里，是我孙萃崖之过呀！汪老狗，你这挨千刀的王八蛋，够狠毒，我跟你势不两立！"

阿格布尔的眼圈也红了，但他顾不上悲伤，咬牙站起来，放眼观察地形。他从兜里掏出一张地图铺展开，片刻之后收起地图，走到孙楚身边，轻声道："总座，咱们现在所处的位置应该是狼坡，属西山地界。下山朝东走，十多里处有个村子叫桃花坞，可以先去那里休整一下。"

孙楚一愣，不禁失声道："狼坡？老天爷，咱们居然在地底下走了足足一百多里地！"

说完，闭上了眼睛，几滴老泪溢出眼角，他赶紧伸手擦去。

孙三霸见二叔心情恶劣，不敢再多言，便把阿格布尔拉到一边，嘀咕道："一路光顾逃命了，也来不及搜索、寻宝，死了那么多弟兄，鸟毛没捞着一根，就这么空手回去，如何交代？"

"只能是先回去，做好针对性的准备之后再返回来。"阿格布尔摇摇头，"孙营长，别多想了，召集弟兄们赶快下山吧。"

孙三霸一时也想不出什么好办法，无奈，只好掏出一支哨子，心有不甘地吹了起来。

孙楚睁开眼睛，挣扎着站起身来，摆摆手，强作振奋地喊道："弟兄们，上苍有眼，天不灭曹。咱们先去桃花坞，然后通知53师派汽车来接咱们……诸位都是我特务营的种，有种就有血脉，咱特务营不愁重建。下次再来，事成之后，每人赏黄金一百两！不，一千两！让你们都娶上媳妇、盖房、买地、买牲口，下半辈子的吃喝、嚼谷不用愁了！"

……

随着一声沉闷的炸响，大地微微颤动了一下，一股烟尘喷出洞口。

不等烟尘落尽，汪成旭第一个冲进了洞里。

无疑，这是一次精准而又成功的定向爆破：足有一米厚的混凝土石块全被炸了出来，而最里层的泥土却仍然保留得好好的。汪成旭挥动军铲使劲一捅，泥土散落，露出一孔，有丝丝阴冷之气冒了出来。再猛劈几下，洞口扩大，汪成旭扔了军铲，打着手电钻了进去。

大伙儿也跟着陆续进去。

里面豁然开朗，空间居然不亚于外面的溶洞。

影影绰绰，一排排的弹药箱呈品字形整齐地码放在洞内的空地上，中间是上百个大瓮。众人拥上前，纷纷打开了最前面的一排弹药箱。箱子里是金条，大瓮里是银圆，在灯光的辉映下，金光灿灿，银色烁烁，一派珠光宝气，所有人都被惊呆了，从没有人一下见过这么多的钱！

李度粗略地计算了一下，弹药箱有一千多箱，大瓮上百个，无疑是一笔意想不到的巨额财富。如果变现，这笔巨款足以支撑晋绥军十年的军资耗费。

汪成旭最先打破了沉寂，惊呼道："老不死的，搜刮民脂，真是好手段！"

刘鑫用军铲敲了敲身边的大瓮，回应道："取之于民必须再用之于民，我们都立功了！"

殷立德看了一眼汪成旭，浅笑道："见到这么多的金子和银子，你不会眼热了吧？"

"去，眼热个屁！刘先生说得对，取之于民用之于民，这点儿大义小爷还是晓得的！"汪成旭擂了殷立德一拳。

为了没有遗漏，李度让红鲤沿着洞壁再探测一遍。然后他将陶蓝、刘鑫和阿格布花拢到自己身边，轻声道："大家说说，下一步咱们怎么做？"

"马上用电台跟吕梁军区的同志联络，让他们立刻派人来。"刘鑫说道。

"不行，这是在地底下，信号发不出去……"阿格布花摇了摇头。

李度看向陶蓝："你怎么看？"

陶蓝与他对视了一下，眨眨眼："你都已经想好了，还非要让我们献丑吗？"

"还是你来说吧。"李度的目光里流露出一丝宠溺，"我猜得出，你也一定已经想好了最佳的撤离之策。"

陶蓝没有再推辞，娓娓说道："如果我的判断准确，那么这个洞穴的出口一定就在梳妆楼附近，也就是说，我们出去的地方在云顶山，已经属于吕梁山脉，是解放区的地界，出去再联络吕梁军区的同志们也不会耽搁时间。这也与三夫人留下的画暗合。关键是要杜绝孙楚特务营从大洞返回来再搜寻的可能，所以，让殷立德在我们来的路上，找一处合适的地方再来一次定向爆破，堵住通道，为吕梁军区的同志抢运财富留出时间。"

刘鑫点点头："出洞以后，我与布花留下，其余的人迅速撤离。"

"好，就这么干！"李度拍板替陶蓝做出了决定。

做完善后，大家离开了暗洞，沿着洞道迅速离去。洞里，只留下担负定向爆破任务的殷立德，同时也留下汪成旭协助。

一路上，由于没有了障碍，异常顺利，速度也快，可谓"春风得意马蹄疾"。

三个多小时之后，众人就抵达了出口。

果然，出口就在梳妆楼的前厅大殿上。没有塑像，没有壁画之类的，大殿中央只有一座石碑矗立，上有碑文隐约可见。汪成旭走过去仔细看了一会儿，不由得脱口诵道："云顶山头春草青，绣楼朦胧忆曾音。公主不识桑榆苦，嫁入侯门续林荫。"落款是：清，康熙，上官云清。陶蓝点点头说，此人又叫清涧舍人，是清初一名不入流的词人，想不到他也来过这里。

一出洞口，阿格布花迅速拉出天线，开始发报，很快便完成了联络。从电台中获悉，吕梁军区所属的云顶山支队就在附近，会立即赶到梳妆楼。这实在是个好消息，无疑为抢运财富更添加了一重保障。不久，殷立德与汪成旭二人完成爆破也赶上来，钻出洞口。

按计划，刘鑫、阿格布花留下。

就在大家即将撤离的时候，吕梁军区云顶山支队的尖兵已经赶到了。他们说大部队就在后面，还组织了一百多辆马车和数百带着扁担和绳索的民夫。

这让李度异常惊讶，同时也感到了震撼：这么短的时间内就完成了抢运队伍的组建，什么样的组织能够具有如此巨大的感召力和执行力？答案是，只有共产党！

这时，仍戴着耳机的阿格布花突然拉了一下陶蓝，面带兴奋地道："按程序，应该向太行军区的首长报个喜。反正我用希伯来语发报，虽然近乎明码，但敌人干气就是破译不了。不如来点浪漫的，你就用希伯来语做首诗或词，我发过去算是向军区首长汇报！"

眼看着如此巨大的一笔财富又重新回到人民的手里，陶蓝内心也很激动，兴之所至，豪情奔涌，略微沉吟了一下，便操起娴熟的古希伯来语脱口吟词一首——

蝶恋花·云顶春咏

云顶春来寒霜尽。

四野飘香，迎客早军行。

新酒平添残酒醒，

金黄银白震镐鸣。

不问青山有美景。

红旗浸染，天下尽归心。

苦去甘来民犹辛，

硝烟顿作水龙吟。

吟诵听不懂，但刘鑫很快就译写出来，大家看罢，不由得纷纷喝彩。不想，这些也激发了汪成旭的诗兴，嚷嚷道："嘿，我这儿也有一首，不用发报，只念给大家凑个趣儿……"不等他说完，大伙儿竟都一窝蜂地散了，只留下汪成旭一个人在原地愣着。

阿格布花迅速将词发了出去，很快就收到回电：祝贺！握手！敬礼！

出于各种考虑，双方最好暂时避免直接接触。把剩下事情交给刘鑫和阿格布花后，李度与陶蓝带着其他人迅速下山，经古交矿区向太原城区潜行。

三

孙楚带着残余人马返回太原驻地之后，顾不上喘息休整，立刻就开始着手重建特务营。他把53师直属特务连全盘挪移到了司令部警卫团，同时在所属部队中又挑选了一些单兵作战能力较强的士兵加以补充，勉强恢复了特务营的建制，还任命阿格布尔兼任53师副师长。这期间，他对阿格布尔的信任达到了一个前所未有的高度。

就在孙楚完成了特务营的重建，并做好了相应的装备配置，准备重返虎峪岗藏兵洞的时候，突然接到阎锡山亲自打来的电话，令他立即赶赴绥署东花园阎宅，还特别提醒他只身前往，不许带任何随从。电话里，阎锡山那饱含愠怒的语气令孙楚感到一丝不安。

他赶忙找来了阿格布尔商量。

阿格布尔不太擅长宏观分析，只好勉强为孙楚做了个预判。他认为阎会长在这当口召见孙楚不外乎两种可能。一是外部危局。临汾失守，晋南全境沦陷，使中共的晋冀鲁豫、晋绥及西北解放区连成一片，晋绥军能够掌控的区域更小，处境更加孤立。是攻？是守？需要立即做出决断。又正值晋中小麦初熟，按以往的规矩，各地守军应该改换"军食司令部"的招牌，准备抢收小麦储备军粮。二是内部问题。这说起来就十分复杂，除去派系纷争、军政长官明争暗斗的内耗之外，兵源补充、部队整训都属当务之急。具体到孙楚，阿格布尔觉得可能还与藏兵洞有关。任何隐秘，不动手则已，一动手便有泄密的可能。那么大一笔财富，汪敬谷绝不敢掉以轻心。如果这笔财富与阎会长也有牵连，那这块奶酪就不是随便什么人都能打主意的。这正是孙楚最感心虚的地方。

"如果还真就是问这个，该如何应对？"孙楚面带忧色。

"只能随机应变，没有证据，就一概不认。反之，就和盘托出，索性将汪敬谷大肆贪腐的行为全部曝光，把自己塑造成见义勇为、路见不平、保护党国利益的勇士。"

孙楚闻言，暗暗摇头，觉得事情绝不会如此简单，但也只能如此了。

果然，一场严苛的问询在等着孙楚。

一走进东花园阎宅的会客厅，孙楚就感觉到了不妙。他看见了跪着的汪敬谷和被训斥得灰头土脸的梁化之，还有在一旁不断小声劝慰的阎慧卿。但阎锡山震怒至极，甚至边怒骂边朝着汪敬谷猛踹……于是，孙楚很自觉地走过去，也跪在汪敬谷的一边。

汪敬谷挨了几脚之后，立刻指着孙楚嘶喊道："三哥息怒，就是这个孙楚老杂毛，他擅自动兵，盗取了藏兵洞里的财富！"

阎锡山黑着脸，有些恶狠狠地盯向了孙楚："萃崖，我自问待你不薄，可你居然胆大包天，敢擅自盗取藏兵洞里的财宝，那可是我晋绥军十年的军资，你可知罪？"

孙楚顿时大喊冤枉，问汪敬谷哪只眼睛看见自己盗取了财富？汪敬谷立刻将自己手中的证据拿了出来，从孙楚怎样先骗取了大夫人徐馨茹掌握的信息，到暗自调动第8集团军特务营夜赴周家山村虎峪岗，再到进入藏兵洞盗宝，整个过程有如亲临，竟然分毫不差。梁化之显然有意为孙楚开脱，便插进来反问汪敬谷，说这笔财富一直是你汪敬谷一人掌控，既然已经发现孙楚有盗取财富的行为，为何不及时制止？汪敬谷说自己晚到了一步，待自己带着人马赶到藏兵洞，孙楚已经进洞，并盗取了洞中的宝藏。孙楚无奈，只好和盘托出，承认自己确实带兵进入了藏兵洞，但不幸中了其中的机关陷阱，一路只顾逃命，根本无暇探寻，所以根本没发现藏在其中的财富，也就盗无可盗。可汪敬谷却一口咬死，自己在洞里设置的机关陷阱，就是为了保护财富，你孙楚既然能活着出来，说明你破了机关陷阱，那藏在洞里的宝物不是被你盗走了，又岂能不翼而飞？至此，孙楚猛醒，他不仅中了洞里的机关陷阱，还中了汪敬谷的连环计，把失盗的屎盆子扣在自己身上，现在已是百口莫辩。

看着阎锡山拔出手枪拍在桌上，孙楚顿时吓得肝胆俱裂，连连叩头，大喊冤枉。

一旁的阎慧卿急忙抱住了阎锡山的胳膊："大哥，或许孙萃崖真的没有得到那笔财富。"

"如果那样，问题就更严重了。"梁化之阴沉着脸说道，"说明进入洞穴的并不止孙楚一支人马……汪敬谷，你确定在你赶到之前，已经有人盗走了宝物？"

"当然，要不，我还用赶死似的赶紧回来向三哥报告吗！"汪敬谷面不改色，仍一口咬定是孙楚盗取了洞里的财富。

孙楚声泪俱下，指着汪敬谷："你，你，保不齐是你监守自盗，却把黑锅甩到我头上……你好狠毒！会长明鉴，我真的没有见到任何宝物，逃出来的不止我一个人，您可以调查！"

孙楚不说倒还罢了，阎锡山一听他的辩解更为恼怒，推开阎慧卿，跨上前去便朝着汪敬谷和孙楚两人一通猛踹，还气咻咻地骂道："两个灰鬼，两个白眼狼，我养着你们，就是让你们互相内斗的吗？啊，狗咬狗一嘴毛，你们斗呀，你们死斗，你们斗死，索性把你们两个灰鬼统统都拉出去，毙了！也省得我看见你们就心烦！"

骂够了也踢够了，阎锡山这才颤巍巍地被阎慧卿搀扶着重新坐到椅子上。

"化之，查！由你负责，能知道这样核心机密的人应该不多，范围也不大，不管是谁，有一个算一个，一定要查个水落石出！"

梁化之点点头，然后朝跪着的两人努努嘴："他俩咋办？"

"交军法处，大刑伺候！"阎锡山余怒未息，"惯坏你们了，不给点儿颜色不知道马王爷有几只眼……"

梁化之却没言语也没动身子，开什么玩笑？两个陆军上将同时关进军法处，还要动大刑，传出去岂不成了天大的丑闻。

这时，新任绥署参谋长赵世铃推门走了进来，在阎锡山耳边低语了一阵。阎锡山点点头，微微喘息道："让他们再等一会儿，我立马就过去。"

幸亏后面紧接着在梅山会议厅有个重要的军事会议，商讨如何南下晋中，抢收麦子，同时抵御日益逼近的中共徐向前部。这个会议，又岂能缺了汪敬谷和孙楚这两个集团军总司令？无奈，阎锡山只好狠狠瞪了二人一眼，冷哼道：

"你们两个灰鬼起来吧，先去开会，完了再收拾你们！"

两人不约而同地松了口气，立刻站起来，跟着走出了会客厅，朝梅山钟楼走去。

路上，孙楚不禁气破胸膛，压低嗓门咬牙切齿道："姓汪的，你这么陷害我不觉得昧良心吗？行，你有初一我有十五，咱们走着瞧！"

汪敬谷没有吱声，只是颇为幸灾乐祸地瞪了孙楚一眼，活该，谁让你要蹚这趟浑水，偷鸡不成反蚀把米，自作自受！他当然知道孙楚没有盗走那笔财富，可当他闻讯带人赶到藏兵洞的时候，财富确确实实被人盗走了。那么大的一笔财富，竟被盗取得分文不剩！只有他自己知道，那得准备多少人马。惊怒之余，他只能暂且把责任推到孙楚身上。返回来，汪敬谷就立刻秘密抓捕了大夫人徐馨茹和总管阎本分，将两人关进小黑屋，亲自审讯，但最终也没问出个所以然来。他只是从徐馨茹嘴里知道了那幅画的事，这才明白，原来当初三夫人阿格妙影临死之前，居然把这个天大的秘密记录在了诗画里。他却完全没有想到，亏自己这大半辈子还一直惦念着她的好……女人，哼，都是养不熟的货！

翠姑则在当晚连夜遁去。

这些细节，李度都是事后听阿格布尔说的。阿格布尔还汇总了那次梅山会议的主要内容。阎锡山为了应付日益逼近的中共大军，以参谋长赵世铃为首，纠集各路高参专门制定了一个完整的作战方案：任命第一骑兵军司令赵承绶为野战军总司令，日本人原泉福为副总司令，以晋绥军两个集团军所属第34、第61、第19、第33、第43军主力共九个师，及暂编第8、第9、第10总队分布于榆次至灵石铁路和太原至孝义公路沿线各城镇要点固守，控制晋中平原通往山区的所有隘口要塞；以第一骑兵军、亲训师、亲训炮兵团、铁寒寨骑兵独立团、殷家堡骑兵独立团组成闪击兵团，司令官由34军军长高倬之担任，于铁路、公路沿线机动作战。

按照李度的理解，这个方案的指导方针虽然是"固守点线，以攻为守"，貌似拉开架势要与解放军在晋中一带周旋决战，但实际上却以抢收麦子和抓壮丁为主要目标，完全没有决战的气魄，是典型的投机取巧与虚张声势。战机合适，就从太原出去打，能捞一把算一把；局势不妙，就跑回太原，缩进乌龟壳，倚城坚守，再伺机反扑。两军对垒，却制定出这样一个以"跑"为主的投机方案，焉有不败之理。

方案中将铁寒寨和殷家堡的骑兵团也并入了闪击兵团战斗序列，汪敬谷特命阿格布尔与殷立德各自归还建制，参与指挥作战。因此，李度决定立即向陶蓝汇报，并向上级组织请示，授权阿、殷二人伺机举行阵前起义。这两支部队装备精良，战斗力不弱，且前期已经由阿格布花做了大量的幕后工作，已经赢得两位老家主的首肯，投诚起义也只是时间问题，拉过来，对解放军后面的战役一定会有很大的助力。

李度见到陶蓝，却发现她满面愁容，目光中还有一丝忧虑。陶蓝说赵宗复有要事要与他面谈，请他不论发生什么事，都要冷静，要控制住自己的脾气。李度点点头，说："没问题，我一定不会意气用事。"

说完，他还是忍不住好奇，问道："到底是什么事？你好像很担心。"

陶蓝叹口气："估计是张静农的事，组织上需要进一步调查核实。哥，你一定要冷静，赵校长也是奉命行事，是组织程序，你千万别跟他较劲儿……"

李度点头，然后作了保证，让陶蓝放心。

于是，李度被陶蓝带到了东仓巷古玩店——赵宗复的一个秘密落脚点。两人进去后，陶蓝就离开了，只剩下李度与赵宗复。

赵宗复没有客套，开门见山地问到了张静农。李度将事情的整个过程讲述了一遍，并强调了当时情况特殊，只能当机立断，但自己也有意留下了必要的证据，就是张静农的自供状等照片。

赵宗复一直仔细地听着，没有打断他，直到他全部说完。

"也就是说，这个过程中没有人能为你说的话作证。"

"证人吗？蓝猫算不算？"

"不能算，他是我们的敌人。"

"那就没有了，当时要是您在场就可以为我作证了，可惜……但，张静农的叛变是事实，有他的自供状和前去执行钓鱼计划的照片为证。"李度摊开了双手。

"第一，那是孤证；第二，那种证据是可以伪造的……我是说，敌人为了某种目的，是完全可以伪造的。"

李度心里咯噔一下，猛然间想起了张静农曾跟他说过的话："不怕有问题，就怕说不清。"想不到还真是一语成谶了。他沉默了，没有再说话，只是用坦荡的目光望着赵宗复。

"为什么不说话？"

"事实就是这样，我把事实说完了，如何判断、鉴别是你们的事了。"

赵宗复轻叹一声，点点头："我知道，你说的事实就是这样，我本人也是百分之百地相信你。可张静农的死，按程序必须调查清楚。我说这话的意思，是想告诫你，任何组织都会有一套完整的管控程序，你要有思想准备。"

"我知道，我等着。"李度的嗓音有些异样，"就算时光倒流，让我重新选择，我仍然会选择除掉他。我决不会等他完成计划，给地下党组织造成破坏之后再动手，那就晚了！"

"你刚才说，张静农最后是自杀的？"赵宗复转移了话题。

"不，那是巧合，是我糊弄敌人的说法。事实上，在爆炸之前他喝了我给他准备的毒酒已经死了。那颗定时炸弹是他留给我的，我侥幸没有上当，结果把他自己炸了个尸骨无存。"

"能不能做个商量？从现在起，你我统一口径，就按'事实'说，张静农死于自杀，至于原因嘛，你懂得。"赵宗复说完表情变得极不自然。

我懂得？这叫什么话？我懂个鬼，李度当然听懂了赵宗复的潜台词，倘若用了那样的说法，虽然也与现场的某些情况暗合，但结果却截然相反：一个叛徒会摇身一变成为宁死不屈的英雄。可自己呢？不光欺骗了组织，也变成了一个不折不扣的王八蛋！

他坚决地摇了摇头："不，赵校长，我知道您是为了我好。但我不能那样做，第一我应该对组织保持忠诚，而诚实是忠诚最起码的要素。第二那样做了，不光我丧失了人格，在心里留下一片永久的阴影，还会连累您。今后，我们俩就会真的永远说不清了。"

赵宗复脸上的阴霾顿时一扫而光，又露出了灿烂的笑容："好，我其实和你想的一样。如此，我也就没有了顾忌。现在我代表组织对你宣布以下两条决定：一是你入党的进程暂缓；二是现在军区有关部门正在与延安和西柏坡联系，希望得到这两个方面的帮助，尽快完成调查甄别，这当然需要一个过程。在这个过程没有结束之前，你停止工作。"

"停止工作？我什么也不能干了吗？"

"不，不，只是暂时不能主动跟我和陶蓝再联系。其他，你自由。"

"吓了我一跳，我还以为连情报工作也不能参与了。"李度发自内心地笑了，"我对刘鑫说过，我申请加入中国共产党，不论能否得到批准，我都将像一个共产党员那样去战斗、去奉献，包括我的生命！"

然后，他把这次梅山会议厅的情报递给了赵宗复，说："那这次，这个情报还是可以交给您的。"

赵宗复接过已经密写好的情报，欣喜地拍了拍李度的肩膀。他突然发现，李度那双细长的眼睛，不仅黑白分明，而且清澈见底，让人看着很舒服。

告别了赵宗复，李度回到警卫团，又一次把自己关进房间里。

当时，他虽然嘴上说得豪放，但内心还是一阵郁闷，一种不被信任的感觉像只蛀虫在不停地噬咬着他的心灵。

插好门，打开炕板与炕洞之间的夹层，取出了毛泽东发表于1925年的著名文章《中国社会各阶级的分析》，这是他从陶蓝那里借来学习的。现在，他几乎已经养成了一个习惯，凡不开心的时候，他就研读毛泽东的著作或诗文，只要沉浸其中，他的心情就会逐渐变得好起来。

首先映入眼帘的——"谁是我们的敌人？谁是我们的朋友？这个问题是革命的首要问题。"虽然已经读过多遍，但这句话还是再一次引起李度的共鸣。这段话，说得实在是太有道理了，先把敌我的界限搞清楚，才有助于明确我们后续的策略与原则。同样一件事情，对于朋友，和对于敌人，是不同的。如果朋友有需要，我们应该尽可能地帮助他们，与朋友共同作战。人是社会性的动物，人无法脱离社会关系而存在，有朋友的帮助，很多事情就更容易办成。

他边读边尽可能结合自己的体会去理解、去解析。

如果朋友犯了错误，我们应该多帮助朋友意识到错误并且改正提高，"惩前毖后，治病救人"应该是我们对待朋友的原则。能帮则帮，能救则救，这样，朋友能成长，友谊经历了考验，相互之间的信任与理解又加深了。

朋友之间会讲感情，讲情义，那就要多付出，少计较。你为朋友多付出，朋友也为你多付出，一来二去形成正向循环。众人拾柴火焰高，团结一心，剔除内耗，摒弃内卷，才能最高效率地一致对外，与敌人展开斗争……

一个时辰之后，李度走出房间。内心平静了，他的脸上露出少有的灿烂笑容。

他先去了营部，打算电话联络阿格布尔和殷立德。既然已经得到上级的批准，并开始策动两家骑兵团投诚，就不能再让他们朝解放军开枪，而晋中之战就是一个绝好的契机。他要说服他们，配合他们，再让阿格布花与刘鑫分别跟随作战，随时与军区保持联络，一旦时机成熟，立即实施阵前起义。

抓起话筒已经接通了总机，黑子却慌忙跑进来，告诉李度："汪家二小姐来了，有急事要马上见你。"他心里一惊，汪成芳很少直接与自己联系，贸然来访一定是发生了什么大事。李度急忙放下电话，跑出营部。远远地，在训练场边他看见了腹部微微隆起的汪成芳，显然她已经怀孕了。李度见她脸上面色不善，带着明显的凄容和怒容，便赶忙把她带到自己的住处。

未及说话，汪成芳便哇的一声号啕起来。

哭骂中，她说出了一句话："老二这个畜生，他把小琼子糟蹋了……"只这一句话，便使李度的脑袋轰的一声炸开了。这根节上，殷立琼出事，一定会影响到殷立德！他强制自己冷静下来，不断地劝说，好不容易才让汪成芳平静下来，说出了事情的原委。

原来梅冬潮为了与汪成义做军火生意，合着伙儿骗了大碗儿，从酱醋坊的流动资金里挪用了一大块儿，结果没能及时回款，导致酱醋坊资金链断裂，陷入破产的境地。大碗儿急得跳脚，可偏偏梅冬潮又躲着不见，她只好打电话到汪公馆找汪成旭。当时是殷立琼接的电话，她一听便怒不可遏，立刻驾车闯到了临泉府大酒店，亲自找汪成义算账，一言不合便动了手，却被汪成义和他的卫兵合力打晕了。汪成义竟然趁着她昏迷，丧心病狂地强奸了她……殷立琼醒来，发现了自己的惨样，就开车来到洋灰桥，要跳河自尽，幸亏遇到了路过的刘鑫，被刘鑫救下后送回了汪公馆。

"这件事，还有谁知道？"李度问道。

"没有人了，我三哥和立德、布尔在南华门小院，我也没敢对别人说。"汪成芳泪眼婆娑地摇摇头，"我把小琼子交给我娘看着，原本想自己去找老二算账，可一出大门才想起自己身子笨拙，就算找到老二也不能把他怎么样，只好来找你……"

"你做得对，应该来找我。"李度暗暗松了口气，望着汪成芳郑重地道，"为了小琼子今后的日子，这件事就到此为止，不要再对任何人说。我现在就送你回去，好好陪着小琼子，把汪老二交给我，我定会给小琼子讨回一个公道。"

"不，我要跟你一起去找老二，你教训他，把他制住，我也要狠狠踹他几脚……"

李度一怔，禁不住怪怪地看着她："你的意思是揍他一顿，这事就算翻篇儿了？"

"那，莫非……还能把他怎么样？"汪成芳有些不解地望着他。

李度摇了摇头，没有再多说什么。豪门大宅里的小姐，她们的想法有时很奇异，始终不明白一个道理：人这一生的幸福感和安全感，只能靠自己，靠别人是不行的。但这些，他已经懒得跟她们讲。他开车径直把汪成芳送回了汪公馆，然后掉头直奔南华门小院。恰巧，三人正在商量出兵晋中的事情，汪成旭不想让他俩参加，正准备去找汪敬谷大闹一场，自然被李度拦住了。李度转脸朝阿格布尔和殷立德问道：

"你俩不愿意出战吗？"

阿格布尔先是默然，然后闷声道："我就是不想给汪敬谷当炮灰。"

"我也是，"殷立德应声道，"这次去晋中，说是去跟共军打仗，可实际上是抢老百姓的麦子和抓壮丁，还几乎就在我家门口，这种缺德事真不想沾手。"

于是，李度立刻将自己的想法和盘托出，其中既有鲜明的观点，又有严谨的论证和切实可行的计划，尤其是计划中有令他俩感动和扫除后顾之忧的行动——在出兵前夕，由中共地下党负责将他们的家人秘密转移到解放区去。这可谓有理、有利、有节，顿时把两人的积极性调动到了一个相当的高度，两人的眼睛里都闪出了灼热的光芒。

"我干了！反正我阿爹已经同意了要投到这边来，只是在等待时机而已，这个机会就不错。"阿格布尔摇了一下拳头。

殷立德也点点头："李度，你安排吧。我爹娘都听我的，不用再跟他们商量。"

李度很高兴，把他们二人拉到自己跟前，小声道："在出发前，你们俩要低调行事，回到各自的部队，尽量把准备工作做细致，控制好部队。布尔兄，你要把你装备部的权力运用到极致，尽量给这两个骑兵团多配备山炮、野炮和相应的弹药，解放军那边缺这些。"

"老美援助的装备不好办，晋造的武器应该没问题，争取给骑兵团各自再加强一个重炮营！"阿格布尔几乎是咬牙切齿道。

殷立德看着李度，郑重地道："话不多说，都听你的！那，我俩就去了？"

"我们分头行动，都把各自的事情做到最好。"李度点着头将二人送出院门。

再返回来，却见汪成旭气鼓鼓地坐在沙发上，一言不发，眼睛里竟噙满了泪水，李度明白他的情绪，便坐到他的身边轻声道："对不起，刚才冷落你了……唉，怎么还哭上了？"汪成旭挥手擦了把泪水，愤愤地道："这算什么事？你小度子和小蓝子总是这么偏心，回回都把我晾在一边。怎么，是我缺了热情，还是缺了诚意，还是你俩都信不过我？"

"别这么说，你想多了。其实，在咱们这拨人里，你一直是我们的带头大哥。"李度将手搭在了他的肩膀上。

"扯淡，我怎么觉得你是大哥……"

"错，我一直是你汪三少爷的答应。不是吗？哪回不是你一叫，我就屁颠屁颠地赶紧来，甚至你不叫我也来，都快自动升格成常在了。"

"真话？"

"当然。"

"那，你，这就去给朕泡杯茶来！"

"嗻！您老就赐好吧……"

李度笑着飞快地从柜子里取出茶叶罐，然后泡了一杯热气腾腾的龙井，双手端着递给了汪成旭。李度看着他跷着二郎腿真像个大爷似的开始品茶，这才坐在茶几旁，迅速地在一信笺上将自己的计划和想法都写了出来，同时，在括弧里将殷立琼的遭遇也说了。他希望陶蓝能抽空去开导殷立琼，直觉上，汪成芳太强势，好像无法做到位，他有些不放心。

他把写好的信笺折起来递给汪成旭："行了，你这就去找陶蓝，把这封信交给她。"

汪成旭一听，忙放下茶杯站了起来："然后呢？"

"然后陶蓝就会有很多重要事情去办，你开车全程配合她，暂时充当一下答应。怎么样？要是不愿意那就还是我去……"

"废话，当然愿意。"汪成旭忙接过信笺装进兜里，瞪一眼李度，"给小蓝子当答应，可以，给你，永远只能当大哥！"

两人对视一眼，便都扑哧一下笑了。

走到院里，汪成旭忽然拉住李度，悄悄地道："我这两天憋出一首诗，求指点……"

不等李度反应，便脱口诵道——

家贫出孝子，国危显忠臣。

待到山河碎，殉难有几人？

善恶终有报，天道好轮回。

不信抬头看，苍天饶过谁？

略一琢磨，李度不禁大为赞赏："好诗，有哲理，有立意！比原先的强多了！"

"那是，有小蓝子精心教诲，本少岂有不进步之理！"

两人边嬉笑边走出院门，各自驾车离去。

李度直接飞奔到特警处，叫来蓝猫："去，查一查亲训师43团的装备调拨单。"

"嘿，巧了，莫非队长有先见之明？"蓝猫惊讶地瞪大了眼睛，说着赶忙递上一个卷宗，"梁处座刚刚交办的一件要案，就是有关亲训师的贪腐案子，证据是潜伏在亲训师的暗桩提供的，铁板钉钉。"

李度迅速翻阅了一会儿卷宗，不禁大喜，擂了一下桌面，沉声道："既然是处座亲抓的案子，谁都不可掉以轻心。就先从43团入手，找到突破口再一网打尽。去，派车，再叫几个弟兄跟我走，目标——临泉府大酒店！"

四

特警处审讯室里阴森恐怖，各种刑具触目惊心，炉火中烙铁已被烧红。

李度端坐桌后，蓝猫坐在他的身旁做着笔录。几个打手上身赤裸，严阵以待。

汪成义被绑在刑柱上，环视着四周，脸上露出了畏惧："李度，你……你他妈的真敢拿这些家伙往老子身上招呼？"

"那要看汪二少爷的案情是不是属实。"李度淡然道。

"什么案情？"

蓝猫站起来，上前打开一个案卷，拿出几张照片给汪成义看。几张照片，有装备调拨单，还有梅冬潮拿着调拨单跟人做交易的场面。

汪成义看了看，顿时松了口气，抬起头来："不就是卖了几杆破枪嘛，老子认，就是老子干的，你咬我呀……"

李度点点头，微微一笑："不错，你是大名鼎鼎的汪二少爷，倒卖装备调拨单对别人那是杀头的罪，可换了你，就屁事没有。所以你不仅胆大包天，而且还有恃无恐。但这次可不简单，你知道你倒卖军火的买家是谁吗？是中共地下党，你有私下通共的嫌疑！"

"胡扯！"汪成义一梗脖子，"买家是梅冬潮找的，关老子屁事。"

李度冷笑一声，道："汪老二，你要这么回答，通共的案情可就成了。来啊，大刑伺候！"

打手们应一声，一个抖开皮鞭，另一个则拿起火红的烙铁……

汪成义一看慌了，态度顿时软了下来："别，别……李……李队长，那你教教我，我该怎么回答？"

"汪二少爷愿意和我好好说话了？"李度睥睨地望了他一眼。

汪成义点点头："愿……愿意。"

"不张狂了？"

"我，不……我不敢了……"汪成义立刻怂了，眼睛里的狂傲消失得无影无踪。

"那就老老实实地交代，"李度猛地提高了声音，"别拿梅冬潮说事。她是你的同案犯，已经招供了，说这一切都是你安排的，买家也是你暗中联络的，她不过是个傀儡；殷立琼为此也去找你理论过，是，还是不是？"

"是，可是那婊子……"

"汪二少爷承认了，那就统统记录在案。"李度一挥手打断了他的话，喝一声，"你这个畜生，见事情败露，恼羞成怒，居然打晕了殷立琼，还趁机糟蹋了她，逼得她跳河，你可知罪！"

"她……她死了？"汪成义吓了一跳，顿时语无伦次起来，"可是，那小娘皮找我不是为那事，是为了……"

"你这个流氓，人渣！"李度没理他，继续说道，"殷立琼不光跟你汪家沾亲，还是晋绥军的中尉军官，你这样做是不是为了杀人灭口？"

汪成义刚要开口，忽见打手又围了过来，顿时吓得赶紧闭上了嘴。

"不回答就是默认。"李度点点头，站起来，从蓝猫手里接过案卷，然后做了个手势，蓝猫和打手们依次退出门外。翻看着案卷，李度似乎故意把话说得漫不经心，"按常理分析，你是汪总座的儿子，说你暗中通共，让人很难相信，也很难接受。你说是不是？"

汪成义忙连连点头："是是，我又不是没事干了，吃饱了撑的……"

李度合上了案卷："可耳听为虚眼见为实，这组照片是我们特警处的一位金牌谍报员提供的，真实性毋庸置疑，你就是有一千张嘴也说不清楚。对不对？"

汪成义一愣，有些晕头转向："可我……我没通共，真的没有！"

"但这个嫌疑你摆脱不了！虽然还不能就此给你定罪，可顶着这个嫌疑，眼下就要出兵晋中，你这个团长的位子就悬了，即便你爹想'走私'，阎会长也不会批准！"

汪成义傻了："那怎么办？还求李队长指点……"

李度走到火炉旁，一笑："办法倒也不是没有，很简单，只需我把这案卷往火里一扔……"

汪成义眼睛一亮，忍不住连声喊道："对呀，李度兄弟，那你快扔，快扔呀！"

李度摇摇头："真是个白痴！我又不是你爹，凭什么呀？"

汪成义这才回过味儿来，一拍脑门恍然道："嘿，瞧我这笨哟，我让你吓傻了……李队长，直说呀，你要什么？尽管狮子大开口，除了天上的星星月亮，你要什么我给什么！"

李度撇撇嘴："扯淡！两个条件，第一，你一共倒卖了四张调拨单，三天之内照原样再搞四张来，交给阿格布尔。"

汪成义连连点头："我答应，快说第二个条件……"

李度哼了一声："交出一个人。"

"谁？"

"梅冬潮！"

汪成义惊呼道："你也看上她了？嘿，这骚货，还真是个万人迷！"

李度一瞪眼："别放屁！你老实把梅冬潮还给阿格布尔，以后也不许再打她的主意。你做到了，我就负责帮你销案……这之后嘛，你走你的阳关道，我走我的独木桥，咱们两不相干。怎么样？这买卖你可赚大发了。"

汪成义这时才恍惚有些明白："哦——我懂了，你李大队长之所以这么找我的晦气，敲诈我，原来是在替阿格布尔那傻小子出头……得嘞，没二话，我给，我给，我明天就打发她走……"

"打发？想什么哪？没那么简单！"李度怒道，"你必须亲自驾车把梅冬潮和她一家子人送回到酱醋坊阿格布尔的住处，还得跟阿格布尔赔礼道歉、作保证。否则，这案卷就还是搁在你脖子上的一把刀，随时能砍下你的狗头！"

汪成义连连点头："行，行，我都答应，就按你说的做，保证不打一点儿折扣！"

李度看着他："那，今晚这事儿……"

汪成义抢着答道："我懂，我懂，就是死也不能跟任何人说！"

"你还不算太蠢。"李度淡然一笑，把案卷往胳肢窝下一夹，说，"来人！"

蓝猫带着打手应声推门进来。

李度正色道："案子已经审清：事出有因，查无实据，容后再审！"

蓝猫会意，前倨后恭，立刻堆上满脸笑容，把汪成义从柱子上解下来，一伸手："汪二少爷，请——"

这就放了？汪成义青白着脸，有些疑惑地揉着胳膊，跟着两人走出审讯室……

李度拿起桌上的口供放进卷宗里，刹那间神情变得冰冷。哼，汪老二，老子知道这点儿案情还摆不平你，咱慢慢来，立琼妹子的账一笔一笔地算，定让你生不如死！

1948 年 5 月，中共中央为加强对大区的领导，任命刘少奇为华北局第一书记，聂荣臻为华北军区司令员，同时成立华北军区野战军，将原先的部队编为第 1 兵团，徐向前任兵团司令兼政委。中央赋予第 1 兵团的任务是：发起晋中战役，固定在晋中打阎锡山，直至攻克太原。根据这一决定，华北局和华北军区明确规定 1 兵团当下的任务为：保卫晋中麦收，削弱阎锡山晋绥军的力量，相机在运动战中歼敌一到两个师。5 月 31 日，徐向前在给中央和华北局的报告中说："此次晋中作战时间较长，且均在新区作战，除在军事上予阎匪以歼灭性打击外，更主要在政治经济上给阎匪之反动统治机构以彻底摧毁，以保卫壮丁，保卫粮食，发动群众，创造今后攻取太原之条件。"中共中央采纳了徐向前的意见，并做出相应部署，其中包括立即成立太原军区，调罗贵波任太原区党委书记兼军区司令员。在晋中作战期间，由徐向前、周士第负责指导太原区的党、政、军、民工作，并直接指挥太原军区及其所属地方部队。

此后，华北军区野战军第 1 兵团各参战部队分批次向晋中逼近。

迫于压力，6 月初，赵承绥率领野战军与高倬之的闪击兵团先行开赴榆次，然后分兵把守各险隘要塞，由亲训师负责抢粮和抓丁。

临行前，为笼络人心，阎锡山特意将自己二儿媳妇的妹妹嫁给了汪成孝，并亲自出面主持婚礼。在婚礼上，阎锡山斟满酒杯，面对众军官高高举起，大声道：

"晋绥军的弟兄们，你们都是跟随我阎百川几十年的老人了。养兵千日用兵一时，此次出征肩负重任，保卫大太原，诸位义不容辞！这既是汪家大公子的庆婚喜酒，也是我为诸位出征的壮行酒。祝大家不辱使命，早日凯旋，干杯！"

婚礼结束后的第二天，部队开始陆续出城。

李度陪着梁化之、徐端，列队在南城门口送行。先是赵承绶的野战部队，汪成孝的亲训师和亲训炮兵团，原泉福带领的第10总队，然后是高倬之的闪击兵团。李度远远地看见，闪击兵团中的两个骑兵团，分别由殷立德和阿格布尔带队。他还发现，铁寒寨骑兵团居然没有穿军装，而是清一色的侉依人服饰。李度顿时明白，这又是阎锡山玩的小聪明，想利用中共的民族政策，让后者在战场上投鼠忌器，心中暗暗冷笑。部队穿城而出，李度看见了混杂在殷家堡骑兵团中的阿格布花，和铁寒寨骑兵团里与阿格布尔并肩策马的刘鑫，知道一切都在按计划行事，心里彻底有底了。

这时，梁化之转向了他，目光有些阴晴不定："哼，别看汪家的两位少爷威风凛凛，回来的时候肯定像两只脱毛的鸡！"

"处座高见，纯属两条扶不上墙的死狗！"

"听说你整了一下汪二少爷？"

"案情太小，还扳不倒他，加上出战在即，我暂时放了他一马。"李度心有不甘地答道，"要说，这个汪二少爷也真是胆大包天，仗着有靠山，居然把军火倒卖给了中共地下党……"

"证据确凿吗？"

"中间倒了两手，最终的目标有巨大嫌疑，我担心……"李度故意只说了半句话。

梁化之沉吟了片刻，突然压低嗓音说道："开战以后，你带几个弟兄，悄悄潜入亲训师，不必参战，只管监督，凡有临阵反水或临阵脱逃者，格杀勿论！"

"是！"李度挺了一下胸脯，"只限于亲训师吗？"

"你视情况而定。别顾虑，我给你尚方宝剑！"梁化之说着，不知何故突然情绪又低落下来，有些兴致索然。"不过你要当心，不能用督战队的方法，要用咱们擅长的……唉，咱们内部实在是烂透了，只能尽人事、听天命吧。"

"是，属下明白了。"

"去忙你的吧，我和徐端还要去东花园开会。"

目送梁化之和徐端边说话边朝座驾走去，李度也准备开车去警卫团。梁化之交给他的秘密任务，给了他一个千载难逢的机会，使他猛然间冒出一个新的想法：为了以防万一，必要的时候，完全可以以督战的理由亲自潜入骑兵团。他需要迅速与陶蓝取得联系，把这个情况告诉她，以便提前做好准备。如此，李度就必须先联系汪成旭，再通过他转达……可就在他正要转身的那一瞬间，徐端与梁化之最后的几句对话隐隐地飘入他的耳中——

"会长也不知怎么想的，让亲训师秘密偷袭孝义，孤军深入，似有不妥呀……"

"亲训师是王牌军，美式装备，战斗力强横，自保应该没问题。当然，前提是别让共军围点打援，因为共军一旦施行围点打援，往往兵力会集中三倍甚至五倍之多，那样，亲训师就危在旦夕了……不过，会长给他们吃的偏饭太多，其余部队都不服气，让共军杀杀他们的威风也不错。"

……

李度断断续续地听了一耳朵，顿时心里一动，泛起一丝焦灼，但仍然是不动声色，跳上车直接打着了马达，一溜烟驶离了城门洞。车绕过几条小巷，才朝天地坛警卫团驻地驶去。

不想，汪成旭却在13集团军司令部，李度急忙把电话打过去，才知道汪成旭正在接受新的任命：因警卫团原团长晋升至19军61师副师长，由汪成旭兼任司令部警卫团团长。在等待汪成旭的当口，李度叫来了马大胡子，让他做好准备，随时待命外出。为了避免泄密，李度不准备带蓝猫等特警处的人，而打算只带黑子与马大胡子去执行战场监督的任务。

就在这时，黑子突然走进营部，告诉李度军营门口有人找。

"找我？谁？"

"老熟人，铁寒寨的副寨主阿格次仁，还带了两匹马，不知驮了些什么东西。"

李度的眉毛向上挑了挑，这时候，他来干什么？

"别声张，带他去我的住处，我在那儿见他。"尽管心中有些疑惑，但还是决定见一见这个铁寒寨的副寨主。

阿格次仁一到门口，便让黑子和马大胡子帮忙，将两只大木箱从马背上卸下来抬进屋里，面带谄笑地拱了拱手："士别三日当刮目相看，当初的少尉李参谋，如今已是特警处的上校副总队长，我早就说过，后生可畏，前途无量，真是可喜，可贺呀！"

当初在铁寒寨的时候，李度就对这个副寨主没好印象——他背景复杂，心计深沉，绝不是个省油的灯。此时，李度见他一进门就是一副自来熟的样子，更是十分不喜，皱着眉头问道：

"阿格副寨主，大老远地跑来，有事？"

"已经不是副寨主了，前些日子，跟我阿哥闹了点不愉快，让我阿哥免了，现在就是一闲云野鹤，特地来给李队长送一场大富贵。"阿格次仁说着，忙打开箱子，"一点儿见面礼，不成敬意，还望李队长笑纳。"

李度瞟了一眼，竟然是两箱金条和银圆。李度不动声色，挥挥手，让阿格次仁盖上了箱子，然后把他让到椅子上坐下，一边寒暄一边暗自揣测，不知这个铁寒寨的前副寨主究竟想干什么。

闲聊了好一会儿，李度才弄清楚了他的情况。原来，阿格次仁是保密局的暗桩，联络上线就是汪敬谷的大夫人徐馨茹。自从阿格布花和阿格布尔返回铁寒寨后，他就发现了铁寒寨暗中发生的变故，为此跟寨主阿格尼玛翻了脸，见无力阻止，便急慌慌地赶到了太原，阿格次仁先到汪公馆联络徐馨茹未果，又赶到特警处，想直接拜见梁化之，却连特警处的大门都进不了。万般无奈之下，他这才转到了警卫团，来找李度。

"只要李队长愿意帮忙周旋，兄弟我就送李队长一场大富贵。"阿格次仁右手抚胸，眼睛里露出了热望。

"大富贵？不是这两箱黄白之物，莫非你还另有更大的礼物？"

"必须的，要不我也没脸来找李队长呀。"阿格次仁凑近了小声说道，"抗战那会儿，兄弟曾在军统受过严格的训练，专业能力李队长不必疑。我发现了一个大秘密，是有关铁寒寨骑兵团的。我那个不知天高地厚的糊涂阿哥，在两个小辈的撺掇下，竟然胆大包天要反水投共！这个大富贵本想送给汪敬谷，可汪公馆的门槛太高，徐馨茹狗眼看人低，还躲着不见我，倒不如送给李队长。"

李度心里一跳，暗道侥幸，看来阿格次仁还不知道徐馨茹已被监禁的消息。

"说说，需要我为你做什么。不过丑话说前头，我人微言轻，大忙我可帮不上。没准儿，就连你这两箱见面礼都无福消受。"李度露出一副无所谓的样子。

"不，不，一定能消受！铁寒寨我是回不去了，兄弟现在落魄，跟丧家之犬有一拼。不敢有过高的奢求，只求李队长能帮忙进入特警处，或在李队长麾下当个小卒都行。"

李度略作沉吟，点点头："想进我的别动总队，倒是能说上话。只是，你这资历、年龄当个大头兵可不成，人活脸面树活皮，怎么也得给你谋个少校中队长干干，否则面子上也不好看呀，对吧？"

"对，对，全凭李队长成全！"阿格次仁惊喜得连连作揖。

"不过，这件事不能急，我需要点儿时间，还得找个合适的机会，跟梁处座和徐副处座通融通融，有你这两箱财物和那份情报，应该没什么问题……这样吧，你不如先在我的特务营安顿下来，暂时委屈一段时间。等我运作好了，你的委任状一下来，你就跟我带人直奔铁寒寨骑兵团，拿下反水的案犯。这功劳，也必须有你一份，你将来才好混下去。"

说完，李度喊来了马大胡子，让他找个僻静的住处安顿阿格次仁，在吃喝上，要按长官的标准全力照顾好。马大胡子想了想，说特务营的库房小院就挺合适，窑洞式的屋子，肃静，又冬暖夏凉，管保能让长官住得舒坦。

看着马大胡子带着满面喜气的阿格次仁走了，李度才叫来黑子，嘱咐道："你去盯着他，不许他离开那小院一步！"

黑子离开后，李度松了口气，一个念头掠过脑际：此人不可留！

接着，他坐下来，把两条情报和自己的想法都密写了，折叠好。汪成旭来了，李度忙把密写好的东西交给他，让他立刻返回去交给陶蓝。

"对了，顺便把这两个箱子也带给她。"李度指了指屋里的木箱。

"什么玩意儿？死沉死沉的。"汪成旭踢了一脚箱子。

"些许黄白之物，就说是我给陶蓝他们募集的经费……他们实在是太穷了。"

李度和汪成旭一起将木箱抬上车，汪成旭突然拉住了他："有件小事跟你请教，不许藏私……"

"说。"

"明天是小蓝子的生日，我想给她办一办，怎么弄她才高兴？"

"别铺张、别张扬，把你的少爷做派都收起来。其实，一束鲜花就行。"突然李度心里涌上一股懊恼，最近只顾瞎忙活儿，竟把蓝妹的生日给忘了，倒让这小子抢了先，但还是忍不住提醒道，"你可别自作聪明，送些玫瑰、康乃馨、勿忘我之类的，她只喜欢蜀葵。"

"蜀葵？"汪成旭瞪大了眼睛，"那算什么玩意儿？跟野草似的，满大街都是……"

"所以呀，你要表达诚意，就别怕辛苦，跑一趟崞县，我兰村老家，你去过的，满院子都是她小时候种的蜀葵。顺便代我俩看看老娘，让我老娘给她摘选花束。"

汪成旭猛醒，禁不住连连扶额，跳上车摆摆手："妥了，那就跑一趟崞县兰村！"

目送汪成旭开车离去，李度不禁有些黯然神伤——自从六岁离开老家，就再也没有回去过，也没机会再看看娘……唉，他使劲摇了摇头，便回到屋里又沉浸在对下一步行动的思考之中。

很快，华北军区野战军第1兵团收到了发自陶蓝、由太行军区909情报站转交的情报，徐向前司令员立刻将计就计，做出了相应调整。为了给敌人造成错觉，他令运城方面派出地方部队佯作主力，发兵风陵渡，并在当地发动群众，征集渡船，摆出要横渡黄河的架势。又故意释放了一些俘虏，让他们放出解放军主力将支援西北战场的消息。同时，密令吕梁军区、太岳军区一部，潜行于孝义、汾阳一带设伏。太岳军区、晋绥军区主力由南向北火速进军，率先攻取灵石。他本人则率领兵团主力由太岳山区东侧，隐蔽向晋中敌人的侧背迂回开进。

晋中战役的帷幕就此拉开。

大兵团作战，波澜壮阔。

晋绥军最先投入战斗的是汪成孝率领的亲训师和亲训炮兵团。这两支部队离开介休，一路趾高气扬地向西进发，边行进边大肆抢粮抓丁，声势闹得挺大，行军速度却很慢，拖拖拉拉走了十天之久才赶到孝义。之所以这样做，是因为汪成孝感觉自己的亲训师训练有素，齐装满员，装备精良，兵强马壮，自成立之日起，就从未有过败绩，永远是无敌的。

这种心态有些类似于一个村子里的天才，他在那个村里永远是状元，永远是第一名。他从来没有出过那个村子，因此，他往往就会膨胀到认为外面的天才或状元也绝对比不过他这个从未有过败绩的第一名。

一个人，若身居高位太久，往往就会不自觉地自我膨胀，从自信变成自负，并且不容别人质疑。你一旦表示质疑，他就会认为你是无知且可笑的。水平低的人，心气通常很高，惯于用上位者视角俯视比他成功的人；水平高的人，心气反而很低。这就是辩证法，关乎人的辩证法。汪成孝当然不懂。

部队靠近县城，刚要安营扎寨，却不想一声惊雷，风云突变，早已设伏的解放军仿佛从天而降，突然出现在平遥与介休的中间。亲训师立刻陷入腹背受敌的危险境地，凭借孝义的坚固工事苦苦支撑了一天一夜。部队伤亡大半，惊得汪成孝肝胆俱裂，慌忙中直接用电台明码向太原的阎锡山求救。

阎锡山闻讯慌了，急令高倬之的闪击兵团由平遥增援孝义，并严令汪成孝按原路返回，与高倬之闪击兵团的34军汇合。汪成孝接到命令后，慌忙组织残部，由亲训炮兵团以重炮轰开一个缺口，亲自带着汪成义的43团放弃永久性工事，随后向东拼命逃窜。但在高阳镇又陷入了解放军的第二个包围圈，无论怎样左冲右突，再也动弹不得。

同样，前来支援接应的闪击兵团亦受到顽强阻击，无法前进一步。两军最近的地方，相隔只有不到5华里，可谓枪声可闻却又无法携手。至第二天拂晓，亲训师外围阵地均失，解放军震天的喊杀声越来越近，汪成孝只好叫来了弟弟汪成义，让他换上老百姓的衣服，带几个警卫尽快逃命。汪成孝脸色苍白，显得有气无力："去吧，万一能逃得活命回去，代我照顾好老娘。告诉老爹，我也算坚持到弹尽粮绝，为阎会长，也为老汪家尽力了！"

汪成义早吓得魂飞魄散，也顾不上哥哥，扔了枪，一溜烟跑进了庄稼地里。

天亮时分，摇摇欲坠的亲训师师部指挥所被炸。在剧烈的爆炸声中，汪成孝和他的最后一点儿兵力——师直属警卫排，黯然陨落于一片硝烟火海之中。

晋绥军亲训师和亲训炮兵团全军覆没。

解放军只此一役，共歼敌7000余人，10个日本教官被俘，缴获山炮24门、步兵炮30门，重迫击炮12门。

此时，闪击兵团亦受到解放军吕梁军区部队的顽强抗击，形成对峙。

昌源河谷，两侧壁立千仞，群峰耸立，这是晋东南通往晋中的要道，越过沁县北面的分水岭、来远镇，抵达子洪口，就会豁然开朗，进入晋中平原。就是在越过子洪口要隘途中，带病行军的徐向前司令员，坐在担架上接到了亲训师覆灭的战报，也知道了高倬之的闪击兵团亦被吸引到汾河以西，离高阳镇几公里的地方。据此判断，敌人在祁县、平遥的守卫力量必然大为空虚。徐向前当即下令，第1兵团主力第8、第13纵队、太岳军区部队提前行动，以突袭的方式拦腰侧击介休至祁县间敌人东南山口的据点，并前出同蒲铁路东南平川作战，意在引诱高倬之的闪击兵团回援，再来一个漂亮的围点打援。

果然，亲训师覆灭后，阎锡山害怕闪击兵团也遭受同样的命运，急忙电令高倬之不要恋战，迅速北撤平遥，向祁县方向与 19 军的第 40 师合兵一处，向赵承绶的野战军靠拢。高倬之急命所属的铁寒寨骑兵团与殷家堡骑兵团担任前锋，以多路纵队，经张兰镇沿同蒲铁路回撤，却在平遥的大甫村和曹村一带陷入了徐向前设置的"口袋"里。高倬之害怕了，亲自跑到先锋部队督战，边打边撤，好不容易挨近了祁县，在洪善车站附近的北营村，被解放军主力第 8、第 13 纵队团团围住。他只好赶紧命令各部队以品字形布阵，相互掩护，就地抢修工事，死守待援，一面电告赵承绶火速来救。

亲训师覆灭的消息传到太原，汪大少爷阵亡，汪二少爷下落不明，汪公馆里顿时一片混乱。当夜，大夫人徐馨茹在小黑屋里悬梁自尽。汪敬谷亲自将大夫人的尸体入殓后，气急败坏，顺手拎枪连着击毙了几个看守的家丁，还不解气，又一枪击毙了关押在另一间监舍里的总管阎本分。阎锡山则派阎慧卿来领走了成亲不到一个月就守了寡的新娘子。

李度是从汪成旭口中得到的消息。他带来了陶蓝的紧急指令，要李度迅速出城，赶往祁县洪善车站的北营村，秘密掌控和策动骑兵团起义。

汪成旭一脸悲戚。他对大夫人徐馨茹还是有感情的，固执地认为大娘的死与汪敬谷脱不了干系。像自己的娘亲一样，大娘终归也是被汪敬谷逼死的，汪敬谷才是这一切的罪魁祸首。李度看着他，沉默不语，实在不知道该怎样安慰他。

这是 1948 年的 6 月 28 日。

当夜，李度便带着黑子和马大胡子开车出城。

临行前，李度让马大胡子代自己宴请阿格次仁，席间，由黑子配合，将对待张静农的法子，再如法炮制一遍，神不知鬼不觉地除掉了这个定时炸弹。阿格次仁尸体换上一套军装，被抬进车里，驶出南城门后，顺路埋在了离双塔寺不远的乱葬岗子里。

之后便朝祁县方向疾驰而去。

路上，李度边开车边向马大胡子说出了此行的目的，并告诉他不必勉强，若不想参与现在就可以下车。当然，不能再回警卫团特务营了，只能脱下军装，回他的定襄老家过隐姓埋名的日子。后座角落他身边的袋子里有一千块现大洋，他可以带走。但马大胡子没有犹豫，说兄弟的命就是你李度大哥的，虽然这样做有些对不住阎长官，可也是没办法的事，愿意跟随李度闯荡，闯荡到哪儿算哪儿。

此后一路无语，很快便进入了解放军围城部队的地界。

没想到，按约定在路口迎接李度的竟然是姐姐江华，身边还有一位眉目清秀的中年男子。江华笑盈盈地握住了李度的手，向他介绍，这位中年男子叫晋夫，是解放军第1兵团政治部军情参谋处的处长。起义成功后，将由晋夫同志带领骑兵团开赴解放区接受改编。

接着再次确定双方的联络方式、起义具体方位和信号。

然后，李度开车穿过中间地带，进入骑兵团的阵地。

不需要偷偷摸摸，除了车上的青天白日旗，那明晃晃的车牌一看就知道是绥靖公署特殊警宪指挥处的车。

阿格布尔和殷立德在阵前接着了李度，一起走进指挥所。

6月24日午后，战斗日趋激烈。闪击兵团大部分是由骑兵部队组成的，而让骑兵打阵地战原本就是外行的做法。第1骑兵军守卫的南线阵地最先告急，守军被一小块一小块地分割歼灭，岌岌可危，失守只是个时间问题。

就在这时，阿格布尔突然接到了高倬之的电话，命令殷家堡骑兵团立刻分兵支援南边防线。阿格布尔当然不允，正在扯皮，殷立德一把扯断了电话线。

大概是这一行为引起了高倬之的怀疑，没过多久，一支二十多人的司令部督战队开了过来。走近了，阿格布尔认出，领头的就是高倬之的侄子高剑起，这是个有名的杀人不眨眼的恶魔。

阿格布尔立刻跳上马背，咬牙切齿道："妈的，李度你来指挥，准备起事，我带一个排去灭了他们！"

"我也带一个排，从旁策应你。"

说着，殷立德也跳上马背，做了个手势，暗示他尽量用马刀，不要用枪。

两个骑兵排，分进合击，不到十分钟，督战队全部被刀劈落马下。

李度见状，立刻果断地发射了三颗信号弹，同时下令，两个重炮营掉转炮口朝南、北两线阵地猛烈开炮，其他部队迅速集结，朝约定好的位置快速行动，脱离战场。

看到信号之后，解放军也开始进攻了，顿时，从车站到北营村子都笼罩在炮火之中。在余晖的映照之下，整个天空都仿佛变成了一片灿烂的金色，甚至连血流成河的战场，似乎也被蒙上一层庄严的面纱。

尽管高倬之的其余部队仍在拼命抵抗，但由于两个骑兵团突然脱离，东线防御被撕开一个大缺口，所有抵抗都无济于事，包围圈越缩越小。无奈，高倬之只好下令强行突围，结果大部分官兵被歼灭在村外的广阔原野上。祁县赵承绶的33军出动了三个团驰援，也被阻击部队击溃，第1骑兵军被分割歼灭，34军被打散，紧随军部指挥作战的日本顾问山本一雄被俘，闪击兵团司令高倬之下落不明。只有19军军长温怀光和暂编44师师长曹国忠见形势不妙，早早地就率领少数心腹放弃阵地，逃回了平遥。

黄昏时分，当西天的火烧云快要隐去的时候，整个阵地渐趋沉寂。

闪击兵团彻底土崩瓦解了。

暮色下，解放军开始打扫战场，除了缴获的大量装备、马匹外，还收缴了大量的粮食，解救了被抓来的壮丁，当下就发放路费让他们全部回家了。

晋夫紧紧地握了握李度的手，告诉他江华同志已经先行北上，只给弟弟李度留下一句话——"太原见！"李度朝晋夫行了个军礼，然后又转身与阿格布尔和殷立德紧紧拥抱，告别。

"到了解放区好好学习，尽快返回前线！"

"保重，咱们太原前线见！"

"你回去，也尽快让汪成旭投到这边来吧……"

三人依依惜别，阿格布花和刘鑫站在一旁，只是静静地看着，没有说话。他俩已经圆满完成了任务，要跟随李度返回太原了。

看着部队随着解放军向远方开拔了，李度才带着刘鑫、阿格布花以及黑子和马大胡子一起跳上吉普，绕过残破的阵地，沿着公路向北疾驰……

第十章

一

就在闪击兵团即将覆灭之际，赵承绶接到了阎锡山的电令，严令他立刻前出祁县统一指挥作战，救援高倬之部，却被野战军副司令官原泉福强行阻拦。原泉福破口大骂，说阎老西根本不会打仗，一味地拆了东墙补西墙，把完整的部队分散使用，结果就是不断地被共军围点打援，各个击破！他不光没有听从阎锡山的命令，反而强逼赵承绶放弃救援闪击兵团，重新集结野战军余部，命令32、33军以及暂编第9、第10总队，将各自分兵把守的险关要隘全部放弃，移交给地方保安团虚张声势即可。野战军则合兵一处，组成强大兵团，沿同蒲铁路一线机动，伺机与共军决战。

如此布局可谓针锋相对。

敌人抱成了一团，相互紧紧靠拢，步步为营，徐徐南进。在兵力部署上解放军失去了先前的优势，一时还真的给解放军指挥机关的参谋们增加了压力。但司令员徐向前却不为所动，告诫参谋们："别被敌人的架势唬住了，抱团出动并不可怕。日寇战犯原泉福一向傲慢自负，赵承绶昏聩无能，做不了原泉福的主。我们正可利用敌人指挥官的这些弱点，努力调动敌人，寻找战机把他们连锅端掉！"

在徐向前看来，敌人只要敢从坚固设防的据点里出来，就是一个千载难逢的机会、求之不得的良机。现在动手，肯定比以后攻坚更容易。所以，就让他们来吧，而且多多益善。此时，他脑子里酝酿的，已经不只是争取歼灭两三个师，而是更多！他精确分析和掌握了阎锡山的心理，认为阎锡山虽然摆出了与解放军决战的架势，但绝不敢让赵承绶指挥的野战军继续南移，离太原过远。日本人原泉福也同样，最多只敢从榆次运动至祁县一带。假如我军改变策略，主力大胆穿插迂回，继续北上，把决战的战场改为太原以南，就可以强行调动敌人，前截后逼，在运动中歼灭敌人的有生力量，置赵承绶于死地。

太原以南，榆次守敌暂编第8总队、太谷第9总队、徐沟冲锋枪大队，均由地方保安团、警备队和残余警宪组成，为弱旅，战斗力不强。唯有祁县守敌33军的37师，在晋绥军中的排名仅次于亲训师，有一定的战斗力。如果能调动敌人，先行围攻或歼灭37师，则榆次、太谷、徐沟、祁县间的地带，敌人守备空虚，而铁路线又不能有失，为赵承绶与原泉福之必救，正是我军在运动中歼灭赵承绶集团的好战场。

6月30日，解放军第1兵团13纵队攻占东观镇，以确保兵团后勤补给线安全。8纵队则克服连续多日作战的疲劳，远距离强行军直接奔袭太谷一带指定位置。同时，太岳、太行军区部队昼夜兼程，北进至榆次、太谷间铁路沿线，展开破袭战，并构筑工事……徐向前亲手编织的一张无形大网就此铺开。

赵承绶与原泉福却产生了错觉，认为解放军止步于东观镇，是不敢与之展开决战，所以带领着他们的野战集团始终在榆次与祁县间的鸣礼一带徘徊。

这期间，赵宗复主动联系了李度，并代表组织正式宣布：调查甄别过程结束，确认张静农为叛徒，李度恢复工作，并被批准入党，记功嘉奖一次。

再见到陶蓝的时候，陶蓝已经知道了结果，脸上又现出了灿烂的笑容。她将自己的小手放进李度的掌心里，轻声说道："哥，这样多好，你不知道，我当时有多么不安，生怕你……"李度淡然一笑，接过了她的话头："你怕我永远说不清楚，背上这个污点，后面的路就不好走了。其实，我自己倒不觉得。人这一生，不可能总是顺风顺水，恰恰相反，很多时候都是在逆流而上，必须承受意想不到的困难和委屈。只要问心无愧，心怀阳光，就不怕半夜鬼敲门。"

然后他就转移了话题，笑着问道："成旭最近怎么样，给你当答应还合格吧？"

陶蓝眨眨眼："我就知道，一定是你教他的，总是答应、常在的胡说八道……不过，说真话，汪成旭最近进步不小，做事懂得动脑筋了，不再像从前那么莽撞了。诗也写得越来越好，这可是你教他的。"

两人不由都笑了。

之后便谈到了殷立琼，陶蓝有些忧心忡忡："她的状态很不好，谁也不理，见了汪成旭也不像从前那样上赶着叫旭哥哥了。"

"不如找个机会把她转移到解放区去，正好她的父母家人也都在解放区。"李度略想了想又建议道，"索性连汪成芳也秘密转移出去，让她与殷立德团聚。"

陶蓝点点头："我已经向上级请示了，正在等待回复。"

"一旦决定了，就通知我，我负责把她们送出城去。"李度用力握了握陶蓝的手。

亲训师、闪击兵团的覆灭，尤其是铁寒寨、殷家堡骑兵团的反水起义，令阎锡山极为震怒，同时也对自己的高级将领极度失望。在他亲自主持召开的战役检讨会上，他把三个集团军总司令——晋绥军第7集团司令赵承绶、第8集团军司令孙楚、第13集团军司令汪敬谷挨个骂了个狗血淋头，同时责令三人罚俸半年，以儆效尤。剥夺了孙楚的军权，让他把所属部队移交给汪敬谷，专心负责太原城防工程的修筑。

赵承绶不敢面见阎锡山，借口战事吃紧，躲在鸣礼没回来，却打发自己的心腹副官溜回了太原，暗地里找到汪敬谷，拜托他帮忙安顿家事。赵承绶有四房太太，想趁早将二太太、三太太、四太太和大部分已经变现的家产送到北平，只让大太太留守太原等待自己。汪敬谷一向与赵承绶私交甚笃，当下亲自出马，打通关节，包了一架飞机将其家人送到了北平。汪敬谷也顺便给已经由军令部次长转任陆军大学校长的徐永昌打了个电话，叮嘱徐永昌在南京赶紧置地买房。他要为自己的家人早做打算，他可不愿意把家人弄到北平去。潜意识里他觉得北平也不保险，还是跟着老蒋在首都更安全一些。

就在梅山会议结束后的第二天，汪敬谷派警卫团各一个营奔袭铁寒寨和殷家堡兴师问罪，却双双扑了空，两家家主早已离开了各自的家园，去向不明。汪敬谷气得几乎呕血，只好给梁化之打电话，要求特警处立案彻查。

梁化之把李度叫到了自己的办公室，脸色阴沉地盯了他一眼：

"那两个骑兵团阵前反水的时候，你在现场？"

"准确地说，我是在去骑兵团的路上。潜入北营村阵地后，原本是要去司令部拜见高倬之的，却在半路上遇到了高剑起的督战队，就跟随督战队一起赶赴骑兵团。刚到骑兵团阵地共军就发起了攻击，很猛烈也很混乱，后来就打散了。我见情况不妙，就赶紧撤离了战场，并不知道骑兵团反水的情况。"李度不卑不亢地道。

"你去战场，没带别动总队的人，而是带了警卫团的人，为什么？"

"顺手，也放心。"李度装出一副心有余悸的样子，摇摇头，"处座，说实话，别动队的战斗力您也知道，真的很弱。也幸亏我带了警卫团的两个老兵，战场经验丰富，否则临汾突围的悲剧就会重演。"

梁化之没有再问什么，但李度知道，他并不相信自己的话。李度不知道的是，就在梁化之询问他的同时，在特警处的审讯室里，黑子和马大胡子也在接受徐端的盘问。还好在撤回太原的当晚，李度就想到了这一层，事先与二人统一了口径，表面上看并无破绽。

但仍需要补救，最好让陶蓝写篇专访，在报上发表，造造舆论。但李度最终还是打消了这个念头，为安全起见，不宜把陶蓝卷进来。他想起了那个曾经采访过自己的《阵中日报》记者阎晓珂。她是阎慧卿的养女，也是个"靠山王"，让她来做这件事再合适不过。于是，李度赶紧翻出她留给自己的名片，拨动了电话。

不一会儿，阎晓珂就赶了过来，一进办公室便嚷嚷道："李度，你总算给我打电话了……但居然隔了这么长的时间。"

李度给她泡了杯茶，端给她："抱歉，总是很忙，一直在战场上，刚刚回来……不过我可以将功补过，给你提供一些战场见闻，保证是独家的。"

阎晓珂很快便转嗔为喜，拉开架势开始采访。李度说闪击兵团先是转进后来向祁县撤退，被围于北营村一带，他跟随34军督战队奉命奔赴骑兵团阵地，便遇到了共军发起总攻。他当然不能说那支督战队是被阿格布尔和殷立德歼灭的，而强调了督战队的作战英勇，最后全员为国殉命，之后才是他如何费尽艰难突围成功，安全返回太原。

"啊，太惊险了，我一定让这篇文章上头条！"阎晓珂边记录边忍不住发出一声惊叹，再看向李度时，眼睛里全是小星星，脸上的崇拜之色没有一丝掩饰。

李度却暗叫惭愧，脸上泛起一片赪红。

好歹应付完了采访，阎晓珂却没有离开的意思，她看看手表说，到饭点儿了，今天我做东请你撮一顿，去正太饭店，要个雅间咱们边吃边聊。李度故意装作很惊讶的样子，说一般人没这勇气，你居然敢请我吃饭？还是算了吧，我怕吓着你。阎晓珂嘻嘻一笑，说我知道你是干饭之人。汪三少爷说你就是一个饕餮投胎，一个人能轻松吃光五六个人的饭菜。

"你认识汪三少爷？"李度的眉毛向上挑了一下，感到好奇。

"我去警卫团采访过，他给我讲了你赤手空拳打死日本教官的故事……嘻，我对你的所有故事都感兴趣。"

阎晓珂不属于那种长得很漂亮的女孩，但很单纯，眼底有一种纯净和善良在闪烁。

"既然你和汪三少爷认识，"李度拿起了电话，"不如把他也约来，让他请客。"

"不，"阎晓珂急忙压下了电话，望着李度说，"见你一面不容易，我得抓住机会，今天谁也不叫，就你和我两个人。"

李度有些犹豫，他承认自己利用了阎晓珂，但继续欺骗她，他不忍，也不愿意，也不想与她建立任何关系。可还没等他想出更好的推辞，阎晓珂已经挽住了他的臂膀，有些娇嗔又有些可怜兮兮地央求道：

"你是英雄，是干大事的人。我知道你很忙，可人是铁饭是钢，总得吃饭吧。人家只是占用你这么一点儿小小的时间还不行吗？"

李度无奈，只好连忙点头，挣脱了她的双手，脸上再一次涌上赫红，正色道："好，好，我们这就去吃饭……不过，小阎记者，有一点儿我要纠正你，我真的不是什么英雄，甚至连狗熊都算不上，也没有干过什么大事。我过得一直不太好，总是吃不饱，出过很多糗，也被人欺负过。我只是一直很努力，努力改变自己，提高自己，努力让自己更像一个好人。"

阎晓珂见他答应了自己的要求，便不再纠结其他，仍旧重新挽了他的胳膊，一脸灿烂地和他并肩走出小楼。李度开车来到正太饭店，走进雅间，将菜单递给阎晓珂。毕竟已经晋升为晋绥军上校，他的饷银比从前提高了不少，偶尔请人吃顿饭还是绰绰有余的，总不能真的让人家小姑娘买单吧。一桌丰盛的菜肴，外加一瓶红酒，阎晓珂吃得兴高采烈。李度仍像往常一样，开头只是象征性地吃一点儿，尽量先让阎晓珂进餐，最后再自己包圆，打扫战场。

边吃边聊，大部分时间都是阎晓珂在说话，李度不时地点头或是摇头。

渐渐地便涉及了一些隐私，李度这才知道了阎晓珂的身世。她出生在五台河边村，父母是阎府的佃农，租种着滹沱河畔的几亩水浇田，每年除去租子外，日子也还算过得温饱。可就在她十岁那年，河边村发生了一场瘟疫，父母双亡，她成了孤儿，只能沿街乞讨，吃百家饭度日。恰巧阎慧卿回乡探亲，见她孤苦可怜，便收养了她，把她带出了河边村，还让她上学读书，供她去北平深造。李度听着，猛然间竟想起了陶蓝。想不到，这个"靠山王"居然跟陶蓝的身世很相似，都是小小年纪便失去了双亲的孤儿……不由得，他对阎晓珂的态度温和了许多。后来，李度便随口问了句，你在北平读书，毕业了没留在北平，抑或去南京，怎么偏偏回到了太原？谁都知道，太原即将变成战场。阎晓珂告诉他，是干爹的安排。干娘和干爹都对她很好，不能不听他们的话。李度自然有些不解，据他所知，阎慧卿曾经有过几次婚姻，都过得不好，离婚之后便一直跟着阎锡山，照顾着阎锡山的起居生活，至今仍是单蹦，阎晓珂什么时候又有了一个干爹？是谁？阎晓珂闻言很是不屑，说你真的不知道？我干爹就是你的顶头上司梁化之呀。李度顿时惊诧无比：梁化之在五台老家有家室，有儿女，怎么会……阎晓珂立刻做出嘘声的手势，说这些当然不能公开，但也就是瞒着老汉一个人，你可别满世界嚷嚷去。

李度恍然，继而愈发对阎晓珂返回太原感到不值，一个风雨飘摇的政权能有什么前程？阎晓珂却不以为然，说外面的世界虽然很精彩，可弱肉强食，她一个弱女子又何必去冒险独自闯荡，反倒不如在干娘和干爹的庇护下过得舒坦。再说，干爹把她安排到《阵中日报》专业对口，也是为了进一步培养她，她不能拂了干娘和干爹的一片好意。李度没有再说话，心里却是一动，梁化之这样的安排，恐怕也未必安了好心，一个字眼掠过脑际：暗桩！阎晓珂肯定就是特警处安插在《阵中日报》的暗桩，只是还未唤醒、她本人还不自知而已。果然，兴奋中的阎晓珂又对他讲了许多干爹对她的特殊栽培，比如让她参加军训，还经常带她去靶场练习射击，把玩各种枪械。她不喜欢手枪，现在玩得最溜的就是汤姆森……李度听得心惊肉跳，暗暗提醒自己，要小心！

见阎晓珂吃好了，李度才放开手脚，开始施展他的"三光"绝技，风卷残云。不论是饭量还是咀嚼吞咽的速度，都把阎晓珂惊得目瞪口呆。

吃完了，李度掏钱正要买单，饭店经理却恭敬地道："长官不必麻烦，阎小姐在此用餐一向都是记账。"阎晓珂一拉他："咱俩都不用管，干娘会定期一次结清。"

出了饭店，阎晓珂还意犹未尽，非要让李度带她去靶场，要他指点自己的枪技，而且又做出一副可怜兮兮的样子。李度心一软，无奈，只好开车带她返回特警处，来到办公楼后院的地下室靶场，领了一支三八大盖和一支汤姆森。他看着阎晓珂噼噼啪啪地玩了好一会儿，也对她略微指点了一下，他告诉她，晋造汤姆森的特点是口径大，火力强，不需要过分纠结精确度，更讲究覆盖和压制。所以，持枪的姿势非常重要，双手要沉稳，枪托与肩膀要尽量贴合，身体不能僵，要随着枪身的震动而震动，才能有效化解后坐力，边指点边做了一些示范。一通折腾之后，李度再一次赢得了阎晓珂的满眼小星星。

好不容易过足了枪瘾，阎晓珂又提出了新的要求，要李度陪她再去一个地方。那小脑袋瓜仿佛就是一支万花筒，花样翻新层出不穷，令李度头疼不已。他还发现，这丫头看似单纯，有些冒傻气，其实内心狡猾得很。她几乎已经掌握了李度的性格弱点，一旦李度不按她的要求去做，她就会做出一副可怜兮兮的表情，甚至眼睛还会噙满泪水。然后，李度就会不忍，就会妥协。

"别，别，别哭呀，好，好，你说，你还要去哪儿玩？"李度是真的无奈。

"翠屏楼。"

"什么？"李度吓了一跳：那可是妓院！你一个小姑娘家家的，怎么想得出来！他顿时连连摇头，断然不允，"不行！那地界不是你该去的地方，而且，一点儿也不好玩！"

"怎么不好玩？你一定去过，对不对？"阎晓珂又抱住了他的胳膊，摇晃着撒娇道，"我在北平上学的时候就总听人说八大胡同，心里就好奇得不行，可那时候我是一个人，不敢去。现在有你陪着，就去这个翠屏楼看看，就看一眼嘛……"

李度这回死活不松口了，他沉着脸说道："你若非要去，就叫汪三少爷陪你去，我对那儿不熟。"

两人正僵持着，黑子满头大汗地跑了过来："总算找到你了，长官，汪总司令召唤，让你立刻回警卫团待命，有紧急军情！"

李度顿时松了口气，看看还噙着泪的阎晓珂，苦笑着安慰道："得，这下哪儿都不能陪你去了，军令不是儿戏，我必须服从。就先送你回家吧。"

阎晓珂还是很识大体的，不光没再纠缠，还立刻就破涕为笑了。

三人上了车，李度将阎晓珂送回到位于新民东街的西花园，那里是阎慧卿的住处。

到了地方，阎晓珂下了车，转过身定定地看着李度，对车上的黑子保持无视，她的脸上现出一片笑靥，认真地道："李度哥哥，从今天开始我就叫你李度哥哥了。虽然最后那件事你没答应我，但今天仍是我一生中玩得最开心的一天，我会永远铭记的。谢谢你，李度哥哥。记住，有空了，一定要给我打电话！你要不打，我就会去找你！"

李度轻叹一声，默然无语。

李度回到警卫团就见到了汪成旭，他现在已经兼任了警卫团团长一职。一问，才知道全团集合待命，要陪同汪敬谷一起赶赴清源县，接手赵承绶的野战军在晋中抢得的粮食和抓到的壮丁，并负责押解回太原。实际上，此时汪敬谷也是捉襟见肘，无兵可派了，亲训师覆亡，隶属于13集团军的19军残部在平遥，61军驻守文水，暂编第8总队在徐沟。为保证途中安全，阎锡山特令加强了一个重炮营，这样警卫团在兵力上就足足相当于一个加强团了。

就在出发之前，汪敬谷又接到阎锡山的命令，说赵承绶的野战军目前在太谷至榆次间激战正酣，要他见机行事，适当地前出突袭一下，以分散解放军，减轻赵承绶的压力。

第二天拂晓，部队抵达清源兵站，在接手粮食和壮丁的空当，汪敬谷把李度和汪成旭叫到指挥所，看着地图颇为踌躇，想前出支援一下赵承绶，可战局胶着、激烈，他这点人马万一陷进去想撤回来就悬了。李度看着地图分析道："就眼下的情形看，解放军的包围圈已经形成，如果赵总司令不能及时控制东阳地区，尤其是夺回董村要塞，就会失去与榆次和太原大本营的联系而成为孤军，那样，野战军就危在旦夕了……除非……"

"除非什么？你大胆地说。"

"除非总座绕过赵总司令直接下命令，让平遥的19军温怀光部和驻守文水的61军赵恭部迅速北进，直插榆次，同时联络赵总司令，让他放弃太谷、祁县，倾全军之力打通东阳一线，撤回榆次与19军和61军汇合。"

"屁话！"汪敬谷吓了一跳，连连摇头瞪眼道，"那样岂不是等于完全放弃了晋中？那可是14个县城，只有阎会长才有权下这样的命令！"

"那就没办法了，非如此无法救出赵总司令和他的野战军。"李度断然道。

"就是，虽然丢了地盘，却能保全部队，这叫丢卒保帅。"汪成旭觉得李度的想法有道理，力挺李度。

"闭嘴，你懂个屁！"汪敬谷不耐烦地呵斥了一句，然后转脸看向了李度，"爷给你两个营，你的特务营加上重炮营，从侧背突袭东阳，你有把握吗？"

李度摇摇头苦笑道："据我所知，赵总司令其实已经察觉到了东阳一线的重要性，组织了32军两个团的兵力攻击东阳镇，同时调动33军主力71师、暂编

46师的一个团、暂编第9总队，足有9个步兵团和1个炮兵团，在飞机和装甲车掩护下，轮番猛攻董村，并且还是由33军军长沈瑞亲自指挥，两昼夜过去，尚且寸功未立……可见解放军的强势。总座，这种情形下，您让我带两个营去救援，又能有何作为？"

"纯属肉包子打狗有去无回。依我之见，阎会长交给咱的任务是押送粮食和壮丁，干吗要多管闲事自讨苦吃？赶紧的，打道回府。"汪成旭补了一句，一脸不屑。

汪敬谷噻着牙花子思索着，然后摆摆手："滚吧，你俩去兵站盯着点，让爷再想想……"

两人离开指挥所，来到了兵站，见抓来的壮丁被绳子捆成一串，正被分别押上卡车，鬼哭狼嚎，到处都是乱哄哄的。李度指着一个五十多岁的佝偻老汉，摇摇头道："这哪是壮丁？抓来能打仗吗？"汪成旭也觉得好笑，一时兴起，便走过去大声问道："喂，这是参军打仗，你这么老歪歪的东西也来混什么干饭？"老汉顿时涕泪俱下，哭诉道："好俺那长官哩，俺正在地里割麦，就被几个军爷一绳子捆了来，也不让回家告一声……"

"你家是哪儿的？"

"文水，云周西村……长官，俺家还有八十岁的老娘没人养，您老就当俺是个屁，把俺放了吧，俺一辈子给您老烧高香……"

汪成旭与李度对视一眼，便给他解开了绳索，喝一声："连枪也扛不动，抓这些人来管屁用，滚吧！"

老汉擦把泪，赶忙连连作揖，佝偻着身子挣扎着跑了。

走过来的老灰皮见了，顿时笑道："汪三少爷，您老还是回指挥所去吧，都是充数的，照这样放，咱得空车回了。"

汪成旭没理他，悻悻地跟李度离开了乱哄哄的现场。

警卫团在清源县盘桓了两天，汪敬谷最终还是放弃了突袭东阳的想法。因为就在这两天之间战局又发生了变化：7月7日，解放军8纵22旅炸开城墙，经过激战，全歼晋绥军37师两个团及县保安团、特警队共计3200余人，攻克了祁县县城，之后便马不停蹄地朝北压迫过来。赵承绶一连四个昼夜猛攻董村，付出了惨重代价却没能前进一步，见势头不对，忙放弃了董村、东阳一线，收缩部队退回了太谷。这样一来，平遥、文水守军的北归之路眼看就要被截断，汪敬谷生怕自己的 19 军和 61 军无法回撤,也像亲训师那样打了水漂,忙电令他们合兵一处,由文水转道交城,梯次掩护,冒险穿越云顶山区撤回太原。

见正规军都跑了,介休、平遥、文水三个县的政府和残余的地方保安团随即先后向攻城部队缴械投降。

这时,汪敬谷想起了李度在两天前的建议,后悔不迭。

他们刚刚押送着粮食和壮丁返回太原,没几天,晋中前线便传来了噩耗。

原来,赵承绥撤回太谷本想固守待援,却遭到了原泉福的极力反对,后者认为赵承绥过于胆小怕死:咱出来干甚来了?就是与共军决战,机会到了又当缩头乌龟,既如此又何必从太原打出来!原泉福铁了心要集中兵力与解放军展开决战,赵承绥无奈,只好听从了原泉福的指挥,离开太谷兵分三路朝解放军展开反扑,同时电令徐沟驻军南向增援接应。

担任阻击任务的解放军部队接到徐向前司令员的命令,不怕两线作战,不惜代价固守包围圈阵地。赵承绥亲率 33 军 46 师朝徐沟方向猛攻,在数十架飞机的掩护下相继攻占三李青、东楚王庄等地,与徐沟出动的援军遥相呼应,情况一度十分危急。但解放军 13 纵 38 旅打得异常英勇顽强,在旅长不幸牺牲的情况下,仍然死战不退,不仅夺回了东楚王庄阵地,还击溃了徐沟增援之敌。其他两路,一路是由 33 军军长沈瑞指挥的 45 师,另一路是由原泉福率领的暂编第 10 总队一部,都分别被解放军 13 纵 39 旅和太岳军区部队坚决堵住。7 月 9 日,攻克祁县等地的解放军 8 纵及时赶到,立刻缩紧包围圈,将赵承绥所属三万余人,紧紧压缩在东西 20 里、南北不足 10 里的狭小地域内,晋绥军已经成了釜底游鱼。这时,赵承绥和原泉福都感到了绝望,连连向太原呼救。阎锡山无奈,只能向南京求援,请求增加飞机轰炸助攻,同时空投弹药与食物。

解放军展开对空集束射击,先后击落两架飞机。飞行员跳伞后落入 34 军阵地,赵承绥急忙把飞行员招来询问情况。结果更令他绝望,侥幸逃生的飞行员告诉他:"从空中看,漫山遍野,到处都是共军,我们已经陷入重重包围之中。"

10 日清晨,徐向前一声令下,解放军发起总攻,至 15 日,东阳守敌投降,据守车辋的暂编第 8 总队司令张寿芳下令放下武器。晋绥军外围阵地均告失守,只剩下第 7 集团军司令部所在小常村。16 日,由日本战俘组成的第 10 总队第三大队长水野,见情况危急,趁乱放弃阵地擅自带领残余手下突围逃跑了。被扔下的原泉福,只身从西范村阵地逃进小常村,喘息未定就被一发迫击炮弹击成重伤。

原泉福好歹坚持着爬进司令部，握着赵承绶的手连声哀叹："真没想到徐向前这么厉害，第 10 总队的大日本帝国军人全完了……"然后，他哆嗦着手从怀里摸出一个小本子，交给赵承绶，凄然道："这是我'圣战'一生，写的俳句集，若司令官能逃出生天，还请求帮我付印成册，也算是个纪念。"

说完便令他的警卫朝自己头部开枪，相当于自戕了。

赵承绶站起来，走出司令部，随手把那个小本子扔到了野地里，叹口气，苦笑道："还付印你个鬼，老子他妈的也完了……"然后便朝一个大个子副官示意，让他撕块白布绑在棍子上，举白旗前往解放军阵地宣告投降。接着便让身边仅剩的特务营吹号停战，令所有官兵放下武器。

至此，为期四十天的晋中战役落下帷幕。

晋绥军陆军上将、山西保安副司令、野战军总司令赵承绶等十六名将佐被俘。第 7 集团军总部及五个军部、九个师部全部被歼灭。

战后，一个阳光明媚的清晨，赵承绶被送到了解放军兵团部，接见他的正是他曾经的中学同窗，如今消灭了他庞大野战集团的解放军 1 兵团司令员兼政委徐向前。进屋前，他有些忐忑，还有些自卑，不知道将会受到怎样的奚落和折辱。

但进屋后的情景却大出赵承绶的意料，徐向前很和蔼可亲，完全没把他当俘虏对待，请他落座之后，递给他一杯清茶，微微一笑：

"老同学，还认识我吗？"

"当然，你是徐子敬……"手足无措之下，赵承绶尊称了徐向前的字，"记得，民国二十六年秋天咱们还见过面，那次是为了协商联合抗日的事宜，我还向我的属下介绍过你，说'请俺们五台老乡徐向前将军训话'，现在想起来，就跟做梦似的。"

"不错，那是十一年前，那时候，你赵二虎也是赫赫有名的抗日将领。可现在，你却与当年的日本鬼子站在了同一条战壕里，与中国人民为敌，那个死了的原泉福不就一直跟你在一起吗？别跟我说人在江湖，身不由己，失了大义，才会有今天的下场。"

他一时无语，沉默片刻才低声道："是，原泉福死有余辜，我也成了阶下囚，实在是惭愧之至、羞愧之至啊。"

"对往后，你有什么打算？"徐向前没有让他继续难堪，很快转移了话题，"如果你想当英雄，还打算为蒋介石和阎锡山尽忠，我可以成全你，放你回去。"

"不，不，"赵承绶的脸色顿时大变，连连摆手，"我是加入了三三铁血团的，属于'铁军基干'高层，回去，按组织纪律处置也是个死……我还是在你们这儿好好当俘虏吧，能干点啥就干点啥。这世上虽然没有后悔药，但重新做人还是有机会的。"

徐向前点点头，拉他一起站起来，走到地图跟前："下一站就是太原，你怎么看？"

"这个……唉，败军之将何以言勇，我怕说不好。"赵承绶身形魁梧高大，可在文质彬彬、一副秀才模样的徐向前跟前却自惭形秽，感觉矮了半截，心里发虚，完全没有底气。最终，他还是在徐向前鼓励的目光之下，才鼓起勇气说了起来：

"军人看太原和一般人不一样，咱只看钢骨构架，不看那些花里胡哨的东西。在我眼里，太原城就好比是一个人，东山是头，城郭为腹，南北两机场是胳膊，西山矿区是腿和脚。故而要打太原，唯有先掐头、去腿、断两臂，方可黑虎掏心，趁它病要它命。这里面，东山四大要塞是关键，一旦拿下，太原即为无脑孤城，也就成了囊中之物。"

"不错，我们想到了一起。"徐向前抱着双肩点头，突然一转脸，"你这次的晋中之行貌似没抢到多少麦子，太原城里还有多少存粮，能维持多久？"

"这个……"赵承绶不禁一愣，他还真不清楚，"唉，阎锡山一向心重，习惯于不让管枪的人问粮，不让管粮的人问枪。不过按常识估计，应该能维持三到五个月。"

徐向前看着地图，摇摇头，无声地笑了。赵承绶一时不明所以，也只好跟着咧了咧嘴。

起初，赵承绶还暗怀希望，想拜托徐向前派人秘密入城，把他留守在城内的大太太接出来。可他又被徐向前不动声色、成竹在胸、睿智犀利的气势震慑住了，始终未敢，也没有机会张口。

徐向前领兵入晋之初，就带了那么一点儿民兵武装，要钱没钱，要粮没粮，要武器没武器，也就比抢大刀挥长矛稍强点儿。可就是这样一支近乎乞丐的部队，硬是在他的带领下打运城，克临汾，扫晋中……愣是以六万之众，打垮了自己的十万野战兵团。最厉害的是，每一战都能让部队升级，最终在不断的战争中，将部队锻造成了一支钢铁之师。原本阎锡山拥兵三十万，占据山西地利，东可支持华北傅作义集团，西可助威西北胡宗南集团，结果偏偏被徐向前死死缠住，直接导致华北和西北都陷入岌岌可危的境地。说徐向前在山西起的是战略方面军的作用，毫不夸大。

这时候，他才清晰地意识到两人之间有着云泥之别。眼前的这位老同学，早已不是从前的文弱书生，而是一员战功赫赫、叱咤沙场、胸有风云雷电的战将。

二

随着解放军的继续北上，大军压境，太原城里也日益紧张起来。

攘外必先安内，梁化之对特警处的工作强度也是层层加码，发动七十多个分支机构，几乎唤醒了所有的暗桩、密探，对军政两界严加监控。徐端也亲自坐镇别动总队，出动频繁，几乎天天都有任务。

唯独一个闲人——李度。从清源返回之后，他就没有被安排过任何任务。

尤其是近日，特警处破获了中共太岳军区的一个秘密情报站，大肆抓捕地下党员，而李度事先却毫不知情。这些都证明梁化之已经对他起疑，开始对他有所提防和限制。针对种种迹象，经过长时间的思考之后，李度也对自己的工作策略做了调整。一方面最大限度地减少了与陶蓝和赵宗复的直接接触，即使是原计划由自己护送汪成芳和殷立琼秘密出城的任务，他也果断地交给了汪成旭，而将自己隐藏在幕后。另一方面，在特警处，他也不再像过去那样敬业，反而是三天打鱼两天晒网，花天酒地，开始频繁出入风月场所，身边不是特务营的兄弟，便是特警处的蓝猫小队，几乎成了翠屏楼的常客。

很快，他在晋绥军中的口碑一落千丈，终究不过是个酒色之徒！

对此，梁化之只是用鼻子冷哼了一声，不置可否。徐端却大失所望，多次警告他：低调点，别玩得太过火！至于别动总队队长徐谋倒很理解他，战场上玩命，几次出生入死，容易吗？私下派人对他常去的几家饭店做了知会，李队长的一切费用记账，由五五商行支付。

对他的表现最感愤怒和不解的是阎晓珂，一个昔日的英雄，她暗中崇拜的偶像竟然也会堕落至此，简直难以置信。她多次到特警队找李度，都被他避而不见。最后，她索性逼迫梁化之出面，才找到了宿酒未醒的李度。结果，他支支吾吾，醉话连篇，根本无法跟她好好相处，只得又把他放回去醒酒，不了了之。

只有汪成旭心知肚明，暗地里塞给樱桃红一张两万大洋的银票，吩咐她不要多问，只管配合照顾好这位李家公子。

一天，李度正与蓝猫小队的几个骨干在翠屏楼喝花酒，蓝猫赶了过来，神秘地凑到他的耳边笑道："队长近来心情不好，有一个消息，保管能让您老开心。"

"说，要是消息没劲，我抽你！"

"汪老二逃回来了，就住在汪家的临泉府大酒店里。"

"哦，他没死？"李度心里一动，兴致顿时被调动起来。

"算这小子命大。不过，他的案子可没销，咱去找他的晦气，让您老开开心？"

"哈哈，"李度立刻佯做醉态，一拍桌子，喝道，"弟兄们走着，临泉府公干一趟，剩下的酒咱回来再喝！"

"哄"的一声，众人都嘻嘻哈哈地站起来，挎了枪，跟着李度浩浩荡荡地杀出翠屏楼。

那天，汪成义带着两个警卫换了老百姓的服装蹿进庄稼地里，并没有慌乱地跟随溃兵往包围圈外面跑，而是先在庄稼地潜伏着。待天黑之后，他们才反方向溜进了孝义县城，躲进一家小财主院里，用金条和手枪逼迫小财主收留了自己。隐藏了数天，待战事彻底平静之后，他们才惶然逃回太原。打发走那两个警卫，他回到汪公馆后，才知道所发生的一切。想到部队没了，大哥阵亡，娘亲自尽，老爹又一向不待见自己，总是偏心宠着老三，汪公馆上下的管理大权尽落四夫人林红玲手中，汪成义本想叫人去西跨院找妹子汪成芳讨个主意，却听用人说汪成芳和殷家小姐已失踪数日，家里正急慌着四处寻找，不由得心灰意冷。他也没跟汪敬谷打照面，就独自返回临泉府大酒店，躲进自己的住处，天天借酒浇愁，以泪洗面，不敢再出来。

这天，汪成义正百无聊赖，躺在沙发上让何婶给自己做头部按摩，房门被人猛地踹开，一群人耀武扬威地闯了进来。他忙抬眼一看，见领头的是李度，心里咯噔一下。

何婶惊恐地停了手，躲在了沙发后面。

汪成义穿着睡衣，一下从沙发上跳起来，挺直了身子，拍一下茶几："李度，你这是什么意思？我可是都按你说的去做了，你别他妈的咬着我不放！"

李度大咧咧地往沙发上一靠，冷笑一声："哼，你干的坏事太多，已经是泥鳅掉进粪坑里——不是屎也是屎，你洗得干净嘛！亲训师败亡，你阵前脱逃，本该去返干团接受审查，你却跑到这儿躲清闲，这是其一；其二，两个骑兵团反水，带走的装备都是你提供的……这可是惊动了国防部的大案、要案，就算是你爹，也保不了你！"

汪成义的身子顿时软了："你，你到底要怎么样？"

李度冷冷地道："退出赃款，争取主动，我自然会把你的案卷做轻，大事化小小事化了，并向梁处座求情，为你网开一面！"

汪成义一梗脖子："想讹诈我？屁！老子没钱，要命有一条！"

李度脸一沉，唰地站起来，大喝一声："来人哪！"

蓝猫一摆头，一帮别动队员应声而入，掏出了手铐……

何婶急了，连连摆手："别别，这位长官，什么事都好商量……少爷，你可千万别硬扛，他要什么就给他什么吧……先保住自己要紧……"

汪成义无奈，只好泄气地道："那你还不快去……把钱匣子拿给他！"

何婶慌慌张张地跑向卧室。

李度撇撇嘴，然后朝蓝猫摆摆手，队员们停住了手。

很快，何婶捧着一只精美的匣子跑了出来，哆嗦着递给李度。

李度掀起了匣子盖，露出里面整封的银圆，摇摇头："看来，汪二少爷还是不知道特警处的厉害！你倒卖了四单军火，就这么点儿？哄鬼呢？再去拿，把你吃进去的都吐出来！"

"倒卖？你诬陷我！"汪成义瞪大了眼睛，刚想犯浑，又立刻萎了下来，喃喃道，"那可是整整一万现大洋，还嫌少？就这些，老子没了……"

李度转过脸，又做出呼喊状，何婶见了，便不顾一切地扑到汪成义身边，伸手从他睡衣兜里掏出一把钥匙哭喊道："好我的小祖宗哩，都给他们吧……钱没了还能再挣，人没了就什么都没了……"边说边跑到墙边拉开一副条屏，露出一个保险箱，打开，里面是一堆码放整齐的金条。

"长官，你们都拿去吧……这可是全部的家底儿了……"何婶涕泪满面。

"冤枉啊，强盗、土匪，你们这是抢劫！"汪成义突然捶胸顿足号啕大哭起来，"我的妈呀，这不让人活了……你干脆把我抓走吧……"

李度一个眼色，蓝猫立刻拎出一个背囊，朝保险箱走去，一旁的别动队员也赶忙上前一起动手，眨眼间便将金条全都放入囊中。

"收队！"挥挥手，李度脸上露出一丝得意而又轻蔑的笑容。

他把那一万银圆让蓝猫小队分了，将满满一背囊黄金上缴给了徐端。

如是，李度堕落的名声里又加了一条：擅长敲诈勒索。

转眼进入了 7 月份，解放军大兵压境，分别从东南西北四个方向逼近太原，其先锋部队曾一度迫近到了汾河桥西。经过晋中一役，晋绥军损失惨重，还未及补充，阎锡山明显感到了兵力不足，迫于压力只好先后放弃了南面的榆次和北面的忻县，将榆次撤下来的第 8 总队残部填补到汾河西南的大小王村。驻守忻县的暂编 39 师刘鹏翔部，则带领地方官员南逃。途中至豆罗村附近，即遭到伏击，副师长贾绍棠被击毙，大部被俘，只有少部分人跟随师长刘鹏翔突围逃回太原。

真到了兵临城下的时刻。

7 月 21 日，蒋介石偕夫人宋美龄冒雨从济南乘坐美军飞虎队的飞机抵达太原，并特意带了一拨山西籍的官员为阎锡山打气。其中，有已转任陆军大学校长的徐永昌、考试院副院长贾景德以及国防部作战厅厅长刘斐、军务局长俞济时。飞机降落在城北新城机场，阎锡山亲自接机，将他们迎入绥署，并立即召集所部于梅山会议厅召开作战会议。

阎锡山的二夫人徐兰森则恭恭敬敬地将蒋夫人迎入东花园阎宅。虽然明知道他们在太原待不了多长时间，但也不敢怠慢，要竭尽全力安排好。阎慧卿则被阎锡山委以接待总管的重任，负责蒋介石夫妇临时休息起居事宜。一阵客套寒暄之后，蒋夫人显得热情洋溢，声明本该客随主便，可蒋总裁体恤下情，特意让我带了自己的厨师，甚至食材，喧宾夺主，要借阎宅宝地宴请有功之臣，以资鼓励。

"我带来的可是名厨，不知阎夫人喜欢吃南菜还是北菜？"蒋夫人笑眯眯地问道。

"们不饥，蒋夫人不用太客气。"徐兰森脑子反应极快，可一口浓重的五台乡音却怎么也掩饰不掉。

当下便弄得蒋夫人一头雾水——门布鸡？这道菜还真没听说过，不知道那是一只什么鸡……急忙朝秘书使了个眼色。秘书急忙赶到后厨，照原样复述给了厨师。

厨师也蒙了，赶紧找到阎慧卿请教。阎慧卿闻言，知道是误会了，五台话里"们"就是我，"们不饥"意思是"我不饿"，又不便多解释，只好打了个马虎眼，随口答道："山西土话，就是指著名鲁菜香酥鸡。"厨师恍然，北方人口重，口味偏向于咸鲜，既然徐夫人喜欢鲁菜，那就以烧二冬、胶东四大拌为开胃菜，香酥鸡、西瓜鸡、油爆双脆、九转大肠为主菜，再配以雨前虾仁、云片猴头、蜜汁梨球为辅菜，最后用泰山三美汤压轴。厨师一边想着，一边回到后厨忙着开始备料、烹饪。

蒋介石夫妇在太原连开会带宴请，一共只待了三个半小时。除了召开军事会议外，还接见了山西高级军政要员，封太原为"反共模范堡垒"，号召所有国民党军事将领向阎锡山学习。同时还允诺了阎锡山的三个请求：一是代表国民政府给晋绥军团以上军官每人发放金圆券5000元；二是立刻将驻扎西安的中央军30师、榆林的83旅空运至太原；三是由中央拨专款雇佣陈纳德的飞虎队加强对太原的空中支援，由原先的三天10架次增加到每天20架次。

阎锡山大喜，当即代表太原军民向蒋介石表示绝对服从，要以"火海战术"打败中共徐向前的"人海战术"。

没多久，蒋介石的允诺便一一兑现。

阎锡山立刻召集梁化之、汪敬谷、孙楚、赵世铃、吴绍之等要员谋定后，开始对太原城防重新做了部署。空运来的中央军30师升格为30军，83旅升格为83师，所有官兵在升格的基础上军饷再翻一倍，以笼络"客军"。汪敬谷的警卫团外出抓丁，尽力补满30军和83师的建制。梁化之负责督促各级部门展开征兵运动，重新恢复被打残了的61军军部，重建19、33、34、43军，共8个师和两个总队。孙楚负责新编一个工兵师、一个迫击炮师、一个机枪总队。赵世铃负责甄别，将被俘释放和逃亡归来经过返干团审查的官兵，编成"雪耻奋斗团"，与逃到太原的各地保安团、特警队、民卫军合编为一个"忠勇师"、一个"铁血师"，再加上残留的由顾问今村方策为司令的第10总队约3000日本人，务求使太原守军在数量上不低于十万人。同时，所有部队被重新编为第10、第15两个兵团，分别由汪敬谷和孙楚担任兵团司令。

也就是在这个时候，李度接到了梁化之的召见电话。

梁化之面带疲惫，深陷的眼窝里布满了血丝，看了李度一眼，也没让座，不阴不阳地道：

"听说，你最近玩得挺狠？"

"还好吧……反正，我一个当兵的，有任务就拼命干，没任务就拼命玩，没准儿哪天就嗝屁了，多活一天算一天。好像，大伙儿都这样吧。"李度显得有些躲躲闪闪。

"可你不一样，短短两年，你就从少尉晋升到了上校，凭什么？真以为你有什么过人之处吗？狗屁！纯粹是阎会长对你那个死爹有愧，有意提供机会栽培你，你就是这样报答阎会长的吗？"梁化之的声音变得严厉起来，"吊儿郎当，吃喝嫖赌，外加敲诈勒索？"

李度直挺挺地站着，没有说话，任由梁化之继续数落着自己。

"小子，说实话，虽然把你调到了这里，可我一直不太相信你。你也确实有些疑点说不清楚，只是一时半会儿还查不出证据来。按我的习惯，趁早把你做了，免除后患。可会长不同意，还要给你机会，希望你能继承你父亲的忠勇，在晋绥军干出一番大事业来！可你看看你现在是什么样子，简直就是一个流氓小混混，连阎晓珂都对你大失所望，你可有愧？"

"有愧！"李度后脚跟一碰，做出很痛心的表情，"感谢处座当头棒喝，属下知错了！"

"然后呢？"

"洗心革面，重新做人，为阎会长，为梁处座，为党国大业尽力、尽忠！"

"别装了，都是套话、屁话！来点实在的，别他妈的连泥带汤的尽是水货……"

"实在的？嗯，特警处人人在忙，就我一个闲人，我现在确实无任何实在的事可干……属下愚钝，还请处座提示。"李度显出一脸困惑。

"真是个笨蛋！"梁化之抬腿便朝李度踢了一脚，那姿势像极了阎锡山踹他们时的模样，嘴角却罕见地露出一丝笑意，"现在就给你件实在的事干，回去穿扮一下，今晚去正太饭店雅间，好好招待安抚一下阎晓珂。她可是个大家闺秀，必须把你原先的形象重新挽救回来，不许再像个流氓小混混……明天，你以上校督察室主任的身份去30军军部报到，协助黄樵松军长尽快把督察队组建起来，还要尽量不动声色地把我们的人安插进去。懂？"

"属下明白！"李度一挺胸，再次将双脚跟碰在了一起。

离开总部，李度暗暗松了口气，暂时的危机总算过去了。晋绥军中有一条潜规则，长官越是骂你，甚至踢你、打你，就越说明长官跟你亲近。反之，就离死不远了。想想，这些变化应该还是阎晓珂发挥了作用，她一定没少纠缠阎慧卿和梁化之。一种无形的，却又是发自内心的感激之情油然而生。

那天晚上，李度陪阎晓珂吃饭，恢复了本来面目，讲了很多晋绥军中的逸闻趣事，很快便扫除了她心中的阴霾，哄得阎晓珂心花怒放。饭后，李度甚至还满足了她一直以来的愿望——陪着她逛了一趟翠屏楼。他把阎晓珂交给了樱桃红，说："这丫头总说翠屏楼好玩，你带她逛逛，我在前厅候着。"樱桃红会意地朝他一笑，也不多话，便亲密地挽了阎晓珂的手朝楼上走去。

这段时间，李度实在是来得太勤了，而且每次都是樱桃红接待，双方熟稔了不少，他也发现了不少樱桃红的过人之处。翠屏楼规模庞大，三层亭台楼阁，有舞厅，还有数不清的暗阁、喝花酒的绣房，光妓女、舞女、招待就有二百多人，大都还是来自江南，水嫩红粉，秀色可餐，再加上吴侬软语，可谓日进斗金，卷了太原官场不少黑钱。翠屏楼的出资人是西北实业公司的总经理孔令财，他的堂姑父就是大名鼎鼎的太谷巨富孔祥熙。虽然明面上的老板是孔令财，但真正的掌控者却是樱桃红。她管理得当，各色人等应付自如，基本做到了黑白两道通吃。当然，最关键的是，她还仗义疏财，无比体恤手下，甚至还对一些破了产、落了魄的老客户暗中施以援手，很有点侠客的风采。李度就目睹了几件这样的事，对樱桃红的好感增加了很多。

没等多长时间，樱桃红就带着阎晓珂回到了前厅。

"好玩吗？"李度迎了上去，望着一脸失望的阎晓珂略带戏谑地问了一句。

"怎么说呢，奢靡华美，是个给男人找乐子的地方，对女人则毫无意义，没劲！"李度点点头，觉得阎晓珂的观感基本准确。

这时，樱桃红轻声问了句："公子和小姐要不要尝尝我们家的夜宵？也是很出名的。"

李度默然一笑："算了吧，阎小姐已经没了兴致……"

"谁说的？我只是说不好玩，没说不好吃。"阎晓珂瞪了李度一眼。然后转向了樱桃红，满脸好奇地问道："你们这儿的夜宵，是不是就是北平八大胡同里的堂子菜？"

"堂子菜是统称，细分起来流派就多了，我们翠屏楼以杭帮菜为主，属于海派。"

"跟外面酒楼菜馆里的八大菜系，是一样的吗？"

"一样也不一样，堂子菜追求的是精致典雅，重质不重量，口味偏向清淡素雅，更讲究菜品原本的芬芳和食材独有的质感，彰显的是情调和氛围。所以，什么烤羊腿、卤猪头、熘肥肠之类的，堂子菜里是没有的。"樱桃红笑眯眯地回答道。

"那，你们的夜宵都有什么？"

"第一道上的是元蛤汤，鲜香开胃。然后是苏式香酥鱼，杭州捏塌鱼，淮扬李萨尔小鸡块，都是表皮金黄，酥脆爽口的菜品，口味是咸中带甜、甜里微酸、嫩而不滑又鲜美淡雅。最后是主食，有灌汤蟹黄包和冬菜小馄饨。"

阎晓珂忍不住咽了一下口水，看向李度："怎么样？要不要试试？"

李度笑笑："我无所谓，在我眼里，甭管什么菜品能填饱肚子就行……看你。"

"刚吃过饭，还没消化……"阎晓珂犹豫了一下，还是摇了摇头，"算了，下次吧。"

"好，那就下次。"李度转向樱桃红，"有劳你了，谢谢。"

"不客气，欢迎下次再来。"樱桃红躬身施礼，然后将两人送出楼门，"如果李公子没空，下次阎小姐也可以自己来，我给你安排，保证让你吃得满意。"

阎晓珂笑着朝樱桃红摆摆手，然后挽着李度的胳膊朝吉普车走去。

回去的路上，他俩就妓院这个话题聊了起来。阎晓珂说，妓院跟街边的烟馆一样，对任何一个社会都是一个毒瘤，既消耗社会财富又可能引发犯罪。可令人不解的是，人们明明知道，却都视而不见，还乐此不疲，任由妓院、烟馆发展得蓬蓬勃勃。李度说，有需求就会有供给，关键在于人的欲望。只有全社会的道德评价标准更倾向于高尚的时候，人的某些欲望受到约束，甚至摒弃，这些丑陋的现象才会从根本上杜绝。

"你说得太遥远，也太理想化了，就眼下的太原，真的让人很绝望。"

"遥远？不，现实中已经有了这样的地方，只要你出城，可以选择任意方向，只需向前行进二十公里，就完全没有了烟馆和妓院。那里，虽然现在还很贫穷，但却是一片净土，也是一片热土。"

"真的吗？那是什么地方？"

"中共领导的解放区。"

阎晓珂沉默了，片刻之后，她把脸颊轻轻地倚在了他的肩膀上，低声喃喃道："'净土不必远，自在我心中'……"

李度知道，她说的是一句禅偈。

李度把阎晓珂送回西花园，然后返回警卫团自己的住处，却见汪成旭坐在门口打盹。李度顿时一惊，赶紧打开房门把他让进屋里，问道：

"有事？"

汪成旭打了个哈欠，关紧房门小声道："陶蓝让我转告你，明天下午3点钟，开明照相馆接头，暗号照旧。"

"跟什么人接头？"

"她没说，我也没问。"说完，不等李度反应，就跑进里屋，甩掉军靴，四仰八叉地躺在了炕上。一看就知道，这是又要跟自己同炕共眠了。

李度苦笑了一下，说："你这家伙，住处离我这儿也就几步远，不回去睡，偏偏要挤在这儿，也不嫌埋汰。"

汪成旭没动身子，只用鼻子哼哼道："看你老弟最近忙着逛妓院、喝花酒辛苦，特地来陪你睡睡，居然还不领情？不识好歹。怎么着？认识了阎晓珂就忘记了老大哥，哼，见色忘义……"

"别胡说，尤其不要亵渎阎晓珂。"李度瞪了他一眼，"那丫头跟我萍水相逢，却对我心存善意，愿意帮助我，这份情我李度铭记在心。只要她不负我，我亦不会有负于她。"

汪成旭见他说得认真，赶忙妥协了："你说得对，我投降。"

李度也没有再纠缠，匆匆洗漱了一下，也在炕上躺了下来。

"明天你就要去30军上任，对这个30军你了解吗？"汪成旭有些懒洋洋地问道。

"刚接到梁化之的委任，还没顾上做功课。"李度这才明白了汪成旭的真实用意，不禁心里一暖，扭过脸来看着汪成旭，"你快说说，我洗耳恭听。"

汪成旭扭了扭身子，让自己躺得更舒服些，这才开始不紧不慢地述说起来。

30军空运太原之前，属中央军胡宗南部的暂编第30师。虽然是杂牌，但也算是一支很能打的部队，下辖第27、28、29三个旅。这次老蒋亲自出面，也只调来了第27旅和29旅的一个团，加上师部和直属部队，有一万余人。老阎给他们升了一格，30师也就变成了30军，27旅就变成了27师。军长叫黄樵松，河南尉氏县人，草莽出身，最早是西北军孙连仲、高树勋的部下，任团长。抗战初期，配属黄绍竑部，曾带队参加过二战区的娘子关阻击战，后来被调入五战区李宗仁集团，参加了台儿庄会战。他作战英勇，杀敌无数，获过一枚青天白日勋章，因军功升至27旅旅长。后来脱离西北军，逐步中央化，就像晋绥军里的傅作义，抗战胜利后升任中央军暂编第30师师长。

黄樵松本人一向口碑不错，为人忠厚耿直，富有正义感。但他有亲共倾向，加之不擅长逢迎拍马，在胡宗南手下颇受排挤，总把他的一个完整暂编师分割使用。为此，他跟胡宗南多次闹翻。所以，他戎马一生，战功卓著，到现在却也只混了个少将军衔。

他手下的第一亲信叫戴炳南，现任 27 师师长，1932 年起就跟随黄樵松南征北战，从连长一直干到师长。二人属于不是亲兄弟但胜似亲兄弟的那种关系。此人作战还算勇敢，心眼活泛，爱动脑筋，遇事惯于算计，也是黄樵松极为信任的智囊。但他有个毛病，贪财好色。这种人内心自私，喜欢投机，往往见利忘义。你去了，对他要有所提防。

黄樵松还有一个亲信，叫仵德厚，原为 27 旅 79 团团长，升格后任 27 师副师长，兼 79 旅旅长，也属于跟黄、戴出生入死十几年的老部下。这个人做事一根筋，没什么花花肠子，抗战时期，曾亲自率领大刀队冲锋陷阵，杀小鬼子如砍瓜切菜，也立下军功无数。

总之，小度子，黄、戴、仵是 30 军的铁三角，也是 30 军的核心与魂。你要想在 30 军立足并把事情做好，不笼络住这三个人，那就是瞎子点灯白费蜡。

我的建议是，先拿下戴炳南。这种人最容易攻破，投其所好，多带他去几趟翠屏楼，就能交成哥们儿。再由他影响黄樵松与仵德厚。

说完，汪成旭又掏出一张票据塞到李度的手里："这是一张五万大洋的本票，你找机会送给他。"

李度无语，默默收了那张本票，心里却暗暗发愁，又要装鬼，还得鬼混。他是打心眼儿里不愿意再干这种事。这么想着，一句话便情不自禁地脱口而出：

"汪三少爷，不如咱俩换换，你去当那个督查室的鸟主任，我来带警卫团……"

"哈哈，我倒是想，可梁老狐狸看不上我呀！也不用担心，请戴炳南吃喝玩乐的事交给我，你一门心思做好你自己。当然，别忘了把那张本票送给他，金钱炸弹，管用。"

第二天，李度早早便赶到了驻扎于城北新城村的 30 军军部，面见了黄樵松和戴炳南。黄樵松倒没有为难他，十分爽快，大咧咧地说："这事阎长官已经打过招呼，你尽管组建你的督察队。但咱丑话说前头，不许搞内耗。抗战期间，戴笠的军统也在我的部队里搞过类似的玩意儿，不叫督察室，叫政工室。可在战场上，他的人居然还在抓共党，老子一枪就毙了他……你可别重蹈覆辙！"

李度挺挺胸，说："军座放心，我只负责协助训练新兵，让他们尽快为军座所用，其他都不介入。"

然后，李度便与 30 军的其他军官接触，以求尽快熟悉和了解黄樵松的幕僚机构。只是，他一直没有机会与戴炳南独处，金钱炸弹暂时还送不过去。

下午3点，李度开车按约定来到柳巷钟楼街拐角处的开明照相馆。两年前，他曾来过这里一次，这次来变化不大，仍是窗明几净、井井有条。他找到掌柜，见周边无人，赶忙拿出那本包了书皮的《论持久战》递了过去。掌柜仔细翻阅过后，将他带入后院。

走进房门，他就见到了姐姐江华和在北营村战场上见过一面的第1兵团政治部军情参谋处处长晋夫，和完成寻宝任务后就撤回解放区受训的红鲤小妹，当看到第四个人的时候，不由得瞪大眼睛，发出一声惊呼——居然是生死不明、阔别两年之久的教官李剑！他扑上前与之紧紧拥抱在一起，刹那间他想起了张晶教官，鼻子一酸，眼睛变得湿润起来。李剑挺了挺高大的身躯，微微一笑，拍拍他的肩膀欣喜地道："已经听江华同志介绍过了，你干得不错，当初果然没看错你！"

这时，红鲤凑上前来，抿嘴一笑："李度哥哥，想不到你的功夫居然是跟我师父学的，往后，你得管我叫声师妹。"

见李度有些蒙，江华解释道："红鲤一到解放区就拜在了李剑同志门下。你当初的教官可是个老革命，现在是兵团保卫部部长，红鲤就在他手下工作。"

"太好了，"李度又惊又喜，"红鲤小妹有胡璇铁臂拳的基础，学暴龙十八打一定比我精进，我这个师兄愧不敢当啊。姐，我真想脱下这身狗皮，回归到我们的队伍中去。"

江华点点头："别急，这一天很快就会到来。"

然后，李度便与晋夫握手。晋夫显得非常沉稳，略带感慨地道："在北营村战场我就说过，咱们还会见面的。不过几个月，战局就有了巨大进展，咱们又要并肩作战了。"李度立刻询问起殷立德和阿格布尔的情况来。晋夫告诉他，两支部队已经接受完改编和整训，正式编入解放军第1兵团骑兵独立师序列，不日就会开上来，参加解放太原的战役。

晋夫原名吕晋印，河南洛阳人，1937年离开开封，奔赴新乡参加抗日武装，1938年入党，曾在延安抗日军政大学学习。1947年，任解放军晋冀鲁豫军区第8纵队作战科长。刘邓大军东进之后，8纵、13纵留守晋冀鲁豫军区，晋夫划归由徐向前任司令员的华北军区野战军第1兵团，任兵团政治部军情参谋处处长，跟随徐向前参加了运城战役、临汾战役和晋中战役，是一员文武双全的骁将。

之后，大家坐下，自然从叙旧转入正题。

李度很快就明白了上级安排这次接头的主要意图。在包围太原、逐步压缩外围据点的同时，徐向前司令员调动各方力量展开"攻心战"，瓦解敌军阵营。他还亲自出面，请高树勋将军给曾经的老部下黄樵松写信，晓之以理，动之以情，策动30军弃暗投明，举行战场起义。若能成功，则太原解放近在咫尺，能够避开巷战，最大限度地减少我军不必要的伤亡。黄樵松接信后，欣然同意，并派他的心腹，30军谍报队长秘密出城与解放军联系。经过多次秘密协商之后，初步制定出了起义方案。一旦确定起义时间，黄樵松军长计划以换防休整为由，将所属81旅一部布防于小东门至东山要塞之间，形成一条走廊，以便引导人民解放军进入城内。余部则集结于城北享堂一带，可随时控制小北门和大小东门。80旅则分兵把守其他各个城门，截断城内与城外晋绥军部队的联系。再以主力79旅直扑绥靖公署，覆灭守敌，活捉阎锡山，结束他对山西三十多年的统治。

晋夫就是负责执行起义计划的解放军代表，李剑和红鲤是他的助手，他们将潜入黄樵松住宅内协助伺机发动起义。李度的任务则是密切监视30军及太原阎军内部的动向，配合晋夫行动，完成起义计划。红鲤负责与李度之间的联络。

离开照相馆之后，李度返回新城村，并在30军驻地找了个住处。为配合，也是为了暗中保证晋夫和李剑的安全，他必须牢牢盯住30军军部。

为了笼络客军，一连数天，汪敬谷、孙楚、梁化之等晋绥军高官频繁宴请30军的各部队长。尤其是30军的"铁三角"，几乎天天都在酒池肉林、杯觥交错中度过。很快，李度就接到一份请柬，居然是27师师长戴炳南的婚礼邀约，才来太原几天，就要结婚？他有些觉得好笑，大战在即，还有这份心思。督察室的一个参谋悄悄告诉他，戴炳南看上了翠屏楼的一个舞女，执意要金屋藏娇。一开始人家还不愿意，可架不住戴师长的死缠烂打，又有各级高官的怂恿、撮合，就顺势来了个霸王硬上弓，这才有了这个婚礼。甭管如何，这倒给了李度一个机会，以礼金为由，把那颗金钱炸弹送了出去。果然，当戴炳南拿到那张五万大洋的本票时，眼睛顿时笑成了一条缝，搂住李度的肩膀大声道："李主任，汪三少爷跟我没少提你，婚礼你一定要来，多喝几杯，往后咱就是好兄弟了……"李度点头应付着，心里暗想，看来汪成旭动作够快，已然大功告成了。

然而，婚礼上，当看到打扮得妖娆艳丽的新娘子出场亮相的那一瞬间，李度顿时傻眼了，新娘子居然是——梅冬潮！

李度原本还打算找机会把她也送出城去,跟阿格布尔重归于好,这下全泡汤了。他妈的,怎么回事?这都是哪儿跟哪儿呀……

三

很久之后,在一次与陶蓝的秘密接头中,李度才从陶蓝口中知道了事情的原委。自阿格布尔的骑兵团在晋中北营村阵前起义之后,帽儿巷的酱醋坊即被警察局查封,梅冬潮一家也被赶出小院。而之前倒卖装备调拨单一事,虽然李度有意放她一马,并没有抓捕她,但梅冬潮还是受案情牵涉,被水务局除名。断了最后那点儿微薄的收入,梅家生计顿时出现了问题。陶蓝见状,忙暗中搬回进山中学员工宿舍,腾出蛤蟆尿小院,让梅家不至于流落街头,同时告诉汪成旭想办法重新安排梅冬潮,接济梅家一把。可梅冬潮却因调拨单一案,深恨李度,连带着也怨恨上了汪成旭,拒绝汪成旭的任何帮助,自己下海,跑到翠屏楼当了舞女。

为此,李度还埋怨过樱桃红:"明知道梅冬潮是阿格布尔少爷的人,你怎么能收留她进翠屏楼?"

樱桃红倒不以为意,说人各有志没法勉强。当时梅冬潮执意要下海,她也劝了,可没有一点儿效果,只好成全。何况,梅小姐天生就是干这行的料,没几天就混成了翠屏楼的头牌舞女,没准儿还真能干出点儿名堂来,至少收入上可比她原先在水务局高出数倍都不止。再说了,梅冬潮只卖艺又不是卖身,即便有一天阿格布尔少爷回来了,也未必不能破镜重圆……至于后来,她与戴炳南勾搭成奸,演绎成一出"郎有情妾有意"的闹剧,纯属意料之外。

时过境迁,李度也无奈,只是为阿格布尔不值,一片痴心,却所托非人。

没过几天,汪成旭就告诉李度,大碗儿失踪了,估计是跟随城内的流民一同混出城外,去找她的"布尔大哥"了。这又让李度内疚万分,平添一份担忧。已进入深秋,天气会越来越冷,这丫头小小年纪,两眼一抹黑,万一出去找不到阿格布尔又该怎么办?

这期间,解放军已陆续拉开了太原外围战的序幕。南面,迫近武宿机场;西面,攻克了古交矿区;西南方向深入到了南堰、大井峪、小井峪,东南逼近双塔寺一线;北面则压迫至钢厂威胁了新城村机场。阎锡山见状,惶恐无比,急调民卫军两个大队增援汾河西岸,为西南补漏,又令汪敬谷调刚刚完成编练的"铁血师"

· 436 ·

至城北卧虎山阵地据守。阎锡山令孙楚率工兵师在钢厂北侧修筑障碍墙，83师一部前出柏杨树村一带，拱卫新城机场。

在30军军部，李度利用自己的身份，很快掌握了晋绥军调整后的部署，将北线和东北一线的布防情报密写成文，交给陶蓝传送出去。两天之后，陶蓝来到新城，找着李度，告诉他，必须完成太原地下党组织交给的一个紧急任务：协助北线解放军部队攻克钢厂。难点就是孙楚的工兵师刚刚筑就的那道障碍墙。谁也没想到，孙楚当时突发奇想，居然将钢厂最北缘的一溜儿厂房用石块渣土填充之后又用混凝土浇灌，形成了一道高十米厚度达到六米的屏障，北线部队试探性进攻了几次都受阻于那道墙下。为了保住钢厂，既不能用重炮轰击，又无法展开大规模爆破，必须启动内应。

李度想了想，说："需要混进厂里实地查看，才有可能找到应对之策。"陶蓝点头，说："钢厂的一位副厂长是我们的同志，可以通过他进入钢厂。"

驻守钢厂的是30军29师的一个营。原本，李度利用自己的身份也能进入，但那样一来，事后李度就有暴露的危险。就在陶蓝通过组织与那位副厂长联络的时候，李度用电话叫来了黑子和马大胡子，直觉上，光是自己和陶蓝两人可能应付不来。

联络好后，第二天清晨，四人装扮成运送渣土的工人，开着一辆卡车，隐蔽了必要的武器，由那位副厂长领进厂区，将车停在高炉前的渣土场，避开正在上工的人流。来到厂区的北侧，他们立刻见到了那道高墙，从西往东，逶逶迤迤，一直与南北流向的涧河连为一体，难怪解放军北线部队会攻击受阻，想绕都绕不过去。障碍墙上每隔10到15米就有一座碉堡，还有大群士兵在巡守。

勘查过后，他们来到最靠近高墙的一座已经废弃的车间，小声商量。李度认为只有一个方法：土工作业，就从这个车间，挖坑道过去，从地下穿过高墙，然后由解放军的突击部队从坑道进入厂区，中心开花，内外夹击，一举拿下钢厂。李度计算了一下，从入口到出口，需要挖掘十五米左右的坑道。副厂长觉得李度的计划可行，由他组织厂里的进步工人，组成一支挖掘队伍，秘密展开土工作业。于是留下黑子和马大胡子做指导，李度和陶蓝暂时先撤离，待坑道完成再返回，进行下一步行动。

三天后，坑道作业完成。副厂长心思缜密，不忘在洞壁两侧安装了一溜儿马灯。李度和陶蓝再次进入厂区，进入坑道，并将武器和一些弹药携带进来，以防不测。

李度沿着坑道一直走到尽头，头顶只留下一层薄薄的土皮，马大胡子用刺刀刺几下便刺出一个口子，一束光线立刻射了进来。爬上去，透过孔洞向外张望，正如李度起初判断的一样，这个洞口已经穿过高墙，距离高墙大约五米，突击部队可以在夜间提前潜伏，然后在大部队佯攻的时候，趁乱进入坑道，实施穿插。唯有一个难点：联络！洞口不能过早打开，一旦暴露就前功尽弃，但也不能打开得过晚，那样就会置突击部队于极其危险的境地。

其中的分寸把握，全凭接应者的直觉。

李度皱着眉头思索再三，实在想不出一个两全之策，只好冒险。他亲自在洞口安装好了起爆装置，与陶蓝商量后将部队展开行动的具体时间就定于当夜，安排突击队潜伏，明天拂晓大部队发起攻击。至于联络信号，只能是在部队发起佯攻的前几分钟内，引爆洞口。危险不言而喻。一切都确定之后，李度便让他们三人撤离，自己留下来接应。

陶蓝望向李度，觉得留下李度冒险是不合适的，他还有更重要的任务。但她自己也不能留下，因为与部队的所有联系都离不开自己。可黑子和马大胡子都不是地下党的成员，让他俩留下来，这话实在说不出口。这时候，她真的感到了后悔，应该事先想到这些，那样就能把刘鑫带来，由自己的同志执行这样的冒险任务才最为合适。李度明白她内心的纠结，淡然一笑，安慰道："放心，我会安全完成任务。"

这时，黑子转过身来："大哥，我留下，放心，我也能安全完成任务。"

李度摇摇头，未及说话，马大胡子走到了黑子身边："大哥，我也留下，两个洞口，万一有意外，我怕黑子兄弟一个人顾不过来。"

"不，两位好兄弟现在一定要听我的话，陶蓝需要马上与组织取得联络，没时间扯淡！都走吧，我留下！"李度先是搂了搂两人的肩膀，然后推开他们。不想，两人同时一闪，极为默契地反手将李度推出了坑道。

"你和陶姑娘先走，去干你们的大事。别担心，到时候，黑子守住里面的洞口，我负责引爆外面的洞口，我可是个老兵，干这种事手拿把掐！都走，现在开始，这洞归我们兄弟俩了！"马大胡子边说边将挎着的汤姆森端了起来，守住了洞口。

陶蓝异常感动，眸子里冒出两朵泪花，上前紧紧握住了二人的手："从现在开始，你们俩就是我们的同志了，是解放太原的功臣！"

李度默然，好一会儿才张开口："明天战斗打响之后，我会第一时间进厂来接应你们。"然后拉着陶蓝迅速离开了那座废弃的厂房。

整整一夜，无眠，李度竖着耳朵聆听北方钢厂方向，直到枪声大作……

果然，还是在联络上出了岔子。当战斗打响后，马大胡子准时起爆，将坑道洞口炸开一道两米见方的大豁子，却只听见外面枪声激烈，半晌不见解放军的突击部队进来。他忙探头向外窥视，才发现潜伏地点距坑道洞口偏西了200多米。洞口炸开之后，守军立刻发现，组成了一道猛烈的火力网疯狂阻击，突击部队急切中竟一时无法冲过来。无奈，他只好咒骂一声，闪身跳出洞口，端枪向高墙上的守军一阵急射，吸引火力，减轻突击部队的压力，也是为了更明确地向突击部队显示坑道洞口的位置。

这时候，黑子也蹿出洞口，于另一侧朝高墙猛烈开火。在吸引了大部分火力的同时，他们俩也成了高墙守军的活靶子。对他们两人而言，那短短的200多米就成了他俩的生死场，洞口周遭没有任何隐蔽物，二人在不断翻滚射击的同时，高墙上倾泻下来的子弹、手榴弹也在他们的身上不断饮血。眨眼工夫，两人已然是伤痕累累，奄奄一息了，但仍然还击不断，直到将满满的五个弹夹全部打光。

当突击部队冲进洞口的时候，只看见两具支离破碎的尸体……战后，突击营在写给上级的报告中，特意提到了黑子和马大胡子："……感谢两位英勇牺牲的地下党同志，以他们的血肉之躯为部队胜利赢得了时间，向地下党的同志们敬礼……"

这些，李度不知。

当李度挎枪驾车朝钢厂飞奔的时候，钢厂守军已经溃败，是一个奔逃中的营长拦住了他的吉普，说阵地已失，共军追过来了，让他赶紧掉头逃命……迎着大片溃兵，他远远地看见了追击而来的解放军部队，无法再前进一步，只好心有不甘地掉头返回。

接下来的两天，戴炳南亲自上阵指挥反扑，与解放军形成对峙。

但，黑子与马大胡子始终不见踪影。

李度知道，他俩再也回不来了。在他的屋里，条案上摆放了两套军装和点燃的香烛，充作灵台，李度涕泪俱下面北而跪，倒好酒，自饮一杯，再敬黑子与马大胡子一杯，喃喃地道："两位兄弟，是我这个不称职的大哥对不住你们，你们泉下有知，一路走好……"

整整一夜，李度就那样跪着。以往的点点滴滴在眼前掠过，不禁使他痛彻肺腑，他一会儿哭一会儿笑。直到天亮，陶蓝赶了过来，见状便已猜到了结果，她也在李度身旁跪下，默默流泪，默默为两位兄弟敬酒……悲痛中，挥笔写下一篇悼词：

忆秦娥·兄弟

汾河涌，

血溅四野战旗红。

战旗红，

天边欲晓，

大义如虹。

磅礴云霓悲声恸，

烽火兄弟情正浓。

情正浓，

片刻相拥，

一世忠勇！

将悼词在灵前焚化。

望着缕缕青烟轻扬直上，两人抱头号啕起来……

钢厂失守，多次反扑无果，解放军的炮火直接威胁到北机场，阻碍了南京空运。阎锡山紧急召集30军军长黄樵松、27师师长戴炳南、83师师长马海龙商讨对策，同时命梁化之亲自带队坐镇新城，进一步强化了对新城守军的监控。鉴于形势变化，30军的起义条件尚未成熟，晋夫一行人暂时撤出黄宅，由太原地下党护送出城，返回兵团部。

这时，李度接到徐端的命令，带领别动总队的一个大队，跟随徐端奔赴城东南的双塔寺要塞"肃伪"。据暗桩报告，镇守双塔寺的忠勇师"雪耻奋斗团"里有人煽动哗变。梁化之令徐端带队速去灭火，杀一儆百。

太原东南有一座黄土高冈，高冈上建有一座寺院，叫永祚寺。寺院里耸立着两座高塔，犹如一对孪生姐妹，遥遥相对，构成"双塔凌霄"的景观，成为太原的地标之一。永祚寺也因此而被称为双塔寺。

塔，最初在印度就是坟冢，后来演变成贮藏舍利子和经卷的佛教圣物。大约在 14 世纪初，中国又出现了一种风水塔，这种塔是根据传统的阴阳风水学说建造的，意在弥补某些山川地形上的不足，从而改变某一个地方的"风水"。这类塔与佛塔在外形上没有很大区别，但与佛教毫无关系。太原双塔中的东塔就是一座风水塔，建于明万历年间，被称作文峰塔。塔高 13 层，约 55 米，外观呈八角形，构造简洁，没有基座，没有精致的雕刻，塔檐也没用琉璃瓦贴边，剔除了所有的宗教色彩。塔身上下直径几乎相同，直上直下，给人的感觉就是峻峭质朴，恢宏大气，形似一支巨笔。当时的永祚寺就是依塔兴建的一些低矮殿堂。

文峰塔建成九年后，第 11 代晋王朱敏淳嫌寺院太过简陋，与太原九边重镇的地位不相匹配，遂邀请五台山高僧福登大师前来主持扩建。福登发现文峰塔已向西北倾斜，随着时间的推移有倾倒的危险，就向晋王建议，在扩建殿宇的同时，于旧塔之左另建一座新塔，以均衡地势的倾斜，这才有了西塔。清道光二十三年修撰的《阳曲县志》有"福登得舍利藏塔内"的记载，证明西塔含有佛教的意蕴，故而被命名为宣文佛塔。西塔比东塔华丽，塔身不再是直上直下，而是上小下大，并雕有大量的佛像、佛龛，塔层边沿砌有孔雀蓝琉璃瓦装饰和斗拱、飞檐、垂柱，技艺极为精湛，为中国明代砖仿木建筑中的杰作。

双塔矗立，居高临下可见太原全景，是太原的一处著名古迹，但也因此而成为太原外围的重要据点。以双塔为中心，忠勇师在永祚寺周边修筑了碉堡防御群，炮兵观察哨就设在塔上。这也充分体现了阎锡山"先毁家，再保家"的思想。

特警处别动队五辆卡车、两辆吉普车，杀气腾腾地闯进双塔寺防御圈阵地，雪耻奋斗团团长李佩膺慌忙出来迎接。徐端没理他，直接依照暗桩的报告，点名找来有煽动哗变嫌疑的一个营长和三个排长，问也不问，便当场将三个排长执行了枪决，然后将那个营长五花大绑押上卡车。李佩膺大怒，忍不住与徐端争辩起来："大敌当前，长官来不来就杀人，这算什么？后勤补给不足，官兵处于半饥饿状态，他们不过是发了几句牢骚而已，跟哗变扯不上半毛钱关系，是哪个尿砸脑在造谣挑唆？"

"怎么？不服？想抗命就连你也一起绑了。"徐端冷着脸训斥了一句，见李佩膺不再多言，冷哼一声，然后登上西塔的台阶，朝着围拢过来的士兵厉声喊道："阎会长早就有话在先，说怪话动摇军心者，杀无赦！牢骚？跟谁发牢骚哩，发牢骚就是动摇军心。今天我们来，就是要杀一儆百，不想死的，趁早管好你们的×嘴！"

徐端喝散了士兵，便带着蓝猫等别动队员钻进塔内，沿台阶登塔而上，要居高临下地看看太原的全景。塔内的螺旋式甬道很昏暗，众人的速度都快不起来。

李度有意拖后了几步，待一脸青白的团长跟上来，便小声问了一句："认识李服膺吗？"

李佩膺下意识地点点头："当然，他是我堂兄……"

"我叫李度，是李服膺的儿子，按辈分该叫你声堂叔。"

"你是凤眼儿？"李佩膺瞪大了眼睛，一把拉住了李度的手，惊喜道，"你还活着？"

李度点点头，说："张晶教官你一定也认识，他跟我提到过你。"

李佩膺惊喜交加，忙小声说："都是原来61军的老兄弟，天镇之后就散开了，他现在……"

"他死了，跟你那三个排长一样，死在自己人的枪下。"李度不动声色地打断了他的话。

"唉，贤侄，没准儿哪天我也是这个下场。"

"不想死，就要早作决断。"昏暗中，李度迅速掏出笔在李服膺的掌心写下一个名字，"除掉这个人，找机会带着你的弟兄们弃暗投明吧！"

李佩膺顿时惊得停住了脚步。

李度没停，径直拾级而上，将李佩膺甩在了身后。这纯属违反地下工作的纪律，但他坚信，不论李佩膺是否采纳自己的建议，都不会干出出卖自己的行径。依据就是，李佩膺刚才为那三个冤死的排长跟徐端争辩。

三天后，当一支解放军部队包围双塔寺，展开攻击的时候，雪耻奋斗团团长李佩膺当即率部投诚，开了太原战役晋绥军阵前起义的先例。

人民解放军的太原外围战从10月5日拂晓正式打响，经过11昼夜的连续战斗，共歼灭守军2个师、3个团又7个营，占领了城南的武宿机场，控制了城北飞机场。至此，解放军已经初步实现了徐向前司令员的战略意图，将太原的两脚、双肩都剪除了，挥师指向太原的头部——东山要塞。

兵团部决心，南北穿插攻击，排除和克服东山主峰防线和城内敌人的干扰，4个纵队集中主力，分头攻占四大要塞，砸烂敌人分布东山的四个"铁疙瘩"。西北野战军第7纵队担任穿插、主攻牛驼寨要塞的任务；华北军区野战军1兵团第

8纵队、第13纵队、第15纵队攻打小窑头、山头和淖马等要塞。

10月17日，牛驼寨攻击战最先打响。

在整个民国时代的大潮中，阎锡山虽几经沉浮，却始终屹立不倒，成为名副其实的"山西王"。这一切，如果说太原老巢是他最大的倚仗之一，那么东山就是他始终绕不过去的心结。早在辛亥年间，首义之初，因地理位置"抵近京畿"，在清王朝覆灭前的疯狂反击中，山西首当其冲。对此，阎锡山率领义军进行了顽强抵抗。但由于实力太过悬殊，从娘子关开始，由东向西义军连连败退，而淖马要塞一役的失利，强化了阻击战的终极悲情，弃守太原，兵分两路，一路南撤，一路北遁。山西辛亥革命步入最初的低谷，他虽有不甘，却也无奈。但对阎锡山而言，东山要塞的军事战略价值，从那时起，便已然不言而喻了。

如是，在此后统治山西的三十多年中，他对东山四大要塞的加固始终不断。抗战期间，太原沦陷，日本鬼子又加固八年，到1945年末，整个东山已经形成了辐射方圆百里的大纵深、永久性环形防御体系。几个月前，晋中战役结束后，山西全境仅剩太原、大同两地尚未解放。大同划归傅作义绥远第12战区。阎锡山及其党羽龟缩太原一隅，只能命令孙楚领衔，拼命扩建加修工事，扩充部队，企图最后一搏。牛驼寨的主阵地老爷岭庙碉系统，就是构建于这一时期，号称"塞中塞，堡中堡，足抵精兵十万"。

牛驼寨一带地形险峻狭窄，沟壑纵横，不利于展开兵力，易守难攻，且大多都是陡坡绝壁，仅有的几个制高点上设置着十大主碉、十大副碉。主、副系统之间配属大小不等，数以千计的明碉暗堡，犬牙交错，火力点密布，既互为拱卫又各成体系，可谓壁垒森严，步步杀机。其总投入的人力、物力也达到了一个惊人的数量。据战后被俘的阎军工兵司令许继宗供述，平均每座碉堡需要用去400公斤钢材、40立方米石材和30袋水泥。如果这些建筑材料用来建造房屋，大约是三个火力点一个碉堡，三个碉堡一座楼。如果这些水泥建材用于民建，至少可以修筑2万幢别墅；把这些劳动力投入耕种，将能使4000顷荒地变成良田。

其间，美国《生活》杂志记者杰克·鲍瑞斯曾来到炮火连天、陷入重重包围中的孤城太原。当时的景象让他感到恐惧和震撼，他曾这样描述："任何人到了太原，都会为数不清的碉堡而震惊，高的、低的、长的、圆的、三角形的、梅花形的，甚至藏在地下的，构成了不可思议的严密火网。"更遑论，阎锡山为实现他"太原城防固若金汤"的豪言壮语，还专为牛驼寨要塞配备了王牌中的王牌：

中央军30军第27师一个旅，晋绥军以"铁军基干"为基本力量的神勇师第42团，机枪总队一个连，再加上由留用日军战俘组建而成的臭名昭著的暂编第10总队大部，约3000余人。同时，以晋绥军40师两个团、第10总队一个小队、保安第6团驻守小窑头，以第8总队、保安第7团、第10总队一个小队守卫淖马，以第9总队、第49师、第73师一个团、第10总队一个小队防御山头要塞。

这一切，都为东山攻坚战的异常惨烈埋下了伏笔。牛驼寨要塞的恶战，可被称为解放太原战役中的"凡尔登绞肉机"。

最先行动的7纵主力，在太原地下党的带领下，黑夜急行军二十余里，从秘密小道插入东山防御圈内，揳进牛驼寨要塞发起突然袭击，中心开花，于次日拂晓前，攻占了除主阵地老爷岭庙碉以外的其他阵地。从18日起，敌军在炮火和飞机的掩护下连续组织反扑，一天冲锋达十四次之多，并多次发射毒气弹助攻。21日，精锐的敌30军27师一个老虎团和晋绥军暂编第10总队联手发起集团式反扑，连续猛攻七次。上有敌机轮番扫射轰炸，下有炮火集束轰击，三小时里，阵地上落弹数以万计，山体为之变形。除了钢筋水泥堡垒外，所有地面工事全被摧毁，焦土厚达两尺，遍地弹片。担负爆破任务的战士在匍匐前进中，不断被浮土中锋利的弹片划破棉衣，在身上留下了道道鲜血淋漓的伤口。一些深陷浮土的战士至死仍端枪挺立，死战不退。经过四天的残酷搏杀，敌我双方都伤亡惨重，当天下午，解放军第7纵队主动撤出阵地进行休整。

暂时弃守的间隙，太原军前委及时总结经验，决定各纵队重新组织，集中兵力与火力统一强攻四大要塞。10月26日，四大要塞同时燃起战火，敌我双方都将主力投入到这个长不过八公里的阵地上，双方动用火炮数百门，战斗空前激烈。继26、27日两次强攻失利之后，7纵以独3旅、独12旅再次向牛驼寨的10个主碉发起猛攻。到31日，7纵攻占六个主碉，迫降一个主碉守敌。11月1日，庙碉守军在执法队的督战下五次反扑，均被击退。7纵在这一天以警备2旅接替独3旅投入战斗，经过二十多个小时的激战，终于夺取并巩固了全部外围阵地。只剩下敌军总指挥部——老爷岭庙碉，像一只难以驯服的困兽，又像一枚深深嵌入牛驼寨的钢钉，它不仅打退了7纵警备2旅的猛烈进攻，甚至还连续发起五次反扑，战局陷入僵持。

这期间，第8纵、13纵、15纵却捷报频传，相继攻克了淖马、小窑头、山头要塞。牛驼寨庙碉也已是四面受敌，成为怒海中的一座孤岛。

11月9日，7纵独12旅再一次吹响了冲锋号角，解放军的火炮从不同方向发起轮番轰击，一线步兵甚至向炮兵喊出了"毁灭牛驼寨"的口号。一颗颗炮弹裹挟着尖厉的呼啸飞向了牛驼寨。主阵地上每平方米都要落下数发炮弹，远在城内的绥靖公署也能感受到它痛苦的战栗。天崩地裂般的震动甚至使陡峭的劈坡崩塌，将7纵隐藏在劈坡下的一个连队掩埋，全连仅6人生还。先后投入两个团兵力的独12旅在付出巨大牺牲之后，仍然未能攻克庙碉。11月11日，7纵以独7旅接替独12旅向庙碉发动了最后的猛攻。一轮又一轮的排炮轰击之后，壁厚达1.5米的钢筋混凝土怪物依旧岿然不动，就算是大口径重炮，也只能在它坚硬的躯体上留下浅浅的弹坑，甚至只是一个白色印迹。于是，独7旅改弦更张，决定采用土工作业、连续爆破战术强攻庙碉。

11月12日，在经过5次冲锋、8次爆破，最后动用数百公斤炸药，一声惊天动地的巨响之后，终于将庙碉炸开一道缺口，堡内第10总队残余的日籍守军个个七窍流血，几乎全被震死。

历时30余天，第7纵队以5个旅的车轮大战，在尸山血海中艰难攻克牛驼寨。

残酷的东山恶战终于落下帷幕，在夺取胜利全歼守敌的同时，也有很多解放军战士献出了年轻的生命，其中近三分之二牺牲于牛驼寨攻坚，很多英雄没有留下姓名。战后，徐向前司令员曾对东山之战有一段概括性的总结："牛驼寨战斗是解放太原战役中最艰苦惨烈的一次恶战，庙碉的攻克，标志着东山争夺战取得完全胜利，打开了太原的东大门，为夺取太原解放的最后胜利创造了有利条件。"

一场举世罕见的血战之后，整个战区反常地平静下来。

双方都在舔舐各自的创伤。

东山要塞的失守，使阎锡山真正感到了畏惧和力有不逮。他太明白四大要塞对太原存亡的巨大意义，因而在东山要塞激战的紧要关头，他押上了全部赌注。如今尘埃落定，他赌输了，大部分主力在反复的争夺战中被消耗殆尽，残余的部队，士气一落千丈，太原城防变得岌岌可危。

幸好，解放军没有乘胜攻城，只是将太原城区围困得水泄不通。这样做的真实原因是，此时辽沈战役已经胜利结束，淮海战役正处于第一阶段的激战中，为避免太原攻克过早，而致使平津的傅作义集团感到孤立，自动放弃平津一线南逃，或西撤，增加以后作战的困难。11月16日，中共中央发电给徐向前和周士第，指示："再打一两个星期，将外围要点攻占若干，并确实控制机场，即停止攻击，进行政治攻势。部队固守已得阵地，就地休整。待明年一月上旬，东北我军入关攻击平津时，你们再攻太原。"

阎锡山因此得到了喘息的机会，他急令孙楚亲率工兵师在河西圪僚沟修建一个临时机场和空投场，以便继续接受南京空运物资。所有的弹药、粮食等补给都离不开这条空中走廊。汪敬谷则令汪成旭带领警卫团前往担任警戒。

就在这时，陶蓝接到赵宗复密令：重启30军起义，909情报站全力配合。

晋夫、李剑等人重返城里，潜入黄宅。

李度在新城村的一家杂货店里，与红鲤接头，交换完军情之后，他忍不住提醒道："请转告晋夫同志，要小心提防27师师长戴炳南。此人近来与阎锡山来往甚密，也得了不少好处。起义的核心事宜，最好尽量避开他。"红鲤领命而去。

当夜，他把近来从30军军部搜集到的最新城防部署绘成图标、密写成文，交给陶蓝，由阿格布花秘密送到城外。然后便马不停蹄地奔向河西圪僚沟机场，面见汪成旭，密商警卫团的人事调换问题。解放军攻城在即，李度要掌控一支部队，至少要完全控制住特务营，以便在关键时刻突然发动，为解放太原多做些实事。

不想，汪成旭的野心更大，他不仅要掌握警卫团，还想趁乱补充兵员，加强装备，将警卫团扩充为警卫师。那样，兵强马壮，才能为解放军帮上大忙……李度没有反对，但还是提醒他，必须由小到大，先特务营，继而警卫团，再警卫师。就像下围棋，先要依照定式做眼儿，建立根据地，之后再图发展才有可能做活一盘大棋。

很快，他俩就确定了几个人选，先由老灰皮接替马大胡子的职务，代理特务营营副，再把余下的三个连长都调换成老灰皮的手下，并按李度的推断，将有暗桩嫌疑的人员调出，明升暗降，换到其他营里。商定了，李度看了看汪成旭，显得有些踌躇，问："这样的人事变动，你老爹能同意吗？"汪成旭晒笑道："都是代理，可以暂不上报。就算那老不死的知道了，也没什么，我就说看他们不爽，不换走不行，咬我啊，爱咋咋的！"

见汪成旭一副泼皮无赖的样子，李度忍不住笑了，说："到底是'靠山王'，说话就是硬气，不服不行。"正说着，汪成旭掏出一卷纸，又换上一副郑重的表情："嗯，这个，这个，小度子同志，鄙人最近灵感大发，写了几首小诗……"

汪成旭的话还没说完，李度就忽地站起来，飞也似的逃了出去，只留下一句断断续续的话语："我还有事……得赶紧返回新城村了……"

车到半路，李度忽地想起，光顾着躲避汪成旭念诗，却忘了一件大事：该不该想办法把这个新修的机场炸了？唉，只好等下次了。

四

第二天清晨，李度正在洗漱，只见徐谋面带惊慌地闯了进来："兄弟，大事不好，你赶紧收拾一下，跑吧！"说完，将一只钱袋子塞进他的手里，沉甸甸的，估计有一千现大洋。

李度吐掉口中的水，擦把嘴，问道："别急，你慢慢说，发生了什么事？"

"你大祸临头了！"徐谋惶急地搓着两只小肥手，说了赶来的原因。他有一个老乡在返干团任督导员，昨天赶巧遇见了，老乡告诉自己，有一个在临汾被俘的军官是特警处的暗桩，混过了审查，被解放军释放了，刚刚收进返干团，那个人交代了被俘的经过，其中有一条，举报李度有重大通共嫌疑！

李度想起来了，就是在临汾为寻找那十个日本化学兵的隐匿之处，自己借口"肃伪"唤醒的那个暗桩：冬青，66师副参谋长姚远。这正是他一直以来的担忧，也是唯一的一个无法补救的破绽。

"举报我？好呀，那他们就展开调查呗。"李度将钱袋子还给徐谋，"老子为了阎会长出生入死，怕他个屎！"

徐谋瞪大了眼睛："你不跑？"

李度摇摇头："我就这么跑了，不正好坐实了那个罪名？"

"咳，咳，"徐谋干咳了几声，肥油的脸上冒出一片汗水，"这种事你说不清楚，眼下啥情况你又不是不知道，只要跟通共沾上点边，就是个死，连审都不审！"

"是福不是祸，是祸躲不过。多谢大哥关照，我没事，请回吧。"李度边说边将徐谋送出房门，"代问苹果嫂子好，有空了我请你们两口子喝酒。"

临出门，徐谋还是转身小声道："兄弟，只有一个办法，就是提前把那家伙做了，一了百了……哥只能帮到这儿了，兄弟你好自为之。"

送走了徐谋，李度点燃一支香烟，踱步思索。

幸亏徐谋提前告知了，还真是个棘手的事，撤离吗？按工作条例，紧急情况下可以撤离。问题是在这关键时刻自己走了，就失去了身份的便利，陶蓝和909

情报站今后的工作就会增加难度，有些事情甚至无法展开。继续坚持？那就需要立即除掉这个隐患，红鲤倒是就在身边，暗杀一个人，对她而言是手拿把掐，而且她也对晋绥军内部极为熟悉。但她现在重任在肩，万万不可节外生枝，因小失大，罪莫大焉！只能自己亲自动手，又一时分身乏术，实在是无暇顾及……既然不能主动出击，就唯有被动防御了。这也并非没有一点儿有利的因素，毕竟整件事只是姚远的一面之词，没有证据，也找不到第二个证人，一口咬死，自己无过，都是姚远立功心切的诽谤之举。如此，就要做好咬牙渡过难关的思想准备。

只能随机应变，见招拆招了。

这么想着，心情笃定下来，整好军容离开住处前往 30 军军部。

刚一走进督察室，徐端的电话就到了，急切而又饱含愠怒："李度，带上你的督察队去大东关，30 军 79 旅的一个连因抢夺空投物资跟第 8 总队起了内讧，赶紧去弹劾，尽快平息事态，立刻，马上！"

李度听了不由得皱起了眉头："大东关？副座，那儿离总部最近，您随便派一个中队去就行，干吗舍近求远，非让我从新城大老远地赶过去？"

"你是装傻还是真傻？物资短缺，人心不稳，到处都在闹事，总部现在是十个手指头摁十一个跳蚤，压根儿顾不过来了……别废话，执行命令！"话筒里，传出徐端一阵火爆的声音之后便挂断了。

李度不敢怠慢，立刻集合了刚刚组建起来的督察队，全副武装，乘坐两辆卡车奔向大东关出事地点。起因是空投的两只大麻包，在空中两个降落伞搅到了一起，晃晃悠悠地偏离了空投场，落进了一处居民区里，一包是棉服，一包是大饼，对食不果腹、衣不蔽体的当地老百姓而言，不啻是老天爷恩赐的一根救命稻草，于是立刻引发了哄抢。第 8 总队的一个连看见了，冲上去，好不容易打散了哄抢的百姓，还没来得及运走，就被 79 旅的一个守备连包围了。他们仗着是中央军，压根儿没把晋绥军放在眼里，不仅抢夺了麻包，还要强行缴械。第 8 总队的官兵实在按捺不住，奋起反抗，由此发生了火并。督察队赶到的时候，双方真刀真枪正打得你死我活。

李度赶紧指挥人马，先强行压制住了第 8 总队，才派人去跟 79 旅联系沟通，又是安抚又是恐吓，最后还从管控空投场的晋绥军保安 4 团那里，紧急调来 10 只麻包，分发给剑拔弩张的两方，才算好歹平息了事端。一切折腾完毕，天色已然很晚了。

李度带着督察队刚返回30军军部，气还没喘均匀，就见梁化之一脸铁青，带着贴身秘书李一提枪闯了进来："李度，快，全体集合跟我走！"

"有行动？去哪儿？"李度赶忙站了起来。

"别多问，到了地方你就知道……"

正好，督察队的人马还未来得及解散，重新集合了，刚要上车，梁化之一挥枪，大声喝道："别坐车了，跑步前进！"

说完一马当先跑在最前头，大队人马紧跟其后，没跑多远，就来到一座宅院跟前。梁化之摆了摆手中的枪命令道："第一、第二小队散开，包围这座院子，第三小队给我往里冲！"

李度顿时吓了一跳：出事了！他立即认出，这座院子正是30军军长黄樵松的住宅！

哗啦，两个小队顿时散开，朝院子包抄过去。第三小队队长端枪带着他的手下撞开院门便冲了进去，但立刻遭到了猛烈的还击，院门口扔下几具尸体，又慌忙退了回来，在门外朝里面疯狂射击。

对峙中，李度忙将秘书李一拉到一旁，询问事由。

李一神情慌乱，扶着眼镜连连摇头："唉，谁也想不到，30军反水，黄樵松已经被阎会长扣在绥署了，刚刚抓了他的手下王震宇，共军的代表就藏在这院子里……"

"李秘书，靠实吗？这是大事，可别闹出误会来呀。"

李一这才小声说了事情的原委，加上李度自己的推断，大致对事情有了一个轮廓。经过几天的秘密策划，黄樵松说服了戴炳南和仵德厚将起义的计划确定下来，并且召开了营以上军官会议，一致通过，一切都进行得十分顺利。尽管晋夫也采纳了李度的建议，希望黄樵松对戴炳南有所警惕。可一来27师是整个计划的关键，避无可避，二来黄樵松对戴和仵两个兄弟极为信任，再加上私下商议时两人也并未反对，事情便一直顺理成章地推进下来。可他没想到，在最后时刻戴炳南与仵德厚双双背叛，仵德厚控制住了部队，戴炳南则悄悄前往绥署东花园向阎锡山告密。阎锡山闻讯大惊，立刻命汪敬谷带人先秘密控制了30军谍报队，并将队长王震宇秘密抓捕。之后才由参谋长赵世铃电话通知黄樵松立即赶赴绥署参加军事会议。

解放军代表晋夫闻知，立觉不妙，让黄樵松找了个借口推辞，立刻提前起义。可黄樵松犹豫了，毕竟超出了计划，太匆忙了，如此起义风险极大。紧接着他又接到了阎锡山亲自打来的电话，并派出自己的车来新城迎接。黄樵松从电话里并未听出异常，觉得匆忙行动太冒险，继续回避也不是办法，还是决定亲自跑一趟绥署，见机行事。

结果，黄樵松一进绥署大门，即被武装扣押。

震惊之余，李度不禁暗自嗟叹：这岂不是功亏一篑？

李度明知宅子里堵住的就是晋夫、李剑和红鲤，都是自己的同志，却无力相救，顿时急出一身汗来。他赶紧蹿回梁化之身边，重新向正在激战的院门望去。

第三小队已经组织了多次冲锋，可里面的射击极为精准，凡冲进院门者，均一枪毙命。外面的进不去，里面的出不来，双方形成了对峙。李度见状，忙叫人找来一个喇叭建议道：

"处座，困兽犹斗，硬拼不是办法，不如喊话试试？"

见梁化之有些犹豫，李度忙解释道："由处座亲自喊话，一来表示诚意，二来也更具威慑力……"

梁化之接过了喇叭，李度忙喊了一声："停止射击！"

第三小队停止了冲锋，院里院外顿时安静下来。

梁化之清了清嗓子，端起了喇叭大声喊道："里面的共军听着，我是梁化之，你们的阴谋已经暴露，只要你们放下武器，我可以保证你们的人身安全，我说话算话！"

里面没有任何回应。

李度知道，里面一定在激烈争论。他甚至能想象出那种场景，晋夫一定会选择牺牲自己，让李剑和红鲤撤离，而那两位同志一定是无论如何不肯……

没办法了，能救一个算一个吧！李度想到这儿，咬咬牙，从梁化之手中拿过了喇叭，向里面大声喊道："里面的共军弟兄们听着，你们已经被包围了，继续抵抗毫无意义。我们完全可以调几门炮过来，那样就只能玉石俱焚了。可我们梁处座还想让你们都活着，有什么条件提出来，一切都可以商量……"

片刻之后，里面终于传来一个人十分镇定的声音：

"我叫晋夫，是人民解放军华北军区野战军第1兵团政治部军情参谋处处长，我们可以放弃抵抗，我本人也可以主动走出去。但有一个条件，让我的另外两个同志安全撤离！"

李度立刻分辨出，这是李剑的声音。

梁化之恨得咬牙切齿，刚要破口大骂，却被李度及时阻止了，把喇叭递到他手里，小声道："处座，答应吧，阎会长要的是大鱼，小虾可以忽略，真逼急了，他们来个玉石俱焚，咱们岂不是竹篮打水，阎会长那边又如何交代？"

梁化之冷静下来，想想，也觉得有理，这才拿起喇叭："好，我同意，你们出来吧！"

"那就麻烦你，梁化之将军一个人走进来，再派一辆车，在我确定他们能安全离开的前提下，我会主动走出去。"

李度忙抢过喇叭大声道："你们附加的这个要求太苛刻了，梁将军不可能进去。我叫李度，是绥靖公署特警处别动总队的上校副队长，我可以代替梁处座当你们的人质，并可以亲自开车，保证把你们的人安全送出城去。机不可失时不再来，别再出其他么蛾子！"

梁化之的面部明显抽搐了几下，暗暗朝李度竖了竖大拇指。

李剑的声音传出来："好，我接受。李队长，现在请你按照我说的要求往下进行，不许带武器，不许耍花招。"

很快，一辆中吉普开了过来。

李度却迟迟没有动身。迎着梁化之充满疑惑的目光，他说道："处座，我不怕死，我明白您的想法。我也有同样的想法，但二对一，对方还有武器，我没有把握，万一无法实现，您得恕我无罪。"

"好吧，我给城门那边打电话，"梁化之稍加犹豫，最后还是拍了拍他的肩膀，"你见机行事，尽力而为。"

围在院门口的士兵撤到了两旁，李度放下肩上的汤姆森，跳上车，缓缓地驶进院里。李度在院里将车掉头、停稳，然后按照李剑的要求，在院中央摊开双手原地转了三圈，之后伫立在车边。

不一会儿，一男一女两个人从小楼里走了出来，女的是红鲤，男的却不是晋夫，而是李剑。李度略微一惊，立即恍然了：一定是晋夫不让同志替自己赴难，把李剑逼了出来！待两人走近，他不动声色，小声道："用枪顶住我，别耽搁，你俩先走，我再想法办营救首长……"

一左一右，两支枪顿时顶在了李度的脑门上。

车到门口，略停一停，待梁化之探头查看确定人数之后，李度一脚油门，吉普尖啸一声疾驰而去。透过后视镜，李度清楚地看到，三辆中吉普紧紧跟在后面。

车里，两人收了枪。一旁的李剑面带懊恼，长叹一声："本想狸猫换太子，可无法说服首长……李度，接下来就全靠你和地下党了。"

李度边打方向盘边点点头，安慰道："教官放心，我们会想办法的。"

后座的红鲤小声道："有追兵，好像人数还不少……要不，我下去阻击一下？"

"万万不可！"李度断然道，"还是那句话，你们先走，剩下的交给我们！"

车到大东门，守城的士兵已经让开城门，路障也搬开了，李度加大油门冲出了城门。又前行了十多分钟，已经脱离了晋绥军的防区，眼看着就快要接近解放军阵地了，李度才将车停了下来，放下李剑和红鲤，道声珍重，忙掉头快速返回。

晋夫同志却无法营救了。阎锡山跟南京通报了情况，蒋介石命令将被捕的黄樵松、王震宇连同晋夫一同立即押解南京。阎锡山也怕夜长梦多，竟然连例行的关押、审讯都省略了，包机连夜从圪僚沟机场起飞，押往南京，中间没有一点儿耽搁。1948年11月27日，黄樵松、晋夫在南京雨花台英勇就义。临刑前，晋夫高呼"中国共产党万岁！"黄樵松军长则在监狱的墙上留诗一首：

> 戎马仍书生，
> 何处掏虎子？
> 不愿蝇营生，
> 但愿艺术死！

三十六年后的1984年，徐向前元帅途径南京，特意驻足，前往雨花台烈士陵园，缅怀这两位为解放太原而献身的烈士，在两人的遗像前敬默，并向人们讲述这两位先烈遇难的经过。他还在《历史的回顾》一书中记录下了他们的光辉业绩。

30军的起义行动，虽然没能成功，但它却像一颗无声的炸弹，震动了阎锡山的"碉堡城"。至11月底，晋绥军前前后后共有数千人放下武器，向解放军投诚。

李度深恨戴炳南，暗下决心，哪怕违反纪律，也一定要找机会干掉他，为首长报仇。李度开始暗中留意戴炳南的行踪，有两次甚至跟踪到了他的一处秘密落脚点，看见了与之相拥而入的夫人梅冬潮。可苦于他身边的卫士太多，无法接近，只得无功而返。到后来，大概是做贼心虚，接任了30军军长之后，戴炳南的行踪愈发诡异起来，既不待在30军军部，也不再有固定住处，行踪飘忽不定，对外唯一的联络人是仵德厚，连阎锡山都轻易见不到他。李度再想暗杀，也压根儿无从下手了。

转眼要过年了，1949年的除夕，太原城内没有一点儿喜庆的氛围，到处都笼罩着一派肃杀。数月围困，除了那一点儿杯水车薪的空投物资以外，可谓弹尽粮绝。几乎冻毙与饿毙的百姓大都绝望地蜷缩在家里等死，街上除了巡查的士兵外，空无一人。这时，李度突然接到汪敬谷的电话，命他立刻赶往汪公馆，有要事。毕竟是两头跨，他仍兼着晋绥军第10兵团司令部警卫团特务营营长一职，接到汪敬谷的命令也不为怪。

李度匆匆赶到的时候，整个汪公馆已经收拾一空，五辆大卡车装满了要带走的财物，二夫人、五夫人、六夫人各自挎着一个包袱挤进一辆吉普车里。汪成旭正准备押车赶往河西机场。他走上前凑近汪成旭小声问道："怎么，看架势，这是要跑？"

"没错。"汪成旭叹了口气，"是那老不死的，要把家人和变了现的家产都送到南京去……只有四娘和七娘不愿走。"

"可以理解，船要沉的时候，往往是老鼠最先跑。"李度突然看见多日不见的汪成义也爬上了卡车，不禁笑道："汪老二也要走？"

"他不想走，还想着顶替阿格布尔空出来的缺，可老不死的说他是个废物，留下来也毫无用处，让他也跟着去南京，帮衬二娘招呼家人。唉，毕竟人生地不熟的，总得有个男人不是？反正这段时间，我守卫的那个临时机场，纯粹变成了官员们外逃的出口，还个个都是包机……对了，你来干吗？"汪成旭不解地问道。

"你爹的命令，我能不来吗？"李度也感到不解，眼前这一摊子可都是汪敬谷的家事，按理跟自己没有半毛钱关系。

正说着，汪敬谷带着一群家丁从议事厅走了出来，在卡车前对众人喝道："让你们去享福，又不是挨枪子儿，他娘的个个都哭丧着个脸，挨刀哪？都高兴点儿，不许哭！"

汪成旭拉着李度走过去，问道："不就是去机场这点儿烂事，你把李度叫来干什么？"

汪敬谷瞪了一眼："咋的？他是爷的手下，爷叫他来还要问你不成？"

"得，那李度现在就跟我去河西了，你自己处理剩下的烂摊子吧。"

汪成旭拉起李度刚要走，被汪敬谷喝住了："你滚你的，李度留下来，爷还有别的事要安排他……快滚吧，别在这儿碍眼，爷看见你就头疼！"

汪成旭还要争辩，李度忙甩开他的手，一推他，笑道："你忙你的去，我等这边完事儿了就去找你。"

这才把汪成旭打发走了。

在汪公馆门口，看着车队浩浩荡荡地驶离了街区，汪敬谷点点头，对李度说："你跟我来！"

没想到，刚走进正院，汪敬谷突然一摆手，大喝一声："绑了！"

围在李度身边的家丁早已蓄势待发，立刻猛扑上来，不等李度有所反应，就把他五花大绑起来，径直押到了后小院的小黑屋里，绑在了一根柱子上。

各色刑具一应俱全。

"总座，你这是演的哪一出？"李度显得很镇定。

"哈，都这时候了还一点儿不慌乱，行，够尿性，爷佩服你。"汪敬谷踱到他跟前，瞪眼看了看他，"你干了什么事你知道，可也有你不知道的事。爷现在就告诉你，赵宗复通共，已经被抓捕在案。他在新闻处和进山中学的小党羽一个也没跑掉，包括你的那位陶蓝姑娘，哼，这叫一网打尽。怎么样？知道了这些之后，你还能装得若无其事吗？"

李度的内心顿时巨浪翻腾，但还是尽力控制住了自己。

"这些，跟我有什么关系？"

"跟你有没有关系，爷不管，也管不了。"汪敬谷猛地伸手抓住了李度的头发，强行抬起来，阴森地说道，"但有一件事，你必须跟我说清楚，藏兵洞里那笔财富你藏到了什么地方？别跟我说你不知道，梁化之已经把一切都调查得清清楚楚了！"

"既然他都知道了，你问他去，别烦小爷！"李度使劲一摆头，挣脱了汪敬谷的手。

汪敬谷大怒："好，敬酒不吃吃罚酒，大刑伺候！"

三个膀大腰圆的家丁应声抡起了皮鞭，雨点般地打在李度身上。李度咬紧牙关，闭上了眼睛。直到这时，他才有点空闲好好消化赵宗复、陶蓝他们被捕的消息。他相信汪敬谷透露的这个信息是真实的，只是还没弄清楚，他们是怎么暴露的，被捕的都有谁……到现在为止，汪成旭没事，甚至还不知道此事，说明赵宗复、陶蓝他们的被捕跟自己并非同一件案子，前后被抓，应该是某种巧合，或许在高层会商时被汪敬谷听闻，他提前一步，并且还是用这种非官方的方式抓自己，就是为了那笔财富。如此，必然是螳螂捕蝉黄雀在后，对自己真正的抓捕还在后面，只能是兵来将挡水来土掩，静观其变，顺其自然了。

见三个大汉打累了，汪敬谷才摆了摆手，再次走上前来：

"小子，你还不说？"

"可以说。但有一个条件，你先告诉我赵宗复他们被抓的详细过程。"

"详细过程？滚你的蛋，那不归爷管，爷不知道！"

"那，小爷也不知道，你也滚你的蛋吧。"

汪敬谷一招手，怒喝道："再打！爷倒要看看你的骨头到底有多硬！"

皮鞭又像雨点似的落在李度身上，皮开肉绽、鲜血淋淋……

再次停下来的时候，汪敬谷有些气馁了，摇摇头："小子，特警处的人很快就会找到这儿来把你带走，爷跟你耗不起了。痛快点儿，就一句话，你说还是不说？你的案子太大，爷也保不了你，但你要是说了，爷能让你死得体面些，省得让那帮畜生再折腾你。怎么样？"

李度抬起满是血污的脸，淡然一笑："你先告诉我，就你知道的。"

"哈，还真是个小倔巴头。"汪敬谷拉了把椅子，坐在了李度面前，哂笑道，"小子，当初是老子派人把你从兰村老家接出来的，还记得吧？你他娘的等于是靠老子的钱财养大的，可爷从来就没给过你好脸色，要不是你把我的一双儿女忽悠了，你这辈子也就是个一线的大头兵。知道为什么吗？"

"小爷听着哪，继续！"

"你他娘的压根儿就不是李服膺的种，老子信不过你！哈哈，你跟那个姓陶的丫头一样，都是李服膺从死人堆里捡来的，天生反骨，纯属喂不熟的狼！可笑梁化之，聪明一世糊涂一时，还把你当成了香饽饽，死乞白赖地抢过去。哈哈，这下倒好，你把他坑惨了，让阎会长狠踹十几脚，好，报应！"

"行了，这些小爷不想听，说小爷想听的。"

"哼，你想听的？老子索性告诉你，让你死个明白。赵宗复是个老牌共党，要不是他老子赵戴文阴魂不散，他早就被毙了……谁知道他贼心不死，从高层会议上听到了阎会长让川致制药厂制作毒药和毒气，要在共军攻城的时候大规模使用，就弄了个情报往城外送，结果他们的交通员在通过关卡的时候暴露了。她把情报藏在一支发卡里，能骗过人的眼睛，却不想根本骗不了美国造的探测仪，搜出来，就一切都完了……那个交通员你也认识，嘿，就是阿格布花那个小娘皮，从老子这儿跑了，却投了共，自寻死路！"

"你是说，是阿格布花说出的赵宗复……"李度问了一句。

"还用那小娘皮说？搜出来的情报上就有赵宗复的亲笔签名！愚蠢啊愚蠢，赵衙内居然还敢在那种玩意儿上签名！这下，阎会长亲自下令，凡是与他有关的人员，统统一勺烩了，正在监狱里挨个过堂哪。不多废话了，现在说说你，你这小兔崽子隐得够深，可也同样蠢得厉害，就你在临汾玩得那点儿小伎俩又怎能骗得过梁化之？你以为死无对证，天衣无缝？蠢货！偏偏你唤醒的那个暗桩没死，还被释放回来了，而且人家还用微型录音机偷偷录了音，你假传圣旨的话就录在上面。这是人证。物证就是那十个日本人，于当晚精准地被共军的炮火定点拔除了，别跟老子说那么准确的坐标不是你提供的。这些，联系起来就形成了一条完整的证据链，你赖无可赖！怎么，老子告诉你的，你可满意？满意就赶紧把藏宝的地方告诉我……到底藏哪儿了？"

都明白了，跟自己的判断差不多，李度顿时轻松下来，点点头："刚受过刑，没劲儿了，过来，靠近点儿，小爷这就告诉你……"

汪敬谷一拉椅子，伸长脖子凑了过来，李度几乎一字一顿地说道："那笔财富，又是黄金又是银圆的，实在太巨大了，我长这么大还是第一次见到那么多的钱。但那都是你搜刮民脂得来的，小爷念你当年的恩惠，不忍让你遭报应，下地狱，就替你都还给了老百姓。你想要回来？白日做梦！"说完，猛地将头撞向汪敬谷的面颊，汪敬谷顿时连人带椅子被撞翻在地上。

"打！给老子往死里打！"汪敬谷爬起来，捂着喷血的鼻子，大声吼叫着。

这时，小黑屋的房门被猛地踹开了，一队人马忽地闯了进来，领头的正是怒气冲冲的特警处副处长徐端，盯着汪敬谷有些恶声恶气地问道：

"汪总司令，什么意思，连阎会长钦定的一个人犯你都要抢？"

"别，别，老子是帮你们抓了人犯，别他娘的狗咬吕洞宾不识好人心。"汪敬谷边擦着鼻腔里冒出的血，边摆摆手，"罢了，快，快，把你要的人带走吧，没见，老子都被他咬了……就你们这帮尿杂脑，哼，也都警醒、小心点儿吧！"

徐端悻悻地挥挥手。

特工们冲上前把李度从柱子上解下来，押出小黑屋，押进停在院里的警车里。

警笛鸣响，风驰电掣。

当一阵冷风刺入李度伤痕累累的身体时，他睁开了眼睛，四下扫了一眼，立即认出，自己即将被关押的地方，是位于东华门中街的省陆军第一监狱。

他属重犯，投入牢房之前即被砸上了脚镣和手铐。

正是在这里，透过层层的铁栅栏，李度先后见到了陶蓝、刘鑫，阿格布花，和没跟自己发生过联系，但同样也在为党做地下工作的李建唐、梁维生、李祥瑞、韩健民、魏吉祥等五位进山中学的教师和曾经的学生。他们都受尽酷刑，但仍英勇不屈，于1949年3月10日，在城东南的大校场被公开杀害，史称"进山八勇士"。

据坊间相传，就在第二天，时任绥署副秘书长、同志会太原分会主任一职的智力展，挂印悄然而去。虽然身居高位，替阎锡山卖命多年，也曾担任过很多重要职务，但他为人开明正直，也接触过进步思想，对阎锡山所谓的"以城复省，以省复国"的论调极为反感，又目睹了当局的残暴统治，义愤之余幡然悔悟。只身由太原西南的小王村穿越封锁线，毅然投奔到了榆次解放区。

临行，他还在办公室的白墙上，赋曲一首，留下些许墨迹，彰其心志。

（中吕·山坡羊）去也

勇士魂归，

竹叶青醉，

表里山河浸血泪。

望北陲，

心欲碎，

阎家霸业欲破围，

九朝宫阙化为灰。

成，百姓悲，

败，百姓危。

……

尾声

直到三天后，汪成旭才得知李度、陶蓝等人被捕的消息。

是老灰皮拿着一张《阵中日报》匆匆走进团部，又慢慢递给他的。顿时汪成旭被报纸上的醒目标题深深刺痛了，一阵剧烈的震动涌遍全身。他一只手紧紧攥住那张报纸，另一只手则下意识地摸向了腰间的枪套。他只觉得浑身冰冷，牙关之间不由得发出咯咯的微响，报纸上的字迹也变得模糊不清。但他还是记住了那条消息：被捕在押的政治犯将于3月10日公开处决……他们是3月6日被捕，这才几天，就要这么急着杀人，凭什么？

刹那间，他只感到头上像是箍了一道铁环，且还在不停地缩紧。先是大脑在急速膨胀，接着便是气闷得心脏像要爆裂，眼前变得雾腾腾的，身体也开始战动。一旁的老灰皮见状顿时急了，慌忙抱住他，连连揉搓着他的前胸，惊呼道："三少爷，冷静！三少爷啊……你可别急火攻心了，千万要想开点儿！"

好不容易，汪成旭才渐渐清醒过来，竭力控制住了自己。

以往，他可以依仗李度的机智、陶蓝的沉稳、阿格布尔的力量、殷立德的谨慎……他现在就像一只断了线的风筝，若不能自行把握方向，就会随风飘零不知所终。大口喘息了片刻，他的手终于从枪套上挪了下来。

汪成旭挺了挺身子，看了老灰皮一眼，低声道："跟我走！"然后便离开屋子，大步朝吉普车走去。

老灰皮赶忙抢先一步坐上驾驶座，将汪成旭让到了副驾驶位子上：

"三少爷，咱们去哪儿？"

"东华门中街，陆军第一监狱！"

老灰皮发动车子，驶出机场，加大油门朝城东驶去。

到了地方，车速降了下来，缓缓地围着监狱高墙绕行一圈。汪成旭企图强行劫狱的念头即被浇灭，高墙壁垒，戒备森严，劫狱完全没有可能。就算冒险强行突破，救了人再想闯出来也是千难万难……返回的路上，老灰皮也猜到了他的想法，边开车边安慰道："只有一个机会可以救人，就是等解放军破城展开巷战的时候。"

可，他们能等到那个时候吗？

接下来的几天里，汪成旭一筹莫展，上线断了，他无法联系到组织，只能被动等待。正备感苦闷，汪成旭却接到机场哨兵的电话请示，翠屏楼的老鸨樱桃红前来拜访，可否放行？汪成旭让老灰皮去接了进来，一问，才知道原来是阎锡山为鼓舞士气，指使五五商行出钱把翠屏楼包了，要在翠屏楼劳军，命总经理孔令财亲自主持，樱桃红积极筹备，为守城的有功将士加把劲。之后，樱桃红便让他帮个小忙，搞几桶汽油她要带走。汪成旭心不在焉也没多想，立刻派人从机场油库提出三大桶，还派出一辆卡车帮樱桃红连人带油一并送回了翠屏楼。

次日，《阵中日报》便刊出一则新闻：昨日夜间，翠屏楼意外发生火灾，火势凶猛救援不及，被烧作一片白地，死亡人数不详……汪成旭得知后，稍作思考，当即明白了樱桃红前来索要汽油的用意，后悔莫及。都怪自己当时粗心，没多问几句，否则他一定会想办法阻止。用这样惨烈的方式，为一个即将灭亡的政权陪葬，不值！同时汪成旭也不由得感慨万千："人在做，天在看，阎老西，你不得人心啊，连婊子都不愿陪你玩了！"心里对樱桃红也生出一丝敬意——虽沦落风尘，却也不失为一位烈女。

汪成旭本想乘兴作诗几首，略表心迹，可又想到李度、陶蓝他们都不在身边，就算写了又能给谁看呢？顿时没了心情。唉，小度子、小蓝子，但凡有一点儿可能，哥哪怕豁出命去都愿意把你们救出来，可偏偏……

3月9日，也就是临行刑的前一天，李度监舍的铁门被打开了，走进来的是阎晓珂。这让李度非常意外，毕竟好久不见，翠屏楼之后再没联系。

小姑娘脸色苍白，眼角带着泪痕，面容比以往憔悴了许多，手里提着一个食盒。她也没言语，进门后就席地而坐，打开食盒，将一盘盘菜肴和一坛汾酒取出来摆放好，然后示意李度也坐下。

李度明白了，时日无多，阎晓珂是来为自己送行。他浑身带伤，拖着脚镣艰难地坐了下来，看着她："你不该来，我这副样子不想让你看到。"

"救不了你，也只能为你做这点事了。"阎晓珂给他斟满酒，也给自己倒了一杯，轻声说道，"同样的饭菜，给陶蓝也送了一份。我虽然不认识她，但我知道，她是你妹子，跟你是一伙的。"

"哦，你见到她了？她……还好吗？"

"跟你一样惨，已经不成人形了，是我喂她吃的。"

李度默然，尽管心痛如绞，但脸上的表情仍是波澜不惊，一切都在意料之中。

阎晓珂轻叹一声，问李度是不是也需要帮助进食？他摇摇头。她又问他是不是心情不好吃不下东西？李度再次摇头，告诉她，尽管明明知道命不久矣，但"三光"的原则还是会坚持到底。阎晓珂莞尔，又满带遗憾地说翠屏楼没了。樱桃红散尽银钱，悄悄驱散了手下，一把大火，把老板孔令财连同她自己一并焚了。她其实对樱桃红的印象还是蛮好的。李度似有所料，并没感到多震惊，说："那女子看着绵软，实则刚烈至极，她不想再为阎锡山提供服务了。只是，没必要选择这样的方式，太过惨烈。"

　　阎晓珂从挎包里拿出一沓纸和笔，说来之前梁化之交给了她这些东西，答应只要李度肯写悔过书，声明愿意跟共产党划清界限，他就可以为李度申请特赦令……她说着就把手里的东西扔到了地上，说："没有这个借口我进不来，也见不到你。但我猜你一定不肯，对吧？"李度点头说："你猜得对，开弓没有回头箭，事情到了这个份儿上，已经没有任何转圜的余地了。"

　　"李度哥哥，活着不好吗？"阎晓珂的眼睛里冒出了泪花。

　　"那要看怎样活着，为什么活着。"李度伸出戴着手铐的手，端起酒杯一饮而尽，"没人愿意死，但有一种人，为了更多的人活着，为了让更多的人过上好日子，甘愿选择死。这就是共产党人，这监狱里关押的很多人，都具有同样的理想，我只是其中的一员。"

　　阎晓珂擦掉了眼泪，点点头："我不了解共产党，但我打心眼里佩服你们，为了追求自己的理想，不顾生死。"

　　"我们共产党的政策是耕者有其田，土地就那么多，富人占多了，穷人就少了，社会就不公平。所以，你要好好地活下去。你是个好姑娘，善良纯真，有才华，我相信，在未来那个崭新的国度里，你会有更美好的生活，更有价值的人生！如果你认可我的说法，我就再给你一个建议，尽快摆脱阎慧卿和梁化之，找个地方藏起来，等待解放。"

　　"我会的。李度哥哥，相信我，我会以另一种方式，永远跟你在一起……来，我敬哥哥一杯，之后就施展你的'三光'绝技吧，看你吃饭的样子，我就开心得要死。"

　　喝了酒，李度如她所愿，甩开腮帮子，风卷残云。

　　告别的时刻到了。

　　阎晓珂搀扶着李度站起身来，定定地望着他。见她又是一副可怜兮兮的表情，李度不由得心一软，指了指地上："你把纸和笔拿给我，好歹写几句，算是对你来看我的谢意……"然后，他跟跄地走到墙边，将纸衬在墙上，匆匆写完，递给了阎晓珂。

她低头朝纸上看去，却是一首《雨霖铃》：

长夜难明，

泪语凝噎，

战火初歇。

家园涂炭浴血，

山川崩，

刀枪尽携。

悲情老少奋起，

舞旌旗出列。

心拳拳，

忠魂不灭，野火熊熊朝天阙。

中华自古多苦夜，

盼天明，

绝笔行清节。

一命生来何用？

挽汾河，

浪涛奔泻。

富民强国，

正应男儿舍身成仁。

烽之上披肝沥胆，无愧西天雪！

强忍号啕，阎晓珂掩面离去。

第二天凌晨，两个看守进来提出李度，押上囚车。这一批被处决的有二十多人，陶蓝、阿格布花等人也在其中，由特警处侦讯科的武装特警押送。

由于是公开处决，刑场上人头攒动，足有上万人。阎锡山为了杀一儆百，特意通知所有公职人员到场观看，还指定第 30 军执法队行刑，由军长戴炳南亲自监斩。

刑场坐南朝北，正面是主席台，端坐着阎锡山以及他手下的五位大员：晋绥军陆军上将、同志会副会长、太原绥靖公署特殊警宪指挥处处长梁化之，晋绥军陆军上将、第10兵团司令、太原城防守备司令汪敬谷，晋绥军陆军上将、太原绥靖公署副主任、第15兵团司令孙楚，陆军中将、太原绥靖公署秘书长吴绍之和陆军中将、太原绥靖公署参谋长赵世铃。台下依次排列着军警和观看的公职人员，最外层则是看热闹的百姓。刑场的南墙根下，是一排矗立的行刑木柱，有30多根，用来捆绑人犯。很快，囚车打开，囚犯被拉成长长的一溜，有的打着趔趄，有的一瘸一拐地陆续朝木柱走去。

李度下车后，忍不住抬头仰天望了一眼，深深呼吸了一下，久违了，阳光和新鲜空气！然后便拖着脚镣朝前走去。没走几步，他突然看见了两个互相搀扶的熟悉的身影，是从另一辆囚车下来的。他赶紧几步追了上去："蓝妹，布花妹子！"两人停住，然后分开，一边一个无声地挽住了李度的胳膊，三人趔趄着朝前行进……最终，被并排绑在木柱上。

阎锡山首先讲话，接着是梁化之和汪敬谷。

周边人声鼎沸，也听不清他们在说什么。

省城各报纸、电台的记者前后蹿动着，不停地拍照，镁光灯一闪一闪的。

这时，戴炳南溜了过来，在李度跟前停住了脚步，摇摇头："李主任，想不到你居然是共党。我一直想不通你为什么要跟踪我，现在明白了，你想杀我？下辈子吧……"

李度淡然一笑："不，下辈子你见不着我，因为我在天堂，你在地狱！"

戴炳南哼了一声，悻悻地走回执法队。

不一会儿，梁化之宣布了处决名单。然后他跳下主席台，来到执法队的后面，与戴炳南站在一起。戴炳南猛喝一声，排成一列的执法队员开始哗哗啦啦地检查枪支、弹夹，居然是清一色的美制汤姆森，用冲锋枪行刑，极为罕见。

戴炳南又高喝一声，扬起了手中的令旗，行刑的队员举起枪来，对准了前面的木柱。

但，未及下令，背后，枪声突然响起！

一个姑娘从人群中冲出，撩起的风衣里赫然露出一支晋造汤姆森，枪口喷出一道浓烈的火舌朝行刑队扫去，刹那间人仰马翻、尸横遍野……李度顿时瞪大了眼睛，他一眼就认出，那姑娘不是别人，正是《阵中日报》记者、阎慧卿的养女——阎晓珂！

瞬间，周围的人群哄地乱了。

阎晓珂打完了一弹夹子弹，又极为娴熟地换上新的弹夹。当她再次挺枪射击的时候，她身后的梁化之已经拔出手枪，朝她连开数枪，其中有一枪正中她的后脑。她没有转身去看，而是痴痴地面向木柱，缓缓倒下了。

李度顿时血冲脑门，拼命挣扎着，连捆绑他的木柱都微微晃动起来，他想大喊，可嘴里只喷出一股鲜血，发不出一丝声音，一切都憋在了胸腔里："晓珂！晓珂啊……"蓦然有一句话语掠过他的脑际："相信我，我会以另一种方式，永远跟你在一起……"

恍惚中，他似乎听见有人在哭喊："哥，你要挺住，你快醒来！醒来！"

紧接着，他身旁，一边是陶蓝，一边是阿格布花，还有隔了十几根木柱的刘鑫，竟不约而同地放声引吭高歌。很快，二十多个嗓音汇成一条大河，仿佛澎湃的涛声——

> 起来，饥寒交迫的奴隶。
> 起来，全世界受苦的人。
> 满腔的热血已经沸腾，
> 要为真理而斗争。
> ……

梁化之扔了手枪，恼怒万分地朝还在发愣的戴炳南顿足吼道："快，继续行刑！"

戴炳南慌忙招手，又一支行刑队迅速补充上来。

一阵激烈的枪声之后，二十多个忠魂在无形却又铿锵激越的旋律中，轻扬直上，青烟一般融入天边的霞光里。

从那一天开始，到 4 月 22 日解放军打响攻城战役的前夕，太原城内，共有六百多位共产党员和爱国进步人士惨遭杀害。他们为了解放，为了永久的和平，为了建立一个崭新的国度，献身于黎明之前。他们是另一条战线上的英雄，英雄永垂不朽！

行刑的那天，汪成旭没去，他被老灰皮锁进了禁闭室里。他承认自己胆怯了，自己无法面对那样的场景，无法眼睁睁看着自己的同志、兄弟姐妹被处决……及至后来，听说了阎晓珂的惨烈行为，他忍不住结结实实抽了自己两巴掌——堂堂七尺男儿，竟比不上一个丫头！

一天，他在自己的住处设了祭坛，摆酒燃烛，为西去的李度和陶蓝送行。汪成旭正呕血流泪，不能自已……却被闯进来的老灰皮打断了："三少爷，有情况，大小姐从北平回来了，被老爷关进了小黑屋！"

"成玉姐回来了？为什么？"他赶紧擦掉了脸上泪水。

"是公馆的弟兄打来的电话，好像是大小姐带回来一封共产党的信，让老爷投降。"

这老不死的，刚刚害了李度，现在又要害自己的亲闺女！小爷跟你拼了！

汪成旭跳起来，抓了枪就往外跑，边跑边大声喝道："你在这儿盯着，记住，只要解放军一到，立即投诚起义，反对者格杀勿论！"

之后，他跳上车，疯了似的一路疾驰。

一进汪公馆，汪成旭跳下车便径直奔向后院，三拳两脚打翻了守卫的家丁。他将姐姐汪成玉从小黑屋里救出来，一把拉着她就要上车离开，却被冲出来的汪敬谷伸手拦住：

"臭小子，你也想死？"

汪成旭也不搭话，拔枪上前便顶在了汪敬谷的脑门儿上，森然道："滚开，放我姐走，否则想死的就是你！咱新账老账一块儿算！"

"嘿，你个臭小子，敢拿枪跟老子比画，真是惯坏你了……"

众家丁围了上来，见老爷没有放话，一时也不敢动手。

汪成旭扭转脸："姐，你走，直接去河西圪僚沟机场，我的部队就在那儿。"

汪成玉叹了口气，走上前硬生生地扳下汪成旭的胳膊，平静地说道："老三，别这样，爹没说要杀我……他愿不愿意放下枪走和平解放的道路是他的事，不能勉强。我赶回来劝说他，也只是尽一份人子的孝道。至于我，他想怎么处置，随他。"

"姐，你不知道，这老不死的疯了，刚刚害了我的兄弟姐妹，对你也绝不会手软。"汪成旭急赤白脸地争辩道。

"放屁！李度和陶蓝是老子害的？你哪只眼睛看见了？"汪敬谷朝汪成旭撩腿就是一脚，踹开儿子，才扭脸转向闺女，语气温软了不少，"玉儿，你年轻，又一直在读书，不懂道儿上的事。你想啊，这儿在打仗，到处都是封锁线，有共党的，也有我们的，偏偏你能一路绿灯毫发无损地回来，双方都给你面子，说明什么？你的行踪完全就是公开的，不知道暗中已经有多少双眼睛盯住了你。我把你送到阎会长那儿，正是为了救你……"

"胡说八道！"汪成旭闻言顿时吓了一跳，忍不住又把枪对准了汪敬谷，"你把我姐送到那个老屠夫手里,还能有活? 分明是你想拿我姐立功,借刀杀人,不行！二娘去了南京，有我在，你休想！"

"哈哈，"汪敬谷怒极反笑，瞪着眼道，"你一个小玩闹懂个屁。不信? 你就这么带你姐走试试。老子敢说，只要你一出公馆大门，就有人抓你，那才是真正害了你也害了你姐。你想让老子绝后，出一口你的鸟气? 没门儿！"

"行了，都别吵。爹，我这就跟你去阎会长家。"汪成玉说完，挽了汪成旭的手便朝院门口那辆黑色福特轿车走去，那是汪敬谷的专车。"三弟，多年不见，你长大了，知道豁出命保护姐了，这种感觉真好，有兄弟真好！"

"姐，你不能去，真的！"汪成旭面带忧色，"我没好好读过书，但我知道有个成语叫狗急跳墙，他们现在就这样，这些日子杀人都杀红眼了……"

汪成玉笑笑，轻轻拉了一下这个同父异母的兄弟的手，小声道："你还是不了解他，咱这个爹看上去五大三粗的，满口脏话、粗话，可骨子里其实是个人精，要不也混不到今天。待会儿去了东花园，你少安毋躁，别闹腾，就在园外等着，不会有事的。"

家丁们也不知道该怎么应付，只好还是保持一段距离围着。

汪敬谷见了，顿时没好气地瞪眼骂道："一群人弄不住一个小玩闹，爷他娘的纯属养了一群吃货，都滚开吧！"

汪成旭只好发动了自己的吉普，一路跟随，进了绥署大门，在东花园阎宅门口停了下来。目送着汪成玉一行人进了园门，他独自坐在车里等候。

正等得不耐烦，忽见梁化之的秘书李一匆匆走了出来，走到车边说："汪三少爷，汪大小姐的事已经解决了。汪总司令和梁处座他们还要跟阎会长开会，叫我给你传个话，让你赶紧返回机场，做好警戒工作，有重要任务要执行。"

汪成旭只关心姐姐汪成玉，其他烂事都懒得听，没好气地问道："甭废话，我姐最终是怎么安排的?"

"一开始还真危险，会长动了怒，连一向珍贵的元代青花瓷都摔了……最后多亏五姑娘帮忙说话，阎会长才放了一马，同意不抓人，但严令把汪大小姐立即带到南京去，交给二夫人严加管教。"李一回答道。

"带？让谁带我姐去南京？"汪成旭的眉头连挑了几下。

"这你就别多问了，快回去好好当差吧。"李一急着赶回去参加会议，顾不上跟汪成旭多解释，"机场是你守卫着，谁带她走也躲不过你的眼睛呀。"说完，摆摆手忙不迭地跑了回去。

汪成旭这才怏怏地发动着了车，缓缓驶出绥署，朝河西去了。当然，他不知道，刚才与仅他一墙之隔的东花园里，正上演着一场别情依依的正剧。

处理完汪成玉的事情，返回会客厅里，阎锡山一反常态，抹去了这段时间总在膨胀的乖张暴戾之气，换上一副笑眯眯的模样。见五位大员都在，他便招呼大家一齐坐了，还特意唤女佣给每人都泡了一杯黄山太平猴魁，这是前些日子蒋介石夫妇来太原时送给他的。

这种茶在北方很少见，冲泡之后，色泽翠绿，润喉回甘，浓浓的茶香里还带有一抹淡淡的兰花之气。泡好茶后，阎锡山这才让秘书长吴绍之把刚刚收到的代总统李宗仁的来电，给大家宣读一下。

吴绍之忙从公文包里掏出电文，轻咳一声，朗声读道：

"和平使节定于月杪飞平，党国大事，待诸我公前来商决，敬请迅速命驾，如需飞机，请即电示，以便迎迓。民国三十八年三月二十八日。宗仁，俭印。"

读毕，阎锡山解释道："与中共和谈也是重大国事，有很多条款需要事先商议，李代总统再三邀约，我阎百川不是小气之人，岂能总是推着不去？可眼下太原战事吃紧，又觉得不忍离开，故此犹豫，拿不下个准主意，还想听听你们的意见。大家都说说。"

听闻阎会长要走，众人顿时面面相觑，一时都默不作声。

见有些冷场，汪敬谷忙朝吴绍之使了个眼色，想让他代表众人敷衍几句，好歹是绥署秘书长，这节骨眼儿上不会说错话。可吴绍之竟然假装没看见，低了头只顾整理手中的公文包，实在不想再多说什么。前些天，他亲眼看见会长的贴身侍卫胡狗蛋，数次悄悄给南京打电话，指使徐永昌和贾景德要多跑总统府，催促李宗仁给太原发电报。现在电报来了，明明就是金蝉脱壳，走就走了吧，偏偏还要鬼糊弄。他可不想当小丑。

见吴绍之没反应，汪敬谷只好赶紧哈哈一笑，圆场道："三哥，您可是党国元老，中央有事紧急召唤，就算天上下刀子您也得去，别让南京方面觉得咱山西没人。再说，万一和谈成功了，对咱太原不也是一件大好事嘛。您尽管放心去，太原有我们顶着！"

孙楚、赵世铃赶忙点头，表示赞同。唯有梁化之，脸色阴晴不定，一言不发。

"要说呢，我已经把太原的军政要务都交给了你们五个，有化之和敬谷领头，我也不是不放心，可就是有点儿不踏实。唉，人老了，就没有了年轻时的冲劲，正所谓江湖越老，胆子越小，不服不行呀。"阎锡山轻叹一声，接着又转向身旁的阎慧卿，"五妹子这次就不用陪我去了，也就是个三五天，最多不超过十来八天，一旦北平和谈有了消息我立马就返回来，带几个随从就行了。"

阎慧卿顺从地连连点头，没有说话。

"别价呀，三哥，您老不用急着返回，在南京多待几天，顺便去中央陆军医院做个体检，您老身体康健比什么都重要。"汪敬谷讨好地说道。对阎锡山最终放过了自家闺女，他还是心存感激的。

听到把阎慧卿留下了，梁化之的脸色好转了不少。这时，他站起来扫视了众人一眼，先对阎锡山小声道："既然决心已下，您就不必再有顾虑。时辰不早了，有些事我都提前安排妥了，飞机已在机场等候，还是尽快动身吧。"然后提高了嗓音，对众人说道："诸位都没意见，那就各归各位、各司其职吧。特殊时期，有我和五妹子送机即可，低调行事，不必张扬。"

阎锡山微微颔首。

大家顿时起身告别离去，连汪敬谷此刻也不敢再多言一句。

这是 1949 年 3 月 29 日。

起初，汪成旭并不知道要包机离去的是阎锡山，接到的命令仅仅是提高警戒等级，又看到先来了两辆带车篷的卡车，一群绥署卫队的士兵不停地从车上卸下大大小小的箱笼，再搬进飞机货舱里……不用说，那肯定是搜刮来的大量钱财。这些天，这样的场景汪成旭见得实在太多，都见怪不怪了。他忽然想起李度生前说过的一句话："船要沉的时候，往往是老鼠最先跑。"

直到一辆黑色轿车驶进机场，车门打开，看见从车里出来的一行四人，汪成旭才恍然，阎老西要跑了！登机前，见梁化之和阎慧卿围着阎锡山话别，他也忍不住走上前去，跟姐姐汪成玉话别。

姐姐问弟弟，今后什么打算？也跟爹似的为这个即将谢幕的王朝陪葬吗？汪成旭撇撇嘴说，傻×才干那蠢事！然后他告诉姐姐，他已经选择了一条充满光明的路，并且是很早就选定的，不是心血来潮，让姐姐放心。当然，最让人敬佩的还是成芳妹子和立德妹夫，他们已经双双加入了解放军的队伍。弟弟又问姐姐，去南京做什么？那儿也在打仗，比太原也好不到哪儿去。汪成玉微微一笑说，不去怎么脱身？先去，再找机会返回北平，因为姐姐也同样选择了一条光明的路。

另一边的话别就显得格外凝重了。

梁化之问，会长还有何最后的指示？阎锡山眼神凝重，面带肃杀，说时局严峻，你要时刻保持清醒，把持好方向，要坚定不移。记住，不论何时，不论何种情况下，别人都可以投降，唯独你梁化之还有汪敬谷不行，降，就是死！我这辈子也算跟共产党打过不少交道，教训是深刻的。你万万不可受他们蛊惑，最后死无葬身之地。说完才转向阎慧卿，说五妹不必担忧，我去了南京，万一情况不可收拾，我会派专机来接你，化之自然会精心安排。

梁化之微微点头。

阎慧卿则眼圈发红赶忙安慰，说："大哥尽管去忙碌国事，妹子自会尽力协助化之守城，大哥不必牵挂妹子。"

可谓生离死别！

最后，阎锡山带着汪成玉登机。

随着那架美国CP-17"空中堡垒"大型运输机徐徐加速，起飞，升入云中，阎锡山离开了他苦心经营三十八年的山西，离开了他"不会放弃"的太原以及生他养他的五台县河边村老家……从此再也没有回来。

三天后，汪成旭率部起义，太原最后一个机场易帜。

前来与汪成旭接头联络的人，居然就是解放军第1兵团保卫部部长李剑。汪成旭知道他与李度之间的特殊情谊，忍不住紧紧抱住曾经的教官号啕大哭起来。这段时间，他实在是憋得太惨了，需要发泄，需要狠狠地大哭一场！虽然他也知道，告别过去的最好方式，就是抹掉过去记忆中的人，即使记忆中的人很重要。但过去的终究要过去，而人只要还活着，就必须继续努力向前。可他就是忘不了过去，忘不了他曾经的兄弟姐妹。

将机场移交给解放军守备，按规定汪成旭需要带领部队迅速撤往榆次解放区，接受改编和整训。但汪成旭不想走，执意要跟随李剑参加下一步打太原的战役，李剑同意了。

临行前，汪成旭把军务交给了老灰皮，叮嘱他要控制好部队，好好学习，接受改编，搞好整训，千万别出幺蛾子！老灰皮不放心，也要留下，说怕三少爷万一犯起浑来没人能管得了。汪成旭使劲搂了一下老灰皮的肩膀，伏在他耳边轻声说道，皮叔，我是你看着长大的，我知道你疼我，在我心里，你就是我亲叔。放心，我会管好我自己，保证不犯浑。

早在 1949 年 2 月，遵照中央军委关于全国解放军统一序列的决定，原华北军区野战军第 1、第 2、第 3 兵团，分别改为中国人民解放军第 18、第 19、第 20 兵团。18 兵团原第 8 纵队改称第 60 军，第 13 纵队改称第 61 军，第 15 纵队改称第 62 军，原西北野战军第 7 纵队改为一野第 7 军。3 月 15 日，19、20 兵团及四野炮兵第 1 师开赴太原，与 18 兵团会师并肩作战。17 日，太原前线司令部成立，徐向前任司令员兼政委，周士第任副司令员、罗瑞卿任副政委，统一指挥三个兵团。至此，太原前线解放军总兵力达到三十二万人。

3 月 28 日，人民解放军副总司令兼第一野战军司令员彭德怀，在从中央驻地返回西北战场的途中，抵达太原前线。他在榆次峪壁村与徐向前重逢。见到病中的老战友，彭德怀不禁感慨万分："去年你打完临汾，我就向中央请求让你去西北，当时没能得到批准。现在中央已经决定，等拿下太原，把 18、19 兵团调给一野参加解放大西北。以后，咱们一起去消灭胡宗南和马匪军！"

"好啊，很希望能在彭总领导下工作，"徐向前略带苦笑地说，"也很想去西北，只是我这身体不争气，恐怕去不了啊。"

"你要多保重，等身体好些再去也不晚。"彭德怀点点头，关切地望着他，"我这次到你这里，也是来学习的。在西柏坡，毛主席特别给我讲了你指挥的晋中战役，分进合击，以少胜多，打得漂亮！"

"主席谬赞了，我还没有完成包打太原的任务，正需要彭总多指示呢。"

"咱们目标一致，为你分劳，我老彭心甘情愿啊！"

之后，徐向前走到地图前，两人就解放太原一事进行商讨。彭德怀参加了太原前指的扩大会议，正式留在了太原前线。由此至终，所发布的作战命令中，都是以司令员徐向前的名义，彭总有意将自己隐到了幕后。

4 月 20 日，解放军发起了对太原的总攻。

主攻为南、北、东三个方向，分别由 14 兵团从南；20 兵团从北；18 兵团从东同时发起攻击。骑兵独立师中，殷立德率领的骑兵第 1 团配属 19 兵团，阿格布尔的骑兵第 2 团配属 20 兵团，他们充分发挥骑兵机动灵活、冲击力强的优势，冲锋在最前端。数十支攻击部队战力横强，先后突破守敌前沿阵地，长驱直入。

至 22 日晚，全部扫清城墙以外的守敌。

兵临城下，胜利在望。

也就是在那天晚上，汪成旭通过李剑的多方联系，才好不容易赶到新城，找到了阿格布尔的驻地。兄弟俩久别重逢，别有一番滋味在心头。

"小尔子，哥来给你当向导，你高兴不高兴？"

"当然！"阿格布尔重重地擂了汪成旭一拳，把自己的战马让给了他。

汪成旭兴奋异常，显得有些碎嘴："原本想去帮小德子，你猜怎么着？上级没批准，说南面地势平坦，一马平川，路线顺溜。北面嘛，道路就崎岖了些，哥自然还是应该选择难度大点的，如此，就来找你了。"

尽管汪成旭有意避开李度、陶蓝、阿格布花英勇就义的话题，但内心深处的悲情无法掩盖。

阿格布尔点点头，目光开始变得冰冷："明天，目标绥署，顺路灭了特警处，我要亲手劈了梁化之！"

入夜，二人带领部队按命令进入指定位置。刀擦亮，枪上膛，等待黎明。

这一天，是 1949 年 4 月 23 日。余晖淡去，夜幕降临，随着远处时隐时现的隆隆炮声，整个城区，有灯火的地方和没有灯火的地方全在乱着，有的乱着去杀人，有的乱着被人杀。街面上不时传来各种奇怪的脚步声，有的碎步小跑，有的大步流星，还有的若隐若现。那声音在昏黄的路灯下响起，风一样渗透进街巷深处，阴森森的。

4 月 24 日拂晓，一声令下，太原城以外，上千门大炮，从四面八方一齐怒吼。在长达一个半小时的炮火覆盖下，坚固的城墙变得支离破碎，到处都是豁口。接着，焰火延伸，步兵发起攻击的信号弹在夜空中炸响，强大的攻势发动了。

刹那间，枪声四起，杀声震天，攻城部队潮水般地涌向被轰出的各个豁口。

城东，18 兵团三个军很快淹没了守军阵地，全歼了中央军 27 师和晋绥军神勇师，登上城头，分别抢占了大东门、小东门等诸多制高点，扫除残敌，向纵深发展；城南，骑兵第 1 团领头冲锋，快速冲垮敌人 83 师防线，一路摧枯拉朽，抢占大南门、首义门，将红旗插上城头，继续深入展开巷战；城北，66 军先横扫了卧虎山残敌，之后与攻克丈子头、青龙桥、郭家窑、光社等据点的 67、68 军汇合，在炮火的掩护下攻占大、小北门，冲入城区。

至此，残酷而又异常艰难的巷战开始了。一句话，一旦决定了要打巷战，那就是死战。

　　这也就是徐向前司令员一直想要竭力避免的战法。他记着毛泽东的谆谆教诲，不计较一城一地的得失，所强调的就是这个问题。在战争年代，有生力量才是决定胜负的关键，城市守不住了，一般都会选择撤退，之后再伺机夺回来便是，可训练有素的战士牺牲过多，那就不是短时间内能解决的问题了。中国古代兵法中的"围三缺一"，就是说围城时不要围得太死，不然城中的守军见撤退无望往往会拼死抵抗。

　　攻破首义门后，殷立德率领的骑兵团冲杀至柳巷时，遭遇了顽强的抵抗，先锋连的战士们在弹雨中纷纷落马。柳巷是重建的晋绥军43军军部所在地，除了原有的密集的街垒外，还依沿街民居专门修筑了十个机枪阵地，众多的机枪构成了一道严密的火力网，对冲击中的骑兵部队十分不利。殷立德见状，急忙命令停止冲锋，让开正面，分成左右两路，连人带马一齐卧倒，急调十门迫击炮，向敌人机枪阵地猛轰。这时，19兵团63军的步兵突击队赶了上来，从骑兵团让出的正面扑向守敌，一阵拼杀之后，冲进敌43军军部。

　　原本，骑兵团的任务只是负责冲击城墙豁口，完成冲击之后，可以酌情撤出战斗，因为骑兵不适合巷战。但第1骑兵团此时已经杀红了眼，根本无人退却。团长殷立德立刻调整战术，命令全团化整为零，以连为战斗单位沿着街巷展开拉网式反复穿插，发挥骑兵凶猛的特长，将敌人的阵地穿插分割成无数个碎片。如此一来，不仅避开了骑兵的短板，还搅乱了敌人的阵脚，使步兵如虎添翼。

　　攻克敌人43军军部之后，殷立德发现山西大剧院门口有一个街垒，十分隐蔽，仗着有利地形，街垒里的几挺机枪给解放军步兵造成了极大的伤亡，必须铲除！来不及叫人，他顺着一条斜巷单枪匹马扬刀冲了上去。说时迟，那时快，他从巷口猛地冲出，跨上街垒的时候，敌人还未反应过来，被他施展拖刀绝技，接连数刀劈翻，殷立德再回手一甩，飞出的马刀又将剧场门楼上的一个重机枪手砍倒。然后，他才从后背摘下冲锋枪，正要策马继续前冲，突然，数十颗手雷同时从剧院里面朝他飞来，退无可退，避无可避，在一片剧烈的爆炸声中，硝烟弥漫，殷立德连人带马化为乌有……

　　正在攻击剧院的步兵连长顿时站起来大喊："为殷团长报仇，同志们冲啊！"

　　步兵、骑兵潮水般冲进据点。

　　在殷立德牺牲的时候，汪成旭和阿格布尔已经率部突破城北的拱极门。

他们沿着城北街冲到了东仓巷，连克两座碉堡、五个街垒，继而杀入精营西边街45号——特警处总部。与殷立德不同，阿格布尔在突破城墙之后便下令放弃军马，令人将马匹收拢到一处院子里，骑兵一律充当步兵投入巷战。一路冲杀，各部队的建制已经打散。也许是他俩行进的速度太快了，当他和汪成旭冲进特警处总部的时候，身边只跟着一名战士。那个战士个子不如阿格布尔高，但与他同样结实强壮，没带枪，而是前胸后背挂了两个大背囊，背囊里装满了手榴弹，足有五六十颗。他跟着阿格布尔和汪成旭一路拼杀，投出的手榴弹又远又准，三人配合得十分默契。一问，才知道他叫陈大雷，是20兵团67军199师的特等投弹手。

本以为在特警队总部会有一场恶战，不想，三人冲进去之后，才发现有男有女，遍地是尸体，冲到后院还看见了躺在地上的徐端、徐谋、蓝猫等人，都是口吐白沫已然气绝——他们集体服毒自杀了！只是，找遍了也没有看见梁化之的影子。

于是，三人离开特警处，又沿街向西，朝着绥署方向冲去。

在西华门，他们遇到了一处街垒，不由分说，陈大雷投弹，在街垒炸响的同时，汪成旭和阿格布尔的两支汤姆森狂叫起来，三人瞬间拿下街垒。这时，陈大雷停住了脚步，操着一口山东话，说他不认识路，是不是在这儿等等后面的大部队？汪成旭笑了笑说，不用担心，我们俩打小就是在这片长大的，所有的街巷门儿清，冲吧。再往前不远就是后小河，离绥署后门一步之遥！

这时，从另一个方向传来激烈的枪声和喊杀声。

汪成旭聆听了一下，说："这是绥署正门的攻击打响了，正好，咱们从后门打进去，来个南北夹击！"

阿格布尔点点头："走！"

正疾行着，突然从一条巷子里跑出一队溃兵，朝他们迎面跑来，汪成旭见状忙朝前跨出一步，挥动着手里的晋造汤姆森，厉声喝骂道：

"尿杂脑们，临阵脱逃，格杀勿论！都给老子滚回去！"

阿格布尔随即端起枪对准他们脚下就是哒哒哒一通连射，溃兵先是挤作一团，接着便轰地掉头又跑回了巷子里。三人迅速通过，蹿至后小河街口。

绥署后门布了一道路障和街垒，一队晋绥军士兵正惶恐地把守着。

三人在一堵断墙后面低伏下来，汪成旭探头看了看，认出是绥署卫队的人，扭转脸对阿格布尔说："兄弟，最后一道障碍了，敢不敢冒一个大险？我敢打赌，这些家伙已经是惊弓之鸟，咱们三人一个猛冲猛打，他们准逃！"

阿格布尔点点头，然后扭转脸看向陈大雷："同志，我两冲在前面，你给他们投两个集束弹，如何？"

　　陈大雷立刻从背后的背囊里拿出集束手榴弹，原来他早有准备，后面的背囊里都是两颗手榴弹绑在一起的集束弹，目测了一下距离："没问题，只是，你们两个悠着点，不要冲得太快……"

　　好！一、二、三、冲！

　　两人冲出街口的同时，陈大雷的集束弹也投了出去，并且还是准准地落进了敌群中。趁着爆炸的余威未散，汪成旭和阿格布尔边射击边越过路障，跳进了街垒里，将里面没被炸死的残敌一扫而光，不敢有一点儿耽搁。他俩立即绕过街垒冲进了绥署后门，而跟在后面的陈大雷则双手不停不断地朝院里投弹。三人简直就是势如破竹，眨眼间便冲到了梅山脚下。

　　汪成旭指了指台阶下的铁门："那就是绥署的避弹室，炸开它！"

　　陈大雷刚要行动，就被阿格布尔拦住了，后者也从身后拔出一个手榴弹："我来！"

　　拉了弦，便用力投到了台阶下。

　　"轰隆"一声，铁门顿时被炸飞了，汪成旭立刻朝洞里猛射了整整一弹夹子弹，刚刚换上新的弹夹，就听得里面传来叫喊声："别打了，我们投降，投降……"

　　阿格布尔忽地站起来，一猫腰便端枪冲了进去，刚冲到门口，突然里面射出一排子弹，他应声而倒……汪成旭跳起来大骂一句："王八蛋，竟敢使诈！"扑上前使尽全身之力将阿格布尔拖了出来，大喊："快，投弹！炸死这帮狗日的！"

　　陈大雷的两个集束弹投了进去，一声巨响，门洞顿时被炸得塌了半边。

　　汪成旭抱紧了阿格布尔大喊："小尔子，你怎么样？"

　　阿格布尔胸前似有数不清的血洞，刹那间已是一个血人："快，快……别管我，冲进去……"

　　话音未落，陈大雷已经冲进了洞口，双手高举着两颗集束弹，大喊：

　　"放下武器，都不许动，谁动俺弄死谁！"

　　一个人与一群人对峙。

　　刻不容缓！

　　汪成旭只好放下阿格布尔，端枪冲进洞里。原来这避弹室还有个拐弯，是专门用来缓冲的，拐弯之后还有台阶，继续下探、深入，才是真正室内。

昏暗的灯光下，一群军官有的坐着，有的站着，个个呆若木鸡。

"败了，我们投降。"一个身穿上将军服、面色灰白憔悴的人举着手站了起来，"我是孙楚，太原绥靖公署副主任。"

汪成旭没理他，森然问道："刚才，是谁开的枪？"

孙楚摇摇头，又朝洞口努努嘴："一个师长，已经被你们炸死了。"

这时，站在孙楚身旁的汪敬谷突然浑身哆嗦了一下，看着汪成旭失神道："小子，你……你他娘的是那边的？"

汪成旭见汪敬谷居然手里还提着一支汤姆森，便将枪口对准了他："中国人民解放军！怎么？你不服，想死？"

孙楚赶忙劈手夺过汪敬谷的枪扔在了地上："都甚时候了，还要逞英雄管屁用！你想死可别连累大家……汪三少爷，我来集合人，都听你们的号令。"

突然，传来一阵喊杀声，一队解放军冲了进来，正是歼灭了正门守敌，攻克绥署的第18兵团62军185师的官兵。冲进来的战士迅速包围了被俘的晋绥军军官，由孙楚、汪敬谷打头，其余人皆垂头丧气地列队依次走出避弹室。

汪成旭赶忙返回洞口，见一个解放军的卫生员正在给阿格布尔止血包扎。汪成旭抱住了阿格布尔。卫生员忙正色道："这位同志三处中弹，其中一颗击中左胸，很可能击穿了动脉，失血量非常大，伤势危险，必须赶快送到野战医院去……担架！"

担架队还没有跟上来。

汪成旭忙背起阿格布尔，连连发问："快告诉我野战医院在哪儿？"

卫生员答道："刚赶到帽儿巷，我带你去！"

汪成旭跟着卫生员刚跑出几步，就听见背上阿格布尔微弱地说："梁……梁化之……"顿时猛醒，正巧遇到被押出洞来的一群俘虏，忙冲着走在最前头的孙楚大喊："孙老杂毛，梁化之藏在哪儿？快说！"

孙楚站住了，他也看见汪成旭背上的阿格布尔，叹口气，答道："他和阎慧卿躲在绥署2号楼的地下防空洞里。不过，你们见不到了，一个小时前，他和阎慧卿服毒后自焚了，什么也没留下……"

没等汪成旭醒过神来，一旁的卫生员伸手推着他就往绥署大门跑，惶急地催促道：

"快走！再耽搁，这位同志没救了……"

汪成旭飞快地迈动着两腿，边跑边说："小尔子，梁化之那混蛋死了，自焚，烧成一堆白灰了，你该高兴呀，也算是给小度子、小蓝子、小花子，还有那个阎晓珂报仇了，他们可以安息了……你千万别睡着，你跟我说说话，你吭一声呀，小尔子！"他禁不住哭了出来。

可任凭他如何哭喊，背上的阿格布尔始终保持缄默。

刚跑出绥署大门，卫生员就拉住了汪成旭，摇摇头凄然道："不用跑了，这位同志，他已经牺牲了……"

汪成旭顿时感到天旋地转，眼前一黑，也一头栽倒在地上。

枪声、炮声渐渐平息下来，上午10点，攻城战斗终于胜利结束了，统治山西三十八年的旧政权被推翻，全城守敌5万余众被歼灭。打扫战场时，找到了梁化之和阎慧卿已然烧焦的残肢，也找到了阎锡山的总顾问今村方策的尸体。

分为前后两个阶段的太原战役，历时半年，共歼敌12万余人，消灭1个绥靖公署，1个保安司令部，6个军，16个步兵师，5个特种兵师，缴获枪支弹药不计其数。此役，人民解放军也付出了伤亡4万余人的巨大代价，太原战役成为人民解放战争史上，历时最长、伤亡最大、攻坚最难的战例。虽然，历史有如流沙，战胜战败时时发生，但民族总是不朽的，文明总是永恒的，正如同这颗蓝色的星球。

太原解放了，山西和华北全境也同时获得解放，毛泽东亲笔撰稿，在《人民日报》发表了"庆祝华北全境解放"的社论。党中央也发来贺电，向太原前指、所有参战人员，及山西全省军民祝贺胜利。

李剑把汪成旭从野战医院接出来。这次他没有号啕痛哭，尽管知道了殷立德和阿格布尔已经由部队隆重安葬。心痛如绞，但他还是跟随李剑迅速投入到肃清残余敌特的斗争中。在新成立的太原军管会领导下，李剑担任了公安局长一职，第一个任务就是搜捕战犯戴炳南。

攻城战斗打响之前，戴炳南居然失踪了，几乎所有的被俘人员都不知道他的下落。有人说他已经死了，也有人说他已经逃出太原了。但李剑判断他就藏匿在城里。汪成旭立刻想到了梅冬潮，没费多大劲，很快就查到了她隐藏的地方——钟楼街阴阳巷2号院。

这是一处毫不显眼的民宅，院子不大，独门独院，隐匿在大片的民居里，还是个断头巷子，平时很少有人进来。

汪成旭带着李剑和几个公安战士找到这个地方。

开始梅冬潮一言不发，梅父、梅母也装聋作哑，汪成旭火了，冲上前两手紧紧抓住了梅冬潮的双臂使劲摇晃着，厉声喝道："小潮子，你还有点儿良心没有？戴炳南是战犯，是屠杀革命志士的刽子手，就是他破坏了起义，害了黄军长和晋夫处长，才让我们的解放变得如此艰难、如此残酷！哦，太原，太原！为了这座城，小度子、小蓝子、小德子、小尔子兄妹都殁了。这个时候你还执迷不悟，莫非还要给那个臭男人陪葬吗！"

"你说什么？"梅冬潮顿时眼圈红了，"阿格布尔死了？"

汪成旭松开她，眼里冒出了泪花："他真是没眼光啊，亏他自始至终都忘不了你，就算你当舞女，当婊子，给一个反动派当老婆，他还总是惦记着你，一点儿都不嫌弃你……他真是不折不扣的天下第一大傻蛋，第一大瞎子，第一大……"

汪成旭哽咽得说不下去了。

梅冬潮终于哇的一声大哭起来，边哭边指了指一堵墙壁："那死鬼……在里面！"

话音未落，那堵夹墙突然破裂，一个憔悴、衰弱不堪的人撞了出来。李剑眼疾手快，一招青龙探爪便将其擒拿锁住，摁在了地上，恨恨地道："戴炳南，你往哪里逃！"

另外两个公安战士立刻上前，给他戴上了手铐。

"我投降，我有罪，我该死……"戴炳南有气无力地连连求告。

把戴炳南押出去之后，李剑也叫人将梅冬潮铐了起来。

梅父、梅母吓得在墙角瑟缩着。

走出阴阳巷，临押上车之前，汪成旭还是忍不住对梅冬潮叮嘱了几句："去吧，好好配合政府，老老实实把你知道的都说出来。只要你没有具体参与你那个死男人干的坏事，政府也不会冤枉你。"

"成旭哥，"梅冬潮止住了哭泣，轻声问道，"大碗儿呢？她找到阿格布尔了吗？"

"找到了。"汪成旭点点头，"小尔子推荐她进了解放军的晋中公学，跟随部队南下了。只要你不死，总有一天她会回来看你，尽管你不配！"

经过严格审讯之后，戴炳南被执行了枪决，仵德厚被判刑。

梅冬潮因为没有参与犯罪，被教育释放了，但仍需要去"新妇女讲习所"学习改造一段时间。

春天来了，这是太原解放后的第一个春天，战争的创伤在春天里渐渐愈合，阳光下，历经沧桑的古城换了新颜。就在欢庆胜利的日子里，徐向前司令员突然接到一纸来自中央署名为李克农的电文，请他寻找一个身份特殊的人：赵宗复。他急忙叫来了18兵团负责敌工部工作的江华，将那纸电文交给她，吩咐一定要找到这个人。

费尽周折，江华最终在战俘营里找到了赵宗复，重新恢复了他地下党的组织关系。询问之后才知道，他被捕后，先是被软禁在梁化之家里，后又被秘密转移关押到了特警处东缉虎营工作站的地下室监狱里。解放军攻城战斗打响后，梁化之派自己的卫士前来对他执行枪决，却被他一通游说，最终反水，反倒成了他的护卫，一直坚持到解放军攻克特警处后被俘。

汪成旭的警卫团经过整训之后，正式编入解放军第18兵团第61军。按照中央军委部署，太原战役结束之后第18、19兵团划归第一野战军序列，不日即将跟随彭德怀司令员开赴西北战场。一天傍晚，江华、李剑、红鲤来到61军驻地，为汪成旭送行、话别。江华即将奉命调往北平，红鲤则跟随李剑留在太原公安战线工作。不想，三人在61军驻地怎么也找不到汪成旭，甚至连老灰皮也对他的行踪一无所知。最后，李剑琢磨半晌之后，摆摆手说："我猜到了一个地方，你们跟我走吧。"

南沙河波光粼粼，从东山流出，蜿蜒西去。

那片陵园就在东山脚下，依山傍水，松柏叠翠，有无数英灵长眠于此。

火红的晚霞，为整个山坡披上一层金色的缕衣，将陵园氤氲得既热烈又宁静肃穆。

陵园一隅，五座新坟前面，汪成旭泪湿衣襟，盘腿而坐，在与他曾经的兄弟姐妹们把酒话别。他点燃一支烟插在地上，再洒一杯酒，将四碗过油肉烩面摆放妥当，才喃喃说道：

"兄弟姐妹们，喝一口吧，这是我特意为你们找来的二十年陈酿，入口醇厚绵长，没有那种刚烈的酒气，唇齿之间会荡漾出淡淡的清香，入腹之后浑身暖洋洋的，非常舒服。你们都喝一口尝尝。小度子，你那么足智多谋，怎么就想不出一个办法逃出来呢……我真的有点儿后悔了，后悔当初把你和小蓝子从崞县兰村带出来，跟着我让你们受了不少苦。我明明知道小蓝子的心里装的都是你，可我就是忍不住想亲近她，想呵护她。我有时候是挺嫉妒你的，真的，所以常常会变着法子捉弄你，看见你吃瘪出糗，就觉得高兴……我错了，我向你道歉！可现在，你扔下我走了，再也见不到你了，一想起这些，我就恨不能替你去死！

"小德子，你别担心，成芳在西柏坡待产，很快就会随军进驻北平，组织把她照顾得很好，到时候肯定会给你生个大胖小子。至于小琼子，她和成芳一起参军后，就全好了。只要我活着，我就会一辈子照顾她，不让她受一点儿委屈。还有小尔子和小花子，你俩……你俩……我好痛，好痛啊！"

汪成旭擦把泪，又斟满五杯酒："来，兄弟姐妹们，我带着你们去大西北，咱们还是一块儿扎堆儿，一块儿杀敌，一块儿解放大西北，来，干杯！唉，我今天就给小度子一个人带了饭，他是饿死鬼托生，不吃饱了上战场他浑身没劲。再说了，平时咱们看他吃饭的样子，简直比咱们自己吃饭还过瘾、还好玩、还开心……"

"哇——"的一声，他最终还是没忍住。

正哭得昏天黑地，江华、李剑、红鲤三人来到了他身边。

三人默默地向五座新坟敬礼。

汪成旭赶紧擦干了眼泪，站起身来。

江华望向他，良久，微微一笑：

"你爱陶蓝？"

"李度也爱陶蓝。"汪成旭点点头又摇了摇头。

"不，你或许并没看清楚，其实，凤眼儿爱的是阎晓珂。"

"怎会？他们才认识多长时间？"

"心与心的交往，是不分高低贵贱的，灵魂与灵魂的碰撞也跟相识时间的长短无关。只要有一颗纯净的心灵，彼此就可以共通。虽然他们都不在了，但别忘记，你还有殷立琼。"

"我懂了——路虽远，行则将至；事虽难，做则必成。我刚才就跟他们说了，我要带他们一起去征战。"

"或许，这正是他们所渴望的，尤其是李度。"李剑插进来补充道，"战争是残酷的，但战争也是一个大熔炉，冶炼出了那么多钢铁般坚强的人。李度、陶蓝、殷立德、阿格布尔、阿格布花，还有无数为解放事业奉献出宝贵生命的人民解放军战士，他们都是这样的人物。他们都是特殊材料造就的英雄，火烧不死，枪打不倒，刀砍不断！我们讨厌战争，但总有一些人喜欢不停地发动战争，他们永远体会不到，战争给人民带来的痛苦。"

江华接过了李剑的话头，自信地说："终有一天，我们会结束所有的战争，建立新的秩序。那时候的天一定是湛蓝的，水一定是清澈的，人一定是幸福的！"

汪成旭望着江华和李剑，使劲点了点头。

"哥，江华姐也要离开了，往后，我和我师父就在太原等你，你要活着回来。"

"当然，我还要带着他们一起凯旋，重游故地。"

"你不会就此消沉，对吧？"

"当然，只要跟他们在一起，我就有主心骨儿。"

"一言为定？"

"一言为定！"

他们最后一次握了手，三人便转身朝市区方向走去。

汪成旭看见，他们三人披着余晖，走得是那么矫健，那么有力，很快融进了人流，向着他们的事业的顶点继续前行了。

目送着他们走远，汪成旭也转过身，缓缓地走下山坡，走向了南沙河。

南沙河静静地流淌着，亲切地依偎在土地的怀抱里。河岸那边起伏的林梢上，晚霞正映满天空。他静静地伫立在松软的河岸上，眺望着令他浮想联翩的美好的黄昏，心中蓦然生出一种企盼，等待着一个新的希望的出现。

这时候，河对岸响起了一声辽远的呼唤。一个梳着短发的女兵正挥着手，穿过岸边的柳荫向他走来。那女兵的眼眸亮晶晶的，朝他眨眨眼，微笑着，笑得那么阳光、那么亲切，似乎带着他失落已不知多久的全部亲情向这边走来。

刹那间，汪成旭的眼睛模糊了，似乎无法再细辨那女兵的模样，只看见那灿烂的笑容映着晚霞，笼着黄昏。他不由自主地走下坡岸，笔直地向着夕阳中的那个女兵走去，忘记了在他们之间还有一条浅浅的小河。此时此刻，他似乎已经忘记了一切，这个世界上再也没有什么能阻挡他前行了。

他张开双臂，迎向那个他仿佛已经寻觅了许久许久的人或物。甚至，他都不想知道前方迎接自己的到底是谁，是热血兄弟，红颜知己，同志，战友，还是他在未来的人生孤旅中等待已久的伙伴？唯有一点，他知道，那是自己在梦中不知思念过多少回的一切……

陈　驰

中国作家协会会员，国家一级作家，太原市作家协会副主席。曾获山西省第十届精神文明建设"五个一工程"优秀图书奖等多项荣誉。

主要作品

长篇小说

《金岛血魂》

《黄埔军魂》

《戎马黄昏》

《末路枭雄》

《海子边风云》

作品集

《昨日风眼》

《大象无形》

《信念的河流》

《臻善集》

另有部分人物传记和影视作品。

烽火太原

出 品 人 | 郭文礼　　选题策划 | 刘文飞　郭　松　　责任编辑 | 刘文飞　左树涛

助理编辑 | 殷欣如　　复　　审 | 陈学清　　　　终　　审 | 郭文礼

书籍设计 | 张永文　　印装监制 | 郭　勇　　　　项目运营 | 有度文化·刘文飞工作室

投稿邮箱 | liuwenfei0223@163.com　　　　微　　博 | http://weibo.com/liuwenfei0223

微信公众号 | YOUDU_CULTURE